Wolfgang Thon

Das Schwert der Drachen

Wolfgang Thon

Das Schwert der Drachen

Die drei Prophezeiungen
Zweites Buch

Roman

Originalausgabe

blanvalet

MIX
Papier aus verantwortungsvollen Quellen
FSC® C014496

Verlagsgruppe Random House FSC® N001967
Das für dieses Buch verwendete
FSC®-zertifizierte Papier *Pamo House*
liefert Arctic Paper Mochenwangen GmbH.

1. Auflage
März 2015 bei Blanvalet, einem Unternehmen der
Verlagsgruppe Random House GmbH, München.

Umschlaggestaltung und -illustration: © Isabelle Hirtz, Inkcraft
Karten: Jürgen Speh
Redaktion: Peter Thannisch
Lektorat: Holger Kappel
Herstellung: sam
Satz: Buch-Werkstatt GmbH, Bad Aibling
Druck und Einband: GGP Media GmbH, Pößneck
Printed in Germany
ISBN: 978-3-442-26402-5

www.blanvalet.de

Für
Margarethe.

HELLANDEN, BELPHORS FÄNGE, KLIPPEN AM NORDERMEER RUNENSTÄTTE DES CLANS DER QUJELLN

Regungslos stand die Schamanin an der Stirnseite des Tisches mitten in dem niedrigen Raum, scheinbar unbeeindruckt von dem erregten Gebrüll der Männer um sie herum. Die Schreie und Beleidigungen brandeten ihr entgegen wie die Brecher des Nordermeeres gegen die Felsklippen von Belphors Fängen draußen vor den Lehmmauern des Langhauses.

Und ebenso unbeeindruckt, wie der weiße Stein den Wellen standhielt, schien die Frau die Wut der Nordlinge in dieser Runenstätte hinzunehmen. Sie starrte lediglich mit kreidebleichem Gesicht auf das Tuch vor ihr auf dem groben, aus Eisenholz gezimmerten Tisch, der fast die ganze Mitte des Raumes ausfüllte.

Die seltsam geformten Knochen, die auf dem schwarz gefärbten Stoff aus fein gesponnenen Samtfruchtbaumfasern lagen, schimmerten wie Wachs. Ihre Kanten und Spitzen waren vom häufigen Benutzen an den Enden abgeschliffen, aber die roten Symbole auf den gelblichen Oberflächen waren deutlich zu erkennen. Ihre Positionen zueinander und ihre jeweilige Ausrichtung gaben unzweifelhaft den Willen Belphors zu erkennen, wenn die auserwählte Tochter Lokhs, vertieft in die göttliche Trance, die Runen nach gründlicher Vorbereitung geworfen hatte. *Der Runenwurf,* mit dem nach altem Brauch der Kriegshäuptling der Nordlinge in seinem Amt bestätigt wurde, war endgültig, eine Willensbekundung Belphors selbst. Die Schamanin, die den Wurf ausführte, war nur das Werkzeug, dessen sich der Totengott Hellandens, die wichtigste Gottheit der Nordlinge, bediente. Auch wenn das Ergebnis dieses Wurfes, wie in diesem Fall, den Stammeshäuptlingen und Clansältesten missfiel.

»… niemals zulassen! Noch nie hat ein Weib auf dem Hohen Stuhl der …«

»… verwegen zu glauben, mein Clan würde sich einfach damit abfinden, dass sie sich des Hohen Stuhls der Häuptlinge bemächtigt, ohne auch nur …«

»… der Wurf muss wiederholt werden …«

»Hört auf!«

»… ihr gegen Egkhild? Immerhin ist sie eine Warkyria, und wir haben doch erlebt …«

»… gewiss ein Weib mit Haaren auf den Zähnen! Wir sollten uns nur fragen, ob die Tochter Lokhs bei diesem Wurf vielleicht ein wenig …«

»… selbst der tattrige Fridgart besser geeignet! Was verstehen Frauen schon vom Kriegführen …?«

»Haare auf den Zähnen? Die Warkyrien haben auch verdammt scharfe Klingen in ihren Scheiden, versteht mich da nicht falsch. Habt ihr etwa vergessen …?«

»… Lage erfordert einen starken Mann auf dem Hohen Stuhl, kein machtgieriges Weib, das …«

»HÖRT AUF, VERFLUCHT NOCH MAL!«

»… Nimgurd ist noch nicht ganz erkaltet, und ihr benehmt euch wie die Aashunde …!«

Mit keiner Regung ihres bleichen, weiß und rot geschminkten Gesichtes verriet die Frau, ob sie die schreienden und fluchenden Männer überhaupt wahrnahm. Den Blick starr auf die Runen gerichtet, schüttelte sie unmerklich den Kopf, als könnte sie immer noch nicht fassen, was sie da sah und gerade eben verkündet hatte. Fast zögernd streckte sie die Hand nach dem Tuch aus und fuhr behutsam mit den Fingern über die Knochen, ohne sie jedoch zu berühren. Dabei bewegte sie die Lippen, als flüsterte sie oder spräche ein stilles Gebet.

»HÖRT ENDLICH AUF DAMIT!« Die heisere, barsche Stimme gehörte einem rotgesichtigen Mann mit Glatze, der seinen Worten Nachdruck verlieh, indem er auf die lange Bank sprang, auf der er bisher gesessen hatte. »Natürlich werden wir nicht zulassen, dass ein Weib das Erbe des großen Nimgurd antritt, selbst wenn es seine Schwester ist. Oder besser, gerade weil sie ...«

»Ach ja? Wer hat dich denn nach deiner Meinung gefragt, Olbart?« Ein anderer Nordling erhob sich von seiner Bank, die an einer mit Fellen behängten Wand aus Lehmziegeln und Holz stand. Der Hüne brauchte nicht auf eine Bank zu treten, um Olbart zu überragen. »Wenn ich mich recht entsinne, hast du doch am lautesten beim Obersten Konzil in Hellgaart über Nimgurds Unfähigkeit lamentiert und behauptet, selbst Egkhild wäre besser als Kriegshäuptling geeignet als er!« Das beifällige Gemurmel der anderen bestärkte ihn. »Woher kommt denn dieser Gesinnungswandel? Du siehst dich wohl schon selbst auf dem Hohen Stuhl, hab ich recht? Bei Belphors Hörnern, das eine sag ich dir – eher ertrage ich ein Weib als einen weibischen Maulhelden wie dich!«

»Du denkst mit deinem Schwanz, Frerik, und entsprechend kurz gedacht sind deine Worte!«, fauchte Olbart gereizt zurück.

Einige Häuptlinge lachten, andere dagegen ballten die Fäuste, und einigen Hitzköpfen juckte es in den Fingern, nach ihren Waffen zu greifen. Aber bei den Zusammenkünften der Häuptlinge während des Runenwurfs, durch den sie in Zeiten von Not und Gefahr einen Kriegshäuptling auf den Hohen Stuhl hievten, war das Tragen von Waffen strengstens untersagt. So zerstritten und verfeindet die großen Clans und Stämme Hellandens auch waren und so eifersüchtig sie auch auf ihre Unabhängigkeit und jeweiligen Interessen achteten – hatten sie erst einen Kriegshäuptling bestimmt und wurde dieser von Belphor durch die Schamanin bestätigt, wurde die Wahl für gewöhnlich akzeptiert.

Diesmal jedoch war es anders. Die Frau seufzte, während die erregten Stimmen um sie herum immer lauter und die Atmosphäre zunehmend feindseliger wurde.

»Das Letzte, was Hellanden jetzt brauchen kann, ist, dass wir unsere Kräfte schwächen, indem wir uns auf einen Bruderzwist einlassen!«

Die Schamanin hob den Kopf und sah zu dem Sprecher hinüber. Sie zuckte zusammen, als sie den scharfen Blick bemerkte, mit dem er sie musterte. Im nächsten Moment glättete sich die Miene des Mannes wieder.

Branwulf Koldark deutete lächelnd auf die Frau. »Immerhin ist Frahnja eine Tochter Lokhs. Es scheint mir nicht klug, eine Tochter von Belphors Gefährten zu beleidigen, indem wir ihr unterstellen …«

»Pah! Sie ist nur eine Besessene, und sie hat schon Nimgurd …«

»… dass sie irgendwelche politischen Interessen vertritt und den Wurf der Runen beeinflusst hat, um einen ungerechtfertigten Anspruch auf den Hohen Stuhl zu unterstützen«, fuhr Branwulf unbeeindruckt fort. »Jeder von uns weiß, was eine solche Tat für Folgen hätte. Nicht nur, dass die entsprechende Person gepfählt würde, sie müsste sich noch dazu im Hellführ Belphors Zorn stellen.«

Er wandte sich an Olbart, der unter reichlich spöttischen Zurufen von der Bank stieg. »Hast du nicht selbst die Weisheit der Schamanin in höchsten Tönen gelobt, als Nimgurd dich zum Proviantmeister unserer Armee bestellte? Und hat deine Frau nicht Frahnja gebeten, den Segen Belphors zu beschwören, auf dass ihr endlich mit einem Kind beschenkt würdet?«

»Ein Geschenk, das Korgh von Rüngart überbracht haben

soll!«, brüllte ein anderer Häuptling, und dröhnendes Gelächter brandete auf.

Olbart fuhr herum, krebsrot im Gesicht. »Für diese Beleidigung wirst du zahlen!«, schrie er wütend.

»Ha, das ist mir der Spaß wert zu sehen, wie dich der Schlag trifft!« Der Mann griff in seine Gürteltasche und zog eine Kupfermünze heraus, die er durch den Raum in Richtung Olbart warf. »Hier hast du einen Kronn. Das genügt als Wiedergutmachung. Schließlich weiß ganz Hellanden, dass deine Frau …«

»Schluss damit!«, schrie ein älterer Häuptling, erhob sich und schlug mit einem knorrigen Gehstock so fest auf den Tisch, dass die Humpen tanzten. »Das Schicksal von Hellanden steht auf dem Spiel, und ihr …!«

»Ganz recht, und wie es aussieht, hat Egkhild Belphors Gunst auf ihrer Seite«, unterbrach ihn Branwulf, immer noch lächelnd. Dann deutete er mit einem Arm auf die vielen leeren Stühle am Tisch. »Und offenbar auch die Unterstützung fast der Hälfte unserer Häuptlinge.« Er lächelte weiterhin, aber der Blick seiner schwarzen Augen wurde plötzlich eisig. »Unser Feind steht außerhalb unserer Grenzen, nicht innerhalb, vergessen wir das nicht. Wir haben gerade erst, durch die heimtückische Tat des Drachenfürsten von Alghor, unseren Kriegshäuptling verloren. Prakuhl hat dank der Tapferkeit unserer Männer seinen Verrat zwar augenblicklich mit dem Leben bezahlen müssen, aber wir können es uns nicht leisten, lange und unter viel Blutvergießen um Nimgurds Nachfolge zu streiten. Warten wir ab, welche Schritte Egkhild unternimmt, um Nimgurds Tod zu rächen.« Er deutete auf die Schamanin. »Versagt die Warkyria, können wir immer noch Lokhs Tochter auffordern, die Runen ein zweites Mal zu werfen.«

»Ich sage, sie soll es auf der Stelle tun!«, rief Olbart und deutete mit dem Finger auf Frahnja. »Es kann nicht mit rechten …«

»Und wenn sie noch so oft wirft, die Runen werden dich niemals als Kriegshäuptling bestätigen, weil wir dich niemals auf den Hohen Stuhl …«

Die Schamanin bückte sich und schob die Runen vorsichtig in die Mitte des gewebten Tuchs. Dann faltete sie sorgfältig die vier Ecken übereinander und band das Ganze mit einer ledernen Schnur zu einem Beutel zusammen. Den schob sie in die Tasche ihres Fellmantels und ging langsam zur Tür, ohne dass die Männer auf sie achteten. Sie zwängte sich durch die schweren Fellvorhänge, die als Abtrennung zu der winzigen Diele dienten, wo sie die pelzgefütterte Kapuze ihres schweren Fellmantels aufsetzte. Die Knochen, Metallplatten und Perlen an ihrem Mantel klapperten und klirrten leise, als sie die schwere Außentür öffnete und hinaustrat.

Draußen schien die eisige Luft einen unsichtbaren tödlichen Schleier über das von zähen Zweebüschen und eisenharten Rüppeln bewachsene Land gelegt zu haben. Der Blick der Schamanin glitt über die nächtliche Landschaft, die vollkommen ruhig anmutete. Nur Schneeadler wagten sich bei dieser Kälte nach draußen und gingen auf die Jagd nach Erdhunden. Langsam stieg die Frau den kurzen Weg von der schützenden Mulde, in der das Langhaus der Nordlinge stand, zu Belphors Fängen hinauf, wie die schroffen Klippen an der nördlichsten Küste Hellandens genannt wurden.

Tief unter ihr brach sich das Nordermeer an dem weißen Fels, rastlos und unermüdlich, wie es das schon seit Urzeiten tat. Hier draußen waren die erregten Stimmen aus dem Haus nicht mehr zu hören. Die Schamanin schloss die Augen. Ihr Atem gefror in der Luft und bildete eine dünne Schicht Eiskristalle auf dem Pelzbesatz ihrer Kapuze. Dann öffnete sie die Augen wieder und blickte auf das tosende Meer hinaus. Sie bewegte immer noch die Lippen, und ihr Blick richtete sich auf einen Punkt jenseits des Horizonts.

Dank der weichen Ledersohlen der mit kostbarem Weißbärenfell gefütterten Stiefel waren die Schritte des Mannes auf dem hart gefrorenen Boden nicht zu hören. Trotzdem schrak die Schamanin nicht zusammen, als seine Stimme plötzlich hinter ihr erklang.

»Was haben die Runen gesagt, Frahnja? Ich meine, was haben sie *wirklich* gesagt?«

Die Schamanin war froh, dass der schwere Fellmantel ihre schlanke Gestalt vollständig verhüllte und die Kapuze ihr Gesicht vor den Blicken des Mannes verbarg, sodass der Mann hinter ihr sicherlich nicht bemerkte, wie sie zusammenschrak. Sie wartete, bis die Erregung abflaute und sie ihrer Stimme wieder trauen durfte.

»Du bist also auch der Meinung, ich hätte gelogen, was Belphors …«

Branwulf Koldark unterbrach sie mit einem derben Lachen. »Was ist schon Lüge und was Wahrheit, wenn es um die Auslegung des Willens der Götter geht? Erst recht, wenn es sich um den Willen eines so unberechenbaren Gottes handelt wie …«

»Sprich seinen Namen nicht aus!« Frahnja fuhr zu ihm herum. »Nicht, wenn du ihn so wenig achtest.«

Branwulf wirkte einen Augenblick wie vor den Kopf gestoßen, dann aber hob er die Hände zum Zeichen der Unterwerfung. »Versteh mich nicht falsch, Frahnja. Du bist eine Tochter Lokhs, und selbstverständlich respektiere ich die Worte einer Tochter des Gefährten unseres größten Gottes.« Er neigte den Kopf, aber es lag keine Demut in dieser Geste, und er nahm den Blick dabei nicht von Frahnjas Gesicht. »Ich will auch keineswegs behaupten, du hättest die Runen falsch ausgelegt.« Er lachte. »Im Gegenteil, mir ist eine Frau wie Egkhild auf dem Hohen Stuhl des Kriegshäuptlings erheblich lieber als ein machtbesessener Intrigant wie Frerik oder ein ehrgeiziger Schwachkopf wie Olbart.«

»Nur, weil du glaubst, Egkhild besser in deinem Sinne beeinflussen zu können.«

Branwulf zeigte nun ein Lächeln, doch es erreichte seine schwarzen Augen nicht. »Ich ziehe es vor, mich als Ratgeber zu bezeichnen, und zudem biete ich meine Dienste der Zierde der Warkyrien nicht ungebeten an.«

Frahnja maß ihn verächtlich von Kopf bis Fuß und wandte sich dann wieder zum Meer um. Deshalb entging ihr das Aufblitzen mörderischer Wut in den Augen des Mannes. »Dann sag doch einfach, um was es dir geht, anstatt so geziert herumzuschwafeln.«

Branwulf trat dichter an Frahnja heran und warf einen Blick in die Tiefe. Sie standen kaum zwei Schritte vom Rand der Klippen entfernt, aber die Schamanin ließ sich nicht anmerken, ob sie die Nähe des Mannes als Bedrohung empfand. Branwulf verzog die Lippen und wich wieder einen Schritt zurück. Die Kapuze verbarg das Gesicht der Schamanin, deshalb konnte er nicht sehen, wie sie lächelte.

»Ich glaube dir, dass Belphors Wohlwollen auf Egkhild ruht …«

»Das habe ich nicht gesagt. Ich habe nur die Runen *gelesen* und …«

»Genau!«, unterbrach Branwulf sie. »Aber ich habe dich beobachtet, Frahnja. Ich frage mich, was du in den Runen *gelesen* und offensichtlich *nicht* gesagt hast!«

Die Schamanin schwankte plötzlich, als wäre sie von einem Windstoß getroffen worden, dabei regte sich kein Lüftchen. Sie sagte etwas, aber so leise, dass der Mann es nicht hören konnte.

Er trat vorsichtig einen Schritt nach vorn, dann noch einen, während er auf den Abgrund schielte, und bog den Kopf zur Seite, um der Frau ins Gesicht sehen zu können. »Was war es? Was hast du noch gesehen?«

Sie holte bebend Luft, schien von einem fernen Ort zurückzukehren, als sie den Kopf drehte und ihn mit weit geöffneten Augen ansah. »Eine Flut.« Sie bewegte lautlos die Lippen, bevor sie weitersprach. »Ich habe eine Sturmflut gesehen.«

Branwulf verharrte einen Moment in seiner angespannten, etwas schiefen Haltung, bevor er sich mit einem hämischen Lachen aufrichtete und wieder zurücktrat. »Eine Sturmflut? Ist das alles? Hier sind Stürme so alltäglich wie …«

»Diese nicht. Sie kommt nicht vom Meer. Und sie bringt weder Regen noch Eis.« Die Stimme der Schamanin gewann bei ihren letzten Worten plötzlich an Kraft, und sie drehte sich zu dem Häuptling der Qujelln herum. Sie schien die Zähne zu fletschen, als sie fortfuhr. »Sie kommt von Süden und bringt Blut und Tod!«

Branwulf zuckte unwillkürlich vor der Frau zurück. Sie war eine Tochter Lokhs, eine Besessene, die über Kräfte verfügte, die das Fassungsvermögen eines normalen Menschenverstandes weit überstiegen. Aber er war schließlich ein Mann, und falls es hart auf hart kam, hatte er außerdem – wenn auch verbotenerweise – einen Dolch im Stiefel. »Eine Flut aus Blut und Tod?« Erneut stieß er sein derbes Lachen hervor. »Nun, um das zu verkünden, hättest du keine Runen werfen müssen. Nimgurd wollte Frieden mit Alghor, und das hat ihn das Leben gekostet. Ich kann mir nicht vorstellen, dass sich Egkhild damit so einfach abfindet. Eine Flut aus Blut und Tod, o ja. Aber diese Flut wird nach Süden branden! Das hättest du den Häuptlingen ruhig sagen sollen. Es hätte uns vielleicht diese erbärmlichen Streitereien erspart.« Er besah sich die Schamanin, die nur schweigend zurückstarrte, ohne sich zu rühren, und blickte dann noch einmal zum Rand der Klippen. »Na gut, wenn diese Flut nichts Schlimmeres als Tod und Blut anspült, überlasse ich dich jetzt deinem Tun, was auch immer das hier draußen sein mag.« Er schüttelte sich, wartete einen Moment, drehte sich dann um und ging zum Langhaus zurück.

»Schlimmeres als Tod und Blut?«, flüsterte die Schamanin, während sie ihm nachsah, wie er über den Rand der Mulde und dann zum Eingang des Hauses hinabstieg. »Oh, sie bringt etwas Schlimmeres, bei Belphors Feuern!« Sie wandte sich langsam um und trat wieder an den Rand der Klippe. »Etwas weit Schlimmeres«, murmelte sie und schloss erneut die Augen, während sie ihre Hände ausbreitete und sich auf ihre Litanei konzentrierte. »Sie bringt mir meinen Sohn zurück.«

BOUHSS, PROVINZ DES DRACHENREICHES VON ALGHOR, NORDRAND DES GLUTKESSELS

»Bei allen verfluchten Sonnen – Sandläufer!« Der Karawanenführer riss heftig an den Zügeln seines Fefir, was die Echse zu einem boshaften Zischen und einem Schlag ihres mit harten Hornstacheln bewehrten Schwanzes veranlasste – der allerdings, eben wegen der üblicherweise tödlichen Wirkung eines solchen Schlages, auf klägliche zwei Armlängen gestutzt war. »Los, beeil dich! Die Sandschlitten und Lastechsen sollen sich zu einem Kreis aufstellen!« Der Mann rammte der jungen Frau, die neben ihm auf dem schmalen Doppelsattel der Echse hockte, so heftig den Ellbogen in die Seite, dass sie fast aus dem Sattel geflogen wäre.

»Bei Ganäas Titten, Khar, was soll das? Kannst du nicht gefälligst ...?« Sie verstummte, hustete und spuckte, weil ihr Schal, den sie vor dem Gesicht trug, verrutscht war und der Wind ihr den feinen Sand in Nase und Mund trieb.

Der Angesprochene achtete nicht auf sie. Er hatte sich bereits im Sattel aufgestellt und spähte nach vorn. Fluchend sprang die junge Frau in den glühenden Sand hinab und machte sich auf den Weg zum Herrn der Karawane. Der war in seinem Sandschiff, einem Zelt, das man auf einem Gestell zwischen zwei dieser trägen, massigen Lastechsen aufgebaut hatte, vor dem ständigen Flugsand geschützt.

»Verdammt, bei Belphors Höllenfeuern! Und dann auch noch so verflucht viele! Und ausgerechnet hier!«, fluchte der Karawanenführer. Er wandte sich um, kehrte dem Wind damit den Rücken zu und zog das Tuch, das ihn vor dem Flugsand schützte, von seinem Gesicht. »Söldner hierher!«, brüllte er, so laut er konnte. »Die Söldner zu mir!« Bei diesen Worten winkte er einem Bewaffneten in der Mitte der Karawane zu. Der nahm das Signal auf, drehte sich um und gab jemandem hinter sich ein Zeichen.

»He, Makira!«, rief einer der Echsenreiter auf einer stinkenden, gereizt zischenden Lastechse der jungen Frau zu, als sie an ihm vorbeieilte. »Hat Khar dir etwa ein unsittliches Angebot gemacht? Komm, steig auf, ich mach dir ein noch viel dreckigeres. Du kannst auf meinem reiten …!« Er deutete vor sich auf den Sattel.

»Friss Sand, Dörrhirn!«, entgegnete die Frau. »Ich würde mich noch nicht mal darauf setzen, wenn er groß genug für mich wäre. Aber vielleicht sind die Sandläufer ja so gnädig und verfüttern ihn zusammen mit deinen Erbsen an die Wüstenflöhe!« Sie grinste kurz, als sich die Augen des jungen Mannes in dem schmalen Schlitz der Gesichtsmaske vor Angst weiteten.

»Sandläufer? Was? Hier? Wo …?«

Makira deutete zur Spitze der Karawane. »Irgendwo dort vorn. Khar hat sie entdeckt. Sie reiten vor dem Sturm. Wie immer.«

Damit lief sie rasch weiter durch den glühend heißen Sand zur Mitte der Karawane. Beim Laufen öffnete sich ihr Umhang und gab den Blick auf die Krummsicheln in ihrem Gürtel frei. Sie tastete danach, als würde es sie beruhigen, die rauen Ledergriffe zu fühlen.

»Bildet einen Kreis!«, rief sie den Echsentreibern zu, an denen sie vorbeikam. »Wir werden von Sandläufern angegriffen!«

Die Männern und Frauen reagierten zwar meist ungläubig auf ihre Worte, gehorchten aber Makiras Befehl und scherten mit ihren Lastechsen aus.

Als sie endlich das Wüstenschiff erreichte, stand der Karawanenbesitzer, Fasso Osh'b, auf der kleinen Balustrade vor den zurückgeklappten Zeltplanen des Eingangs. Offenbar hatte man ihn bereits in Kenntnis gesetzt. Auf seinem runden Gesicht zeichneten sich ungläubiges Staunen, aber auch Sorge ab.

»Saa'ar? Hier?«, fragte er, drehte sich um und blickte zur Spitze der Karawane, als könnte er die Sandläufer von seinem Standpunkt aus erkennen. Was er aber nicht einmal geschafft hätte, wenn er an der Spitze der Karawane geritten wäre. Fasso Osh'b war von außerordentlich kleiner Statur, so als hätte er im Alter von dreizehn Zyklen beschlossen, nicht mehr in die Länge zu wachsen, sondern in die Breite. Der Mann war rund wie eine Kugel. »Ist sich Khar wirklich sicher?« Die Stimme des Karawanenbesitzers war jedoch nicht die eines Jungen, ganz im Gegenteil. Sie klang tief und rau und strafte die weichen Gesichtszüge und die großen, unschuldig blickenden Augen Lügen. Immer, wenn Makira diese Stimme hörte, dachte sie an die Gerüchte, dass der Kaufmann bei seinen Geschäften über Leichen ging, und das im Wortsinne.

»Das hat er jedenfalls gesagt, Herr!«, erwiderte sie und trat auf dem glühend heißen Untergrund unbehaglich von einem Fuß auf den anderen. Es wurde Zeit, dass sie aus dem Sand herauskam. Aber Fasso dachte nicht daran, ihre missliche Lage zur Kenntnis zu nehmen.

»Wir befinden uns noch auf dem Territorium des Shetan. Normalerweise …«

Sie befanden sich tatsächlich am äußersten nördlichen Rand des Glutkessels, und die Sandläufer warteten mit ihren Überfällen für gewöhnlich, bis die Karawanen tiefer in den Glutkessel vorgedrungen waren. Denn dann konnten sie in aller Ruhe jeden, der bei dem Überfall entkam, jagen und zur Strecke bringen, bevor er einen Wachposten des Shetan von Bouhss erreichte. An Karawanen war kein Mangel, da diese Route der schnellste Weg nach Omarta war, der Hauptstadt der südlichsten und größten Provinz Alghors. Zudem führte sie an etlichen Kaffirs vorbei, Marktflecken mit Zisternen und Brunnen. Auf dem nördlichen Weg, durch die ausgedörrte Knochenwüste vor Omarta, waren die Reisenden der Bedrohung durch die alles Leben erstickenden Sandzyklone sowie Wassermangel ausgesetzt, und außerdem musste man ständig vor den mörderischen Raubechsen auf der Hut sein.

»Wieso greifen uns die Sandläufer überhaupt an?«

Da Fasso anscheinend zu sich selbst sprach, verzichtete Makira auf eine Antwort. Die Karawane war viel zu groß und wurde von so vielen Söldnern bewacht, dass das Risiko eines Überfalls eigentlich zu hoch war. Es sei denn natürlich, bei den Angreifern handelte es sich um ein ganzes Nest von Sandläufern. Für gewöhnlich jedoch überfielen sie in kleineren Gruppen von zehn oder fünfzehn Saa'ar, wie sie sich selbst nannten, kleinere Karawanen, die sich die sehr kostspielige Anwerbung von Söldnern nicht leisten konnten.

Fasso Osh'b hingegen konnte sich jeden Schutz leisten, den er nur wollte.

Er seufzte und schien Makiras Anwesenheit erst jetzt wieder gewahr zu werden. »Also gut! Die Söldner wissen bereits Bescheid.« Er winkte. »Geh und sammle alle Männer, die eine Waffe führen können. Nur für alle Fälle. Ich will keine Überraschung erleben, falls es sich um eine ungewöhnlich große Anzahl von Sandläufern handelt.«

Es war klar, dass Fasso vor allem an seine eigene Sicherheit dachte, denn eine Abteilung Söldner würde allein sein Wüstenschiff bewachen und sich keinen Schritt davon entfernen.

»*Alle* Männer?«, fragte Makira.

Fasso bedachte sie mit einem gereizten Blick und schlang den Umhang aus feinster Nesselseide fester um sein Gesicht, weil die Vorboten des heraufziehenden Sturms feinen Sand durch die Luft wirbelten. »Sagte ich das etwa nicht?«, fauchte er. »In einer solchen Notlage müssen wir alle kämpfen, und das Seite an Seite, ganz gleich, ob Söldner, Echsentreiber oder Mitreisender.«

Makira nickte, legte kurz beide Hände auf ihr Herz, machte dann kehrt und lief weiter, ans Ende der Karawane, während sich Fasso nach einem letzten besorgten Blick zur Spitze der Karawane in sein Zelt zurückzog. Während die Echsen von den Treibern in einen engen Kreis geführt wurden, bezogen sechs bis an die Zähne bewaffnete Söldner Position vor dem Zelt des Karawaneneigners. Aber das bekam die junge Frau schon nicht mehr mit. Sie war unterwegs zu einem der großen Sandschlitten am Ende der Karawane, der von einem Vierergespann Lastechsen gezogen wurde. Darauf befanden sich Lebensmittel für Menschen und Tiere, Schläuche aus Echsenhaut mit dem kostbaren Wasser und … ein weiteres, allerdings erheblich kleineres Zelt.

Sein Bewohner reizte ihre Neugier, seit sie im Kaffir von Gjorm zu der Karawane gestoßen war, und das umso mehr, als er sich nie blicken ließ, nicht einmal abends bei den Mahlzeiten. Ob er allein in seinem Zelt aß oder gar nichts zu sich nahm, wussten weder Makira noch die anderen Mitreisenden, und ebenso wenig konnte jemand sagen, warum Fasso ausgerechnet diesen jungen Mann mitgenommen hatte. Gewiss nicht, weil es ihn nach einem Gesellschafter verlangte, der ihm auf der langen Reise bis nach SanSibor, der Hauptstadt SanFiras, die Zeit vertrieb. Denn dieser Mitreisende hatte auch mit dem Herrn der Karawane bislang kaum ein Wort gewechselt.

Nun hatte Makira wenigstens einen Grund, das Zelt aufzusuchen und den jungen Mann aufzuscheuchen. Grinsend stieg sie über die herunterhängende Strickleiter auf den Sandschlitten und näherte sich dem Zelt.

Sie streckte die Hand aus, um den Vorhang aus schwerer Fettnessel vor dem Eingang des Zeltes beiseitezuschieben, sprang dann aber mit einem Satz zurück.

»Bei Belphors glühendem Auge!«, fauchte sie, als eine mit

Mantel und Kapuze verhüllte Gestalt unmittelbar vor ihr aus dem Zelt trat. »Willst du, dass ich dich in Streifen schneide?«, fuhr sie den Mann an. Ihre Hände lagen auf den Griffen ihrer Krummdolche, aber das schien ihn nicht zu beeindrucken.

»Zu so etwas wärst du imstande?« Seine Stimme klang völlig unbekümmert, und seine Zähne leuchteten unter der Kapuze, als er lächelte. »Nun, aber dann solltest du dir das besser für unsere Feinde aufheben, findest du nicht?« Er legte den Kopf schräg und schien vollkommen entspannt.

Makira ärgerte sich, dass sie sich von dem Mann hatte überrumpeln lassen. Ja, er hatte sie sogar erschreckt. Ebenso missfiel ihr, wenn er sie offenbar nicht ernst nahm. Und irgendetwas an der Ruhe des Fremden flößte ihr auch Unbehagen ein. Sie verzichtete darauf, den Wortwechsel fortzusetzen. »Wir werden von Sandläufern angegriffen. Der Herr der Karawane will …«

Die Reaktion des Fremden überraschte sie ebenso sehr wie sein plötzliches Auftauchen.

»… dass wir kämpfen.« Er stieß zischend die Luft zwischen den Zähnen hervor. »Es wird also Blut fließen.« Er nickte, als hielte er ein Zwiegespräch mit sich selbst, und griff dann über seine Schulter. Nachdem er kurz an der Kapuze genestelt hatte, tauchte der Griff eines Schwertes neben seinem Kopf auf. »Gut. Wir sind bereit.«

Makira betrachtete den seltsam geformten Knauf des Schwertes. Auf den ersten Blick hätte es der Kopf einer Echse sein können. Nein, nicht der einer Echse. Es sah eher aus wie der Kopf eines … Ihr Blick zuckte zu dem Gesicht unter der Kapuze, wo nun dunkle Augen zu erkennen waren, und dann zu dem kleinen Zelt hinter ihm. »*Wir?*«

Der Mann lachte leise, als hätte Makira einen Scherz gemacht, dessen Pointe nur er verstand. »Verzeih, wie unhöflich von mir. Darf ich vorstellen?« Er deutete mit dem Daumen hinter sich, auf den Griff des Schwertes. »*Blutbraut.*«

ULCAR, HAUPTSTADT DES DRACHENREICHES VON ALGHOR DRACHENPALAST, SAAL DER SCHWINGEN

Der Mann eilte mit wehenden Gewändern durch den düsteren Korridor des Palastes. Seine weichen Schuhe verursachten so gut wie keinen Laut auf dem von vielen Sohlen blank gelaufenen schwarzen Stein, seine Worte jedoch waren trotz seines angestrengten Keuchens deutlicher zu hören.

»Gewiss, Eminenz. Eure Weisheit in dieser Angelegenheit ist wahrhaft einzigartig, Eminenz. Natürlich, Eminenz, wie könntet Ihr auch in Eurem unbestechlichen Urteil fehlgehen … Es sei denn, freilich, dass Euch Anfir gerade zufälligerweise in Euren eminenten Hintern kriecht oder Euch den …«

Farael verstummte erschrocken, als er um eine Ecke bog und sich unvermittelt einer Schwingenabteilung Drachenkämpfer gegenübersah, die ihm im langsamen Trott entgegenkam. *Wieso hast du sie nicht gehört, du Narr?*, dachte er, während er zur Seite trat und dabei den Anführer verstohlen musterte. *Hat er mich vielleicht gehört? Du musst aufpassen, verdammt, sonst landest du noch wie Akkad und all die anderen Anhänger des Fürsten im finstersten Verlies des Palastes.*

Der Anführer der Abteilung achtete jedoch nicht auf den jungen Auguren. Farael sah den Soldaten nach. *Wahrscheinlich hat er Wichtigeres zu tun,* dachte er, *seiner grimmigen Miene nach zu urteilen. Vielleicht müssen sie irgendwelche Dienstboten in den Kerker werfen, die im Verdacht stehen, sich den angeblichen Verschwörern gegen den Drachenthron angeschlossen zu haben. Oder sie sollen den Pöbel davon abhalten, die Verliese zu stürmen und den Reichsverweser zu befreien. Oder ihn zu massakrieren, je nachdem.* Farael seufzte und ging weiter.

Seit dem Tod des Drachenfürsten – oder der »heimtückischen Ermordung unseres geliebten Herrschers durch gewissenlose Meuchelmörder und Verschwörer aus Hellanden und Alghor«, wie es der Erste Fragende und Oberste der Kaste der Auguren, Druud OchNarjon, ausgedrückt hatte –, versuchte ebendieser, der Unruhe in Ulcar Herr zu werden. Unmittelbar nach dem Attentat hatte er die Amtsgeschäfte übernommen. Noch im »Roten Sand«, der Großen Ringarena von Ulcar, wo Prakuhl ermordet worden war, hatte er der entsetzten und aufgebrachten Menge versprochen, alles in seiner Macht Stehende zu tun, um die »wahren Schuldigen an dieser hinterhältigen Intrige ausfindig zu machen und sie mit aller Härte und ohne Ansehen der Person zur Rechenschaft zu ziehen«. Gleichzeitig hatte er den Einwohnern von Ulcar und der Bevölkerung von Alghor versprochen, die Drachenbraut »standesgemäß« mit dem Edlen von Ern zu verehelichen, »wie es der ehrenwerte Prakuhl de Prunfors für seine Tochter vorgesehen hatte, auf dass der Drachenthron nicht verwaise und das Drachenreich auch in Zukunft von einem starken Herrscher geleitet werde«.

Dumm war nur, dass Jolah, die eher widerspenstige Braut in spe, es vorgezogen hatte, sich ihrer »standesgemäßen« Heirat durch Flucht zu entziehen. Was natürlich niemand erfahren durfte. Farael verzog spöttisch die Lippen. Ebenso wenig wie die Wahrheit über dieses Attentat. Hätten die Zuschauer im Roten Sand die wahren Hintergründe geahnt, hätten sie Druud zweifelsohne auf der Stelle in Stücke gerissen und an die Raubechsen in der Arena verfüttert. Und den Möchtegern-Bräutigam Ryehl als Dessert gleich hinterhergeworfen. Aber Druud würde schwerlich verhindern können, dass bald die ersten Gerüchte aufkamen. Deshalb war Eile geboten, wenn er seine Pläne verwirklichen wollte.

Pläne, dachte Farael verbittert, *in denen es für mich ganz offensichtlich keinen Platz gibt.* Gewiss, er war zwar immer noch offiziell das Auge des Sehers und folglich der Zweite in der Rangordnung der Auguren. Und außerdem hatte Druud ihn mit dem sehr wichtigen Auftrag betraut, die Drachenbraut aufzuspüren. Aber Farael hatte schon lange vor dem Attentat gemerkt, dass er in der Gunst von Druud deutlich gesunken war. *Oder vielleicht sollte ich lieber sagen, dass Anfir den Obersten Auguren offenbar an den Eiern hat.* Und Jolah aufzuspüren war eine undankbare und extrem heikle Aufgabe. Wie sollte er Erkundigungen über ihren möglichen Verbleib anstellen, wenn niemand erfahren durfte, dass sie überhaupt verschwunden war?

Der junge Augur bog um eine weitere Ecke in einen breiten, von Kandelabern in warmes Licht getauchten Hauptgang, an dessen Ende das dunkle, mit kostbaren Schnitzereien geschmückte Portal des Saales der Schwingen lag, des Thronsaales von Ulcar.

Jetzt ist nicht der richtige Moment für solche Gedanken, ermahnte sich Farael und atmete tief durch, als er sich der hohen Doppeltür mit den vier Wachsoldaten davor näherte. *Konzentrier dich lieber und bereite dich auf das vor, was dich hier erwartet.* Er machte sich keine Illusionen über den Grund, weswegen der Erste Fragende ihn hierherbestellt hatte.

Vermutlich wird er mich erneut demütigen, weil ich die Drachenbraut immer noch nicht gefunden habe, obwohl er mir schon heute Morgen den Auftrag dazu erteilt hat. Jedenfalls wird er ganz sicher nicht meinen Rat einholen oder mich in seine Pläne einweihen wollen. Er schluckte mehrmals, um den bitteren Geschmack im Mund und das Gefühl von Enttäuschung und Widerwillen zu unterdrücken. *Wahrscheinlich braucht er nur ein frisches Gewand, weil er sich beim Essen bekleckert hat, und es ist gerade kein anderer Augur greifbar. Oder …* Unwillkürlich krampfte sich sein Magen zusammen, und wieder hatte er einen bitteren Geschmack auf der Zunge. *Oder er jagt mich endgültig davon.*

»Der Erste Fragende …«, begann er, doch weiter kam er nicht.

»Er wartet schon auf dich, Auge«, fiel ihm einer der Soldaten ins Wort. »Und zwar recht ungeduldig.« Der Mann grinste, und Farael stellte fest, dass es sich bei ihm nicht um einen Drachenkämpfer handelte, sondern er auf seinem Wappenrock das Symbol eines Hammers auf grünem Grund trug. *Die Hämmer von Ern? Seit wann stellen die Soldaten des Edlen von Ern die Wache im Drachenpalast?*

Es blieb ihm keine Zeit, sich noch weiter mit dieser Frage zu befassen, denn die beiden anderen Wachen hatten das äußere Portal geöffnet, und die beiden inneren Flügeltüren zum Saal der Schwingen standen bereits offen. Im Vorbeigehen bemerkte Farael, dass zwischen den beiden Doppeltüren sogar sechs Soldaten der Hämmer postiert waren, dann wurde seine ganze Aufmerksamkeit von der Szene auf dem Thronpodest in Anspruch genommen.

»Farael? Endlich, bei Belphors Hörnern!«, dröhnte es dem Auguren entgegen. »Wieso hast du so verdammt lange gebraucht? Hast du den Weg zum Thronsaal nicht mehr gefunden? Du bist das Auge des Sehers, verflucht! Du hast dich bereitzuhalten, damit du mir unverzüglich zu Diensten sein kannst, wenn ich dich brauche!« Druud OchNarjon, der Erste Fragende und Oberste der Auguren saß … auf der Drachenklaue, dem Thron der Drachenfürsten von Alghor, und zu seinen Füßen kauerte …

Der unvermeidliche Anfir, dachte Farael. *Aber wenigstens kauert er zu seinen Füßen und nicht unter seinem Gewand.*

»Gewiss, Herr«, beeilte er sich dann zu antworten. »Ich bin so schnell …«

»Zum Glück war Anfir in der Nähe, um mich zu führen. Ich weiß wirklich nicht, warum ich immer noch an dir als mein Auge festhalte, Farael! Du solltest deine Pflichten ein klein wenig ernster nehmen, mehr verlange ich ja gar nicht!« Druud OchNarjon legte den Kopf schräg, als sich Anfir aufrichtete und ihm etwas zuflüsterte. Dabei ließ er Farael nicht aus den Augen, und auf seinem jungen hübschen Gesicht malte sich unübersehbar Verachtung ab. »Ja, richtig. Wir haben wirklich Wichtigeres zu tun, als säumige Diener zu belehren.«

Diener? In Farael wallte Zorn auf, aber er riss sich zusammen und ließ sich nichts anmerken. Anfirs Blick war immer noch starr auf ihn gerichtet, und wie immer fühlte sich Farael in der Gegenwart dieses jungen Noviche entschieden unwohl.

»Gewiss, Herr«, murmelte er, nachdem er das Podest erreicht hatte. »Verzeiht meine …«

»Schon gut, schon gut.« Druud OchNarjon wedelte ungeduldig mit seiner knochigen Hand in der Luft herum. »Also, sprich, gibt es Neuigkeiten über den Verbleib von Jolah? Was sagen die Patrouillen? Du hast doch Patrouillen ausgeschickt, wie ich es dir befohlen habe?«

Farael ließ den Blick nicht von dem Noviche und nickte unwillkürlich. Als er daraufhin Anfirs höhnisches Grinsen bemerkte, musste er sich zusammenreißen. Noch war er das Auge des Sehers und nur Druud OchNarjon Rechenschaft schuldig – und nicht seinem Lustknaben oder was auch immer Anfir sein mochte.

»Gewiss, Eminenz«, gab er zurück, wobei er Anfir absichtlich weiter anstarrte. »Aber bis jetzt haben sie bedauerlicherweise …«

»Ah!« Der Erste Fragende hatte mit der Faust auf die Lehne des Throns geschlagen und sich dabei an der harten Kante wehgetan. »Mist, verdammt! Welcher Idiot hat denn diesen perversen Thron entworfen?«

Weder Anfir noch Farael unterbrachen ihr Blickduell, während sie einstimmig antworteten.

»Argholhar, Herr.«

»Der Erste der Drachenfürsten, Argholhar, Eminenz.«

»Das weiß ich selbst, du Narr!«, fauchte Druud, und Farael brauchte einen Moment, bis er begriff, dass der Oberste Augur nur ihn angesprochen hatte. »Sag mir, wieso die Patrouillen keine Spur von ihr gefunden haben! Sie ist noch ein verdammtes Kind, und es kann nicht so schwer sein, sie ausfindig zu machen. Auch wenn sie Hilfe von diesem dahergelaufenen Waisenknaben hatte!«

Farael hatte es satt, den starren Blick Anfirs zu erwidern. Sollte dieser Noviche seinen billigen kleinen Sieg genießen! Aber er musste sich dazu zwingen, den eigenen Blick abzuwenden. »Herr«, sagte er an Druud gerichtet, »ich fürchte, er war nicht der Einzige, der ihr geholfen hat. Meines Wissens ist auch Cassda'ra verschwunden, die Höchste Drachenpriesterin, und …«

»Ha! Diese Drachenpriesterinnen sind mir ohnehin schon lange …« Druud sprang von dem wie eine Drachenklaue geformten Thron auf und wäre fast gestürzt, weil er die Stufe vergessen hatte, die zu dem kleinen Piedestal hinaufführte, das den Thron noch ein wenig über das Podest erhob. Er ruderte mit den Armen, und Farael machte unwillkürlich Anstalten, ihm zu Hilfe zu eilen. Auch wenn er zu spät gekommen wäre. Verblüfft sah er, dass Anfir sich nicht anschickte aufzustehen, um den blinden Obersten Auguren vor einem Sturz zu bewahren. Doch im nächsten Moment schlug sein Erstaunen in reine Fassungslosigkeit um. Er beobachtete, dass Anfir wie vollkommen unbeteiligt seine Hand hob, in der er einen seltsam gebogenen Stab hielt, den er in Richtung des Ersten Fragenden hielt. Druud schlug mit einer rudernden Hand gegen den Stab und bekam ihn zu fassen.

»Danke, Anfir!«, stieß der Oberste Augur hervor, während er den Stab umklammerte und so sein Gleichgewicht wiederfand.

»Gewiss, Herr, stets zu Diensten.« Die weiche Stimme des Noviche passte so gar nicht zu seinem verächtlichen Lächeln und dem kalten Blick, der immer noch auf den jungen Auguren gerichtet war. Aber Farael hatte nur Augen für den Stab, den Anfir in seiner behandschuhten Rechten hielt.

Der Stab des Sehers!, dachte er. *Aber ... das ist das Zeichen des Auges, das Symbol meines Amtes und meiner Befugnisse, und es kann nur ein Auge geben! Was, bei Belphors gespaltenem Schwanz ...?*

Erst als Druud weitersprach, richtete Farael seine Aufmerksamkeit wieder auf seinen Herrn. »Aber um das Problem der Drachenpriesterinnen kümmern wir uns später.« Er räusperte sich. »Entscheidend ist, dass die Drachenbraut gefunden wird, und zwar so schnell wie möglich.« Er hielt inne und wandte sich in Faraels Richtung. »Es ist von allergrößter Bedeutung, dass wir Jolah finden und sie mit Ryehl vermählen, das muss ich dir ja wohl kaum näher erläutern!« Als Farael nicht gleich antwortete, fügte er barsch hinzu: »Oder?«

»Nein ... nein, natürlich nicht, Eminenz. Seid versichert, dass ich mein Möglichstes tun werde, um ...«

»Ich hoffe, du lässt deinen Worten endlich Taten folgen! Bislang scheinst du alles andere als dein Möglichstes getan zu haben!« Er schnaubte verächtlich. »Dabei brauchst du nichts weiter zu tun, als fähige Leute auf ihre Spur zu setzen. Das kann doch nicht so schwer sein! Selbst Anfir wäre dieser Sache besser gewachsen.« Druud verstummte und senkte den Kopf, während der Noviche Farael weiterhin kalt musterte.

»Verzeiht, Eminenz, aber ich glaube kaum, dass ein Noviche ...«

»Dir scheint nicht klar zu sein, in welch prekärer Lage ich ... sich das Reich befindet!«, unterbrach ihn Druud. »Und was ich als Reichsverweser alles zu bedenken habe. Alghor muss einem Angriff Hellandens zuvorkommen. Die machtgierige Egkhild wird nicht zögern, den Tod ihres Bruders für ihre Zwecke zu nutzen, obwohl Nimgurd nur wegen seines heimtückischen Mordanschlags auf den Drachenfürsten zu Tode gekommen ist.

Das Drachenreich wird nicht warten, bis die Nordlinge seine Grenzen überschreiten. Darum wird sich Broll kümmern, der jeden Augenblick hier eintreffen muss.« Er tastete hinter sich, bis er die Lehne des Drachenthrons fand, und ließ sich dann wieder auf den Sitz sinken. »Derweil wird Ryehl immer ungeduldiger und verlangt, dass endlich die Eheschließung mit Jolah vollzogen wird. Magabor hat offenbar sogar schon ein Kopfgeld auf den Entführer der Drachenbraut ausgesetzt, weil er wohl immer noch hofft, sich über sie den Drachenthron erschleichen zu können. Und die Magi wiegeln unter Führung von Sephist das Volk gegen mich … gegen *den Thron* auf, indem sie behaupten, meine Anklage gegen den Verräter, den ehemaligen Reichsverweser und Hexer Akkad da'al Akkadi, wäre eine üble Verleumdung und eine Verdrehung der Tatsachen!«

Was ja auch nicht ganz aus der Luft gegriffen …

»Ich kann diesen Angriffen nur wirkungsvoll begegnen, wenn ich dem Volk die Drachenbraut und ihren Bräutigam präsentiere, wie ich es angekündigt habe!«, fuhr Druud fort. »Also ist es von ebenso großer Bedeutung, Jolah zu finden, wie den Feldzug gegen Hellanden zu planen und die Macht der Magi ein für alle Mal zu beschneiden. Für das Zweite habe ich in Broll den geeigneten Mann, was Letzteres angeht …« Er streckte die Hand aus, und Anfir rückte nach kurzem Zögern ein Stück näher, sodass der Oberste Augur seine Hand auf die rotblonden Locken des Jünglings legen konnte. »Nun, wir werden sehen. Und was die Drachenbraut betrifft, hoffe ich sehr, dass du nicht versagst, Farael. Du kannst jetzt gehen, aber ich erwarte, dass du mir heute Abend Bericht erstattest. Und zu Anfirs Rolle …« Der Erste Fragende machte eine Pause und lächelte. »Er erweist sich in diesen schwierigen Zeiten zunehmend als eine wertvolle Stütze.« Farael schluckte, als Anfir ihn daraufhin eindeutig boshaft anlächelte. »Es hat zwar noch nie zwei Augen des Sehers gegeben, aber es war auch noch nie ein Erster Fragender gezwungen, die Rolle des Reichsverwesers und die des Obersten der Kaste der Auguren gleichzeitig auszufüllen. Ich nehme an, du bist erleichtert, Farael, dass Anfir dich unterstützt angesichts der zunehmenden Aufgaben, die sich dir stellen werden.« Druud schürzte verächtlich die Lippen. »Und die du ja schon jetzt kaum zufriedenstellend ausführst.«

»Gewiss, Eminenz«, murmelte Farael.

Ein zweites Auge des Sehers? Farael schaffte es nur mit Mühe, die Empörung in seiner Stimme zu unterdrücken.

»Zwei Augen sehen schließlich bekanntlich mehr als eines, wie man sagt«, fuhr Druud fort. »Und in diesen schweren Zeiten kann ich gar nicht genug Augen haben, wie ich dir ja vorhin schon sagte. Außerdem, wie sollte ich mich durch den Palast oder Ulcar bewegen, wenn du nicht da bist, um mich zu führen?« Er tätschelte Anfirs Kopf. »Ich halte diese Lösung, die übrigens Anfir vorgeschlagen hat, für ganz ausgezeichnet.«

Natürlich! Das hätte ich mir auch denken können! Dieser kleine, intrigante … Farael schluckte. Druud OchNarjon war blind, wie jeder Erste Fragende der Auguren. Der häufige Genuss des Drachengiftes, das den Obersten der Auguren erlaubte, die Fäden des Schicksals zu ertasten und die Antworten der Götter im Mund der Götter zu verstehen, hatte auch ihm das Augenlicht genommen. Der Stab war zwar ein Hilfsmittel, mit dem das Auge des Sehers den Ersten Fragenden führte, aber er war noch weit mehr als das. Vor allem war er Symbol des Ranges und der Macht des Auges und verlieh ihm die Autorität, im Namen des Obersten Auguren zu sprechen.

Wenn Anfir jetzt ebenfalls über einen solchen Stab verfügt, wird es nicht mehr lange dauern, bis er mir meine Stellung streitig macht. Ich muss mich beeilen …

Farael hütete sich allerdings, seine Empörung zu äußern – wozu ihn Anfirs Blick förmlich herausforderte. Farael ahnte, dass es nicht gut für ihn ausgehen würde, wenn er der Versuchung nachgab und sich bei Druud beschwerte. Im schlimmsten Fall würde der ihn am Ende noch auffordern, seinen eigenen Stab abzugeben. *Und das kann ich auf keinen Fall riskieren. Nicht jetzt …*

»Gewiss, Eminenz, eine … eine wirklich ausgezeichnete Idee Eures Noviche«, erwiderte er. Er konnte nicht verhindern, dass seine Stimme ein wenig gequält klang.

»Schön, dass du das auch so siehst, Farael«, sagte Druud spöttisch. »Jetzt geh und führe meine Befehle aus. Wie gesagt, ich erwarte spätestens heute Abend deinen Bericht, wo sich diese aufsässige Drachenbraut versteckt hält.« Er seufzte und tätschelte Anfirs Kopf. »Ich hoffe wirklich sehr, dass du mich nicht enttäuschst. In deinem eigenen Interesse, wohlgemerkt.«

Farael hielt den Kopf gesenkt, als er sich umdrehte und zum Portal des Saales ging. Er hätte es nicht ertragen, Anfirs triumphierendem Blick noch einmal zu begegnen.

Die Soldaten an der Tür musterten ihn gleichgültig und ließen sich, wie er fand, recht viel Zeit, die innere Flügeltür zu öffnen, die sie nach seinem Eintritt geschlossen hatten. *Nur einen Türflügel, nicht beide!*, bemerkte Farael grimmig. *Als wäre ich nicht würdig, durch das Portal zu schreiten, sondern müsste mich wie ein gewöhnlicher Bittsteller hindurchzwängen. Wären es Drachenkämpfer, würden sie mir mehr Respekt entgegenbringen!*

Faraels Zorn über die Demütigung, die er hatte über sich ergehen lassen müssen, wuchs. Und es *war* eine Demütigung, ganz gleich, wie er es auch drehte und wendete. *OchNarjon hat sich nicht einmal sonderlich viel Mühe gegeben zu verbergen, dass er mich zu einem besseren Laufburschen degradiert hat.* Farael drängte sich wütend zwischen den Soldaten hindurch, die ihn unverschämt angrinsten, und wäre fast mit dem hochgewachsenen Mann zusammengestoßen, der im selben Moment durch das äußere Portal trat. Farael bemerkte kaum, dass die Wachsoldaten auf der anderen Seite für den Mann beide Flügel des Portals geöffnet hatten, denn er war zu sehr damit beschäftigt, ihm auszuweichen.

»Verdammt, könnt Ihr nicht …?«, fauchte er, als er mit der Schulter gegen den bronzenen Brustpanzer des Eintretenden stieß, verstummte jedoch augenblicklich, als er sein Gegenüber erkannte und den finsteren Blick des Mannes gewahrte.

»Schlecht gelaunt, Kerl?«

»Ich bin …!«, fuhr Farael hoch.

»… im Weg«, knurrte Broll und schob das Auge des Sehers ohne viel Federlesens – und auch, wie Farael in ohnmächtigem Zorn feststellen musste, ohne allzu viel Mühe – beiseite. »Dein Herr hat gepfiffen, und wie ein guter Kettenhund gehorchst du, hab ich recht?«

Die Miene des Anführers der Hämmer von Ern hellte sich auf, während er den jungen Auguren für seine Verhältnisse fast freundlich angrinste, dann marschierte er weiter durch das innere Portal. Farael entging nicht, dass die Wachen zackig salutierten, als er an ihnen vorbeischritt. Aber bevor er sich darüber aufregen konnte, verschluckte er sich fast, als er die Worte hörte, mit denen Broll den Ersten Fragenden, den Obersten der Auguren und amtierenden Reichsverweser, begrüßte.

»Ihr wolltet mich … *sehen,* OchNarjon?«

PROVINZ BOUHSS, NORDRAND DES GLUTKESSELS

Blut Blut Blut

»Nein, verdammt! Hör auf!«

BLUT TOD DRAAKENBLUT BLUT TOD

Die Fäden schimmerten blutrot vor Lays Augen und vermischten sich mit der schemenhaften Gestalt eines Menschen. Eines Mannes, der auf einem Drachen ritt …

Blut Blut Blut

Lay spürte, wie Blutbraut in seinen Händen vibrierte, wie ihre Stimme in jeder Faser seines Körpers sang, wie sein Schwert ihn förmlich herumschwang …

Mit einem Rückhandschlag durchtrennte Lay den Hals des Rhaphta. Die Klinge zischte, als das ätzende Blut der Raubechse darauf zu verdampfen schien. Das Tier lief noch ein paar Schritte, brach dann zusammen, und der Sandläufer flog in hohem Bogen aus dem seltsam geformten, entfernt an einen Harnisch erinnernden Sattel, prallte auf einen roten Sandsteinfelsen und landete dann einige Schritte von Lay entfernt im Sand.

Blut Blut Blut

Du bist der Letzte! Lay war mit einem langen Satz neben dem Mann, der ihn mit seinen dunklen Augen anstarrte. Sie waren das Einzige, was die schwarze Feydakhin, die Kopfhaube der Sandläufer, von seinem Gesicht erkennen ließ. In seinem Blick lag keine Angst, nur Hass und ein fast trotziges Sichfügen in sein Schicksal, das gleiche Schicksal, das Lays Blutbraut bereits mehr als zehn anderen Kämpfern seines Nests bereitet hatte. Die Sandläufer waren als erbarmungslose und ausgezeichnete Kämpfer berüchtigt, und deshalb schienen sie zu akzeptieren, wenn sie auf einen ebenbürtigen Kämpfer trafen. Nur, dass Lay ihnen nicht nur ebenbürtig war.

»*NEIN*, bei Ayraks Feuern, du *Monster!* Wir wollen ihn lebend, verdammt! Hörst du nicht? *HÖRST DU MICH NICHT? HÖR AUF!*«

Blut Blut Blut

Monster? Lay kniff die Augen zusammen und atmete tief durch. Die Spitze seines Schwerts schwebte leicht zitternd unmittelbar vor der Kehle des Sandläufers. Die Klinge schimmerte so strahlend und hell, als wäre sie gerade aus der Schmiede gekommen. Kein einziger Tropfen Blut klebte daran, kein Gewebe, kein Knochenstück. Und das, obwohl sie mehr als zehn Menschenleben beendet hatte.

Und dieses ganz offenbar ebenfalls beenden will, dachte Lay und holte noch einmal tief Luft. Die Fäden vor seinen Augen wurden golden und verblassten dann allmählich.

Ayrak? Ich bin sicher, dass es keinen Gott dieses Namens in SanFira gibt. Zanth'ras Unterricht im Monasterium war sehr gründlich gewesen. *Kein Wunder, schließlich war ich auch ihr einziger Schüler. Aber irgendwo habe ich den Namen schon einmal gehört. Oder habe ich ihn vielleicht gelesen? Richtig, im Okkultum der Drachenpriesterinnen …*

»Schon gut.« Seine Stimme klang selbst in seinen Ohren heiser und rau. »Ich hab's ja gehört.« Er erwiderte den regungslosen Blick des Sandläufers und trat dann langsam zurück, ohne das Schwert zu senken. »Auch wenn ich nicht verstehe, was ihr von ihm …«

»Er ist verletzt und wehrlos!«, fauchte Makira und trat rasch zwischen Lay und den im Sand sitzenden Mann. Der riss seinen Blick von Lay los und drehte sich zu seinem Reittier um, das regungslos am Boden lag.

»Rraa.« Ein kehliger, erstickter Laut drang aus seinem Mund, gedämpft von der Feydakhin.

Ist das der Name dieser widerlichen Echse, oder ist es ein Schmerzenslaut? Lay wusste es nicht, und es interessierte ihn auch nicht sonderlich.

Der Kampf hatte ihn erschöpft. Der Kampf und ...

Was ist mit mir los?, dachte er, während sein Blick zu seinem Schwert glitt. Die Blutbraut lag friedlich in seiner Hand, jedenfalls so friedlich, wie eine perfekt geschmiedete, grau schimmernde Klinge sein konnte, an der nichts, weder Blut noch Haut noch Knochen haften blieb und die *sang*, wenn sie Blut schmeckte.

»Was, verdammt noch mal, ist mit dir los?«

Lay riss den Blick von seiner Waffe und hob den Kopf, als die Frage, die er sich gerade selbst gestellt hatte, von einer atemlosen weiblichen Stimme laut wiederholt wurde. Dann erst nahm er die junge Frau wahr.

Makira. Er erinnerte sich an ihren Namen. Den hatte sie ihm genannt, als sie ihn beim Nahen der Sandläufer aus seinem Zelt hatte holen wollen. *Unnötigerweise*, dachte Lay, und sein Blick glitt wieder zu dem Schwert in seiner Hand. Blutbraut hatte ihn bereits vor dem Auftauchen der Feinde gewarnt. *Obwohl »gewarnt« es wohl nicht so ganz trifft*, dachte er grimmig. *Frohlockt* traf es wohl eher. Er schüttelte den Kopf und steckte die Klinge in die ebenfalls mattgraue schmucklose Scheide zurück.

Dann sah er die Frau an. Makira. Sie stand leicht vornübergebeugt vor ihm, die beiden Krummdolche noch in den Händen. Von den sichelförmigen Scheiden tropfte Blut, und sie selbst war ebenfalls über und über mit Blut besudelt.

Das ist das Problem, wenn man solche Waffen führt, dachte Lay. *Das Blut der Gegner versaut einem sämtliche Gewänder. Allerdings dürfte die Reinigung ihrer Garderobe nicht allzu viel Zeit in Anspruch nehmen.* Sein Blick glitt von dem Gesicht der jungen Frau, über ihren braunen schlanken Hals zu den Lederfetzen, die ihre festen Brüste mehr schlecht als recht bedeckten, dann weiter zu ihrem nackten braunen Bauch, dem schmalen Lederschurz vor ihrem Schoß und der fast durchsichtigen Hose aus Nessel, die sie darunter trug und deren leuchtendes Rot von dunkleren Flecken, offenbar ebenfalls Blut, gesprenkelt war. *Denn viel Stoff zum Waschen trägt sie ja nicht am Leib.* Er musste unwillkürlich grinsen.

Ein scharfes Zischen veranlasste ihn, seinen Blick von den weichen Lederstiefeln an ihren Füßen zu den lodernden Augen in ihrem Gesicht zu lenken.

»Was ist denn?«, fragte er und verschränkte die Arme.

»Kann es sein, dass du mich … He!«

Lay war vorgesprungen, prallte gegen sie und riss sie zu Boden. Sie landeten im Sand, und im nächsten Moment zischte ein Dolch durch die Luft, etwa dort, wo Lay und Makira eben noch gestanden hatten.

»Was …?«, fauchte sie.

»Hierher!«, schrie eine heisere Stimme. Einige Gestalten tauchten aus dem heißen Staub auf, den der mittlerweile wieder abgeflaute Sandsturm immer noch aufwirbelte. »Wir haben einen Gefangenen!«

Makira blieb einen Moment regungslos unter Lay liegen. Ihre beiden Gesichter waren nur eine Handbreit voneinander entfernt. »Runter … von … mir«, zischte sie. »Sofort!«

»Keine Umstände, es war mir eine Freude, dir das Leben zu retten.« Lay grinste sie an und stemmte sich hoch. »Jederzeit wieder.«

»Du hast mir *nicht* das …!«

Lay kümmerte sich nicht weiter um sie, sondern trat zu dem Sandläufer. Der Mann hatte sich offenbar bei dem Sturz von seinem … *Reittier? Oder wie soll ich dieses Vieh nennen?* … ein oder vielleicht sogar beide Beine gebrochen. Das hatte ihn jedoch nicht daran gehindert zu versuchen, ihn umzubringen. Lay wusste, dass Makira recht hatte. Der Dolch hatte nicht ihr gegolten, sondern ihm. Der Mann schien ansonsten unbewaffnet zu sein. Außerdem litt er eindeutig Schmerzen, jedenfalls wenn die kehligen Laute, die er von sich gab, Schmerzenslaute waren.

Was sollten sie sonst sein?, dachte Lay.

»Los, Männer, packt ihn und bindet ihn.« Der Führer der Karawane, Khar, kam in Begleitung von drei Söldnern langsam auf sie zu, während der Sandläufer weiter seine heiseren Laute ausstieß.

»Er scheint verletzt und Schmerzen zu haben …«, begann Lay.

»Schmerzen?«, wiederholte Khar und warf dem jungen Mann einen verständnislosen Blick zu, während die Söldner den Sandläufer an den Armen packten und ihn unsanft vom Boden hochrissen.

»Er trauert um sein Rhaphta«, mischte sich Makira ein, die hastig aufgestanden war, als die Männer der Karawane und ein paar Söldner näher kamen. »Diese Männer sind viel zu stolz, um sich körperliche Schmerzen anmerken zu lassen.« Sie sah sich um. »Vielleicht trauert er auch um seine Nestbrüder.« Ihr Blick glitt wieder zu Lay. »Du kannst dich rühmen, dass du dir heute einen erbitterten Feind gemacht hast, der dich niemals vergessen und dich bis zum Ende deines oder seines eigenen Lebens jagen wird.«

»Weil ich ein paar seiner Kameraden getötet habe?« Lay runzelte die Stirn. »Sie haben uns angegriffen, schon vergessen?«

»Nicht deshalb.« Sie deutete mit einem Nicken auf die Leiche der Echse, aus deren schuppigem Hals immer noch ätzendes grünliches Blut zischend in den Sand troff. »Deshalb. Weil du sein Rhaphta geköpft hast. Etwas Schlimmeres kannst du einem Sandläufer nicht antun.«

»Tatsächlich?« Lay sah zu dem Mann, der ihn unentwegt mit brennenden Augen anstarrte, und seufzte. »Nun, das würde ich nicht sagen. Es gibt immer noch …« Er griff nach seinem Schwert, aber ein scharfes Zischen ließ ihn innehalten.

Makira hatte ihre Krummdolche gezogen und stand in leicht gebückter Angriffshaltung vor ihm. »Du wirst keinen unbewaffneten und hilflosen Gefangenen töten«, fauchte sie. »Jedenfalls nicht, wenn ich dabei bin.« Ihre dunklen Augen funkelten. »Man sollte meinen, du hättest deinen Blutdurst zur Genüge gestillt.«

Lay erwiderte nichts, sondern musterte die junge Sandfrau aufmerksam. Er war davon überzeugt, dass sie ihn angreifen würde, falls er tatsächlich versuchte, den Sandläufer zu töten. Was er eigentlich gar nicht beabsichtigte. *Und genauso sicher ist, dass sie keine Chance gegen mich hat,* dachte er. Ein Gedanke, der ihn allerdings nicht sonderlich mit Stolz erfüllte. Er hatte augenblicklich das leise Summen in seinem Kopf gespürt, als er die Hand auf den Griff seines Schwertes gelegt hatte, und nicht zum ersten Mal in diesen vergangenen Monaten schoss ihm die Warnung von Okh-ta durch den Kopf, der Schmiedin der *Singenden Klingen. »Du formst das Schwert, und das Schwert formt dich. Und jede Waffe lechzt nach Blut. Auch diese hier.«* Damals, in der Schlucht der Schmiede, hatte er ihre Worte nicht so ernst genommen, aber mittlerweile hatte er seine Haltung diesbezüglich geändert. *Okh-ta hätte mich ruhig ein wenig eindringlicher warnen können! Oder Korgh, verdammt!* Er dachte an den Nordling, der ihm damals im Monasterium zweifellos das Leben gerettet hatte, als er ihn daran gehindert hatte, einfach loszustürmen und mit seinem lächerlichen Jagdbogen den Anführer der Hämmer von Ern anzugreifen. Er hatte den Tod von Theija und den anderen Bewohnern des Klosters rächen wollen, der einzigen Familie, die er je gehabt hatte. Bei dem Gedanken an seinen alten Gefährten schnürte sich ihm die Kehle zusammen. Er hätte nicht gedacht, dass ihm dieser nach Fischtran stinkende Kämpfer aus Hellanden einmal fehlen würde, aber genau so war es.

Und Jolah fehlt dir ebenfalls, gib es ruhig zu. Aber er hatte keine Zeit, sich irgendwelchen Sentimentalitäten hinzugeben. *Denn offenbar hast du da jemanden aufgegabelt, der mindestens genauso streit- und herrschsüchtig ist wie die Drachenbraut.*

Lay starrte immer noch die Sandfrau an, die unter seinem

Blick langsam die Krummdolche sinken ließ, als spürte sie, dass Lay nicht vorhatte, noch mehr Blut zu vergießen. Jedenfalls im Augenblick nicht.

»Hab ich nicht«, sagte er.

»Was hast du nicht?«

»Es ist nicht mein Blutdurst«, antwortete Lay und hätte sich am liebsten auf die Zunge gebissen, als er sah, wie sich zuerst Verwirrung und dann Argwohn auf Makiras Gesicht breitmachte, während ihr Blick von seinem Gesicht zu dem Schwertgriff glitt, der über seiner Schulter hervorragte.

»Es ist nicht …?« Die Sandfrau starrte ihn mit zusammengekniffenen Augen an. »Wer, bei Ayraks Krallen, bist du?«

»Ja, wahrlich, junger Kämpfer, wer bist du?« Die dröhnende Stimme war eine Ablenkung, die Lay sehr willkommen war. »Und was führt dich hierher ins Land von Belphors Feuer? Ich muss schon sagen, so wie dich habe ich noch nie jemanden kämpfen sehen!«

»Ich …« Lay wendete sich um. Der Herr der Karawane stand vor ihm, genauer, er schwebte. Fasso Osh'b bot einen etwas grotesken Anblick, und Lay musste sich zusammenreißen, um nicht zu feixen. Der kugelförmige Karawanenbesitzer wurde von vier Söldnern seiner Leibwache in einer sonderbaren Konstruktion aus Lederbändern und Stöcken getragen, die entfernt an eine Kinderschaukel erinnerte. Offenbar wollte er seine für seine Körperfülle überraschend zierlichen Füße nicht dem heißen Sand aussetzen.

Lay senkte den Kopf, aber bevor er antworten konnte, trat ein anderer Mann vor, der neben den Söldnern hergegangen war. »Das kann man wohl sagen. Du bist ein verflucht guter Kämpfer!«

Es handelte sich um Praak, Hauptmann der Söldner in Fassos Diensten. Lay hatte ihn gesehen, als er in Druuhn, einem Marktflecken am Niederwai, einem der Haupthandelswege, die von Belphors Schlaf in Richtung Belphors Feuer führten, zur Karawane gestoßen war. Nachdem Jolah ihn verlassen hatte.

Er hatte sich Khar und Praak gegenüber als Ringfechter und erfahrener Schwertkämpfer ausgegeben, der zum Schutz der Karawane beitragen könnte und dafür sogar bezahlte. Mit dem Gold, das Jolah und Cassda'ra ihm überlassen hatten, und dank seiner Fähigkeiten in der Kunst der Versenkung hatte er Fassos anfänglich ablehnende Haltung ihm gegenüber zu seinen Gunsten ändern können. Praak aber hatte Lay verächtlich gemustert und ihn nicht zu seinen Leuten nehmen wollen, sondern ihm eine gesonderte Unterkunft auf dem letzten Lastschlitten in der Karawane zugewiesen, der ungegerbte Echsenhäute transportierte. Zum Glück hatte der Wind den elenden Gestank der Häute zumeist von Lays Zelt fortgetragen.

Offenbar habe ich meine wertvollen Dienste als gedungenes Schwert heute genügend unter Beweis gestellt!

Er sah, dass Fasso ihn immer noch aufmerksam betrachtete, und auch Praak musterte ihn scharf. Sie warteten offenbar auf eine Antwort. Und auf seinen Namen.

»Mir hat … mir … mir haben der … ständige Schnee und das Eis in … Hellanden nicht gefallen«, erklärte Lay rasch, während er fieberhaft nach einem passenden Namen für sich suchte. »Ich habe gehört, dass es hier in Belphors Feuer wärmer sein soll.« Er bemühte sich, ein gelassenes Lächeln auf sein Gesicht zu zaubern. »Und dass die Frauen hier hübscher sind und nicht nach Fischtran riechen.« Er warf Makira einen anzüglichen Blick zu, konnte jedoch wegen des ganzen Blutes auf ihrer dunklen Haut nicht erkennen, ob sie errötete. Aber ihre Augen glühten dafür umso deutlicher. »Was ja auch beides zutrifft.«

Fasso lachte, und selbst Praak verzog seine dünnen Lippen zu einem Grinsen. »Ein Nordling, hm?«, knurrte der Söldnerhauptmann. »Ich hab ja hier unten nur selten einen zu Gesicht bekommen, aber ich meine mich zu erinnern …«

»Von mir aus könnte er auch ein Dämon aus der Steinöde sein«, fiel ihm Fasso ins Wort. »Jedenfalls heiße ich dich in meiner Karawane willkommen, Nordling!« Fasso strahlte förmlich. »Hätte ich gewusst, wie geschickt du mit deiner Klinge umzugehen verstehst, hätte ich Praak angewiesen, dich zu seiner Rechten Hand zu machen.« Der Herr der Karawane klang geradezu begeistert. »Ich nehme an, du hast nichts dagegen, dich Praaks Kommando zu unterstellen? Immerhin kannst du so ein wenig von deinen Reisekosten ...« Er bemerkte den neugierigen Blick des Söldnerhauptmanns und räusperte sich. »Also, jedenfalls dürfte es in der Unterkunft der Söldner weit weniger riechen als bei den Fellen.«

Fasso lachte dröhnend, und erneut schloss sich ihm Praak an. Aber der Blick, mit dem der Söldnerhauptmann Lay musterte, war hart. So ganz schien Praak von der Geschichte des jungen Schwertkämpfers nicht überzeugt zu sein. Sein Argwohn war jedoch nichts im Vergleich zu dem Misstrauen, das in Makiras Augen lag.

»Ich würde wirklich sehr gern deinen Namen erfahren«, sagte sie. »Du scheinst ihn nicht nennen zu wollen. Ist er dir vielleicht peinlich?«

Lay schluckte. »Mein Name?« *Ja, du Idiot, dein Name! Was sonst?* »Ich heiße ...« Er sah die erwartungsvollen Blicke der Umstehenden und holte tief Luft. »Ich bin ...« *Du bist was? Ein Strohschädel? Ein Fischfass?*

»Du bist ...?«, ermunterte ihn die Sandfrau, aber ein Ruf von Khar unterbrach sie.

»Herr!« Der Anführer der Karawane trat zu der kleinen Gruppe. »Er hat geredet.«

Lay hätte vor Erleichterung fast aufgeseufzt.

Khar hatte den Sandläufer befragt, der von zwei Söldnern festgehalten wurde, während die rechte Hand des Söldnerhauptmanns – ein Mann mit einer dunklen, ledernen Haut und einem kahlen Schädel, der Lay irgendwie bekannt vorkam – seinen Krummsäbel an die Kehle des Gefangenen hielt.

»Herr, der Saa'ar hat gesagt, sie hätten im Auftrag des Shetan gehandelt.«

»Wie bitte?« Fasso Osh'b vergaß augenblicklich, dass Lay seinen Namen immer noch nicht genannt hatte, was diesem nur recht war. »Los, tragt mich zu diesem Sandläufer!«

Im Auftrag des Shetan?, dachte Lay. *Mist! Kann es sein, dass jemand mitbekommen hat ...?*

»Du hast deinen Namen immer noch nicht genannt, und du bist kein Nordling«, sagte Makira. Offenbar hatte sie nicht vor, Lay so einfach vom Haken zu lassen.

»Tatsächlich? Und woher willst du das wissen?«, fuhr Lay sie gereizt an. Er sah sich um. Alle anderen waren zu dem Gefangenen gegangen, und sie standen allein neben dem Sandschlitten. »Willst du vielleicht behaupten, dass ich lüge?«

Makira verzog spöttisch die Lippen. »Ich will behaupten, dass du eine merkwürdige Verschwiegenheit an den Tag legst, was deinen Namen und deine Herkunft ...«

»Na und? Ich muss schließlich auch nicht jedem auf die Nase binden ...«

»Wo du gerade von Nase sprichst«, fiel sie ihm ins Wort. »Du riechst auch nicht wie ein Nordling.«

Zum Glück, dachte Lay. »Ach nein?«

»Nein.« Sie schüttelte den Kopf. »Du hast selbst gesagt, dass die Nordlinge nach Fischtran stinken. Und du ... du riechst ...« Sie schloss die Augen und schien noch einmal zu schnüffeln. »Du riechst ...« Sie riss die Augen auf. »Du riechst irgendwie anders!«, fuhr sie dann hastig fort und trat von ihm zurück. »Und außerdem stimmt dein Haar nicht.«

»Mein Haar?« Lay griff sich unwillkürlich an den Kopf. Er hatte sich die schwarzen Locken auf Geheiß von Jolah gleich am ersten Tag ihrer Flucht abgeschnitten. Zum Ausgleich hatte er die dunklen und recht spärlichen Haare an seinem Kinn und auf seinen Wangen gehegt und gepflegt, jedenfalls so gut er konnte.

Mist! Im selben Moment fiel es ihm siedend heiß ein. *Nordlinge haben keinen Bartwuchs. Gar keinen.* »Ich …«

»Also lügst du«, fuhr sie fort. »Und ich frage mich, warum.« Ihr Blick glitt zu seiner Tunika, die beim Kampf durchgerissen war. Plötzlich kniff sie die Augen zusammen und starrte auf seinen linken Oberarm. Lay folgte ihrem Blick.

Maahr-kuts Armreif? Was ist daran so auffällig?

»Was ist denn?«

»Woher hast du den?«, fragte sie, trat unwillkürlich näher und musterte den Reif genauer. »Das ist …!«

»Ein Geschenk meines alten Waffenmeisters«, fiel Lay ihr nun ins Wort.

Sie betrachtete den Armschmuck noch einen Augenblick und trat dann von ihm zurück. »Ein Geschenk?«, murmelte sie und sah ihn an. Ihr Gesichtsausdruck war undurchdringlich, aber ihr Blick wirkte nachdenklich.

Lay war zwar froh, dass sie ihn nicht mehr wegen seines Namens und seiner Herkunft löcherte, aber ihr plötzliches Interesse für Maahr-kuts Armreif war ihm nicht geheuer.

»Ja, ein Geschenk. Du bekommst wohl nicht oft Geschenke, oder?«

Die Sandfrau ging nicht auf seine Bemerkung ein. Denn in diesem Moment ertönte ein wütender Schrei, der ihre Aufmerksamkeit von ihm ablenkte. Sie drehte sich zu der Gruppe um, die sich um den Gefangenen geschart hatte.

»Lügner!«, fauchte Fasso und fuchtelte so wütend mit den Armen, dass die Söldner, die seine improvisierte Sänfte trugen, Mühe hatten, das Gestell in der Balance zu halten. »Du bist ein elender Lügner, Saa'ar! Niemals würde der Shetan von Bouhss anordnen, Handelskarawanen zu überfallen, um …«

»Frrath!«, unterbrach ihn der Saa'ar wütend. Die Söldner hatten ihm die Feydakhin vom Kopf gezogen, und Lay sah erstaunt, dass der Mann offenbar noch sehr jung war, kaum älter als er selbst. Die Haut um die Augen herum war dunkel gebräunt und wirkte fast wie gegerbtes Leder, während der Rest des Gesichtes einen zarten Honigton aufwies. Zwischen den rosigen Lippen schimmerten strahlend weiße Zähne. Der Mann sah angesichts der Strapazen, denen die Sandleute in dieser Umgebung ausgesetzt waren, überraschend gesund aus. Ein Strom von kehligen Lauten drang aus seiner Kehle. Er redete so schnell, dass Khar schließlich gereizt die Hand hob.

»Verdammt, sprich gefälligst langsamer! Wie soll ein normaler Mensch deine verfluchte Sprache verstehen, wenn du so schnell ...?«

»Malokk ist kein Lügner!«, fauchte der Sandläufer in stark akzentuierter Gemeiner Zunge. *»In meiner Sprache gibt es nicht einmal ein Wort für Lüge!«* Sein Blick glitt von Khar zu Fasso und streifte dann kurz Lay und Makira, bevor er sich wieder auf Fasso richtete. *»Der Shetan hat ein hohes Kopfgeld auf den Entführer der Drachenbraut und Jolah da Prunfor selbst ausgesetzt.«* Wieder streifte sein Blick Lay und Makira. *»Ersterer tot oder lebendig«*, sagte er mit einem spöttischen Blick auf Lay, *»Letztere muss dem Shetan lebend und unversehrt in Omarta übergeben werden.«*

»Ah. Und wie kommst du darauf, dass sich die beiden in meiner Karawane verstecken?« Fasso Osh'b beugte sich vor, so gut er das konnte, was die Sänfte gefährlich ins Wanken brachte. »Siehst du hier vielleicht ein Pärchen, das wie die Drachenbraut und ihr Entführer aussieht?« Natürlich hatte der Herr der Karawane von dem Attentat in Ulcar gehört, dem der Drachenfürst zum Opfer gefallen und in dessen Folge auch der Kriegshäuptling der Nordlinge ums Leben gekommen war. *Und zweifellos weiß er auch von dem spurlosen Verschwinden der Drachenbraut und des jungen Ringfechters, der sie begleitet hat. Oder entführt, wie dieser Kerl das nennt.*

Lay musste sich beherrschen, um nicht mit den Zähnen zu knirschen. *Ich kann nur hoffen, dass er meinen Namen nicht kennt …*

Der Blick des Sandläufers richtete sich auf Lay. »*Wir wurden verständigt. Und er könnte es sein. Auch ohne Haar. Von diesem Jüngling genügt Magabor der Kopf.*«

»Wie genügsam!«, fauchte Fasso. »Das ist also dein Gesuchter, ja? Und wo ist die Drachenbraut?« Er drehte sich um und blickte Makira an. »Ist sie das vielleicht, ja? Die große schwarzhaarige Drachenbraut? Die beiden einzigen anderen Frauen in meiner Karawane befinden sich in meinem Zelt!« Er lachte. »Und ich versichere dir, dass keine von beiden eine Drachenbraut ist. Obwohl sie sich manchmal wie Drachen benehmen.« Er wurde wieder ernst. »Auf diesen Verdacht hin überfallt ihr meine Karawane und tötet vier meiner Leute? Hättet ihr nicht einfach fragen können, ob …«

»*Wir fragen nicht, aber wir hätten deine Leute verschont, wenn wir die Gesuchten gefunden hätten!*«, fiel der Saa'ar ihm ins Wort. »*Der Shetan zahlt nur für beide oder die Drachenbraut allein!*« Sein wütender Blick richtete sich auf Lay. »*Aber du Schlächter hast mein Rhaphta getötet!*«, zischte er. »*Fraah! Dafür werde ich dich auf jeden Fall …*«

»Gar nichts wirst du!«, brummte einer der Söldner und trat hinter den Gefangenen, bevor jemand ihn aufhalten konnte. »Deine Leute haben meinen Schwertkameraden auf dem Gewissen, du Sandwurm, und dafür wirst du bezahlen, und zwar auf der Stelle.«

Der Sandläufer riss die Augen auf und gurgelte. Lay runzelte die Stirn, Fasso Osh'b schrie wütend auf, und Makira fauchte, während sie beide Krummdolche zückte.

Die rot schimmernde Spitze eines Kurzschwertes kam in der Brust des Saa'ars zum Vorschein, nachdem sie seinen Körper durchbohrt hatte. Der Söldner riss die Waffe wieder heraus und trat zurück.

»Verflucht, Tark-kut, was fällt dir ein?«, brüllte Praak ihn an.

»Wir hätten noch mehr aus diesem Kerl herausholen können!«

»Allerdings«, stimmte ihm Fasso zu, der die Leiche des Sandläufers angewidert betrachtete. »Obwohl ich bezweifle, dass etwas Nützliches dabei herausgekommen wäre.«

»Er hätte uns wenigstens den Namen des Entführers nennen können«, zischte Makira und starrte den Tark-kut genannten Sandmann wütend an. Ihre Hände lagen auf den Griffen ihrer Waffen, was den Söldner allerdings nicht sonderlich zu beeindrucken schien.

»Das glaube ich nicht«, warf Lay rasch ein. »Sonst hätte er ihn sicher schon vorher ...«

»Was du glaubst, spielt keine Rolle«, zischte sie. »Jedenfalls nicht, solange du uns nicht endlich *deinen* Namen verraten hast, *Nordling!«,* höhnte sie.

»Nordling?« Der Söldner namens Tark-kut lachte trocken, während er seine Klinge an dem Umhang des Sandläufers abwischte. »Dieser Mann ist kein Nordling.«

Fasso Osh'b hatte seinen Leibwächtern befohlen, ihn wegzutragen, zweifellos, weil er mehr als genug Blut gesehen hatte. Doch bei den Worten des Söldners ließ er seine Männer anhalten und wandte den Kopf.

»Ist er nicht?« Er warf Lay einen fragenden Blick zu, bevor er wieder Tark-kut ansah. »Was willst du damit sagen?«

»Ja, genau, was willst du damit sagen?«, echote Makira.

O Mist!, dachte Lay, dem jetzt einfiel, woher er diesen Mann kannte. »Könnte ich vielleicht dazu ...?«

»Ihr wollt seinen Namen wissen?« Tark-kut schob sein Schwert in die Scheide und trat dann einen Schritt auf Lay zu. »Wie wäre es mit Bluthand Lay, dem Bezwinger des unbesiegbaren Drachenkralle Twyll? Dem blutrünstigsten Ringfechter, den die Ringarenen je gesehen haben!« Er grinste, als er auf Lay zutrat. Die anderen Söldner rückten ebenfalls neugierig näher, und Lays Hand glitt unwillkürlich zum Griff seines Schwertes.

»Lay, der Entführer der Drachenbraut. Ich war dabei, Bluthand, als du Malmer Kalwyn und Drachenkralle Twyll abgeschlachtet hast, und ich war auch im Roten Sand am Tag der Klingen, als du nach der Ermordung des Drachenfürsten mit seiner Tochter verschwunden bist. Ich habe keine Ahnung, wo du sie versteckt hast, aber jetzt wissen alle, wer du bist. Es bringt dir also gar nichts, wenn du mich umbringst.« Der Söldner und ehemalige Ringfechter deutete auf das Schwert auf Lays Rücken, während er noch dichter an den jungen Mann herantrat. Dann hob er den Arm und zeigte auf die Söldner, die sie umringten. »Außerdem wäre das deine letzte Dummheit. Schade, dass Twyll nicht mehr lebt, um das hier zu sehen. Es würde ihn sicher erfreuen.«

Einige der Männer hielten gespannte Bogen in den Händen, und die Pfeile zielten alle ausnahmslos auf Lay. *Schwierig, ihnen allen auszuweichen. Vor allem, weil ich noch nicht in die Versenkung eingetaucht bin.* Ein Räuspern neben ihm lenkte seine Aufmerksamkeit auf Makira. Sie schüttelte unmerklich den Kopf. *Vielen Dank für den guten Rat,* dachte Lay. Sein Blick zuckte kurz zu Fasso Osh'b, dessen Karawane er soeben ganz allein – *Na ja, fast ganz allein jedenfalls!* – vor den Sandläufern gerettet hatte. Der Herr der Karawane musterte Lay abschätzend, unternahm jedoch nichts, während sich Tark-kut von einem Echsentreiber ein dickes Seil zuwerfen ließ. Ebenso wenig, wie Khar Anstalten machte, dem »ausgezeichneten Kämpfer« zu Hilfe zu kommen.

Und Makira rührt offenbar auch keinen Finger für mich, obwohl ich so gut rieche! Lay warf der Sandfrau einen bösen Seitenblick zu. Sie hatte zwar die Hände auf die Griffe ihrer Krummdolche gelegt, schien jedoch nicht vorzuhaben, sie zu zücken oder ihm auf andere Weise beizustehen. *Außer dass sie mir überflüssige Ratschläge gibt.*

Lederhaut Tark-kut grinste triumphierend, während er hinter Lay trat und ihm die Hände auf den Rücken fesselte.

»Wie hoch war noch mal die Belohnung, die der Shetan auf deinen kahlen Schädel ausgesetzt hat, hm?«

ULCAR
KASERNE DER GOLDENEN SCHUPPEN

»Wie bitte? Was fällt Euch ein? Erst dringt Ihr unaufgefordert in meine Amtsgemächer ein, und dann stellt Ihr derartig unverschämte Forderungen? Ich verlange, dass Ihr diese Räumlichkeiten umgehend verlasst. Falls nötig, lasse ich Euch gern von meinen Adjutanten hinausgeleiten!« Vyln'd Hoff griff zu der gewirkten Kordel hinter sich an der Wand und zog kräftig daran. »Ihr seid nichts weiter als ein unverfrorener Bauer und …!«

Broll gab sich keine große Mühe, einen Seufzer zu unterdrücken, während er mit stoischer Miene wartete, dass sich der schmächtige, aber sehnige Mann hinter dem wuchtigen Schreibtisch aus massivem Eisenbaumholz wieder beruhigte. *Ich kann dich gut verstehen, alter Mann,* dachte er. *Mir ginge es genauso, wenn mir dieser Usurpator einfach einen jungen Kerl vor die Nase setzen würde. Und dazu noch einen Fremden aus Ern. Allerdings bin ich gar nicht so scharf auf diesen Auftrag. Nach allem, was ich von den Nordlingen gehört und gesehen habe, wird dieses Abenteuer alles andere als ein Spaziergang. Und ich hätte eigentlich viel Wichtigeres zu tun. Aber wir Soldaten können uns unsere Aufgaben nicht immer aussuchen, ist es nicht so? Ebenso wenig wie unsere Herren.*

Laut sagte er nichts von alldem, sondern beschränkte sich darauf, mit gelangweilter Miene die Einrichtung des Raumes zu studieren, während der alte Offizier vor ihm lauthals zeterte. *Wie nett,* dachte er, als sein Blick auf die Füße des Schreibtischs fiel, die zu Drachenkrallen geschnitzt waren. *Fehlt nur noch, dass der Alte statt Gift und Galle Feuer speit.*

»Seid Ihr jetzt fertig?«, näselte Broll, als der Drachenoberste rasselnd Luft holte und seine Tirade kurz unterbrach.

»Also schön«, fuhr Broll fort, bevor der Mann weiterreden konnte. »Ihr könnt lesen, nach den Augenlinsen dort auf Eurem Tisch zu urteilen.« Er deutete beiläufig mit dem zusammengerollten Pergament in seiner Hand auf das große, oval geschliffene Glas in der goldenen Fassung, das auf einem Stapel Dokumente lag. Offenbar hatte der Drachenoberste bei Brolls recht forschem Eintritt darin geblättert. »Dann lest das hier«, er warf dem Mann die Schriftrolle, die er in der Hand gehalten hatte, zu, »bevor Ihr weiter Euren kostbaren Atem und meine ebenso kostbare Zeit vergeudet.«

Broll hatte nicht die geringste Lust verspürt, sich den Machtspielchen der Alghoraner zu unterwerfen und unter den spöttischen Blicken des jungen Adjutanten und der beiden Soldaten der Leibwache vor den Amtsgemächern des Drachenobersten zu warten, bis der geruhte, den Befehlshaber der Hämmer von Ern zu empfangen. *Der außerdem frisch ernannter Oberbefehlshaber der Ersten Vereinigten Drachenhorde Groß-Alghors ist,* dachte Broll und grinste. *Was auch immer dieser Titel bedeuten mag. Jedenfalls ist es eine schöne Bezeichnung für eine Invasionsarmee.* Er hatte sich amüsiert ausgemalt, wie sein Herr, Ryehl, der Edle von Ern, einen Tobsuchtsanfall bekam, weil Druud mit dieser Namensgebung allzu deutlich gemacht hatte, dass er die unabhängige Provinz Ern kurzerhand *Groß-Alghor* einverleibt hatte. *Auf höfische Intrigen und Gemeinheiten versteht sich dieser blinde Augur jedenfalls, das muss ich ihm lassen.*

Seine Miene blieb regungslos, als die Tür hinter ihm aufflog und die beiden Schilde Prunfors in Begleitung des Adjutanten in den Raum stürmten.

»Ser?«

»... außerdem ein überheblicher Emporkömmling, der erst noch zu lernen hat, wo sein verdammter Platz ist. Wartet gefälligst draußen, bis ich Euch ...!«

»Ist es Euch lieber, wenn ich in Anwesenheit Eures Adjutanten das Dekret vorlese, das der amtierende Reichsverweser, der Erste Fragende und Oberste Augur Druud OchNarjon verfasst hat? Er ernennt mich darin zum Feldkommandeur der Vereinigten Streitkräfte von Ern und Alghor und überträgt mir außerdem die absolut vordringliche Aufgabe, ebendiese Armee nach meinem Gutdünken aus Truppenteilen der Drachenreiter und der Hämmer von Ern zusammenzustellen. Und Euch fordert er auf, mir in jeglicher Weise behilflich zu sein, Hellanden ein für alle Mal niederzuwerfen und die Welt von diesem ... Geschwür Egkhild zu befreien!« Brolls Stimme klang immer noch näselnd und gelangweilt, aber seine Haltung und sein Blick waren dafür umso entschiedener.

Die beiden Wachen waren abrupt stehen geblieben und nahmen unwillkürlich Haltung an, der Adjutant war verstummt und schluckte. Dabei hatte sich Broll nicht einmal die Mühe gemacht, sich zu ihnen umzudrehen. Er starrte immer noch den alten Offizier hinter dem Schreibtisch an, aus dessen hagerem Gesicht bei Brolls Worten offenbar jegliches Blut gewichen war.

»Das ist natürlich die Wortwahl des Reichsverwesers«, fuhr der Anführer der Hämmer von Ern gelassen fort. »Ich hätte statt des Wortes ›Geschwür‹ einen weniger ... medizinischen Ausdruck verwendet.« Er seufzte und machte eine abfällige Handbewegung. »Aber wir wollen unsere Zeit nicht mit belanglosen Details vergeuden.« Er trat auf den Schreibtisch zu und stemmte beide Fäuste auf die schwere Platte. Alles Gelangweilte und Näselnde war aus seiner Stimme verschwunden, als er sagte: »Ich denke, ich habe mich klar ausgedrückt, Ser Vyln! Und jetzt schickt Eure Handlanger weg, bevor ich auf die Idee komme, mich von ihnen ungebührlich belästigt zu fühlen.« Er sah über die Schulter zurück und grinste den Adjutanten an. »Ich habe mir den Namen Schlächter von Krühll nicht dadurch verdient, dass ich in der Küche des Stadtvogts Waldtauben für die Tafel seiner Gemahlin geköpft habe, wie Ihr Euch wohl denken könnt.«

Belphor sei gelobt für meinen üblen Ruf, dachte Broll, als er sah, wie auch der junge Schwingenleutnant blass wurde. Offenbar war er gerade erst befördert worden, denn auf dem Revers seiner makellos sauberen Uniformjacke waren noch die Löcher der alten Abzeichen neben der goldenen Drachenschwinge auszumachen, die seinen neuen Dienstrang anzeigte.

»Ich … Ser …« Er blickte von Broll zu dem Drachenobersten und dann wieder auf den Krieger aus Ern. Natürlich wollte er es sich nicht mit einem Offizier von Brolls Rang verderben, andererseits wollte er aber auch auf keinen Fall ungehorsam gegenüber seinem Vorgesetzten erscheinen.

Ein Karrierist, der jedem in den Arsch kriecht, von dem er sich einen Vorteil erhofft. Broll musterte den Mann noch einen Moment verächtlich, dann drehte er sich wieder zu dem Drachenobersten herum. *Dieser Bursche hier hat sich jedenfalls seine Position nicht mit Katzbuckeln verdient.* Broll empfand trotz seiner provozierenden Worte einen widerwilligen Respekt vor dem alten Mann, der zwar im Moment den Mund hielt, aber offenbar trotzdem nicht bereit war, so schnell nachzugeben. Er musterte Broll scharf aus zusammengekniffenen Augen. Das Pergament mit Druuds Dekret lag noch immer ungelesen auf dem Schreibtisch vor ihm, und er schien sich nicht die Blöße geben zu wollen, es im Beisein seiner Untergebenen auch nur aufzurollen.

»Du kannst gehen, Cherus!«, fauchte Drachenoberster Vyln. »Die Sache hat sich … geklärt.« Er schnaubte und wartete, bis seine Untergebenen den Raum verlassen hatten. Dann starrte er Broll an. »Also gut … Setzt Euch, wenn es denn sein muss!«

»Gern.« Broll verschmähte den harten Stuhl vor dem Schreibtisch des Oberbefehlshabers und trat zu einem gepolsterten Sessel an der Wand. Beiläufig schob er den Stapel Dokumente von der Sitzfläche, der daraufhin in einer raschelnden Papierflut auf dem Boden landete. Dann ließ er sich in das weiche Polster sinken. »Ich will Eure gewiss knapp bemessene Zeit nicht über Gebühr beanspruchen.« Sein Ton war liebenswürdig, aber seine Miene ernst und sein Blick von eisiger Kälte. »Ich habe es eilig, wie Ihr Euch denken könnt. Ich brauche von Euch die Namen der besten Drachenkämpferkompanien zwischen Ulcar und dem Weißen Spiegel sowie von Euch unterzeichnete Weisungen für ihre jeweiligen Befehlshaber. Es genügt, wenn Ihr Eure Unterschrift und Euer Siegel auf das Pergament setzt. Den Text der Befehle kann ich selbst ergänzen.« Er lächelte. »Er wird kurz sein und immer gleich lauten.« Er wedelte mit der Hand. »*Hiermit ordne ich, Vyln'd Hoff, Drachenoberster der Drachenkämpfer Seiner Gnaden Prakuhl de Prunfors, Oberbefehlshaber der Goldenen Schuppen, Kommandeur der Schilde Prunfors ...*« Broll machte eine kleine Pause und tat, als müsste er nachdenken. »Habe ich etwas vergessen? Nein, wohl nicht. Also, wie gesagt, Ihr ordnet an, dass diese Kommandeure dem Überbringer dieses Befehls, Feldkommandeur Broll von Ern, ihre Einheiten unterstellen und jeglichen Befehlen oben erwähnten Kommandeurs Folge leisten. So etwa stelle ich mir das vor. Kurz und bündig, um Missverständnisse oder Hintertürchen auszuschließen, durch die sich ein möglicherweise aus seiner behäbigen Ruhe aufgescheuchter ...«

»Ihr werdet *was*?« Der Drachenoberste sah aus, als wäre ihm ein leibhaftiger Drache aus den Legenden begegnet. »Ihr seid wohl *vollkommen* verrückt geworden! Wie kommt Ihr darauf, dass ich zulassen würde, dass Ihr *meine* Befehle ...«

Broll hob die Hand. »Ihr könnt die Dokumente natürlich auch selbst verfassen, wenn es Euch beliebt. Aber sollten mir Eure Formulierungen nicht gefallen, werdet Ihr sie so lange umschreiben, bis sie mir zusagen.« Er senkte den Kopf und wischte einen der zahllosen Schlammflecken auf seiner Lederhose ab.

Sein Daumen hinterließ einen hellen Fleck auf dem dunklen Leder, und Broll runzelte die Stirn. *Ich sollte mir vielleicht noch eine neue Garnitur aus gefüttertem Wüstenziegenleder schneidern lassen, bevor ich nach Hellanden aufbreche,* dachte er. *Da oben ist es verflucht kalt, und mein Mantel hat bei meinem letzten Ausflug dorthin ziemlich gelitten.*

»Wie bitte?« Er hob den Kopf, als er ein Keuchen hörte. »Habt Ihr etwas gesagt?«

Der Drachenoberste war aufgesprungen und beugte sich über die Tischplatte. Er starrte Broll an, und seine eingefallenen Wangen waren krebsrot angelaufen. »Ihr … wollt mir … meine Befehle … diktieren?«

Broll hob eine Braue. »Oh, Ihr braucht Euch nicht zu bedanken. Betrachtet das einfach als großzügiges Entgegenkommen unter Waffengefährten. Und jetzt, wenn ich bitten darf, lasst Euren Schreiber holen, damit wir anfangen können. Wie ich schon sagte, die Zeit drängt ein wenig.«

Einen Moment glaubte Broll, er wäre wohl doch ein wenig zu weit gegangen, und das Herz des alten Soldaten würde den plötzlichen Ansturm von Blut und Wut nicht mehr verkraften. Aber der Mann fing sich wieder.

Ein zäher Bursche, dachte Broll anerkennend. *Vielleicht hätte ich mir die Zeit nehmen sollen, meine Bitte freundlicher zu formulieren. Andererseits …* Broll war schlecht gelaunt, er hatte zu wenig geschlafen und war mit seinen Bemühungen, Jolah aufzuspüren, keinen Schritt weitergekommen.

Sie ist wie vom Erdboden verschluckt, dachte er. *Dieser verdammte Waisenknabe hat wirklich ganze Arbeit geleistet und sie gut versteckt.* Er runzelte die Stirn. *Und von ihm selbst ist auch keine Spur zu finden. Ebenso wenig wie von diesem stinkenden Nordling, diesem Korgh.* Er trommelte mit den Fingern auf die dicken Lehnen des Sessels. *Ich fürchte fast, ich habe Lay unterschätzt. Er hat seine Aufgabe fast ein bisschen zu gut erledigt. Aber Druud hat Jolah ebenfalls nicht gefunden. Und irgendwann muss sie ja ein Lebenszeichen von sich geben. Sie wird sicher wissen wollen, wie sich die Lage in Ulcar entwickelt.* Er sah wieder den Drachenobersten an, dessen Gesichtsfarbe nun deutlich gesünder wirkte.

Natürlich! Broll wäre fast aufgesprungen und einfach hinausgestürmt, als ihn die Eingebung überkam. *Sie wird Kontakt mit der Fürstin aufnehmen, und zwar über den Kult der Drachenpriesterinnen. Wieso bin ich nicht schon früher darauf gekommen?* Er runzelte die Stirn. *Aber wie soll ich Jeul im Auge behalten, wenn ich in dieses verfluchte Hellanden einmarschieren muss, um Druuds Machtstreben zu befriedigen?*

Broll hörte, wie der Drachenoberste etwas sagte, aber es dauerte einen Moment, bis er begriff, dass er zu ihm gesprochen hatte. »Wie bitte?« Er sah, wie der Offizier zur Tür deutete, und fuhr herum. »Ist Euer Schreiber schon …?«

»Wie es aussieht, hat Euer Herr nach Euch gepfiffen.« Vyln gab sich keine Mühe, ein boshaftes Grinsen zu unterdrücken.

In der Tür des Amtszimmers stand ein Schildsergeant der Hämmer von Ern, ein Mann seiner eigenen Leibgarde. »Was gibt es, Runt?«

»Der Edle will dich sprechen, Herr.«

»Das ist im Moment …«

»Sag ihm«, unterbrach ihn Vyln, an den Mann gewandt, »dass der Ser Feldkommandeur mit seinen Geschäften hier fertig ist und sich stehenden Fußes auf den Weg macht.« Er richtete den Blick seiner schwarzen Augen auf Broll. »Ihr dürft darauf vertrauen, Kommandeur, dass ich selbstverständlich dem Wunsch des amtierenden Reichsverwesers zu seiner vollen Zufriedenheit nachkommen werde. Dafür benötige ich Eure mir liebenswürdigerweise angebotene Hilfe nicht. Ich werde Euch meine Befehle in Euer Quartier bringen lassen. Sobald ich sie unterzeichnet habe.«

Der alte Bär hat noch Zähne, schau mal an. Broll wäre fast in Gelächter ausgebrochen, hätte ihm nicht Ryehls Befehl die Stimmung gründlich verdorben. *Was kann er denn jetzt schon wieder wollen?* Er hatte im Augenblick einfach keine Zeit, sich mit den grotesken Wünschen und Launen seines Herrn auseinanderzusetzen.

»Schön. Dann bin ich also hier fertig«, sagte er jedoch, ohne sich seinen Unwillen anmerken zu lassen. »Ich hoffe, Ihr habt nicht vergessen, um was ich Euch gebeten habe. Und ich hoffe, Ihr habt dafür noch genug Tinte in Eurem Pinsel.«

ULCAR
DRACHENPALAST

Die Gestalt kauerte regungslos auf dem feuchten Stein in der kleinen unterirdischen Kammer des Palastes und starrte auf die dunkle Flüssigkeit in der kleinen Schale vor sich. Weißlicher Dampf stieg daraus empor, und die Person beugte sich tiefer darüber, um die Schwaden zu inhalieren. Ihre aufgerissenen Augen schimmerten weißlich, als hätte sich ein milchiger Schleier über die Augäpfel gelegt. Das wenige Licht stammte aus einer winzigen Tranlaterne, die neben der Schale auf dem Stein stand.

Die Gestalt summte merkwürdige Töne, die nicht aus einer menschlichen Kehle zu kommen schienen. Die Arme vor sich ausgestreckt, wob sie mit den Händen ein seltsames Muster in der Luft. Die misstönenden Laute, die sie ausstieß, wirkten wie ein Kontrapunkt zu den Bewegungen ihrer Finger.

Die Dämpfe aus der Schale schienen sich wie Tentakel um ihr Gesicht und ihren Hals zu schlingen, zart zunächst, dann immer lebhafter, während die Intensität ihres Summens zunahm und ihr Leib wie ein Resonanzkörper unter dem dunklen Umhang zu vibrieren schien, bis ihr ganzer Körper zitterte.

Selbst die Wassertropfen, die an den von Flechten bewachsenen Steinquadern der Wände hinabrannen, schienen zu erstarren, als die Töne, die aus dem Mund der Gestalt drangen, immer lauter, die Bewegungen ihrer Hände immer schneller und unkoordinierter wurden, bis kein Muster mehr zu erkennen war.

Mit einem kreischenden Missklang brach die Anrufung schlagartig ab.

»AHH!« Die rauchigen Tentakel waren immer dicker geworden, bis sie fast so fest wie Stricke zu sein schienen. Sie hatten sich jetzt auch um die Arme der Person geschlungen. Durch die hastigen Bewegungen war ihr die weite Kapuze vom Kopf gerutscht und das Gesicht einer Frau mittleren Alters zum Vorschein gekommen, deren schwarzes Haar von silbergrauen Strähnen durchzogen war. Die Tentakel wanden sich wie Reptilien um ihren Hals und schienen sie zu würgen.

»Nein!« Jeul sa Medhi de Prunfor taumelte. Unwillkürlich griff sie mit den Händen an ihre Kehle und rang nach Luft. *»Jolah!«*, rief sie. Ihre Stimme klang gepresst. »Jolah, wo bist du? Ich kann … ich kann dich nicht finden … Ich kann deinem Faden nicht folgen, ich … Ich verliere ihn … ich verliere *dich!*«

Als sich die Tentakel immer fester um ihren Hals wickelten, stöhnte die Drachenfürstin auf, ließ die Hände sinken und trat mit ihrem Fuß gegen die kleine Schale vor sich auf dem steinernen Podest.

Ein metallischer Gong hallte durch die Kammer. Der Klang schien von den steinernen Wänden bis zur Decke emporgetragen zu werden, die sich in der Dämmerung des von der Tranlaterne nur spärlich erleuchteten Raumes verlor.

Die Tentakel lösten sich beinahe augenblicklich auf. Die dunkle Flüssigkeit aus der Schale lief leise zischend über die Steine und versickerte in den Spalten dazwischen, ohne dass auch nur ein Tropfen auf den unebenen Quadern zurückblieb.

Die Drachenfürstin sank zitternd auf die Knie und atmete mehrmals tief durch. Sie brauchte lange, um neue Kraft zu schöpfen, und erst dann richtete sie sich langsam wieder auf.

Ein Scharren erregte ihre Aufmerksamkeit, und sie fuhr zu dem Geräusch herum. Es kam aus einer dunklen Ecke des Kellergewölbes, wo man kaum etwas erkennen konnte. Die Fürstin riss ihre milchigen Augen weit auf, bevor sie sich hastig wieder die Kapuze über den Kopf zog, so tief, dass ihr Gesicht im Schatten lag.

»Reya? Bist du das?« Ihre Stimme klang immer noch erstickt.

»Verzeiht, Erlauchte.« Eine junge Frau trat zögernd aus dem im Dunkeln liegenden Durchgang. Sie sah sich mit sichtlichem Unbehagen in dem kleinen, hohen Gewölberaum um. »Ich … ich habe oben an der Treppe gewartet, wie Ihr befohlen habt, und wollte Euch nicht stören, aber ich habe gehört, wie Ihr …«

»Schon gut.« Jeul hob die Hand. »Es geht mir gut. Ich habe nur …« Sie brach ab, drehte sich um und ging in die Knie. »Wo ist denn …?« Sie fuhr mit der Hand über den Boden vor dem Podest, bis ihre Finger gegen die Schale stießen. »Ah, da ist sie ja.«

Sie packte die Bronzeschale, richtete sich auf und schob sie in die große Innentasche ihres Umhangs. Dann ging sie auf die junge Frau zu und streckte ihre Hand aus. »Aber da du schon einmal da bist, kannst du mir auch die Stufen hinaufhelfen. Sie sind sehr rutschig und schmal, und ich sehe bei dem dämmrigen Licht hier nicht mehr so gut. Sobald ich im oberen Korridor bin, brauche ich deine Hilfe nicht mehr.« Sie lächelte.

»Gewiss, Erlauchte«, antwortete Reya, blieb jedoch ernst. Sie trat zu der Drachenfürstin und hielt ihr den Arm hin.

Jeul packte ihn und sah noch einmal in den Raum zurück. »Moment, die Laterne …«

»Ich hole sie.« Reya trat zu dem Podest, bevor Jeul etwas sagen konnte, und hob die kleine Laterne hoch. Die Flamme, die von einer streng riechenden Paste aus Fischtran gespeist wurde, spendete nur ein schwaches gelbliches Licht und erhellte kaum die feuchten, von Flechten und Moos überzogenen Steine. Die junge Frau verzog angewidert das Gesicht und blickte zu der Drachenfürstin zurück.

Jeul stand an dem dunklen Durchgang, der zu der steilen

Treppe führte, und achtete nicht auf ihre Zofe. Offenbar war sie tief in Gedanken versunken.

Reya verengte die Augen zu schmalen Schlitzen und presste die Lippen zusammen. Dann leuchtete sie mit der Laterne auf den Boden vor dem Podest, wo die Schale gelegen hatte, aber dort war nichts mehr zu sehen.

»Reya, wo …?«

»Ich komme ja schon! Erlauchte«, setzte sie rasch hinzu, als die Drachenfürstin den Kopf hob. »Verzeiht«, fuhr sie fort, »aber dieser Raum ist … unheimlich.«

Jeuls Gesicht, das sich bei dem trotzigen Ton ihrer Zofe verfinstert hatte, glättete sich wieder. »Du warst noch nie hier unten, Reya, deshalb verstehe ich das. Aber es ist mir eine teure Gewohnheit, hier, geschützt von jeder störenden Ablenkung, meinen … Meditationen nachzugehen.« Sie machte eine kleine Pause. »Erst recht nach dem Tod unseres … geliebten Fürsten.« Sie räusperte sich. »Alahita, deine Vorgängerin als meine Kammerzofe, mochte mir bei meinen Meditationen ebenfalls nicht Gesellschaft leisten.« Sie seufzte. »Aber nach der Ermordung Prakuhls und der Einkerkerung des … Verräters Akkad«, ihre Stimme klang belegt, als sie diese Worte aussprach, »hat sich einiges geändert. Der neue Reichsverweser ist sehr um meine Sicherheit besorgt, wie du ja sicher weißt. Immerhin hat er dich als meine neue Kammerzofe eingesetzt, weil du so zuverlässig und vertrauenswürdig bist, nicht wahr?« Die Stimme der Drachenfürstin blieb vollkommen gelassen und freundlich. »Es tut mir leid, dass ich dir mit meinen Gewohnheiten Unbehagen bereite, und aus diesem Grund hatte ich dich auch angewiesen, oben an der Treppe zu warten. Eine Anweisung, die du vielleicht beim nächsten Mal befolgen solltest.«

Die Zofe war mit gesenktem Kopf unmittelbar neben ihrer Herrin stehen geblieben, aber bei Jeuls letzten Worten warf sie ihr einen scharfen Seitenblick zu.

Die Drachenfürstin hatte sich jedoch bereits abgewandt und war durch den Durchgang getreten, sodass sie das spöttische Lächeln auf dem Gesicht der Zofe nicht sehen konnte.

Als die beiden Frauen am Fuß der Treppe angelangt waren, streckte Jeul die freie Hand aus und tastete sich an den roh behauenen Quadern der Wand entlang, ohne dabei die andere Hand vom Arm ihrer Zofe zu nehmen. Sie ging langsam und drückte Reyas Arm, als die Zofe ihre Schritte beschleunigen wollte.

Die junge Frau verzog zwar missbilligend die Lippen, sagte jedoch nichts. Die Drachenfürstin schwieg ebenfalls, bis sie den oberen Treppenabsatz erreicht hatten. Sie traten in eine Nische in der dicken Mauer, in die eine schmale, niedrige Holztür eingelassen war.

»Geh du zuerst!«, befahl Jeul.

Reya zögerte unmerklich, gehorchte dann aber. Sie zog die Tür auf und streckte den Kopf hindurch. Der Gang hinter der Tür war verlassen und dämmrig. Eine einzelne Fackel brannte ein Stück weiter in einer eisernen Halterung, und die Luft roch muffig und staubig, so als würde dieser Teil des Palastes nur selten genutzt.

Aber noch zwei weitere Gerüche kamen hinzu, ein säuerlicher von altem Schweiß und einer, der ganz schwach an einen Schlachthof erinnerte.

»Gut, Reya«, sagte Jeul, hob den Kopf und sog die Luft ein. »Ab hier komme ich allein zurecht. Geh du voraus in meine Gemächer.« Die Zofe wollte protestieren, aber die Drachenfürstin achtete nicht darauf. »Ich will ein Bad nehmen, wenn ich dort ankomme, und möchte, dass du entsprechende Vorbereitungen triffst. Jetzt will ich noch eine Weile … durch den Palast schlendern.« Sie drückte erneut den Arm der Zofe. »Ich möchte dabei mit meiner … Trauer über den Tod des Fürsten allein sein.«

Reya rührte sich nicht, sondern starrte ihre Herrin nur an. Ihre Lippen waren zu einem schmalen Strich zusammengepresst, und ihre Haltung war weder sonderlich beflissen noch devot. Die Drachenfürstin ließ sich nicht anmerken, ob sie das Zögern und den forschenden Blick ihrer Dienerin bemerkt hatte, zudem hielt sie den Kopf gesenkt.

»Wie Ihr wünscht, Erlauchte«, sagte Reya, machte einen flüchtigen Knicks und drehte sich um. Sie ging langsam durch den Korridor und sah sich gelegentlich um. Die Drachenfürstin stand regungslos da und schien den Schritten ihrer Zofe zu lauschen, die auf den Felssteinen deutlich zu vernehmen waren. Als die junge Frau an das Ende des Ganges anlangte, an dem rechter Hand eine schwere Tür zum Küchenbereich und in den belebteren Teil des Palastes führte, blieb sie stehen.

Diesmal blickte Reya nicht zu ihrer Herrin zurück, sondern wandte sich nach links. Gegenüber der Tür lag eine fensterartige Nische, in der die von Staub und Spinnweben bedeckte Skulptur eines lange vergessenen Drachenkämpfers stand, der seinen Fuß triumphierend auf den Hals eines getöteten Drachen gestellt hatte. Der Schwanz des Drachen umschlang den Sockel der Statue und verschwand in der schwarzen Nische hinter dem Drachenkämpfer. In diesen Teil des Ganges drang das Licht der Fackel nicht mehr, aber die junge Frau konnte trotzdem die schimmernden Punkte in der Dunkelheit sehen. Man konnte nicht erkennen, was es war, die Zofe aber wusste, dass es sich um Augen handelte.

Sie erschauerte. Ein heftiger Ruck ging durch ihren Körper, und sie atmete tief ein. Dann schüttelte sie den Kopf. Zweimal, mit einer kleinen Pause dazwischen. Sie schluckte, während sie auf die beiden Punkte starrte.

Sie wiederholte das Ganze. Schütteln. Pause. Schütteln.

Ein leises Zischen ertönte und ein Schaben. Die Spinnweben auf der Statue bewegten sich sacht, dann kehrte wieder Ruhe ein, und auch die leuchtenden Punkte waren verschwunden.

Reya schluckte. Sie drehte sich zu der schweren Holztür herum, hinter der der Dienstbotengang lag. Selbst wenn sie es gewagt hätte, in der Nische nachzusehen, hätte sie keinen Hinweis gefunden, dass jemand dort gewesen war.

Aber sie hatte nicht vor, das zu tun. Im Gegenteil, sie hatte große Mühe, sich zu beherrschen und nicht voller Panik an dem primitiven Riegel zu rütteln, als dieser sich nicht sofort öffnen ließ. Endlich aber öffnete sich die Tür, Reya trat hindurch und zog sie hastig hinter sich zu. Es gab einen Knall, und der Riegel fiel mit einem metallischen Klirren zurück.

Die Drachenfürstin hatte regungslos mitten im Korridor gewartet, bis sie das Zuschlagen der Tür hörte. Nun drehte sie sich um und ging in die andere Richtung weiter, bis sie in einen kleinen Vorraum mit einer Gewölbedecke kam, in den zwei Gänge in den Korridor mündeten. Der Korridor selbst führte zu einem weiteren Treppenhaus, von dem aus sie ihre Privatgemächer erreichen konnte. Der rechte Gang war finster, und ein kalter Wind wehte aus dem gähnenden Schlund. In dem Gang links führte eine gewundene Treppe weiter in die Tiefe. Mattes Licht von blakenden Fackeln fiel dort auf den Stein und ließ ihn in einem dunklen Orangeton schimmern. Dort unten lagen die finstersten Kerker des Drachenpalastes.

In dem Moment, wo die Drachenfürstin sich lauschend vorbeugte, drang ein schwacher, lang gezogener Schrei zu ihr hoch. Seit der Ermordung des Drachenfürsten hatten die Folterknechte alle Hände voll zu tun. Druud OchNarjon schien fest entschlossen, jeden, der im Verdacht stand, an dieser Tat beteiligt zu sein, grausam büßen zu lassen. Seinen wichtigsten Gefangenen jedoch hielt er nicht in den einfachen Verliesen fest. Er hatte ihn in eine besondere Zelle gesperrt, die zudem von ausgesuchten Soldaten bewacht wurde. Dort wartete er auf sein öffentliches Verfahren und eine grausame Exekution im Roten Sand, wie Druud der aufgewühlten Öffentlichkeit noch am Tag des Attentats versprochen hatte.

Die Drachenfürstin richtete sich wieder auf, zog die Kapuze noch tiefer in die Stirn und wandte sich nach rechts, in den finsteren Gang. Nach wenigen Schritten erreichte sie eine Biegung. Sie trat um die Ecke, ging ein paar Schritte, streckte die Hand aus und legte sie an das dunkle, fast schwarze Holz der Tür, die den Gang versperrte.

Dann drehte sie sich um und legte den Kopf auf die Seite, als würde sie lauschen. Doch sie vernahm nichts außer dem leisen Ächzen des Windes und den unbestimmbaren Geräuschen aus den Verliesen, die hinter ihr durch den Gang hallten.

Jeul wandte sich wieder zu der Tür um und tastete vorsichtig nach dem Türhebel. Geräuschlos entriegelte sie den Mechanismus und zog die Tür ein kleines Stück auf.

Der Gang dahinter war von mehreren Fackeln erleuchtet, doch als sie gerade die Tür weiter aufziehen wollte, hörte sie Schritte und ein metallisches Klappern.

Hastig drückte sie die Tür wieder so weit zu, dass nur noch ein winziger Spalt blieb. So konnte sie hören, was die Männer redeten, die durch den Gang kamen.

»... gesagt, dass er ihn besser gleich umgebracht hätte«, sagte einer der Männer.

»Das wäre diesem Auguren auch ganz sicher am liebsten gewesen«, entgegnete der andere. »Er wollte den Magus schon unmittelbar nach dem Attentat öffentlich hinrichten lassen, aber wie ich hörte, soll die Fürstin ihn daran gehindert haben.«

»Tatsächlich?« Der andere Soldat lachte spöttisch. »Ziemlich verwunderlich, wenn man bedenkt, dass er für den Tod ihres Ehemannes verantwortlich ist.«

»Das schon, aber angeblich glaubt sie, dass er dem Reich lebend von größerem Nutzen wäre.« Der Mann schnaubte. »Wer weiß, vielleicht hat sie ja eigentlich nur etwas besonders Widerwärtiges mit ihm vor.«

»Mag sein«, gab der zweite Soldat zurück. »Obwohl ich mir nicht vorstellen kann, dass er wirklich für irgendetwas gut ist. Ich frage mich ohnehin, warum wir ihn ständig bewachen müssen. Flüchten wird er in seinem Zustand ganz bestimmt nicht. Die Folterknechte haben ihm ziemlich zugesetzt.«

»Aber er ist immer noch ein Magus«, erwiderte der andere. »Man weiß nie, über welche gemeinen Tricks diese Kerle verfügen.«

»Pah!« Der zweite Soldat schnalzte abfällig mit der Zunge. »Er ist angekettet und kann weder Hände noch Füße bewegen. Ich glaube, wir sollen weniger dafür sorgen, dass er entkommt, als verhindern, dass jemand sich zu ihm hineinschleicht und ihm den Garaus macht.«

Der erste Soldat lachte. »Na, ich werde ganz bestimmt nicht mein Leben riskieren, um zu verhindern, dass diesen Verräter sein gerechtes Schicksal ereilt.«

Die beiden Männer gingen an der Tür vorbei, an der die Drachenfürstin lehnte, ohne zu bemerken, dass sie einen Spalt offen stand.

»Mich interessiert ohnehin mehr, was an diesen Gerüchten über das Verschwinden der Drachenbraut dran ist. Eine Nichte des Ehemannes der Schwester meiner Frau arbeitet als Kochhilfe im Gelben Drachen, und da hat sie ein Gespräch zwischen zwei Huren mitbekommen. Dieser kleine Perverse …«

»Pass auf, was du sagst, Krock. Du weißt ja, dass auch die Wände hier Ohren haben.«

»… aus Ern scheint vollkommen die Beherrschung verloren zu haben. Er hat vor Wut zwei Huren umgebracht, die man ihm in den Palast geschickt hat. Jetzt weigern sich die anderen, ihm weiter zu Diensten zu sein. Der gute Toohl konnte nicht einmal Iltze dazu bewegen, den Palast zu betreten.« Er lachte. »Und das, obwohl er ihr neue Zähne versprochen hat.«

Der andere Soldat lachte ebenfalls. »Als Kuppler ist Toohl

ja ganz in Ordnung, aber auf seine Versprechungen würde ich nicht allzu viel geben.«

»Jedenfalls haben sie gesagt, dass der Mann völlig außer sich ist, weil niemand weiß, wo sich die Drachenbraut versteckt hält.«

»Das wird dem Obersten Auguren auch nicht sonderlich gefallen. Ich habe übrigens gehört, dass der Shetan von Bouhss ebenfalls ein Auge auf die Drachenbraut geworfen hat.«

»Hast du das etwa auch von der Tochter der Frau deines Bruders …«

»Du meinst die Nichte des Ehemannes der Schwester meiner Frau?«

»… die in diesem Bordell arbeitet …«

»Was willst du damit sagen?«

Die Stimmen wurden leiser, und Jeul zog die Tür ein Stück weiter auf, um in den Gang zu treten.

»Erlauchte!«

Die Drachenfürstin fuhr beim Klang der weiblichen Stimme erschrocken herum. »Reya! Ich habe dir doch gesagt, dass du in meine Gemächer gehen und …!«

Die Kammerzofe stand an der Biegung des Ganges und betrachtete die Drachenfürstin aufmerksam. Dann versank sie in einen tiefen Knicks und schlug die Augen nieder.

»Verzeiht, Erlauchte Fürstin«, antwortete sie, doch ihre Stimme klang nicht sonderlich zerknirscht. »Aber ich hielt es für richtig, Euch davon in Kenntnis zu setzen, dass in Euren Gemächern jemand auf Euch wartet.«

»In meinen Gemächern? Wer ist es?«

»Das hat sie nicht gesagt«, erwiderte Reya. »Sie meinte nur, es wäre wichtig, mit Euch zu sprechen.« Sie zögerte einen Moment. »Sie scheint eine ziemlich weite Reise hinter sich zu haben, denn sie war vollkommen erschöpft und wirkte richtig ausgehungert. Ich habe veranlasst, dass man ihr etwas zu essen und zu trinken bringt.« Die Zofe erhob sich langsam, ohne darauf zu warten, dass die Fürstin sie dazu aufforderte.

Aber Jeul achtete nicht auf ihre Kammerzofe. Sie schloss mit zittrigen Händen die Tür, schaffte es jedoch kaum, den Riegel vorzulegen. »Eine weite Reise, meinst du?«

»Ich glaube«, fuhr Reya fort, »es könnte eine Heilerin sein. Vielleicht bringt sie ja Nachricht von Eurer Tochter. Deshalb habe ich mich auch beeilt, Euch zu finden.« Ihr Blick glitt zu der verschlossenen Tür und dann zu der Drachenfürstin.

»Das hast du gut gemacht, Reya«, erwiderte Jeul und trat zu ihrer Zofe. »Aber hör mir jetzt genau zu.« Sie legte der jungen Frau die Hand auf den Arm. »Sprich mit niemandem darüber, verstehst du? Wir ... wir wissen nicht, was diese Frau von mir will, und wir wollen ... wir wollen keine falschen Hoffnungen wecken. Die Situation des Ersten Fragenden ist auch so schon schwierig genug.«

»Selbstverständlich, Erlauchte«, versprach Reya nach kurzem Zögern.

Jeuls Miene verfinsterte sich, als sie den Unterton in der Stimme ihrer Zofe hörte. »Oder hast du etwa schon jemandem von diesem Besuch berichtet?«

Reya beobachtete die Fürstin unter gesenkten Lidern. »Keiner Menschenseele, Erlauchte.«

SÜMPFE VON ORGT
TEMPEL DER DRACHENJUNGFERN

Sie flog.

Auf golden schimmernden Fäden, die sie über goldene Kuppeln hinwegtrugen, über schimmernde Mauern, Wiesen und Felder, die sich unter ihr scheinbar bewegten, tanzten, ebenfalls schwebten, in einem goldenen Netz, dessen Knoten zu pulsieren schienen.

DRAAKENBRUT … BLUTUNDTOD … WACHTDERACHT … BLUTDERACHT … DRAAKENTOD … WELTENNOT … TONNVOR … WEILE NIT …

Die Melodie mit den sonderbaren Lauten ertönte nur in ihrem Bewusstsein, und obwohl sie die Bedeutung der Worte nicht verstand, spürte sie, wie sie etwas in ihr berührten, ihr Kraft verliehen, nein, nicht Kraft … Macht.

Sie waren so zwingend, so einleuchtend, dass sie nicht anders konnte, als sie mitzusummen, obwohl sie die Melodie nicht kannte, obwohl ihr die Melodie ebenso fremd war wie die Worte selbst..

Sie hörte *nicht, wie sie die Worte* sang, *sondern spürte es, tief in sich.*

Ihre Wahrnehmung schien sich zu verschärfen, strich zuversichtlicher über die Fäden, schien von ihrem Netz getragen zu werden, berührte die Knoten, tastete mit unsichtbaren Händen darüber, sah, *wie sie sich knüpften, auflösten,* sah, *wie sich goldene Flüsse durch schimmernde Landschaften gruben, verweilte jedoch nirgendwo, tanzte weiter über dieses so seltsam lebendige, schimmernde Netz, von Knoten zu Knoten, stürzte plötzlich hinab, steil hinab, in einen Kokon aus goldenen Fäden gehüllt, getragen, beschützt …*

Alles außerhalb des Kokons verschwamm, wurde undeutlich, unwichtig … aber in dem Kokon … pulsierte etwas im Gleichklang mit dem Schlag ihres Herzens. Stark, schön … sonderbar, mit einem Nachhall …

draakenbrut … wachtderacht … tiden nahet … draakentot … tonnvor weilet … maahat … bluttodbluttod … Tiden dränget …

Die goldenen Fäden des Kokons glühten auf, schienen in einen roten Schimmer getaucht zu werden, der wohl aus dem Inneren des Kokons kam und stärker wurde, als das Summen in ihrem Bewusstsein anschwoll, die Stimmen schriller wurden und die Melodie disharmonischer …

Ich … kann sie nicht mehr singen, *dachte etwas in ihr, eine fremde, mahnende Stimme, die sich aus einem Winkel ihres Geistes in ihre Wahrnehmung drängte.*

Ich … wir *…*

Aber das … aber das kann doch nicht sein! Wir sind … ich bin …

Die Stimmen schwollen immer mehr an und drohten alles zu übertönen, jeden Gedanken, jede Wahrnehmung, ja, sogar sie selbst zu zermalmen. Der Kokon glühte auf, bis die Fäden leuchtend orange loderten. Um ihn herum bildeten Fäden einen wirbelnden Strudel aus feurigem Rot, der sich immer stärker um den Kokon zusammenzog.

Ich kann nicht mehr … ich muss …!

»Jolah!«

Cassda'ra, die Höchste Drachenpriesterin, riss die Augen auf und schwankte, als hätte eine gewaltige Sturmböe sie getroffen. »Jolah, du musst …« Ihre Stimme klang verzerrt, undeutlich, und sie konnte kaum die Zunge von ihrem Gaumen lösen, so trocken war ihr Mund. »Du musst … zurückkommen … Komm zurück, Jolah! Hörst du mich?« Sie holte zischend Luft und rappelte sich auf. »Jolah, bei Ganäas Gnade, hörst du mich? KOMM ZURÜCK …!«

Die Drachenbraut saß mit untergeschlagenen Beinen auf einem dicken weichen Kissen, die Arme vor sich ausgestreckt und die Hände fest verschränkt, als hätte sie etwas umfasst und wollte es mit aller Kraft festhalten. Schweiß strömte ihr über das Gesicht, glänzte auf ihrem schwarzen Haar, und die weiße Tunika klebte an ihrem Körper.

Cassda'ra machte einen Schritt auf die Drachenbraut zu und streckte die Hände nach Jolah aus. »Komm …!«

Sie packte die Hände der Drachenbraut, doch im nächsten Moment durchfuhr sie ein unkontrolliertes Zucken, und es knisterte in der Luft wie vor einem starken Gewitter. Cassda'ra wollte die Hände zurückziehen, aber sie vermochte diese körperliche Verbindung nicht zu lösen, anders als die geistigen Bänder, wie sie zwischen Gebender und Nehmender in der Kunst der Versenkung bei den Tutorien geknüpft wurden.

Cassda'ras Gesicht war schmerzverzerrt, die Spitzen ihrer langen Haare hoben sich und schwebten wie von einer unsichtbaren Kraft gezogen um ihren Kopf. Sie zitterte am ganzen Körper, taumelte seitwärts und konnte sich nur mit Mühe auf den Beinen halten.

Die rot glühenden Fäden verblassten, die fremdartigen Stimmen wurden leiser, aber sosehr sie sich auch bemühte, sie konnte den Kokon nicht festhalten. Er schwebte davon, getragen von einem Geflecht aus goldenen Fäden, die ihn zu beschützen schienen. In ihrer Wahrnehmung streckte sie die Hände danach aus, wollte die Fäden zu einem dichten, undurchdringlichen Netz flechten, sah, wie sich die Knoten des Netzes lösten und wieder knüpften, ein sich ständig veränderndes Muster aus schimmerndem Gold … das unaufhörlich blasser wurde.

Nein! Nein, noch nicht … Ich will …!

Mit einer letzten Kraftanstrengung warf sich Cassda'ra nach hinten, und es gelang ihr, die körperliche Verbindung zu Jolah zu unterbrechen. Sie taumelte zurück, stieß mit ihren Fersen an das Sitzkissen, auf dem sie während des Tutoriums gesessen hatte, und ließ sich darauf hinabsinken.

Ohne den Blick von ihrer Nehmenden zu wenden, tastete Cassda'ra nach dem Krug mit Wasser, der neben ihrem Kissen stand. Die Kunst der Versenkung auszuüben war ebenso anstrengend wie schweißtreibend, und sowohl die Tutorin, die Gebende, als auch die Nehmende, ihre Schülerin, verloren dabei sehr viel Flüssigkeit. Neben Jolahs Kissen stand ein ähnlicher Krug mit einem Becher daneben.

Cassda'ra hielt sich nicht damit auf, den irdenen Becher zu füllen, sondern packte den Krug mit beiden Händen und setzte ihn an die Lippen. Sie trank gierig und in tiefen Zügen, ohne darauf zu achten, dass ihr Wasser über das Kinn und auf das Gewand lief. Das war ohnehin schweißnass.

Schließlich setzte sie den Krug ab und stellte ihn achtlos neben sich auf den Steinboden des Tutorials, des kleinen Raumes, in dem Drachenpriesterinnen und Drachenjungfern ihre Kunst übten; jedenfalls dann, wenn Letztere nicht einem anderen Zweck zu dienen hatten. Ein Zweck, an den Cassda'ra im Augenblick keinen Gedanken verschwenden wollte. Sie hatte nur Augen für die Drachenbraut, die immer noch auf ihrem Kissen hockte.

Jolah schien weit weniger von diesem ebenso unerwarteten wie gefährlichen Ausflug in die Fäden mitgenommen zu sein, als sie eigentlich hätte sein sollen. Zwar war sie ebenfalls schweißüberströmt, aber ihre Miene wirkte fast entspannt.

Cassda'ra atmete mehrmals tief durch, während sie darauf wartete, dass die Nehmende ebenfalls aus ihrer tiefen Versenkung auftauchte. Erneut schob sich das Bild vor ihre Augen, das Jolahs Geist ihr durch die gemeinsame Verbindung beim Tutorium übertragen hatte. Es war nicht so, dass sich die beiden Frauen bei diesem Tutorium im Kopf oder im Bewusstsein der anderen befanden oder die Bilder gesehen hätten, welche die andere wahrnahm. Aber sobald sie sich im Netz der Fäden befanden, waren die Wahrnehmungen von Gebender und Nehmender gekoppelt, sodass sie beide das Gleiche *sahen.* Und was Cassda'ra *gesehen* hatte, genügte, um die Höchste Drachenpriesterin aufzuwühlen und zutiefst zu beunruhigen.

Ungläubig starrte sie auf die junge Frau, die vor ihr auf dem Kissen hockte, die Augen immer noch geschlossen und die

Hände fest verschränkt. »Du ...! Das kann doch nicht ... Du bist ...! Aber wie ...? Wann ...?«

Jolahs Miene veränderte sich, während sie die Hände langsam öffnete. Ein Ausdruck von Trauer glitt über ihr Gesicht, und als sie die Augen aufschlug, schimmerten sie dunkelviolett.

»Der Kokon ...«, flüsterte sie. »Was bedeutet das? Ich muss ihn beschützen ...«

»Du musst vor allem dich selbst beschützen!«, fuhr Cassda'ra ihr Mündel an. »Kaum auszudenken, was geschieht, wenn sich das herumspricht!« Sie starrte Jolah an. »Die Prophezeiung kann sich nicht irren! Du *bist* die Trägerin des Mals, du bist die Auserwählte, die die Waagschalen des Schicksals zu unseren Gunsten neigen wird!« Sie schüttelte den Kopf. »Ich habe seit deiner Geburt dafür gesorgt, dass man dich auf diese Aufgabe vorbereitet! Deine Mutter hat sich für dieses Ziel geopfert, und dein Vater ...!« Cassandra verstummte kurz, dann fuhr sie fort: »Und das alles soll vergeblich sein, weil du in einem unbedachten Moment der Schwäche ...!« Die Drachenpriesterin sprang auf. »Aber vielleicht ist ja noch nicht alles zu spät! Es ist noch ganz frisch, und wir können ...«

Jolah hatte ihrer Lehrerin und Vertrauten nicht zugehört, war noch viel zu erschüttert von dem, was sie erlebt hatte. Diesmal war die Versenkung so tief gewesen wie noch nie zuvor, seit sie mit Cassda'ra hier im geheimen Tempel der Drachenjungfern ihre Übungen wieder aufgenommen hatte.

Ich war vollkommen frei in den Fäden, dachte sie, und einen Moment überlief sie ein ehrfürchtiger Schauer, als sie an das Gefühl dachte, das sie in diesem Moment durchströmt hatte. *Freiheit und ungeheure Macht, das Gefühl, die Fäden des Lebens nicht nur zu* sehen, *sondern sie auch* wirken *zu können.*

Dann dachte sie wieder an diesen Kokon und legte unwillkürlich die Hände auf ihren Bauch. *Kann es wirklich das sein, wofür ich es halte?* Sie hob den Kopf und sah Cassda'ra an. Ihre Vertraute bewegte den Mund, und Jolah hörte, dass sie etwas sagte, aber es waren nur Laute ohne Sinn und Bedeutung. Unwillkürlich nickte sie, als sie den Blick ihrer Lehrerin auffing, aber mit ihren Gedanken war sie immer noch bei diesem Moment der Versenkung, als sie den Fäden des Schicksals gefolgt war, die sie zu diesem Kokon führten …

Sie erinnerte sich wieder an das Gefühl, das sie in diesem Moment durchströmt hatte, ein beinah überwältigendes Gefühl von Bestimmung, das Gefühl, als wäre ihr ganzes bisheriges Leben ein Weg gewesen, der genau auf diesen Punkt zulief, darauf, dass es ihr beschieden war, diesen Kokon zu schützen und ihn zu nähren …

Doch dann drängte sich eine andere Erinnerung dazwischen, die Erinnerung an etwas Bedrohliches, Gefährliches, das gerade außerhalb ihrer Wahrnehmung zu lauern schien.

Dieses Lied … Jolah runzelte die Stirn, als sie an die sonderbaren Stimmen dachte. *Es hat meine Fähigkeit, die Fäden zu* sehen *und sie zu* wirken, *zweifellos verstärkt, aber gleichzeitig hat es auch den Kokon bedroht, hat das bedroht, was sich darin befand …* Ihr stockte der Atem bei ihrem nächsten Gedanken. *Was sich in* mir befindet! *Das ist … Das ist doch unmöglich! Wir haben doch nur …!*

Ihre Gedanken wurden jäh unterbrochen, als jemand sie an der Schulter packte und unsanft rüttelte.

»Jolah! Hörst du mir überhaupt zu?«

Die Drachenbraut sammelte sich und blickte die Frau an, die vor ihr auf dem Boden hockte und sie wütend anstarrte. »Ja … ich meine, nein, Cassda'ra. Ich meine …« Sie streckte die Hände aus und packte die der Drachenpriesterin. »Hast du es auch gesehen?«

Ihre Stimme klang fast beschwörend, noch ein wenig unsicher, obwohl Jolah gleichzeitig spürte, wie etwas aus ihrem tiefsten Inneren hochstieg, wie Luftblasen, die sich nicht steuern ließen. Ein nahezu überbordendes Gefühl von beseligender Heiterkeit. *Freude!*, dachte sie. *Obwohl es doch eigentlich gar nicht sein kann, obwohl ich doch eigentlich nicht den geringsten Grund dafür habe! Wir haben nur einmal miteinander geschlafen! Wir haben uns nur einmal geküsst!* Sie hob die Hand und strich mit ihrem Zeigefinger über die kleine Narbe unter ihrem linken Wangenknochen. *Und doch wusste ich es, vom ersten Moment an! Wir sind füreinander bestimmt, ganz gleich, was irgendwelche Prophezeiungen …*

»Selbstverständlich habe ich es gesehen!«

Noch mehr als die Worte ihrer Vertrauten vertrieb ihr Tonfall Jolahs Staunen, riss sie zurück in die Welt des Tutorials mit seinem Boden aus Graphitstein, der von silbernen Fäden durchzogen war, den gewaltigen Steinquadern der Wände und dem Feuer in dem kleinen Kamin, das die in den Sümpfen allgegenwärtige Feuchtigkeit fernhalten sollte. Und erst da begriff sie auch die Bedeutung von Cassda'ras Worten ganz und gar.

»Was meinst du mit *zu spät*?« Die Drachenbraut wich unwillkürlich vor ihrer Lehrerin zurück und ließ Cassda'ras Hände los. »Wofür ist es noch nicht zu spät?« Jolahs Miene verfinsterte sich, als ihr auch die ersten Worte ihrer Lehrerin einfielen. »Und was meinst du mit *unbedachter Moment der Schwäche*?«

»Das weißt du ganz genau.« Cassda'ra deutete mit einem fast schon abschätzigen Blick auf Jolahs Hände, die die Drachenbraut immer noch auf ihren Bauch presste. »Gewiss, dieser … Träger des Mals ist dir durch die Worte der Prophezeiung des Okkultum als Gemahl vorherbestimmt. Aber dabei geht es vor allem darum, dass ihr eure Bestimmung erfüllt, und nicht, dass ihr euren fleischlichen Gelüsten nachgebt!« Die Drachenpriesterin schüttelte den Kopf. »Es ist einfach unverantwortlich von dir, dich so gehen zu lassen, noch bevor du überhaupt den genauen Wortlaut der Prophezeiung kennst und weißt, was das Schicksal an Großem für dich vorherbestimmt hat! Außerdem habe ich den Eindruck, als hättest du mir längst nicht alles erzählt, was dich bewogen hat, dich von diesem Lay zu trennen und stattdessen deiner Bestimmung zu folgen! Auf jeden Fall scheint mir, dass du diese Entscheidung viel zu spät getroffen hast, jedenfalls angesichts der Tatsache, dass er dich geschwängert hat. Und das ja wohl nicht gegen deinen Willen, wenn ich deine warmherzigen und verständnisvollen Worte richtig verstanden habe, mit denen du deinen Beischläfer …«

»Unverantwortlich?« Das Wohlgefühl, das Jolah durchströmte, seit ihr klar wurde, was dieser Kokon, den sie bei der Versenkung *gesehen* hatte, tatsächlich bedeutete, wich allmählich kalter Wut. »Beischläfer?« Jolahs Augen blitzten, und sie hob gebieterisch die Hand, als die Drachenpriesterin weitersprechen wollte. »Du vergisst, mit wem du redest, Cassda'ra!«

»Und du vergisst offenbar, wer du bist!«, gab die Höchste Drachenpriesterin unbeeindruckt zurück. »Wie anders wäre es zu erklären, dass du deinen erhabenen Status als Drachenjungfer einfach so wegwirfst, nur um …«

»Das reicht!«

Die Drachenpriesterin verstummte und fuhr unwillkürlich zurück, als die Drachenbraut wütend aufsprang. Jolahs violette Augen sprühten förmlich Funken, und sie schien die ältere Frau mit ihrem Blick durchbohren zu wollen. »Du bist meine Vertraute und Lehrerin, Cassda'ra«, fuhr sie etwas gemäßigter fort. »So wie du die Vertraute und Lehrerin meiner Mutter gewesen bist. Aber das gibt dir nicht das Recht …«

»Es ist nicht nur mein Recht, es ist sogar meine mir von der Prophezeiung auferlegte Pflicht …!«

»… meine Moral infrage zu stellen oder die Wahl meiner Beischläfer, wie du es nennst. Als mein Vater plante, mich wie eine Stute an Magabor zu verschachern, nur um seine Macht …«

»… dafür zu sorgen, dass du deine Bestimmung erkennst und dem Weg folgst, den dir die Prophezeiung des *Okkultum* vorgeschrieben hat. Es ist dein Schicksal, als Trägerin des Mals …«

»… zu festigen, hat niemand mir gegenüber auch nur ein

Wort darüber verloren, dass ich moralisch sein und meine Beine nicht für dieses fette Schwein breitmachen soll wie all die anderen Frauen in seinem verfluchten Harem!«

»… die Bürde auf dich zu nehmen und in der Zeit der Verschmelzung die von der Vorsehung vorgesehene Rolle zu spielen!«

»Ach, darum geht es also!«, spie Jolah hervor. »Meine Mutter verlangt von mir, die Rolle der vornehmen Drachenjungfer zu spielen, mein Vater, der nicht einmal mein richtiger Vater war, verlangte von mir, ich sollte die Rolle der rossigen Stute spielen – Belphor möge ihn dafür im Hellführ schmoren lassen …!«

»Jolah!«

»… und jetzt kommst du und verlangst, dass ich eine Rolle spiele, die in einem uralten, verstaubten Text …«

»Jolah!«

»… festgeschrieben ist, ein Buch, das offenbar deshalb *Die Verbotene Schrift* oder *Okkultum* heißt, weil sich der Sinn dieser Worte niemandem wirklich erschließt …«

»Jolah! Das ist Blasphemie!«

»… einem Text, der meine Zukunft bestimmt, obwohl ich ihn noch nicht ein einziges Mal wirklich studieren durfte!« Jolah stemmte ihre Fäuste in die Seiten. »Du hast doch nicht wirklich erwartet, dass ich das einfach so hinnehme, selbst wenn ich nicht ohnehin schon eine ganz andere Rolle für mich vorgesehen hätte!«

»Du wirst dich nicht gegen deine Bestimmung …!«

»Das habe ich auch nicht vor! Aber offenbar sind wir unterschiedlicher Auffassung, *was* meine Bestimmung ist!«

Schwer atmend verstummten die beiden Frauen und maßen sich gegenseitig mit grimmigen Blicken, während sie sich in dem heiligen Raum des Tempels der Drachenjungfern gegenüberstanden; keine von ihnen war bereit, auch nur einen Zentimeter zurückzuweichen. Cassda'ra hatte die Arme fest gegen ihre

Seiten gepresst und die Fäuste geballt, während Jolah hoch aufgerichtet vor ihr stand, den Kopf stolz erhoben und das Kinn angriffslustig vorgestreckt.

»Wie auch immer deine Bestimmung aussehen mag«, erklärte die Höchste Drachenpriesterin schließlich und deutete auf Jolahs Bauch, »ein Bastard, auf der Flucht aus Verzweiflung oder Leichtsinn gezeugt, kommt zweifellos in keiner dieser Möglichkeiten vor, die du eben aufgezählt hast!« Cassda'ra schüttelte den Kopf. »Selbst wenn er vom Träger des Mals stammt und du tatsächlich den Drachenthron von Alghor als erste Drachenkönigin der Geschichte besteigen solltest ...«

»Als zweite«, fiel Jolah ihr kühl ins Wort. »Oder hast du Prinzessin Degora vergessen? Und die Prophezeiung, die sich mit *ihrer* Person verknüpft?«

Cassda'ra verzog spöttisch den Mund. »Eine Drachenkönigin aus den Schriften des Augural!«, höhnte sie. »Als wenn die Prophezeiungen dieses Machwerks, das die Auguren aus Legenden und Mythen zusammengestoppelt haben, auch nur im Entferntesten ...«

»Ich meine die Prophezeiungen aus dem Okkultum, in dem der Tod von Degora beschrieben und ein gewaltiger Ausschlag der Waage des Schicksals angekündigt wird, sollte erneut eine Königin den Drachenthron von Alghor besteigen!« Jolah hob eine Braue. »Oder sind *diese* Prophezeiungen aus der Verbotenen Schrift der Drachenpriesterinnen auch nur Legenden und Mythen?«

Cassda'ra öffnete den Mund, schloss ihn wieder und schüttelte dann den Kopf. »Sei, wie es will, in keiner dieser Prophezeiungen steht etwas davon, dass der für die Drachenbraut auserwählte Träger des Mals einen Bastard mit ihr zeugt und so ...«

»Wie kommst du eigentlich darauf, dass Lay ...?« Jolah biss sich auf die Lippen und verschluckte den Rest ihrer Worte. *Nein,* dachte sie. *Jetzt nicht! Ich werde nicht sagen, wer der Vater ist. Besser, wenn sie mich verdächtigt, aus Leichtsinn oder Unbedachtheit mit Lay geschlafen zu haben, als wenn ich ihr die Wahrheit über das gestehen müsste, was damals in Baahtt geschehen ist.* Jolah schluckte, als sie daran dachte und unwillkürlich die Erinnerung an einen durchdringenden Blick aus grünen Augen in ihr aufstieg.

»Die Prophezeiung lässt daran keinen Zweifel.« Cassda'ra öffnete ihre Fäuste und hob die Hände. »Dieser junge Mann ist dir vom Schicksal bestimmt, er ist der Träger des Mals, und er ist der Auserwählte.« Sie nickte, als wollte sie ihre Worte vor sich selbst bestätigen. »Eine andere Möglichkeit ... gibt es einfach nicht!« Sie sah Jolah an. »Und du selbst hast mir erzählt, dass du diese Verbindung zwischen euch gespürt hast!«

Die Drachenbraut war erleichtert, dass ihre Lehrerin sie falsch verstanden hatte, und hütete sich, das Missverständnis aufzuklären. »Das stimmt«, erwiderte sie. Das war die Wahrheit, wenn auch nicht die ganze Wahrheit.

Was ich bei Broll empfunden habe, war so viel stärker als das Gefühl bei Lay, dachte sie. *Und das ist es immer noch. Die Prophezeiung muss sich irren! Oder Cassda'ra irrt sich, was die Auslegung der Prophezeiungen angeht. Es gibt natürlich noch eine dritte Möglichkeit,* dachte Jolah, weigerte sich aber zu glauben, dass ihre Lehrerin und Vertraute, die Frau, die für sie eine Freundin gewesen war, solange sie denken konnte, dass diese Frau sie vorsätzlich belügen würde.

»Nun, genau das hat die Prophezeiung vorausgesagt, und ebenso genau ist darin eure Bestimmung beschrieben.« Die Drachenpriesterin machte eine Pause, und ihre Miene wurde weicher, während sie die Hand ausstreckte und Jolahs Hand fasste. »Ich verstehe, dass das alles ein bisschen viel für dich ist, vor allem nach dem, was wir soeben durch unsere Sichtung erfahren haben.« Sie holte tief Luft. »Aber so erschütternd es auch sein mag, ein Gutes hat es dennoch: Du bist die mit Abstand begabteste Nehmende, die ich jemals in meinem Tutorium in der Kunst der Versenkung unterwiesen habe. Dir ist Großes beschieden. Und wer weiß, vielleicht sogar tatsächlich«, sie neigte erneut den Kopf und lächelte, »der Drachenthron von Alghor.« Dann schüttelte sie den Kopf. »Aber eine ungewollte Schwangerschaft ist nicht nur unmöglich und in deiner Situation gefährlich, sondern sie könnte auch alles zerstören, wofür du bestimmt bist und wofür du kämpfst!«

Jolah wunderte sich über sich selbst, wie ruhig sie innerlich bei den Worten der Höchsten Drachenpriesterin blieb. »Du meinst also, da die Prophezeiung nichts von einer schwangeren Trägerin des Mals weiß, darf es keine schwangere Trägerin des Mals geben?«

Cassda'ra hob eine Braue und ließ die Hand der Drachenbraut wieder los. »Um zu erkennen, dass dieses ungewollte Kind für dich eine ungeheure Gefahr darstellt, brauche ich keine Prophezeiung. Dafür genügt einfach meine Lebenserfahrung!«

»Lebenserfahrung?« Jolah wurde erneut wütend. »Ich dachte immer, Jungfräulichkeit wäre für Drachenpriesterinnen eine unverzichtbare Bedingung …«

»Gewiss, aber …«

»… und wenn ich den Legenden und Mythen glauben darf und meine eigenen Beobachtungen bei den Besuchen des Drachenfürsten in den Quartieren der Küchenmägde hinzunehme …«

»Jolah, es geht hier …«

»… sagt mir dies, dass beim Prozess der Fortpflanzung, der am Ende zu Schwangerschaften führt, die Jungfräulichkeit das Erste ist, was geopfert wird, freiwillig oder nicht. Um das zu wissen, brauche ich ebenfalls keine Prophezeiung!«

Cassda'ra seufzte. »Jolah, ich verstehe, dass du von den Ereignissen des heutigen Tages aufgewühlt bist. Ich werde jetzt wohl besser gehen, damit keine von uns etwas sagt, was ihr später leidtut oder uns voneinander entfremdet.« Sie lächelte. »Ich bin sicher, dass du die Angelegenheit anders siehst, wenn ich wiederkomme. Ich weiß, wie klug und einsichtig du bist.« Sie drehte sich um und ging zur Tür, ohne auf eine Antwort von Jolah zu warten. »Und wenn ich zurückkehre, werden wir beginnen, die Prophezeiungen des Okkultum genauer zu studieren, wie ich es dir versprochen habe.« Sie öffnete die Tür und wandte sich zu Jolah herum. »Ich bin davon überzeugt, dass du weißt, dass ich nur dein Bestes will. Wie wir alle hier. Und wie deine Mutter.« Sie nickte. »Es war die richtige Entscheidung, dich von Lay zu trennen und zu uns zu kommen. Ich möchte, dass du das weißt, und ich bin sicher, dass du das auch einsehen wirst, sobald du dich von deinen Strapazen erholt hast.« Die Höchste Drachenpriesterin lächelte und hob beide Hände. »Das erste Mal so tief in die Versenkung zu gehen, wie du es getan hast, ist eine Erfahrung, die jeden erschüttert, nicht nur ein junges Mädchen, das ungewollt schwanger ist. Aber ich kann dir versichern, dass wir auch dieses Problem gemeinsam lösen werden. Und sobald du bereit dafür bist, wirst du dich auch deiner gemeinsamen Bestimmung mit dem Träger des Mals stellen können.« Sie trat nach draußen. »Ich lasse dir etwas zu trinken und zu essen auf dein Zimmer bringen. Ansonsten kannst du selbstverständlich so lange im Tutorial bleiben, wie du möchtest.«

Jolah erwiderte nichts, sondern wartete, bis die Schritte ihrer Lehrerin auf der schmalen Treppe des Turms, in dem der heilige Raum der Drachenpriesterinnen lag, verhallt waren.

Ihr ganzes Leben lang war Cassda'ra eine Vertraute und Freundin für sie gewesen, und ausgerechnet in einem so bedeutenden Moment, dem ersten Mal, dass sie durch die Versenkung gemeinsam die Fäden des Schicksals *gesehen* hatten, musste sie erfahren, dass sie sich geirrt hatte.

Du bist allein, dachte sie. Es war bereits das zweite Mal in kurzer Zeit, dass sie dieses Gefühl von Verlust hatte. Das erste Mal, als sie sich vor etwa drei oder vier Spannen von Lay getrennt hatte. Sie hatte ihn vor die Wahl gestellt, seinem Schwur zu folgen, den er damals, kurz nach der Ermordung ihres Vaters, auf der Anhöhe über Ulcar geleistet hatte, und sie zu beschützen oder weiter in Richtung von Belphors Feuer zu ziehen und in San-Fira nach seinen Eltern zu suchen. Es hatte sie enttäuscht, aber nicht wirklich überrascht, als er sich für Letzteres entschieden hatte. Und nun musste sie feststellen, dass auch der Mensch, zu dem sie sich geflüchtet hatte, ihre Freundin, Vertraute und Lehrerin, sie im Stich ließ.

Natürlich behauptet sie, sie wolle nur mein Bestes. Aber das hat Prakuhl auch gesagt, als er mich an Magabor verschachern wollte, oder Mutter, als sie mich aufgefordert hatte, mein Schicksal mit Anstand und Würde zu tragen, oder Akkad, der auch nur von Bestimmung und Schicksal faselt! Keiner von ihnen hat mich jemals gefragt, was ich denn will, welches Schicksal ich für mich erträume oder mir erkämpfen möchte!

Jolahs Blick glitt zu dem Wandteppich im Tutorial, einem alten Gobelin, der die Wand gegenüber dem schmalen verglasten Fenster bedeckte. Sie ging langsam dorthin. Dieser Wandteppich machte ihr den Aufenthalt in diesem düsteren Tempel der Drachenjungfern erträglich, und jedes Mal, wenn sie ihn ansah, bestärkte er ihre Entschlossenheit, das Ziel, das sie sich selbst gesetzt hatte, zu verfolgen, sich ihr Schicksal selbst zu schmieden, ganz gleich, was in irgendwelchen Prophezeiungen angeblich für sie bestimmt war.

Sie legte erneut die Hand auf ihren Bauch und lächelte, als eine wohlige Wärme sie bei dem Gedanken durchströmte, was in dem Kokon ihres Leibes heranwuchs. Und von wem die Saat stammte. Vielleicht war sie doch nicht so allein.

»Du hast es geschafft, und mir wird es ebenfalls gelingen«, flüsterte sie, streckte die Hand aus und fuhr mit den Fingern über das geknüpfte Abbild von Prinzessin Degora, der ersten Drachenkönigin auf dem Thron von Alghor. Und der einzigen.

Bis jetzt.

DER STURZ, HÖHLE IN DER FELSFLANKE UNTERHALB DES BLUTSEES

Nebelschwaden zogen um die schroffen Klippen der steilen Felswand, welche das Hochplateau der Ebene der Stürme von der fruchtbaren grünen Tiefebene trennte. Der Sturz, wie diese Mauer aus blankem Fels in Alghor genannt wurde, erstreckte sich mehrere Tagesritte weit in Richtung von Belphors Schlaf und Belphors Feuer.

Mehr als dreihundert Mannslängen erhob sie sich senkrecht in den Himmel und galt als unüberwindlich. Nicht einmal die zähen, anspruchslosen Rüppel aus dem eisigen Hellanden oder Steinbüsche, widerstandsfähige Pflanzen, die selbst an den Feuerschlünden der Steinöde überdauerten, hielten sich in den winzigen Spalten und Rissen, die die Stürme in diesen trotzigen Stein gefressen hatten. Niemand hatte diese Wand je erklommen, ja, es hatte nicht einmal jemand gewagt, es auch nur zu versuchen.

Die Gestalt, die ihre Finger in einen schmalen Spalt in dem schieren Fels krallte, während sie mit den Füßen Halt auf einem der kaum fingerbreiten Vorsprünge in dem Stein suchte, schien das nicht zu wissen. Es war ein Mann von hünenhafter Gestalt, mit langem schwarzem Haar, bekleidet mit einem dicken Pelzmantel, der von einer Brosche über der Brust und einem breiten Gürtel um den Leib zusammengehalten wurde. Vom Fuß des Sturzes aus war er auf dem gewaltigen blanken Felsen nicht zu erkennen, nicht einmal, wenn ein Beobachter gewusst hätte, wo er hätte hinsehen müssen. Aber da eine Ersteigung dieser Felswand als selbstmörderisches Unterfangen galt, hätte sich wohl niemand die Mühe gemacht, nach einem solchen Kletterer Ausschau zu halten. Nicht einmal die Sturmgemsen, die auf der von Felsformationen übersäten Ebene der Stürme ihr Dasein fristeten, hätten es gewagt, diese Klippe zu erklimmen. Allerdings hatten sie auch keinen Grund dazu. Der Mann dagegen schon.

Er hatte sich bereits in aller Frühe vom Fuß des Sturzes aus an den Aufstieg gemacht und arbeitete sich seitdem die steile Flanke hinauf, wobei er selbst den kleinsten Spalt und kleinsten Vorsprung nutzte.

Der Mann kletterte zielstrebig die Wand hinauf und erreichte sein Ziel, als Belphors gelbes Auge bereits hinter den weiten Wäldern in Belphors Ruh versunken war und nur noch die rote Sonne des Totengottes ihr Licht auf das Land warf. Die Felswand des Sturzes war in tiefste Dunkelheit getaucht, was den gefährlichen Aufstieg wahrlich zu einem Abenteuer für Wahnsinnige machte. Der weißliche Schimmer von Lokhs stets wachsamem Auge erreichte den Fels nicht.

»Ah!« Der Mann packte die schmale Lippe am Rand der kleinen Nische im Fels, zog sich hinauf und rollte sich von dem Abgrund weg. Dann stand er auf, legte beide Hände auf die Knie und stand eine Weile gebeugt da. Schließlich richtete er sich langsam auf und drehte sich um. Er legte den Kopf in den Nacken und ließ ihn langsam kreisen. Unter seinem Fuß löste sich ein Stein. Der Brocken rollte eine Handbreit über den Boden und fiel dann über den Rand. Der Mann senkte den Kopf, trat einen Schritt dichter an den Abgrund und beugte sich vor. Er sah dem Stein nach, der sich vor dem grünen Wald am Fuß des Sturzes trotz der tiefen Dunkelheit deutlich abhob. Über zweihundert Mannslängen fiel er in die Tiefe, ohne auch nur einmal an der steilen Felswand anzuschlagen. »Ah. Deshalb nennt man das wohl den Sturz, hm?«

Dass er mit seinem Oberkörper über dem Abgrund schwebte, schien den Mann nicht weiter zu stören. Er richtete sich gemächlich auf, legte die Hand über die Augen und suchte die Landschaft tief unter ihm mit seinen Blicken ab. Dann drehte er sich um, legte den Kopf erneut in den Nacken und blickte nach oben. Es waren noch gut einhundert Mannslängen blanker Felswand von dieser kleinen Nische aus bis zum oberen Rand der Klippe. »Nur gut, dass wir nicht da hinauf müssen, was? Und der Rest des Weges ist jetzt das reinste Kinderspiel, hm?« Niemand antwortete ihm, aber auch das schien ihn nicht zu stören.

Sein Blick fiel auf seine Hände. Sie waren blutverschmiert, die Fingernägel waren eingerissen, die Haut war an vielen Stellen aufgeschürft. Er wischte sie sich achtlos an seinem Mantel ab und ging dann einige Schritte in die kleine Höhle hinein. Sie war vom Fuß des Sturzes nur für übermenschlich scharfe Augen auszumachen und selbst dann nur, wenn man genau wusste, wo sie sich befand.

Im rückwärtigen Teil der Höhle wurde die Decke allmählich niedriger, und die Wände rückten enger zusammen. Der Mann musste schon nach wenigen Schritten den Kopf einziehen, und er griff auf seinen Rücken, um die schwere Streitaxt mit den Schmetterlingsklingen ein Stück herunterzuziehen, damit sie nicht an den Stein stieß und sich vielleicht verhakte. Schließlich erreichte er die hintere Wand der Höhle, wo er in die Knie gehen musste. Diese Wand bestand eigentlich nur aus zwei großen Steinplatten, zwischen denen sich ein Spalt befand.

Der Mann zog die Axt aus der Schlinge auf seinem Rücken, packte sie mit der Faust unmittelbar unter den Doppelklingen und zwängte sich ächzend in den engen Spalt.

»Wir sind zu fett geworden!«, stöhnte er, während er sich seitwärts, Schritt für Schritt, durch den Spalt vorarbeitete. Der unebene Stein schrammte über seine Brust und die Buckel auf seinem Gürtel, und er stieß sich den Kopf an einem kleinen Felsvorsprung an der Decke, was ihm ein gereiztes Knurren entlockte. Dennoch schob er sich immer weiter durch den Spalt.

Obwohl der Eingang der Höhle nicht mehr zu sehen war, wurde es nicht dunkler in dem schmalen Spalt. Im Gegenteil, ein seltsames Licht schimmerte auf dem schwarzen Stein, das immer heller zu werden schien, je weiter der Hüne vorankam.

Aber das Licht war nicht das Einzige, das stärker wurde.

Ein Summen schien in der Luft zu liegen, das ebenfalls anschwoll, je weiter der Mann kam. Ob es ihn beeindruckte oder erstaunte, wäre ihm jedoch nicht anzumerken gewesen. Er ächzte und knurrte, während er sich zwischen den beiden Steinplatten hindurchzwängte, bis sie plötzlich zurückzuweichen schienen und …

draakenbrut … tonnvor … weilenit eilevoran … draakenwort … draakenmacht … Todtodtod … draakenmacht nit wanken kann … tonnvor … tonnvor höre …

Mit einem letzten Keuchen trat der Hüne zwischen den Steinplatten hervor und in eine kleine Nische, die aussah, als wäre sie von Steinmetzen in den Sturz gehauen worden. Wände, Decken und Boden bestanden aus schwarzem, vollkommen glattem Felsgestein, als hätte jemand sich die Mühe gemacht, es zu schleifen und zu polieren. Der spiegelnde Stein schimmerte in allen möglichen Farben.

Was allerdings nicht an dem Stein lag, sondern an einem wabernden Schleier, der sich wie ein Vorhang aus Wasser von der Decke bis zum Boden und von einer Wand zur anderen erstreckte. Er schillerte in allen Farben und kräuselte sich in wellenförmigen Bewegungen, aber tatsächlich handelte es sich nicht um Wasser. Die Wand hinter diesem sonderbaren Schleier schien pechschwarz zu sein und sämtliches Licht zu absorbieren.

Das Licht pulsierte im Rhythmus der Stimmen, die die ganze Nische auszufüllen schienen.

Tonnvor … weilenit eile eile … draakenbrut erwachet … schleierweht … eile tod eile tonnvor … Trägerdesmals … todtodtod … dievomblut … tod der acht todtodtod … tonnvor … höretnit … todtodtod der drachenbrut …

Der Mann blieb vor dem Schleier stehen. Die Nische war so hoch, dass er sich gefahrlos zu seiner ganzen Größe aufrichten konnte. Er wischte sich mit seiner Pranke das schweißnasse Haar aus der Stirn und blinzelte, während er den Blick seiner blauen Augen auf die schillernden Farben richtete.

»Ja, ja, schon gut«, knurrte er, an einen unsichtbaren Zuhörer gerichtet, obwohl er sich allein in der Höhle befand. »Wir sind viel zu alt für diesen Mist!«

Der Chor der Stimmen schwoll an, und es war unüberhörbar, dass sie nicht menschlichen Ursprungs waren.

tonnvor … schleierweht … zeiten nahet … waageneiget … draakenbrut erwachet … weilenit … zaudernit … todtodtod … blutblutblut … trägerdesmals … todderacht …

Der Mann schloss die Augen und streckte die Hände aus. Als er die Augen wieder öffnete, glühten sie rot. Er holte tief Luft, fletschte die Zähne und trat in das Licht.

Okh-ta wischte sich den Schweiß von der Stirn. Sie stand vor der Schmiedehütte auf dem Platz der Esse unter freiem Himmel, und das gelbe Auge Belphors brannte erbarmungslos auf die Frau herab, aber das tat es immer. Die Sonne war auch nicht der Grund, warum die Schmiedin der Singenden Klingen schwitzte.

Sie betrachtete das Stück Eisen, das vor ihr auf dem Amboss lag. Es glühte dunkelrot, und die Frau kniff die Augen zusammen, als könnte sie auf diese Weise besser erkennen, wo sie den nächsten Schlag ansetzen sollte.

»Festhalten!«, befahl sie den beiden jungen Frauen, die mit langstieligen Zangen das gebogene Eisenstück über dem Amboss hielten. Sie trugen Masken vor Gesicht und Hals, Handschuhe mit langen Stulpen, dicke Lederwämser, ebenso dicke Lederschürzen und Stiefel. Als sich eine der beiden bückte, um die Zange besser ansetzen zu können, klaffte die Schürze auf ihrem Rücken auf und entblößte ihr nacktes Hinterteil.

Die Schmiedin holte mit dem Schmiedehammer aus und ließ ihn auf das rot glühende Eisen sausen. Funken stoben, während der Hammer in der Hand der Schmiedin zurückprallte. Sie nahm den Schwung auf, ließ den Hammer mit einem lauten, hellen Klingen auf den Amboss fallen, von dem sie ihn erneut hochprallen ließ; dann holte sie Schwung und ließ den Hammer erneut auf das heiße Eisen herabsausen.

»Festhalten, verdammt!«, schrie sie, als sich die zweite junge Frau aufrichtete und über den Amboss, die Schmiedin und ihre Gefährtin hinweg zu der kleinen Anhöhe blickte, die den Rand der Mulde bildete, in der die Schmiedehütte und der Platz der Esse lagen.

Doch die junge Frau rührte sich nicht. Während sie mit der einen Hand die Zange hielt, hob sie die andere und nahm damit die Maske ab, die sie zum Schutz vor den glühenden Funken und den heißen Metallspritzern trug. Ihr verschwitztes blondes Haar fiel ihr über die Schultern, ihr ebenmäßiges Gesicht war ebenfalls von Schweiß und Ruß bedeckt, und ihre grünen Augen schienen zu glühen.

Okh-ta hielt verblüfft inne und starrte die junge Frau an. »Was, bei Belphors glühendem Horn, ist denn in dich gefahren?«, fuhr sie ihre Helferin an. »Du sollst diesen Harnisch festhalten, oder wie, denkst du, soll ich ihn …«

»Daemon!«

Die andere junge Frau hatte ihre Maske auf den Hinterkopf geschoben und blickte in die gleiche Richtung wie ihre Gefährtin. Auch sie war blond und hatte ein wunderschönes, makelloses Gesicht, das dem der anderen wie ein Ei dem anderen glich.

Bis auf die Augen; ihre glühten gelb und noch heller als das Eisen auf dem Amboss. Als sie dann ihre weichen, perfekt geformten Lippen öffnete, troff Speichel von ihren spitzen, scharfen Zähnen. Sie streckte die Hand aus.

»Daemon!«

Ihre Stimme klang genau wie die ihrer Gefährtin, als würde ein ganzer Chor das Wort hervorstoßen. Es ähnelte einem dunklen, rauen Bellen und erinnerte an den Ruf einer Raubechse.

Beide Frauen hoben die Köpfe und zogen die Lippen hoch.

»Daemon!«, wiederholten sie.

Okh-ta drehte sich langsam um. »Na, sieh einer an, du schon wieder!« Sie musterte die hünenhafte Gestalt, die mit gespreizten Beinen auf dem Wall am Rand der Senke stehen geblieben war, die mächtigen Arme vor der Brust verschränkt, und auf etwas zu warten schien. »Erst lässt du dich tausend Zyklen gar nicht blicken, und jetzt wirst du allmählich zur Plage. Und einem Ärgernis, möchte ich hinzufügen. Du hast wohl schon wieder irgendein ahnungsloses Bürschchen aufgelesen, dem ich ein Spielzeug schmieden soll, damit es die Welt retten kann? Dann musst du wohl oder übel warten, denn ich habe im Moment Wichtigeres zu tun!« Sie deutete auf das rot glühende Stück Eisen auf dem Amboss, das die beiden jungen Frauen immer noch mit ihren Zangen festhielten, während sie die Gestalt mit glühenden Blicken fixierten. »Offenbar steht ein großes Blutvergießen bevor. Die Brut überschlägt sich förmlich mit Aufträgen für ihr Blutwerkzeug.«

Die Gestalt auf dem Wall rührte sich nicht und schwieg.

Die Schmiedin der Singenden Klingen seufzte, legte den Hammer sorgfältig auf einen hölzernen Ständer neben dem Amboss, entledigte sich des schweren Wamses und warf dann den beiden jungen Frauen einen missbilligenden Blick zu.

»Schon gut, meine Hübschen. Bringt das Eisen in die Schmiede und kühlt es ab. Wir machen später weiter.« Als sich die beiden jungen Frauen nicht rührten, stampfte die Schmiedin einmal mit dem Fuß in den Staub. »Jetzt!«

Die beiden Gehilfinnen schlossen ihre Münder, setzten ihre Masken wieder auf, hoben das Eisen vorsichtig vom Amboss und trugen es in die Schmiede, ohne die Gestalt an der Mulde noch eines Blickes zu würdigen.

Okh-ta sah ihnen nach. »Sie brauchen dringend eine Ablenkung«, meinte sie nachdenklich. »Vielleicht sollte ich sie in die Steinöde schicken, um Feuerechsen zu jagen.« Sie drehte sich zu dem Mann um, der sich immer noch nicht bewegt hatte. »Oder vielleicht sollte ich ihnen erlauben, ein bisschen mit einem Menschlein herumzuspielen.« Sie legte den Kopf in den Nacken und lachte. »Schon gut, es war nicht so gemeint«, sagte sie dann. »Ich weiß, dass du eine Schwäche für sie hast, Donfor. Also los, ich bitte euch herein, Donfor, Korgh oder wie auch immer ihr euch gerade nennt. *Willkommen, Dämonenbrut, an meinem Feuer. Möge es dich wärmen.*«

»*Möge es nie erlöschen.*«

Jetzt erst setzte sich der Mann in Bewegung. Er ging den niedrigen Wall hinunter und näherte sich der Schmiedin, wobei er einen flüchtigen Blick in Richtung der Schmiedehütte warf, in der die beiden jungen Frauen verschwunden waren.

»Solange du nicht auf die Idee kommst, sie aufzufordern, mit uns herumzuspielen.« Der Nordling schüttelte sich in gespielter Abscheu. »Wir möchten nicht wissen, welche Praktiken du ihnen …«

»Keine, die du ertragen würdest, Donfor.« Okh-ta hob eine Braue und musterte den Mann vor sich von Kopf bis Fuß. »Oder soll ich euch Korgh nennen?«

Der Mann hob die Hand. »Das kannst du halten, wie du willst.«

»Gut. Dann bleiben wir bei Brut. Ist einfacher so, sonst komme ich noch durcheinander, so hastig, wie ihr euch durch den Schleier drängt. Er kommt ja kaum noch zur Ruhe. Also, was genau willst du?«

Der Nordling warf erneut einen Blick auf die Schmiede. »Ist das ein Auftrag von einem von uns?« Er hob die Hände, als Okh-ta mit der Zunge schnalzte. »Schon gut, es interessiert uns nicht wirklich …«

Die Schmiedin lachte. »Und ob es euch interessiert. Aber ihr werdet es trotzdem nicht erfahren, jedenfalls nicht von mir.« Sie sah zum Wall hinüber. »Was denn, kein Auserwählter?« Sie kniff die Augen zusammen und musterte den Mann vor sich aufmerksam. »Ihr seid doch nicht vorbeigekommen, nur um mir einen Höflichkeitsbesuch abzustatten und über die alten Zeiten zu plaudern, als noch Drachen über den Himmel streiften und Seeschlangen die Meere unsicher machten und ihr Dämonen …«

»Sprich nicht so leichtfertig von Zeiten, die du nicht kennst und von denen du nicht das Geringste weißt!«

Okh-ta wollte noch etwas erwidern, doch ein Blick in das Gesicht des Mannes ihr gegenüber ließ sie verstummen. Es war immer noch das Gesicht von Korgh, dem Nordling, aber die Augen, die darin glühten, hatten nichts Menschliches an sich, ebenso wenig wie die Stimme, die aus dem Mund des Hünen gedrungen war, der ansonsten vollkommen regungslos dastand.

Das Feuer in der Esse hinter der Schmiedin erlosch auf einem Schlag, und aus der Schmiede ertönte ein gedämpfter Chor von wütenden Schreien.

»Schon gut, du musst dich nicht gleich aufregen und deine Flügel spreizen!«, sagte sie und deutete mit einem Nicken auf die Hütte. »Außerdem jagst du meinen Täubchen Angst ein, und du weißt ja, was passiert, wenn sie Angst haben.« Sie lächelte und hob eine Braue. »Also schön, du bist gekommen, ich habe dich hereingebeten, und wir haben die erforderlichen

Höflichkeiten ausgetauscht. Also noch einmal, was willst du?«

Der Hüne antwortete nicht sofort. Seine rot glühenden Augen waren unverwandt auf die Schmiedin gerichtet, bis die Frau schließlich ihren herausfordernden Blick senkte.

»Du hast gesehen, was Maahr-kut dem Auserwählten gegeben hat.«

»Der Glyphenstein, gewiss. Aber welche Rolle spielt das jetzt noch? Maahr-kuts Lebensstein ist doch längst ...«

»Der Fürst der Schuppen lebt. Und er hat offenbar etwas geplant.«

Okh-ta hob überrascht den Kopf. »Maahr-kut lebt? Aber ich dachte ...« Ihre Miene verfinsterte sich. »Das bedeutet ...«

»Wir wollen wissen, wer in der Schlucht der Schmiede in der Lage ist, einen Glyphenstein zu schmieden und ihn zu prägen«, fiel der Nordling ihr ins Wort. Seine Stimme klang wieder wie die von Korgh, aber seine Augen schimmerten immer noch rötlich.

Okh-ta schnaubte und schüttelte den Kopf. »Du weißt genau, dass ich dir das nicht sagen kann, Brut. Verrat bedeutet hier ...«

»Verrat gebiert Verrat«, unterbrach Korgh die Schmiedin und musterte sie. »Wie viele Zyklen dienst du hier bereits den Gebietern?« Bevor die Frau antworten konnte, fuhr er fort: »Du hast eben von Zeiten geredet, in denen die Gebieter die Himmel beherrschten und die Meere. Willst du, dass sie erneut die Himmel und die Meere beherrschen und das Land dazu?« Er fuhr verächtlich mit der Hand durch die Luft. »Und den Sand?« Er beugte sich vor. »Und das Feuer?« Seine Augen glühten heftiger.

»Wenn ich tue, worum du mich bittest, spielt es keine Rolle mehr, was ich will. Denn dann bin ich ...«

»Erlösung!«, fauchte Korgh. »Wir bieten dir und den Deinen Erlösung.« Er verzog die Lippen zu einem spöttischen Lächeln. »So oder so.«

»Erlösung.« Okh-ta sah den Hünen vor sich mit unverhohlener Sehnsucht an. »Und wie lange muss ich auf diese Erlösung …?«

»Keine tausend Zyklen, das versprechen wir dir.« Er deutete nach oben, auf das gelbe Auge Belphors, das hoch am Himmel über der Schlucht stand. »Wenn die Augen Belphors zusammenkommen und Lokhs Auge uns nach Hellhallgor ruft, bist du frei.«

Die Schmiedin schnaubte verächtlich. »Ein solches Versprechen wurde mir bereits einmal gegeben, und ich warte immer noch darauf, dass es eingelöst wird.«

Sie fuhr zurück, als sich die Gestalt vor ihr in den Sand kniete.

»Ich, Donfor Von Der Brut, spreche wahr bei meinem Blut.«

Er hob die rechte Hand und fuhr mit der Handfläche über die Schneide seiner Doppelaxt. Das Blut zischte auf dem Metall, und die schillernden verschlungenen Muster auf der Klinge leuchteten rot auf, als das Metall das Blut aufsaugte.

»Das ist …«, stammelte Okh-ta und wich zurück, als sich der Hüne wieder aufrichtete.

»Wir sind weder ElderDämon noch Gezeichneter«, sagte er wieder mit der Stimme des Nordlings. »Und wenn du nicht tausend mal tausend weitere Zyklen dienen willst, sagst du mir jetzt, wer von euch für Maahr-kut den Glyphenstein geschmiedet und geprägt hat. Die Zeit der Verschmelzung steht bevor, und zwar in weniger als zwanzig Zyklen.« Er beugte sich vor. »Wenn es dem Gezeichneten gelingt zu vollbringen, was ihm der Gebieter aufgetragen hat, werden wir uns alle in *Hellhallgor* treffen, aber nicht, um unsere Freiheit zu feiern, das versprechen wir dir ebenfalls!«

Okh-ta runzelte die Stirn. »Ich verstehe dich nicht. Du bist einer von der Brut, so wie er, also warum …?«

»Wir sind von der Brut, das stimmt. Wir sind nicht wie er.

Auch das stimmt. Das ist alles, was du wissen musst.« Der Hüne blickte erneut zur Schmiede. »Deine kleine Schar wird unruhig. Also?«

Okh-ta legte den Kopf auf die Seite und kniff die Augen zusammen. »Ich weiß, dass ich es bereuen werde.« Sie musterte Korgh von oben bis unten. »Aber, verdammt, ich habe einfach eine Schwäche für gut gebaute Männer.«

Der Hüne starrte sie einen Moment lang an, legte dann den Kopf in den Nacken und lachte schallend.

KLUFT IM DRAAKENSCHLUND
REFUGIUM DER MAGI

Wirklich beeindruckend. Kalehna sah sich neugierig in dem Raum um, in dem sich die Wirker der Zirkel versammelt hatten. Die Runde Kammer, wie man sie nannte, befand sich in der Kuppel des Refugiums der Magie. Von ihrem Platz auf einem Elevenstein aus hatte die junge Frau einen ungehinderten Blick sowohl auf die Versammlung als auch auf ihren Vater, Sephist, der in der Mitte des Raumes, ein wenig erhöht durch ein Podest, auf einem thronartigen Stuhl saß und die Diskussion leitete. *Jedenfalls hat er das vor,* dachte Kalehna, *mein Vater.* Sie schüttelte leicht den Kopf, während sie den hochgewachsenen Mann in der schwarzen Kutte beobachtete, der scheinbar reglos den aufgebrachten Streit verfolgte, der um ihn herum tobte. *Ich kann mich immer noch nicht daran gewöhnen, dass der mächtigste Magus des Reiches mein Vater sein soll,* dachte sie. *Andererseits, möglicherweise ist er vielleicht weit weniger mächtig, als er selbst oder sein Vertrauter Maahr-kut glauben.*

Ihr Blick glitt auf die andere Seite der Runden Kammer, wo auf einem ähnlichen steinernen Hocker der Sandmann saß. Kalehnas Freude darüber, dass ihr Vater sie zu dieser wichtigen Versammlung der Magi mitgenommen hatte, wurde in nicht geringem Maße von der Tatsache getrübt, dass dieser Entschluss auf einen Vorschlag von Maahr-kut zurückging. Und dass der Sandmann ebenfalls an ebendieser Versammlung teilnahm. Kalehna mochte den kleinen undurchschaubaren Mann nicht, und noch weniger gefiel ihr, dass Sephist so gut wie keine Entscheidung ohne eine vorherige Beratung mit Maahr-kut fällte. Das war ihr bereits aufgefallen, obwohl sie ihren Vater doch kaum kannte.

Jedenfalls keine wichtige Entscheidung, dachte Kalehna und musterte den Sandmann, so gut sie das quer durch die Kammer konnte. Sie hatte sogar den dringenden Verdacht, dass Sephist sie nur auf Maahr-kuts Drängen hin aus dem geheimen Tempel der Drachenjungfern geholt hatte, wo er die nichts Ahnende all die Zyklen verborgen gehalten hatte. *Und dann hat er mich ausgerechnet in dem Moment geholt, als ich Lay getroffen habe.* Sie verzog das Gesicht, als sie sich selbst gegenüber, wenn auch widerwillig, eingestand, dass ihr Vater gerade noch rechtzeitig gekommen war. *Oberin Eurijet hätte mich zweifellos am liebsten den Echsen zum Fraß vorgeworfen, nachdem sie mich mit Lay erwischt hat.* Sie lächelte bei dem Gedanken an ihre Nacht mit dem jungen Mann, dem Träger des Mals, aber ihre gute Laune verflog, als sie bemerkte, dass Maahr-kut sie offenbar ebenfalls beobachtete.

Noch bevor sie jedoch eine abweisende Miene aufsetzen konnte, wandte der Sandmann den Blick wieder von ihr ab und sah hinunter auf den Zirkel der Magi.

Kalehna tat es ihm gleich, und im nächsten Moment wurde ihre Aufmerksamkeit von den Ereignissen gefesselt, die sich dort unten auf den altehrwürdigen Bänken aus schwarzem Barkaalmarmor abspielten.

»Ehrenwerte Meister!« Ihr Vater versuchte, sich in dem tumultartigen Lärm von aufgebrachten Rufen und Schreien Gehör zu verschaffen. »Ehrenwerte Meister! Ich bitte euch, bewahrt die Ruhe! Ich bitte euch! Wir werden diese Angelegenheit umgehend klären, aber wir müssen die anstehenden Fragen in Ruhe und mit Bedacht …!«

Es machte jedoch nicht den Anschein, als würde der Meister der Zirkel mit seiner Ansprache zu den aufgebrachten Magi durchdringen. In der Runden Kammer tobte ein erbitterter Streit, nachdem der Famulus die Botschaft des amtierenden

Reichsverwesers Druud OchNarjon verlesen hatte, die ein Botenvogel aus der Hauptstadt des Reiches überbracht hatte.

Kalehna hatte nicht so genau auf den Wortlaut dieser Epistel geachtet, weil sie bei der Verlesung gerade von einem jungen Eleven auf ihren Platz geführt worden war. Nun versuchte sie, sich daran zu erinnern, was der oberste Augur in seiner Botschaft an die Magi geschrieben hatte. *Es hatte irgendetwas mit Krieg zu tun,* dachte sie. *Und mit dem Wohl des Reiches.* Ihr Blick glitt wieder zu ihrem Vater, der immer noch versuchte, die Versammlung zur Ruhe zu bringen. Kalehna fiel auf, dass Sephist jedoch nicht die aufgebrachten Magi musterte oder etwa zu ihr hinsah, sondern …

Natürlich, er sieht wieder zu seinem Schoßhund. Ganz offenbar suchte Sephist Rat oder vielleicht sogar Hilfe bei dem Sandmann.

Kalehna kniff die Augen zusammen, als sie sah, wie Maahrkut unmerklich den Kopf schüttelte. *Ich frage mich wirklich, welche Rolle dieser Sandmann für meinen Vater spielt.* Kalehna wusste zwar nicht viel über den Meister der Zirkel, aber eines war ihr klar: Sephist, der Herr der Klaturen und mächtigster Wirker der Ströme, war kein Mann, der viel auf die Meinung oder auch nur den Rat anderer gab. Er verfolgte seine Pläne klar und unnachgiebig, was er ihr, seiner Tochter, bereits auf ihrer kurzen Reise vom Tempel der Drachenjungfern in das Refugium der Magi in der Kluft am Drachenschlund klargemacht hatte. Und auch in den vier Spannen, die sie sich jetzt hier im Refugium aufhielt, hatte sich ihr Vater stets hart und unnachgiebig gegen andere gezeigt, auch gegen sie selbst. *Ich habe Pläne mit dir, Kalehna,* hatte er gesagt, als sie ihn zu fragen gewagt hatte, warum er sie erst jetzt zu sich geholt hatte. *Du wirst die Hintergründe noch früh genug erfahren.*

Die Kälte und Herablassung, mit der ihr Vater ihre schüchterne Frage nach ihrer Mutter abschmetterte, hatten Kalehna jedoch fast noch mehr erschüttert als seine gleichgültige Erklärung, warum er sich nicht früher um seine Tochter gekümmert hatte. *Ich will über deine Mutter nicht reden, und ich werde es auch nicht tun. Ich verlange von dir, dass du das akzeptierst.*

Kalehna erlebte ihren neu gewonnenen und von ihr wenig geliebten Vater nur anders, wenn dieser mit einem bestimmten Menschen zu tun hatte. Und das war dieser Sandmann. *Vor ihm scheint sogar mein Vater Respekt zu haben,* dachte sie.

Dann jedoch wurde ihr Gedankengang unterbrochen, als sie sah, wie sich Sephist von seinem Stuhl erhob. Er hämmerte mit seinem Runenstab auf den marmornen Boden der Kammer. »Brüder …! Freunde …! Ich bitte euch …«

Brüder? Freunde? Kalehna unterdrückte ein spöttisches Lächeln. Ihr Blick glitt durch die Kammer zu einem der Magi in der untersten Bankreihe, direkt neben dem thronartigen Stuhl in dem mit prachtvollen Mosaiken ausgelegten Kreis.

Sie leuchteten rötlich im Licht von Belphors Auge, das durch das dicke Glas der schmalen Fenster unter der Decke der Runden Kammer drang. Der Tag neigte sich dem Ende zu, aber hier hielten bläulich schimmernde Gaslampen die Dunkelheit fern.

Kalehna beugte sich vor, um besser mitzubekommen, was dort unten passierte.

Vor Sephist stand, an einem Pult aus demselben Barkaalmarmor, aus dem die Bänke und der Thronsitz des Meisters der Zirkel gemeißelt waren, der Famulus, die Schriftrolle mit Druud OchNarjons Mitteilung noch in der Faust. *Der arme Kerl ist wahrlich nicht zu beneiden,* dachte Kalehna. Sie sah an der Miene des Jungen, eines zarten Knaben, der höchstens zwölf Zyklen zählte, dass er im Moment lieber die Echsenställe ausgemistet hätte, als hier zu stehen. Doch der Zorn der anwesenden Magi des Zirkels richtete sich nicht gegen den Jungen. *Sie sind nicht einmal wütend auf OchNarjon,* bemerkte Kalehna. *Sie sind wütend auf … Vater.*

Sie blickte auf einen schlanken Magus mit hellem, fast weißem Haar. *Und Trophan … er scheint die Situation förmlich zu genießen.*

Kalehna mochte den jungen Magus, der ihr als einer der wenigen Magi recht freundlich begegnet war und ihr geholfen hatte, sich im Refugium zurechtzufinden und die ungeschriebenen Gesetze zu lernen, die hier herrschten.

Trophan hatte ihr erzählt, dass er erst kürzlich von ihrem Vater in den »Inneren Kreis« berufen worden war, wie Sephists Zirkel, der »Zirkel des Meisters der Zirkel« genannt wurde und in dem dieser seine treuesten und ergebensten Vertrauten versammelte. *Und vielleicht auch seine gefährlichsten Widersacher. So hat er sie immer unter Kontrolle. Und wenn ich mich recht entsinne, hat er auch angedeutet, dass dieser »Innere Kreis« kurz vorher durch ein schreckliches Unglück dezimiert worden ist.*

Kalehna hatte ihren Vater danach gefragt, war von ihm aber wütend zurechtgewiesen worden. *Das geht nur die Wirker der Zirkel etwas an!*, hatte Sephist zornig erklärt. Dann hatte er wissen wollen, wo sie diese Geschichte herhatte, doch Kalehna hatte sich herausgeredet, weil sie Trophan nicht hatte verraten wollen. Sie hatte sich vorgenommen, ihn bei nächster Gelegenheit noch einmal auf dieses »schreckliche Unglück« anzusprechen. Die wütende Reaktion ihres Vaters hatte ihre Neugier geweckt.

Erneut wurde Kalehna aus ihren Gedanken gerissen, als ein älterer Magus sich von der Bank der Klaturen, wie die Marmorbänke genannt wurden, erhob und die Hände spreizte. Das wütende Geschrei der Magi legte sich so weit, dass Kalehna seine Stimme verstehen konnte.

»Seit der Gründung des Drachenreiches hat stets ein Magus an der Seite des Drachenfürsten gesessen und als Reichsverweser die weltlichen Geschicke des Landes gelenkt. Wenn jetzt Druud OchNarjon neben der spirituellen auch die weltliche Führung des Reiches an sich reißt, was wird dann aus uns?«

Kalehnas Blick zuckte zu ihrem Vater. Sie erinnerte sich wieder an einige Sätze aus der Botschaft, die der Famulus verlesen hatte.

… Anbetracht der gefährlichen Lage, in der sich das Reich befindet, halte ich es für angeraten, die Geschicke Alghors so lange in meine Hände zu nehmen, bis die Verwicklung des Magus Akkad da'al Akkadis in die Ermordung unseres geliebten Drachenfürsten eindeutig geklärt und die Drachenbraut sicher heimgekehrt ist, um mit ihrem Gemahl Ryehl, Edler von Ern, den Drachenthron zu besteigen und …

Gefährliche Lage!, dachte Kalehna spöttisch. *Eine Lage, die dieser blinde Augur nur zu bereitwillig für sich ausnutzt. Trotzdem, die Frage, die dieser Magus gestellt hat, ist berechtigt.* Sephist würde eine gute Antwort darauf geben müssen.

Ganz offenbar teilten noch andere Magi die Sorge des alten Magus, allen voran Trophan. Er erhob sich ebenfalls, noch bevor Sephist etwas auf diesen Einwurf erwidern konnte.

»Es ist ganz offensichtlich, dass Druud OchNarjon versucht, sich die Macht in Alghor zu sichern. Erst hat er die Drachenpriesterinnen verboten, jetzt will er auch uns entmachten!«, sagte der junge Magus, der Kalehnas Gedanken laut aussprach. »Ich frage mich, wie lange wir uns das noch gefallen lassen!« Die zustimmenden Rufe der anderen Magi schienen ihn noch anzustacheln. »Und ich frage mich außerdem, was unser Meister der Zirkel dagegen zu tun gedenkt, dass sich dieser Augur nicht nur widerrechtlich eines Amtes bemächtigt hat …!«

»… das er ebenso rasch wieder verlieren wird, wie er es an sich gerissen hat!«, unterbrach ihn Sephist verärgert. »Er ist ein Usurpator, der sich gegen den Willen des Volkes …«

»… sondern seine Macht dadurch festigen will, dass er eine Armee zusammenstellt, mit der er Hellanden angreifen und die Mörder des Drachenfürsten zur Rechenschaft ziehen will.« Schlagartig kehrte Ruhe in der Runden Kammer ein. »Was wird die Bevölkerung von Alghor zu einem solchen Reichsverweser sagen? Werden sie ihn davonjagen und einen von uns in dieses Amt erheben? Einen von uns Magi, die wir keinen Finger gerührt haben, um den Mord an unserem Fürsten zu rächen? Der angeblich sogar von einem von uns ans Messer geliefert wurde?« Trophan stieß ein freudloses Lachen aus. »Ich glaube kaum.« Die Wirker der Zirkel starrten den jungen Magus ungläubig an.

Woher weiß er das? Wie kann er wissen, was Druud vorhat, und Sephist weiß es nicht? Kalehna musterte die Magi. *Sie hören auf ihn,* dachte sie, *sie glauben ihm.* Ihr Blick glitt zu Sephist.

Der Meister der Zirkel war von seinem Thron aufgesprungen und starrte den jungen Magus in sprachloser Wut an.

Trophan erwiderte den Blick seines Meisters ruhig und abwartend. Als Sephist immer noch schwieg, stand der junge Magus auf. Doch bevor er etwas sagen konnte, ergriff jemand anders das Wort.

»Sie werden begreifen, dass dies nur eine Finte des Auguren ist, mit der er davon ablenken will, dass die Drachenbraut verschwunden ist und er nicht weiß, wo sie und der andere Träger des Mals sich aufhalten.«

Kalehna starrte den Sandmann an. Er saß nicht mehr auf dem Elevenstein, sondern war aufgestanden und langsam die Stufen hinabgestiegen. Er trat in den Kreis und stellte sich neben Sephist.

»Und der Meister der Zirkel wird ihnen das kundtun. Denn er weiß, wo sich die Drachenbraut aufhält. Er weiß, wo der Träger des Mals ist. Und er weiß auch, wo sich die anderen Träger des Mals befinden, von denen in der Prophezeiung die Rede ist und von deren Existenz dieser Usurpator nicht einmal eine Ahnung hat. Der Herr der Klaturen wird dafür sorgen, dass sie rechtzeitig zur Zeit der Zusammenkunft in Ulcar sein werden, wie es die Prophezeiungen verkünden. Und dass sich Auguren und Drachenpriesterinnen befehden, kann nur von Vorteil für die edle Gilde der Magi sein, denkt Ihr nicht?« Maahr-kut hüstelte. »In SanFira haben wir ein Sprichwort: *Wenn sich zwei Sandechsen beißen, trägt die dritte den Sieg davon.* Es liegt mir natürlich fern, die ehrenwerten Magi mit so etwas Niederem wie Sandechsen vergleichen zu wollen, aber ich denke, das Bild ist eindeutig. Und was den angeblichen Feldzug gegen Hellanden angeht ...«

Der Sandmann hüstelte erneut. »Ich weiß nicht, Ehrenwerter Meister Trophan, woher Ihr ...«

»Und ich weiß nicht, woher Ihr Euch das Recht nehmt, hier in diesem Zirkel der Wirker das Wort zu ergreifen und in den Kreis der Magi zu treten.« Trophans Gesicht, das eben noch eine triumphierende Miene gezeigt hatte, war gerötet vor Empörung.

Ob sie der Unverfrorenheit des Sandmanns galt oder der Tatsache, dass ihm dieser kleine Mann mit der sonnenverbrannten Haut und dem bescheidenen Auftreten den großen Moment verdorben und einen wenn auch nur kleinen Sieg über Sephist vereitelt hatte, hätte Kalehna nicht zu sagen vemocht.

»Verzeiht mir meine Kühnheit, Ehrenwerte Meister, dass ich es gewagt habe, das Wort an Euch zu richten.« Der Mann, den Sephist ihr als Maahr-kut vorgestellt hatte, faltete die Hände vor der Brust und verbeugte sich tief. »Ich würde mir niemals erlauben, mir vor dieser Versammlung etwas anzumaßen. Ich bin auf Wunsch des Meisters der Zirkel hier, um ihn in gewissen Dingen zu beraten. Dennoch beantworte ich Eure Fragen gern, Ehrenwerte Meister.« Er hatte die anwesenden Magi gemustert, während er sprach, und konzentrierte sich jetzt auf Trophan. »Um Eurer nächsten Frage zuvorzukommen, junger Magus, es geht um bedeutsame Fragen der Prophezeiungen, die die Zeit der Zusammenkunft und die Träger des Mals betreffen.«

»Und was wisst Ihr von unseren ...?«

Maahr-kut hob die Hand, und im selben Moment kehrte eine angespannte Ruhe in der Runden Kammer ein. »Ich weiß zum Beispiel, dass es laut Euren Prophezeiungen vier Träger des Mals gibt, nicht zwei, wie die Drachenpriesterinnen und die Auguren glauben.« Maahr-kut ließ seinen Blick durch die Kammer gleiten, bis er schließlich an Kalehna hängen blieb, die daraufhin unwillkürlich zusammenzuckte. »Aber vor allem, Meister Trophan, weiß ich, um wen es sich bei diesen vier Trägern handelt.« Er legte den Kopf schief. »Und wie steht es mit Euch?«

»Doch nur zu deiner eigenen Bequemlichkeit, Kind!« Kalehna hätte laut gelacht, wäre sie nicht so schrecklich wütend gewesen. *»Das Refugium ist weitläufig. Du könntest dich verirren, und ich möchte nicht, dass du möglicherweise einen gerade in seine Rituale vertieften Magus stören musst, um ihn nach dem Weg zu deinem Gemach zu fragen.«*

Kalehna wackelte mit dem Kopf und äffte die Worte ihres Vaters nach, mit denen er sie einfach weggeschickt hatte, als die Zusammenkunft des Zirkels beendet war. *Abgebrochen wurde,* korrigierte sie sich. *Und zwar ziemlich überstürzt.* Ihr Vater hatte auf Anregung von Maahr-kut – *Von wem auch sonst?* – die Versammlung beendet und angekündigt, über eine angemessene Erwiderung auf Druud OchNarjons unerhörte Anmaßung zunächst mit den Magi seines Inneren Kreises zu sprechen. Die Magi hatten sich überrascht und sichtlich widerwillig dem Wunsch des Meisters der Zirkel gefügt und gewartet, bis er mit seinen ausgesuchten Magi die Runde Kammer verlassen hatte. Maahr-kut hatte sich ihnen als Letzter angeschlossen, aber als Kalehna sich von ihrem Platz erhoben und die Stufen zu dem Portal hinabgestiegen war, um ihren Vater zu begleiten, war der Sandmann stehen geblieben und hatte sich umgedreht.

»Ich fürchte, Ehrenwerte Drachenjungfer, dass für Euch im Inneren Kreis kein Platz ist. Am besten, Ihr wartet in Eurem Gemach, bis Euer Vater nach Euch schickt.«

Kalehna hatte empört reagiert und ihm bedeutet, dass er schließlich auch kein Magus und von daher für ihn erst recht kein Platz im Inneren Kreis wäre. In dem Moment hatte ihr Vater sich eingemischt, der offenbar bereits ungeduldig auf Maahr-kut wartete.

»Tut mir leid, Kalehna«, hatte Sephist gesagt. *»Aber wir haben ernste Dinge zu besprechen, und ich fürchte, deine Anwesenheit ist dabei nicht erwünscht.«*

Schlimmer als diese Ablehnung war jedoch der Vorschlag gewesen, sie von einem Eleven zu ihrem Gemach begleiten zu lassen. Denn diese Anregung war von dem Sandmann gekommen, und ihr Vater hatte sie sofort dankbar aufgegriffen.

Bequemlichkeit! Störung der Rituale! Ha! Es war ganz offensichtlich, dass ihr Vater nicht wollte, dass sie hier im Refugium herumschnüffelte, und der Blick des Sandmanns hatte ihr gesagt, dass er ganz ähnlich dachte. Wahrscheinlich glaubte er, sie würde versuchen, den Inneren Zirkel bei seiner Beratung heimlich zu belauschen. Dass Kalehna genau diese Idee gehabt hatte, minderte ihren Zorn nicht im Geringsten.

Als sie jetzt hinter dem jungen Eleven hermarschierte, der sie zu ihrem Gemach begleiten sollte, kochte sie vor Wut und durchbohrte den Rücken des jungen Mannes vor ihr mit ihren Blicken. Offenbar war der Eleve feinfühlig genug, um sie zu spüren. Er ging mit zusammengezogenen Schultern vor ihr her und vermied es, sich umzudrehen, nachdem er beim ersten Versuch, ein Gespräch mit ihr zu beginnen, ihre finstere Miene gesehen hatte.

Dass sie in ihrem Gemach herumsitzen und warten sollte, bis man sie rief, kam ihr fast so vor, als wäre sie unter Stubenarrest gestellt. *Und außerdem, was heißt hier Gemach! Zelle träfe es wohl besser. Selbst meine Stube im Drachentempel war größer und bequemer. Von der Atmosphäre dort ganz zu schweigen!*

Kalehna war so in ihre wütenden Gedanken vertieft, dass sie nicht darauf achtete, wohin sie gingen. Deshalb wäre sie fast gegen den Eleven geprallt, als der plötzlich stehen blieb.

»Wohin geht ihr?«, fragte jemand.

»Meister.« Der Jüngling verbeugte sich ehrfürchtig. »Ich soll die ehrenwerte …«

Kalehna sah an dem Jungen vorbei und erblickte die Gestalt in den fließenden schwarzen Gewändern der Magi. Offenbar hatte der Magus an diesem Kreuzweg auf sie gewartet, denn Kalehna glaubte, dass in dem Gang zu ihrer Rechten ihr Gemach lag. Allerdings war sie sich dessen nicht ganz sicher, denn die hohen schmalen Gänge im Refugium sahen sich zum Verwechseln ähnlich. Trotzdem würde sie Maahr-kut und ihrem Vater niemals die Genugtuung bereiten und zugeben, dass sie sich wahrscheinlich ohne die Führung des Eleven tatsächlich verlaufen hätte.

»Schon gut, Junge. Ich übernehme das jetzt. Du kannst gehen.«

Der Eleve zögerte unmerklich und zuckte dann zusammen, als der Magus eine Braue hob.

»Hast du noch etwas zu sagen?«

»Nein … nein, natürlich nicht, Meister.«

Der Jüngling verbeugte sich erneut, warf Kalehna einen verstohlenen Blick zu und verschwand dann sichtlich erleichtert denselben Weg, den sie gekommen waren.

Kalehna sah ihm nach, aber hauptsächlich, um Zeit zu gewinnen und die neue Situation einzuschätzen.

Als sie sich wieder zu dem Magus umdrehte, war von ihrem Zorn keine Spur mehr zu sehen, und sie lächelte ihn freundlich an.

»Habt Ihr etwa auf mich gewartet, Ehrenwerter Trophan?«, fragte sie und trat einen Schritt auf den Magus zu. »Wie schmeichelhaft.«

Der junge Magus lachte und bot ihr galant den Arm. »Oh, wie es aussieht, haben wir alle auf Euch gewartet, Kalehna. Schließlich seid Ihr eine Auserwählte, eine Trägerin des Mals. Wie dieser Sandmann ja vorhin so dramatisch verkündet hat.«

Kalehna legte die Hand auf den Arm des Magus. »Für dramatische Effekte hat dieser Maahr-kut allerdings eine Gabe.«

»Ich fürchte, dass sich seine Talente nicht auf dramatische Effekte beschränken.«

Kalehna stieß verächtlich die Luft durch die Nase. »Ganz gleich, welche Talente er noch haben mag, ich bin kein Freund von ihm.«

Hoffentlich habe ich jetzt keinen Fehler begangen, dachte sie. Aber das trockene Lachen von Trophan zerstreute ihre Bedenken.

»Wie es aussieht, haben wir da etwas gemeinsam.«

»Ihr mögt ihn also auch nicht?«

»Ich mag vor allem nicht, wie sich dieser Sandmann in unsere Angelegenheiten einmischt!«

Kalehna nickte. »Das kann ich gut verstehen.«

»Tatsächlich?« Er musterte sie. »Wegen der Art, wie er auf Euren Vater einwirkt?«

»Bin ich so leicht zu durchschauen?«

Trophan zuckte mit den Schultern. »Ich würde eher sagen, das Verhalten Eures Vaters ist leicht zu durchschauen.« Er zögerte einen Moment, als würde er einen inneren Kampf ausfechten. Dann schien er eine Entscheidung getroffen zu haben. »Ich kenne Euch zwar noch nicht lange, aber ich habe den Eindruck, dass Ihr klug seid und eine rasche Auffassungsgabe habt.« Er seufzte. »Ich will mich nicht bei Euch über Euren Vater beschweren, aber dieser Sandmann …«

Kalehna unterbrach ihn. »Müsstet Ihr nicht eigentlich im Inneren Kreis meines Vaters sitzen und jetzt mit ihm und den anderen Magi beratschlagen, wie Ihr auf das Vorgehen des Obersten Auguren reagieren sollt?«

Trophan hob eine Braue. »Offensichtlich hält Euer Vater die Ratschläge unseres Freundes Maahr-kut für wertvoller als meinen Beitrag zu diesem Thema. Jedenfalls hat Sephist mich kurzerhand aus dem Inneren Kreis entfernt.«

»Auf Maahr-kuts Geheiß hin?« Kalehna konnte das kaum glauben.

»Es hat jedenfalls nicht geholfen, dass ich den Sandmann vorhin angegriffen habe«, meinte der junge Magus nachdenklich. »Allerdings hätte ich niemals erwartet, dass Euer Vater …«

»Vielleicht bin ich daran nicht ganz unschuldig«, fiel Kalehna ihm erneut ins Wort. Als Trophan sie fragend ansah, fuhr sie fort: »Ich habe meinen Vater neulich nach diesem schrecklichen Unglück gefragt, das den Inneren Kreis dezimierte, als er um diesen Ghuul gekämpft hat«, gestand sie. »Er war sehr wütend und wollte wissen, wer mir davon erzählt hätte.« Sie zuckte mit den Schultern. »Ich habe Euren Namen natürlich nicht erwähnt, aber ich fürchte …«

Trophan hob beschwichtigend die Hand. »Er hat selbstverständlich mitbekommen, dass wir beide häufiger miteinander geredet haben, und kann sich denken, von wem Ihr dieses Wissen habt.« Er schüttelte den Kopf. »Aber ich glaube, das ist nicht der einzige Grund für seinen Groll gegen mich. Ich teile seine Einschätzung nicht, was die Zukunft unserer Gilde betrifft. Ich halte es für sehr gefährlich, das Gleichgewicht der spirituellen Kräfte im Drachenreich zu zerstören.«

»Aber Ihr wollt doch auch, dass Druud OchNarjon …?«

»Selbstverständlich können wir nicht zulassen, dass die Kaste der Auguren den Tod des Drachenfürsten zum Anlass nimmt, die Macht in Alghor an sich zu reißen, indem sich der Oberste Augur zum Reichsverweser aufschwingt. Aber Sephist will die Träger des Mals benutzen, um seine eigene Macht zu vergrößern. Er wird nicht zulassen, dass sie die Rolle erfüllen, die ihnen laut den Prophezeiungen zugedacht ist.«

»Den Prophezeiungen?« Kalehna sah ihn fragend an.

Trophan nickte. »Ich glaube, es wäre wichtig, alle Prophezeiungen zu kennen, damit man wirklich versteht, welche Aufgabe die Träger des Mals haben. Ihr seid eine Trägerin des Mals. Euch kann nicht gleichgültig sein, ob Ihr Eurer Bestimmung folgt oder ob Euer Vater euch benutzt, um sich aller Konkurrenten zu entledigen und die Macht in Alghor zu ergreifen. Oder sogar die Macht in allen Reichen? Das würde zu einem Krieg führen, der uns alle vernichten könnte.«

»Und wie wolltet Ihr das verhindern? Wollt Ihr Euch gegen meinen Vater stellen?« Kalehna spitzte die Lippen. »Das habt Ihr ja bereits vorhin in der Runden Kammer getan, und Ihr seht, was es Euch eingebracht hat. Ihr gehört nicht mehr zum Inneren Kreis. Ihr habt meinen Vater in eine schwierige Lage gebracht ...«

»Das hat er selbst getan«, widersprach Trophan. »Und Euch gleich mit.«

»Mich?«

Der Magus setzte sich in Bewegung und schritt durch den Gang. »Es gibt vier Träger des Mals, und zumindest drei davon sind bekannt.« Er sah sie von der Seite an und lächelte. »Jolah da Prunfor, die Drachenbraut von Alghor, ist eine, Ihr seid ebenfalls eine Auserwählte, und dieser Ringfechter, der die Drachenbraut angeblich nach der Ermordung ihres Vaters aus der Arena entführt hat – mithilfe eines Nordlings, wie ich gehört habe –, soll ebenfalls ein Auserwählter sein.«

Kalehna nickte. Sie wusste natürlich, dass er von Lay sprach, doch sie glaubte nicht einen Augenblick daran, dass Lay die Drachenbraut entführt hatte. *Viel wahrscheinlicher ist, dass er sie vor OchNarjon gerettet hat.* Aber der Gedanke, dass er mit Jolah da Prunfor zusammen war und sich die Drachenbraut ihrem Retter möglicherweise ähnlich dankbar erweisen könnte wie ... *Hör auf damit!*, befahl sie sich. *Die Fäden haben nicht gelogen. Wir sind füreinander bestimmt, ganz gleich, was dieser Magus behauptet. Oder was mein Vater für Pläne hat.*

Trophan hatte sie beim Gehen beobachtet und lächelte jetzt, als er ihre Reaktion sah. »Seltsamerweise«, fuhr er fort, »ist ein ganz ähnliches Paar in dem Tempel aufgetaucht, in dem Euer Vater Euch versteckt hatte. Ein junger Ringfechter wurde dort aufgenommen, obwohl in den Tempeln der Drachenpriesterinnen grundsätzlich keine Männer zugelassen sind. Wie man hört, hat er eine Drachenjungfer verteidigt, die von mehreren Drachenkämpfern belästigt wurde.« Trophans Lächeln verstärkte sich, als er sah, wie Kalehna errötete.

»Ein wirklich mutiger Mann«, murmelte sie mit gesenktem Kopf.

»Wenn man der Oberin des Tempels Glauben schenken darf – und das darf man wohl, weil sie kaum den Meister der Zirkel belügen würde –, hat sich die fragliche Drachenjungfer sehr dankbar gezeigt und den jungen Kämpfer gesund gepflegt, da er bei diesem Kampf einige Verletzungen davongetragen hatte. Vielleicht war sie ein bisschen *zu* dankbar und hat ihn zu hingebungsvoll …«

»Ihr wisst wirklich sehr viel, Ehrenwerter Magus«, fiel Kalehna ihm ins Wort. »Ihr kennt nicht nur den geheimen Plan des Reichsverwesers, eine Armee gegen Hellanden zu schicken, sondern wisst sogar, was in den Kemenaten und Betten der geheimen Tempel der Drachenpriesterinnen vor sich geht. Ich frage mich nur, was das mit mir und meiner Rolle als Trägerin des Mals zu tun haben soll.«

»Von Betten habe ich nichts gesagt«, erwiderte Trophan, woraufhin Kalehna noch tiefer errötete. »Und was das mit Eurer Rolle als Trägerin des Mals zu tun hat, solltet Ihr Euch vielleicht selbst fragen.« Er sah sich kurz um, aber sie waren allein in dem Korridor. »Die Prophezeiungen reden tatsächlich immer von der Zeit der Zusammenkunft, so wie es dieser Sandmann vorhin ganz richtig behauptet hat. Alle Träger des Mals kommen zusammen. Aber sowohl im Okkultum, den Geheimen Schriften der Drachenpriesterinnen, als auch dem Augural der Auguren und in der Klatur des Schleiers, dem geheimsten der Bücher der Ströme, ist davon die Rede, dass bei dieser Zusammenkunft etwas geschieht, dass eine Verbindung vollzogen wird.« Trophan schüttelte den Kopf. »Euer Vater würde mich wahrscheinlich auf der Stelle töten, wenn er erführe, dass ich mit Euch darüber spreche.«

Kalehna blieb stehen und starrte den Magus atemlos an. »Von mir erfährt er kein Wort, das verspreche ich Euch.«

Trophan nickte. »Ich glaube, dass diese Verbindung, die zwischen den Trägern des Mals vollzogen wird, der entscheidende Punkt ist.« Er zuckte mit den Schultern. »Ich weiß nicht, was genau dann geschieht, aber anders als Sephist glaube ich nicht, dass es einer Gruppe Macht verleiht, wenn sie diese Verbindung kontrolliert.«

»Was glaubt Ihr dann?«

Er zögerte einen Moment. »Alle Prophezeiungen bedienen sich des Symbols der Waage. Ich glaube, dass es nicht um die Konzentration von Macht geht, sondern dass diese Verbindung für eine ausgewogene Verteilung der Macht sorgen soll.«

Kalehna runzelte die Stirn. »Und wie soll das vonstatten gehen?«

Trophan hob die Hände. »Das weiß ich nicht. Ich habe noch nie einen Blick in ein Exemplar des *Augurals* werfen können, ebenso wenig wie ich das Okkultum lesen konnte. Aber ich bin der festen Überzeugung, dass nur jemand, der alle drei geheimen Texte kennt, wirklich weiß, was die Zusammenkunft und die Zeit der Verschmelzung wirklich bedeuten.« Er sah Kalehna an. »Ihr seid eine Drachenjungfer«, sagte er. »Ihr könntet zumindest versuchen herauszufinden, was die Geheimen Schriften der Drachenpriesterinnen dazu zu sagen haben. Ich bin sicher, dass dort einiges über die Träger des Mals und ihre Verbindung steht, wovon wir nichts wissen. Und wenn Euer Vater das Wissen der Drachenpriesterinnen ebenso in den Wind schlägt wie das der Auguren, dann könnte er Euch in Schwierigkeiten bringen. Falls Maahr-kut tatsächlich weiß, wer der vierte Träger des Mals ist. Warum, glaubt Ihr wohl, hat Euer Vater Euch aus diesem Tempel geholt und sperrt Euch jetzt hier ein? Bestimmt nicht aus plötzlich erwachter väterlicher Liebe. Nein, sondern nur aus einem einzigen Grund: um die Verbindung zwischen den vier Trägern des Mals zu seinen Gunsten zu beeinflussen, was auch immer das heißen mag.«

Kalehna hatte ihm mit wachsender Fassungslosigkeit zugehört. Seine Worte ergaben in ihren Ohren auf schreckliche Weise einen Sinn. Sie hätte Trophan genau sagen können, wie diese Verbindung zwischen den Trägern des Mals aussah und auch, dass ihr Vater zu spät gekommen war.

Sie hatte gewusst, dass ihre Begegnung mit Lay kein Zufall gewesen war und dass es eine Bedeutung hatte, dass sie miteinander geschlafen hatten.

Und sie würde Trophans Rat folgen und herauszufinden versuchen, welche Bestimmung sie als Trägerin des Mals tatsächlich hatte, selbst wenn das bedeutete, dass sie sich ihrem Vater widersetzen musste.

In einem Punkt hätte sie Trophan widersprechen können. Doch das tat sie nicht. Bei ihrem Gemach angekommen, bedankte sie sich nur bei ihm für sein Vertrauen. Dann öffnete sie die Tür, trat ein und schloss die Tür hinter sich, ohne den Magus noch einmal anzusehen. Sie lehnte sich mit dem Rücken an das Holz und schloss die Augen. Tränen liefen ihr über die Wangen.

Trophan hatte mit allem recht, nur in einem Punkt irrte er. Es war nicht ihr Vater, der sie in Schwierigkeiten bringen würde. Das hatte sie schon selbst besorgt.

GLUTKESSEL, BELPHORS GARTEN

Die Fäden schienen ihn zu verhöhnen. Sie tanzten quälend dicht vor seinen Augen, schossen an ihm vorbei, strichen ihm wie liebkosend über die Wangen, schlangen sich zu Knoten, die vor ihm pulsierten, als wollten sie ihn herausfordern, nach ihnen zu greifen, sie zu entwirren.

Er konnte es nicht. *Ich kann nicht!* Lay stöhnte, als er vergeblich versuchte, die Hände zu heben. Es gelang ihm nicht, wie schon in den Tagen und Nächten zuvor, ganz gleich ob er wachte oder, wie jetzt gerade, träumte. *Ich träume? Wieso weiß ich, dass ich träume?* Der Gedanke traf ihn wie ein Schlag. Er bäumte sich auf. *Ich habe keine Arme. Ich habe keine Hände! Ich muss träumen!*

Erneut tauchten Fäden vor ihm auf, schienen ihm zuzuwinken. Sie verschlangen sich zu zwei Knoten, die umeinandertanzten, immer schneller, bis sie plötzlich zur Ruhe kamen.

Lay.

Das bin ich. Bluthand *Lay, Schlächter der Rhaphta ...*

»Verdammt, Lay!«

Die Stimme drang flüsternd durch den Tanz der Fäden, durch den Traum, die Erschöpfung ...

Die Fäden wurden ruhiger, tanzten immer langsamer, bis sie schließlich erstarrten. In einem seltsamen, regelmäßigen Muster, von oben nach unten, mit einer Elle Abstand dazwischen.

Lay runzelte die Stirn. *Ich habe noch nie gesehen, dass sie sich so sonderbar ...*

»Verdammt, wach endlich auf. Wenn ich noch lauter werden muss, haben wir gleich die ganze Söldnerschaft auf dem Hals.«

Die beiden Knoten wurden kleiner, während sie dichter zusammenrückten. Immer dichter, bis sie …

Es sind Augen, schoss es Lay durch den Kopf. Sie sahen aus wie die Augen von jemandem, den er kannte.

Thejia.

»Was?«

Es sind die Augen von Thejia, aber es ist nicht ihre Stimme. Lay hörte ein Stöhnen, und es dauerte einen Moment, bis er begriff, dass es von ihm kam. Im selben Moment legte sich eine Hand auf seinen Mund.

»Verflucht, Dörrhirn, willst du, dass wir beide in diesem verfluchten Käfig schmoren? Sei gefälligst leise!«

Käfig? Dörrhirn? Das war nicht Thejia. Aber er wusste, dass er die Augen kannte, und er hatte auch diese Beleidigung schon gehört, und das mehr als einmal.

Aber was hat das mit dem Käfig zu bedeuten?

Er spürte plötzlich, dass jemand auf seinem Bauch lag. *Auf meinem Bauch. Jemand kriecht über meinen Bauch?* Er fühlte, wie sich nackte Haut über sein Gesicht schob, über seine Lippen, seine Nase, seine Stirn. Es war weiche Haut, und sie roch nach Sand und Hitze und … Im nächsten Moment schrammte eine raue Lederkante über seine Nase. Dann wieder Haut. Verwirrt streckte er die Zunge aus, um die Haut zu kosten …

»Au!«

Eine Flut von unverständlichen Schimpfworten in der Sprache der Sandleute begleitete den schmerzhaften Schlag harter Knöchel in seine Achselhöhle.

»Ich warne dich!«, zischte eine weibliche Stimme, dieselbe, die ihn eben noch als Dörrhirn beschimpft hatte. »Wenn du noch einmal ausnutzt, dass ich versuche, deinen armseligen verfluchten Arsch zu retten, dann schwöre ich, bei Belphors Eiern, dass ich ihm deine als Opfer darbringe, sobald er sein gelbes Auge öffnet! Und deine Zunge gleich mit! Und dich lasse ich dabei zusehen!«

Unter großer Anstrengung zwang sich Lay, die Augen zu öffnen.

Er sah … gar nichts.

Aber dafür fühlte er umso mehr. Jemand lag auf ihm. Nein, nicht irgendjemand, sondern eine Frau. Es war zwar ziemlich dunkel vor seinen Augen, aber diese Dunkelheit bewegte sich auf seinem Gesicht. Sie fühlte sich weich und warm an.

Und gluckerte.

Sie gluckert?

»Tut mir leid. Dieser Käfereintopf, den Erk uns als Delikatesse vorsetzt, ist der letzte Fraß. Ringgliedkäfer mögen ja gesund und nahrhaft sein, aber mein Magen macht hinterher jedes Mal endlos Probleme.«

Lays Verwirrung wuchs. *Ringgliedkäfer? Eintopf?* Im selben Moment fühlte er, wie eine brennende Flüssigkeit seine Speiseröhre hochstieg, und er schluckte mehrmals kräftig. Dabei drehte er den Kopf zur Seite, und augenblicklich kehrte die Erinnerung zurück.

Diese geraden, symmetrischen Fäden waren Gitterstäbe, die Gitterstäbe seines Käfigs. Er war schon seit mindestens einer Spanne darin eingesperrt. Und er war unterwegs nach Omarta, wo der Shetan von Bouhss ein Kopfgeld auf ihn ausgesetzt hatte, auf ihn und Jolah. Die Drachenbraut von Alghor. Die er gemeinsam mit Korgh aus dem Roten Sand gerettet und die versprochen hatte, ihm zu helfen, seine Eltern in SanFira zu finden.

Und die ihn einfach verlassen hatte, genauso wie dieser Nordling! Deshalb hatte er sich bei Druuhn dieser Karawane angeschlossen. Dann hatte Lederhaut Tark-kut ihn verraten, und sie hatten ihn in diesen Käfig gesteckt, damit er ihnen verriet, wo sich die Drachenbraut aufhielt.

Lokhs Auge warf sein fahles Licht auf die Landschaft jenseits der Gitterstäbe, jedenfalls soweit er sie unter dem Körper der Frau, die auf ihm lag, erkennen konnte.

Wenn das nicht die Drachenbraut ist, schoss es ihm durch den Kopf, *dann kann das nur …*

»Makira!«

»Ah, dein Hirn hat sich also noch nicht gänzlich in Brei verwandelt – trotz des ganzen Echsenblutes, das sie dir verabreicht haben.« Irgendwie klang die Frau fast ein wenig enttäuscht. »Also gut, dann verstehst du ja, was ich dir jetzt sage: Ich muss mich konzentrieren, um deine Handfesseln zu lösen. Wenn du noch einmal deine Zunge rausstreckst, um meine Haut abzulecken, sind deine Eier Geschichte, und ich lasse dich in dieser Kiste hier schmoren, bis Tark-kut und die anderen aus dir herausbekommen haben, was sie wissen wollen! Hast du mich verstanden?«

Lays Zunge fühlte sich an, als wäre sie zu dreifacher Größe angeschwollen, und er hütete sich, den Mund aufzumachen, damit sie nicht von selbst herausschnellte. Makiras Tonfall ließ keinen Zweifel daran, dass sie ihre Drohung ernst meinte.

Also nickte er nur, eine Bewegung, durch die sich seine Nase in eine kleine weiche Mulde grub. Was seiner Retterin einen weiteren ärgerlichen Schrei entlockte.

»Verflucht! Was habe ich gerade gesagt? Nimm gefälligst deine Nase aus meinem Bauchnabel! Oder willst du …?«

»Entschuldige, das wollte ich nicht«, nuschelte Lay. Seine Worte waren jedoch kaum zu verstehen, weil seine Lippen sich unmittelbar an Makiras Bauch bewegten, der auf seinem Mund lag.

»Oh, verflucht! Du …!«

Lay schluckte, als die Sandfrau schlagartig verstummte und sich fest gegen ihn presste. Er spürte ihren ledernen Schurz auf seiner Brust und wagte kaum zu atmen, um Makiras Zorn nicht durch die Bewegungen seiner Brust an ihrem Schoß erneut zu erregen. *Verärgern,* dachte er. Ich will sie nicht *verärgern!* Gleichzeitig spürte er, wie ein sonderbares Gefühl in seinem Bauch aufstieg, ein seltsames Vibrieren, das immer stärker wurde und in dem er den Anfang eines Lachanfalls erkannte. *Bei Belphors Horn!*, dachte er. *Nur das nicht! Sie wird mir bei lebendigem Leib die Eier abschneiden und sie Belphor opfern, genauso wie sie es angekündigt hat.*

Aber er konnte nichts dagegen tun, die Situation war einfach zu absurd. Hier lag er, an Händen und Füßen angekettet, in einem kaum armhohen Käfig und wartete darauf, den Folterknechten des Shetan von Bouhss ausgeliefert zu werden. Und dann kam diese Sandfrau, um ihn zu retten – *Auch wenn sie sich verdammt noch mal wirklich viel Zeit dafür gelassen hat!* –, aber er konnte nur daran denken, wie gut ihre Haut schmeckte und dass er das letzte Mal einer Frau so nahe gewesen war, als er mit Kalehna in diesem Tempel der Drachenpriesterinnen geschlafen hatte.

Der Gedanke an die junge Frau, die er vor den betrunkenen Drachenkämpfern gerettet hatte, dämpfte seine Heiterkeit ein wenig und löschte die Erregung, die ihn durchströmte, seit Makiras Duft ihm in die Nase gestiegen war. Wahrscheinlich trugen auch die Stimmen der Wachposten dazu bei, die in diesem Moment an dem Gestell mit seinem Käfig vorübergingen und sich in der gutturalen Sprache der Sandleute unterhielten.

Makira zog hastig die Beine an und erstarrte dann auf ihm. Aber die beiden Männer gönnten dem Käfig mit ihrem Gefangenen nur einen flüchtigen Blick, um sich davon zu überzeugen, dass er noch da war, bevor sie ihren Rundgang fortsetzten. Sie sahen seine Füße, die am Rand des Gitters lagen, und das schien ihnen zu genügen.

Lay hatte unterwegs genug von der Sprache der Sandleute aufgeschnappt, um zumindest zu erahnen, worum es bei ihrer Unterhaltung ging. Offensichtlich verloren Tark-kut und Fasso Osh'b, der Herr der Karawane, allmählich die Geduld und wollten jetzt, so kurz vor Omarta, versuchen, den Aufenthaltsort der Drachenbraut mit wirksameren Mitteln als Echsenblut aus ihm herauszubekommen.

»Wir haben Omarta schon erreicht?«, fragte Lay leise, als die Männer sich entfernt hatten.

»Noch nicht«, erwiderte Makira, die sich wieder an Lays Fesseln zu schaffen machte. »Ah, endlich!«

Lay fühlte, wie sich der Metallring um seine Hände löste, der sie an dem Gitter des Käfigs hielt.

Makira kroch langsam an ihm herunter, und er spürte ihren heißen Atem auf seinem Gesicht, als sie kurz innehielt und ihm in die Augen blickte. »Also, du bist frei. Ich hoffe, du kannst laufen. Die Wache wird jetzt nicht mehr hier vorbeikommen, bis das Signal zum Wecken ertönt.« Sie lächelte. »Ich habe sie in den letzten Spannen beobachtet. Sie glauben nicht, dass du aus diesem Käfig entkommen könntest, und haben viel mehr Angst vor einem weiteren Überfall der Sandläufer als vor deiner Flucht.« Ihre dunklen Augen schimmerten in dem fahlen Licht des Mondes. »Aber wir müssen uns beeilen. Es sind nur noch sechs, höchstens sieben Schattenstände, bis Belphors Glut erwacht. Spätestens dann wird man dein Verschwinden bemerken, und Fasso wird seine besten Echsenreiter hinter uns herschicken.«

Dann schob sie sich geschmeidig von Lay herunter, drückte die Gitterstäbe zur Seite, die sie aus der Seite des Käfigs geschnitten hatte, und sprang von dem kleinen Podest in den Sand hinab. Lay rieb sich die schmerzenden Handgelenke, drehte sich auf den Bauch und kroch ebenfalls hinaus.

Als er in den Sand sprang, taumelte er und stürzte. Ihm war schwindlig, was kaum verwunderlich war. Schließlich hatte er seit etlichen Tagen, seit fast zwei Spannen sogar, nur Wasser und eine dünne, ekelhaft schmeckende Suppe bekommen. Und natürlich immer wieder Portionen von Echsenblut, das ihn berauschen und willfährig machen sollte, damit er das Versteck der Drachenbraut verriet.

Lay wusste nicht, ob das Mittel der Sandleute, ihm seine Geheimnisse zu entreißen, gewirkt hatte oder nicht, wenn er berauscht gewesen war. Aber er wusste genau, dass er Jolahs Aufenthaltsort nicht verraten hatte.

Und zwar ganz einfach deshalb, weil er ihn nicht kannte.

»Hier, deine Kleidung.« Makira holte ein kleines Bündel hervor, das sie zwischen zwei ruhenden Lastechsen versteckt hatte, und warf es ihm zu. »Sie stinkt übrigens ziemlich.«

Lay blickte an sich herunter und merkte erst jetzt, dass er außer einem Lendentuch nichts am Leib trug. Ein wenig verlegen hob er das Bündel hoch, schnupperte kurz daran und rümpfte die Nase. *Makira hat recht, der Geruch nach Blut und Schweiß ist wirklich ekelhaft!* Es war die Kleidung, die er während des Kampfes mit den Sandläufern getragen hatte. Aber daran war jetzt nichts zu ändern. Es war eher unwahrscheinlich, dass er die Gelegenheit bekam, sich frische Kleidung aus seinem Zelt zu holen. Falls man nicht ohnehin seine gesamten Habseligkeiten gestohlen hatte. Er wickelte das Bündel auf und zog sich rasch an. Dabei drehte er sich zu den beiden Echsen herum, um Makiras abschätzendem Blick zu entgehen.

Die Tiere lagen regungslos im Sand, der in der Nacht ziemlich schnell abkühlte. Doch ihren sonderbaren, sichelförmigen Augen schien keine seiner Bewegungen zu entgehen. Es beruhigte Lay auch nicht sonderlich, dass ihm Fasso, als er sich der Karawane anschloss, versichert hatte, diese Echsen fräßen nur einmal in einer Spanne. Möglicherweise war ja gerade heute Nacht Fütterungszeit. Auf ihn jedenfalls wirkten diese riesigen Tiere ziemlich hungrig, und er hütete sich, ihnen zu nahe zu kommen. Als er den Mantel überstreifte, fiel sein Blick auf den Armreif an seinem Oberarm. Offenbar hatte man ihm diesen Schmuck gelassen, aber …

»Ich hatte doch einen …«

»Du meinst das hier?« Makira war lautlos neben ihn getreten und hielt Theijas Ring an dem dünnen Lederband hoch. »Ein sehr ungewöhnliches Schmuckstück für einen Ringfechter und Entführer.«

Lay griff danach, aber Makira war schneller und zog ihre Hand weg.

»Ich bin kein Entführer!«, zischte Lay und kniff die Augen zusammen. »Gib mir den Ring zurück! Er ist … sehr wichtig für mich!«

»Tatsächlich?« Makira legte den Kopf schief und lächelte. »Umso besser«, sagte sie und streifte sich das Lederband mit dem Ring über den Kopf. »Ich werde ihn vorerst behalten, dann kann ich wenigstens sicher sein, dass du mir nicht einfach wegläufst.«

Lay runzelte die Stirn. »Dir weglaufen? Wohin?«

Makira zuckte mit den Schultern. »Keine Ahnung. Dahin, wo auch immer du hinwillst.« Sie deutete zum Himmel. »Wenn du fertig bist, können wir jetzt vielleicht endlich von hier verschwinden? Ich möchte wirklich nicht dabei erwischt werden, wie ich dir zur Flucht verhelfe. Dein Freund Tark-kut wird nicht gerade begeistert sein, wenn er sich um die Möglichkeit gebracht sieht, an dir Rache zu nehmen, und noch dazu auf ein hohes Lösegeld verzichten muss. Und Fasso schwelgt seit deiner Gefangennahme in Fantasien über all die lohnenden geschäftlichen Beziehungen, die er mit dem Shetan knüpfen wird, wenn er ihm erst mal die Drachenbraut geliefert hat.«

Lay musterte die junge Sandfrau. »Und warum hast du mich befreit? Nur um Tark-kut und Fasso eins auszuwischen? Und wieso hast du damit so lange gewartet?«

Makira blickte von seinem Gesicht auf den Armreif an seinem Oberarm und tastete dann unwillkürlich nach dem Ring, den sie jetzt um den Hals trug. »Wenn wir noch länger hier stehen und diskutieren, werden wir beide im Käfig enden.« Sie schüttelte den Kopf. »Deine Frage verrät, dass du wahrhaftig keine Ahnung von der Wüste hast.« Sie zuckte mit den Schultern. »Wir wären verloren gewesen, hätten wir versucht, uns allein durch den Glutkessel zu schlagen.« Sie sah Lay herausfordernd an. »Es ist auch so schon riskant genug, aber jetzt konnte ich nicht länger warten. Wir sind schon so nahe an Omarta, dass wir jederzeit auf Patrouillen der Shash treffen können. Und wenn die Soldaten des Shetan dich hier finden, dann wird es nichts mit dem Kopfgeld.« Sie verzog den Mund zu einem spöttischen Grinsen, als sie Lays Gesicht sah. »Schon gut, war nur ein Scherz.« Aber ihre Augen blieben ernst. »Jedenfalls hättest du keine Chance, wenn du allein durch die Wüste laufen müsstest, und außerdem weißt du nicht einmal, in welcher Richtung Omarta liegt, hab ich recht?«

Darauf wusste er nichts zu antworten, und Makira schnaubte.

»Ich sage dir das nur als Warnung, falls du auf die Idee kommen solltest, dich heimlich bei der erstbesten Gelegenheit aus dem Staub zu machen. Und selbst wenn du Omarta erreichen solltest: Was würdest du tun, wenn du dort ankämest?«

Lay blieb weiterhin stumm. Er musste zugeben, dass er so weit noch gar nicht gedacht hatte. Sein erstes Ziel war es gewesen, die Hauptstadt von Bouhss überhaupt zu erreichen. Wie es dann weitergehen sollte, damit hatte er sich befassen wollen, wenn er dort angekommen war.

Makira nickte. »Das dachte ich mir. Wahrscheinlich hast du geglaubt, du könntest einfach so in die Stadt hineinspazieren? Ich habe zwar keine Ahnung, was du in SanFira willst, aber du wirst in Omarta eine Menge Sandleute sehen. Und du wirst sehr schnell feststellen, dass die Vertreter des Drachenreiches hier unten in Belphors Feuer nicht sonderlich willkommen sind. Das gilt für die Provinz von Bouhss, wo die Menschen nur darauf warten, das Joch des Drachenfürsten endlich abzuschütteln, aber noch mehr gilt das für SanFira. Wir haben noch nicht vergessen, was passiert ist, als das letzte Mal eine Armee von *Drachenkämpfern* den Oum überschritten hat.«

»Und doch hast du mich befreit«, antwortete Lay und verschränkte die Arme vor der Brust.

Makira grinste. »Vielleicht wollte ich das Kopfgeld nicht mit einem ganzen Haufen von Söldnern und Echsentreibern teilen«, sagte sie.

»Vielleicht«, gab Lay zurück, dem nicht entging, wie diese Frau unwillkürlich Theijas Ring an ihrem Hals befingerte.

»Also los, gehen wir«, sagte sie, trat erneut zwischen die beiden Echsen und zog ein zweites Bündel aus dem Sand, in dem sich wahrscheinlich ihre Habseligkeiten befanden. »Halt dich direkt hinter mir und tu genau, was ich dir sage!« Sie drehte sich zu Lay herum. »Meinst du, du bekommst das ... He! Wo willst du hin? Hast du auch nur ein Wort von dem verstanden, was ich gerade ...?«

»Ich bin ja nicht taub«, entgegnete Lay gelassen. »Aber ich gehe nicht ohne meine Waffe.« Er sah Makira an. »Ich nehme an, du weißt, wer sie hat?«

Einen Moment lang machte Makira den Eindruck, als wollte sie ihn anspucken, so wütend war sie. »Du musst verrückt geworden sein!«

Lay ließ sich davon nicht beeindrucken. »Du hast selbst gesagt, dass uns die Zeit davonläuft. Also, wo ist Blutbraut? Tarkkut hat mir das Schwert nach meiner Gefangennahme abgenommen, stimmt's? Hat er es noch? Wenn ja, wo schläft er?«

Makira starrte ihn an.

Lay erwiderte ihren Blick, ohne mit der Wimper zu zucken.

Nach einer gefühlten Ewigkeit zischte die Frau und spie in den Sand. »Ich wusste ja, dass es eine völlig verrückte Idee ist, jemandem zu helfen, der seiner Waffe einen Namen gegeben hat!«

»Hilfe? Ich habe dich nicht darum gebeten, mich zu befreien«, erwiderte Lay, obwohl er zugeben musste, dass er zumindest am Anfang seiner Gefangenschaft genau das gehofft hatte. Er hatte sich gefragt, warum sie sich so viel Zeit ließ, bevor er schließlich, berauscht von Echsenblut, die Hoffnung auf Makiras Hilfe und jeden Gedanken an Flucht aufgegeben hatte. »Aber ein Haufen Gold hat die Eigenschaft, viele Bedenken zu zerstreuen, hab ich recht?«

Makira zischte erneut und spuckte wieder in den Sand. Dann blickte sie zum Horizont und schüttelte den Kopf. »Wir müssen uns wirklich beeilen. Es dauert nicht mehr lange …«

»Ich gehe nicht ohne mein Schwert.«

Offenbar hörte sie an seiner Stimme, dass er sich nicht umstimmen lassen würde. Sie verdrehte die Augen und schüttelte erneut den Kopf. »Also gut, wie du willst.« Sie biss die Zähne zusammen. »Tark-kut hat es dir abgenommen, aber er hat behauptet, die Waffe wäre verflucht!«

Furcht überkam Lay bei der Vorstellung, dass der Ringfechter die Blutbraut möglicherweise einfach im Sand des Glutkessels zurückgelassen hatte. In diesem Fall würde er sie niemals wiederfinden. »Willst du damit sagen …?«

Makira nickte. »Er hat das Schwert zu Fasso gebracht, und der hat es seinem Söldnerhauptmann in Verwahrung gegeben.«

»Praak?« Lay hätte sie vor Erleichterung fast umarmt. »Aber das ist ja wunderbar!«

»Wunderbar?« Makira starrte Lay ungläubig an. »Ich glaube, das Echsenblut hat dein Hirn doch in Brei verwandelt! Willst du etwa zu ihm gehen und ihn freundlich fragen, ob du deine blutige Freundin wiederhaben kannst?«

»Nicht ganz«, erwiderte Lay grinsend. »Wir werden zu ihm gehen und ihn nichts fragen.«

Makira starrte Lay an und rührte sich nicht. Dann öffnete sie den Mund, um etwas zu sagen, schloss ihn jedoch wieder.

Lay hatte sich bereits umgedreht und machte Anstalten loszugehen.

»Was ist?«, fragte er, als sich die Sandfrau nicht von der Stelle rührte.

Sie deutete mit dem Daumen über ihre Schulter. »Das Zelt von Praak liegt da«, sagte sie und drehte sich um. »Ich frage mich wirklich, warum ich das alles mache«, murmelte sie so laut, dass Lay sie verstehen konnte. »Alles Gold von SanFira kann das nicht aufwiegen.«

Da gebe ich dir recht, dachte Lay, als er ihr etwas zerknirscht folgte. *Und das ist eine sehr interessante Frage. Auf die ich eine Antwort bekommen werde, bevor wir Omarta erreicht haben.*

»Was, bei Belphors kalten Klauen, ist das?« Lay blieb auf dem Kamm der Sanddüne stehen und starrte auf das Schauspiel, das sich ihm bot.

Makira war ihm in einigem Abstand gefolgt und erklomm leicht keuchend die letzten Meter bis zur Kuppe. Oben angelangt stellte sie sich neben ihn und schlug die Kapuze ihres leichten Umhangs zurück. Sie blinzelte in die tief stehende rote Sonne und beschattete mit der Hand ihre Augen, um besser sehen zu können.

»Das hier ist der kürzeste Weg nach Omarta«, erwiderte sie. Sie sprach leise, fast ehrfürchtig, als würde der Anblick sie einschüchtern. »Willkommen in Belphors Garten.«

»Ein Garten?« Lay schüttelte den Kopf. »Eine sonderbare Vorstellung von Gärten habt ihr hier in der Wüste.« Er deutete auf die gewaltigen Felsskulpturen, die über das ganze Tal verteilt waren und aussahen wie riesige steinerne Stalaktiten. *Es müssen Tausende sein,* dachte Lay. *Und von hier oben sieht es aus, als gäbe es kein Durchkommen.* »Bei uns in Alghor jedenfalls ist ein Garten etwas, in dem etwas lebt und heranwächst und …«

»Oh, da gibt es Leben, keine Sorge«, fiel Makira ihm ins Wort. »Oder vielmehr sollte dir gerade *das* Sorgen machen.«

Lay sah sie skeptisch an. »Was willst du damit sagen? Ich dachte, das hier wäre der beste Weg nach Omarta?«

Makira hob eine Braue. »Das habe ich nicht gesagt. Ich sagte, das hier ist der *schnellste* Weg nach Omarta.« Sie zuckte mit den Schultern. »Aber für gewöhnlich benutzt ihn niemand, jedenfalls niemand, der bei Verstand ist.« Sie grinste. »Deshalb habe ich ihn dir ja vorgeschlagen.«

Lay verzog das Gesicht. »Herzlichen Dank. Wirklich spaßig.« Er blickte wieder nach vorn in das Tal. »Warum benutzt denn niemand diesen Weg, wenn er doch viel Zeit erspart?« Er musterte die roten Felsen, die sich, so weit das Auge blickte, rechts und links des Tals erstreckten. Diese Felsen waren unüberwindlich, und das galt wahrscheinlich nicht nur für eine Karawane. Er bezweifelte, dass selbst ein einzelner Mann sie ohne vernünftige Kletterausrüstung besteigen konnte. Ganz sicher jedenfalls kamen dort keine Echsen hinauf. Die Karawane würde einen großen Umweg in Richtung Belphors Schlaf nehmen müssen, der sie mindestens eine halbe Spanne kosten würde. Dann kam ihm eine andere Idee. »Wenn niemand diesen Weg benutzt, woher weißt du dann, dass man durch dieses Tal überhaupt nach Omarta kommt?«

Makira betrachtete das Tal und die steinernen Skulpturen. Sie ließ sich Zeit, bevor sie antwortete. »Das Tal führt bis zu einer Klippe oberhalb von Omarta, und dort endet es.« Sie zögerte wieder. »Da stehen die gleichen Skulpturen wie hier, und die Stadt liegt direkt unterhalb dieser Felsen. Also geht man natürlich davon aus, dass das Tal die Barriere durchschneidet und ...«

»Barriere?«

Sie deutete auf den Gebirgszug zu beiden Seiten des Tales. »Die Barriere. Sie trennt den Glutkessel von Omarta und bildet einen sehr wirksamen Schutz gegen die Sandläufer.«

Lay hob erstaunt die Brauen. »Sandläufer? Wagen die sich bis hierher?«

Makira nickte. »Ja, schon, aber zum Glück betreten sie das Tal nicht.«

Lay schüttelte den Kopf. »Das verstehe ich nicht. Es wäre

doch der kürzeste und schnellste Weg, um Handel mit der Hauptstadt von Bouhss zu treiben.« Er grinste. »Oder um die Stadt zu überfallen.«

Die Sandfrau machte eine wegwerfende Handbewegung. »Der einzige Handel, den die Sandläufer mit dem Volk von Bouhss treiben, besteht darin, ihnen Geiseln zu verkaufen, die sie bei ihren Überfällen auf die Karawanen genommen haben. Dafür müssen sie nicht nach Omarta, sondern brauchen nur zu warten, bis Abgesandte des Shetan oder Kaufleute in ihre Kaffirs kommen, um ihnen das Lösegeld zu bringen.«

»Trotzdem«, beharrte Lay. »Sie könnten doch auf ihren Rhaphta durch dieses Tal reiten, um …«

Makira schüttelte den Kopf. »Du wirst niemals eine Echse dazu bringen, auch nur eine einzige Klaue in dieses Tal zu setzen. Lieber würden sie sich schlachten lassen. Aus diesem Grund sind wir auch zu Fuß von der Karawane geflohen. Wären wir auf Echsen geritten, hätte man unsere Spuren leichter verfolgen können. Und außerdem hätten wir die Tiere spätestens jetzt zurücklassen müssen. Niemand, weder Fasso noch Praak und schon gar nicht Khar, wird damit rechnen, dass wir durch Belphors Garten wollen.«

Lay sah seine Begleiterin argwöhnisch an. »Ich habe das Gefühl, dass du mir noch irgendetwas sehr Wichtiges verschweigst, was diesen sogenannten Garten angeht.«

Makira lachte, aber in ihren Augen schimmerte so etwas wie Furcht. »Eigentlich nichts wirklich Wichtiges, außer vielleicht die Tatsache, dass noch nie jemand, der dieses Tal betreten hat, auf der anderen Seite herausgekommen ist. Jedenfalls nicht, soweit ich weiß.«

»Wie bitte? Und das sagst du mir erst jetzt?«

Makira zuckte mit den Schultern. »Und wenn schon. Wäre es dir denn lieber, von den Shash des Shetan gefangen genommen und gefoltert zu werden? Die hätten nicht lange gebraucht, um dir den Aufenthaltsort der Drachenbraut zu entlocken. Es sind ohnehin wilde Gesellen, aber was die Kunst der Tortur angeht, haben sie ihre Fähigkeiten im Laufe der Zyklen unglaublich verfeinert. Ich habe gehört, dass sie jemanden etliche Spannen lang am Leben erhalten können, während sie ihm die Haut abziehen und ihm Stück für Stück ein Glied nach dem anderen abschneiden, bis nur noch der Torso und der Kopf übrig …«

»Vielen Dank!«, unterbrach Lay sie. »Mir scheint, dass du deine Bestimmung verfehlt hast. So begeistert, wie du über dieses Thema sprichst, solltest du eigentlich ebenfalls bei den Shash dienen. Dann könntest du in aller Ruhe deine Fantasien …«

»Das geht leider nicht«, erwiderte Makira ungerührt. »Sie nehmen keine Frauen auf.«

»Wirklich zu schade«, gab Lay zurück. »Ich bin sicher, du würdest dort sehr schnell Karriere machen.«

»Ich auch.« Makira verzog die Lippen zu einem Grinsen. »Was dieses Tal da angeht …« Sie streckte die Hand aus und deutete mit den Fingern auf die Steinskulpturen. »Ich wollte immer schon mal wissen, ob an diesen Geschichten etwas dran ist.« Sie sah Lay herausfordernd an. »Und was ist mit dir? Willst du hier herumstehen, bis du auch zu Stein geworden bist?«

»Geschichten? Was für Geschichten?«, fragte Lay, aber Makira war bereits losgegangen und stieg auf der anderen Seite der Sanddüne zum Eingang des Tales hinab. *Eins schwöre ich bei Belphors Hellführ, sobald ich in Omarta angekommen bin, werde ich diese Frau in die Wüste zurückschicken, aus der sie gekommen ist!* Dann fiel ihm ein, dass Makira aus SanFira stammte, jedenfalls hatte sie das behauptet, und er verzog das Gesicht bei der Vorstellung, dass er die Kriegerin möglicherweise noch etliche Spannen länger würde ertragen müssen. Er sah ihr nach, wie sie geschickt die Düne hinabstieg, und erinnerte sich wieder daran, wie sie sich angefühlt hatte, als sie ihn aus dem Käfig befreit hatte. Er grinste, während er sich daranmachte, ihr zu folgen.

Also gut, sagte er sich. *Vielleicht schicke ich sie nicht sofort weg, wenn wir in Omarta angekommen sind.* Das Bild einer Frau mit kupferroten Haaren kam ihm in den Sinn, und er hatte einen Moment ein schlechtes Gewissen. Dann jedoch schob er den Gedanken an Kalehna ärgerlich beiseite und konzentrierte sich darauf, das Gleichgewicht zu behalten, damit er nicht stürzte und die Düne hinunterpurzelte. Das würde Makira in ihrer verächtlichen Meinung über Alghoraner im Allgemeinen und ihn, Lay, im Besonderen zweifellos nur bestärken, und er würde sich ihren Spott bis ans Ende seiner Tage anhören müssen.

Nach etwas weniger als einem Sonnenstrich standen sie am Eingang des Tales und betrachteten die gewaltigen Felsskulpturen, die aus der Nähe noch beeindruckender wirkten als vom Kamm der Düne aus.

Lay kniff die Augen zusammen. Er konnte es zwar nicht hören, aber er glaubte ein Summen in der Luft zu spüren. Zögernd streckte er eine Hand aus und legte sie auf den roten Stein der Skulptur, neben der sie standen. Das Summen verstärkte sich, wenn auch nur geringfügig. Aber er hütete sich, Makira etwas davon zu sagen.

Diese war ein Stück weitergegangen und drehte sich jetzt zu Lay herum. »Beeindruckend, hab ich recht? Den alten Prophezeiungen zufolge sollen es …«

»Prophezeiungen?« Lay stemmte die Fäuste in die Hüften. »Das wird ja immer schöner! Eben waren es noch Geschichten, Legenden, die sich abergläubische Alte abends am Feuer …«

»Von abergläubischen Alten habe ich kein Wort gesagt.«

»Also gut.« Lay nahm die Hand vom Stein, und das Summen wurde leiser. Aber es war noch da, ganz tief in einem Winkel seines Bewusstseins. »Erst erzählst du mir, du kennst den kürzesten Weg nach Omarta, dann stellt sich heraus, dass wir durch einen Garten müssen, der aus Felsskulpturen besteht, deren Herkunft niemand erklären kann und den noch nie jemand durchquert hat, und jetzt rückst du damit heraus, dass dieses Tal in den Prophezeiungen erwähnt wird. Ich glaube, es wird Zeit, dass du mir endlich erzählst, was du über diesen Garten von Belphor weißt. Und zwar alles!«

Makira grinste ihn spöttisch an. »Ich wollte dich nicht überfordern, indem ich dir gleich die ganze Geschichte auf die Nase binde. Immerhin bist du ein Mann, und dazu noch ein Alghoraner. Damit bist du doppelt benachteiligt, und …«

»Verdammt, Makira! Schluss mit diesen albernen Spielchen!« Lays Augen sprühten Funken, und unwillkürlich hob er die Hand, um nach seiner Waffe zu greifen. Erst als das feine Singen in seinen Ohren ertönte, begriff er, was er da tat, und ließ die Hand rasch wieder sinken.

Was bildest du dir ein?, dachte er. *Sie ist vielleicht nervig, aber sie hat dir unzweifelhaft das Leben gerettet, indem sie dich befreit hat. Und außerdem wärst du ohne sie in dieser verdammten Wüste aufgeschmissen gewesen.*

Er sah, wie Makira die Augen zu Schlitzen zusammenzog und die Hände auf die Griffe ihrer Krummdolche legte.

»Schon gut«, sagte er. »Aber ich will jetzt endlich wissen, was es mit diesem verdammten Tal auf sich hat! Was sind das für Legenden, und was steht in den Prophezeiungen darüber?«

Makira entspannte sich wieder, ließ aber eine Hand auf dem lederumwickelten Griff eines Dolches liegen. Mit der anderen deutete sie auf die Felsskulpturen. »Angeblich sind diese Skulpturen keine Felsen, sondern versteinerte Drachen, die Belphors göttlicher Zorn getroffen hat, damals, in der Großen Schlacht.«

»Große Schlacht?« Lay erinnerte sich an die Lektionen von Zanth'ra damals im Monasterium, als sie zusammen in dem Buch der Sieben Weisheiten gelesen und die alten Legenden über die Entstehung und die Geschichte der Welt studiert hatten. In den Prophezeiungen der Drachenpriesterinnen war von dieser Großen Schlacht die Rede gewesen, in der die Götter und Drachen um die Vorherrschaft gekämpft hatten. Zanth'ra hatte ihm gesagt, dass auch die Prophezeiungen der Auguren und der Magi von diesem gewaltigen Kampf handelten. In diesem Moment fiel ihm ein, dass er nicht einmal genau wusste, an welche Prophezeiung die Sandleute eigentlich glaubten, oder ob es überhaupt so etwas wie eine Prophezeiung in ihrem spirituellen Leben gab, nach der sie sich richteten.

»Ja, der Kampf zwischen …«

»Ich weiß, worum es in der Großen Schlacht angeblich ging.«

»Angeblich?« Makira hob eine Braue. »Na gut, jedenfalls hat Belphor *angeblich* die Drachen, die sich gegen die Götter erhoben hatten, in dieses Tal gelockt und sie hier *angeblich* zu Stein verwandelt. *Angeblich* kann man dieses Tal nicht an einem Tag durchqueren, sondern man ist gezwungen, im Licht von Lokhs Auge weiterzugehen, falls man nicht ein Lager aufschlagen und bis zum Morgen warten will.« Sie zuckte mit den Schultern. »*Angeblich* ist aber niemand, der in diesem Tal die Nacht verbracht hat, am nächsten Morgen wieder aufgewacht. *Angeblich* nämlich erweckt Lokh, der Gefährte von Belphor, die Drachen des Nachts wieder zum Leben, weil er Mitleid mit ihnen empfindet. Und diese Drachen sollen *angeblich* ohne viel Federlesens jeden fressen, der es wagt, sich in dem Tal aufzuhalten. Und *angeblich* wissen das auch die Echsen, weshalb sie ums Verrecken nicht einen Fuß in dieses Tal setzen! Ganz sicher jedenfalls ist noch niemand durch dieses Tal gegangen und hat anschließend davon berichten können.«

»Entzückend«, erwiderte Lay. »*Angeblich* bist du so viel klüger als ich, und doch kommst du auf eine so selbstmörderische Idee? Also, entweder glaubst du nicht an die Legende, oder du willst mich nur an der Nase herumführen. Wieso, meinst du, wird uns nicht dasselbe Schicksal ereilen wie all die anderen, die versucht haben, das Tal zu durchqueren?«

»Angeblich hat das schon seit vielen Zyklen niemand mehr versucht«, erwiderte Makira. »Aber ich glaube eher, dass sich die

Leute in diesem Tal verirrt haben.« Sie deutete auf Lays Oberarm. »Ich denke, wenn jemand es schafft, dieses Tal zu durchqueren, dann ein Mann, der einen Glyphenstein trägt.«

Lay sah sie überrascht an. »Glyphenstein?« Er dachte daran, wie Maahr-kut ihm die Armspange in der Schlucht der Schmiede überreicht hatte. Er hatte dem Sandmann geglaubt, als er behauptet hatte, die Spange würde ihn zu seinen Eltern führen, obwohl er heute ebenso wenig wie damals wusste, wie das vonstatten gehen sollte. Aber laut seinem alten Waffenmeister würde sich das Geheimnis der Spange auch erst entschlüsseln, wenn er SanFira erreicht hatte. »Woher weißt du, dass das ein Glyphenstein ist?«

Makira zuckte mit den Schultern. »Wie gesagt, ich bin eine Frau und viel, viel klüger als …«

Lay zuckte zusammen, als ein lautes Summen in seinem Kopf die Worte der Sandfrau übertönte.

Blut Blut Blut

Er reagierte instinktiv und warf sich gegen Makira. Im nächsten Moment zischten zwei Pfeile durch die Luft und schlugen gegen eine Felssäule direkt vor ihnen.

»Was, bei Ganäas …? Au, verflucht!«, schimpfte Makira, als sie auf dem harten, nur von einer dünnen Sandschicht überzogenen Felsboden landete. »Was ist denn plötzlich in dich gefahren?«, protestierte sie, als sie wieder zu Atem kam. »Das ist doch kein Grund, gleich …!« Sie verstummte, als sie die Blutbraut in Lays Hand sah. Dann glitt ihr Blick zu den beiden Pfeilen neben ihr im Sand, und als sie sich in die Richtung umdrehte, in die Lay blickte, begriff sie den Grund für sein Verhalten.

»Tark-kut? Was bei Belphor …?« Die Frage war jedoch überflüssig. Denn was der Söldner wollte, war offensichtlich und sowohl an seiner Haltung als auch an seinem hämischen Grinsen abzulesen. Und an den Mienen der vier schwer bewaffneten Männer, die ihn begleiteten.

»Du magst schlauer sein als dieser Mörder und Entführer, aber du bist ganz sicher nicht schlauer als ich«, erklärte der Tark-kut. »Ich wusste, dass du nicht mit dieser Echse weggeritten bist, die du freigelassen hast. Fasso, Khar und auch Praak hast du täuschen können, aber nicht mich.« Der ehemalige Ringfechter hatte sein Schwert gezückt und näherte sich der Sandfrau. »Mir war klar, dass du vor uns in Omarta sein wolltest. Du willst das Kopfgeld allein kassieren, gib es ruhig zu!« Er warf Lay einen boshaften Blick zu, während seine vier Kameraden die beiden Flüchtlinge umzingelten. »Und der schnellste Weg dorthin führt durch dieses verfluchte Tal.« Er verzog spöttisch die Lippen und zeigte dabei seine hässlichen braunen Zähne. »Das war sehr leicht vorherzusehen, Sandfrau!« Er wandte sich zu Lay um. »Und du, Bluthand Lay? Es war sehr dumm von dir, mich nicht zu erledigen, als du die Gelegenheit dazu hattest!«

Er deutete auf das Schwert, das Lay immer noch auf seinem Rücken in der Scheide trug. »Du hast dir deine Waffe geholt, als er geschlafen hat, ohne dass er etwas davon gemerkt hat. Eine reife Leistung, das muss ich dir lassen!« Er lachte. »Aber es wäre klüger gewesen, anschließend zu mir zu kommen und mir gleich damit die Kehle durchzuschneiden. Pech für dich, dass du das nicht getan hast. Dabei bist du doch sonst so verdammt gerissen! Die Drachenbraut praktisch vor der Nase des Shetan nach Omarta zu schaffen und selbst einen anderen Weg zu nehmen, um nicht mit ihr erwischt zu werden! Wirklich, sehr gerissen. Aber nicht gerissen genug für mich! Du wirst mir alles erzählen … Wie sie dorthin gekommen ist, wer sie bewacht und was du mit ihr vorhast!« Er deutete mit dem Schwert auf einen seiner Begleiter und grinste. »Der gute Kryff hier ist ein Fachmann, was Abziehmesser und Geständnisse unter der Folter angeht. Er hat bei den besten Folterknechten des Shetan gelernt und kann einer Wüstenziege die Haut abziehen, ohne dass sie es merkt, jedenfalls nicht, bevor es zu spät ist!« Er lachte und lockerte die Schultern, um sich auf den Kampf vorzubereiten. Dann legte er den Kopf auf die Seite und sah Lay fragend an. »Aber eins musst du mir jetzt schon sagen, Bluthand. Wie hat sie dich dazu gebracht, ihr zu verraten, dass die Drachenbraut in Omarta ist? Hat sie dir versprochen, dich an ihren kleinen heißen Arsch zu lassen, oder durftest du vielleicht schon vorab …?«

»Wie oft muss ich denn noch wiederholen, dass ich nicht weiß, wo Jolah da Prunfor ist. Sie hat mich noch in Alghor verlassen, und ich habe …«

Das Singen in Lays Kopf war immer lauter geworden. Blutbraut frohlockte bei der Aussicht, Blut zu kosten, und Lay war klar, dass sie ihren Willen bekommen würde. *Diese Männer werden nicht so gnädig sein wie Fasso,* dachte er. Der Herr der Karawane hatte nichts gegen Lay persönlich gehabt und hatte ihn auch nicht zu stark foltern lassen, weil er ihn bis Omarta am Leben erhalten wollte. Lay bezweifelte, dass Tark-kut seinen Hass auf Lay beherrschen oder seine Enttäuschung verwinden konnte, wenn er feststellen musste, dass Lay den Aufenthaltsort der Drachenbraut nicht kannte. Wahrscheinlich würde er ihn auf der Stelle töten. Denn der Söldner hatte seine Truppe und seine Karawane verlassen, auf den bloßen Verdacht hin, dass er Lay und Makira erwischen und die Wahrheit, oder was er dafür hielt, aus ihnen herausbekommen würde. Er konnte nicht mehr zurück, jedenfalls nicht, ohne dem Shetan die Drachenbraut auszuliefern. Und Makira hatte ohnehin keine Bedeutung für ihn.

»Lügner!«

»Pass auf!«, schrie Makira.

Blut Blut Blut, sang die Blutbraut.

Todtodtodtod, dröhnten plötzlich die Stimmen in Lays Kopf.

Die Welt verschwamm, goldene Fäden zuckten vor seinen Augen auf, tanzten, verschlangen sich zu Knoten, und die Bewegungen von Makira, Tark-kut und den anderen Söldnern wurden immer langsamer, als bewegten sie sich unter Wasser, als müssten sie gegen einen zähen, unsichtbaren Widerstand ankämpfen. Er *sah,* wie ein goldener Faden auf ihn zuschoss, duckte sich, unendlich langsam, während der Faden zu einem Pfeil wurde, der sich langsam um seine eigene Achse drehte und einen Fingerbreit an seinem Gesicht vorbeischwebte. Lay sah die Fiederung am Ende des Pfeils, dann *sah* er eine von goldenen Fäden umhüllte Gestalt, die sich ihm von der rechten Seite näherte, ganz langsam, als watete sie durch einen Sumpf. Sie hielt etwas Schimmerndes hoch über ihrem Kopf, etwas Langes, Glänzendes.

Draakentod draakenruh draakenfluch trägerdesmals todtodtod schleierwehet draakenbrut blutblutblut

Lay *sah,* wie glühende Fäden die Klinge der Blutbraut umschlangen, dann schien sich alles rot zu färben, und er sah nur noch Blut.

ULCAR, KOMPTOR DES ERSTEN FRAGENDEN IM DRACHENPALAST

»Ein hochtrabender Titel, eine schlagkräftige Armee unter seinem Befehl und so viel Blutvergießen, wie er will … Das müsste doch nach seinem Geschmack sein.« Druud OchNarjon lachte selbstgefällig. »Ein genialer Schachzug, nicht wahr, Anfir? Damit habe ich nicht nur diesen verdammten Schlächter kaltgestellt und seinem Herrn Ryehl sozusagen den Giftzahn gezogen, sondern mit etwas Glück fällt mir außerdem noch Hellanden in den Schoß.« OchNarjons Stimme wurde frostig. »Selbstverständlich habe ich im Falle seines Sieges dafür gesorgt, dass er nicht als Triumphator zurückkehrt. Die Massen lieben bekanntlich Sieger. Vor allem junge, strahlende Sieger. Sollten wir die Drachenbraut bis dahin nicht gefunden und mit diesem Schwachkopf Ryehl verheiratet haben, könnte der *Schlächter von Krühll* vielleicht noch auf dumme Ideen kommen. Überheblich genug dafür ist er ja.«

Farael drängte sich vorsichtig durch die schmale Tür der kleinen Nische hinter der Täfelung unmittelbar unter der Kasematte unten am Eisenturm. Durch deren Gitterstäbe fiel spärliches Tageslicht in den Raum, der ansonsten von Tranlaternen und Kerzen erleuchtet wurde. Die Kasematten und die mächtigen, uralten Quader waren das Einzige, was darauf hindeutete, dass das Komptor des Ersten Fragenden im Untergeschoss des Drachenpalastes lag. Der Eisenturm war eins der ältesten Bauwerke des Palastes, und die meisten Obersten Auguren hatten es bislang vorgezogen, ihre luftigeren und prunkvolleren Gemächer im Asylum zu bewohnen.

Druud OchNarjon machte da eine Ausnahme. *Wahrscheinlich will er dichter am Zentrum der Macht sein,* dachte Farael, *obwohl er das eigentlich nicht mehr braucht. Er residiert ja jetzt in den Gemächern des Reichsverwesers. Noch näher am Zentrum der Macht kann er nicht sein.* Er unterdrückte ein Grinsen. *Hier dagegen scheint mir eher der Arsch der Macht zu sein ... Andererseits, OchNarjon zieht sich immer hierhin zurück, wenn er seine heimtückischen Pläne schmiedet. Nur gut, dass er glaubt, ich wäre unterwegs, um die Drachenbraut aufzuspüren ...*

Behutsam setzte er sich auf den schmalen Holzvorsprung an der Rückwand der Nische. Er war nicht so staubig wie der Boden, was dafür sprach, dass er häufig genutzt wurde. Farael hatte nicht schlecht gestaunt, als ihm sein Mitverschwörer aus dem Zirkel der Magi das Geheimnis des *Drachenohrs* gezeigt hatte.

»Der Eisenturm ist schon so alt, dass die meisten seiner Geheimnisse schon seit vielen Zyklen in Vergessenheit geraten sind«, hatte der junge Magus gemeint. *»Das Drachenohr war einst ein Versteck für uns Magi, um die Auguren auszuspionieren. Als die Ersten Fragenden aber dazu übergingen, im Asylum zu residieren, und der Reichsverweser ohnehin von einem Magus gestellt wurde, geriet dieser Ort in Vergessenheit.«*

Farael beugte sich behutsam vor. Er hatte den Ort sorgfältig ausgekundschaftet und von Spinnweben und Staub gesäubert, damit er nicht etwa niesen musste oder auf ein knarrendes Brett trat. Vor einigen Tagen hatte er das Paneel unauffällig auch von der anderen Seite untersucht. Sein Respekt vor den damaligen Baumeistern war seitdem beträchtlich gewachsen. Selbst wenn man unmittelbar davor stand, konnte man die Löcher in dem geschnitzten Holz nicht erkennen, durch die der Lauscher im Drachenohr den Raum beobachten und die Gespräche belauschen konnte.

Kein Wunder, dass die Magi die Macht der Auguren damals immer weiter beschneiden konnten. Sie wussten genau, was unsere Altvorderen planten, und konnten ihnen damit immer einen Schritt voraus sein, dachte Farael, *so wie ich OchNarjon und seinem Schoßhündchen einen Schritt voraus sein wer-*

de. Ihm kam der Gedanke, ob es einen solchen geheimen Raum wohl auch im Asylum gab. Sobald seine Pläne Früchte getragen hätten, würde er den gesamten Tempel der Auguren auf den Kopf stellen, um das herauszufinden. Und dann würde er sich dieses Raumes zu bedienen wissen. Farael lächelte erneut. *Wenn ich erst Oberster Augur bin, wird sich ohnehin einiges ändern …*

»Also, sprich, was glaubst du, Anfir? Haben wir den richtigen Mann auf die richtige Position gesetzt?« Der Erste Fragende lehnte sich spöttisch grinsend in seinem gepolsterten Stuhl zurück.

»Ich hoffe es, Herr.«

Aber bevor es so weit ist, habe ich noch einen langen Weg vor mir. Er spähte durch die winzigen Löcher, die so raffiniert angeordnet waren, dass der Beobachter, wenn er einen gewissen Abstand einhielt, wie durch ein Netz sah, ohne von der anderen Seite bemerkt zu werden. *Und vor allem muss ich meinen gefährlichsten Konkurrenten aus dem Feld schlagen.* Farael ballte unwillkürlich die Hände zu Fäusten, als er Anfir sah, der sich entspannt und mit geschlossenen Augen auf einem Stuhl lümmelte, direkt vor dem Lehnstuhl des Obersten Auguren, dessen Hand auf dem Kopf des Jünglings ruhte. *Wenn OchNarjon ihn so sehen könnte, würde er ihm sicher nicht so rückhaltlos vertrauen.*

»Wirklich, ich verstehe deine Zurückhaltung nicht, Anfir«, sagte der Erste Fragende. »Der Plan ist großartig. Wir entledigen uns mit einem Schlag eines Feindes außerhalb unserer Grenzen und werden eine Bedrohung innerhalb unseres Reiches los. Du kannst ruhig etwas mehr Begeisterung zeigen. Wir sollten unseren bevorstehenden Triumph feiern.« Er ließ seine Hand über den Hals des Noviche gleiten.

»Gibt es denn wirklich bereits Grund zur Freude, Herr?« Anfirs Stimme klang ehrerbietig, und Farael kniff die Augen zusammen, um sein Gesicht besser erkennen zu können. Doch die Entfernung war zu groß.

Allerdings muss ich seine Miene auch gar nicht sehen! Allein schon, wie er da sitzt, dachte Farael. *Dieses Selbstbewusstsein, die lässige Haltung. Dieser Kerl glaubt zweifellos, dass er mit OchNarjon machen kann, was er will, solange er ihm den Schwanz lutscht. Aber warte nur ab, bis ich dich ficke. Dann werden dir deine hübschen Löckchen auch nichts mehr nützen, du elender kleiner ...*

Farael knirschte vor Wut mit den Zähnen und erstarrte im selben Moment, als er hörte, wie laut das Geräusch war. Als wäre eine Geröllawine in dem Raum losgebrochen, so jedenfalls kam es ihm vor.

Anfir öffnete die Augen, und Farael erstarrte, als der junge Noviche direkt auf das Paneel blickte. Dann stand er auf und kam langsam auf ihn zu.

Hat er mich gehört? Verdammt, hat er mich etwa gehört? Farael spürte, wie ihm der Schweiß ausbrach, und er musste mit aller Macht den Impuls unterdrücken, aufzuspringen und wegzulaufen. Das wäre das Dümmste gewesen, was er tun konnte, denn dann hätten sie ihn ganz gewiss bemerkt. Und das hätte nicht nur das endgültige Aus für seine Pläne bedeutet. *Druud würde mich umbringen, wenn er ...* Gebannt starrte Farael auf den Noviche, der sich langsam dem Paneel näherte. Er schaffte es einfach nicht, den Blick von den glühenden Augen des Jünglings abzuwenden, und es dauerte einen Moment, bis er begriff.

Er sieht nach oben, auf die Kasematte! Er glaubt, das Geräusch wäre von draußen gekommen, von einem Lauscher vor den Kasematten!

Vor Erleichterung hätte Farael fast laut aufgeatmet, aber er riss sich im letzten Moment zusammen, denn Anfir stand mittlerweile unmittelbar vor der Vertäfelung. Farael konnte sehen, wie die Halsschlagader des Noviche pulsierte und dabei grünlich schimmerte.

Grün? Farael kniff die Augen zusammen. *Das Licht hat mir wohl einen Streich gespielt. Seit wann haben Menschen grünes Blut? Oder hat er sich etwa geschminkt?* Er starrte noch einmal auf die Ader, aber bevor er sich vergewissern konnte, ob er sich vielleicht geirrt hatte, wandte sich Anfir von dem Paneel ab und ging zu Druud zurück.

»Was hast du, Anfir? Was machst du da?«

»Ich dachte, ich hätte etwas vor der Kasematte gehört, Herr«, erwiderte der Noviche gelassen, während er sich wieder setzte. »Aber es war wohl nur eine Straßenratte auf der Jagd nach Ungeziefer.«

Wie wahr!

»Gewiss, gewiss.« Druud hatte sich erwartungsvoll vorgebeugt und ließ sich jetzt wieder in das Polster seines Lehnstuhls zurücksinken. »Also, wieso glaubst du nicht, dass wir Grund haben, das Gelingen unseres Planes zu feiern? Sprich frei heraus, mein Junge. Du weißt, dir verüble ich deine kühne Zunge nicht.« Ein anzügliches Grinsen zuckte über sein Gesicht. »Ganz und gar nicht.«

Farael fuhr zusammen, als er den boshaften Ausdruck im Gesicht des Noviche sah. Anfir wirkte plötzlich viel älter als die fünfzehn oder sechzehn Zyklen, die er höchstens zählte. *Älter und viel gefährlicher. Nein, nicht gefährlich.* Farael überlief eine Gänsehaut. *Bedrohlich … Er wirkt bedrohlich.* Er war froh, dass der Jüngling ihn nicht bemerkt hatte, und einen Moment schoss ihm der Gedanke durch den Kopf, ob es vielleicht ein Fehler war, Druud als seinen größten Widersacher zu betrachten. *Diesen Jüngling sollte ich ebenfalls nicht unterschätzen,* dachte er. *Sicher, er ist Druuds Lustknabe, aber offenbar ist er noch weit mehr als das. Ich muss herausfinden, was sich hinter diesem hübschen Gesicht wirklich verbirgt.* Dann jedoch zog das Gespräch der beiden seine Aufmerksamkeit wieder auf sich.

»Ihr ehrt mich mit Eurem Vertrauen, Eminenz.« Er machte eine Pause und legte einen Finger an die Lippen, bevor er weitersprach. »Ich traue diesem Broll nicht. Herr.« Anfir fügte die respektvolle Anrede wie in einem Nachgedanken an. »Er machte auf mich nicht den Eindruck eines blutgierigen, auf schöne

Titel und schimmerndes Gold bedachten Einfaltspinsels und Schlägers.«

»Ach?« Druud faltete selbstgefällig die Hände über dem Bauch. »Sprich weiter! Zeig mir, dass du das Zeug zu etwas Großem hast.«

Zu etwas Großem? Farael hätte sich in seiner Nische fast verschluckt. *Das kann doch nur bedeuten, dass er ihn zum Auge des Sehers machen will! Aber das bin doch ich! Das ist ...! Dieser dreckige Verräter! Ich habe es ja gewusst!*

Ihm blieb jedoch keine Zeit, sich seiner Wut hinzugeben, denn der junge Noviche schickte sich an fortzufahren. Mit zu Fäusten geballten Händen und zusammengepressten Lippen konzentrierte Farael sich wieder auf das, was in dem Gemach geschah.

Anfir warf dem Ersten Fragenden einen verächtlichen Blick zu, aber in seiner Stimme schwang keine Spur von Überheblichkeit mit, als er antwortete. »Er hat bei Eurem Plan, den Drachenfürsten zu ermorden, mitgespielt und den Kriegshäuptling der Nordlinge getötet, bevor der seine Unschuld an dieser Bluttat beweisen konnte, das schon ...«

Farael traute seinen Ohren nicht. *Was? Druud hat ... Der Erste Fragende ...?* Er hielt die Luft an. Ihm war zwar klar gewesen, dass der Oberste Augur seine Hand im Spiel gehabt hatte bei den Geschehnissen am Tag der Klingen im Roten Sand, als die Nordlinge Prakuhl de Prunfor ermordet hatten. Aber bislang hatte er wie alle anderen geglaubt, dass letztlich Akkad da'al Akkadi diesen Mordplan geschmiedet hatte, um den Friedensvertrag und Jolahs Vermählung mit dem Shetan von Bouhss zu verhindern. Jetzt jedoch ... Wenn nicht Nimgurd, sondern Druud den Mord an Prakuhl eingefädelt hatte ... *Hör zu, konzentriere dich!* Farael beugte sich noch ein Stück vor. *Dein Leben hängt vielleicht davon ab!*

»... und den Friedensvertrag erwähnt, als Ihr ihm eröffnet

habt, dass Ihr die Gunst des Augenblicks nutzen und ihn mit einer Armee nach Hellanden schicken wollt. Er hat Euren Plan zweifellos nicht aus Loyalität Euch gegenüber unterstützt.«

»Und?« Druud klang plötzlich weit weniger gelassen als zuvor. Der Oberste Augur beugte sich interessiert vor. »Was schließt du daraus?«

»Es könnte doch sein, dass Broll von Ern eigene Pläne verfolgt, die sich weder mit denen seines naiven Herrn noch mit den Euren decken.« Anfir machte eine kurze Pause, während er Druud sichtlich angewidert musterte. Der Oberste Fragende leckte sich mit der Zunge über ein Geschwür in seinem Mundwinkel, das ihn, wie Farael wusste, bereits seit einiger Zeit quälte und einfach nicht heilen wollte. »Und wenn mich meine Augen nicht getäuscht haben«, der junge Noviche grinste, »dann hat er sich nicht sonderlich Mühe gegeben, die Flucht der Drachenbraut zu verhindern.«

Druud lehnte sich wieder zurück und machte eine wegwerfende Handbewegung. »Wenn du damit andeuten willst, dass Broll möglicherweise Interesse an Jolah da Prunfor hegt, dann erzählst du mir nichts Neues.« Der Erste Fragende lachte kurz auf. »Ich hatte diesen Verdacht bereits, seit er aus Baahtt zurückgekehrt ist. Andererseits ist dieser Broll zwar ein gerissener, aber dennoch ein primitiver Mann, der seinen fleischlichen Gelüsten nach Belieben nachgibt. Er wird sich schon bald einer anderen Frau zuwenden, falls er es nicht schon längst getan hat. Selbst wenn er sich der Drachenbraut aufgezwungen haben sollte, spielt das für unsere Pläne keine Rolle.« Er schnaubte verächtlich. »Ich glaube kaum, dass Ryehl besonderen Wert auf eine Jungfrau legt, falls er überhaupt auf diese Art und Weise an Frauen interessiert ist. Er würde, ohne zu zögern, eine Echse besteigen, wenn er dafür den Drachenthron bekäme.«

»Gewiss, Herr.« Anfir klang unterwürfig, aber Farael sah die Ungeduld auf dem Gesicht des Noviche.

Ich habe Anfir zweifellos unterschätzt, dachte Farael. *Er führt Druud ganz offenbar auf mehr als eine Weise am Schwanz herum.*

»Aber wenn dieser Broll nun weiß, wo sich die Drachenbraut befindet, und den Oberbefehl über die Drachenhorde nutzt, um sich ihrer zu bemächtigen oder gar zu verhindern, dass Euer Werkzeug Ryehl …«

»Mein lieber Junge, du bist wirklich zu Großem berufen.« Druud lächelte und streckte die Hand aus. Anfir zögerte unmerklich, bevor er gehorsam den Kopf neigte, sodass der Erste Fragende ihm durch die Locken fahren konnte. »Farael hätte niemals auch nur annähernd so weit gedacht, selbst wenn er in meine Pläne eingeweiht gewesen wäre. Du dagegen …« Der Oberste Augur nickte. »Es war richtig, dich ins Vertrauen zu ziehen. Aber ich kann dich beruhigen. Ich habe dafür gesorgt, dass Broll keine Gelegenheit haben wird, selbst nach der Macht oder dem Drachenthron zu greifen. Um mich seiner Loyalität zu versichern, habe ich ihm Noviche Hulbert zur Seite gegeben, auch wenn ich dafür zulassen musste, dass sowohl Ryehl als auch Drachenoberster Vyln ihre Spione mit auf den Feldzug schicken. Hulbert wird uns auf dem Laufenden halten.« Er schnaubte verächtlich. »Und er wird dafür sorgen, dass Broll meine Befehle ausführt. Oder aber einem bedauerlichen Unglück zum Opfer fällt.«

Farael erinnerte sich an seine Begegnung mit dem Anführer der Hämmer von Ern. *Primitiv? Dieser Broll ist vielleicht brutal, aber er ist weder primitiv noch dumm. Ich bezweifle, dass er sich von einem Meuchelmörder der Auguren so einfach umbringen lässt. Oder dass er nicht bereits ahnt, warum man ihm diese Spione mitgegeben hat. Es würde mich nicht wundern, wenn Hulbert und die beiden anderen weit früher einem Unglück zum Opfer fielen als der Feldkommandeur der Vereinigten Drachenhorde.*

»Ich verstehe, Eminenz. Aber diese Armee unter Brolls Oberbefehl«, fuhr Anfir fort, »besteht aus den besten Kämpfern der Hämmer von Ern und …«

»... dem Abschaum der Drachenkämpfer von Alghor!«, unterbrach Druud ihn selbstgefällig. »Dafür habe ich gesorgt, als ich meine Befehle an den Drachenobersten Vyln formuliert habe.« Der Oberste Augur legte die Fingerspitzen gegeneinander. »Vyln ist dem Hause Prunfor treu ergeben und außerdem Soldat durch und durch.« Er hob die Hände an sein Kinn und tippte dann mit beiden Zeigefinger dagegen. »Vyln wird natürlich meinen Befehlen gehorchen und Broll die angeforderten Soldaten unterstellen. Aber er wird niemals zulassen, dass seine Garnisonskommandeure diesem Emporkömmling aus Ern, als den er Broll zweifellos betrachten wird, die Elite der Drachenkämpfer überlassen. Denn dann wäre Alghor vollkommen schutzlos, sollte dieser Feldzug nicht das gewünschte Ergebnis zeitigen.«

»Verzeiht, Herr, aber ich verstehe nicht, worauf Ihr hinauswollt.«

Aber ich, dachte Farael, der widerwillig die Gerissenheit des alten Mannes bewunderte. Die nächsten Worte des Obersten Auguren bestätigten Faraels Vermutung.

»In Hellanden findet jetzt, nach Nimgurds Tod, ein Machtkampf um den Hohen Stuhl des Kriegshäuptlings statt; ein Machtkampf, der zu Blutvergießen führen und die Clans und Stämme entzweien und schwächen wird. Ich glaube kaum, dass sie sich schnell genug einigen können, um Alghor ernsthaft zu bedrohen. Andererseits«, ein verschlagener Ausdruck trat auf das Gesicht des blinden Sehers, »sind die Nordlinge durchaus stark genug, um einer Armee aus Nichtsnutzen, Feiglingen und Abschaum zumindest hohe Verluste zuzufügen.«

»Aha. Ihr meint ...«

Jetzt hast du es wohl auch kapiert.

»Ich meine, dass die Hämmer von Ern die Hauptlast dieses Feldzugs tragen und entsprechend geschwächt zurückkehren werden, wenn wir Hellanden erst besiegt haben.« Druud lachte.

»Und Egkhild? Sie wird es kaum besonders wohlwollend aufnehmen, dass Ihr ihr jetzt in den Rücken fallt, obwohl Eure Abmachung doch lautete, dass sie Euch den Drachenfürsten vom Hals schafft und Ihr dafür ihren Bruder erledigt, damit sie die Macht in Hellanden an sich reißen kann!«

Farael traute seinen Ohren nicht. Druud OchNarjon hatte nicht nur ein Mordkomplott gegen den Drachenfürsten geschmiedet, sondern sich dafür sogar mit dem ärgsten Feind Alghors verbündet? Den er jetzt ebenfalls hintergehen wollte? *Und gleichzeitig versucht er, einen Verbündeten zu schwächen, der ihm zu mächtig erscheint! Wahrlich,* dachte er, *ich kann wirklich noch einiges von dir lernen, was Verschlagenheit und Gewissenlosigkeit angeht, Eminenz.*

»Und wenn schon!«, winkte der Erste Fragende ab. »Sie dürfte andere Sorgen haben, als irgendwelchen Rachegelüsten gegen mich nachzugehen. Abgesehen von ihren Schwierigkeiten, die Clanführer und Stammeshäuptlinge Hellandens hinter sich zu bringen, die noch nie eine Frau auf ihrem Hohen Stuhl geduldet haben, werden Broll und die Vereinigte Drachenhorde den Nordlingen ernsthaft zusetzen.« Druud breitete die Hände aus. »Siehst du nicht die Schönheit dieses Plans? Wir können einfach nicht verlieren. Entweder besiegen Broll und seine Armee die Nordlinge, und die Hämmer von Ern sind so geschwächt, dass sie keine Gefahr mehr für Alghor darstellen, oder aber sie werden aufgerieben und werden dabei die Nordlinge so schwächen, dass ihnen die Lust vergangen sein dürfte, die Elite der Drachenkämpfer von Alghor herauszufordern. Und Ryehl wird sich mir nicht widersetzen können, wenn ich ihn erst einmal mit der Drachenbraut vermählt und ihm die Augen über seine zukünftige Rolle geöffnet habe.«

Tatsächlich? In seinem Versteck bebte Farael vor Wut. Er wäre am liebsten hinausgesprungen und hätte diesem aufgeblasenen Kerl gezeigt, wie sehr er ihn, Farael, unterschätzt hatte. Aber er beherrschte sich. *Jetzt nicht,* dachte er. *Dein Moment der Vergeltung wird kommen, und zwar schon bald. Aber jetzt gilt es, so viel in Erfahrung zu bringen wie möglich. Wie sagt Druud doch immer: »Selbst das Schwert des Herrschers vermag nichts gegen die Macht des Wissens.«* Farael schürzte die Lippen. *Ich kann es kaum erwarten, dich die Wahrheit dieses Spruchs spüren zu lassen!*

»Selbstverständlich, Herr.« Anfir verzog den Mund. »Das würde allerdings voraussetzen, dass Ihr Euch der Drachenbraut bemächtigen könnt, bevor der Shetan von Bouhss sie findet und sie zu seiner Gemahlin macht. Sollte er mit Jolah an seiner Seite zurückkehren ...«

»Allerdings.« Druuds Miene verfinsterte sich. »Ich habe Farael eingeschärft, dass die Suche nach der Thronfolgerin von Alghor von äußerster Wichtigkeit ist. Er wird alles daransetzen, sie für mich zu finden.«

»Wird er das?«

Farael gefiel der Tonfall des Noviche überhaupt nicht. Offenbar war auch dem Obersten Auguren der Unterton in der Stimme seines Schützlings aufgefallen.

»Zweifelst du an Faraels Loyalität?« Druud lachte. »Das brauchst du nicht. Ja, er hasst mich, aber er will unbedingt der nächste Erste Fragende werden und ist bereit, dafür alles zu tun. Sobald er die Drachenbraut gefunden hat, die Vermählung mit Ryehl vollzogen ist und sich die Lage hier in Ulcar beruhigt hat, werde ich zweifellos eine neue Aufgabe für ihn finden, weit weg von Ulcar und den Verlockungen der Macht. Jedenfalls so lange, bis ich ...«

»Ich zweifele keineswegs an seiner Loyalität, sondern an seinen Fähigkeiten. Aber es ist vielleicht auch gar nicht nötig, sich darauf zu verlassen«, entgegnete Anfir. »Mir hat jemand zugetragen, dass die Drachenfürstin Besuch von einer Heilerin bekommen hat. Sie hat sie in ihren Privatgemächern empfangen und sich lange mit ihr beraten, obwohl mir nicht bekannt ist, dass die Fürstin erkrankt wäre.«

»Eine Heilerin?«

Soll heißen, eine Drachenpriesterin. Farael runzelte die Stirn. *Möglicherweise mit einer Nachricht über den Aufenthaltsort der Drachenbraut?*

»Allerdings. Und wenn ich der Wache an der Pforte glauben darf, scheint sie nicht zu den Heilerinnen von Ulcar zu hören. Der Wachposten kannte sie jedenfalls nicht.«

»Du willst damit andeuten, dass Jeul möglicherweise weiß, wo ...«

»Das dürft Ihr nicht, Erlauchte! Die Gemächer des Obersten Auguren sind für Frauen ...!«

Farael sprang vor Schreck fast auf, als die Tür zu dem Gemach aufflog und eine in einen Mantel gehüllte Gestalt hereinstürmte. Zwei Auguren folgten ihr und versuchten vergeblich, sie am Betreten des Raumes zu hindern.

»Erlauchte! Ihr könnt hier wirklich nicht ...!«, stammelte der andere.

»Diese Gemächer sind für Frauen verboten, Erlauchte! Ihr dürft hier nicht herein!«, wiederholte der Erste.

»Was soll das?«, fuhr Druud auf. »Wer wagt es ...?«

»Wir befinden uns hier im Drachenpalast«, erwiderte die Frau eisig. »Und in meinem Palast gehe ich, wohin ich will!« Sie war vor Druud stehen geblieben und streifte sich die Kapuze ihres Mantels vom Kopf. »Es sei denn natürlich, der Ehrenwerte Reichsverweser betrachtet mich ebenfalls als mitschuldig am Tod meines Mannes und erklärt mich zu einer Gefangenen in meinem eigenen Heim! Und, habt Ihr das vor, OchNarjon? Dann würde ich das gern aus Eurem Munde hören und nicht von Euren Handlangern!«

Die Drachenfürstin! Farael schnappte vor Verblüffung nach Luft. Seines Wissens war es noch nie vorgekommen, dass Jeul sa Mehdi e Prunfor den Eisenturm aufgesucht, geschweige denn in das Komptor des Obersten Auguren hinabgestiegen wäre.

Offenbar war der Erste Fragende genauso verblüfft, denn er

war hastig aufgestanden und krallte seine Hand in Anfirs Schulter, so als suchte er Halt.

»Erlauchte Drachenfürstin!« Der Oberste Augur räusperte sich. »Welch … unerwarteter Besuch in meinem bescheidenen …«

»Genügt es Euch nicht, OchNarjon, dass Ihr Euch des Amtes von Akkad da'al Akkadi bemächtigt und ihn ohne jeden Beweis für seine angeblichen Vergehen in den Kerker habt werfen lassen? Ihr verweigert mir sogar die Erlaubnis, ihn zu besuchen und ihn nach den Geschehnissen zu befragen, um mir selbst ein Urteil …«

»Erlauchte, Ihr tut mir unrecht in Eurem nur allzu verständlichen Schmerz über den Verlust Eures Gemahls.« Druud hatte sich bemerkenswert schnell gefangen. Er straffte sich und wandte sich in Richtung Tür, wo er die beiden Auguren vermutete. »Hinaus mit euch! Lasst mich mit der Erlauchten Drachenfürstin allein!«

»Aber Eminenz, sie ist …«

»Es ist Frauen verboten …«

»*Hinaus!*«

Der Oberste Augur wartete, bis die beiden Männer verschwunden waren. Dann setzte er sich wieder in seinen Lehnstuhl. »Erlauchte«, begann er, »ich versichere Euch, dass mein Befehl, niemanden zu diesem Verräter vorzulassen, nur zu Eurer Sicherheit …!«

»Unsinn!« Die Drachenfürstin stemmte die Fäuste in die Seiten. »Akkad da'al Akkadi würde mir niemals etwas antun, das wisst Ihr genauso gut wie ich!«

»Immerhin hat er die Ermordung Eures Gemahls eingefädelt«, widersprach Druud mit einem tiefen Seufzer. »Wie können wir da sicher sein, dass er es nicht auch auf Euer Leben abgesehen hat? Für das Volk von Alghor würde es gewiss unsäglichen Schmerz bedeuten, wenn die gesamte fürstliche Familie von diesem Verräter dahingerafft würde!«

Was für ein begnadeter Heuchler!, dachte Farael in seinem Versteck, der sich mittlerweile von seinem Schreck erholt hatte. *Es ist zwar ein Jammer, dass sie gerade in dem Moment aufgetaucht ist, wo er über meine Zukunft reden wollte, aber trotzdem! Ich kann mir nicht vorstellen, dass das Drachenohr in den letzten fünfhundert Zyklen Zeuge eines so interessanten Schauspiels geworden ist.*

»Das Volk von Alghor wird sich vor allem fragen, warum die Drachenbraut verschwunden ist und wieso sich ein Augur das Amt des Reichsverwesers angemaßt hat!«, schoss Jeul wütend zurück. »Und außerdem …«

»Auf Letzteres wird der verräterische Magus Akkad da'al Akkadi zweifellos mit seinem Geständnis seiner hinterhältigen Mordabsichten gegen Prakuhl eine Antwort geben, die das Volk befriedigt, sobald sich die Folterknechte bei der hochnotpeinlichen Befragung am Pfahl seiner annehmen!«, unterbrach Druud sie kühl. »Ich habe vor, diese Befragung öffentlich im Roten Sand und noch innerhalb dieser Spanne vorzunehmen!« Er lächelte unmerklich, als er hörte, wie Jeul nach Luft schnappte. »Und was Ersteres angeht«, er beugte sich leicht vor, »habe ich eigentlich gehofft, dass Ihr vielleicht die Sorge um das Schicksal der Drachenbraut von uns nehmen könntet. Der junge Noviche hier hat mir berichtet, dass Ihr …«

»Ich habe mir erlaubt, dem amtierenden Reichsverweser zu berichten, dass Ihr versucht habt, den Magus im Kerker aufzusuchen«, fiel Anfir seinem Herrn rasch ins Wort, was ihm einen erstaunten und missbilligenden Blick der Drachenfürstin eintrug. »Und dass die Wachen Euch bedauerlicherweise nicht vorgelassen haben«, fuhr Anfir fort, bevor Jeul oder Druud etwas sagen konnten. »Die Männer haben nur auf ausdrücklichen Befehl des amtierenden Reichsverwesers gehandelt, Erlauchte Fürstin, und …«

»Und auf wessen ausdrücklichen Befehl maßt du dir an, deinen Herrn zu unterbrechen und dich in das Gespräch mit deiner Fürstin einzumischen?«

Jeuls Stimme hätte selbst den Odem eines Drachen gefrieren lassen können, und Farael in seiner Nische konnte eine gewisse Genugtuung nicht unterdrücken, als er sah, wie Anfir die Lippen zusammenpresste und sich seine Miene verfinsterte. Doch dann ergriff der Erste Fragende das Wort, und Faraels Befriedigung über die Zurechtweisung seines Widersachers wich schnell blanker Wut.

»Verzeiht, Erlauchte Fürstin, aber wie Ihr seht, dient mir dieser Noviche als Auge, solange Farael damit beschäftigt ist, den Aufenthaltsort Eurer Tochter ausfindig zu machen. Aus diesem Grund spricht er auf meinen Wunsch hin auch mit … mit meiner Zunge, könnte man sagen.«

»Ach ja?« Jeul stieß verächtlich die Luft durch die Nase, sodass der schwarze Schleier, der ihre Augen verbarg, flatterte. »Und seit wann benötigt der Oberste Augur zwei Augen des Sehers?«

Gute Frage, dachte Farael.

Druud verbeugte sich lächelnd. »Seit die beträchtliche Last von zwei verantwortungsvollen Ämtern auf seinen Schultern ruht, Erlauchte.« Als er sich wieder aufrichtete, war jedes Lächeln aus seinem Gesicht gewichen. »Sprich weiter, Auge!«

Du mieser alter …!

»Danke, Herr.« Anfir verbeugte sich tief und spähte dabei zu der Drachenfürstin hinauf. Als Jeul den Kopf senkte, richtete er sich hastig wieder auf.

Was war denn das?, dachte Farael. *Ich hatte fast den Eindruck, als hätte er versucht, unter ihren Schleier zu blicken. Warum? Was hofft er da zu sehen?*

»Wie gesagt, die Wachen wussten es nicht besser, aber selbstverständlich könnt Ihr den Reichsverweser aufsuchen, wenn Ihr wollt. Allerdings«, er lächelte entschuldigend, »müsst Ihr Euch vorher beim Wächter der Pforte melden, da der frühere Reichsverweser mittlerweile in die Kammer der Schmerzen verlegt worden ist.« Er zuckte mit den Schultern, als er sah, wie Jeul erschrak. »Es dürfte unnötig sein, ihn zu bewachen, da er von dort nicht fliehen kann und er bislang auch keine diesbezüglichen Anstalten unternommen hat.« Er verneigte sich erneut. »Offenbar ist er davon überzeugt, dass er die hochnotpeinliche Befragung übersteht, der ihn der Erste Fragende morgen unterziehen will, und ihn von seiner Unschuld überzeugen kann.«

»Schon morgen?«, platzte die Drachenfürstin heraus. »Ist das … vernünftig?«, fuhr sie dann hastig fort.

Das ist unglaublich!, dachte Farael. *Wie kommt dieser verfluchte Noviche dazu, so etwas zu sagen?*

»Nun, wir …« Druud musste sich offenbar ebenfalls von seiner Verblüffung erholen. »Es ist … selbstverständlich so, Erlauchte, dass wir versuchen, diesen heimtückischen Verrat so rasch wie möglich aufzuklären. Wie gesagt, es besteht keinerlei Zweifel an der Schuld des Reichsverwesers, aber für den höchst unwahrscheinlichen Fall, dass dennoch neue Erkenntnisse zutage treten sollten, die auf seine Unschuld hindeuten, wollen wir ihn natürlich nicht ungerechtfertigterweise im Kerker festhalten!«, stieß Druud ein wenig erstickt hervor. »Ich muss mich bei Euch entschuldigen, wenn der Eindruck entstanden sein sollte, Ihr wärt meine … eine Gefangene in Eurem eigenen Heim! Selbstverständlich bin ich nur um Eure Sicherheit besorgt! Wie ich schon sagte, Alghor würde es nicht ertragen, wenn ein weiteres Mitglied der fürstlichen Familie …«

»Danke, Augur.« Jeul zögerte einen kurzen Moment.

Farael zuckte von dem Paneel zurück und schrumpfte in seinem Umhang zusammen, weil er das Gefühl hatte, der Blick unter diesem Schleier würde sich durch das Holz direkt in seine Augen bohren. *Unmöglich! Sie kann unmöglich wissen, dass ich hier bin! Und sehen kann sie mich schon gar nicht.* Er schluckte. *Oder doch?*

Im nächsten Moment wendete sich Jeul zur Tür und verließ das Gemach. Farael hörte, wie die beiden Auguren, die offenbar vor der Tür gewartet hatten, sich förmlich auf die Drachenfürstin stürzten.

»Hier entlang, Erlauchte!«, sagte der eine.

»Verzeiht, Erlauchte, wir wollten nur …«

Die Tür fiel zu und schnitt die Stimmen der Männer ab. Faraels Aufmerksamkeit richtete sich wieder auf Druud und Anfir, die in eisigem Schweigen nebeneinanderstanden. Der Erste Fragende hatte sich erhoben, als die Fürstin den Raum verließ, aber Farael bezweifelte, dass es ein Zeichen von Respekt gewesen war.

Wahrscheinlich wird er gleich diesem verdammten Noviche an die Gurgel gehen, dachte er schadenfroh. *Niemand fährt Druud OchNarjon über den Mund, und eine solche Demütigung lässt er sich schon gar nicht in Gegenwart der Drachenfürstin gefallen, auch nicht von seinem Lieblingsschoßhund …*

»Ich nehme an, du hast einen guten Grund, mich wie einen Dummkopf aussehen zu lassen, der seine eigenen Befehle vergessen hat, und den Magus hinter meinem Rücken in diese verfluchte Kammer zu schaffen! Ich habe nicht vor, ihn so bald zu befragen! Was also fällt dir ein, Junge? Muss ich fürchten, dass du dich am Ende überschätzt?«

Es überlief Farael kalt, als er die unverhohlene Drohung in der Stimme des Obersten Auguren hörte. Zu seiner Überraschung schien Anfir nicht im Geringsten davon beeindruckt zu sein. Im Gegenteil. Farael traute seinen Augen nicht, als er in das Gesicht des Noviche blickte.

Er … Er lächelt. Triumphierend! Aber …

»Selbstverständlich nicht, Herr.« Anfir drehte sich zu OchNarjon herum und berührte seine Hand. »Ich habe einen ganz ausgezeichneten Grund dafür.« Lächelnd hob er die Hand des Mannes an die Lippen und küsste die Finger. Sein Lächeln wurde noch breiter, als er hörte, wie der Oberste Augur scharf die Luft einsog. »Einen Grund, Herr, den zu feiern sich gewiss lohnt.«

Er senkte den Kopf in den Schoß des Ersten Fragenden, und Farael schloss, in der Nische zum Zuhören verurteilt, die Augen.

HOCHLANDWAI BEI WAIKREUZ, NAHE DEM WEISSEN SPIEGEL

»Ah, da kommen sie ja zurück.« Cherus legte die Hand an die Stirn.

Tatsächlich?, dachte Broll mürrisch. *Wenn du nicht endlich mit diesem ewigen Geplapper aufhörst, dann …*

»Oh, und sie sind nicht allein.« Hulbert, der Augur, reckte sich in dem mit Fellen ausgekleideten Sitzharnisch seiner Reitechse, um besser sehen zu können, was angesichts der Tatsache, dass sie auf einer Anhöhe standen und er in eine Senke blickte, ziemlich überflüssig wirkte.

… reiße ich dir deine verdammte Zunge heraus und …

»Gewiss, Hulbert.« Der Schwingenleutnant der Drachenkämpfer stellte sich in die Steigbügel und hielt nach wie vor die Hand über die Augen, obwohl Belphors Augen ihn gar nicht blenden konnten, da sie hinter einer Wand aus Dunst verborgen lagen. »Wahrscheinlich hat der Kommandeur der Garnison uns …«

… stopfe sie diesem aufgeblasenen Uniformständer in seinen zusammengekniffenen …

»Die Anrede lautet Noviche Hulbert, Cherus, wie oft muss ich Euch das …«

»Schwingenleutnant Cherus, wenn ich bitten darf, Noviche.« Cherus räusperte sich. »Wie gesagt, der Kommandeur der *Eisdrachen* hat uns offensichtlich …«

»… bereits erwartet, ja«, fiel Broll dem Drachenkämpfer gereizt ins Wort. »Was nicht weiter verwunderlich ist, da es bislang alle Kommandanten in sämtlichen Garnisonen und Stützpunkten kaum erwarten konnten, uns mit ihren bedauerlichen Geschichten über ausgeblutete Garnisonen oder unterbesetzte Schwadronen zu beglücken, sobald wir auch nur in die Nähe ihrer verdammten Baracken gekommen sind!«

Er warf Cherus einen bissigen Blick zu. *Dank der Hinterlist deines verfluchten Drachenobersten Vyln! Der seine verfluchten Botenvögel sogar bis zum Weißen Spiegel geschickt hat, wie es aussieht! Mit meinen und Druuds Befehlen und seinen verdammten »Anmerkungen« versehen. Wüsste nur zu gern, was er für seine Kommandanten anzumerken hat. Obwohl ich es mir eigentlich denken kann.*

Was sich im Saal der Schwingen in Ulcar aus Druuds Mund noch wie ein ganz normaler, wenn auch gefährlicher militärischer Auftrag angehört hatte, nämlich mit der Vereinigten Drachenhorde von Groß-Alghor in Hellanden einzufallen, Egkhilds ahnungslose Nordlinge zu überrennen und die Schwester des »Meuchelmörders Nimgurd« zu erledigen, war mit jedem Tag, der seitdem verstrichen war, zu einem immer aussichtsloseren Abenteuer geworden. Jetzt, drei Spannen, nachdem Broll mit einer bunt zusammengewürfelten Truppe aus Drachenkämpfern und Hämmern von Ern von der Hauptstadt aufgebrochen war, hatte der neue Feldkommandeur der Drachenhorde Groß-Alghors das Gefühl, sich auf ein Selbstmordkommando eingelassen zu haben und sehenden Auges direkt ins Hellführ zu reiten.

Zu welcher Garnison sie auch gekommen waren, überall war es das Gleiche. Die Kommandeure wussten bereits von Brolls Anliegen und seinem Auftrag und waren offenbar vom Drachenobersten Vyln instruiert worden, dem Feldkommandeur der vereinigten Armee der Hämmer und Drachen zu gehorchen und ihm seine Wünsche nach Material und Kämpfern zu erfüllen.

Broll knirschte mit den Zähnen. *Und ganz offenbar hat dieser alte Knochensack den von mir diktierten und von Druud abgesegneten Befehlen noch einige detaillierte Anmerkungen hinzugefügt.*

Broll riss seinen Blick von dem Offizier der Drachenkämpfer los, richtete sich im Sattel auf und drehte sich dann herum, ohne darauf zu achten, dass seine Bein- und Rückenmuskeln wütend protestierten. Mit zusammengekniffenen Augen musterte er die lange Kolonne von Bewaffneten, die sich auf dem Hochlandwai hinter ihm erstreckte, und unterdrückte einen Fluch. *Mein Pech, dass sich der größte Teil der Drachenkämpfer in den Garnisonen Alghors gerade auf irgendwelchen Patrouillen im Umland befindet, Pilze sammelt, Jungfrauen schändet oder vielleicht auch zu einer Übung ausgerückt ist und die Zahl der Bewaffneten in den Garnisonen sowieso zu niedrig ist oder was diesen Mistkerlen sonst noch an faulen Ausreden einfällt.*

Erste Vereinigte Drachenhorde Groß-Alghors. Was für ein Schwachsinn! Broll schüttelte den Kopf, als er die Reihen der Soldaten hinter sich betrachtete.

Vyln hat wirklich ganze Arbeit geleistet und keine einzige verfluchte Garnison ausgelassen, dachte er. *Wirklich gerissen, dieser alte Knochensack! Man kann ihm nicht vorwerfen, er hätte sich den Befehlen des amtierenden Reichsverwesers oder den meinen widersetzt, und den Kommandeuren der Garnisonen kann man ebenso wenig einen Vorwurf machen. O nein, sie gehorchen. Und wie!*

Ganz offensichtlich waren die Kommandeure sogar erfreut, mir sämtliche Faulpelze, Schwachköpfe, Nichtsnutze, Narren und anderen Abschaum als die Elite *und die* Zierde *der Drachenkämpfer von Alghor unterschieben zu können!*

Broll drehte sich wieder nach vorn. *Wenigstens sind die Kranken und Siechen, die sie mir mitgegeben haben, entweder unterwegs gestorben, oder wir konnten sie in irgendwelchen Siedlungen und Weilern zurücklassen.*

Er runzelte die Stirn, während er den Reitern entgegenblickte, die den Hang zu ihm hochgaloppiert kamen. *Aber das ändert nichts daran, dass die verfluchte Erste Vereinigte Drachenhorde von Groß-Alghor nicht einmal halb … ach was, ein Viertel so stark ist, wie sie für einen Angriff auf Hellanden sein sollte und zudem hauptsächlich aus Hämmern von Ern besteht. Ich bin schon sehr gespannt, was für eine Geschichte uns der verfluchte Kommandant dieser verdammten Garnison auf die Nase binden wird. Vielleicht sind seinen Männern beim Pinkeln die Schwänze am Gletscher festgefroren.*

»Wollen wir ihnen nicht ein Stück entgegenreiten, Ser?«

»Nein, Cherus, Schwingenleutnant, das wollen wir nicht.« Broll bedachte den Adjutanten von Vyln mi einem vernichtenden Blick. »Wir warten, bis sich die Adjutanten des Kommandeurs der Garnison von Waikreuz bei ihrem Feldkommandeur melden. Sonst noch was?«

Der Drachenkämpfer öffnete den Mund, aber nach einem kurzen Blick in Brolls Gesicht erschien es ihm ratsamer, ihn wieder zu schließen. Dafür meldete sich eine andere Stimme.

»Allerdings, Feldkommandeur.«

Broll seufzte. *Wäre ja auch zu schön gewesen, müsste der andere Schwachkopf nicht auch noch seinen Sermon dazu abgeben.* »Was denn, Noviche?«

»Ich frage mich, ob diese Garnison der Eisdrachen nicht über Kundschafter verfügt, die sich in Hellanden auskennen. Sie wären für unseren Feldzug durch diese kalte Wildnis durchaus hilfreich.« Er schnalzte verächtlich mit der Zunge. »Ich habe erhebliche Zweifel, dass sie in Hellanden Straßen haben …«

Natürlich, sie wohnen deiner Meinung nach sicher in winzigen Eishäusern, fressen in strengen Wintern ihre Kinder, stinken nach Fisch und sind kaum der Sprache mächtig. Brolls Laune verschlechterte sich weiter, was angesichts seiner ohnehin schon miesen Stimmung bemerkenswert war. Weder der Drachenoberste noch der Oberste Augur schienen Broll zu vertrauen, was er ihnen auch nicht wirklich übel nahm. Statt einer vernünftigen Streitmacht hatten sie ihm Wachhunde mitgegeben, die offenbar über jeden seiner Schritte nach Ulcar berichten sollten. Jedenfalls bestand der größte Teil der Ausrüstung sowohl des Schwingenleutnants als auch des Noviche in Käfigen mit Botenvögeln.

Broll knirschte mit den Zähnen. *Mit Misstrauen kann ich umgehen, das begleitet mich schon mein Leben lang. Aber die Unfähigkeit dieses selbst ernannten Reichsverwesers macht mich wirklich rasend. Wie soll ich mit einem Haufen Abschaum und einer Horde Hämmer ein ganzes Land unterwerfen? Es ist mein verfluchtes Leben, das ich hier für den Größenwahn dieses blinden, senilen Sehers, der sich an seine Macht klammert, aufs Spiel setze.*

»Wer ist das?«

Ah, natürlich, und für einen machtgierigen, hinterlistigen kleinen Hundsfott! Wie konnte ich den nur vergessen!

Broll drehte sich zu dem dritten Sprecher herum. »Das ist der Anführer unserer Vorausreiter und offenbar eine Abteilung der Garnison der Eisdrachen, zu der wir unterwegs sind«, antwortete er und musste sich zusammenreißen, um sich seinen Widerwillen über das Auftauchen des Mannes nicht zu deutlich anmerken zu lassen.

»Ah, ein Empfangskomitee. Verstehe.« Quilotte vom Haag hob hochmütig die Brauen. »Nun, diese höfliche Geste lässt zumindest hoffen, dass es wenigstens in dieser Garnison so etwas wie ein heißes Bad gibt.« Er sog vernehmlich die Luft durch die Nase. »Etwas, das Ihr ebenfalls brauchen könntet, Feldkommandeur.«

Broll biss seine Zähne so fest zusammen, dass er fürchtete, sie würden zerbersten. »Wahrhaftig, edler Quilotte. Ich denke an nichts anderes und werde den Kommandeur der Garnison ganz gewiss als Allererstes darum ersuchen.«

Bevor der Spion von Ryehl, dem Edlen von Ern, etwas erwidern konnte, hatten die Reiter den Kamm der Anhöhe erreicht, auf dem Broll mit einigen seiner Unterführer und den drei »persönlichen Adjutanten« wartete, als die man sie ihm aufgezwungen hatte. Der Begriff »Singvögelchen«, den Tronn für die drei geprägt hatte, traf Brolls Meinung nach die Sache weit besser. Auch wenn sich sein Vertrauter und Hauptmann seiner Schildrotte hütete, sie so zu nennen, wenn sie in Hörweite waren.

»Herr«, Tronn lenkte sein Pferd neben das von Broll, »das sieht aber nicht nach einem einfachen Empfangskomitee aus.«

Broll nickte, als die Abteilung näher kam. Er musterte die Männer, die dem Anführer der Vorausreiter mit einer Pferdelänge Abstand folgten. Den Eisdrachen von Alghor oblag der Schutz des Reiches vor den Feinden aus Belphors Schlaf, den Nordlingen aus Hellanden. Broll erinnerte sich an den letzten Auftrag hier am Weißen Spiegel, den er für den Obersten Auguren erledigt hatte. Er hatte sich geschworen, nie mehr für diesen blinden Mistkerl zu arbeiten, nachdem er und seine Leute auf Befehl von OchNarjon dieses Monasterium niedergebrannt und alle Bewohner getötet hatten. Und dabei hatten sie nicht einmal den gefunden, den sie suchten. Damals waren sie ebenfalls einigen Patrouillen der Eisdrachen begegnet. Es waren ebenfalls Drachenkämpfer, aber im Unterschied zu den Soldaten, die er aus Ulcar kannte, hatten sie erheblich härter und kampferprobter auf ihn gewirkt, trotz ihres zumeist abgerissenen Aussehens.

Offenbar ist der Dienst am Gletscher nichts für verzärtelte Karriere-Soldaten, dachte er. Der Anblick der fünf Eisdrachen vor ihm bestätigte seine Einschätzung.

Die Männer waren in dicke wollene Umhänge gehüllt und trugen Harnische aus gehärtetem Leder und Fellmützen unter ihren einfachen Eisenhelmen. Alle waren mit Krummsäbeln bewaffnet, der typischen Reiterwaffe, und trugen lange Spieße mit ungewöhnlichen sichelförmigen Spitzen. Ihre Gesichter waren hart und gezeichnet von Entbehrungen in einem gnadenlosen Dienst. Die Lippen hatten sie fest zusammengepresst, aber ihre Augen wirkten wach und aufmerksam, als sie jetzt Broll und die Männer neben ihm musterten.

Aufmerksam und ein wenig abschätzig, dachte Broll. *Was ich ihnen nicht verdenken kann. Im Vergleich zu ihnen sehen wir aus wie ein Haufen wohlgenährter und verweichlichter Palastkrieger.*

Er betrachtete die Männer und wartete darauf, dass ihr Anführer sich zu erkennen gab. Er konnte keinerlei Unterschiede oder Rangabzeichen an ihren Rüstungen feststellen. Dann glitt sein Blick zu den Pferden, und er lächelte.

»Ich bin Broll von Ern«, erklärte er und trieb sein Pferd mit einem Schenkeldruck auf den Mann ganz rechts in der Abteilung zu. »Feldkommandeur der …«

»Sei gegrüßt, Feldkommandeur und Oberbefehlshaber der Vereinigten Drachenhorde von Groß-Alghor.« Der Mann trieb sein Pferd ebenfalls vor, bis er direkt neben Broll stand. Bevor der Mann weiterreden konnte, hörte Broll ein leises Trappeln, und im nächsten Moment tauchte der Kopf von Tronns Wallach neben ihm auf. Der Hauptmann der Schildrotte, Brolls Leibwache, zügelte sein Pferd und legte gelassen die Hand auf den Sattelknauf, unmittelbar neben den Griff seiner gespannten Armbrust.

Die dunklen Augen des Anführers der Abteilung Eisdrachen blitzten einmal kurz auf, anerkennend, wie es Broll schien, dann musterte er die anderen Männer auf der Anhöhe. Seine Augen funkelten, als er die gepolsterten Sättel und Sitzharnische von Brolls »Adjutanten« sah. Anschließend streifte sein Blick noch einmal kurz den Hauptmann der Schildrotte, bevor er sich wieder Broll zuwandte.

»Wie ich sehe, hast du also auch Soldaten bei dir, Feldkommandeur.«

Broll sorgte dafür, dass der Eisdrache bemerkte, dass er sich Mühe gab, nicht mit der Wimper zu zucken. Der Mann kommentierte das mit einem schwachen Grinsen. »Allerdings«, meinte Broll dann. »Bedauerlicherweise bei weitem nicht genug, um einen erfolgreichen Feldzug gegen Egkhild führen zu können.« Er musterte sein Gegenüber eindringlich. »Vielleicht kann dein Garnisonskommandeur mir in diesem Punkt behilflich sein.«

»Vielleicht«, erwiderte der Mann gelassen. »Woher weißt du, dass ich der Anführer dieser Männer bin?«

Brolls Miene blieb reglos, aber seine Augen funkelten jetzt ebenfalls. Er hob den Zeigefinger, ohne die Hände vom Sattelknauf zu nehmen, und zeigte auf das Pferd des Mannes. »Du sitzt auf dem besten Ross.«

Der Mann erwiderte Brolls Blick einen Moment lang, legte dann den Kopf in den Nacken und lachte. »Wie es scheint, hat der blinde Seher einen Mann mit einem scharfen Auge zum Oberbefehlshaber dieser … Horde gemacht.« Er deutete mit einer fast schon verächtlichen Handbewegung auf den Tross von Soldaten, der sich langsam an der Anhöhe vorbeischob. »Und ich frage mich, ob der gute Vyln …«

»Ich muss schon sagen!«

Broll zuckte zusammen, als sich Hulbert ungefragt in das Gespräch mischte.

»Es heißt Seine Eminenz, der Erste Fragende und Oberste Augur …«

»Allerdings, Soldat!« Schwingenleutnant Cherus trieb sein nervöses Pferd mit hektischen Bewegungen nach vorn, bis es stampfend und schnaubend neben Broll zum Stehen kam. »Ich bin Schwingenleutnant …«

»Statt über die Weisheit deiner Vorgesetzten zu palavern, Soldat«, mischte sich auch Quilotte vom Haag ein, »solltest du unserem Oberbefehlshaber den nötigen Respekt erweisen und einen Mann zur Garnison schicken, der heißes Wasser für ein Bad und dazu Speisen und Getränke für …«

Broll hatte geschwiegen, als sich seine Adjutanten ungefragt in das Gespräch mischten, und den Anführer des Empfangskomitees angesehen. Der Mann hatte keinen der drei Sprecher eines Blickes gewürdigt, sondern weiterhin nur Broll beobachtet.

Irgendwie gefällst du mir, Kerl, dachte Broll, dem die Gelassenheit imponierte, die dieser Mann ausstrahlte. *Aber trotzdem muss ich meinen »Singvögeln« recht geben, ein bisschen mehr militärischer Respekt wäre vielleicht nicht ganz unangemessen. Zumindest …*

»Verzeih, Feldkommandeur, wie unbedacht von mir.« Der Anführer der *Eisdrachen* machte immer noch keine Anstalten, seinen Blick von Brolls Gesicht zu wenden. Stattdessen lächelte er und zeigte dabei gesunde weiße Zähne. »Was die Wünsche deiner Handlanger angeht …«

Broll musste sich zusammennehmen, um nicht zu grinsen, als er die empörten Ausrufe und das beleidigte Schnaufen seiner Adjutanten hörte.

»… wir haben in unserer Garnison Erdlöcher, in die heißer Dampf geleitet wird. Dorthin ziehen wir uns nach einem harten Dienst zurück, um uns zu entspannen. Ich bin sicher, dass wir auch ein bisschen heißes Wasser für ein gemeinsames Bad deiner Adjutanten erübrigen können. Und was den Respekt betrifft …«

Unvermittelt veränderte sich der Blick des Mannes, als er die Adjutanten musterte. »Ich bin Drachenkommandant Johks und gewohnt, zunächst einmal selbst mit Respekt behandelt zu werden, wenn ich ihn denn anderen gewähren soll.« Er sah von den sprachlosen Adjutanten zu Tronn und dann zu Broll. »Und ich gewähre ihm auch dann nur dem, dem er gebührt.«

Broll grinste jetzt unverhohlen, und er spürte mehr, als er es sah, dass Tronn neben ihm ebenfalls die Zähne fletschte. *Das ist ja mal was Neues,* dachte er. *Ein Befehlshaber, der seinen Hintern bewegt, und dazu einen Hintern, der nicht vom vielen Herumsitzen fett geworden ist.* Er musterte den Drachenkommandanten und Befehlshaber der Garnison mit neuem Respekt. *Im Gegenteil.* Johks war alles andere als behäbig. Tatsächlich wirkte er fit und durchtrainiert.

»Feldkommandeur, sei in meiner Garnison herzlich willkommen. Deine Adjutanten«, er hob kurz die Hand, woraufhin ein anderer Reiter sein Pferd nach vorn trieb, »können mit Gelphar vornwegreiten. Er kann ihnen das Badehaus und den Speisesaal zeigen. Nachdem sie ihre Pferde versorgt haben.«

»Ihr habt den Drachenkommandanten gehört.« Broll machte

sich nicht einmal die Mühe, die drei Männer anzusehen. »Tut, was er sagt.«

»Aber …«

»Heißes Wasser für ein Bad und etwas zu essen, Quilotte. War das nicht genau das, was Ihr wolltet? Also, was hält Euch auf?«

»Und was ist mit Eurem … mit Hauptmann Tronn? Ser?«, erkundigte sich Schwingenleutnant Cherus, der einen Moment gebraucht hatte, um seine Sprache wiederzufinden, nachdem Johks seine Identität und vor allem seinen Dienstrang enthüllt hatte.

»Was soll mit ihm sein?« Broll beugte sich zu Tronn hinüber und schnüffelte. »Er riecht gut. Er braucht das Bad nicht so dringend wie ihr.«

»Kommt mit!« Der Eisdrache namens Gelphar hatte sein Pferd bereits gewendet und blickte jetzt zu den drei Adjutanten zurück. »Und bleibt hintereinander. Der Weg zur Garnison ist tückisch, und es gibt sehr viele Gletscherspalten. Wenn ihr in eine hineinfallt, kann nicht einmal Belphor euch helfen.«

Broll sah seinen Adjutanten nach und stieß einen erleichterten Seufzer aus, als sie hinter Gelphar den Hang hinuntergaloppierten.

»Was ist mit der Horde?«, erkundigte er sich dann. »Die Männer sind den ganzen Tag marschiert und brauchen dringend eine Rast.«

»Darum kümmern wir uns, sobald sie die Garnison erreicht haben. Sie können auf dem Exerzierplatz ihr Lager aufschlagen. Ich habe zwar ein Heer erwartet«, fuhr der Garnisonskommandeur fort, »und nicht einen Haufen von … dem da«, er schnaubte verächtlich, »aber selbst für so wenige reichen die Vorräte der Garnison nicht aus.« Er zuckte mit den Schultern. »In den Wäldern ringsum gibt es jede Menge Wild. Das meiste davon ist essbar.« Er grinste. »Oder neigt dazu, *uns* zu fressen.«

Broll lachte, und er hörte Tronns beifälliges Glucksen.

»Ein bisschen Übung im Umgang mit Pfeil und Bogen wird den meisten Drachenkämpfern ohnehin guttun«, meinte er.

»Davon habe ich bereits gehört«, erwiderte Johks ungerührt.

»Ah, die Botenvögel des Drachenobersten«, meinte Broll verächtlich.

Johks schüttelte den Kopf. »Nein, obwohl der gute Vyln nicht unbedingt viel von dir hält. Oder vielleicht sollte ich eher sagen, er kann den Ersten Fragenden nicht sonderlich gut leiden. Das konnte er schon nicht, als Druud nur Oberster der Auguren war. Als Reichsverweser dürfte er für Vyln wahrhaftig ein Dorn in seinem Fleisch sein.« Er musterte Broll. »Du hast ihn kennen gelernt, stimmt's?«

Broll nickte, während er die Soldaten der Horde beobachtete, die auf dem Hochlandwai auf der anderen Seite des Hügels vorbeimarschierten. *Vorbeischlurften wäre wohl der bessere Ausdruck*, dachte er. »Ich habe ihn für einen zähen alten Knochensack gehalten, dem es mächtig gegen den Strich geht, einen jungen Emporkömmling vor die Nase gesetzt zu bekommen, der noch dazu aus einem anderen Land kommt.« *Wieso erzähle ich ihm das eigentlich?*, dachte Broll plötzlich und sah den Offizier an. *Ich kenne ihn doch überhaupt nicht, und soweit ich weiß, wird er mich genauso auflaufen lassen wie die anderen Garnisonskommandeure auch.* Aber etwas an diesem Kommandanten der *Eisdrachen* beeindruckte Broll. Dieser Mann strahlte eine ähnliche Loyalität aus wie Tronn. *Die Frage ist nur*, dachte Broll, während er den Mann scharf musterte, *wem gegenüber er loyal ist. Aber das werde ich sehr bald herausfinden.*

»Deine Einschätzung von Vyln ist zweifellos richtig«, antwortete Johks, der ebenfalls die Soldaten der Horde musterte. Seine Miene war undurchdringlich, obwohl Broll um die Mundwinkel des Mannes ein Zucken bemerkt hatte. »Aber das ist nicht alles. Vor allem ist Vyln ein Soldat, loyal bis auf die Knochen. Obwohl er sicherlich keine große Liebe zu den Nordlingen hegt, hat er den Drachenfürsten bei seinen Bemühungen, Frieden mit Hellanden zu schließen, immer rückhaltlos unterstützt.« Er warf Broll einen kurzen Seitenblick zu. »Umso schlimmer muss ihn der Tod von Prakuhl und Nimgurds heimtückischer Verrat getroffen haben.«

Broll nickte. »Sicher«, meinte er und nahm die Zügel seines Pferdes auf. »So schlimm, dass er dafür sorgt, dass die besten Drachenkämpfer in ihren Garnisonen bleiben und nur der letzte Abschaum nach Hellanden reitet.« Er sah den Drachenkommandanten scharf an. »Reiten wir in die Garnison, Johks. Ich kann es kaum erwarten, mit welch trauriger Geschichte du mir den Umstand versüßen willst, dass du keinen deiner Männer für diesen selbstmörderischen Feldzug erübrigen kannst. Und außerdem ...«, Broll verzog das Gesicht, »könnte ich wirklich ein Bad brauchen. Mein Hintern fühlt sich an wie rohes, abgehangenes Echsenfleisch, und wahrscheinlich stinke ich noch erheblich schlimmer.« Er grinste. »Wenn ich es schon mit diesen Nordlingen aufnehmen muss, sollen sie mir zumindest nicht nachsagen können, dass ich noch schlimmer stinke als sie.«

»Was haben wir schon zu verlieren, Herr?« Tronn kratzte sich den frisch gewaschenen Kopf und schlug dann mit der Faust auf den massiven Tisch des Turmzimmers. Die Humpen mit heißem gewürzten Wein tanzten auf dem Holz, und einige Tropfen spritzten auf die Karte, die Johks auf dem Tisch ausgebreitet hatte. »Ob wir in zwei oder drei Sonnenläufen die Grenze zu Hellanden überschreiten, macht doch keinen Unterschied. Weit wichtiger ist es, dass wir unsere Schlagkraft erhöhen, wie ja auch Drachenkommandant Johks ...«

»Dem muss ich erneut widersprechen, Hauptmann!«, mischte sich Schwingenleutnant Cherus ein und unterbrach seine Lieblingsbeschäftigung, das Polieren der Goldenen Schwinge auf seinem Wams, die ohnehin wie eine kleine Sonne glänzte. »Der Drachenoberste Vyln hat in seinen Vorlesungen zur militärischen Taktik und Strategie immer wieder erklärt, wie ungeheuer wichtig das Überraschungsmoment bei einem solchen … Verteidigungsüberfall …«

»Reichsverweser Druud hat ausdrücklich darauf hingewiesen, dass wir so schnell wie möglich Hellgaar erreichen und Egkhild niederwerfen sollen. Jede Verzögerung …«

»In diesem Punkt muss ich dem Schwingenleutnant recht geben, Feldkommandeur. Diese Nordlinge sind doch nichts weiter als primitive Barbaren, die zudem auch noch nach Fisch …«

»Ruhe, verflucht! Bei Belphors Hörnern, genügt es nicht, dass ihr euren Herrn brühwarm berichtet, was wir hier beschließen? Glaubt ihr tatsächlich, dass euch Ryehl, Vyln oder Druud als meine Adjutanten abkommandiert haben, damit ihr mir mit euren unschätzbaren taktischen Ratschlägen auch noch *helft?*« Broll stemmte wütend die Fäuste auf den Tisch. »Ihr seid nichts weiter als verfluchte Singvögel, die mich bespitzeln und dafür sorgen sollen, dass ich die Befehle eurer Herrn ausführe!«

Brolls Augen sprühten Funken, während er die drei Männer der Reihe nach musterte. »Also genügt es ja wohl, wenn ihr zuhört, das Gehörte aufschreibt und es mit Botenvögeln nach Ulcar schickt! Es ist vollkommen überflüssig, dass ihr den Mund aufmacht und ungebetene Ratschläge erteilt, und schon gar nicht zu einem Thema, das eure Fähigkeiten bei Weitem übersteigt!«

Broll spürte den Hass in dem eisigen Schweigen, das seinen Worten folgte, und wusste, dass es ein Fehler gewesen war, diese Männer zu beleidigen. *Aber verdammt, es wurde langsam Zeit, und es fühlt sich so gut an wie das heiße Bad und der Lammeintopf, den Johks Koch zubereitet hat.* Broll zog die Nase kraus und grinste. *Genau genommen,* dachte er, als er die unterdrückte Wut in Quilotte vom Haags Gesicht sah, die Empörung in dem glatt rasierten Gesicht von Cherus und die Kränkung in dem geröteten Gesicht von Hulbert, *fühlt es sich noch viel besser an.*

Ein Räuspern lenkte seine Aufmerksamkeit wieder auf die Diskussion, die sie gerade unterbrochen hatten.

»Wie ich schon sagte«, nahm Drachenkommandant Johks den Faden wieder auf, »es kann drei Sonnenläufe dauern, höchstens jedoch eine Spanne, bis die Abteilungen der anderen Grenzgarnisonen hier eingetroffen sind.« Er hob die Hände und sah dann auf die Karte. »Möglicherweise könnten wir die Abteilungen der Garnisonen vor Usdem auch direkt zum Gletscherübergang beordern.« Er sah Broll an. »Ich kann den Garnisonskommandeuren entsprechende Nachrichten schicken. Ich bin sicher, dass sie sich darauf einlassen. Damit würdest du ein bis zwei Sonnenläufe sparen, und außerdem müssten die Soldaten nicht erst hierher- und dann wieder die ganze Strecke zurückmarschieren.«

Er sah Quilotte an. Der Vertraute des Edlen von Ern kämpfte offensichtlich immer noch mit seiner Wut darüber, dass Broll ihn vor einem Fremden und vor allem vor den anderen Adjutanten so hart gemaßregelt hatte. Und auch wenn Broll recht hatte und die Adjutanten ihn natürlich beobachten sollten, war er ihr Vorgesetzter, und sie sollten sich hüten, sich ihm direkt zu widersetzen. Aber Quilottes mörderischer Blick verhieß, dass er andere Wege finden würde, sich an dem Befehlshaber der *Hämmer von Ern* und dem Feldkommandeur der *Vereinigten Drachenhorde* zu rächen.

Was Broll zwar wusste, aber in keiner Weise interessierte. *Von mir aus kannst du platzen vor Wut,* dachte er, als er sah, wie die Augen des Adjutanten sich vor Hass dunkel färbten. Und die Überheblichkeit, mit der der Drachenkommandant sich jetzt an Quilotte wendete, schien dessen ohnmächtigen Zorn nur noch zu steigern.

»Es stimmt übrigens, Adjutant, die Nordlinge stinken tatsächlich nach Fisch, genauer, nach Fischtran. Damit reiben sie sich ein, damit …«

»Ich weiß, warum sie das tun!«, giftete Quilotte.

»Ser.«

Der Offizier aus Ern sah den Eisdrachen fragend an. Dann öffnete er den Mund, aber Johks kam ihm zuvor.

»Ich weiß, warum sie das tun, Ser!«, korrigierte der Garnisonskommandeur in einem geradezu liebenswürdigen Tonfall den Mann aus Ern. »Wovon du aber offensichtlich keine Ahnung hast, Adjutant, ist die unglaubliche Brutalität und Entschlossenheit dieser *primitiven Barbaren* im Kampf.« Er streckte die Hand aus und deutete auf das Exerzierfeld vor der Garnison, auf dem die Drachenhorde ihr Lager aufgeschlagen hatte. »Dieser gut riechende Haufen von sogenannten Kriegern hat nicht den Hauch einer Chance, wenn er auf eine massierte stinkende Armee von Nordlingen trifft.« Er sah Broll an und zuckte mit den Schultern. »Tut mir leid, Feldkommandeur, aber du weißt, dass ich recht habe. Daran ändern auch deine paar Hundertschaften Hämmer nichts. Die Hälfte der Drachenkämpfer, die dir auf Vylns Befehl hin mitgegeben worden sind, werden schon in der ersten Angriffswelle fallen, jedenfalls die, die nicht vorher davonlaufen.« Er schnaubte verächtlich. »Und was passiert, wenn ihr auf die Warkyrien trefft, will ich mir nicht einmal ausmalen. Ich weiß nicht, ob diese Frauen auch nach Fisch riechen, aber jedenfalls dürfte ihr Geruch das Letzte sein, was euch …«

Die Tür des Turmzimmers wurde aufgestoßen, und ein Kämpfer der *Eisdrachen* trat ein. »Kommandant!«

Johks richtete sich auf. »Was gibt es?«

»Ein Botenvogel aus …« Der Krieger sah Johks an. »Er kommt aus der Garnison am Sturz. Offenbar ist dort eine Nachricht für den Feldkommandeur eingetroffen, nachdem er bereits von der Garnison aufgebrochen war.« Der Mann hielt eine kleine Papierrolle in der Hand, die er seinem Kommandeur reichte. »Sie kommt ursprünglich aus Ulcar.« Der Garnisonskommandeur reichte die Papierrolle nach einem kurzen Blick auf das Siegel an Broll weiter. »Das Wachs ist unversehrt. Das Siegel kenne ich nicht.«

Broll nahm die Nachricht verblüfft entgegen. »Eine Nachricht? Für mich? Und sie ist mir hierher nachgeschickt worden?« Er sah Johks an, der die Brauen hob und ratlos die Finger spreizte. Brolls Blick glitt zu seinen Adjutanten. *Wieso wurde die Nachricht nicht an diese Singvögel geschickt, wenn sie von Druud stammt?* Er bemerkte an den Mienen seiner Adjutanten, dass die sich gerade dasselbe fragten. Vorsichtig entrollte er den Papierstreifen und hielt ihn so, dass das Licht der Kerzen darauf fiel.

Endlich ergriff Quilotte mürrisch das Wort. »Das frage ich mich allerdings auch.« Er sah die beiden anderen Adjutanten an. Aber weder Cherus noch Hulbert schienen etwas von einer Nachricht zu wissen. »Sehr eigenartig, Feldkommandeur. Offenbar scheint diese Nachricht von keinem unserer ...«

»Kommandant?« Ein zweiter Soldat tauchte hinter dem ersten an der Tür auf.

Johks seufzte. »Was ist denn jetzt?«

»Ein Botenvogel mit einer Nachricht der Garnison von Mohrdor, Ser.« Der Mann trat vor und gab dem Garnisonskommandeur die Papierrolle.

Johks entrollte sie geschickt und überflog die Mitteilung. »Sie sind ebenfalls bereit, zwei Hundertschaften Eisdrachen zu schicken.« Der Blick des Drachenkommandanten zuckte kurz zu Broll, dann sah er wieder auf das Papier hinunter und räusperte sich. »Drachenleutnant Baerion lässt ausrichten, dass er seine Leute meinem Wunsch entsprechend ausgewählt hat und sie deinem Befehl unterstellt.« Er rollte den Papierstreifen wieder zusammen. »Diese Drachenkämpfer von Mohrdor sind Elitesoldaten, Feldkommandeur. Genauso wie meine Eisdrachen und die der anderen Eisdrachen-Garnisonen entlang der Grenze zu Hellanden. Damit …«

»Bei allem gebührenden Respekt, Drachenkommandant«, mischte sich Cherus ein. »Wollt Ihr damit sagen, dass die *Drachenkämpfer* aus Ulcar …?«

»Genau das will er, *Schwingenleutnant* Cherus«, fiel ihm Quillotte ins Wort. »Und außerdem ist das ja wohl kaum etwas Neues. Selbst die Kinder in Ern wissen …«

»Herr?« Tronn beugte sich ein wenig vor und sah Broll besorgt an. »Ist alles in Ordnung, Herr?«

»Feldkommandeur?« Auch in Johks Stimme schwang Sorge mit. »Schlechte Nachrichten aus Ulcar?«

Broll achtete jedoch weder auf die gereizte Diskussion um ihn herum noch auf die besorgten Fragen seines Hauptmanns und des Drachenkommandanten.

Das Blut rauschte ihm in den Ohren, und goldene Punkte flimmerten vor seinen Augen, tanzten auf und ab und schienen Knoten zu bilden, während in seinem Hinterkopf ein leises Summen seltsamer Stimmen ertönte. Aber nicht einmal diese Anzeichen seiner Anfälle, die ihn in unregelmäßigen Abständen überkamen und über die er noch nie mit jemandem gesprochen hatte, konnten ihn aus seiner Erstarrung reißen.

»Nein … Tronn, danke. Danke, Drachenkommandant. Es ist … Die Nachrichten sind … vertraulicher Natur. Und sie sind erfreulich.«

Er starrte auf den Papierstreifen, den er zwischen den Fingern hielt, und auf die wenigen Worte, die mit einer heißen Nadel in schwarzblau schimmernder Meerestinte dort eingeritzt waren.

j in Tempel bei Orgt j.

Er hielt den Zettel in eine Kerzenflamme und sah zu, wie er Feuer fing. »Außerordentlich erfreulich, sogar.«

Dann ließ er den brennenden Streifen auf einen Zinnteller

fallen und wartete, bis nur noch Asche übrig war. Anschließend drehte er sich zu Johks herum.

»Wir bedanken uns für deine Loyalität, Drachenkommandant, und warten selbstverständlich auf die Verstärkung.« *Von mir aus bis zur Zeit der Verschmelzung,* setzte er in Gedanken hinzu, wobei er ein Grinsen nicht unterdrücken konnte.

ULCAR, VERLIESE DES DRACHENPALASTES

Wenn das noch viel länger dauert, bei Belphors Hörnern, dann verreckt dieser alte Mann noch, bevor sie es bis hierhergeschafft hat! Was, verflucht, hält sie so lange auf? Und wo bleibt dieser hinterhältige Noviche?

Farael versuchte, es sich auf dem feuchten Stein ein wenig bequemer zu machen, aber das war nicht so einfach. *Ich hätte diesen verdammten Schließer vielleicht doch bitten sollen, den Verschlag mit frischem Stroh auszulegen. Dann würde ich mir nicht auch noch den Hintern abfrieren, während ich mir die Haut auf diesen widerlichen Felsbrocken aufscheure.*

Aber mit dieser Bitte hätte er die Gier des Gefängniswärters noch weiter angestachelt, deshalb hatte Farael darauf verzichtet. Es hatte ihn bereits zwei Golddublonen gekostet, von dem Mann herauszubekommen, wo jemand, ohne selbst gesehen zu werden, alles verfolgen konnte, was in der Kammer der Schmerzen geschah. Und sich dann sein Schweigen zu erkaufen, damit er dieses Wissen an niemand anders weitergab. Hätte er den Mann um frisches Stroh für den Verschlag neben der Kammer gebeten, hätte dieser Halsabschneider ihm sicher eine weitere Dublone abgeknöpft, und außerdem hätte selbst dieser Einfaltspinsel gewusst, dass er vorhatte, den Verschlag heute zu nutzen. Zweifellos hätte er dann versucht, noch mehr Gold aus ihm herauszupressen. Denn hätte er Anfir oder Druud etwas von seinem, Faraels, Vorhaben verraten, hätten die beiden gewusst, dass er sie belauscht hatte. Und das durfte er auf keinen Fall riskieren.

Jedenfalls ist das jetzt schon das zweite Mal, dass ich mich in so einer verfluchten Nische herumdrücke, dachte er. *Und diesmal kann ich nicht einmal etwas sehen, sondern nur hören! Ich hoffe sehr, dass Anfirs Quelle recht hatte und sein*

Plan aufgeht. Hoffentlich kennt Jeul tatsächlich den Aufenthaltsort ihrer Tochter und nutzt diese letzte Gelegenheit, mit Akkad zu sprechen, bevor er zu Tode gefoltert wird. Ansonsten wäre das alles hier umsonst gewesen. Und dann noch dieser ekelhafte Gestank! Farael schnüffelte und schüttelte sich dann. Es roch nach Verwesung und Tod, ein Geruch, der zweifellos aus der Kammer der Schmerzen in diesen Verschlag drang, möglicherweise aber auch den Folterwerkzeugen anhaftete, die hier gelagert wurden. Farael hatte sich in dem schwachen Licht, das durch einen Schlitz oben an der Mauer zur Folterkammer drang, mehrmals gestoßen, bevor er eine einigermaßen erträgliche Position gefunden hatte. Der große Vorteil an diesem Verschlag bestand darin, dass man ihn nur durch einen Korridor betreten konnte, der an der Rückseite der Kammer der Schmerzen vorbeiführte.

Ich frage mich wirklich, wie Anfir es anstellen will, das Gespräch zwischen Jeul und Akkad unbemerkt zu belauschen. Denn von diesem Verschlag dürfte er nach Aussage des Schließers nichts wissen, und bis jetzt habe ich auch noch nichts von ihm gehört.

Farael lauschte erneut. Bis auf das leise Stöhnen des Gefangenen, das unmittelbar von der anderen Seite der Mauer vor ihm zu kommen schien, und einem leisen Tröpfeln von Wasser war nichts zu hören. Nicht einmal Schreie aus den anderen Verliesen drangen bis in diese Kammer, ganz zu schweigen von seinem Verschlag.

Farael war noch nie in der Kammer der Schmerzen gewesen, und es überlief ihn kalt bei der Vorstellung, dass dieser penetrante Leichengeruch vielleicht von armen Seelen stammte, die in ihren Ketten an den Wänden hingen, möglicherweise direkt neben dem früheren Reichsverweser.

Dem Geruch nach könnten es auch noch alte Opfer des Drachenfürsten sein, dachte er und rümpfte die Nase. Erneut versuchte er, es sich auf dem feuchten Stein bequem zu machen, gab dann jedoch auf und lehnte sich einfach an die dicken Quader. Dann schloss er die Augen und versuchte, das leise Stöhnen, das Tröpfeln und den Gestank aus dem Raum nebenan einfach aus seinem Bewusstsein zu verdrängen.

Er wusste nicht, wie lange er gewartet hatte, und wäre fast eingeschlafen, als er plötzlich ein Klicken hörte. Ein Schimmer drang durch den Schlitz, der sich, wie ihm der Schließer gesagt hatte, unmittelbar hinter dem X-förmigen Kreuz auf der anderen Seite der Mauer befand, an das man Akkad gekettet hatte.

»Um zu vermeiden, dass dieser verräterische Magus möglicherweise einen Bann wirkt und uns alle in schleimige Brunnenkröten verwandelt, versteht Ihr?«, hatte der Mann grinsend erklärt und dabei seine verfaulten Zähne entblößt.

Farael war zwar der Meinung gewesen, dass selbst die Verwandlung in eine Brunnenkröte für diesen Schließer eine deutliche Aufwertung bedeutet hätte, hatte aber davon abgesehen, diese Ansicht kundzutun. Der Schlitz war die einzige Öffnung, durch die so etwas wie Luft und Licht in den Verschlag drang. Die Tür zum Korridor bestand nicht aus Gitterstäben, sondern aus massivem, mit Eisen beschlagenem Holz und ließ kein Licht durch. Und wegen des Schlitzes in der Mauer hatte Farael darauf verzichtet, eine Fackel oder Tranlampe mitzunehmen. Nichts durfte seine Anwesenheit verraten, und als er sich jetzt lauschend aufrichtete, wusste er, dass sich das Warten gelohnt hatte.

Die schwere Tür der Folterkammer schwang auf, und die metallenen Angeln ächzten unter ihrem Gewicht. Leise Schritte huschten über den Stein, dann hörte er, wie jemand scharf die Luft einsog.

»Bei Belphors Hörnern! Was für ein widerlicher Gestank!«

Farael erkannte die Stimme. *Endlich!*, dachte er. *Die Nacht muss schon fast verstrichen sein, und wenn Jeul wirklich weiß, wo ihre Tochter sich befindet und es Akkad mitteilen will, wird es allerhöchste Zeit. Auf jeden Fall kann ich alles hören, was die beiden sich zu sagen haben. Und da Anfir bis jetzt noch nicht aufgetaucht ist, dürfte er auch keine Chance haben, sich den beiden unbemerkt zu nähern.*

Dann verbannte Farael jeden Gedanken an den Noviche aus seinem Kopf und schloss die Augen, um sich ausschließlich auf sein Gehör zu konzentrieren.

Jetzt werde ich wenigstens erfahren, wie sich Druud fühlen muss, dachte er belustigt. *So muss es sein, immer nur zu hören, wie die Menschen um einen herum reden, ohne sie sehen zu können.* Ein schwaches Gefühl von Beklommenheit überkam ihn, aber es verflog rasch wieder. Dennoch zuckte er zusammen und riss die Augen auf, als er die leise Stimme hörte, die direkt über ihm zu ertönen schien. Natürlich war er allein im Verschlag.

»Akkad. Kannst du mich hören?«

Die Drachenfürstin ging langsam durch die dämmrige Kammer, und Farael schloss wieder die Augen, um sich besser auf die Geräusche konzentrieren zu können.

Offenbar näherte sich Jeul dem Reichsverweser, der auf ihre Frage mit einem leisen Stöhnen antwortete. Unwillkürlich fragte sich Farael, was Druud und die Folterknechte dem Mann bereits angetan haben mussten, wenn er bereits jetzt so mitgenommen war. Eine hochnotpeinliche Befragung dürfte er in diesem Zustand kaum überleben. Offenbar war die Drachenfürstin ganz ähnlicher Meinung.

»Bei Ganäas gütiger Gnade! Akkad, Liebster, was haben sie dir angetan?« Die Stimme der Drachenfürstin klang erstickt, aber Farael in seinem Versteck konnte das blanke Entsetzen darin mehr als deutlich wahrnehmen. Doch er achtete nicht darauf. Seine Aufmerksamkeit galt etwas ganz anderem.

Liebster? Farael schluckte. *Also doch! Druud hatte recht gehabt mit seiner Vermutung. Die Drachenfürstin und der Reichsverweser. Wer hätte das gedacht?* Gespannt beugte er sich vor, neugierig auf das, was diese Nacht ihm noch enthüllen würde.

»Akkad, kannst du mich verstehen?«, fragte die Fürstin mit leiser Stimme.

Ich muss zugeben, dass diese beiden Golddublonen gut angelegt sind. Eine

Einschätzung, welche die nächsten Worte der Drachenfürstin bestätigten.

»Ich kann nicht lange bleiben, Geliebter. Ich fürchte, Druuds Schergen beobachten mich.«

Farael runzelte die Stirn, als er hörte, wie die Mutter von Jolah und Fürstin des Drachenreiches leise aufschluchzte.

»Was hat dieser verräterische und hinterhältige Augur uns nur angetan?«, flüsterte Jeul. »Er hat mir nicht nur meinen Ehemann genommen und versucht jetzt, die Krone des Drachenreiches an sich zu reißen, sondern er hat auch jede Möglichkeit für einen Frieden mit Hellanden zerstört. Aber wenigstens ist ihm unsere Tochter nicht in die Hände gefallen.«

Unsere Tochter? Farael hätte sich fast verschluckt und konnte nur mit Mühe ein Keuchen unterdrücken. *Habe ich mich da verhört? Oder habe ich sie missverstanden? Jolah da Prunfor ist die Tochter von Jeul und* Akkad da'al Akkadi? *Wenn das stimmt, dann …*

Ein leises Stöhnen unterbrach seine Gedanken. Offenbar signalisierte der ehemalige Reichsverweser und Magus seiner Geliebten und der Mutter seiner Tochter, dass er sie verstanden hatte.

Farael versuchte immer noch zu begreifen, was dieses Wissen bedeutete und welchen Nutzen er daraus ziehen konnte, als die Fürstin weitersprach.

»Und wenn uns die Götter gnädig sind, wird er sie auch nicht in die Hände bekommen, um sie mit diesem perversen Widerling zu verheiraten. Ebenso wenig wie mit Magabor von Bouhss. Ich habe Nachricht von den Drachenpriesterinnen erhalten. Jolah ist in Sicherheit.«

Anfir ist raffinierter, als ich gedacht habe, gab Farael zu, *aber längst nicht so schlau, wie er und Druud glauben. Sonst wäre* er *jetzt hier und würde die beiden belauschen.* Er musste sich beherrschen, um sich nicht die Hände zu reiben. *Was jetzt noch fehlt, ist, dass du verrätst, wo sie sich versteckt, und dann werde ich …*

Akkad stöhnte gequält auf, und zum ersten Mal beschlich

Farael der Verdacht, dass hinter diesem Laut mehr steckte als nur ein Zeichen, dass er verstanden hatte. Das Stöhnen wirkte irgendwie drängend, so als wollte der Magus etwas sagen, wäre aber nicht in der Lage dazu.

Aber was kann das schon sein! Was sollte er ihr schon sagen wollen, außer dass er Schmerzen leidet? Dass er sie immer noch liebt? Dass er erleichtert darüber ist, dass es seine Tochter geschafft hat, aus dem Palast zu verschwinden?

»Mach dir keine Sorgen, sie werden Jolah nicht finden. Nicht dort oben in Orgt. In dem geheimen Tempel der Drachenjungfern ist sie in Sicherheit, und dieser blinde Mistkerl …«

Diesmal stöhnte der Magus noch lauter, und Farael war sich sicher, dass es kein Laut der Freude war, den er da hörte. Akkad da'al Akkadi wollte der Drachenfürstin anscheinend etwas vermitteln, etwas Wichtiges, aber ebenso offenbar war er dazu nicht in der Lage.

Aber eigentlich müsste sie doch an seinem Gesicht erkennen können, was er meint! Immerhin sind sie einmal ein Liebespaar gewesen.

»Was hast du, Akkad, Liebster? Warte, ich habe dir etwas mitgebracht, was deine Schmerzen lindern wird. Und auch meine.«

Farael hörte das Rascheln von Stoff, als sie in die Falten ihres Gewandes griff und etwas hervorholte. Ein Stöpsel wurde herausgezogen. »Etwas vom göttlichen Staub, wie du es nennst.« Die Drachenfürstin senkte unwillkürlich ihre Stimme. »Ich weiß, dass du stark bist, Geliebter, und wie wichtig es für dich ist zu wissen, dass unsere Tochter in Sicherheit ist.« Sie schluckte vernehmlich. »Aber Druud wird dich morgen foltern, das kann ich nicht verhindern. Und du wirst den Folterknechten auf Dauer nicht widerstehen können und dein Wissen verraten. Es gibt nur ein Mittel, das zu verhindern. Dies hier.«

Göttlicher Staub? So nennen die Magi das Heilige Pulver, das Gift der Drachen, aber wie soll das …? Farael riss die Augen auf, als er begriff. *Sie will ihn umbringen! Sie gibt ihm Drachengift, damit er … damit er beim Verhör nichts verraten kann!* Ohne es zu merken, hatte Farael die Hände zu Fäusten geballt. Es war eine Sache, nur durch ein paar Steine getrennt zu hören, wie ein Geheimnis verraten wurde, aber eine ganz andere, tatenlos Zeuge eines Mordes an einem Unschuldigen zu werden. Er hörte das Stöhnen des Reichsverwesers, aber er achtete nicht darauf. *Was denke ich da? Er ist selbstverständlich alles andere als unschuldig! Hilflos vielleicht, aber nicht unschuldig! Er hat den Drachenfürsten hintergangen, er hat das Drachenreich verraten …*

»Und du weißt, dass Druud dich nur noch am Leben erhält, um mich zu zwingen, den Aufenthaltsort von Jolah zu verraten. Das konnte ich bislang nicht, ebenso wenig wie du, Geliebter, weil wir ihn beide nicht kannten. Jetzt jedoch …«

Die Drachenfürstin seufzte, und der Reichsverweser stöhnte erneut auf. Es war ein tiefes, schreckliches Stöhnen, und als er wieder Luft holte, röchelte er erstickt.

» … kannst du das Geheimnis nicht länger hüten. Und auch ich kann es nicht, falls sie mich zwingen zuzusehen, wie sie dich noch schlimmer quälen, als sie es schon getan haben. Ich weiß, ich weiß, der Tod ist immer schrecklich, aber du verstehst das sicher, dass ich nur versuche, dich vor weiteren Qualen zu bewahren. Druud wird dich niemals verschonen oder gar freilassen. Er muss dem Volk von Alghor einen Sündenbock für den hinterhältigen Mord an Prakuhl präsentieren, und wer wäre besser dafür geeignet als du, Geliebter?«

Farael hörte ein leises Geräusch und stellte sich vor, wie die Fürstin die Wange des ehemaligen Reichsverwesers, des Magus und Ehebrechers, liebkoste. Dann gluckerte es leise, jemand schluckte und hustete gequält.

Ich sollte sie daran hindern, Akkadi zu töten. Ich sollte … Farael tat jedoch nichts dergleichen. Stattdessen blieb er in seinem Versteck hocken und gab der flüsternden Stimme in seinem Kopf nach, die zwar leise, aber dafür umso eindringlicher zu ihm sprach.

Jetzt bist du der Einzige, der den Aufenthaltsort der Drachenbraut kennt. Weder Anfir noch Druud haben Jeul belauscht, die Drachenfürstin wird ihren ein-

zigen Mitwisser vergiften, und sie wird ganz sicher Druud nicht verraten, wo ihre Tochter ist. Eher bringt sie sich selbst um! Farael verzog das Gesicht. *Was Ganäa verhüten möge! Wenn du es geschickt anstellst, kannst du unter einem Vorwand nach Orgt reiten und die Drachenbraut aus diesem Tempel herausholen. Vielleicht mit ein paar besonders vertrauenswürdigen Drachenkämpfern.*

Farael tippte nachdenklich mit einem Fingernagel gegen seine Zähne, während er seine nächsten Schritte plante. In der Kammer nebenan wurden derweil die Atemzüge von Akkad da'al Akkadi immer schneller, und Jeuls Stimme sank zu einem kaum wahrnehmbaren Flüstern herab.

Wenn ich mit der Drachenbraut zurückkehre, wird OchNarjon es sich gut überlegen, ob er weiterhin Anfir bevorzugt. Bei Belphor, mit etwas Glück gelingt es mir vielleicht sogar, diesen hinterhältigen Noviche dazu zu benutzen, die Autorität des Ersten Fragenden zu erschüttern und den Rat der Edlen sowie das Konzil der Auguren davon zu überzeugen, dass Akkadi unschuldig und Druud der eigentliche Übeltäter und die treibende Kraft hinter dem Mord an dem Drachenfürsten war. In diesem Fall würde die Position des Obersten Auguren frei werden, und der Tradition folgend würde dieses schwere Amt an den Stellvertreter übergehen. Außerdem, wer wäre schon besser geeignet, die Last dieses Amtes zu übernehmen als das Auge des Sehers?

Ein heiseres Krächzen aus der Kammer unterbrach seine Gedanken. Ein trockenes Würgen folgte, das klang, als würde jemand vergeblich versuchen, Luft in seine Lunge zu pumpen. Dann hörte er ein schwaches Blubbern und das Klirren von Ketten, als Akkad da'al Akkadi sich vergeblich zu wehren schien.

»Schscht, Liebster, warte, ich halte dich. Kämpf nicht dagegen an. Die Fäden des Schicksals haben sich verschlungen, und niemand kann ihre Knoten lösen. Ich verspreche dir, dass ich alles tun werde, deinem Tod einen Sinn zu geben und unsere Tochter zu beschützen.«

Farael schluckte, als ihm bewusst wurde, dass kaum einen Schritt von ihm entfernt ein mächtiger Magus und bedeutender Verwalter des Reiches mit dem Tode rang, während sich gleichzeitig die Waage des Schicksals zu seinen – Faraels – Gunsten zu neigen schien.

Nach einer Weile hörte das rasselnde Keuchen auf, und dann vernahm Farael ein leises Schluchzen.

»Ich werde jetzt gehen, Geliebter, damit man mich nicht noch im letzten Moment hier überrascht. Ich habe alles für dich getan, was in meiner Macht stand, und du kannst jetzt mit dem Wissen in Ganäas Garten eingehen, dass unsere Tochter in Sicherheit ist. So Ganäa will, werden sich unsere Essenzen schon bald dort aufs Neue finden und wieder vereinen.«

Die Ketten rasselten leise, und Farael stellte sich vor, wie die Drachenfürstin dem Reichsverweser den schaumigen, gräulichen Schleim von Kinn und Lippen wischte, verräterische Zeichen, dass Akkad nicht an den Folgen der Tortur, sondern an Drachengift gestorben war. Was ein sehr viel gnädigerer Tod war, weil das Gift sämtliche Nerven betäubte und so dem Sterbenden alle Schmerzen nahm. Jedenfalls hatte Farael das gehört und in den Schriften des Augurals gelesen. Dort wurde zur Warnung anschaulich beschrieben, wie ein besonders ehrgeiziger Oberster Augur bei einer Opferung versehentlich zu viel »Heiliges Pulver« genommen hatte. Wenn man diesem Bericht Glauben schenken durfte, bestand der Nachteil dieser Todesart darin, dass man zwar alles hören und sehen konnte, was um einen herum geschah, man sich aber nicht mehr verständlich machen konnte, weil die Nerven und Muskeln des Körpers gelähmt waren.

Farael schüttelte sich, als er sich einen solch langsamen Tod vorstellte. Dennoch war ihm klar, warum sich die Drachenfürstin dafür entschieden hatte, ihren Geliebten auf diese Weise zu töten. Denn es war nicht nur eine schmerzlose Todesart, sondern – und auch das stand im Augural geschrieben – man konnte dieses Gift nicht nachweisen. *Daher kann Druud sie nicht für den Mord an Akkad verantwortlich machen oder ihre Tat für seine Pläne nutzen.* Das Auge war fest davon überzeugt, dass der Oberste Augar nicht davor zurückgeschreckt wäre, sich auch der Drachenfürstin zu entledigen, wenn er das gefahrlos hätte tun können.

Er hörte leise Schritte, als sich die Drachenfürstin entfernte, dann ächzten erneut die eisernen Angeln der Tür, und die schwere Pforte schloss sich mit einem Klicken.

Farael lauschte dem Tröpfeln des Wassers und den Atemzügen des Reichsverwesers, die unter der Wirkung des Giftes ruhiger zu werden schienen. Schließlich richtete er sich langsam und so leise wie möglich auf. Es gab zwar keinen Grund für seine Vorsicht, aber die Nähe des Todes flößte ihm unwillkürlich Ehrfurcht ein.

Im nächsten Moment traf ihn fast der Schlag, als ein lautes Klatschen ertönte, und ein bestialischer Gestank drang durch den Spalt in seinen Verschlag.

Verwesung! Es stinkt nach Verwesung! Farael hatte den Geruch der Folterkammer fast vollkommen vergessen, gebannt von den Nachrichten, die er aus Jeuls Mund vernommen hatte. Jetzt jedoch verspürte er erneut Brechreiz, als der Pesthauch der Verwesung plötzlich stärker wurde. Eine Erinnerung, die seit dem Betreten des Verschlages in seinem Hinterkopf gelauert hatte, schoss Farael glasklar ins Bewusstsein. *Der Mund der Götter!*, dachte er. *Es stinkt in der Folterkammer genauso wie in dieser verfluchten Höhle!* Er hatte diese Höhle in der Nähe von Estrio vor noch gar nicht so langer Zeit zusammen mit Druud aufgesucht. Dort erhielten die Obersten Auguren die Antworten der Götter, zu denen sie anschließend durch Opferungen und vom »Heiligen Pulver« inspirierte Meditationen die entsprechenden Fragen finden mussten. Und Farael erinnerte sich noch sehr genau an den Ekel, den der Gestank in dieser Höhle in ihm hervorgerufen hatte.

Aber wieso stinkt es hier genauso wie ...?

Seine Ehrfurcht und die Angst wegen des lauten Geräuschs in der Folterkammer sorgten dafür, dass Farael wie erstarrt innehielt, und im nächsten Moment dankte das Auge des Sehers allen Göttern dieser Welt, dass er nicht dem Würgereiz nachgegeben und gehustet oder sich gar übergeben hatte.

»Wie überaus rührend!«

Farael sträubten sich sämtliche Nackenhaare, und es überlief ihn eiskalt, als er die zischende Stimme in der Folterkammer hörte. Er kannte sie vom selben Ort her wie den Gestank. *Das ... das ist unmöglich! Druud, vielleicht. Anfir, den habe ich ganz sicher hier erwartet. Aber wie sollte die Zunge der Götter hierhergekommen sein? Und was sollte sie hier wollen?*

Farael stand wie erstarrt in leicht gebückter Haltung da. Es kostete ihn ungeheure Mühe, dem Impuls zu widerstehen, vor dem sicheren Tod und dem Ungeheuerlichen zu flüchten, das – kaum einen Schritt von ihm entfernt und nur getrennt durch eine armdicke Mauer – im Nebenraum lauerte. Er wagte nicht einmal, sich umzudrehen und auf den Schlitz zu starren, sich zu vergewissern, ob nicht zwei oder vielleicht noch mehr rot glühende Augen gerade auf ihn gerichtet waren und damit sein Schicksal besiegelt war. Zu seinem Glück hätten seine Beine seinem Befehl nicht einmal gehorcht, wenn sein Leben tatsächlich davon abgehangen hätte, so schnell wie möglich wegzulaufen. Denn ein anderer Instinkt sagte ihm, dass seine einzige Chance darin bestand, unbemerkt zu bleiben und sich seinem Schicksal zu ergeben, hilflos Zeuge des Undenkbaren zu werden, das sich nebenan abspielte.

Er spürte, wie ihm am ganzen Körper der Schweiß ausbrach, und ein Rinnsal von Urin lief warm an seinem Oberschenkel hinab, als er die Kontrolle über seine Blase verlor. Sein einziger Gedanke war, dass der dicke Wollstoff seiner Hose die Flüssigkeit hoffentlich aufsaugen würde, damit es keinerlei verräterisches Geräusch gab.

Als die Stimme weitersprach, schloss Farael unwillkürlich die Augen, als würde es ihn unsichtbar machen, wenn er selbst nichts sehen konnte.

»Keine Sorge, Reichsverweser. Euer süßes Geheimnis ist bei

mir wirklich sehr gut aufgehoben.« Die Kreatur lachte. »Es ist so einfach, euch Menschen zu lenken, dass es fast schon eine Beleidigung ist.«

Farael schluckte. *… uns Menschen zu lenken?*

»Man wirft euch einen Brosamen hin, und schon schnappt ihr danach, wie Verhungernde, ohne Verstand, ohne Beherrschung, ohne Argwohn.«

Ist das wirklich ein … Mensch? Oder ist es …? Aber was *kann er …* es *sein?* Das Entsetzen in Farael wuchs. Ebenso wie seine Überzeugung, dass er diesen Verschlag niemals lebend verlassen würde. Dennoch rührte er sich nicht von der Stelle und widerstand der Versuchung, die Augen zu öffnen und sich dem Schlitz an der Wand zu nähern.

»Es war klar, dass sich dieses Weib bei der erstbesten Gelegenheit zu dir schleichen und dir verraten würde, wo sich der Spross eurer verbotenen Leidenschaft verkrochen hat. Wie edel von ihr, dich von deinem Schmerz zu befreien und dich in dem Glauben hinter den Schleier zu schicken, dass euer Töchterchen in Sicherheit ist. Aber, Magus, was sagen dir deine magischen Fähigkeiten jetzt? Hörst du die Stimmen, hm? Hörst du, wie sie singen, wie sie jubeln? Und … glaubst du es immer noch?«

Farael zitterte mittlerweile am ganzen Körper und hatte Mühe, sich auf den Beinen zu halten. Er hörte nichts außer dieser zischelnden Stimme, und der Gestank dieses Wesens erfüllte seine Nase und schnürte ihm die Luft ab. Dann nahm er allmählich den Schmerz wahr. Ein Druck in seinem Hinterkopf, ein Pulsieren, wie der Schmerz nach einem wilden Gelage mit zu viel Wein, nur irgendwie … bedrohlicher.

Es pulsiert unregelmäßig … Nein, doch nicht … Es hat ein Muster, es wiederholt sich … Farael hob langsam die Hände und legte sie hinter die Ohren, als der Schmerz zunahm und das Pulsieren stärker wurde, schärfer. Es fühlte sich an, als würde ihm jemand glühende Nadeln in die weiche, empfindliche Stelle unmittelbar hinter seinen Ohrmuscheln bohren. Er öffnete den Mund, um zu schreien, presste dann jedoch beide Hände davor, um jeden Laut zu unterdrücken.

Langsam sank er in die Knie, und plötzlich wurde ihm warm am Hintern, und er spürte, dass er anscheinend nicht nur die Kontrolle über seine Blase verloren hatte. Aber es kümmerte ihn nicht. Wenn er auch nur einen Mucks machte, war er so gut wie tot, so viel war ihm klar. Diese Kreatur in der anderen Kammer würde ganz sicher keinen Zeugen am Leben lassen. Bis jetzt hatte sie ihn jedoch offenbar noch nicht bemerkt, und Farael konzentrierte sich mit all seiner Kraft darauf, dass das auch so blieb.

»Ah, das Drachengift lähmt bereits deine Nerven und Muskeln. Aber ich sehe in deinem Blick, dass du begreifst. Oh, welch süßer Hass!«

Farael hörte, wie die Kreatur fast genießerisch die Luft einsog. Es war ein merkwürdiges Geräusch, ein Flattern, als würde sie durch eine feuchte Membran atmen.

»Köstlich! Überwältigende Angst und ohnmächtiger Hass, welch eine wundervolle Mischung! Du ehrst mich, Mensch. Für gewöhnlich erlebe ich diese Angst nur gepaart mit Ekel und Abscheu. Hass jedoch … Er verrät mir, dass du das Ausmaß meines Tuns zu ermessen glaubst.«

Das Pulsieren in Faraels Kopf wurde nahezu unerträglich, und er kauerte sich auf dem Boden zusammen. Wie aus weiter Ferne hörte er ein zischendes Keuchen, das wohl ein Lachen sein sollte.

»Ich versichere dir, Mensch, dass du nicht einmal annähernd begreifst, was ich vermag. Aber ich kann dir auch versichern, dass ich keineswegs den Tod deiner Tochter will. Jedenfalls noch nicht. Falls dich das ein wenig tröstet.«

Während Farael sich die Arme um den Kopf schlang, als könnte er damit das Pulsieren lindern, hörte er ein ledernes Rascheln in der Folterkammer, so als würden getrocknete Tierhäute aneinandergerieben.

»Wie hilflos du dich fühlen musst, eingekerkert nicht nur in dieser erbärmlichen Kammer, sondern in dem viel schrecklicheren Verlies deines eigenen Körpers. Wie sehr das dein Leiden vergrößern muss, wo du doch gerade glaubtest, das Leben deines Bastards wäre außer Gefahr! Wie gern würdest du mir eine Klinge ins Herz stoßen, die Kehle durchtrennen oder die Zunge herausschneiden! Ha, als wenn du das könntest, selbst wenn du nicht in Ketten lägest und deine armselige Magie zu wirken in der Lage wärst! Stattdessen musst du mit ansehen, wie deine Qualen und deine Ohnmacht mich laben! Ihr albernen Menschen! Ihr seid nichts weiter als das Zucken eines Lids im Antlitz von meinesgleichen! Wir existierten schon immer und werden noch existieren, lange nachdem die Zeit der Verschmelzung euch von der Oberfläche dieses erbärmlichen Klumpens aus Erde, Stein und Wasser hinweggefegt hat! Du glaubst an die alte Prophezeiung deines Zirkels. Du glaubst, du könntest die Waagschalen des Schicksals zu deinen Gunsten beeinflussen, indem du die Träger des Mals für deine Zwecke benutzt?«

Wieder ertönte das heisere Zischeln, und Farael unterdrückte ein Wimmern, als helle Punkte vor seinen Augen zu tanzen begannen und der Schmerz in seinem Schädel sein Bewusstsein auszulöschen drohte.

»Du bist dumm, Mensch, so dumm wie all die anderen, die sich nur *einer* Wahrheit verschrieben haben und nur an die *eine* wahre Prophezeiung glauben. Und wegen dieser Dummheit, Reichsverweser, sind sie ebenso zum Tode verurteilt, wie du es bist! Und sie werden genauso hilflos sein wie du, wenn ihre Zeit gekommen ist!«

Dann hörte Farael nur noch das Dröhnen in seinen Ohren, als das Pulsieren noch stärker anschwoll. Einen flüchtigen Moment lang glaubte er so etwas wie Laute darin zu hören, Worte in einer unverständlichen Sprache. Dann wurde der Schmerz zu stark, und er versank in einer gnädigen Ohnmacht.

GLUTKESSEL VOR OMARTA, BELPHORS GARTEN

»Bei Belph… bei Ganäas Gnade, wo steckst du, Bluthand?«

»Ich bin hier«, antwortete Lay gedehnt. »Bei den Felsskulpturen hier drüben.« Er drehte sich langsam um. »Sie sind wirklich …«

Makiras Stimme klang gereizt. »Verdammt, Bluthand, hier gibt es nichts als Felsen. Es wimmelt förmlich davon! Bei welchen Felsenskulpturen …?«

»Das sage ich dir, wenn du aufhörst, mich Bluthand zu nennen«, erwiderte Lay. *Allerdings müsste ich dafür erst einmal herausfinden, wo genau ich hier eigentlich bin.*

Nachdem sie Tark-kut und die anderen Söldner erledigt hatten, hatten sich Lay und Makira, ohne zu zögern, in das Tal von Belphors Garten begeben.

Sie hat nicht gelogen, dachte Lay, während er die zahllosen Felsformationen im Sand des Tales musterte. Einige von ihnen standen so eng beisammen, dass man sich kaum zwischen ihnen hindurchzwängen konnte. *Ich kann mir gut vorstellen, dass die Menschen, die versucht haben, dieses Tal zu durchqueren, in Panik geraten sind, weil sie die Orientierung verloren haben.*

Aber auch die Felsen selbst waren unheimlich. Seit sie das Tal betreten hatten, hatte Lay ein leises Summen gehört, das anschwoll, je weiter Belphors Augen dem Horizont entgegensanken. Mittlerweile war die gelbe Sonne bereits verschwunden, und die Strahlen von Belphors rotem Auge tauchten das Tal in ein düsteres Licht und sorgten für ein bemerkenswertes Spektakel. Die Skulpturen waren in einen roten Schimmer getaucht, und es wirkte fast, als glühten sie von innen heraus.

Wenn man Angst hat und in Panik gerät, abergläubisch ist und viel Fantasie besitzt, könnte man wirklich auf die Idee kommen, dass es sich um versteinerte Drachen handelt. Lay schluckte. *Genau genommen braucht man dafür noch nicht einmal sonderlich viel Fantasie.* Er bog um einen Felsen und schrak zurück, als unmittelbar vor ihm ein rot glühender Stein aufragte, der wie die ausgestreckte Kralle eines Drachens aussah.

Aber größere Sorge als die Form der Steine bereitete Lay das Summen. Es war langsam, aber unaufhörlich angeschwollen, und als jetzt das rote Auge Belphors unmittelbar über dem Horizont stand, schien es noch lauter zu werden.

Lay sah hinauf zum Himmel. Die Felsformationen erlaubten nur einen senkrechten Blick nach oben, und er konnte das fahle Licht von Lokhs Auge nur erahnen, aber zweifellos leuchtete der Mond in das Tal.

Merkwürdig, dachte Lay. *Eigentlich müssten die Felsen sich gegenseitig beschatten, und doch glühen sie alle in diesem roten Licht. Ich bin gespannt, was passiert, wenn die rote Sonne verschwunden ist und nur noch Lokhs Licht …*

»Was …? Bist du verrückt geworden, Makira?« Unmittelbar vor seinem Gesicht war ein Krummdolch durch die Luft gezischt. Im nächsten Moment spürte er kalten Stahl an seinem Hals, als die Sandfrau ihre zweite Waffe an seine Kehle setzte.

Schließlich aber atmete sie vernehmlich aus und ließ ihre Waffen langsam sinken. »Verdammt, Bluthand, ich habe dich doch gerufen! Warum hast du nicht geantwortet? Ich dachte schon, du wärst …«

»Was?« Lay schloss die Augen, als sich eine weitere Stimme in das leise Summen mischte. Eine unverkennbare Stimme.

Blut Blut Blut

Lay knirschte mit den Zähnen. Es ärgerte ihn zwar, dass die Sandfrau ihn nach dem Kampf am Eingang von Belphors Garten nur noch Bluthand nannte, aber irgendwie konnte er das verstehen. *Trotzdem muss es mir nicht gefallen. Immerhin habe ich nicht nur mein Leben verteidigt, sondern auch das ihre gerettet. Tark-kut und seine Spießgesellen hätten kurzen Prozess mit ihr gemacht.*

Aber ihm ging die entsetzte Miene der Sandfrau nicht aus dem Sinn, mit der sie ihn angestarrt hatte, als die glühenden Fäden verblassten und die Stimmen in seinem Kopf, vor allem die blutrünstige Stimme von Blutbraut, verklungen waren. Sie hatte vor ihm gestanden, in jeder Hand einen Krummdolch. Die Klingen der Waffen waren makellos sauber gewesen, denn sie war nicht dazu gekommen, sie einzusetzen. Lay wusste nicht genau, wie es ausgesehen hatte, als er die vier Söldner erledigt hatte, aber er ahnte, dass er ziemlich brutal gewirkt haben musste. *Barbarisch,* dachte er, und unwillkürlich schob sich das Gesicht eines Nordlings vor seine Augen. Natürlich würde er es niemals zugeben, aber er vermisste Korgh, vor allem jetzt und hier.

Ich weiß zwar nicht, was der Dämon, der in diesem Nordling steckt, mit ihm macht oder mit ihm vorhat, aber ich weiß, dass er mir mehr als einmal das Leben gerettet hat. Lay sah sich um. *Und ich habe das sichere Gefühl, dass ich ihn in diesem verfluchten Garten Belphors sehr gut brauchen könnte, auch wenn er verrückt ist.* Lay grinste grimmig. *Vielleicht eher,* weil *er verrückt ist.*

»Was ist denn so lustig?« Die weibliche Stimme klang zwar gereizt, aber auch gepresst und eindeutig verängstigt.

Lay riss sich aus seinen Gedanken los und konzentrierte sich wieder auf Makira.

»Ich musste gerade an jemand anders denken, der ebenfalls verrückt ist.«

»Ebenfalls verrückt?«

Lay zuckte mit den Schultern. »Na ja, es ist auf jeden Fall eine ziemlich verrückte Idee gewesen zu versuchen, durch diese …«

»Ich habe dir doch gesagt, dass es der kürzeste Weg nach Omarta ist.«

»Angeblich, ja. Ich habe aber eher das Gefühl, das ist der kürzeste Weg ins Hellführ oder wie ihr in SanFira die Anderwelt nennt.« Bevor Makira wütend antworten konnte, sprach er rasch weiter. »Also gut. Du bist wirklich sicher, dass diese Schlucht nach Omarta führt?«

Makira seufzte. »Natürlich führt sie dorthin. Sie ist in alten Karten eingezeichnet, und alle wissen, dass sie vor Omarta endet.«

Lay nickte. »Schön. Wie bedauerlich, dass wir keine alten Karten haben. Sondern nur eine klugscheißende Sandfrau, die alles ganz genau weiß.« Er ignorierte ihr wütendes Fauchen. »Und noch bedauerlicher ist, dass wir uns nicht an Belphors Augen, den Himmelssternen oder auch nur an Lokhs Auge orientieren können.« Er deutete auf die großen Felsskulpturen um sie herum. »Wir könnten endlose Schattenstriche im Kreis herumirren, ohne auch nur zweihundert Schritt weit zu kommen.«

»Und ist das etwa meine Schuld?« Makira vergaß über ihren Zorn einen Moment ihre Angst, stemmte beide Fäuste in die Seiten und funkelte Lay wütend an. »Ich habe dir gesagt, dass schon seit endlosen Zyklen niemand mehr diese Schlucht durchquert hat. Und ich habe nur behauptet, dass wir auf diesem Weg einen Vorsprung vor der Karawane haben und Omarta schneller erreichen ...«

»Angeblich«, fiel Lay ihr ins Wort.

»... können als ... Wie bitte?«

»Angeblich.« Lay verschränkte die Arme vor der Brust und starrte die Sandfrau an. »Du hast das Wort ›angeblich‹ ausgelassen. Denn ich glaube, wir kommen erst in Omarta an, wenn man uns schon längst vergessen hat und Drachenreiche und Drachenbräute und Kopfgelder einer fernen Vergangenheit angehören ...« Er verstummte, als er Makiras entsetzten Blick sah. »Was ist?«

»Glaubst du das wirklich?«

»Was glaube ich wirklich?«

»Dass wir hier für endlose Zyklen gefangen und dazu verdammt sind, als Dschinns auf ewig zwischen diesen Felsen herumzuirren und den Drachen zu dienen, wenn Lokhs Auge sie weckt.«

Lay starrte sie einen Moment ungläubig an, dann lachte er. Aber sein Lachen klang selbst in seinen Ohren ein wenig gezwungen.

»Steht das auch in den Prophezeiungen, die du heimlich gelesen hast?«

»Wieso heimlich?«, fragte Makira, dann biss sie sich auf die Lippen.

»Weil in SanFira nur Magia oder ihre Schülerinnen die Prophezeiungen lesen dürfen.« Das hatte er von Zanth'ra gelernt. Er kniff die Augen zusammen. »Du hast mir nie gesagt, wer du eigentlich bist und woher du kommst. Und wer deine Familie ist und …«

»Du hast mich ja nie danach gefragt, Bluthand!«, gab Makira giftig zurück. »Und jetzt ist bestimmt nicht der richtige Zeitpunkt, um Familiengeschichten auszutauschen. Wir sollten lieber versuchen, endlich aus diesem verfluchten Tal herauszukommen. Es kann nicht mehr allzu lange dauern, bis sich auch Belphors rotes Auge geschlossen hat, und dann …« Sie schüttelte sich unwillkürlich.

»Ja, ich weiß, dann erwachen die Drachen.« Lay versuchte, spöttisch zu klingen, aber aus irgendeinem Grund klangen die Worte, die aus seinem Mund kamen, eher bedrückt und fast ehrfürchtig.

Du wirst doch wohl nicht wirklich an diesen Schwachsinn glauben?, fragte er sich verärgert und runzelte die Stirn. *Es gibt keine Drachen, schon lange nicht mehr. Sondern nur noch Echsen. Und sie hat selbst gesagt, dass man keine Echse dazu bringen könnte, ihre Klaue in dieses Tal zu set-*

zen. Und Drachen sind schließlich auch nichts weiter als Echsen mit Flügeln. Richtig? Richtig?

»Richtig.«

Lays Kopf fuhr zu Makira herum. »Was?«

»Was du gerade gesagt hast. Dann erwachen die Drachen.«

»Das ist …« *Schwachsinn,* wollte er sagen, doch ihm blieb das Wort im Halse stecken, als er plötzlich ein leises Brausen hörte, als würde ein Windstoß durch die Felsformationen fahren. Er schien sich an den Kanten, Ecken und Vorsprüngen zu brechen und in den Nischen und Spalten zu fangen. Und er brachte anscheinend die Statuen zum Singen.

Blut Blut Blut

Lay presste die Lippen aufeinander. *Nicht auch noch du!,* flehte er. Aber bevor er auch nur dazu kam, darüber nachzudenken, warum Blutbraut plötzlich wieder erwachte, wurde das Summen lauter, das sein steter Begleiter gewesen war, seit er das Tal betreten hatte. Lay schluckte.

»Was hast du?« Makira hatte ihn beobachtet und bemerkte die Veränderung, die mit ihm vorging. Augenblicklich verrauchte ihr Zorn, und die Angst gewann wieder die Oberhand. »Was ist los mit dir? Hörst du auch … Ich meine, hörst du etwas?«

Er knirschte mit den Zähnen und schüttelte den Kopf. »Nichts. Ich …« Er sah Makiras panischen Blick und wusste, dass er sie nicht so einfach mit einer Lüge abspeisen konnte. Er musste ihr zumindest einen Brocken Wahrheit hinwerfen; diese Sandfrau war alles andere als dumm. »Ich meine, es ist nur der Wind, der durch das Tal fährt und die Skulpturen zum Singen bringt.« Er rang sich erneut ein Lächeln ab und fuhr einmal mit dem Finger kreisend um seine Schläfe. »Da hast du deine Erklärung für diese Gespenstergeschichten! Die Leute haben den Wind gehört, haben sich verlaufen und sind dann einfach nur vor Angst verrückt geworden oder – was noch wahrscheinlicher ist – in Panik hier herumgeirrt und schließlich an Wassermangel oder Erschöpfung gestorben.« Er streckte die Hand aus. »Keine Sorge, das wird uns nicht passieren. Aber wir sollten jetzt wirklich weitergehen.«

Makira schluckte und nickte. Dann sah sie auf seine Hand, hob den Kopf, sah ihm in die Augen und wieder auf seine Hand. Ohne ein Wort zu sagen, machte sie einen Schritt auf ihn zu und ergriff sie. »Du hast recht, das wird uns nicht passieren.« Sie sah sich unbehaglich um. »Das einzige Problem ist nur, dass ich keinen einzigen Windhauch spüre. Du etwa?«

Lay verzichtete auf eine Erwiderung. Auch er spürte nicht das geringste Lüftchen. Die Luft im Tal schien zu stehen, obwohl sie ihm angesichts der glühenden Temperaturen, die tagsüber im Glutkessel herrschten, ungewöhnlich kühl vorkam. Aber natürlich kam dieses Geräusch nicht vom Wind, das war ihm klar. Er kannte dieses Summen, dieses Lied. Er hörte es immer, wenn er sich in die Versenkung begab. Es war das Lied der Dämonen, das ihm half, die glühenden Fäden zu wirken, die vor ihm tanzten.

Es ist dieses Lied, aber irgendwie ist es das auch wieder nicht.

Lay legte den Kopf auf die Seite und lauschte. Es war ein Chor von Stimmen, aber sie klangen anders als sonst. Hatte er bisher immer nur eine Melodie wahrgenommen und Brocken von Lauten, die keine Bedeutung für ihn gehabt hatten, so vernahm er hier, in *Belphors Garten,* umgeben von den Felsformationen …

draakenruh draakentod todtodtod heiligerort draakentod verbotenerort draakenrast zeitennahet süsserache singeundherrsche draakentod todtodtod

… teilweise verständliche Worte.

Lay verzog das Gesicht. *Na toll, jetzt wirst du selbst allmählich auch verrückt. Ist es denn verwunderlich, wenn man in so einer Situation dem Heulen des Windes eine Bedeutung beimisst? Und auf das Wort* Tod *zu kommen, kann in Anbetracht meiner Lage auch nicht allzu sehr verwundern.*

Nur weht hier gar kein Wind, schon vergessen?

»… Lay? Was hast du? Verdammt, rede mit mir!«

Lay wurde aus seinen Gedanken gerissen und sah plötzlich Makiras Gesicht unmittelbar vor seinen Augen. Er nahm sich zusammen.

»Schon besser.«

»Hörst du …?« Makira fuhr überrascht zurück. »Was ist besser?«

Lay lächelte und hoffte, dass er einigermaßen überzeugend wirkte. »Du hast mich Lay genannt, nicht mehr Bluthand. Das ist besser. Es gefällt mir besser.«

Makira schwieg einen Moment, während sie ihn musterte. Ihr Blick glitt zwischen seinem Gesicht und dem Griff seines Schwertes über seiner Schulter hin und her. Schließlich zuckte sie mit den Schultern und wandte sich ab.

»Wenn es dir besser gefällt, von mir aus.« Er hörte das Zittern in ihrer Stimme. »Aber du hast dir den Namen wirklich redlich verdient, denke ich.« Sie blickte ihn über die Schulter hinweg an. »Obwohl du noch so jung bist.« Sie schüttelte den Kopf und runzelte die Stirn. »Aber wie du vorhin Tark-kut und diese Söldner erledigt hast …«

»Ich verstehe nicht, wieso dich das so beschäftigt!«, fuhr Lay sie an. »Immerhin wollten diese Kerle dich umbringen! Und ich bin mir ziemlich sicher, dass sie sich viel Zeit gelassen und sich ihren Spaß mit dir gegönnt hätten, bevor du gestorben wärst.«

»Was das angeht, hast du wohl Erfahrung, was?«, fauchte Makira.

Lay packte sie am Arm, riss sie zu sich herum und schob sein Gesicht unmittelbar vor ihres. »Jetzt gehst du zu weit, Sandfrau!«, zischte er. »Ich habe noch nie eine Frau …«

»Das glaube ich gern, Bluthand!« Makiras Stimme vibrierte vor Wut und Angst. »Wahrscheinlich hast du überhaupt noch keine Frau gehabt, und ganz bestimmt nicht Theija, sonst wüsstest du, wie man mit Sandfrauen umgehen muss! Und wenn du mich nicht augenblicklich loslässt, wirst du auch niemals eine Frau haben!«

Im nächsten Augenblick spürte er etwas Spitzes an seinen Lenden und blickte an sich hinab. Makira drückte mit ihrer freien Hand ihren Krummdolch direkt gegen seine Hoden. Lay schluckte, als ihm klar wurde, dass sie nur ihr Handgelenk drehen musste, um ihre Worte Wirklichkeit werden zu lassen.

Sie grinste, als sie seinen Blick bemerkte. »Gut, wie ich sehe, hast du begriffen. Und jetzt …«

Lay fletschte unwillkürlich die Zähne und schob sein Kinn noch weiter vor. Er spürte keine Angst, dafür sorgte das Brausen der Stimmen in seinem Kopf.

Blut Blut Blut

Draakenruh draakentod draakenBRUT zeitennahet todtodtod

»Ich habe dein verfluchtes Leben gerettet, als ich Tark-kut und diese Söldner getötet habe!«, zischte er. »Und jetzt stört es dich, dass ich …!«

»Es stört mich nicht, dass du sie getötet hast!«, fiel Makira ihm ins Wort. Sie hielt den Krummdolch immer noch in ihrer Hand, hatte ihn aber sinken lassen. »Aber …« Sie schluckte. »Ich habe noch nie gesehen, wie jemand … wie ein Mensch … so getötet hat. Wie er so mit einem Schwert gekämpft hat …« Ihr Blick zuckte zum Griff der Blutbraut. »Und ich habe auch noch nie so ein Schwert gesehen. Die Klinge war nicht einmal blutig. Als hätte sie …« Sie schüttelte sich. »Du warst … Es war so, als wärst du jemand anders. Du hast sie alle in einem einzigen Atemzug abgeschlachtet. So unglaublich schnell …« Sie schüttelte den Kopf. »Es war wie ein Tanz. Verdammt, diese Männer waren kampferprobte Söldner, und Tark-kut war ein erfahrener Ringfechter. Fasso Osh'b verpflichtet nur die besten Klingen zum Schutz für seine Karawane. Diese Männer waren hartgesottene Krieger, die nicht einmal vor Sandläufern Angst hatten. Und du hast sie getötet, als wäre es ein Kinderspiel. Keiner von ihnen hatte auch nur die geringste Chance gegen dich. Du hast jeden von ihnen mit einem einzigen Schlag getötet, ohne dass dein Schwert auch nur ein einziges Mal eine ihrer Klingen gekreuzt hätte! Als wärst du unberührbar!« Makira trat ein Stück von ihm zurück. »Kein Mensch ist zu so etwas imstande. Wer … *Was* bist du?«

Lay sah sie einen Moment schweigend an. *Wenn du wüsstest, wie oft ich mir diese Frage schon gestellt habe!* Schließlich seufzte er. »Wer ich bin?« Er lachte. »Um eine Antwort auf diese Frage zu finden, bin ich hier.«

Makira hob eine Braue. »Hier in Belphors Feuer? Du willst in SanFira herausfinden, wer du bist? Aber du kommst aus Alghor und musst dort doch irgendwelche Leute haben, die dir diese Frage besser beantworten können.«

Lay verzog die Lippen. »Diejenigen, die das gekonnt hätten, sind tot. Ermordet.« Das Bild eines rotblonden Kriegers schob sich vor seine Augen, und dann sah er Theija, die mit dem Kurzschwert in der Hand in ihrem Blut lag, er sah Rutbehka, die lieber in den Flammen des brennenden Monasteriums gestorben war, als sich ihren Häschern zu unterwerfen, er sah Zanth'ra, die misshandelt und halb nackt am Drachenkreuz hing, erinnerte sich an ihre letzten Worte …

Du … Die Zwei … Nicht Waise … Bestimmung … Suche Eltern … Prinz … Jolah … Bestimmung … DRACHEN …

Auf einmal spürte er Finger, die ihm sanft Tränen von der Wange wischten. Er hatte nicht gemerkt, dass er geweint hatte.

»Es … es tut mir leid. Ich wollte nicht …«

»Dann lass es!« Lay trat zurück. »Es genügt ja wohl, wenn ich dir sage, dass ich hier bin, um das herauszufinden!« Er schob den Ärmel seines Mantels hoch und deutete auf den Armreif, den er trug, ohne Makira dabei aus den Augen zu lassen. »Dieser *Glyphenstein* wird mir dabei helfen, ohne dass ich mich von dir durch irgendwelche Steinlabyrinthe führen lassen muss. Sobald wir aus diesem verfluchten Tal heraus sind, trennen sich unsere … Was hast du? Was ist los?«

Lay folgte dem Blick von Makiras weit aufgerissenen Augen, mit dem sie auf den Armreif an seinem linken Oberarm starrte.

»Dämonenwerk!«, zischte sie und trat unwillkürlich von ihm zurück. »Ich habe darüber gelesen!« Sie hob die Hand und deutete zitternd mit einem Finger auf den Armreif. »Das ist Dämonenwerk!« Sie starrte Lay an. »Du musst ihn loswerden! Sofort!«

Lay blickte ungläubig auf den Armreif. Das elfenbeinerne knochenartige Material, angeblich Drachenknochen, wie Korgh ihm gesagt hatte, fühlte sich kühl auf seiner Haut an, was ungewöhnlich schien, weil die Runen in dem schwarzen Stein in der Mitte der Spange hell glühten. *Der Glyphenstein ist zum Leben erwacht*, dachte Lay. *Ausgerechnet jetzt! Und ich habe nicht die geringste Ahnung, was diese verfluchten Runen zu bedeuten haben!*

Er sah Makira an. »Ich habe diese Spange und den Stein von meinem alten Lehrer in der Schlucht …« Er unterbrach sich, als er an die Schlucht der Schmiede zurückdachte. Ein Ort, an dem angeblich keine Sterblichen existieren konnten. Es sei denn, es waren Auserwählte, so wie er, Träger des Mals. Und Maahrkut war außer ihm der einzige Mensch dort gewesen. Jedenfalls hatte Lay das angenommen. Aber wenn keine Menschen dort sein konnten, was war Maahr-kut dann?

»Mach, was du willst«, unterbrach ihn Makira, die noch einen Schritt weiter von ihm weggetreten war. Sie streckte die Hand aus und deutete auf die Armspange. »Aber das da ist Dämonenwerk, das musst du mir glauben! Und es sollte dir zu denken geben, dass die Runen ausgerechnet hier aufflammen, neben all diesen versteinerten Drachen!«

Beim Sprechen war ihre Stimme immer schriller geworden,

und jetzt deutete sie nach oben. »Außerdem läuft uns die Zeit davon. Belphors rotes Auge hat sich geschlossen, die Nacht ist angebrochen, und Lokhs Auge …« Sie schüttelte den Kopf und schlang ihre Arme um sich. »Es war eine verrückte Idee, dich in dieses Tal zu bringen und zu glauben, dass wir es durchqueren könnten!« Ihre Stimme überschlug sich fast. »Wir werden hier sterben, wie all die anderen, die es gewagt haben, in Belphors Garten einzudringen …« Sie rieb sich die Arme. »Wir wissen nicht, in welche Richtung wir gehen sollen, das Heulen des Windes, der nicht weht, wird immer lauter, es wird immer kälter, und es gibt hier nicht einmal einen Busch, geschweige denn Holz, um Feuer zu machen. Und wenn erst tiefe Nacht herrscht und Lokhs Auge …«

»Er wird uns führen!« Lay war mit zwei raschen Schritten bei ihr und packte ihre Hände. Mit einem Nicken deutete er auf den Glyphenstein, dessen Runen hell leuchteten. »Ich habe zwar keine Ahnung, wie, aber er wird uns führen.«

Makira schüttelte den Kopf. »Es ist Dämonenwerk. Er führt uns mitten in …«

»Du wiederholst dich«, unterbrach Lay sie, barscher, als es seine Absicht war. »Es mag sein, dass dieser Glyphenstein Dämonenwerk ist, aber er wurde mir gegeben, um meine Eltern zu finden. Und ich bin sicher, dass er mich zu meiner Bestimmung …«

»Deine Eltern?« Makira schien ihre Angst einen Augenblick zu vergessen. »Du suchst deine Eltern? Hier? In SanFira?« Vollkommen verblüfft starrte sie ihn an. »Aber du bist kein Sandmann. Dafür ist deine Haut viel zu hell, auch wenn du schwarzes Haar hast. Der dir diesen Stein gegeben hat, wer …?«

»Er war mein alter Waffenmeister«, erwiderte Lay ausweichend und ließ ihre Hände wieder los. *Zumindest ist das nicht gelogen. Aber ich weiß nicht, ob ich dir trauen kann.* Er sah Makira an. »Wie du vorhin selbst gesagt hast, ist das jetzt nicht der richtige Augenblick, um über die Familie zu plaudern.« Lay blickte zum Himmel hinauf. Er konnte weder Belphors rote Sonne noch Lokhs Auge ausmachen, aber an dem fahlen Licht, das den Ausschnitt des Himmels über ihnen färbte, sah er, dass Belphor tatsächlich sein rotes Auge geschlossen haben musste. Nur noch Lokhs Auge erleuchtete die Nacht, und den alten Prophezeiungen zufolge würde sein Licht irgendwann die Drachen wecken.

Ich hoffe nur, dass es sich wirklich um einen Aberglauben handelt, dachte Lay und warf einen kurzen Blick auf seine Armspange. Die Runen auf dem Glyphenstein leuchteten nach wie vor hell, und ihr Licht überzog die Felsskulpturen mit einem gelblichen Schimmer.

Aberglaube oder nicht, ich habe jedenfalls nicht vor, so lange hierzubleiben, bis ich die Wahrheit herausgefunden habe. Ich hoffe nur, dass Maahr-kut mich nicht belogen hat und dieser verdammte Stein mich wirklich zu meiner Bestimmung führt. Oder wenigstens aus diesem verfluchten Tal hinaus. Lay verdrängte den Gedanken, was es bedeuten würde, wenn es seine Bestimmung war, in diesem verfluchten Tal zu sterben. Stattdessen hielt er Makira die Hand hin.

»Lass uns weitergehen«, sagte er. »Dämonenwerk oder nicht, der Glyphenstein soll mir angeblich«, er grinste und bemerkte erleichtert, dass Makiras Mundwinkel zuckte, wenn auch nur ganz schwach, »den Weg zeigen, und ich denke, dass es besser ist, ihm zu folgen, als einfach hierzubleiben und zu warten, bis wir verdurstet sind.« Er klopfte auf die Ziegenblase an seiner Seite. »Wir haben noch Wasser für höchstens einen halben Tag.«

Sie schluckte und nickte dann. »Also gut«, sagte sie und legte zögernd ihre Hand in seine, während ihr Blick seinen Armreif streifte. »Außerdem habe ich ohnehin keine Wahl, oder? Schließlich habe ich dich überredet, durch dieses Tal zu gehen.« Sie presste die Lippen zusammen, während sie mit ihrer freien Hand unwillkürlich den Ring betastete, der an dem Lederband um ihren Hals hing. »Und ich habe nicht vor, so einfach auf das Kopfgeld zu verzichten, das der Shetan auf dich ausgesetzt hat.«

Lay war klar, dass Makira versuchte, ihre Angst hinter ihren provozierenden Worten zu verbergen, und dass sie sich damit nur Mut machen wollte. Und irgendwie war er froh darüber, denn ihre Gegenwart war tröstlicher, als er zugeben wollte.

Und vor allem, dachte er, *lenkt sie mich zumindest ein wenig von diesen verfluchten Stimmen in meinem Kopf ab.* Lay hütete sich, Makira gegenüber etwas davon zu erwähnen, aber der »Gesang des Windes« war noch lauter und drängender geworden, seit sich Belphors rotes Auge geschlossen hatte. Lay warf einen Blick auf den Glyphenstein und schluckte.

Die Runen leuchteten unverändert, was Lay irgendwie beruhigte. *Dämonenwerk?* Ihm fielen die alten Legenden über die Große Schlacht ein, die er in der Verbotenen Schrift der Drachenpriesterinnen gelesen hatte. Dort war auch von Dämonenbrut die Rede gewesen, die sich gegen die Drachen gestellt hatte. Angeblich war sie untergegangen und hinter den Dunklen Schleier verbannt worden, wie die anderen Dämonen auch. *Trotzdem, das zeigt doch, dass nicht alle Dämonen böse sind,* dachte Lay. *Falls Maahr-kut tatsächlich so etwas wie ein Dämon ist, warum hätte er mir diesen Stein geben und mich damit auf die Suche nach meinen Eltern schicken sollen, wenn er mir Böses gewollt hätte?*

Er schluckte, als die Stimmen in seinem Kopf anschwollen, als wollten sie auf diese unausgesprochene Frage antworten. Aber er war sich nicht sicher, ob er die Antwort wirklich hören wollte. Kurzerhand streifte er den Ärmel seines Mantels wieder nach unten und sah Makira an. Das fahle Licht von Lokhs Auge tauchte ihre halbnackte Gestalt in einen milchigen Schein, und ihre dunkle Haut schien darin fast silbern zu schimmern.

»Also gut«, sagte er und bemühte sich, mutiger zu klingen, als er sich fühlte. »Wenn du dir dein Kopfgeld verdienen willst, dann sorg dafür, dass ich meinen Kopf nicht vorzeitig verliere.« Er musterte sie von Kopf bis Fuß und grinste. »Oder dass ihn mir am Ende noch jemand verdreht.«

Er wartete nicht, bis Makira ihm antwortete, sondern drückte kurz ihre Hand und marschierte dann los, in die Richtung, in die sie, wie er glaubte, zuvor gegangen waren. Er versuchte, die Wand der Barriere rechts von sich zu halten, aber schon bald gab er den Versuch auf, weil immer neue Felsskulpturen ihnen den Weg verstellten und die Felswand bald rechts, bald links von ihnen auftauchte, bis sie vollkommen die Orientierung verloren hatten und blindlings weiterstolperten.

Dabei schwollen die Stimmen in Lays Kopf immer stärker an, und nach einer Weile nahm er nichts mehr wahr als ihren Gesang, die Kälte und das fahle Licht.

Und die Hand von Makira in der seinen, beruhigend warm und beruhigend menschlich. Und zitternd.

»Mörder!«

draakentod draakenruh todtodtod draakenbrut diewachtderacht trägerdesmalstodtodtod draakenruh zeiten nahet draakenwachet todtodtod todderbrut draakenwachet

Die Fäden glühten so hell wie nie zuvor vor seinen Augen. Er streckte die Hände aus und erwartete fast, dass seine Haut sich schwärzen und in Fetzen von seinen Knochen fallen würde. Aber er spürte nichts, als er die Fäden wob, die Knoten löste, neu schlang, immer schneller, schneller, getrieben von einer unsichtbaren Macht, als hinge sein Leben davon ab, sie zu weben, sie zu wirken …

»Verdammter Mörder! Ich schneide dir die Kehle …«

Die Stimme erstarb in einem unverständlichen Gurgeln.

TODTodTod Draakenbrut weilet nit Draakenruh und draakentod draakenwachet Erwachet wachet träger des mals

Blut Blut Blut

Die Stimme drang in Lays Bewusstsein, erst schmeichelnd, dann fordernd, gierig, schrill.

Blut Blut Blut

Ich kenne sie.. Lay runzelte die Stirn.

Blutbraut? Hier in Belphors Garten?

In Belphors Garten der toten Drachen. *Diese Felsskulpturen …*

Todtodtodtodtodtod draakenwachet todtodtodtod draakenruh

Blut Blut Blut

Du träumst. Aber … wieso träume ich? Schlafe ich? Ich schlafe … in Belphors Garten …

»Mörder …«

Die Stimme war nicht mehr als ein heiseres Zischeln, dicht neben ihm. Warmer Atem strich über seine Wange, und Speichel landete feucht und heiß auf seiner Haut. Lay riss die Augen auf, aber die goldenen Fäden erloschen nicht, sondern glühten noch stärker. Lay drehte den Kopf und versuchte, durch die Fäden hindurch etwas zu erkennen. Ein Knoten, der sich bewegte, dicht am Boden, und der langsam auf ihn zukroch. Ein Knoten, der seine Tentakel nach ihm ausstreckte …

»Was, bei Belphors kalten Klauen, soll das? Makira? Was ist in dich gefahren?«

»MÖRDER! DU HAST SIE UMGEBRACHT! DU HAST THEIJA…!«

Theija? Was …? Wieso …? Die Fäden vor Lays Augen verblassten allmählich, aus den Tentakeln wurden Arme und Beine und aus dem Knoten eine Gestalt mit rötlich schimmernder Haut.

Selbst in dem fahlen Licht von Lokhs Auge hätte Lay bemerkt, dass Makira nicht sie selbst war; das rote Glühen, das ihre Haut und die kleine Lichtung in diesem Wald aus Steinskulpturen in einen unheimlichen Schein tauchte, ließ nicht den geringsten Zweifel daran. Es färbte den Sand des kleinen kreisförmigen Platzes, auf dem sie ihr Lager aufgeschlagen hatten, blutrot. Sie hatten nur kurz rasten wollen, weil sie vor Erschöpfung nicht hatten weitergehen können.

Wir müssen eingeschlafen sein. Aber was … was ist passiert? Lay starrte Makira ungläubig an. *Was, bei den Flammen des Hellführs, ist in sie gefahren?*

Die Sandfrau hatte die Augen weit aufgerissen und sie derart verdreht, dass Lay fast nur noch das Weiße der Augäpfel erkennen konnte. Offenbar konnte Makira glücklicherweise nichts sehen, sondern tastete sich blindlings vor, die Krummdolche in den Händen.

Blut Blut Blut

»Mörder!«

Sie hatte ihn erreicht, stemmte sich auf die Knie und holte mit den Dolchen aus.

»Verdammt, Makira! Was soll das?« Lay rollte sich gerade noch rechtzeitig zur Seite, und die gefährlichen Klingen gruben sich in den Sand. Lay sprang auf und riss dabei sein Schwert vom Boden hoch.

Blut Blut Blut

»Nicht ihres!«, knurrte Lay und widerstand der Versuchung, die Klinge aus der Scheide zu ziehen, was ihn überraschend viel Mühe kostete.

Draakentod TrägerdesMals TodTodTod Zeiten nahet Tod wachtderAcht Augenwandern TodTodTod Draakenruh Draakentod

Lay schüttelte den Kopf, um seine Gedanken zu klären. Die Stimme der Blutbraut, die er für gewöhnlich so klar und deutlich in seinem Kopf hören konnte, wurde diesmal von dem sonderbaren unmenschlichen Chorus überdeckt. Seit er dieses sonderbare Tal betreten hatte, waren sie nicht verstummt, jetzt jedoch waren sie zu einem wahren Brausen angeschwollen. Aus den Augenwinkeln nahm er wahr, dass das rote Leuchten auf ihrer kleinen Lichtung von den Felsskulpturen selbst stammte.

Sie glühten, als würden sie innerlich brennen. Er spürte die Hitze an seinem Oberarm und warf einen kurzen Blick darauf. Der Glyphenstein glühte ebenfalls rot und erwärmte sich, und zwar rasend schnell. Aber Lay blieb keine Zeit, sich darüber zu wundern, denn Makira stieß einen heiseren Schrei aus.

Dann fauchte sie wie eine Raubkatze, während sie mit ihren Klingen wie von Sinnen in den Sand stach.

»Mörder! Du bist ein Mörder! Ein verfluchter Lügner und Mörder! Du hast ...!«

TodTodTod TrägerdesMals TodTodTod Draakenfodder Draakenwahn töteMordeBlute Drachenwachet Augewandert

Die Stimmen in Lays Kopf übertönten selbst Makiras Schreie. Im nächsten Moment kreischte die Sandfrau auf und warf sich in den Sand neben ihr Lager. Sie rollte sich auf den Rücken, strampelte mit den Beinen und begann krampfhaft zu zittern. Rosiger Schaum quoll ihr aus Mund und Nase, und Blut drang aus ihren Ohren und Augen.

Blut Blut Blut

»Nein, verflucht!« Lay hängte sich rasch das von Dämonen geschmiedete Schwert auf den Rücken und bückte sich, um seinen Umhang zu packen. Dabei fiel sein Blick erneut auf den Glyphenstein an seinem Arm. Die Runen leuchteten nicht mehr nur, sie loderten förmlich, in einem Feuer, das so dunkel war wie Blut.

Was, bei Belphor, geht hier vor? Lay fielen all die Geschichten ein, die Makira ihm auf ihrer Wanderung durch diesen Garten erzählt und die er als Legenden und Mythen abgetan hatte. *Sicher, in allen Prophezeiungen wird von der Großen Schlacht berichtet, und diese Felsskulpturen sehen zugegebenermaßen wirklich aus wie Drachen ...* Sein Blick streifte die Felsen, und er schluckte, während er sich langsam einmal um sich selbst drehte.

TodTodTod DraakenRuh Draakentod wachet Draakenwachet Schleierwehet Schleierfallet Augenwandern Draakenwachet

Lay verzog das Gesicht und presste sich die Hände auf die Ohren, obwohl er wusste, wie sinnlos das war. Die Stimmen ertönten in seinem Kopf, aber dennoch glaubte er, ihr Summen fast körperlich spüren zu können. *Es scheint … es scheint von den Felsen auszugehen.*

Ein Kreischen, gefolgt von einem Blubbern, lenkte seine Aufmerksamkeit wieder auf Makira. Sie lag immer noch am Boden, und ihre Krämpfe schienen schlimmer geworden zu sein. Sie schlug mit den Armen um sich, und ihr Kopf flog ständig hin und her. Dabei stieß sie unverständliche Laute aus, und blutiger Schaum flog durch die Luft.

Wir müssen hier weg, und zwar sofort! Lay starrte auf Makira, dann auf die Felsen, die immer heller glühten. *Sie haben angefangen zu pulsieren!* Lay schluckte, als das rote Glühen an- und abschwoll wie die Stimmen in seinem Kopf und ihn immer stärker in den Bann zog.

TodTodTod Draakenwachet DraakenTOD Schleierfallet Augenwandern Draakenwachet TrägerdesMals TodTodTod

Blut Blut Blut

Lay hätte fast vor Erleichterung aufgeseufzt, als ihn die mordlüsterne Stimme seiner Blutbraut aus seiner Erstarrung riss.

Verflucht, sieh nicht hin!, befahl er sich. Dann spürte er die Hitze an seinem Arm und sah, dass die blutroten Runen ebenfalls pulsierten, offenbar als Reaktion auf das Pulsieren der Felsen.

Außerdem ist es wärmer geworden. Lay trat dichter an einen der Felsen heran und streckte die Hand aus.

Blut Blut Blut, sang die Blutbraut.

Er zögerte einen Moment und hockte sich dann neben Makira. Die Sandfrau schien mittlerweile vollkommen weggetreten zu sein. Ihre Augen waren nach wie vor verdreht, und aus den Tränendrüsen sickerte Blut, ebenso wie aus ihren Ohren.

Er seufzte. Es gab nur eine Möglichkeit. Keine sehr erfreuliche, aber er sah keinen anderen Weg. Er bückte sich, hob ihre

Krummdolche auf, die im Sand lagen, und schob sie vorsichtig in die Scheiden ihres Gürtels, der neben ihrem Umhang im Sand lag. Beides nahm er an sich, legte sich den Umhang um den Hals, packte den Knappsack und schlang ihn sich über die Schultern. *Das war der leichtere Teil,* dachte er und kniete sich neben die Sandfrau, die mittlerweile wie eine verrückt gewordene Baumspinne auf dem Boden hin und her hüpfte. Lay biss die Zähne zusammen, holte aus und hämmerte ihr die Faust gegen die Schläfe.

Makira stöhnte einmal auf und sackte dann bewusstlos zusammen.

Das war gar nicht so schwierig, dachte Lay. *Das merke ich mir fürs nächste Mal.*

Die Hitze auf der Lichtung wurde immer größer, je stärker die Felsskulpturen glühten, und er konnte nicht mehr unterscheiden, ob die Stimmen nur in seinem Kopf waren oder ob er sie mit seinen Ohren tatsächlich *hörte.* Er vermied es, die Felsen anzusehen, als er Makira vom Boden hochhob und sich die Bewusstlose über die Schulter warf.

Er keuchte. *Sie ist schwerer, als sie aussieht,* dachte er. *Natürlich, hätte mich auch gewundert, wenn sie es mir leicht machen würde, sie zu retten!*

Mit gesenktem Kopf ging er los, weiter in die Richtung, in die sie sich gestern bewegt hatten, falls ihn seine Erinnerung nicht trog.

Nach einer Weile hatte er den Eindruck, dass die Hitze seines Armreifs nachließ, und auch die Stimmen schienen etwas leiser zu werden. Obwohl Lokhs Licht nicht bis auf den Boden dieses Tales drang, konnte Lay hervorragend sehen, denn die rot glühenden Felsen wiesen ihm den Weg. Er ging zu der Felswand, die zwar rot schimmerte, aber nicht von innen heraus zu glühen schien. Vorsichtig berührte er sie mit den Fingern und atmete erleichtert auf, als er kalten Stein fühlte.

Dann ging er weiter, langsam, Schritt für Schritt, mit gesenktem Kopf. Zwischendurch blieb er ein paar Mal stehen, um Makira auf die andere Schulter zu nehmen. Die Sandfrau atmete mittlerweile ruhiger, und als er einmal eine Pause machte, stellte er fest, dass sie auch nicht mehr blutete. Er überprüfte ihren Herzschlag, der schwach, aber regelmäßig war, und war froh, dass Makira noch nicht bei Bewusstsein war. Sie hätte ihm wahrscheinlich tatsächlich die Eier abgeschnitten, weil er ihre Brust berührte, um ihren Herzschlag zu ertasten, nachdem er sie in den Sand hatte gleiten lassen.

Zu Recht, dachte er. *Du hättest genauso gut den Puls an ihrem Hals oder ihren Handgelenken ertasten können.* Er schüttelte den Kopf, dann sah er sich um.

Die Felsen um ihn herum wirkten zwar immer noch bedrückend und machten den Anschein, als wenn ein perverser Bildhauer sie so gestaltet hätte, dass sie an Echsen oder Versteinerungen von Drachen erinnerten. Aber sie glühten nicht mehr und wirkten auch längst nicht mehr so bedrohlich.

Und die Stimmen sind auch leiser geworden. Lay seufzte. *Aber ich habe nicht den Eindruck, dass wir dem Ausgang des Tales näher gekommen sind. Also weiter.* Er bückte sich, packte Makiras Hände, zog sie in eine sitzende Position, dann ging er in die Knie und legte sie sich über die Schulter. »Dafür schuldest du mir was, das sage ich dir!«

Er war müde, und Makiras Gewicht schien mit jedem Schritt zuzunehmen.

Irgendwann verlor Lay jedes Gefühl für Zeit, spürte nicht einmal mehr Erschöpfung. Er ging fast willenlos, schlurfte durch den Sand, über den felsigen Boden, der beinahe unmerklich anstieg. Der Armreif war mittlerweile wieder vollkommen kalt, und der Glyphenstein hatte aufgehört zu leuchten. Lay trottete weiter, mit gesenktem Kopf, in einem unbewussten Rhythmus, den seine Atemzüge ihm vorzugeben schienen, ohne zu wissen, ob er in die richtige Richtung ging oder zurück oder im Kreis.

Er wusste nicht einmal mehr, wann er das letzte Mal stehen geblieben war, um Makiras Gewicht auf die andere Schulter zu nehmen, aber ihm war klar, dass er sie nicht mehr aufheben würde, wenn er noch einmal stehen blieb und sie auf den felsigen Boden gleiten ließ. Und dass er ebenfalls bald nicht mehr die Kraft hatte weiterzugehen.

Seine Augen waren geschwollen, sein Mund war trocken, und seine Zunge klebte am Gaumen. Das letzte Wasser war schon seit einer Ewigkeit verbraucht. Selbst Blutbraut schien erschöpft zu sein, denn er hatte ihren Gesang schon seit mehreren Sonnenstrichen, wie es ihm vorkam, nicht mehr gehört.

Er keuchte, als der felsige Boden vor ihm plötzlich steiler anstieg, und er verlangsamte seine Schritte, hob den Kopf und blinzelte unter seinen geschwollenen Lidern hervor. Das fahle gelbliche Licht vor ihm blendete ihn, und er zuckte zurück.

»Was …?« Seine Stimme war nur noch ein heiseres Krächzen. Er taumelte und ließ Makira einfach von der Schulter rutschen. Sie plumpste auf den harten Felsboden.

Lay streckte die Hand aus und hielt sich an der blanken Felswand fest, während er ungläubig die Szenerie musterte, die sich vor ihm ausbreitete.

Er stand auf einem Felsvorsprung in der Barriere, dem roten Felsmassiv, das den Glutkessel abschloss. Vor ihm erstreckte sich eine Ebene, in der trotz der schwachen Morgensonne bereits die Hitze über den Sand flimmerte …

Omarta, die Hauptstadt von Bouhss.

Er drehte sich zu Belphors Garten um. Aber hinter ihm lag nur … die unüberwindliche, rot schimmernde Felswand der Barriere.

HELLGAAR, HAUPTSTADT HELLANDENS, DIE RINGBURG, STUHLKAMMER DER STÄMME UND CLANS

»Willst du damit sagen, dass mein Anspruch auf den Hohen Stuhl von diesen abtrünnigen Hundesöhnen infrage gestellt wird, nur weil ich eine Frau bin?«

Garolf senkte den Kopf. Nicht sehr tief, um nicht demütig zu wirken, aber dennoch tief genug, damit die Geste Unterordnung signalisierte. Und damit der Speichel ihn nicht traf, der aus Egkhilds Mund flog. Was er jedoch nicht ganz vermeiden konnte. Der Nordling und Berater der Warkyria hütete sich aber, zusammenzuzucken oder ihn etwa wegzuwischen. In der Verfassung, in der sich die Schwester des ermordeten Kriegshäuptlings Nimgurd gerade befand, war sie ohne Weiteres in der Lage, ihm den Kopf abzuschlagen. Oder, schlimmer noch, ihm mit ihrem Messer sein ohnehin schon hässliches Gesicht noch weiter zu entstellen. Oder ihm gar die Eier abzuschneiden. Wie sie es den Gerüchten zufolge unlängst mit einem ihrer Liebhaber gemacht hatte, mit dessen Leistungen sie nicht zufrieden gewesen war.

»Nein, edle Egk…«

»Scheiß auf edel! Ich bin nicht edel! Ich bin Egkhild, Belphors Magd, Anführerin der Warkyrien und Kriegsherrin der Nordlinge, durch Belphors Willen und bei Belphors gespaltenem Schwanz! Wer etwas anderes behauptet, stirbt und kann seine Meinung gern in Hellhallgor kundtun!«

Garolf hielt weiterhin den Kopf gesenkt. Egkhild stand direkt vor ihm, zwei Frauen ihrer Leibgarde an ihrer Seite. Sie trugen Harnische aus gekochtem Leder, Kurzschwerter am Gürtel und hielten kurze Spieße mit scharfer Spitze in den Händen.

Die Warkyria streckte die Hand aus. Kein Ring zierte ihre langen kräftigen Finger, aber um ihre Handgelenke trug sie zwei geschmiedete, etwa zwei Spannen lange Eisenschienen, mehr Rüstung als Schmuck. Die Pelze, in die sie gehüllt war, klafften oberhalb des Knies auf und zeigten ihre sehnigen Beine.

Egkhild legte einen Finger unter Garolfs Kinn und hob seinen Kopf an. Sein Blick glitt über den breiten, mit eisernen Nieten beschlagenen Gürtel, in dem zwei gekrümmte Kurzschwerter steckten, bis zu ihrer Brust, wo der Pelz ebenfalls aufklaffte und einen großzügigen Blick auf ihre großen festen Brüste gewährte. Schweiß schimmerte auf ihrer Haut, und Garolfs Schwanz zuckte sichtbar in seiner dünnen Lederhose. Dann sah er der Warkyria in die Augen, und die Erektion erschlaffte augenblicklich.

»Schade.« Die Augen der Frau waren fahlblau, so eisig wie die gewaltigen Großen Eiser im Nordermeer, und ihr Blick war ebenso unnachgiebig. »Mir ist gerade ein Liebhaber … abhandengekommen.« Sie legte den Kopf auf die Seite, ließ ihre Hand sinken und fasste Garolf in den Schritt. »Willst du dich nicht um diese Position bewerben, Garolf vom Stamm der Tuzra, hm?«

»Edl… Egkhild, es wäre mir eine Ehre, die Bettstatt mit dir zu teilen …«

»Ha, du Heuchler!« Egkhild ballte die Hand zur Faust und lachte, als Garolf sich krümmte und mit zusammengebissenen Zähnen ein Stöhnen unterdrückte. Dann ließ sie ihn los. »Meine Bettstatt willst du mit mir teilen? Du willst auf dem Hohen Stuhl sitzen, ob mit mir oder ohne mich. Dieser Gedanke macht dich geil, möchte ich wetten, nicht die Vorstellung, zwischen meinen Beinen zu liegen und an meinen Titten zu nuckeln!« Sie hob den Kopf und musterte die anderen Häuptlinge im Stuhlsaal der Ringburg von Hellgaar. »Aber es ist die Stute, die bestimmt, wann sie welchen Hengst zu sich lässt.« Mit blitzenden Augen musterte sie die Männer der Reihe nach. »Außerdem haben wir etwas Wichtigeres zu erledigen, vergesst das nicht!« Sie blieb stehen und erwiderte ungerührt die Blicke der Clanführer und Stammeshäuptlinge, die sich um das Podest scharten. Einige von ihnen sahen ihre Kriegsherrin unverhohlen mürrisch an, wagten aber nicht, ihr zu widersprechen. Etliche Männer warfen ihr abschätzende Blicke zu, die meisten der Anwesenden jedoch betrachteten sie respektvoll.

»Und was, Egkhild, Nimgurds Schwester, gedenkst du auf die Ermordung unseres Kriegshäuptlings hin zu unternehmen?«, brach einer der älteren Clanführer, ein großer Nordling mit grauem Haar und ebenso grauem Pelz, das angespannte Schweigen. Der Mann stand hoch aufgerichtet vor dem Podest, die Arme vor der Brust verschränkt, und sah seine Kriegsherrin mit unverhohlener Verachtung an. »Willst du vielleicht ebenfalls Frieden mit diesen elenden Echsenfressern schließen, wie Nimgurd es versucht hat?«

Egkhild war zu ihrem Hohen Stuhl zurückgekehrt, drehte sich gemächlich um und setzte sich. Sie schlug die Beine übereinander, und Garolf starrte wieder auf den Pelz aus Silberwolf, der aufklaffte und über ihre Schenkel rutschte. Die Warkyria bemerkte seinen Blick und grinste flüchtig. Die anderen Nordlinge jedoch achteten nicht auf ihre nackten Schenkel, sondern warteten auf ihre Antwort.

»Sehe ich so aus, als wollte ich die Fehler meines edlen Bruders wiederholen?«, fauchte sie und schlug mit der Faust auf die Lehne des thronartigen Stuhls. »Natürlich nicht, Folnar! Eher reite ich mit meinen Warkyrien allein gegen Alghor!« Sie schnaubte verächtlich. »Was ich vielleicht ja auch tun muss, da ihr Männer euch offensichtlich nur in weibischem Gezänk ergeht und den Runenwurf der Ersten Tochter Lokhs anzweifelt!«

»Niemand zweifelt den Runenwurf an, Magd Belphors!«, erklärte einer der Clanführer und drängte sich nach vorn. Es war ein kleiner, kahlköpfiger Nordling, mit sanfter Stimme und verschlagenem Blick. »Aber du musst verstehen, dass es das erste Mal ist, dass die Runen eine Frau auf …«

»Es hat auch lange genug gedauert, bis es so weit war!«, fauchte Egkhild. »Außerdem hast du nicht richtig durchgezählt, Rünfjell.« Sie hob die Hand und deutete auf die Wand der Kammer, an der über den dort postierten Warkyrien und unter den schmalen Fenstern in dem pagodenartigen Dach bunt bemalte Holzschilde hingen, für jeden Stamm und jeden Clan in Hellanden einer. »Ich zähle mehr als drei mal fünfzig Schilde, und wenn ich euch hier im Saal ansehe«, sie ließ den kahlköpfigen Nordling nicht aus den Augen, während sie sprach, »zähle ich nur etwas mehr als die Hälfte an Schildarmen.« Sie hob eine Braue und starrte den untersetzten Nordling scharf an. »Das heißt, jedenfalls nach meiner Rechnung, dass mir fast die Hälfte der Stämme und Clans die Gefolgschaft verwehrt.« Sie hob die Hände. »Belphor ist mein Zeuge, dass ich nur das Beste für Hellanden will.« Sie ließ die Hände wieder sinken. »Aber um das Beste für Hellanden zu erreichen, brauche ich auch das Beste *von* Hellanden.« Sie verzog spöttisch die Lippen. »Und es dürfte kaum das Beste für unser Reich sein, wenn ich mit einer Armee aus Wucherern und Beutelschneidern gegen ein Heer der Drachenkämpfer ziehen muss, was meinst du, Rünfjell?« Sie wartete, bis sich das belustigte Murmeln im Raum wieder gelegt hatte. »Schon gar nicht, wenn ich diese Armee auch noch dafür bezahlen soll, dass sie ihre Heimat verteidigt.«

Der untersetzte Nordling straffte die Schultern und legte seine pummelige Hand auf den mit goldenen Spangen verzierten Griff seines Schwertes. »Über die Bezahlung haben wir noch gar nicht gesprochen, Egkhild! Ich wollte nur sagen, dass …«

»Ich bin Belphors Magd und die Anführerin der Warkyrien!«, fiel Egkhild ihm ins Wort. »Mein Bruder hat mich zu seiner Stellvertreterin ernannt, als er nach Alghor geritten ist, direkt in die Fänge dieses heimtückischen Drachenfürsten. Es ist nur recht und billig, dass ich jetzt, nach seinem Tode, sein Amt antrete, und dies umso mehr, als es auch Belphors Wille ist. Deshalb fordere ich eure Treue und euer Blut!« Sie hob die Hand, als ärgerliches Gemurmel aufkam. »Selbstverständlich weiß ich, dass ein Kriegshäuptling den Hohen Stuhl nur für die Zeit eines Krieges besetzen darf!« Lächelnd senkte sie den Kopf, sodass ihr rotblondes Haar über ihr Gesicht fiel. »Sobald wir mit vereinten Kräften den Mord an Nimgurd gerächt haben und ich mit meiner siegreichen Armee zurückgekehrt bin, werde ich selbstverständlich von dem Hohen Stuhl steigen und mich mit meinem Rang als Anführerin der Warkyrien begnügen.« Sie hob den Kopf, und ihre Augen blitzten. »Eine Position, die mich für das Amt eines Kriegshäuptlings befähigt und die mir auch genug Macht und Ehre bietet.« Sie kniff die Augen zusammen. »Falls das eure Sorge sein sollte.«

»Du versprichst also, gegen Alghor zu ziehen?«

Die laute, klare Stimme kam vom Eingang des Stuhlsaals. Egkhild hob den Kopf und richtete ihren Blick auf die Neuankömmlinge, während sich die anderen Häuptlinge im Saal zu dem Sprecher umdrehten.

In dem breiten, von vier Warkyrien flankierten Eingang zu dem großen ovalen Saal standen mehrere Männer, Nordlinge. Sie trugen kostbare Pelze und waren, anders als die Anwesenden, mit Schwertern und Äxten bewaffnet. Der Sprecher, ein hochgewachsener Nordling mit geölten schwarzen Locken, blieb einen Moment stehen und schien die Wirkung seines unerwarteten Auftritts zu genießen. Als er sich davon überzeugt hatte, dass alle Augen auf ihm ruhten, hob er die Hand und winkte die Männer hinter ihm weiter. Er machte einen Schritt und blieb dann wieder stehen, als sich die Spieße der Warkyrien vor ihm kreuzten.

Egkhild nickte den Wächterinnen zu, die daraufhin die Spieße hoben, mit denen sie den Männern, wenn auch mehr symbolisch, den Eintritt verwehrt hatten, und zur Seite traten.

Langsam schritt der Nordling zum Podest, während sich sein Blick mit dem von Egkhild verschränkte. Die Warkyria blieb regungslos auf dem Hohen Stuhl sitzen. Nur das Funkeln in ihren Augen verriet so etwas wie Anspannung, dann nahm sie langsam das eine Bein vom anderen.

Schließlich hatte der Nordling die Stufe des Podests erreicht und blieb stehen. Die anderen Neuankömmlinge waren ihm durch die Gasse gefolgt, welche die anwesenden Clanführer und Stammeshäuptlinge gebildet hatten. Sie bauten sich hinter ihm auf und warteten.

Für einen Moment schien die Spannung im Saal in der Schwebe zu hängen, und es war nicht klar, ob sie sich in einem gewalttätigen Blutbad oder in einem dröhnenden Willkommen entladen würde.

»Branwulf«, sagte Egkhild schließlich und ließ mit gelangweilter Miene ihren Blick über die anderen Männer in seiner Begleitung wandern. »Was bringst du mir?«

»Kunde von der Grenze«, erwiderte Branwulf und verbeugte sich mit einer eleganten Bewegung. Dabei nahm er seinen Blick nicht von Egkhilds Gesicht und hütete sich, ihn tiefer gleiten zu lassen. »Und keine gute Kunde, fürchte ich.« Er richtete sich wieder auf und betrachtete hochmütig die anderen Häuptlinge und Clanführer im Saal. »Allerdings hat sie auch eine erfreuliche Seite.«

»Tatsächlich?« Egkhilds Stimme klang ein wenig rau. »Dann fang mit der erfreulichen Seite an.«

»Wie du befiehlst, Kriegsherrin.« Branwulfs Mundwinkel zuckten, als er sah, wie Egkhilds Augen bei dieser Anrede leuchteten. »Die gute Kunde ist, dass du Hellandens Horden nicht weit zu führen brauchst, um dich für den Mord an Nimgurd zu rächen.«

»Tatsächlich?« Egkhild spreizte die Knie noch ein wenig mehr und beugte sich vor. »Und warum nicht?«

»Das ist die schlechte Nachricht. Alghor hat eine Invasionsarmee ausgehoben, bestehend aus Drachenkämpfern und Hämmern von Ern, die vor dem Weißen Spiegel steht. Sie wird zweifellos noch innerhalb dieser Spanne über den Hochlandwai in Hellanden einmarschieren.«

»Tatsächlich.« Diesmal war es keine Frage, und Egkhild sprang vom Stuhl hoch. »Bei Belphors stinkenden Knochen! Diese verfluchten …!«

»Das ist noch nicht alles!«, unterbrach Branwulf sie. Er blieb ungerührt, als Egkhild ihn scharf ansah. Die Schwester Nimgurds und Magd Belphors, derzeitige Herrscherin von Hellanden, ließ sich nicht gerne unterbrechen, aber sie folgte mit dem Blick seiner ausladenden Handbewegung. »Ich bringe dir hier die anderen Schildarme, die du so schmerzlich vermisst hast.«

Egkhild wirkte ein wenig erstaunt, aber sie fasste sich rasch. »Nun, in diesem Fall habe ich auch etwas für euch. Es sei euch verziehen, dass ihr vergessen habt, eure Eisen beim Eintreten in den Stuhlsaal abzulegen. Ich werde großzügig darauf verzichten, euch eure Schwerthände abzuschlagen.«

Branwulf verbeugte sich. »Eine weise Entscheidung, Kriegsherrin. Vor allem, da ein Mann ohne Schwerthand kaum ein Schwert zu führen vermag.« Er hob eine Braue.

Egkhilds Mundwinkel zuckten. »Eine Frau dagegen schon?«

Einen Moment sahen sich die beiden an, dann setzte sich Egkhild wieder auf ihren Stuhl. »Ich schlage vor, ihr benachrichtigt umgehend eure Clans und Stämme vom Angriff des Feindes und befehlt allen waffenfähigen Frauen … und Männern«, sie grinste, »sich am Weißen Weg zu versammeln. Ich werde meine Warkyrien in Marsch setzen und mit den Männern der Küstenstämme so schnell wie möglich von Hellgaar aufbrechen. Unterwegs werden wir unsere Truppen vereinen und diesen Hämmern und Drachen einen eisigen Empfang bereiten.«

Sie wartete einen Moment, während sich die Häuptlinge murmelnd berieten. Dann stand sie auf und zog eines ihrer Kurzschwerter. Sie trat vor, bis zu den Stufen des Podestes, und reckte das Schwert in die Luft.

»*Treue und Blut!*«, schrie sie in die plötzlich einkehrende Stille.

Einen Herzschlag lang rührte sich niemand, dann zog Branwulf sein Langschwert und hob es ebenfalls hoch in die Luft.

»*Treue und Blut!*«

Eisen sang, als die Häuptlinge in seiner Begleitung seinem Beispiel folgten. Diejenigen, die keine Waffen hatten, reckten die Fäuste empor.

»*Treue und Blut!*«, dröhnte es in einem Chor aus rauen Stimmen, der die Holzwände erbeben ließ, durch den Saal.

Egkhild wartete, bis die Häuptlinge ihre Waffen weggesteckt hatten und den Saal eilig verließen. Der Nordling, der ihr die Kunde überbracht hatte, war einer der Letzten.

»Branwulf.«

Als sich der Krieger umdrehte, lag ein Lächeln um seinen Mund. »Kriegsherrin?«

»Komm in mein Gemach, wenn sich Belphors Auge geschlossen hat. Ich bin sicher, dass du mir noch mehr mitgebracht hast als Schildarme.«

Branwulf verneigte sich. »Es wird mir eine Ehre und ein Vergnügen sein, Kriegsherrin.«

»Mir hoffentlich auch.« Egkhilds Augen blitzten. »Um deinetwillen.«

»Was hältst du von ihm?«

»Du kannst ihm nicht trauen.«

»Selbstverständlich nicht! Hältst du mich etwa für so dumm? Selbst wenn er mir bei Belphors Knochen und dem Leib seiner

Mutter schwören würde, nur meinen Körper zu begehren und nicht den Stuhl, auf dem dieser Körper sitzt, würde ich es ihm nicht abnehmen.« Egkhild lachte. »Was mich nicht davon abhalten wird, ihm den Versuch zu gönnen, es mir zu beweisen.«

»Du spielst ein gefährliches Spiel«, sagte die andere Frau. »Branwulf ist sehr ehrgeizig und gerissen dazu. Und ein guter Krieger. Es könnte ihm gelingen, die anderen Häuptlinge auf seine Seite zu ziehen. Und dann ...«

»Das Spiel um die Macht ist immer gefährlich«, fiel Egkhild ihr ins Wort. »Ich bin natürlich im Vorteil«, schnaubte sie belustigt. »Ich bin eine Frau.«

»Ich sehe nicht, wieso dir das zum Vorteil gereichen sollte. Du hast doch gehört, was Rünfjell gesagt hat. Du bist die erste Frau auf dem Hohen Stuhl von Hellanden und ...«

»Und eben das können diese Schwanz tragenden Narren nicht ertragen. Sie lauern nur darauf, dass ich einen Fehler mache. Oder dass Belphors Gunst von mir weicht.«

»Das werde ich nicht zulassen.«

Egkhilds harte Miene wurde ein wenig weicher, und sie lächelte. »Was vermagst du schon gegen den Willen eines Gottes?«

Die andere Frau zuckte mit den Schultern. »Zugegebenermaßen nicht viel. Andererseits, wer kann schon sagen, wie der Wille eines Gottes sich äußert?«

Egkhild schwieg einen Moment und beobachtete die andere aufmerksam. »Vielleicht eine Schamanin?«

»Eine Schamanin.« Die Frau sog zischend die Luft zwischen den Zähnen ein. »Vielleicht.«

Die beiden Frauen schwiegen einen Herzschlag lang, während sie sich gegenseitig musterten.

»Trotzdem, ich hätte nicht erwartet, dass OchNarjon so schnell handelt.« Die Warkyria kniff die Augen zusammen. »Aber selbst wenn es ihm gelungen ist, die Drachenkämpfer auf seine Seite zu bringen, kann ich mir nicht vorstellen, dass er so rasch die besten Kämpfer hat versammeln können. Sicher, die Eisdrachen an unseren Grenzen sind nicht zu unterschätzen, aber sie stehen sicherlich noch unter dem Schock des Todes ihres Fürsten.« Sie schüttelte den Kopf. »Sie zumindest dürften diejenigen gewesen sein, die sich über einen dauerhaften Frieden zwischen unseren Ländern gefreut hätten.« Sie seufzte. »Und jetzt steht uns ein erbarmungsloser Krieg bevor.« Sie deutete auf die Türen des Stuhlsaals. »Auf den diese Narren nur gewartet haben.« Sie schüttelte erneut den Kopf. »Ich war dabei, wie sie meinen Bruder bestürmt haben, den Friedensvertrag mit Blut und Eisen zu unterzeichnen. Sie hätten den Frieden mit Alghor niemals akzeptiert, den er geschlossen hat. Früher oder später wäre Hellanden zerbrochen, und sie hätten Nimgurd in Schimpf und Schande davongejagt oder ihn auf die Großen Eiser verbannt.«

»Möglicherweise.« Die Stimme der anderen Frau klang sanft, weich. Aber Egkhild ließ sich davon nicht täuschen.

»Du glaubst nicht daran, hab ich recht?« Als die andere schwieg, sprang die Kriegsherrin der Nordlinge auf. »Du bist der Meinung, ich wäre nur eine Brudermörderin, der es nach Macht gelüstet, ist es so?«

»Verhält es sich denn anders?«

Egkhild schlug mit der Faust in ihre Handfläche. »Gerade du solltest es besser wissen!« Sie ging auf dem Podest auf und ab. »Nimgurd war schwach, hatte zu viele Skrupel, zu viele Gedanken, die den Häuptlingen und Clanführern Unbehagen bereiteten. Sie hätten ihn früher oder später ohnehin ermordet, und dann hätte es einen blutigen Kampf um die Macht in Hellanden gegeben. Einen Kampf, der unser Reich gespalten hätte. Wir wären leichte Beute für Alghor gewesen. Der Drachenfürst hätte, ohne zu zögern, mit einer Invasion begonnen.«

»Offensichtlich hat Druud OchNarjon das ebenfalls getan.«

»Dieser hinterhältige Hundsfott!« Wieder schlug Egkhild mit der Faust in die Handfläche. »Ich würde ihm am liebsten die Augen ausstechen, wäre er nicht ohnehin schon blind.«

»Dafür müsstest du ihn erst einmal in deiner Gewalt haben«, gab die andere zu bedenken. »Außerdem ist er sicherlich kein so gefährlicher Gegner, wie der Drachenfürst es gewesen wäre.«

»Das stimmt, aber das ist nur ein schwacher Trost. Ich kann von Glück sagen, dass Branwulf so ehrgeizig ist, dass er nichts anderes im Sinn hat, als den Hohen Stuhl zu besteigen. Deshalb und wegen der Runen ist es ihm gelungen, die abtrünnigen Häuptlinge hinter mich zu bringen.« Sie verzog das Gesicht. »Und er glaubt tatsächlich, dass er auf den Stuhl des Kriegshäuptlings steigen kann, indem er vorher mich besteigt.«

»Auf jeden Fall kannst du es dir bei ihm nicht leisten, ihm seine Hoden abzuschneiden und seine Männlichkeit zu nehmen.«

»Das habe ich auch nicht vor.« Egkhild grinste. »Jedenfalls noch nicht. Es wird eine große Enttäuschung für ihn sein, wenn er feststellen muss, dass der Stuhl, den er am Ende besteigen wird, der Streckstuhl sein wird.«

Die andere Frau sagte darauf nichts, und Egkhild fuhr zu ihr herum. »Was ist? Hast du etwa Mitleid mit diesem Schönling?«

»Nein. Aber ich frage mich, wie du Freude daran haben kannst, so grausam zu sein.« Die andere Frau machte eine kleine Pause. »So etwas sollte keine Freude machen. Es ist eine Notwendigkeit, mehr nicht.«

Egkhild zuckte mit den Schultern. »Wenn dieser Krieg gewonnen ist, beginnt ein anderer, der viel gefährlicher ist. Und der im Dunkeln ausgefochten wird. Solche versteckten Kriege um die Macht sind immer schmutziger und brutaler als eine ehrliche, offene Feldschlacht.« Die Warkyria dachte einen Moment nach. »Andererseits … vielleicht auch nicht.«

»Doch, das sind sie«, warf die andere Frau ein. »In einer

Feldschlacht kämpft man gegen einen Feind, der nichts zu verlieren hat außer seinem Leben. So wie man selbst.« Sie seufzte. »Aber bei diesem anderen Krieg verliert jeder, auch der, der ihn am Ende gewinnt. Der Verlierer büßt sein Leben ein, aber der Sieger verliert Freunde, Familie, Vertraute. Einen Geliebten vielleicht.« Bei den letzten Worten war ihre Stimme kaum noch zu verstehen.

»Das stimmt. Deshalb habe ich auch keine Freunde und keine Familie, zumindest jetzt nicht mehr. Und ich wechsle meine Liebhaber wie ein Botenreiter sein Pferd.« Egkhild sah die andere Frau an und lächelte. »Du bist meine einzige Vertraute. Dich werde ich nie verlieren.« Als die Frau schwieg, kniff Egkhild die Augen zusammen. »Ich werde dich doch nie verlieren, hab ich recht?«

»Nein.« Die Anführerin der Warkyrien erstarrte, aber dann sprach die andere Frau weiter. »Als Vertraute wirst du mich niemals verlieren.«

Egkhild stieß die Luft aus, die sie unwillkürlich angehalten hatte. »Gut.« Sie trat neben den Hohen Stuhl. »Du hast gesagt, es kommt eine Sturmflut.« Sie strich mit der Hand über das glatte, von Alter und Nutzung dunkel gefärbte Holz und ließ sich dann langsam auf den Sitz gleiten. »Werden wir sie überstehen?«

Die andere Frau schwieg eine Weile. »Wir?«

Die Magd Belphors, Anführerin der Warkyrien und Kriegsherrin der Nordlinge, schluckte, als sich ihr Blick in den ihres Gegenübers bohrte. »Hellanden.«

Die Frau nickte und trat zu ihr. »Hellanden ja.« Sie streckte die Hand aus und strich der Warkyria über die Wange. »Wir beide … Ich weiß es nicht.«

Egkhild atmete langsam aus und nickte. »Eine Flut aus Blut und Tod hast du in den Runen gesehen. Also, wer reitet auf der Wellenkrone?«

Die andere Frau schwieg.

»Sag es. Frahnja, sag es mir!«

Die Stimme der Schamanin war kaum zu verstehen, als sie antwortete. »Mein Sohn. Er … er reitet vor der Flut.« Sie seufzte. »Es ist mein Sohn.«

ULCAR, DRACHENPALAST, SAAL DER SCHWINGEN

»Eminenz, ich habe gute Nachrichten für Euch …« Farael konnte den Triumph in seiner Stimme nicht unterdrücken, als er sich an den Wachen der Hämmer von Ern vorbeischob, die, wie üblich, den einen Türflügel viel zu langsam für ihn öffneten. Zügig trat er in den Thronsaal des Drachenpalastes, aber das Lächeln gefror ihm auf den Lippen, und er blieb wie angewurzelt stehen, als Druuds Stimme ihm kalt entgegenschlug.

»Ah, da kommt ja Euer Reisebegleiter, edler Ryehl. Farael, mein Auge, mein anderes Auge, wie ich sagen darf.« Druud OchNarjon drehte sich zu Farael herum und winkte ihn ungeduldig zu sich ans Podest.

Reisebegleiter? Farael runzelte die Stirn. *Was hat das zu bedeuten? Wohin soll ich reisen? Und wieso mit Ryehl?* Er ging weiter und unternahm einen erneuten Versuch. »Ich habe herausgefunden, wo Jolah sich versteckt …«

Doch der Oberste Augur achtete nicht auf ihn, sondern wandte sich dem Edlen von Ern zu, der seinerseits seinen Blick nicht von Anfir losreißen konnte. »Bei der Suche nach Eurer zukünftigen Gemahlin, der Drachenbraut von Alghor, hat er zwar kläglich versagt, aber zum Glück …« Der blinde Seher legte seine Hand auf die Locken des Noviche, »verfüge ich ja noch über ein zweites Auge, diesen reizenden Burschen hier.«

»In der Tat, Reichsverweser, wirklich ganz reizend.« Ryehls Stimme klang ein wenig gepresst.

»Anfir hat herausgefunden, wohin die Drachenbraut entführt worden ist.« Druut OchNarjon betonte die letzten Worte nachdrücklich, während er sich zu Farael herumdrehte, der vor dem Podest stehen geblieben war. »Sie ist in Orgt, in einem Tempel der Drachenjungfern.«

»Gewiss, Erhabener, das … wollte ich Euch gerade …«

»Ryehl«, fuhr der Oberste Augur fort, ohne auf Faraels Gestammel einzugehen, und wandte sich wieder dem zukünftigen Bräutigam zu, »der Edle von Ern und zukünftige Drachenfürst von Alghor«, Ryehl grinste über das ganze Gesicht, als der Reichsverweser eine Verbeugung in seine Richtung andeutete, »möchte selbstverständlich ohne weitere Verzögerung seine zukünftige Gemahlin aus dieser misslichen Lage befreien und zu uns zurückbringen.« Druud hob die Hand. »Damit ich im Roten Sand endlich die Zeremonie vollziehen kann, die ich der Bevölkerung von Alghor am Tag des bedauerlichen Todes des Drachenfürsten schuldig geblieben bin.«

»Allerdings, Reichsverweser.« Ryehl nickte. »Zweifellos wartet das Volk von Alghor bereits sehr ungeduldig darauf, dass der neue Drachenfürst den Drachenthron besteigt und die schwierige Aufgabe übernimmt …«

»Ganz recht. Aber bevor das geschehen kann, müssen wir natürlich die Drachenbraut aus ihrem Kerker befreien und die Schuldigen erbarmungslos zur Verantwortung ziehen.«

Ryehls Augen funkelten. »Erbarmungslos, allerdings.« Er fuhr sich mit der Zunge über die Lippen. »Ich denke, ich werde diese Bestrafung direkt vor Ort persönlich vornehmen, um ein Exempel zu statuieren und keinen Zweifel daran zu lassen, dass ich als Drachenfürst …«

»Sicher, sicher, Ryehl.« Druud winkte abfällig mit der Hand. »Ihr könnt mit den schuldigen Drachenpriesterinnen, die ihr dort vorfindet, selbstverständlich verfahren, wie Ihr es für richtig erachtet …«

»Aber, Eminenz«, warf Farael ein. Doch niemand schien auf ihn zu achten. Niemand außer …

Anfir starrt mich an, als wollte er mich mit seinem Blick durchbohren, dachte Farael, dem plötzlich unbehaglich wurde. Er war in dem kleinen Verschlag neben der Folterkammer erst aufgewacht, als der Schließer ihn geweckt hatte, und zwar mit einem Eimer Wasser. Im ersten Moment war Farael noch zu benommen gewesen, um zu begreifen, wie ihm geschah, und er brauchte eine Weile, bis er überhaupt wusste, wo er war. Als aber die Erinnerung an die Geschehnisse der Nacht einsetzte, begann er zu zittern und war vollkommen außerstande, den Schließer wegen seines respektlosen Verhaltens zurechtzuweisen. Außerdem stellte er fest, dass er sich nicht nur vor Angst eingenässt, sondern sich auch noch auf andere Weise beschmutzt hatte, und war froh, dass das Wasser zumindest einen Teil davon weggespült hatte.

Doch selbst wenn er versucht hätte, den Schließer zur Rechenschaft zu ziehen, wäre es ihm nicht gelungen, denn der Mann hatte ihm nur zugezischt, er solle schleunigst verschwinden, bevor die Wachen ihn fänden, und war dann durch den schmalen Korridor davongehumpelt.

Farael hatte die aufgeregten Stimmen aus der Folterkammer gehört und dem Geschrei entnommen, dass sich Akkad da'al Akkadi in der Nacht vergiftet hatte. Niemand wusste, wie er das angestellt hatte. Niemand außer Farael.

Und offenbar auch Anfir, dachte Farael, der dem abschätzenden Blick des jungen Noviche auswich. Aus irgendeinem Grund machte ihn dieser Lustknabe nervös. *Ich frage mich wirklich,* dachte er, *woher Anfir weiß, wo sich die Drachenbraut versteckt hat. Oder wohin sie entführt wurde,* verbesserte er sich. *Wenn das die offizielle Darstellung sein soll. Und ich wüsste auch gern, ob er mitbekommen hat, dass Jeul …*

»… in Orgt finden, hoffe ich doch, hab ich recht?« Druud machte eine erwartungsvolle Pause und blickte in Faraels Richtung.

»Eminenz? Gewiss, Eminenz. In Orgt.« Farael nickte, dann wurde ihm wieder bewusst, dass der Augur diese Geste nicht sehen konnte. Er räusperte sich, als er das höhnische Grinsen auf den Gesichtern von Anfir und Ryehl bemerkte, die seine Gedankenlosigkeit offenbar amüsierte. »Ich diene und gehorche, Eminenz.«

»Das wäre überaus erfreulich, Augur.« Druuds Stimme klang so kalt, als käme sie aus einem Grab.

»Euer Eminenz«, mischte sich Ryehl näselnd und in gespielt gelangweiltem Tonfall ein, »zweifellos ist Euer allsehendes, wenn auch nicht besonders gut hörendes Auge«, er warf Farael einen bösartigen Blick zu, »an Eurer Seite vonnöten. Ich würde Euch nur ungern einen so wichtigen Adjutanten entreißen.« Er blickte unter gesenkten Wimpern zu Anfir hinüber. »Vielleicht wäre es ja besser, wenn ich auf dieser wichtigen Reise statt von ihm von Eurem Noviche begleitet würde.«

Das wäre wirklich wundervoll, dachte Farael. *Ihr würdet ein großartiges Paar abgeben.*

»Aber nein, nein, das kommt überhaupt nicht infrage, verehrter Ryehl«, widersprach Druud ein wenig zu hastig. »Ich würde es mir nie verzeihen, wenn ich Euch bei Eurer so bedeutsamen Aufgabe, die Drachenbraut zu finden und zu befreien, nicht den besten Führer mitgäbe, über den ich verfüge.«

Ach wirklich? Ich?

»Ach tatsächlich? Er ist der Beste, den ihr habt?« Ryehls verächtlicher Tonfall machte unmissverständlich klar, was er von dieser Behauptung hielt. »Offenbar hat er sich bei der Suche nach Jolah nicht sonderlich geschickt angestellt.«

Druud ignorierte Ryehls respektlose Bemerkung. »Ich werde mein Wohl in die zarten Hände dieses Jünglings legen und mich auf seine Augen verlassen.« Druud strich über Anfirs Locken, räusperte sich dann und zog hastig die Hand zurück. »Außerdem ist es unserem Noviche leider untersagt, Aufgaben außerhalb des Asylums zu übernehmen. Ganz zu schweigen von einer solch wichtigen Reise.«

Seit wann denn das? Farael runzelte die Stirn, glättete seine Miene dann jedoch sofort wieder, als ihm bewusst wurde, dass Ryehl und Anfir im Gegensatz zu Druud ausgezeichnete Augen hatten.

»Nein«, fuhr Druud fort, »ich werde Euch mein Auge mitgeben. Farael kennt den Weg nach Orgt sehr genau, und sobald Ihr dort seid, dürfte es kein Problem sein, diesen Tempel aufzuspüren. Diese Drachenpriesterinnen werden zweifellos Besorgungen in der Stadt machen, und es würde mich nicht wundern, wenn Euch der erstbeste Tuchmacher oder Gemüsehändler den Weg zu diesem Tempel weisen könnte.«

Das würde mich allerdings sehr wundern, dachte Farael. Seit Druud dafür gesorgt hatte, dass der Drachenfürst den Kult der Drachenpriesterinnen offiziell verbot, waren die Frauen noch vorsichtiger geworden, als sie es ohnehin schon immer gewesen waren. Farael glaubte nicht, dass sie sich Waren von irgendwelchen Kaufleuten aus der Stadt zum Tempel bringen ließen. *Im Gegenteil, es dürfte sogar schwierig sein, sie zu erkennen, wenn sie in der Stadt einkaufen, und ihnen zu folgen.*

Allerdings hatte Farael nicht vor herauszufinden, wie schwierig es sein würde, diesen Tempel aufzuspüren. Weil er nicht nach Orgt gehen würde. Druud jedoch schien entschlossen zu sein, ihn mit diesem perversen Edlen von Ern dorthin zu schicken, obwohl doch völlig klar war, dass Ryehl wesentlich lieber mit Anfir gereist wäre. *Und wahrscheinlich ist genau das der Grund, warum Druud das auf keinen Fall zulassen will. Er will nicht, dass sein Schoßhund mit räudigem Fell und Striemen auf dem Arsch zu ihm zurückkehrt.* Aber wenn er verhindern wollte, nach Orgt geschickt zu werden, musste er sich etwas einfallen lassen. *Einen Versuch ist es wert.*

»Euer Eminenz, ich muss mit Euch über die Drachenfürstin sprechen. Sie hat ...«

»Anfir hat mir bereits berichtet, wie entsetzt Jeul sa Mehdi de Prunfor über den feigen Selbstmord ihres ehemaligen Vertrauten Akkad da'al Akkadi, dieses verräterischen Magus, ist!«, fiel Druud Farael ins Wort.

Er richtete seine milchigen Augen auf den jungen Auguren, und Farael fragte sich nicht zum ersten Mal, ob der Erste Fragende tatsächlich vollkommen blind war, wie er stets behauptete, oder ob er in Wirklichkeit etwas erkennen konnte. Er schluckte, als er in diese weißen Augäpfel blickte, die irgendwie zu leuchten schienen.

»Aber, Herr ...« Farael zuckte zusammen, als Druud mit der Faust auf die Lehne des Drachenthrones schlug und knurrte, weil sich die spitzen Krallen der Drachenklaue in seine weiche Haut gebohrt hatten.

»Bei Belphors gespaltenem Schwanz!« Der Oberste Augur beugte sich vor. »Deine Sorge um die Drachenfürstin ehrt dich, Auge! Aus diesem Grund lasse ich deine Unbotmäßigkeit ungesühnt!«

Aus den Augenwinkeln nahm Farael das spöttische Grinsen von Anfir wahr. *Entweder hat er Druud einfach nur belogen, und er hat überhaupt nicht mitbekommen, dass die Drachenfürstin Akkad das Gift gebracht hat. In dem Fall jedoch frage ich mich, wie er von Jolahs Versteck erfahren hat. Oder aber, er hat alles gesehen und hat Druud aus einem besonderen Grund eine andere Schilderung der Ereignisse gegeben. Aber dann müsste er doch auch von dieser ... dieser Kreatur etwas gesagt haben.*

»Verzeiht, Eminenz!«, stammelte Farael und beobachtete Anfir unter gesenkten Lidern. Als er die höhnische Miene des Noviche sah, drängte sich eine dritte Möglichkeit in sein Bewusstsein. *Und wenn Druud weiß, was Jeul dort gemacht hat und die Geschehnisse einfach nur zu seinen Gunsten zu nutzen versucht?*

Bevor Farael über diese höchst beunruhigende Möglichkeit nachdenken konnte, sprach Druud weiter. »Passenderweise hat dieser feige Verräter Akkad es vorgezogen, einen öffentlichen Prozess zu vermeiden.« Er drehte sich zu Ryehl herum. »Umso wichtiger ist es, die Drachenfürstin über diesen heimtückischen Verrat ihres ehemaligen Vertrauten hinwegzutrösten, indem wir ihr ihre heiß geliebte Tochter zurückbringen.«

Farael traute seinen Ohren nicht. *Aber sie hat Jolah doch höchstwahrscheinlich selbst in dieses Kloster geschickt oder ihr zumindest nahegelegt, sich bei den Drachenpriesterinnen zu verstecken. Ich kann mir nicht vorstellen …*

»Ich bin sicher, dass die Drachenfürstin über ihre tragischen Verluste hinwegkommt, sobald wir Jolah mit Euch, edler Ryehl, vermählt haben und sie sowohl ihre Tochter als auch den Drachenthron in … in Euren fähigen Händen weiß.«

Druud fletschte die Zähne, was offenbar ein Lächeln sein sollte, und Farael packte Schwindel, als er überlegte, wer hier eigentlich mit wem was für ein Spiel trieb.

Doch dann ergriff Ryehl das Wort. »Also gut, Auge«, sagte der Edle von Ern herablassend. »Ich … ich fühle mich geehrt, vom Besten begleitet zu werden, den mir dein Herr bieten kann.« Er warf Anfir noch einmal einen bedauernden Blick zu, dann stand er auf und trat von dem Podest zu Farael. »Aber ich warne dich«, flüsterte er ihm ins Ohr. »Ich gehe nicht so nachsichtig mit Versagen und Unbotmäßigkeit um wie dieser blinde Narr! Enttäusche mich, und du wirst es mit deinem Blut büßen!« Dann drehte er sich zu Druud herum und verbeugte sich spöttisch. »Mit Eurer Erlaubnis, Reichsverweser, ziehe ich mich in meine Gemächer zurück, um meine Ausrüstung zu packen und mich auf die Reise vorzubereiten. Das sollte mich nicht mehr als einen Sonnenstand kosten, sodass wir aufbrechen können, wenn Belphors gelbes Auge seinen Zenit erreicht hat.«

»Ausgezeichnet, Ryehl«, erwiderte Druud.

»Und du solltest dich beeilen, Auge«, fuhr der Vasall des Reiches fort. »Ich bin es nicht gewohnt, auf meine Lakaien zu warten.«

»Gewiss … Edler.«

»Euer Gnaden.«

»Wie … bitte?«

Ryehl fuhr zu ihm herum. »Du sprichst mich mit Euer Gnaden an, Auge. Verstanden?«

»Gewiss, Herr … Euer Gnaden«, stotterte Farael.

Ryehl starrte ihn wütend an, dann seufzte er und drehte sich zu dem Podest herum. »Seid Ihr wirklich sicher, dass er der Beste ist, den Ihr mir mitgeben könnt?« Er wartete Druuds Antwort nicht ab. »In dem Fall ist mir klar, warum Ihr so verzweifelt nach jemandem sucht, der dieses Reich wieder zu seiner alten Größe zurückführen kann!« Er klatschte in die Hände und winkte seiner Leibwache, ihm zu folgen. »Nun, ihr dürft frohlocken, Reichsverweser. Ihr habt ihn gefunden!«

»Nicht nur, dass du als Auge versagst und dich von einem Noviche beschämen lässt, du hörst nicht zu, wenn dein Herr mit dir spricht, und machst mich vor einem schwachsinnigen Vasallen zum Narren!« Druuds Stimme klang eisig. »Ich muss schon sagen, Farael, du bist wirklich eine Enttäuschung. Diese Reise nach Orgt ist eine Chance für dich, deine Fehler zu korrigieren! Ich rate dir sehr, mich nicht noch einmal zu enttäuschen!«

»Nein, Herr.« Farael senkte den Kopf, obwohl Anfir verschwunden war und ihn nicht beobachten konnte. Der Noviche hatte auf Druuds Geheiß hin Ryehl in seine Gemächer begleitet. Warum, konnte Farael nur erahnen. *Vielleicht will Druud vermeiden, dass sich der Edle von Ern verläuft und am Ende in den Gemächern der Drachenfürstin landet. Und vielleicht können Schlammschweine Feuer spucken.*

Als Ryehl aus dem Saal der Schwingen geführt wurde, hatte Farael ihm folgen wollen, weil er tatsächlich noch einiges zu erledigen hatte, bevor er sich auf diese Reise begab. Aber Druud hatte ihn aufgehalten, und ganz offensichtlich nicht nur, weil er ihn wegen seines Versagens zurechtweisen wollte.

»Anfir hat mir berichtet, dass die Drachenfürstin Akkad vor seinem Freitod aufgesucht hat.«

»Aber er hat …«

»Er hat sich das Leben genommen, Farael. Das ist unumstößlich!«

»Er hat … Gewiss, Eminenz.«

Druud wartete ein paar Herzschläge lang, bevor er weitersprach. »Und zwar, wie ich schon sagte, weil er aus Feigheit und Schwäche vermeiden wollte, dass ich ihm im Roten Sand den Prozess als Verräter und Mörder mache.«

Farael blickte auf, als sein Herr schwieg. Dann begriff er, was von ihm erwartet wurde.

»Selbstverständlich, Eminenz.«

»Selbstverständlich, Auge.« Druud trommelte mit den Fingern auf die Lehne des Drachenthrons von Alghor.

Der Anblick, wie sich ein Mensch in diese Klaue setzte, hatte Farael immer schon Unbehagen bereitet. Vor allem weil die Gelehrten behaupteten, dass die Klaue in etwa so groß war wie die eines der echten Drachen aus den Zyklen vor der Niederschrift der Legenden. Er fragte sich zwar, woher sie das wissen wollten, aber er war nur allzu bereit, es zu glauben.

Dass jetzt der Reichsverweser auf dem Drachenthron saß, verstärkte Faraels Unbehagen nur noch. Dann jedoch konzentrierte er sich wieder auf das, was sein Oberster Augur sagte.

»… Orgt erreicht hat, musst du dafür sorgen, dass Ryehl nicht auf dumme Gedanken kommt. Ihr werdet den Tempel sicherlich finden, wenn ihr euch bei den Händlern und Kaufleuten der Stadt durchfragt. Aber auch wenn Ryehl leicht zu lenken ist, er neigt zu unkontrollierter Gewalt, sobald er sich frei von irgendwelcher Führung fühlt. Und es dürfte klar sein, dass die Menschen von Orgt nicht allzu wohlwollend auf einen brutalen, herrischen Vasallen des Reiches reagieren werden, der die geliebte Tochter ihres geliebten Fürsten zur Frau nehmen will.« Er seufzte. »Wir wissen nicht einmal, ob die Drachenbraut nicht bereits das Gerücht gestreut hat, dass sie gegen ihren Willen verheiratet werden soll.« Der Oberste Augur richtete den toten Blick seiner milchigen Augen auf Farael. »Aus diesem Grund habe ich dir befohlen, Ryehl zu begleiten. Du magst vielleicht nicht so geschickt oder so gerissen sein wie Anfir …« Er hob eine Hand, als er hörte, wie Farael scharf die Luft einsog. »Aber du bist das Auge des Sehers und genießt entsprechenden Respekt bei diesen einfachen Menschen. Und außerdem bist du jemand, der den Leuten Vertrauen einflößt. Durch deine freundliche und – verzeih mir meine offenen Worte – manchmal etwas naive Art.«

Farael schluckte, während er spürte, wie heiße Wut in ihm aufstieg. *Naiv? Du blinder Narr! Wenn hier jemand naiv ist, dann ja wohl du, in deinem blinden Vertrauen auf diesen heimtückischen Noviche und diesen perversen Vasallen! Du glaubst tatsächlich, du könntest sie kontrollieren und das Reich …*

»Aber das ist nicht das Einzige, womit ich dich beauftrage, und ich hoffe sehr, dass du dich meines Vertrauens als würdig erweist.« Druud beugte sich vor. »Selbstverständlich weiß ich, dass Jeul Akkad aufgesucht hat, um ihn über den Aufenthaltsort ihrer Tochter zu informieren. Aber Ryehl darf auf keinen Fall etwas von ihrer besonderen … Beziehung erfahren! Und ich will auch nicht, dass er erfährt, dass Jeul diesen Verräter vergiftet hat.«

Und wahrscheinlich soll ich ihm auch nicht sagen, dass Akkad gar nicht der Verräter gewesen ist. Falls ihn das überhaupt interessieren oder davon abhalten würde, diese Vermählung zu vollziehen. Farael verzog angewidert die Lippen. *So wie ich diesen Widerling einschätze, würde er zu deinem bösartigen und durchtriebenen Plan sogar applaudieren und dich mit erheblich mehr Respekt behandeln.*

»Er soll weiterhin in dem Glauben leben, dass er bei diesem Spiel um die Macht im Vorteil ist.« Druud lachte leise und schien Faraels Anwesenheit einen Moment vergessen zu haben. »Er wird erst merken, dass dem nicht so ist, wenn es längst zu spät ist.«

»Gewiss, Eminenz.«

Der Oberste Augur räusperte sich. »Also, wie ich schon sagte, ich habe auch noch eine andere, weit wichtigere Aufgabe für dich.« Er tippte erneut auf die Lehne des Drachenthrons und legte den Kopf auf die Seite, als überlegte er, ob er Farael tatsächlich damit beauftragen sollte. »Jolah da Prunfor wurde von Drachenpriesterinnen entführt. Daran darf es keinerlei Zweifel geben, wenn ihr sie in diesem Tempel findet und befreit. Hast du mich verstanden?«

Und ob ich das habe. Sie wurde von Drachenpriesterinnen entführt, selbst wenn sie sich freiwillig zu ihnen geflüchtet hat. »Gewiss, Herr.«

»Gut. Sobald ihr in Ulcar seid und Jolah mit Ryehl vermählt wurde, werde ich dem Volk von Alghor das ganze Ausmaß dieser Verschwörung gegen den Drachenthron vor Augen führen.« Druud lächelte kalt. »Denn natürlich waren Akkad und die Magi nicht die Einzigen, die versucht haben, das Geschlecht der Prunfor zu vernichten und die Macht in Alghor zu übernehmen.«

Farael schluckte. *Aber das wird niemals funktionieren. Das Volk liebt die Drachenfürstin, und außerdem brauchen wir die Drachenpriesterinnen. Es gibt keine besseren Heiler als sie, und solange wir auf das Gift angewiesen sind …*

»Die Drachenpriesterinnen werden ebenfalls für ihre finsteren Machenschaften büßen. Sobald Hellanden unterworfen und der Thron gesichert ist, werde ich härter gegen diesen verräterischen Kult vorgehen. Alle Drachenpriesterinnen, die nicht abschwören und sich nicht ausschließlich auf ihre Fähigkeiten als Heilerinnen beschränken, werden bluten!« Druud hatte die Hände zu Fäusten geballt, und seine Stimme war zu einem boshaften Flüstern herabgesunken. Plötzlich fiel ihm ein, dass er nicht allein war. »Aus diesem Grund brauche ich eindeutige Beweise für die verbrecherischen Machenschaften der Drachenpriesterinnen und ihre verwerflichen Pläne gegen den Drachenthron!«

»Ich verstehe, Herr …«

»Das würde mich wundern, Farael. Aber das musst du auch nicht. Es genügt, wenn du tust, was ich dir sage. Und diesmal werde ich kein Scheitern akzeptieren. Solltest du keine Beweise finden …«

Farael schluckte. »Ihr könnt Euch auf mich verlassen, Herr!«, erklärte er hastig. *Wenn ich keine Beweise finde, werde ich gar nicht zurückkommen, so viel ist sicher.*

»… muss ich davon ausgehen, dass du nicht richtig gesucht hast«, fuhr Druud fort. »Die Beweise sind da. Im Zweifel musst du dich Ryehls besonderer Fähigkeiten bedienen, um sie aus den Drachenpriesterinnen herauszubekommen.« Druud spie aus. »Selbst wenn er als Drachenfürst eine lächerliche Figur abgibt, als Folterknecht sind seine Qualitäten unbestreitbar.«

»Ich … ich verstehe.«

»Schön.« Druud knurrte. »Wenn wir erst die Drachenpriesterinnen vernichtet und die Macht der Magi gebrochen haben, werden die Auguren unter meiner Führung die Herrschaft in Alghor übernehmen!« Druuds Stimme wurde lauter. »Die *spirituelle* Herrschaft selbstverständlich. Und irgendwann werde ich das Zepter dieser Macht an dich übergeben, Farael, an meinen Vertrauten und Stellvertreter. Großes steht Alghor bevor, mein Junge, und das werde ich bewerkstelligen, lange bevor die Zeit der Verschmelzung gekommen ist.«

Farael starrte den Ersten Fragenden stumm an. Druud war aufgestanden und hatte eine Faust in die Höhe gestreckt. Mit der anderen hielt er den seltsam gebogenen Stab des Sehers, und in diesem Moment zuckte eine Erinnerung in Farael auf, ein Bild von jenem schicksalhaften Tag im Roten Sand, der Großen Arena von Ulcar, am Tag der Klingen. Damals waren Prakuhl de Prunfor und Nimgurd auf den fürstlichen Balkon getreten, weil sie den Zuschauern hatten verkünden wollen, dass die beiden Reiche Alghor und Hellanden Frieden geschlossen hatten. Doch unmittelbar bevor es dazu kam, hatten die gedungenen Mörder der Nordlinge dem Leben von Prakuhl ein Ende gesetzt. Broll hatte augenblicklich reagiert und Nimgurd, den Kriegshäuptling der Nordlinge, getötet.

Das alles hatte Farael nur wie durch einen Nebel wahrgenommen. Woran er sich jedoch ganz deutlich erinnerte, war der Moment unmittelbar vor dem Ausbruch des Chaos. Der Augenblick, an dem Druud OchNarjon, Oberster Augur des Drachenreiches und Erster Fragender, von seinem Sitz aufgestanden war und …

… mit dem Stab des Sehers ein Zeichen gegeben hatte!

Damals habe ich nicht gewusst, dass es ein Zeichen war und wem es gegolten hatte, dachte Farael. *Aber jetzt weiß ich es.* Er betrachtete den Obersten Auguren. *Wir werden es gemeinsam bewerkstelligen?*

»Ich fühle mich von dem Vertrauen geehrt, das Ihr in mich setzt, Eminenz.« *Und es beleidigt mich zutiefst, dass du mich tatsächlich für so dumm hältst zu glauben, ich würde dein Nachfolger. Sobald du die Macht an dich gerissen hast, wirst du dich deiner Mitwisser entledigen, Anfirs, meiner Person und Brolls, den du ja schon auf diese selbstmörderische Mission geschickt hast. Ich frage mich nur, wie du es schaffen willst, Jeul aus dem Weg zu räumen und Ryehl und vor allem die Drachenbraut zu kontrollieren. Aber so weit wird es nicht kommen. Nicht, wenn ich ein Wörtchen mitzureden habe.*

»Du bist zu bescheiden, Farael. Aber jetzt geh und mach dich bereit. Und vergiss nicht, Jolah muss unbeschadet nach Ulcar zurückgebracht werden. Und vor allem brauchen wir die Beweise für die Ränke der Drachenpriesterinnen.« Druud dachte einen Moment nach. »Und wenn du einmal da bist … Sieh dich um, ob du vielleicht einen Vorrat an Heiligem Pulver findest.« Er lächelte. »Jedes Gramm Drachengift, das wir besitzen, fehlt den Magi.«

»Selbstverständlich, Herr.«

»Und jetzt geh und sende Anfir zu mir. Ryehl sollte mittlerweile seine Gemächer erreicht haben, ohne vom rechten Weg abgekommen zu sein.« Druud lächelte. »Enttäusche mich nicht, Farael, erweise dich meines Vertrauens als würdig. Das willst du doch, hab ich recht?«

»Selbstverständlich, Herr!«

Farael drehte sich um und verließ den Saal der Schwingen. *O ja, was könnte ich lieber wollen?*, dachte er, als er an den Wachen vorbei durch die Tür schritt. *Nun, da fällt mir eine ganze Menge ein. Und es wird allerhöchste Zeit, es mir zu holen.*

HOCHLANDWAI AM *WEISSEN SPIEGEL* AN DER GRENZE ZU HELLANDEN

»Ser, Ser, Nordlinge! Wir sind auf Nordlinge gestoßen!«

Broll kniff die Augen zusammen und richtete sich im Sattel seines Pferdes auf, während er nach vorn spähte. »Meldung, Soldat!«, blaffte er, als er außer Felsen und Eis nichts ausmachen konnte. Er sah hinunter zu dem Drachenkämpfer, der atemlos neben seinem Pferd stehen geblieben war. »Wo genau stehen die Nordlinge, und wie viele sind es? Hat es ein Scharmützel gegeben? Wie groß sind unsere Verluste? Wie viele Männer sind verletzt? Na los, red endlich, Mann!«

»Ich … Also …«

Tronn trieb sein Pferd neben das von Broll. »Deinen Namen, Kerl!«, knurrte der Anführer von Brolls Schildrotte und legte seine Hand auf den Griff der Peitsche, die an seinem Sattel befestigt war. Sie war ein Souvenir aus seiner Zeit als Karawanenreiter in Bouhss, und Broll kannte niemanden, der besser mit so etwas umgehen konnte. Tronn konnte einer fliegenden Waldtaube eine Samtfrucht aus dem Schnabel schlagen, ohne dass das Tier es auch nur merkte.

»K… Keul, Ser. Also, Molass und ich und Sander …«

»Ser, ein Nordling, Ser!« Ein Soldat der Hämmer rannte über die Kuppe der Anhöhe auf sie zu und kam rutschend zum Halten, als er den Drachenkämpfer neben seinem Feldkommandeur stehen sah. »Er hat sich uns … ergeben, Ser. Sozusagen.«

Broll warf Tronn einen kurzen Seitenblick zu. Der verzog keine Miene, sondern zuckte nur unmerklich mit den Schultern.

»Sozusagen, Soldat?«

»Jawohl, Ser, Femur, Ser.«

»Femur?«

»Mein Name, Ser. Femur. Ich war bei Euch, als wir hier oben das Monasterium ...« Der Soldat schluckte und verstummte, als er Brolls Blick bemerkte. »Wie gesagt, ein ... ein Nordling, Ser. Jawohl, Ser. Und er hat sich, also wir haben ihn ...«

»Gefangen genommen. Sozusagen. Großartig, Soldat Femur.«

»Also eigentlich hat er sich uns ...«

»Führt mich zu diesem gefährlichen Nordling, über den ihr da gestolpert seid!«

Broll unterdrückte einen Fluch, als sich hinter ihm eine verhasste Stimme meldete.

»Nordlinge? Endlich.« Eisen sang, als der Mann seinen Säbel zückte. »Allerdings ... Wäre es nicht besser, Feldkommandeur, auf das Eintreffen der anderen Abteilungen zu warten, bevor wir uns so weit vorwagen?«

»Bei Belphors kalten Klauen, Cherus!« Broll unterdrückte, wie schon unzählige Male zuvor, den schieren Drang, dem Schwingenleutnant dessen eigenen vergoldeten Säbel in den Hals zu schieben. »Du hast natürlich recht. Also bleibst du hier und hältst die Klap... die Stellung, verstanden? Sollten wir bei Einbruch der Dunkelheit noch nicht zurück sein, dann ... leitest du den geordneten Rückzug ein. Habe ich mich klar genug ausgedrückt?«

»Rückzug?« Drachenkommandeur Johks war näher gekommen, neugierig wegen der Aufregung an der Spitze der Heereskolonne, und hatte die letzten Worte gehört. »Wir sind doch noch nicht einmal ...«

»Wirklich, Feldkommandeur«, mischte sich jetzt auch Quilotte ein. »Findet Ihr es nicht übertrieben, jetzt schon zum Rückzug zu blasen?«

Natürlich, dachte Broll. *Wo einer von diesen drei Rotfuttaffen ist, können die anderen nicht weit sein.* Er wartete und zählte in Gedanken langsam bis drei. Er war noch nicht ganz fertig damit, als der dritte *Singvogel* loszwitscherte.

»Rückzug?« Hulbert nestelte nervös an den Zügeln seines Pferdes, die sich in der langen Mähne des Kriegsrosses verfangen hatten. »Ich … In diesem Fall, denke ich, ist es besser, ich reite zurück und informiere die Vereinigte Drachenhorde, dass …«

»Diese Pflicht obliegt mir!«, unterbrach ihn Cherus hastig. »Der Feldkommandeur hat mich zu seinem Stellvertreter …«

»Hat er nicht«, fiel Quilotte ihm ins Wort. »Er hat nur gesagt …«

»RUHE!«, schrie Broll. Er mahlte mit den Kiefern. *Bei Belphor! Wenn wir nicht bald auf Nordlinge stoßen und ich mich abreagieren kann, dann gelobe ich bei Belphors lodernden Feuern, schicke ich diese drei verfluchten Singvögel allesamt ins Hellführ, und zwar ungerupft!*

Tronn und auch Johks saßen auf ihren Pferden, ohne dass sich auch nur ein Muskel in ihren Gesichtern geregt hätte. Aber sie hätten genauso gut vor Lachen brüllen können. *Ich sehe es in ihren Augen!* Broll holte tief Luft und riss sich zusammen, um nicht seinen Handbogen zu zücken und einem der drei einen Bolzen zwischen die Augen zu feuern. *Oder vielleicht am besten allen dreien,* dachte er. *Wahrscheinlich schaffe ich es, sie alle drei zu töten, bevor der Letzte überhaupt merkt, wie ihm geschieht.*

Er schüttelte den Kopf. »Schwingenleutnant Cherus.«

Der *Drachenkämpfer* fuhr mit der Klinge in der Faust zu Broll herum, der hastig den Kopf zurückbog, um nicht von der Waffe getroffen zu werden. »Jawohl, Feldkommandeur!« Cherus' Augen leuchteten.

»Du hältst hier die Stellung, während wir uns diesen Nordling ansehen. Verstanden?«

Cherus sah sich nach rechts und links um. »Soll ich nicht vielleicht lieber …?«

»Nein, sollst du nicht! Du bist zu Großem berufen! Du … hältst … hier … die … Stellung! Habe ich mich deutlich genug ausgedrückt, Soldat?«

Cherus schluckte und nickte. »Selbstverständlich, Feldkommandeur! Ihr könnt Euch auf mich verlassen!«

»Wie beruhigend, Schwingenleutnant.« *Eher küsse ich Belphors stinkenden Arsch,* dachte Broll und winkte eine Flügelführerin der Hämmer zu sich. »Marlehn, du bleibst mit deinen Leuten hier und … hilfst Schwingenleutnant Cherus dabei, sich nicht vom Fleck zu rühren.«

»Feldkommandeur.« Die Frau bedachte den Drachenreiter mit einem undeutbaren Blick und sah dann ihren Oberbefehlshaber an. »Und wenn Ihr bis zum Einbruch der Dunkelheit nicht zurück seid …? Ich meine, die Nordlinge sind nicht zu unterschätzen.« Sie grinste.

Broll schloss kurz die Augen. *Großartig!,* dachte er. *Jetzt machen sich meine eigenen Leute schon über mich lustig, weil ich diese drei Schwachköpfe mit mir herumschleppe.*

»Dann sind wir wahrscheinlich von einem Graubären gefressen worden oder in eine verfluchte Gletscherspalte gefallen.«

»Es gibt hier Graubären?« Hulberts Stimme klang besorgt.

»Gewiss«, mischte sich auch Johks ein. »Aber keine Sorge, sie sind hier am Gletscher längst nicht so gefährlich oder so verbreitet wie die Silberwölfe. Die allerdings …«

»Reitet zur Nachhut zurück, Hulbert, und nehmt Quilotte mit!«, befahl Broll. *Bevor ich euch höchstpersönlich den Kopf abreiße.*

»Verzeihung, Feldkommandeur, aber …« Schwingenleutnant Cherus riss verblüfft die Augen auf, als Broll mit einem wütenden Knurren seinem Pferd die Sporen gab und an ihm vorbeigaloppierte. »Feldkommandeur!«, rief Cherus ihm nach.

»Keine Sorge, Schwingenleutnant.« Die Flügelführerin der Hämmer trat zu dem Pferd des Drachenkämpfers und strich beruhigend mit der Hand über die Nüstern des Tieres. »Wir merken auf jeden Fall noch rechtzeitig, wenn sich ein Graubär oder ein Silberwolf nähern.«

»Tatsächlich?«, erkundigte sich Cherus. Er musterte die rangmäßig ihm unterstellte Frau hochnäsig, doch in seiner Stimme schwang ein verräterisches Zittern mit. »Und woran merkst du das?«

Die Frau grinste ihn an, ohne ihr Streicheln zu unterbrechen. »Euer Pferd wird verrücktspielen. Graubären und Silberwölfe stürzen sich mit Vorliebe zunächst auf die Pferde.« Sie zuckte mit den Schultern. »Wahrscheinlich halten sie die Tiere für leichter verdaulich als Menschen, weil sie nicht gepanzert sind. Während Ihr mit ihnen kämpft, haben wir anderen Zeit, uns auf den Angriff einzustellen.« Sie verzog keine Miene.

»Verstehe.« Cherus nickte und sah sich hastig um. »Ich sollte wohl besser absteigen. Ein Anführer sollte immer möglichst dicht bei seinen Männern sein, richtig?« Er räusperte sich. »Und seinen Frauen. Ich meine …« Cherus verstummte, als er das Grinsen auf ihrem Gesicht bemerkte, und schwang sich vom Pferd. Dann hielt er der Flügelführerin die Zügel hin. »Sorg dafür, dass jemand das Pferd wegschafft! Und zwar möglichst *weit* weg.«

»Zu Befehl, Schwingenleutnant«, erwiderte die Frau ungerührt, aber ihre Augen funkelten, als sie die Zügel nahm und mit dem Pferd davonging.

»Du solltest diesem Strohschädel bald eine Aufgabe übertragen, die ihn dir vom Hals hält, Herr«, meinte Tronn, während sie mit ihrem kleinen Trupp weiterritten. Er bestand aus Hämmern der Schildrotte und einigen ausgesuchten Eisdrachen von Johks Leuten. »Sonst landet der Kerl noch mit durchgeschnittener Kehle im Graben, bevor wir auch nur das erste Mal Fischtran gerochen haben.« Er grinste, als Broll ihm einen kurzen Seitenblick zuwarf.

»Das dürfte sich jetzt ja wohl erledigt haben«, erwiderte Broll. »Es sei denn, dieser gefangene Nordling wäre völlig aus der Art geschlagen.« Er machte eine Pause. »Aber ich könnte Cherus zum Kommandeur der Vorhut ernennen.« Broll tat, als überlegte er. »Hm, eine wirklich reizvolle Vorstellung, Tronn. Mir tun nur die anderen Drachenkämpfer unter seinem Kommando leid.«

»Ich glaube kaum, dass sie ernsthaft in Gefahr wären«, mischte sich Johks ein. »Die Nordlinge würden sich totlachen, wenn er zufällig tatsächlich über Truppen aus Hellanden stolpern sollte.«

Broll schnaubte. »Dein Wort in Belphors schuppigen Ohren. Einen Versuch wäre es jedenfalls wert.«

Er sah sich um. Hier oben am Weißen Spiegel war der Hochlandwai recht schmal. Broll wusste nach allem, was ihm der Drachenkommandeur erzählt hatte, dass der Hochlandwai dort, wo er dicht am Gletscher vorbeiführte, noch schmaler wurde und zudem sehr gefährlich war, weil ständig irgendwelche tückischen Gletscherspalten rechts und links davon gähnten. Fiel man in eine hinein, war man verloren.

»Glaubst du, es könnte sich um einen Hinterhalt handeln, Johks?« Bevor der Drachenkommandeur antworten konnte, drehte sich Broll zu seinem Hauptmann um. »Tronn, bleib ein bisschen zurück, nur für alle Fälle.«

»Zu Befehl, Herr.« Tronn zügelte sein Pferd, winkte drei seiner Soldaten zu sich und schickte sie auf die felsigen, nur spärlich von knorrigen Rüppelkiefern bewachsenen Hänge. Er selbst nahm den Stockbogen von dem Haken an seinem Sattel, spannte ihn und legte ihn quer vor sich. Seine Leute folgten seinem Beispiel.

Johks hatte die Szene beobachtet und nickte beifällig. »Es beruhigt mich zu sehen, dass ich meine Leute keinem Narren ausgeliefert habe, Kommandeur.«

Broll verzog die Lippen. »Da würden dir zweifellos etliche

Leute widersprechen, Kommandant.« *Und ich bin nicht einmal sicher, ob ich nicht selbst einer davon bin.*

Johks zuckte nur mit den Schultern. »Ein Soldat, der dem Befehl seines Vorgesetzten gehorcht, ist kein Narr.«

»Auch nicht, wenn er den Befehl …?« Broll unterbrach sich. *Sei vorsichtig,* dachte er. *So gut kennst du Johks noch nicht. Nur weil er ein aufrechter Soldat zu sein scheint, heißt das noch lange nicht, dass du ihm blind vertrauen kannst.*

Johks lachte. »Ich würde dich allerdings für einen Narren halten, wenn du tatsächlich nur mit diesen erbärmlichen Drachenkämpfern, die du aus Ulcar und Umgebung mitgebracht hast, in Hellanden einmarschiert wärst.« Er deutete auf die Eisdrachen in seiner Begleitung. »Das hier sind kampferprobte Krieger, die sich in zahlreichen Scharmützeln mit den Nordlingen bewährt haben.«

Broll nickte. »Und was jetzt meine Frage betrifft …« Er sorgte dafür, dass sie beide einen gebührenden Abstand zu den Soldaten der Drachenkämpfer und Hämmer hatten, die vorausgingen und ihnen den Weg zu dem Gefangenen zeigten. *Kein Grund, aus Nachlässigkeit Gerüchte in die Welt zu setzen.*

»Unwahrscheinlich«, erwiderte Johks nach kurzem Nachdenken. »Aber dennoch nicht unmöglich«, fuhr er dann fort und lächelte, als er Brolls missbilligende Miene sah. »Wenn ich etwas in meiner Zeit hier oben am Weißen Spiegel gelernt habe, dann die Tatsache, dass man die Nordlinge niemals unterschätzen darf. Deine *Singvögel* und ihre Herren mögen die Leute aus Hellanden für Barbaren oder gar Wilde halten, weil sie sich mit Fischtran einreiben, um ihre Haut gegen die Kälte zu schützen. Aber das einzig Wilde an ihnen ist die Art und Weise, wie sie kämpfen.« Er schüttelte den Kopf. »Vor allem während der extrem harten Winter hier an der Grenze haben sie häufiger kleine Siedlungen und Weiler oder auch Einzelgehöfte und sogar Klöster überfallen …«

Was du nicht sagst. Broll zuckte nicht mit der Wimper, während er zuhörte, aber er konnte nicht verhindern, dass Bilder von einem brennenden Kloster und schreienden Frauen, Männern und Kindern in ihm hochstiegen. Erinnerungen, die ihn seit etlichen Zeitenwenden verfolgten. *Und das alles nur für diesen verfluchten, machtgeilen, blinden alten Mann! Ich war ein Idiot!* Er seufzte. *Und bin es vielleicht immer noch. Johks hat sich geirrt. Ich* bin *ein Narr!*

»… untereinander zerstrittene Stämme und Clans. Alles hängt davon ab, wie schnell es den Nordlingen gelingt, sich auf einen Kriegshäuptling zu einigen und ihre Stammesfehden zu begraben. Zumindest für die Dauer dieses Krieges gegen Alghor. Das Letzte, was ich gehört habe, ist, dass sich nach Nimgurds Tod Egkhild des Hohen Stuhls bemächtigt haben soll.«

»Nimgurds Schwester, richtig?«, fragte Broll, obwohl er sehr genau wusste, wer und was Egkhild war.

»Ja. Angeblich hatte Nimgurd sie für die Dauer seiner Reise nach Alghor zu seiner rechten Hand ernannt.« Johks schüttelte den Kopf. »Aber ich kann mir nicht vorstellen, dass es ihr gelingt, sich auf dem Hohen Stuhl zu halten. Sie ist zwar die Anführerin der Warkyrien, die Erste Magd Belphors, wie sie genannt wird, aber es hat noch nie eine Frau auf dem Hohen Stuhl gesessen. Die Nordlinge …«

Broll runzelte die Stirn. »Und du meinst, sie wissen nicht nur, dass wir in Hellanden einfallen wollen, sondern auch, dass wir diesen Weg nehmen?«

Johks sah Broll überrascht an. »Es gibt nicht viele Stellen, an denen man die Grenze zwischen Alghor und Hellanden überschreiten kann.« Er zuckte mit den Schultern. »Eine ist dieser Übergang des Hochlandwai hier am Weißen Spiegel, über den auch der größte Teil des Handelsverkehrs abgewickelt wird. Und wo der andere liegt, weißt du ja selbst am besten.«

Broll spürte den kritischen Blick des Mannes und presste die Lippen aufeinander. *Natürlich weiß auch er, wer du bist,* dachte er.

Der Schlächter von Krühll, *der Mörder unschuldiger Männer, Frauen und Kinder. Noch eine Narrheit im Namen eines perversen Herrn. Ich glaube, ich sollte mir allmählich Gedanken darüber machen, wem ich meine Loyalität schenke.*

»Richtig, aber Lokhs Höhe am Oberlandwai ist viel zu leicht zu verteidigen, als dass man eine ganze Armee über diese Felsbrücke führen könnte«, sagte er. »Außerdem unterhalten die Nordlinge dort einen bewachten Brückenposten.« *Nachdem ich ein Dorf auf ihrer Seite dem Erdboden gleichgemacht habe.* Bittere Galle stieg in seinen Mund hoch, und er spuckte aus.

»Richtig.« Johks hatte Broll sehr scharf beobachtet und nickte jetzt, fast so, als hätte Broll ihm etwas bestätigt, das er vermutet hatte. »Nun, Feldkommandeur, aber genau das werden sich die Nordlinge ebenfalls sagen. Also, um deine Frage zu beantworten, ich würde die Möglichkeit eines Hinterhalts nicht ausschließen.« Er hob den Kopf und sah sich um. »Aber nicht ausgerechnet hier.«

Broll hob eine Braue. »Und wieso nicht?«

Johks streckte die Hand aus und deutete nach vorn. »Wenn mich meine Erinnerung nicht trügt, werden wir, sobald wir über diese Anhöhe geritten sind, eine weite Ebene vor uns sehen, die direkt bis zu der Stelle führt, wo der Hochlandwai durch eine schmale Schlucht an der Seite des Weißen Spiegels entlangführt. Dort«, er nickte, »wäre eine geeignete Stelle für einen Hinterhalt.« Er zuckte mit den Schultern. »Andererseits, wer weiß schon, was in den Köpfen dieser stinkenden Barbaren vor sich geht?« Er grinste. »Vielleicht haben sie diesen einen Nordling ja hier zurückgelassen, damit er sich dir nähert und dich allein mit seinem Gestank umbringt.«

»Ich kann mir schlimmere Todesarten vorstellen.« Broll gab seinem Pferd die Sporen. »Also los, folgen wir einfach unserer Nase.«

Johks lachte und spornte sein Pferd gleichfalls an. Seite an

Seite ritten die beiden Kommandeure den flachen Hang der Anhöhe hinauf, über dessen Kamm ihre Leute gerade verschwunden waren.

Oben angelangt, zügelte Broll sein Pferd und musterte die Szenerie, die sich ihm bot.

Unmittelbar hinter der Kuppe lag eine kleine, von Rüppelkiefern geschützte Senke. Dort hatte sich die kleine Gruppe der Vorausabteilung zusammengeschart und wartete offenbar bereits ungeduldig auf ihr Eintreffen.

Ganz im Gegensatz zu ihrem Gefangenen, dachte Broll. *Er scheint die Ruhe selbst zu sein. Und wie ein Gefangener sieht er auch nicht gerade aus.*

Johks war das ebenfalls aufgefallen. »Sagten die Männer nicht, sie hätten einen Nordling gefangen genommen?«

Broll knurrte. »›Sozusagen‹ war das entscheidende Wort, wenn ich mich recht entsinne.«

Der Drachenkommandeur sah sich nach allen Seiten um, während sie langsam zu der Senke hinunterritten. »Wenn es wirklich ein Hinterhalt ist, ist er verdammt gut getarnt«, erklärte er.

»Es ist kein Hinterhalt«, erwiderte Broll, der den Nordling scharf beobachtete. »Eher ein unerwartetes Wiedersehen.«

»Ein Wiedersehen?« Johks starrte Broll verblüfft an. »Du willst sagen, dieser Kerl da ist ein Freund von dir?«

»Nein, kein Freund von mir.« Broll kniff die Augen zusammen. »Sondern der Freund eines Todfeindes, dem ich etwas sehr Wertvolles anvertraut habe.«

Johks spitzte die Lippen. »Eine ausgesprochen interessante Konstellation«, erklärte er. »Und das macht ihn zu …?«

»Jemandem, mit dem ich mich unbedingt ausführlich unterhalten möchte.«

Johks nickte. »So wie es aussieht, scheint dieser Nordling das ebenfalls zu wollen. Er macht den Eindruck, als hätte er hier auf dich gewartet.«

»Jedenfalls macht er nicht den Eindruck, als hätten unsere mutigen Krieger ihn gegen seinen Willen gefangen genommen.«

»Nicht?« Johks Blick glitt über den Nordling, der gelassen auf einem Felsbrocken hockte, den Rücken an eine Rüppelkiefer gelehnt und die Hände auf den Knien. Quer über seinen Oberschenkeln ruhte eine mächtige Doppelaxt. Offenbar störten den Nordling die zehn Drachenkämpfer und Hämmer der Vorausabteilung nicht, die ihn umringten. »Nein«, bestätigte er, während sein Blick an zwei Drachenkämpfern hängen blieb, von denen einer rücklings auf dem Boden lag, den Kopf auf einen zusammengerollten Umhang gelegt, während der andere neben ihm hockte und dem Nordling böse Blicke zuwarf. »Hätte er etwas dagegen gehabt, hier zu warten, dann würde jetzt nicht einer dieser Drachenkämpfer mit Kopfschmerzen daliegen, sondern die gesamte Vorausabteilung würde am Boden liegen, und Kopfschmerzen wären höchstwahrscheinlich ihr geringstes Problem.«

Broll hatte die kleine Gruppe erreicht, zügelte sein Pferd und stieg ab. *Ich frage mich nur, was er hier macht. Er sollte doch eigentlich bei Lay sein und ihn und Jolah beschützen. Wie war noch mal sein Name?*

»Du hast dir aber mächtig viel Zeit gelassen, Feldkommandeur.« Der Nordling stand auf und reckte sich. Die Drachenkämpfer und Hämmer traten unwillkürlich einen Schritt zurück, was dem Hünen ein bissiges Grinsen entlockte.

»Hätte ich gewusst, dass du auf mich wartest, hätte ich mich sicher etwas mehr beeilt«, erwiderte Broll gelassen. »Aber wie ich sehe, hast du dich wenigstens nicht gelangweilt.« Er deutete auf den ausgestreckt daliegenden Drachenkämpfer. Der Mann stöhnte leise. Der andere Mann stand auf und nahm Haltung an.

»Das da?« Der Nordling winkte verächtlich mit der Axt, und erneut wichen die Soldaten einen Schritt zurück.

Broll knirschte mit den Zähnen. *Wenn sie schon vor einem einzigen*

Nordling solche Angst haben, wie werden sie erst rennen, wenn sie sich einer ganzen Armee von dieser Sorte gegenübersehen?

»Er glaubte, er hätte noch eine alte Rechnung mit uns offen.« Der Nordling grinste. »Eine unbedeutende Rauferei in einer Schänke in Erlswerls. Wenn wir uns recht entsinnen, ging es dabei um Falschspielerei und andere Ungehörigkeiten.«

»*Wir?*« Broll sah sich gelassen um. »Wo sind denn deine Kameraden?«

»Wir sind allein.«

»Dieser Kerl und seine verfluchten Freunde sind schuld, dass die ganze Schänke niedergebrannt ist!«, stieß der Drachenkrieger hervor, der neben dem am Boden liegenden Mann stand, und funkelte Korgh wütend an. »Und er hat uns …!«

»Reiß dich gefälligst am Riemen, Kerl!«, fauchte Tronn ihn an. Er hatte sich mit den Hämmern der Schildrotte neben und hinter Broll und Johks aufgebaut.

Da erst schien der Soldat zu begreifen, dass sein Feldkommandeur vor ihm stand, und schluckte. »Entschuldigt, Ser. Sander, Ser! Dieser Nordling …«

»… ist noch bewaffnet, wenn ich das richtig sehe!«, schnauzte Johks. »Uns wurde die Gefangennahme eines Nordlings gemeldet! Ich sehe aber keinen Gefangenen, sondern nur einen feindlichen Krieger Hellandens und einen Haufen Kerle, die man wohl kaum als Soldaten bezeichnen kann!«

Der Nordling grinste und ließ die Streitaxt in seiner Hand herumwirbeln, was Tronn und Johks erstaunte Blicke entlockte. Die Waffe war ziemlich groß und schien eigentlich zu schwer zu sein, um sie auch nur mit einer Hand führen zu können. Und doch tat dieser Nordling, als wäre sie ein Spielzeug.

»Du meinst das hier?« Der Krieger wackelte mit dem Kopf. »Wir betrachten sie eher als vertraute Gefährtin denn als eine Waffe.« Er deutete mit der Axt auf den Krieger, der am Boden lag. »Bedauerlicherweise mussten wir diesen edlen Recken davon überzeugen, dass wir uns nicht so leicht voneinander trennen.« Er grinste. »Er hat sich den Kopf deswegen zerbrochen und leidet jetzt unter Kopfschmerzen.«

»Genug mit diesem dummen Gequatsche!« Tronn trat vor. »Du bist unser Gefangener und wirst mir auf der Stelle deine Waffe aushändigen. Ansonsten …« Er hob die Hand, und die drei Soldaten der Schildrotte in seiner Begleitung hoben ihre gespannten Stockbogen und richteten sie auf den Nordling.

»Ah, wie wir sehen, hast du auch richtige Soldaten dabei, Broll.« Der Nordling blieb gänzlich unbeeindruckt. »Die wirst du auch brauchen, wenn du wirklich vorhast, Egkhild von ihrem Hohen Stuhl herunterzuholen.«

Broll hörte, wie Johks und Tronn scharf die Luft einsogen. »Du hast gehört, was mein Hauptmann gesagt hat, Korgh«, erwiderte er und sah, wie die Augen des Mannes aufblitzten, als er ihn beim Namen nannte, der ihm endlich wieder eingefallen war. »Du bist unser Gefangener und wirst uns deine Waffe aushändigen.«

Der Nordling warf einen Blick auf seine Doppelaxt, dann auf den am Boden liegenden Krieger und sah dann wieder zu Broll. Schließlich sagte er: »Ich nehme an, das hast du dir verdient, weil du dich an unseren Namen erinnert hast.« Korgh musterte Tronn und die Hämmer, die mit ihren Stockbogen auf ihn zielten. »Also gut«, erklärte er. »Wir haben auf dich gewartet, aber wir ergeben uns nur dir. Ebenso wie wir unsere Gefährtin nur in deine Hände geben.«

Dieser Kerl ist wirklich unglaublich. Broll musste zugeben, dass ihn dieser Nordling beeindruckte. *Nicht nur, dass der Mann kein bisschen Angst zu haben scheint, er glaubt offenbar wirklich, er könnte hier Bedingungen stellen.* Broll kniff die Augen zusammen, als plötzlich Schmerz in seinem Hinterkopf aufflammte. *O nein,* dachte er, *nicht jetzt. Das kann ich im Moment überhaupt nicht brauchen!*

Er hob eine Hand zum Kopf und atmete langsam und ruhig

durch die Nase, wie er es in solchen Fällen immer tat. Das linderte den Schmerz zwar, aber er verschwand nicht, sondern es blieb ein schwaches Pulsieren, das Broll hinter seinen Augen und tief in seinem Schädel spürte. Die Anfälle waren während der letzten Zyklen immer stärker geworden und hatten sich in ihrer Art und in ihrem Auftreten verändert. Hatten sie ihn früher hauptsächlich nachts im Schlaf überfallen und ihm merkwürdige Träume verursacht, überkam ihn dieses merkwürdige Pulsieren nun auch tagsüber. *Und es wird immer schlimmer. Jetzt fange ich schon an, sonderbare Stimmen zu hören.*

»... Feldkommandeur? Stimmt etwas nicht mit dir?«

Broll öffnete die Augen und sah Johks besorgtes Gesicht. Der Drachenkommandeur war neben ihn getreten und hatte ihm die Hand auf den Arm gelegt.

Brüsk zog Broll seinen Arm zurück. In dieser Situation konnte er Berührungen überhaupt nicht ertragen, aber ihm war klar, dass der Soldat nur besorgt war.

»Ja, schon gut. Es ist alles in Ordnung.«

Er drehte sich zu Korgh herum und erstarrte.

Der Nordling durchbohrte ihn mit seinem Blick fast, und tief in den eisblauen Augen des Kriegers schien ein rotes Feuer zu glimmen.

»Du wolltest unsere Gefährtin, Feldkommandeur? Hier hast du sie. Aber gib gut auf sie acht. Es ist eine recht anspruchsvolle Geliebte!«

Instinktiv streckte Broll die Hand danach aus. Als sich seine Finger um den mit Leder umwickelten Schaft schlossen, wünschte er, er hätte es nicht getan.

Denn der Schmerz in seinem Kopf wurde plötzlich so intensiv, wie er es noch nie erlebt hatte, und das vage Summen von Stimmen, das ihn gelegentlich verfolgte, schwoll zu einem ohrenbetäubenden Dröhnen an.

TrägerdesMals TodTodTod Draakenbrut Draakenslaav ei-

nervomBlut Tonnvor zaudernit TodTodTod TrägerdesMals draakenwohl Draakentod Zeitennahet Augenwandern Tod-TodTod

Ich … ich ertrag es nicht! Was … was ist das? Was …? Broll spürte eine unerträgliche Hitze in der Hand, mit der er den Griff der Streitaxt umklammerte. Aber er war nicht in der Lage loszulassen, während ihn ein schrecklicher Schmerz durchströmte und glühende Fäden vor seinen Augen tanzten. Sie bewegten sich wie die Tentakel eines Meeresungeheuers und schienen um einen blutrot schimmernden Knoten zu tanzen, der unmittelbar vor ihm in der Luft schwebte. Broll wusste, dass er die Augen geschlossen hatte, und trotzdem schien er alles wahrzunehmen, was ihn umgab, nur irgendwie …

Irgendwie anders. Als würde ich durch einen schwarzen Schleier ein gewaltiges Feuer beobachten, als würde alles um mich herum in Flammen stehen … oder nein, aus diesen merkwürdigen Fäden bestehen …

Er *sah,* wie dieser blutrote Knoten, der eine lodernde Gestalt zu sein schien, auf ihn zukam, eine Flammenhand nach ihm ausstreckte, *sah,* wie sich eine weitere Gestalt auf ihn stürzte, dann noch eine, *sah,* wie sie rechts und links zur Seite flogen, hörte ein dumpfes Brausen, als Stimmen irgendwelche Laute schrien, seltsam verzerrt, *sah,* wie glühende Punkte auf die blutrote Gestalt zuflogen, *sah,* wie die Gestalt ihnen auszuweichen schien, wie die Fäden, Schlingen und Knoten sich veränderten, die Punkte einfach durchzulassen schienen, nein, sie *in sich aufsogen,* und die ganze Zeit wurden diese Stimmen immer lauter, immer und immer lauter, brüllten ihn an, während die Hitze in seiner Hand unerträglich wurde und eine gleißende Helligkeit ausstrahlte, die alles andere auszulöschen schien.

Im selben Moment mischte sich eine weitere Stimme in den Chor, eine Stimme, die süß klang, verlockend, verführerisch, die wie Balsam auf sein gepeinigtes Hirn einwirkte, bevor sein Bewusstsein zu explodieren, aus seinem Kopf herauszuquellen schien, wie kochende Rayakmilch aus einem Topf auf dem Feuer überschäumt.

EinerVomBlutEinerVomBlutEinerVomBlut

SANSIBOR, HAUS DER FEUERWIRKERINNEN IM HAREM DER FRAUEN IN DER ALTEN STADT

Belphors rotes Auge hing tief über der Stadtmauer der Alten Stadt, der Keimzelle von SanSibor und dem ältesten Teil der Hauptstadt des Reiches von SanFira. Die gewaltigen, viele Quadermaße dicken Mauern tauchten die Häuser, die sich wie Schutz suchend daran schmiegten, in wohltuenden Schatten.

Auf dem Dachgarten eines alten Hauses in einem der vornehmsten Viertel der Alten Stadt, dem Harem der Frauen, war es zwar immer noch sehr warm, aber unter dem großen Schirm aus geflochtenem Wüstengras war es gut auszuhalten, und die weichen Kissen aus dem feinen Bauchfell der Wüstenziege, die auf dem mit gebrannten Fliesen ausgelegten Boden lagen, luden zum bequemen Verweilen ein. Auf einem geschnitzten Tisch stand ein silberner Teller mit Früchten und ein Krug parfümierten Wassers.

Doch die Frau, die am Rand der Terrasse an der gemauerten und mit blassen Farben bemalten Balustrade stand, würdigte dies alles keines Blickes. Denn sie betrachtete das Spiel des Lichts, das die orangeroten Strahlen von Belphors rotem Auge auf den mit prachtvollen Mosaiken verzierten Kuppeln des Palastes der MaxMagia von SanFira erzeugten.

Obwohl sich dieses Schauspiel in der Zeit der Glut jeden Abend wiederholte, schien sie vollkommen davon gebannt, so als sähe sie es zum ersten Mal.

Als sie schimpfende Stimmen und das misstönende Tröten eines Botenhorns vernahm, beugte sich die Frau über die Balustrade und blickte auf die schmale Straße unter ihr hinab, die zwischen der Stadtmauer und dem Haus entlangführte.

Die Straße war schmal und lag mehrere Stockwerke unter ihr, aber die Unruhe unter den Passanten und Händlern war unverkennbar. Wie der Sand sich vor dem Bug eines vorbeirauschenden Sandschiffes teilt, machten sie einer Gestalt Platz, die sich den Weg durch das Gewoge der Käufer und Verkäufer, Anwohner und zufälligen Fußgänger bahnte. Die Frau kniff die Augen zusammen, konnte aber die Person nicht genau erkennen. Sie glaubte die rotgelbe Tunika der Palastboten zu sehen, aber wegen des Schattens, in dem die Straße lag, und wegen des Menschengewimmels war sie sich dessen nicht ganz sicher.

Sie richtete sich wieder auf und legte eine Hand auf ihre Brust. »Sei ruhig, mein Herz«, sprach sie leise zu sich. »Das hat nichts zu bedeuten. Der Bote will wahrscheinlich nicht einmal zu uns.«

Andererseits befanden sich hier in der Straße des Feuers nur Geschäfte alteingesessener kleiner Handwerker, Lebensmittelhändler und Kaufleute, die das berühmte fein gewebte Tuch aus SanFira feilboten, das überall in der bekannten Welt so begehrt war. Unwillkürlich zog die Frau den hauchdünnen Schal aus ebendiesem fein gewebten Gespinst dichter um ihre nackten Schultern, als sie plötzlich fröstelte. Das einzige Haus in dieser Straße, ja, im ganzen Gebäude des Harems der Frauen, das bedeutend genug war, einen Palastboten zu empfangen, war ebendieses Haus, das Haus der Feuerwirkerinnen, in dem die Magias von SanFira lebten. Gewiss, es gab in SanSibor noch andere Häuser wie dieses und noch viel mehr Feuermagias, aber nur hier, in diesem Haus, lebte auch eine ehemalige MaxMagia von SanFira. Im Exil mitten in ihrer Heimatstadt. Das war etwas Unerhörtes und noch nie Dagewesenes, denn die Position der MaxMagia, der ersten Feuerwirkerin des Reiches und *Sonne SanFiras,* so der offizielle Titel, wurde für gewöhnlich auf Lebenszeit vergeben.

Es sei denn, sie ließ sich dazu hinreißen, ihrem Herzen und nicht ihrer Bestimmung zu folgen. Das war jedoch seit Beginn der Aufzeichnungen noch nie geschehen. Bis vor zwanzig Zyklen.

»Einundzwanzig«, murmelte die Frau und bezog wieder ihre Position an der Balustrade. »Einundzwanzig Zyklen ist es jetzt her. Er muss mittlerweile ...« Sie schüttelte den Kopf, als wollte sie sich daran hindern, in Erinnerungen zu versinken, die, ihrer Miene nach zu urteilen, schmerzhaft waren. Oder als wollte sie sich dafür tadeln.

Mittlerweile sank das rote Auge Belphors immer schneller und stand unmittelbar über den Zinnen der Mauer. Die bronzenen Schuppenpanzer der Wächter leuchteten blutrot im Licht der untergehenden Sonne, und die Zinnen des Sandsteins, aus dem die Mauer bestand, schienen zu glühen. Die Frau wusste, dass SanSibors Wälle im Licht des sich schließenden Auges ein wundervoller Anblick waren, auch wenn sie schon lange nicht mehr außerhalb der Tore der Hauptstadt des Reiches gewesen war. Ja, sie hatte selbst dieses Haus schon seit etlichen Zeitwenden nur verlassen, um an der Zeremonie zur Feier des Feuers teilzunehmen.

Sie seufzte, ging zu den Kissen und setzte sich. Sie schlug die Beine übereinander, die in einer langen, fließenden Hose steckten. Zerstreut griff sie nach der silbernen Schale, nahm eine Weintraube und schob sie sich in den Mund. Dann nahm sie das kostbare, geschliffene Glas mit Wasser, auf dem duftende Blütenblätter schwammen. Nachdem sie davon getrunken hatte, stellte sie das Glas wieder ab, spuckte die Traubenkerne in die irdene Vase neben ihr und nahm sich eine zweite Traube. Dabei legte sie den Kopf schief und lauschte. Sie schien jedoch nichts hören zu können und trommelte mit den Fingern der freien Hand auf die Knie, spuckte erneut die Kerne in die Vase und stand dann mit einem Seufzer auf. Nachdem sie noch eine Weile unruhig auf dem Dach auf und ab gegangen war, sank sie auf die Ruheliege, schloss die Augen und begann zu meditieren.

Belphors Auge hatte sich ein gutes Stück mehr geschlossen, als sie das Rascheln von Stoff hinter sich vernahm und hochfuhr. »Karmet!«

»Gesalbte.« Die Dienerin ließ das zarte Gewebe der Vorhänge, die den Durchgang zu den oberen Gemächern des Hauses verdeckten, los. Der am unteren Rand mit schwarzen Kieseln aus dem Oum beschwerte Stoff schaukelte noch ein wenig hin und her. »Die Feier des Feuers steht bevor. Wir müssen uns bereitmachen, um zum Haus des Feuers zu gehen.«

»Ich weiß.« Die als *Gesalbte* angesprochene Frau nickte, aber sie war nicht bei der Sache. »Karmet, hast du zufällig gesehen, was vorhin da unten auf der Straße vorging? Ich meinte, ich hätte ein Botenhorn gehört, aber bei dem Lärm, den die Feilschenden machen, bin ich mir nicht sicher.«

»Zufällig, Gesalbte?« Das Gesicht der Dienerin blieb vollkommen unbewegt. Ihre großen leuchtenden Augen lenkten von den vier Narben auf ihrer linken Wange ab, die zeigten, dass sie zu einem der Wilden Völker tief unten in Belphors Feuer im Sandmeer gehörte. Das Drachenmal auf ihrer Stirn war klein und rot und ähnelte nicht wirklich einem Drachen, aber jeder Mensch in SanFira und auch in Bouhss kannte es und wusste, was es bedeutete.

Drachenfutter.

In den andauernden Grenzkämpfen mit den Wilden Völkern des Sandmeeres wurden auf beiden Seiten nur selten Gefangene gemacht. Die SanFiraner brachten ihre Gefangenen, egal, ob Mann oder Frau, für gewöhnlich in die Hauptstadt, wo sie zur Belustigung der Massen in den Kreis des Feuers geschickt wurden. Dort bekamen sie es mit unerbittlichen, weil ausgehungerten Raubechsen zu tun. Nur wenige überlebten diese Kämpfe, und wem das gelang, der durfte sein Leben zur Belohnung als Sklave fristen.

Es war mehr als nur ein Gerücht, dass die meisten Überlebenden schon nach kurzer Zeit in der Sklaverei von ihrem einzigen Recht Gebrauch machten, das ihnen noch zustand, nämlich sich für den Tag des Drachenfeuers freiwillig für einen Gang in den Kreis des Feuers zu melden. Diesen zweiten Gang hatte bisher kein einziger Sklave überlebt.

Karmet war eine der wenigen, die sich nicht nur mit ihrer Sklaverei abgefunden zu haben schienen, ihr machte es offenbar sogar Freude, der Gesalbten zu dienen, die als bislang einzige MaxMagia abgesetzt und zu dieser Art von Verbannung verurteilt worden war.

Ishdabell Rash-Fira betrachtete ihre Dienerin, die für sie so viel mehr war als eine Sklavin, eher eine Vertraute. Und seit ihrem Exil ihre einzige Freundin.

»Zufällig, gewiss.« Die Mundwinkel der Feuerwirkerin zuckten unmerklich. »Denn natürlich muss ich annehmen, dass du etwas anderes zu tun hast, als müßig herumzustehen und zum Fenster zu laufen, sobald du das Botenhorn eines Palastboten hörst. Die Eunucha würden das wohl kaum dulden.«

Karmet neigte kaum merklich den schmalen Kopf. »Gewiss, Gesalbte. Aber wie Ganäa es gefiel, stand ich *zufällig* neben dem Fenster, als der Palastbote durch die Straße lief. Er hatte es wohl recht eilig, da er noch weitere Nachrichten zu überbringen hatte, denn er hat nur kurz mit der Eunucha gesprochen, als er ihr die Botschaft übergeben …«

»Er hat … eine Nachricht hier bei uns abgegeben?« Ishdabell konnte die Erregung in ihrer Stimme nicht unterdrücken. »Du weißt natürlich nicht, um was für eine Botschaft es sich handelt und an wen sie gerichtet ist?« Es war nicht ungewöhnlich, dass der Palast Boten in den Harem der Frauen schickte. Immerhin lebten hier neben den Magias auch die berühmten Tänzerinnen des Nachtpalastes, die, wie jeder Mann – und jede Frau – wussten, nicht nur wegen ihrer Tanzkünste heiß begehrt waren. Aber zumeist kamen die Boten mit recht banalen Botschaften oder Aufträgen aus dem Palast. Die ehemalige MaxMagia, die Sonne SanFiras, hatte in den fast zwanzig Zyklen, die sie hier lebte, nur zweimal eine Nachricht erhalten. Und beide Male waren es niederschmetternde Neuigkeiten gewesen.

Aber als sie das letzte Mal die Flammen des heiligen Feuers *gelesen* hatte …

»Nein, *natürlich* weiß ich das nicht. Die Eunucha teilt ihr Wissen nicht mit einer einfachen Sklavin.« Karmet lächelte. »*Zufällig* jedoch teilt sie es nur zu gern mit der Anführerin der Tausend Augen. Die wiederum eines ihrer vielen Augen auf mich unwürdige Wilde geworfen hat …« Die Sklavin zog ein kleines, zusammengerolltes Pergament aus einer Falte ihres Gewandes. »Ich sang den Tausend Augen ein Lied, und sie schlossen sich gnädig.« Sie lächelte, als die ehemalige MaxMagia fragend eine Braue hob, erklärte sich jedoch nicht weiter.

»Jedenfalls kam sie mit einem Gryph in den Palast. Die Botschaft scheint bedeutsam zu sein, denn die Eunucha war ziemlich gereizt, als sie versuchte, sie zu lesen.«

»Sie hat es … versucht?«

Karmet nickte und sah sich um, aber die beiden Frauen waren allein auf der Dachterrasse. Dann hielt sie ihrer Herrin ein zusammengerolltes Stück öliges Pergament hin. »Offensichtlich vergeblich. Vielleicht war es deshalb nicht sonderlich schwer, die Anführerin der Tausend Augen zu bitten, mir diesen unbedeutenden Gefallen zu erweisen. Außerdem ist sie nicht besonders gut auf die Eunucha zu sprechen, seit die Hausvorsteherin die Rationen von Kammatnuss drastisch gekürzt hat.« Sie sah sich erneut um, als ein dumpfer Gong durch die Straße hallte. Es war der Schlag, der den Übergang von Sonnen- zu Schattenstrichen signalisierte und gleichzeitig das Signal gab, dass die Feier des Feuers nahte.

Die beiden Frauen befanden sich jedoch immer noch allein auf der Dachterrasse. Die anderen Feuerwirkerinnen in dem Gebäude waren zweifellos bereits dabei, sich für ihren Gang zum Haus des Feuers zu schmücken.

»Ich musste ihr jedoch versprechen«, fuhr Karmet fort, »ihr das Pergament zurückzugeben, wenn wir zum Haus des Feuers aufbrechen. Auch meinte sie, die Eunucha würde dir diese Botschaft auf keinen Fall aushändigen, obwohl sie offenbar an dich gerichtet ist.«

Ishdabell Rash-Fira griff hastig nach dem Pergament. »Es trägt kein Siegel.« Sie sah ihre Dienerin und Vertraute kurz an. »Du hast nicht zufällig gesehen, worin diese Nachricht transportiert worden ist?«

»Als die Anführerin der Tausend Augen mir das Pergament in die Hand drückte, hatte ich leider ihre Zunge in meinem Mund.« Karmet verzog abfällig die Lippen. »Wenn du mich fragst, hat die Eunucha etwas Gutes getan, als sie den Verzehr der Kammatnuss eingeschränkt hat. Sie lässt einen widerlich stinken.« Sie schüttelte sich. »Aber ich glaube, Gesalbte, sie hat das Pergament aus einem einfachen gegerbten Beutel gezogen, wie man sie den Gryph auf den Rücken schnallt …«

»Beim Allsehenden Auge Belphors!«

Karmet zuckte zusammen. »Gesalbte, ich bitte dich, man wird dich hören!«

Ishdabell sah ihre Vertraute kurz an und senkte den Blick dann wieder auf das Pergament, das sie ausgerollt in Händen hielt. »Du hast natürlich recht. Bring mir meine Feuerschale und sorg dann dafür, dass mich im nächsten Halbsand niemand stört. Ich muss … diese Nachricht entschlüsseln.«

Ihre Stimme klang drängend, und Karmet runzelte die Stirn.

»Aber der Gong, Gesalbte. Es wird eine, höchstens zwei Sandachten dauern, bis man dich unten vermisst. Dann wird jemand hochkommen, und du ...«

»Bitte, Karmet!«

Der fast flehende Ton der ehemaligen MaxMagia ließ die Dienerin nachgeben. »Ich will es versuchen, Gesalbte. Aber beeil dich!« Sie warf einen kurzen Blick auf das Pergament. »Ist die Nachricht denn wirklich wert, dafür den Zorn der Eunucha zu riskieren? Und den der Anführerin der Tausend Augen ebenfalls? Sie werden dein Verhalten zweifellos der MaxMagia melden.«

Ishdabell bedachte ihre Dienerin mit einem eindringlichen Blick. »Das ist sie allerdings, Karmet, das ist sie allerdings.«

Nachdem die Dienerin ihr die rituelle Feuerschale gebracht hatte, in denen die Feuerwirkerinnen die heiligen Flammen des Drachenfeuers entzündeten – eine Zeremonie, bei der sie aus den Flammen den Lauf des Schicksals abzulesen vermochten –, konzentrierte sich Ishdabell vollkommen auf die vor ihr liegende Aufgabe. Sie versenkte sich in ihre Anrufung, murmelte leise die heiligen Worte, legte die ranzig riechenden, schmalen Scheite des Drachenbaums in die Metallschale und rieb zwei Scheite aneinander. Sofort fingen sie Feuer, und bläuliche Flammen leckten hoch.

Ishdabell schloss die Augen und verfiel in einen leisen, melodischen Singsang, während sie sich mit gekreuzten Beinen auf ein Kissen vor die Schale hockte, die Hände über das Feuer hielt und hineingriff, ohne dass die Flammen ihr etwas taten, und schließlich das zusammengerollte Pergament hineinlegte. Die bläulichen Flammen züngelten an dem Papier, das im nächsten Moment gelbrot aufglühte, und sonderbare schwarze Schriftzeichen erschienen unter den mit Tusche aufgemalten Buchstaben auf dem Pergament.

»Gesalbte!« Karmet hatte wie gebannt vom Durchgang aus zugesehen, wo sie stand, um ihre Herrin vor unerwünschten Besuchern oder, schlimmer noch, der Eunucha zu warnen. »Das

Pergament, es darf nicht …!« Die Angst in ihrer Stimme war unüberhörbar. Obwohl Karmet schon häufiger Zeugin gewesen war, wie Ishdabell das Drachenfeuer beschwor, und gesehen hatte, dass die Flammen sonderbarerweise nichts verzehrten, verschlug es ihr jedes Mal wieder fast die Sprache.

Ishdabell hörte jedoch nicht auf sie, sondern wob mit den Fingern Muster durch die Flammen, die an ihrer Haut züngelten, ohne sie auch nur zu schwärzen. Die Ärmel des Gewandes hatte sie hochgeschoben, aber als sie die Hände bewegte, rutschte ein Ärmel langsam hinab. Die Feuerwirkerin achtete nicht darauf, aber Karmet stieß einen erschreckten Ruf aus, als die oberste Schicht des hauchdünnen Stoffes Feuer fing und im Nu verbrannte. Ishdabell warf nur kurz einen Blick darauf, klopfte mit der anderen Hand auf den Stoff und löschte die Flammen. Ohne sich um den verbrannten Ärmel zu kümmern, widmete sie sich weiter der Anrufung.

Schließlich schien sie fertig zu sein, denn sie lehnte sich zurück, ließ die Schultern sinken und fuhr einmal mit der Hand über die Flammen, die mit einem schwachen Zischen erloschen. Karmet eilte hastig an die Seite ihrer Herrin.

»Ist das Pergament …?« Sie unterbrach sich, als sie einen Blick in die Feuerschale warf.

Das Pergament war von dem Ruß des Holzes ein wenig schwarz, aber ansonsten unversehrt. Die Dienerin vergewisserte sich mit einem kurzen Blick zum Durchgang, dass sie immer noch allein waren, dann bückte sie sich und nahm den Pergamentstreifen aus der Schale.

»Räum das weg«, befahl die ehemalige MaxMagia, »bevor jemand hochkommt und es sieht.« Als sie bemerkte, dass Karmet zögerte, lächelte sie müde. »Keine Angst, du kannst das Metall anfassen, es ist nicht heiß.« Ihre Stimme klang ein wenig belegt, als hätte sie Mühe zu sprechen.

Karmet nickte und hob die Schale hoch. Als sie sie berührte, lösten sich die Reste des Drachenholzes in silbrig schimmernde Asche auf, die von einer plötzlichen Bö gepackt und über die Balustrade geweht wurde. Sie flimmerte noch einen Moment in dem rötlichen Licht, das den Himmel über der Stadt färbte, dann war sie verschwunden.

»Gut.« Die ehemalige MaxMagia war aufgestanden und löste einen silbernen Verschluss auf ihrer Schulter, der die Form einer Flamme hatte und ihr Kleid zusammenhielt. »Wenn du sie weggebracht hast, bring mir meine Gewänder für das Ritual im Haus des Feuers.«

Karmet nickte und drehte sich um, dann jedoch zögerte sie und sah zu ihrer Herrin zurück. »Darf ich fragen, Gesalbte …?«

Ishdabell würdigte ihre Dienerin keines weiteren Blickes, so als hätte sie die Frage nicht gehört. Stattdessen trat sie unter den großen Sonnenschirm, der sie vor den Blicken der Soldaten auf der Stadtmauer schützte, und ließ das Kleid von den Schultern gleiten. Darunter trug sie nur noch ein schmuckloses Unterkleid aus einem fließenden, schillernden Material.

Karmet wollte sich bereits wieder abwenden und in den Durchgang treten, um zu den Gemächern ihrer Herrin zu gehen und dort die rituellen schwarzen Gewänder der Feuerwirkerin zu holen, als die leise, etwas heisere Stimme ihrer Gebieterin sie aufhielt. Sie klang vollkommen unbeteiligt, fast so, als würde sie mit sich selbst sprechen.

»Die Nachricht kam aus Ern.«

»Aus Ern? Aber ich dachte …?«

»Vom Weißen Spiegel? Nein, diesmal nicht. Und sie kam auch nicht aus Ernhaag, würde ich meinen.«

Karmet musterte ihre Gebieterin aufmerksam. »Aber wer in Ern …?« Sie verstummte und schlug die Hand vor die Lippen. »Er ist in …?«

Ishdabell Rash-Fira lächelte schwach und nickte. »In Krühll. Und er hat mir einen Besuch angekündigt.«

Karmet blickte ihre Herrin mit weit aufgerissenen Augen ungläubig an. »Aber das kann er doch unmöglich wagen. Er würde es niemals auch nur über die Grenze nach SanFira schaffen.«

Ishdabell nickte. »Sehr wahrscheinlich hast du recht, aber das weiß er selbst. Ich sagte, er hat mir einen Besuch angekündigt, nicht *seinen* Besuch.« Ihre Stimme klang plötzlich weich und fast ein wenig sehnsüchtig. Sie ignorierte Karmets Keuchen, als die Dienerin begriff, und sprach weiter, bevor ihre langjährige Vertraute einen Kommentar abgeben oder gar einen Namen aussprechen konnte. »Wie dem auch sei, es wäre schön, wenn du mir meine Gewänder brächtest. Es wird ein wenig kühl, wenn sich Belphors Auge geschlossen hat.«

»Gewiss, Gesalbte, verzeih.« Karmet ging rasch zu dem Durchgang, blieb jedoch in der Tür noch einmal stehen und sah zu ihrer Herrin zurück. »Das ist wunderbar, Gesalbte. Ich frage mich nur, woher er das weiß.«

Ishdabell hob die Hand und deutete zum Himmel. »Offenbar hat er es dort gelesen.«

»Und ist es sicher?«

»So sicher wie mein Tod«, erwiderte die ehemalige MaxMagia flüsternd, und ihr Blick war einen Moment in die Ferne gerichtet. Dann bemerkte sie, dass ihre Dienerin noch immer regungslos in dem Durchgang stand und sie anstarrte, und fasste sich wieder. »Der mich weit früher ereilen wird, als die gnädigen Götter vorgesehen haben, weil ich hier auf dieser Dachterrasse halb nackt erfrieren werde, wenn du ...«

Sie unterbrach sich, als Karmet mit einem Ruck und einem erstickten »Verzeih!« herumfuhr und in dem dunklen Durchgang verschwand.

KLUFT IM DRACHENSCHLUND, REFUGIUM DER MAGI

Wie eine Gefangene. Mein Vater hält mich hier wie eine Gefangene. Der schweigende Famulus, dem Kalehna durch die düsteren Gänge des Refugiums folgte, verstärkte diesen Eindruck noch. Schon sein Rücken wirkte abweisend, und der junge Mann selbst strahlte eine unterschwellige Feindseligkeit aus. Es war die Zeit des Schöpfens, wie die Magi die Sandachten nach Einbruch der Dunkelheit nannten, in denen sich die Wirker der Ströme in ihre jeweiligen Klausen zurückzogen und meditierten, um Kraft zu sammeln. *Falls sie das wirklich tun.* Kalehna hatte beim Vorbeigehen schon häufiger seltsame Laute aus den Klausen gehört, die anscheinend wenig mit Meditation zu tun hatten. Unwillkürlich kamen ihr die Worte von Trophan wieder in den Sinn, die der junge Magus zu ihr an der Tür vor ihrer Kemenate – *meiner Zelle!* – zu ihr gesagt hatte, nachdem sie die Versammlung des Zirkels verlassen hatten.

»Warum, glaubt Ihr wohl, hat Euer Vater Euch aus diesem Tempel geholt und sperrt Euch jetzt hier ein? Bestimmt nicht aus plötzlich erwachter väterlicher Liebe.«

Kalehna hatte sich zunächst geweigert, den Worten des jungen Magus Glauben zu schenken, dass Sephist tatsächlich nur deshalb an ihr interessiert war, weil er plante, mithilfe der Träger des Mals, von denen sie eine war, die spirituelle Vorherrschaft in Alghor zu erringen. Außerdem wollte er, wenn Trophan recht hatte, die politische Macht an sich reißen und sowohl die Drachenpriesterinnen als auch die Auguren ausschalten. Aber ihre

Versuche, nach der Versammlung der Zirkel zu ihrem Vater vorzudringen, waren stets abgewimmelt worden. Angeblich befand sich der Herr der Klaturen in einer Klausur mit seinen engsten Beratern.

Von wegen engste Berater! Kalehna durchbohrte den Rücken des vor ihr gehenden Famulus mit einem so giftigen Blick, dass der Mann eigentlich hätte tot umfallen müssen. *Wahrscheinlich lässt er sich nur von Maahr-kut, diesem widerlichen, Kammatnuss kauenden Sandmann, irgendwelchen Schwachsinn ins Ohr flüstern!* Kalehna war der untersetzte, dunkelhäutige Mann zuwider, und nicht nur das: Etwas an ihm bereitete ihr in ihrem tiefsten Innern starkes Unbehagen. Sie wusste nicht genau, woran es lag, aber dieser Sandmann hatte etwas an sich, das ihr Angst einflößte. Ob es sein Blick war oder die Kälte, die er ausstrahlte, wenn er mit ihr sprach, wusste sie nicht. Aber sie war froh, wenn sie sich nicht in seiner Nähe aufhalten musste.

Ihr Blick streifte über die schmucklosen steinernen Wände des Korridors, durch den sie gingen, und blieb dann auf der schwarz gekleideten Gestalt des Famulus vor ihr hängen. Sie verzichtete darauf, ihm die Frage zu stellen, die sie den ganzen Weg von ihrer Klause bis hierher bewegt hatte, nämlich warum ihr Vater sie diesmal hatte rufen lassen. Der Jüngling hatte den Weg über nur geschwiegen. Es war ein Schweigen, das Unsicherheit verriet, wie Kalehna fühlte, kein Schweigen aus Hochmut oder Boshaftigkeit.

Wahrscheinlich hat Vater ihm nach der unschönen Szene mit Trophan eingeschärft, nicht mit mir zu sprechen, weil der junge Magus mir diese Geschichte mit dem Verlust des Zirkels und der Rolle meines Vaters dabei erzählt hat. Bei dem Gedanken an Trophan musste sie sich eingestehen, dass sie sich tatsächlich nach ihm sehnte. Er war einer der wenigen Menschen in diesen düsteren Hallen, die ihr freundlich und offen begegneten, jedenfalls kam es ihr so vor. Und der ehrlich mit ihr redete. *Und der sich außerdem zu mir hingezogen fühlt.*

Sie lächelte bei dem Gedanken, doch im nächsten Moment wurde sie wieder ernst, weil das Bild eines jungen Mannes mit schwarzen Locken und dunklen Augen in ihr hochstieg. Sie schluckte und legte unwillkürlich die Hände auf ihren Bauch.

Im nächsten Moment überlief es sie kalt. *Kann es sein, dass Vater gemerkt hat ...? Oder dieser widerliche Sandmann? Es würde mich nicht wundern, wenn Maahr-kut meinen Zustand ahnte. Und selbstverständlich würde er sofort meinem Vater davon berichten. Immerhin würde das seine Pläne auf den Kopf stellen, die Träger des Mals so zu kontrollieren, dass er durch sie die Macht erringen kann, wenn der Moment der Zusammenkunft aller Träger in Ulcar gekommen ist. Wie auch immer das aussehen mag.* Kalehna nagte an ihrer Unterlippe, als sie sich vorstellte, wie das bevorstehende Treffen bei ihrem Vater verlaufen könnte, wenn sich ihr Verdacht bestätigte. Sephist hatte sich bisher gewiss nicht wie ein liebender Vater ihr gegenüber verhalten, aber andererseits hatte er ihr auch nicht gedroht oder sie schlecht behandelt. *Abgesehen davon, dass er mich eingesperrt hat,* dachte sie. *Aber ...*

»Wir sind da ... Ehren ... Mi... edle Mistress.«

Kalehna blickte hoch und fuhr unwillkürlich ein Stück zurück, als sie das gerötete Gesicht des jungen Famulus unmittelbar vor sich sah. Der junge Mann war stehen geblieben und hatte sich zu ihr umgedreht. Sein Blick zuckte über ihre Brust und ihre Hüfte, woraufhin sich die Röte auf seinen Wangen noch vertiefte und er ihr mit einem verlegenen Räuspern wieder in die Augen sah.

Eindeutig Verlegenheit, dachte Kalehna. *Vielleicht hat mein Vater ihm nicht einmal verboten, mit mir zu sprechen. Wahrscheinlich hätte er ohnehin nicht den Mut dazu gefunden.* Da fiel ihr wieder ein, dass im Refugium normalerweise keine Frauen geduldet wurden. *Was bedeutet, dass diese armen Jungen noch nie eine Frau gesehen haben. Wahrscheinlich jedenfalls.*

Ihre unerfreuliche Lage hatte sie verärgert, und nun bot sich ihr die Gelegenheit, etwas von dieser Spannung abzubauen. Sie schlug die Kapuze ihres Umhangs zurück, die sie auf Anweisung ihres Vaters aufzusetzen hatte, wenn sie sich durch das Refugium bewegte, schüttelte ihre langen kastanienbraunen Locken aus und strahlte den Jüngling an. Dann befeuchtete sie ihre Lippen.

»Ich danke Euch, Ehrenwerter Magus«, hauchte sie und legte dem Jüngling die Hand auf den Arm. »Ich hoffe sehr, dass Ihr mich wieder zu meiner Klause zurückbringt, wenn das Gespräch mit meinem Vater beendet ist.«

Der Jüngling starrte fassungslos auf ihren Mund und registrierte erst viel später, dass ihre Hand auf seinem Arm ruhte. Er fuhr zurück und stieß dabei gegen die steinerne Fassung des Türbogens. »Ich …«, würgte er hervor, während sein rosiges Gesicht eine ungesunde rote Färbung annahm. »Ich bin kein Magus.«

»Dachte ich mir«, erwiderte Kalehna, die sich plötzlich für ihren Übermut schämte und außerdem die Lust an diesem Spiel verlor. *Trotzdem ist es immer noch weniger schändlich, diesen naiven Jüngling ein wenig auf den Arm zu nehmen, als eine unschuldige Frau einfach einzusperren und für seinen politischen Ehrgeiz zu benutzen!* Sie nahm die Hand von dem Arm des jungen Mannes, drehte sich um und ergriff den Riegel der schweren Eichentür vor Sephists Studienzimmer.

»Moment, Ehren … Mistress! Ihr könnt nicht einfach so …«

Kalehna warf dem Famulus einen Blick über die Schulter zu. »Er hat mich rufen lassen, oder nicht? Nun, ich bin da.« Damit drückte sie den Riegel nach unten, und das eiserne Schloss klackte. Sie hatte vorgehabt, die Tür schwungvoll aufzustoßen und dann gelassen und ungerührt in den Raum zu treten. Bedauerlicherweise ging die Tür aber nach außen auf und war erheblich schwerer, als sie vermutet hatte. Sie biss die Zähne zusammen, während sie sie mühsam aufzog, aber sie hatte trotzdem nicht vor, demütig und klein vor ihren Vater zu treten. *Niemals,* dachte sie, während sie unter dem entsetzten Protest des Famulus das Studierzimmer betrat. *Ich bin nicht umsonst die Tochter des Wirkers der Zirkel! Wenn schon nichts anderes, dann habe ich ja wohl hoffentlich den Hochmut meines Vaters geerbt.*

»Du hast mich gerufen, Vater. Also, hier …«

»Für gewöhnlich werden Besucher dem Meister der Zirkel vorher gemeldet!« Bei der eisigen Stimme, die ihr entgegenschlug, blieben ihr die Worte im Halse stecken. »Offenbar hat der Famulus, der dich hierhergebracht hat, seine Pflichten sträflich vernachlässigt. Wir werden uns später um seine Bestrafung kümmern. Jetzt komm herein und schließ die Tür hinter dir.«

So hatte sich Kalehna ihren stolzen Auftritt nicht vorgestellt. Sie musterte die Szenerie, die sich ihr bot. Ihr Vater stand am Fenster seiner Studierstube und kehrte ihr den Rücken zu. Er hatte sich nicht umgedreht, als sie hereingekommen war, und machte noch immer keine Anstalten, sie zu begrüßen.

»Habt Ihr jetzt auch noch die Aufgabe des Begrüßungskomitees übernommen?«, gab Kalehna zurück, als sie sich von ihrem ersten Schreck erholt hatte. »Soweit ich weiß, hat mein Vater mich …«

»Dein Vater hat wahrlich wichtigere Dinge zu tun, als sich um eine widerspenstige Tochter zu kümmern!«, unterbrach Maahr-kut sie kalt. »Es geht um die Zukunft des Drachenreichs und der Gilde der Magi. Die unberechenbaren Launen und der Leichtsinn einer jungen Frau sind das Letzte, was den Herrn der Klaturen im Augenblick …«

»Unberechenbare Launen?« Kalehna ballte die Hände zu Fäusten, als ihre Angst vor diesem Mann einfach von ihrer Wut hinweggefegt wurde. »Ich bin hier eingesperrt und werde wie eine Gefangene gehalten! Niemand spricht mit mir, und ich werde nicht einmal zu meinem Vater vorgelassen! Der mich, wenn auch reichlich spät, zu sich geholt hat und der sich nach wie vor weigert, mit mir über meine Mutter zu sprechen!« Sie senkte den Kopf und funkelte den Sandmann wütend an. »Ich nehme an, dass du ihm das ebenfalls geraten hast! Du scheinst ja der einzige Berater zu sein, auf den zu hören er geneigt ist! Ich wäre lieber im Tempel der Drachenjungfern geblieben! Oberin Eurijet war zwar ein feuerspeiender Drache, aber sie war mir immer noch lieber als diese kalte Echse, die das Ohr meines Vaters …!«

»Das genügt, Kalehna!«

Kalehna verstummte schlagartig, riss den Blick von Maahrkut los, der ihre Tirade mit spöttisch gleichgültiger Miene über sich hatte ergehen lassen, und sah zum Fenster.

Sephist hatte sich umgedreht und musterte sie, die Hände hinter dem Rücken verschränkt.

Kalehna erschauerte unter der Kälte seines Blickes und schluckte. Ihr Vater hatte sie nicht gerade mit überschäumender Zuneigung willkommen geheißen, nachdem er sie aus dem Tempel der Drachenjungfern geholt hatte. Aber bislang hatte er sie zumindest wohlwollend behandelt, wenngleich er ihr noch nicht genau gesagt hatte, warum er sie all die Zeit dort versteckt und verleugnet hatte und was er auf einmal von ihr wollte. Seine Antworten auf ihre Fragen waren recht ausweichend gewesen, und er hatte stets auf die Bedeutung der *Zusammenkunft* verwiesen, bei der sich die Auserwählten, die Träger des Mals, in Ulcar versammeln würden. Dort musste sie ebenfalls anwesend sein. Oder er hatte etwas von der Zeit der Verschmelzung gemurmelt, ohne jedoch auf Einzelheiten einzugehen.

Ihr Blick glitt von ihrem Vater zu Maahr-kut, der sie immer noch mit feindseliger Belustigung musterte, und dann wieder zurück zu ihrem Vater. »Warum hast du mich kommen lassen, Vater?«

»Als wenn du das nicht wüsstest!« Sephists Stimme bebte vor unterdrücktem Zorn.

Kalehna hatte das Gefühl, als würde sich eine eisige Faust um ihr Herz legen. *Er weiß es!*, dachte sie. *Aber von wem hat er es erfahren, bei Ganäas Gnade? Ich habe es niemandem gesagt.* Ihr fiel das Gespräch mit Trophan ein, das sie nach der Versammlung der Zirkel vor ihrer Klause geführt hatten. Der junge Magus hatte auf ihr Erlebnis mit Lay im Tempel der Drachenjungfern angespielt. Wahrscheinlich hatte er geahnt, dass Kalehna ihm beigelegen hatte. Aber erstens bezweifelte sie, dass Trophan anschließend zu Sephist gelaufen war und es ihm verraten hatte, und zum anderen konnte Trophan unmöglich wissen, dass dieses Erlebnis nicht ohne Folgen geblieben war.

Ihr Blick glitt wieder zu Maahr-kut. Die Miene des Sandmanns hatte sich verändert. Der Spott war aus seinen Augen gewichen, während er sie abschätzend musterte. *Hat er uns vielleicht belauscht? Zuzutrauen wäre es ihm, aber es ist unmöglich. Er war mit meinem Vater in seiner Studierstube, um sich mit ihm über das weitere Vorgehen gegen die Auguren zu beraten.*

»Es tut mir leid, Vater«, sagte sie schließlich und musste sich nicht einmal sonderlich anstrengen, um ihre Verwirrung glaubhaft wirken zu lassen. »Ich bin mir nicht bewusst, gegen die Regeln des Refugiums verstoßen zu haben.«

»Das habt Ihr auch nicht.« Maahr-kut näherte sich ihr, und Kalehna wich unwillkürlich zurück, als der Sandmann seine Hand nach ihr ausstreckte. »Aber Oberin Eurijet war recht unverblümt in der Schilderung Eurer aufopferungsvollen Pflege dieses Ringfechters, der so tapfer Euer Leben gegen die Drachenkämpfer verteidigt hat.«

Kalehna schnürte sich der Hals zu, aber so leicht wollte sie sich nicht geschlagen geben. Ihr Blick suchte ihren Vater. »Ich hoffe doch sehr, dass meine Dankbarkeit dem Mann gegenüber, der deine Tochter gerettet hat, mir jetzt nicht als Charakterschwäche ausgelegt wird!«

Sephist holte Luft, aber bevor er antworten konnte, sprach Maahr-kut weiter.

»Dass Euer Charakter zu wünschen übrig lässt, steht wohl außer Frage, Trägerin des Mals!«, zischelte der Sandmann scharf.

Kalehna sah ihren Vater ungläubig an. »Und du stehst einfach nur da und lässt zu, dass dieser hinterhältige Mistkerl dein eigen Fleisch und Blut beleidigt?«

Einen Moment lang sah sie Unsicherheit in Sephists Blick, und so etwas wie Bedauern schien in seinen Augen aufzuflammen. Im nächsten Moment jedoch war jede Spur von Gefühl wieder verschwunden, und Kalehna konnte nicht mehr sagen, ob sie sich das nur eingebildet hatte. »Stimmt das?«

»Stimmt was?« Kalehna war immer noch erschüttert, dass ihr Vater ihr nicht zu Hilfe kam, sondern offenbar diesem Sandmann die Führung des Gesprächs überließ. *Es wirkt fast so, als säße Maahr-kut hier über mich zu Gericht, ohne dass ich auch nur weiß, welchen Vergehens ich angeklagt bin.*

Kalehna ahnte, worum es hier ging, aber sie konnte sich einfach nicht vorstellen, woher diese beiden Männer davon wissen konnten. Sie hatte mit niemandem darüber gesprochen, nicht einmal mit Trophan.

»Du hast dich einfach mit diesem Ringfechter eingelassen!«, stieß Sephist hervor. Jede Weichheit und jedes Gefühl von Zuneigung, das sie eben noch bei ihm zu spüren geglaubt hatte, waren wie weggewischt, als der Herr der Klaturen von dem kleinen Fensterpodest heruntertrat und auf Kalehna zuging. Er packte ihre Oberarme. Seine Finger gruben sich wie eiserne Zangen in ihre weiche Haut, und seine Augen loderten, als er sie mit seinem Blick durchbohrte. »Du hast dich mit einem Mann eingelassen, obwohl du ganz genau wusstest, dass in diesem Tempel auf ein solches Vergehen die Todesstrafe steht!«

»Die Todesstrafe?«, fragte Kalehna entsetzt. »Eine Drachenjungfer, die keine Jungfrau mehr ist, wird für gewöhnlich …«

»Sie wird aus dem Tempel ausgeschlossen und vertrieben«, erklärte Maahr-kut gleichgültig. »Was für diese erbarmungswürdigen Kreaturen für gewöhnlich gleichbedeutend mit dem Tod ist.«

»Nur dass du keine gewöhnliche Drachenjungfer warst!«, fuhr ihr Vater sie an. Er schüttelte sie. »Dir muss klar gewesen sein, dass du etwas Besonderes bist, so wie Eurijet dich stets behandelt hat!«

»Allerdings!« *Das hat sie mich wahrhaftig spüren lassen, und ich habe mir mehr als einmal gewünscht, lieber tot als ihren Launen noch länger ausgeliefert zu sein!*

»Und doch hast du ...!«

»Na und?« Kalehna versuchte sich loszureißen, aber die Finger ihres Vaters hielten sie wie in einem Schraubstock. »Wieso regst du dich so sehr darüber auf, dass ich einem netten, unerfahrenen jungen Mann beigelegen habe, aber fragst nicht einmal danach, ob mich diese Drachenkämpfer nicht vielleicht vergewaltigt haben!« Sie versuchte wieder, sich loszureißen, und stöhnte leise auf, als sich der Griff ihres Vaters noch verstärkte. »Du tust mir weh!«

»Haben sie das?« Maahr-kut war noch dichter an sie herangetreten und musterte sie aus zusammengekniffenen Augen. Der ranzige Gestank nach Kammatnuss, den er ausstrahlte, war unerträglich, aber Kalehna nahm plötzlich auch einen anderen Geruch darunter wahr, der von dem intensiven Geruch der Nuss überlagert wurde. Es dauerte einen Moment, bis sie ihn zuordnen konnte. *Er riecht nach ... Tod. Nein, nach Verwesung ...!* Sie wich vor dem Sandmann zurück, soweit der Griff ihres Vaters es zuließ, und starrte ihn entsetzt an. *Was hat das zu bedeuten? Wer ist dieser Mann? Oder ... was?*

Maahr-kut schien den Grund für ihr Entsetzen zu kennen, denn er verzog spöttisch den Mund zu einem ekelhaften Lächeln, das seine von dem Saft der Nuss schwarz verfärben Zähne entblößte. Aber er sagte nichts, sondern starrte sie nur wartend an.

»Beantworte seine Frage, Kind!« Sephists heißer Atem schlug ihr ins Gesicht, und Kalehna schluckte mehrmals, während eine Welle des Ekels sie durchströmte und sie würgen ließ.

»Nein, haben sie nicht!«, stieß sie hervor. »Aber danke, dass du fragst!«

»Und obwohl du diesem schrecklichen Schicksal entgangen bist, hast du dich gleich dem erstbesten Mann hingegeben, der sich dir nicht mit einem gezückten Dolch in der Hand aufgedrängt hat!« Sephist schüttelte zornig den Kopf. »Mit deinem ungeheuren Leichtsinn hast du nicht nur dein Leben aufs Spiel gesetzt, sondern auch deine Bestimmung und möglicherweise das Schicksal dieses Reiches! Du hast eine andere Rolle zu erfüllen! Dir ist etwas Großes bestimmt, und doch ...«

Die Woge von Übelkeit, die Kalehna durchströmte, seit der Sandmann so dicht an sie herangetreten war, wurde immer stärker, und sie konnte nicht verhindern, dass ihr Magen etwas von seinem Inhalt hochwürgte. Es war wie ein Signal, so als würden alle Dämme brechen, und sie erbrach in einem heftigen Schwall ihr Frühstück. Das meiste landete auf dem Boden, aber ein Teil traf auch die Kutte ihres Vaters.

»Bei Belphors Hörnern!«, fluchte Sephist und ließ sie los. »Was ist denn in dich gefahren?«

Kalehna hätte es ihm gern erklärt oder sich entschuldigt, aber sie bekam kein Wort heraus. Ihr wurde schwindlig, und sie sank auf die Knie. Sie versuchte, das schmerzhafte Krampfen ihres Magens zu unterdrücken. Vergeblich. Ihr Körper schien gewillt, nicht nur das Frühstück, sondern all ihre Organe auf den Fußboden aus schwarzem Barkaalmarmor zu verteilen. Sie würgte und spuckte, während sie in den kurzen Pausen zwischen den Krämpfen wimmernd nach Luft rang.

»Offenbar mehr als nur das Schwert des Ringfechters!«, schnarrte Maahr-kut. Ihn schreckte Kalehnas Würgen nicht ab, und sie war zu überrascht und zu schwach, um sich zu wehren, als er sie mit einer Hand am Nacken packte und seine andere auf ihren Bauch presste. Kalehna erstarrte unter der Berührung. Seine Hände fühlten sich glühend heiß auf ihrer Haut an, und seine Finger wirkten wie die Krallen eines Raubtieres, als sie sich in ihr Fleisch gruben. Sein stinkender Atem drohte ihr das Bewusstsein zu nehmen, und als sie den Kopf hob, begegnete sie einem durchdringenden Blick aus Augen, die rot zu glühen schienen.

Für einen Moment vermochte sie sich nicht zu rühren, ja, nicht einmal zu atmen. Es kostete sie ungeheure Anstrengung, die Augen vor diesem versengen Blick zu verschließen.

Im nächsten Moment überfiel sie, wie aus dem Nichts, ein dröhnender Chorus summender Stimmen.

Dämonenbrut FürstderSchuppen TrägerdesMals einervomBlut TodTodTod SchwertderDrachen tötetötetöte Dämonenbrut

Die Stimmen in ihrem Kopf waren so laut, dass sie meinte, ihr Schädel müsste jeden Augenblick zerplatzen. Vor ihren Augen loderten goldene Fäden, die wie Würmer im Beutel eines Fischers wimmelten. Sie verschlangen sich, bildeten Knoten. Diese lösten sich auf, bildeten sich neu, während die Fäden ein rot glühendes Zentrum unmittelbar vor ihr umkreisten.

Der Schmerz in ihrem Schädel strahlte auf ihren ganzen Körper aus, und unwillkürlich presste sie die Hände auf ihren Bauch, wo sich die Hitze zu sammeln schien. Und wo sich Maahr-kuts Krallen in ihren Leib bohrten.

Dämonenbrut TrägerdesMals einervomBlut TodTodTod

»Nein!«

Die Fäden zuckten wie in einem Sturm, schossen heran, umschlangen die rot glühende Kugel vor ihr, zwei Kugeln, nein, Scheiben … *Augen!* Sie wanden sich weiter, umschlangen einen goldenen Doppelknoten, der vor ihr tanzte, während aus der glühenden Kugel dünne, peitschenartige Tentakel hervorzischten, als würden sie nach dem Knoten schlagen.

»Nein!«

Unter Aufbietung aller Kräfte gelang es Kalehna, die Augen

wieder zu öffnen. Maahr-kuts Gesicht schwebte unmittelbar vor ihr, zu einer rasenden Fratze verzerrt. Unwillkürlich fletschte sie die Zähne, und glühende Hitze durchströmte sie, als sie die Hand des Sandmanns packte und von ihrem Bauch riss.

»Leibesfrucht!« Die Stimme des Mannes klang schneidend. Sie durchdrang die Stimmen in ihrem Kopf und vertrieb den Schwindel und die Übelkeit, die sie befallen hatten. »Sie trägt eine Leibesfrucht in sich! Die des Ringfechters, zweifellos!« Er spie aus. »Das darf nicht sein! Die Prophezeiung erlaubt es nicht! Ihre Bestimmung ist eine andere!« Seine Augen loderten, und er deutete mit seiner knochigen Hand auf Sephist. »Du weißt es! Du kennst die Schriften! Die Zeit der Versammlung steht unmittelbar bevor! Wir dürfen das nicht zulassen!« Er hielt sie immer noch im Nacken gepackt und stieß sie nun fast verächtlich zu Boden.

Kalehna landete zu Füßen ihres Vaters. Sie stieß einen leisen Schrei aus, kam jedoch nicht auf die Idee, ihren Vater um Hilfe anzuflehen. Stattdessen starrte sie wie gebannt auf Maahr-kut. Der achtete jedoch nicht mehr auf sie, sondern hielt den Blick seiner glühenden Augen auf ihren Vater gerichtet. Er hatte die Zähne gefletscht und seine Hand nach dem Herrn der Klaturen ausgestreckt, die Finger zu Krallen gekrümmt.

Kalehna, am ganzen Körper zitternd, wandte den Kopf und blickte ihren Vater an. Sephist stand am Rand des Podestes, die Arme an den Körper gepresst und die Hände zu Fäusten geballt. Er bebte, aber wenn sie seinen Gesichtsausdruck richtig deutete, dann vor Wut. Er war kreidebleich, als wäre alles Blut aus seinem Gesicht, ja, seinem ganzen Körper gewichen, hatte die Augen weit aufgerissen und starrte Kalehna an. Sie schluckte.

»Stimmt das?« Seine Stimme bebte, und einen Moment glaubte Kalehna, so etwas wie Mitgefühl darin auszumachen. Hoffnung flammte in ihr auf. *Vielleicht ist er ja doch nicht so hart und abweisend, wie er tut,* dachte sie. *Vielleicht geht es ihm nicht nur um Macht und Herrschaft, sondern …*

Ihre Hoffnung wurde im nächsten Moment brutal zerstört.

»Antworte!«, schrie Sephist und hob die Hand, als wollte er sie schlagen. »Stimmt das, was der Gezeichnete gesagt hat?« Der mächtigste Wirker der Zirkel war außer sich vor Zorn. »Antworte, oder ich schwöre dir …!«

Der Gezeichnete? Kalehna stockte der Atem. Sie hörte ihrem Vater nicht weiter zu, weil sich ihre Gedanken überschlugen. Ihr Blick zuckte zu Maahr-kut, der ausschließlich auf Sephist zu achten schien. Die Augen des Sandmannes loderten immer noch rot, und ein Speichelfaden hing von seiner Unterlippe hinab, während er wie ein angriffslustiges Tier dastand, die klauenartige Hand ausgestreckt. *Der Gezeichnete? So nannte man doch in den alten Schriften …* Kalehna schluckte. Plötzlich ergab alles einen Sinn. Dass Maahr-kut so viel Einfluss auf ihren Vater ausübte, das sonderbare Verhalten Sephists, sein Versuch, die Macht in Alghor an sich zu reißen. Selbst die schreckliche Geschichte, die Trophan ihr erzählt hatte, dass ihr Vater seinen gesamten Inneren Zirkel bei dem Versuch verloren hatte, einen Ghuul zu kontrollieren … All das erschien ihr plötzlich in einem anderen Licht. Sie hatte Sephist zwar erst vor wenigen Zeitenwenden kennengelernt, aber sie hatte dennoch so etwas wie väterliche Zuneigung in diesem harten Mann gespürt. Die jedoch war schlagartig erloschen, sobald der Sandmann in der Nähe war.

Wenn es sich bei Maahr-kut tatsächlich um einen Gezeichneten handelt, dachte sie, *ist das Verhalten meines Vaters viel besser zu verstehen. Doch Trophan hat nicht die geringste Ahnung, womit er es zu tun hat. Er muss es nicht nur mit einem ehrgeizigen, machtbesessenen Mann aufnehmen!*

Kalehna zuckte zusammen, als Maahr-kut langsam den Kopf senkte und sie ansah. Sein Blick schien sie zu durchbohren, schien durch ihren ganzen Körper bis zu dem Leben zu dringen, das sie unter dem Herzen trug. *Niemals!*, dachte sie. *Das wirst du niemals bekommen!*

Der glühende Blick des Sandmannes – *Des Gezeichneten!*, korrigierte sich Kalehna – verhieß jedoch etwas anderes.

Plötzlich erinnerte sie sich daran, dass ihr Vater noch auf ihre Antwort wartete, und trotzig entgegnete sie: »Es stimmt! Ich trage ein Kind in mir! Und es ist von …«

»Das spielt nicht die geringste Rolle!« Sephist schrie fast. »Steh auf und geh in deine Klause! Dort wirst du bleiben, bis wir dich holen, um dir mitzuteilen, was mit dir und diesem Bastard in deinem Bauch geschehen wird!«

Kalehna rappelte sich auf und starrte ihren Vater ungläubig an. »Was soll das heißen? Ich will nicht, dass du und dieser …«

»Niemand fragt danach, was du willst!« Sephist spie die Worte förmlich hervor. »Das Schicksal hat dir Großes vorherbestimmt, und es steht geschrieben in der Prophezeiung. Ich habe alles getan, damit du dieser Bestimmung gerecht wirst! Du glaubst doch nicht, dass ich mit ansehen werde, wie du aus einer Schwäche heraus, um deine fleischliche Lust zu befriedigen, all das zugrunde richtest, wofür ich so lange gekämpft und so viel geopfert habe. Du bist wie deine Mutter! Nein, du bist noch schlimmer als sie! Denn du müsstest es besser wissen!« Er trat einen Schritt zurück, als Kalehna flehentlich die Hand nach ihm ausstreckte. »Jetzt tu, was ich dir sage. Ich lasse dich zu deiner Klause bringen. Dort wirst du meine Entscheidung …«

»Deine Entscheidung?«, unterbrach Kalehna ihn verzweifelt. »Ist es das wirklich? Oder ist es nicht vielmehr *seine* Entscheidung?« Sie deutete auf den Sandmann, der zu ihrer Überraschung wieder vollkommen normal aussah und dem Streit zwischen Vater und Tochter mit spöttischer Aufmerksamkeit folgte.

»… abwarten!«, beendete Sephist seinen Satz. »Jetzt geh! Der Famulus, der dich hergebracht hat, wird dich auch wieder zurückbegleiten!«

»Aber, Vater ...!«

»Das ist alles!« Sephists Stimme klang wieder so kalt wie zu Beginn ihres Gesprächs. Kalehna traten die Tränen in die Augen, als er sich mit seinen letzten Worten von ihr abwandte, auf das kleine Podest trat und wieder zum Fenster ging. Er legte die Hände gegen die Scheiben und beugte sich vor, um auf die zerklüfteten Klippen des Drachenschlundes hinauszublicken. Sein Rücken und seine Schultern schienen ihr nur allzu deutlich zu sagen, dass jeder weitere Versuch, mit ihm zu reden oder auch nur zu ihm durchzudringen, vergeblich war.

Kalehna senkte den Kopf. »Wie du willst, Vater«, sagte sie. Maahr-kut musterte sie immer noch, aber eher aufmerksam als spöttisch. Kalehna riss sich zusammen und ging mit versteinerter Miene an dem Sandmann vorbei. Sie würdigte ihn keines Blickes, sondern ging zur Tür des Studierzimmers.

»Ehrenwerter Meister?« Der Famulus, der vor der Tür gewartet hatte, trat ein, als Kalehna sie öffnete, hinderte sie jedoch daran, an ihm vorbei nach draußen zu gehen.

»Bring sie in ihre Klause zurück und sorg dafür, dass es ihr an nichts mangelt.« Es war wieder Maahr-kut, der die Befehle gab. Kalehna wollte ihm nicht die Genugtuung geben, dass sie sich nach ihm umdrehte. Trotzdem überraschten seine umsichtigen Worte sie ein wenig, aber dann sprach der Sandmann weiter. »Du bist mit deinem Leben dafür verantwortlich, dass sie ihre Klause auf keinen Fall verlässt, hast du verstanden?«

Kalehna vermutete, dass der Famulus unsicher zwischen Maahr-kut und seinem Meister hin- und hersah, aber Sephist blieb stumm.

»Ja, Meis... Herr!«, stammelte der junge Mann und trat dann zur Seite, damit Kalehna den Raum verlassen konnte.

Im Korridor blickte sie noch einmal zurück zu ihrem Vater. Sephist stand immer noch unbeweglich am Fenster, die Hände gegen das Glas gepresst. Sie glaubte, dass seine Schultern bebten, aber bevor sie genauer hinsehen konnte, trat der Sandmann zur Tür und schloss sie.

»Hier entlang … Ehrenwerte Mistress.« Der Famulus musterte sie nervös, während er mit der Hand in den Gang deutete.

»Gewiss, Ehrenwerter … Famulus«, erwiderte Kalehna, deren Gedanken sich überschlugen. *Sobald ich in meiner Klause bin,* dachte sie, *bin ich wahrlich gefangen und kann an meinem Schicksal nichts mehr ändern.* Ihr war vollkommen klar, wie die Entscheidung ihres Vaters und Maahr-kuts ausfallen würde. Sie würden ihr das Kind nehmen, ob sie wollte oder nicht. Nötigenfalls mit Gewalt. Das hatte sie nicht nur im Blick des Sandmannes, sondern auch in den Augen ihres Vaters gesehen. Erneut traten ihr Tränen in die Augen. *Er wäre der Großvater dieses Ungeborenen!*, dachte sie. *Wie kann er so grausam sein und so etwas tun?*

Sie musste eine Entscheidung treffen, wenn sie sich und das Kind retten wollte. Denn sie zweifelte nicht daran, dass Sephist und auch Maahr-kut keine Verwendung mehr für sie haben würden, wenn sie erst einmal ihre sogenannte Bestimmung erfüllt hatte.

Während sie dem Famulus durch den Korridor folgte, überlegte sie verzweifelt, was sie tun sollte. Sie musste aus dem Refugium fliehen, das war klar. Nur wie sollte sie das anfangen?

Ich kenne nur eine einzige Person in diesem Gefängnis, die mir wohlgesinnt ist, dachte sie. *Aber bringe ich ihn nicht in schreckliche Gefahr, wenn ich ihn um Hilfe bitte? Andererseits, ich muss ihn vor Maahr-kut warnen! Und vielleicht wird er mir dafür zur Flucht verhelfen. Einen Versuch ist es wert, denn schließlich habe ich nichts zu verlieren!*

»Ehrenwerter Famulus«, sagte sie, nachdem sie ihren Entschluss gefasst hatte. »Ich möchte Euch um eine Gefälligkeit bitten!«

Der Jüngling drehte den Kopf und sah sie voller Angst an. »Ehrenwerte Mistress. Ich darf nicht einmal mit Euch reden, so lauten …«

»Ich weiß, ich weiß, und glaubt mir, ich will Euch auch nicht in Schwierigkeiten bringen. Ihr müsst nicht reden, Ihr braucht nur zu tun, worum ich Euch bitte. Mein Wunsch verstößt nicht gegen den Befehl eures Meisters. Im Gegenteil, Ihr habt ja gehört, dass Ihr dafür sorgen sollt, dass es mir an nichts mangelt. Mir mangelt es jedoch an einer Auskunft, die mir einer Eurer Ehrenwerten Magi zu geben versprochen hat. Ihr kennt ihn sicher, es ist Trophan, einer der Magi aus dem Inneren Zirkel des Herrn der Klaturen.« Sie betrachtete den Famulus, dessen Verwirrung sich ein wenig zu legen schien, als sie Trophans Namen erwähnte.

Er holte Luft, um zu antworten, überlegte es sich dann aber und nickte nur.

So naiv und so leichtgläubig! Kalehna unterdrückte ein Grinsen. *Und so unerfahren. Zu meinem Glück.* »Ihr wisst sicherlich, wo sich seine Klause befindet. Wenn wir jetzt auf dem Weg zu meiner Klause kurz bei ihm vorbeigehen, verstoßt Ihr nicht gegen den Befehl Eures Meisters. Schließlich hat er nichts davon gesagt, dass Ihr mich auf direktem Weg zurückbringen sollt.« Sie zeigte ein strahlendes Lächeln.

Der Famulus war sichtlich hin- und hergerissen, aber schließlich siegte seine Unerfahrenheit über die Vernunft. »Gewiss, Ehrenwerte …«

Kalehna legte rasch einen Finger auf seine Lippen, und der Jüngling verstummte und nickte nur.

»Gut«, sagte sie. »Dann bringt mich zu ihm.«

»Ich fürchte, ich kann nichts weiter für Euch tun, Kalehna.« Trophan hob bedauernd die Hände und warf einen kurzen Seitenblick auf den Famulus, der draußen vor der geöffneten Tür von Trophans Klause wartete. Er war sichtlich nervös und blickte ständig nach links und rechts in den Korridor, aus Angst, am Ende noch von Sephist oder Maahr-kut überrascht zu werden.

Doch seine Furcht sorgte auch dafür, dass er das Gespräch zwischen Trophan und Kalehna nicht belauschte.

»Aber Ihr seid der einzige mir wohlgesinnte Mensch, den ich hier kenne!«, flehte Kalehna ihn an. »Wenn ich das Refugium nicht verlassen kann, wird mein Vater mich auf Maahr-kuts Geheiß hin in meiner Klause einsperren. Und dann …« Sie streckte die Hand aus und legte sie auf den Arm des jungen Magus, bevor sie die nächsten Worte sprach. »Sie werden mich meiner Bestimmung opfern, ganz gleich, was ich davon halte oder was ich will. Wollt Ihr zulassen, dass mein Vater seine Hände mit dem Blut eines unschuldigen Kindes besudelt?«

»Eines Kindes?«, fragte Trophan überrascht. Er sah Kalehna an und las die Antwort in ihren Augen. »Ihr seid schwanger?« Als sie nickte, wollte er wissen: »Von diesem Ringfechter und Träger des Mals?« Sie nickte erneut, und Trophan schüttelte den Kopf. »Umso weniger kann ich Euch helfen«, sagte er. »Aber ich glaube nicht, dass Sephist trotz seiner Machtgelüste und seiner Verblendung so weit gehen würde, seiner eigenen Tochter das Kind und sich selbst den Enkel zu nehmen. Belphor selbst würde ihn …!«

»Ich mache mir weniger Sorgen um die Götter als um weit leibhaftigere Kreaturen!«, unterbrach in Kalehna.

»Redet leiser!« Trophan warf einen Blick zur Tür. »Das ist Blasphemie!« Dann musterte er Kalehna neugierig. »Welche leibhaftigere Kreatur meint Ihr?« Er verzog die Lippen. »Diesen stinkenden Sandmann etwa? Bei Belphors gehörntem Schwanz …!«

»Wer begeht jetzt Blasphemie? Allerdings, ich meine Maahr-kut. Und er ist weit mehr als nur ein stinkender Sandmann. Wir hatten doch beide das Gefühl, dass er einen starken Einfluss auf meinen Vater ausübt, hab ich recht?«

Trophan nickte. »Ja, und dass ich Euch nicht helfen kann, hat sehr viel mit diesem verdammten Sandmann zu tun.«

»Wieso?« Trophans Bemerkung brachte Kalehna einen Moment aus dem Konzept.

»Er hat offenbar erfahren, dass Druud den Aufenthaltsort der Drachenbraut herausgefunden hat. Ich habe keine Ahnung, wie er das angestellt hat, aber unsere Augen in Ulcar haben uns bestätigt, dass der Erste Fragende eine bewaffnete Abteilung Soldaten mit Ryehl, dem Edlen von Ern, und dem Auge des Sehers, Farael, in Richtung Belphors Schlaf entsendet hat. Maahr-kut behauptet, die Drachenbraut befände sich in Orgt, und er hat Sephist überredet, ebenfalls einige von uns dorthin zu schicken, um die Lage zu beobachten, falls die Auguren tatsächlich recht haben sollten. Maahr-kut hat mich als Anführer dieser Abteilung *empfohlen.*« Trophan betonte das letzte Wort nachdrücklich und lachte dann abfällig. »Wahrscheinlich als Strafe dafür, dass ich ihn in der Versammlung der Zirkel zur Rede gestellt habe.«

»Falls das sein einziger Beweggrund ist.« Kalehnas Gedanken überschlugen sich. »Ich habe gehört, wie mein Vater ihn *Gezeichneter* nannte. Das ist ein alter Ausdruck für …«

»Dämon«, flüsterte Trophan und legte ihr eine Hand auf den Arm. »Bitte sprecht nicht so laut.« Erneut warf er einen Blick zur Tür. »Wenn dieses Gespräch belauscht wird, wird Sephist mich nicht nur aus seinem Inneren Zirkel entfernen. Und ich möchte mir nicht einmal ausmalen, was dieser dämonische Sandmann dann mit Euch machen wird.«

Das möchte ich auch nicht. Aber möglicherweise hast du dich geirrt, Trophan, als du sagtest, du könntest mir nicht helfen. Ich glaube, du hast mir soeben einen Fluchtweg aus diesem Refugium gezeigt.

»Was Maahr-kut mit mir vorhat, wird er auch ausführen, wenn dieses Gespräch nicht belauscht wird«, sagte sie. »Ihr versteht doch sicherlich jetzt, warum es lebenswichtig für mich ist, aus dem Refugium zu entkommen?«

»Gewiss«, erwiderte Trophan leise und fuhr dann bedauernd fort: »Nur leider sehe ich keine Möglichkeit, wie ich das …«

»Keine Sorge, Ehrenwerter Magus. Ihr habt mir bereits eine Möglichkeit aufgezeigt. Ihr nehmt doch ganz gewiss Eleven mit auf Eure Expedition nach Orgt?« Als Trophan nickte, lächelte sie. »Das dachte ich mir.« Sie dachte an den Famulus, der immer noch nervös im Korridor stand. »Um die Möglichkeit nutzen zu können, von der ich gesprochen habe, brauche ich nichts weiter als ein Mittel, das die überreizten Nerven eines jungen Famulus beruhigt und ihm einen wohltuenden Schlaf beschert.«

Trophan sah sie verblüfft an und hob eine Braue. »Das ist alles?«

»Nicht ganz«, gab Kalehna zu und lächelte den jungen Magus strahlend an, während der Plan in ihrem Kopf immer mehr Gestalt annahm. *Ja, so kann es funktionieren. Es muss!* Sie fuhr mit der Hand durch ihr langes kastanienbraunes Haar. »Ich wollte immer schon mal ausprobieren, ob es mir steht, wenn ich mein Haar so kurz trage wie Eure Eleven.«

SÜMPFE VON ORGT
TEMPEL DER DRACHENJUNGFRAUEN

Draakenbrut und Draakentod, Einer vom Blut, Träger des Mals. Weilet Nit. Tonnvor. Draakenbrut. Jolah schlenderte durch die feuchten Korridore des Klosters, die um diese Zeit, mitten in der Nacht, nur schwach von vereinzelten Fackeln erleuchtet wurden. Dabei summte sie konzentriert die Laute, die diese sonderbaren Stimmen in ihrem Kopf von sich gaben, wenn sie in die Versenkung glitt. Doch obwohl sie glaubte, die dissonante Melodie einigermaßen korrekt zu treffen und sogar die Laute richtig zu artikulieren, wollte sich der ersehnte Effekt nicht einstellen. Selbst wenn sie die Augen ganz fest zusammenkniff, tauchten keine glühenden Fäden auf. Nur helle Punkte, in denen Jolah Reflektionen der Fackeln erkannte.

»Ach, bei Belphors glühendem Arsch!«, zischte sie schließlich genervt und gab ihre fruchtlosen Versuche auf. »Warum will es einfach nicht funktionieren? Ich verstehe das nicht! Was kann daran so verflucht schwer sein? Ich mache doch alles genau so, wie Cassda'ra es mir gezeigt hat! Wieso also …?« Sie senkte hastig die Stimme, als sie merkte, wie laut ihre frustrierten Worte von den kahlen Wänden zurückgeworfen wurden. Es war nicht sonderlich klug, am Ende noch die Aufmerksamkeit einer Drachenwächterin auf sich zu ziehen.

In den ersten Tagen nach dem Streit mit Cassda'ra hatte Jolah feststellen müssen, dass die Drachenpriesterinnen nachts die Tür ihrer Kemenate abschlossen. Angeblich um zu verhindern, dass der Drachenbraut »ein Unglück zustieße«, falls sie in der Dunkelheit ohne Begleitung durch die »schlecht beleuchteten und unbekannten Gänge« schlenderte. Was Jolah gern tat, wie sie Cassda'ra einmal verraten hatte. Sie schlief schlecht und wurde immer wieder von Träumen und Übelkeit geweckt. Zweifellos aufgrund ihres »unmöglichen Zustandes«, wie Cassda'ra Jolahs Schwangerschaft nannte. Auf die Frage der Drachenbraut, warum die Gänge denn nicht besser beleuchtet würden, hatte ihre Tutorin geantwortet, dass die Drachenpriesterinnen nachts für gewöhnlich schliefen oder aber, falls sie Pflichten zu erfüllen hatten, mit einer Lampenträgerin unterwegs waren. Und Jolahs nächste Frage, was ihr denn in diesem Tempel der Drachenjungfern für »ein Unglück« zustoßen könnte, hatte Alektah-ra, die neu ernannte Oberin des Klosters, beantwortet.

»Jedenfalls nichts von der Art, wie Ihr es in Baahtt erlebt habt, Drachenbraut«, hatte die Frau mit einem vielsagenden Blick gesagt. »Trotzdem würden wir es uns nicht verzeihen, solltet Ihr Euch aus Versehen in die Echsenstallungen verirren und dort zu Schaden kommen.«

Jolah hatte bei ihrer Ankunft festgestellt, dass sie die Oberin des Tempels kannte. Und bemerkenswerterweise war sie keine Drachenpriesterin. Diese Stelle mit einer Außenstehenden zu besetzen wäre eine alte Tradition in ihrem Kult, hatte Cassda'ra ihr milde lächelnd versichert und hinzugefügt, dass die Priesterinnen die alltäglichen Pflichten, die die Leitung und Organisation eines Tempels mit sich brachte, nur zu gern in fähige Hände legten, damit sie sich selbst mehr auf ihre Meditationen und die Kunst der Versenkung konzentrieren konnten. Dennoch war Jolah verwundert, dass die neue Oberin des Tempels zuvor eine Köchin des Kults der Drachenpriesterinnen gewesen war. Jolah hatte sie in Baahtt getroffen und sich nur dank ihrer Gutmütigkeit aus dem Tempel und in die Stadt schleichen können. Wo sie dann auf Broll getroffen war.

Und das hatte Alektah-ra ihr offenbar bis zu diesem Tag nicht verziehen.

Zunächst hatte Jolah heftig dagegen aufbegehrt, dass man sie einsperrte, hatte jedoch rasch eingelenkt, als sie merkte, dass sie damit nicht weiterkam. Was sich auch prompt ausgezahlt hatte. *Kein Wunder,* dachte sie. *Immerhin bin ich die Drachenbraut und eine Auserwählte, eine Trägerin des Mals. Cassda'ra will es sich bestimmt nicht gänzlich mit mir verderben.*

Sie durfte sich wieder frei im Tempel bewegen, mit der Einschränkung allerdings, dass eine Drachenwächterin sie stets begleitete. Nachdem sie sich eine Spanne lang äußerst friedfertig und einsichtig verhalten hatte, war die Aufmerksamkeit der Wächterin allerdings erlahmt. Cassda'ra hatte Jolah zwar eingeschärft, auf keinen Fall des Nachts allein durch den schlecht beleuchteten Tempel zu schlendern, aber sie hatte diesen Rat in den Wind geschlagen. Gerade nachts, und vor allem dann, wenn ihre Unruhe und die von ihrer Schwangerschaft verursachte Übelkeit sie nicht schlafen ließen, fand sie es angenehm im Tempel. Die meisten Frauen schliefen, und Jolah konnte in Ruhe herumstromern, sich umsehen und ihre Gedanken dabei ungehindert schweifen lassen.

Sie sah sich in dem Korridor um. *Wo bin ich denn jetzt gelandet?,* dachte sie und musterte den gräulichen, mit Flechten bewachsenen Fels der Wände. Sie hatte keine Angst, denn schließlich konnte ihr hier im Tempel nichts geschehen, außer durch ihre eigene Unachtsamkeit, wenn sie zum Beispiel in eine der uralten Fallen stolperte, vor denen Alektah-ra und Cassda'ra sie gewarnt hatten. Aber ihre Neugier war geweckt, denn sie war sich sicher, dass sie in diesem Teil des Tempelkomplexes noch nie gewesen war. Die gesamte Anlage war überraschend weitläufig, was wohl auch daran lag, dass sich ein großer Teil des Bauwerks unter der Erde erstreckte. *Was die Flechten erklärt,* dachte Jolah. *Vermutlich ist es hier unten ziemlich feucht. Immerhin liegt der Tempel in den Sümpfen von*

Orgt und … Sie stockte. *Wachsen Flechten nicht gerade auf trockenem Untergrund? Außerdem hätte ich ja wohl gemerkt, wenn ich eine Treppe hinabgestiegen oder der Weg abschüssig gewesen wäre.*

Sie ging langsam weiter. Der Boden des Korridors bestand aus Fels und fühlte sich recht glatt unter ihren Füßen an, so als wäre der harte Stein von endloser Nutzung abgeschliffen. Sie runzelte die Stirn, als sie vereinzelt dunkle Flecken in dem Stein sah, die nicht zur Maserung gehörten. Sie vermutete, dass es sich um Blut handelte, war sich aber nicht sicher. Als sie hochblickte, bemerkte sie, dass die Flechten an den Wänden allmählich abnahmen, bis sie um eine Ecke bog, hinter der es überhaupt keine mehr gab. Dafür lag ein schmaler, schneckenförmig gebogener Gang vor ihr, der offenbar sacht abfiel. Genaueres konnte sie jedoch nicht erkennen, weil der Gang bereits nach wenigen Schritten in einer Biegung verschwand und außerdem völlig im Dunkeln lag.

Welche Richtung soll ich nehmen?, fragte sich Jolah und blickte zurück. Der Gang hinter ihr schien beruhigend im Licht der Fackeln zu zucken. Dort lag der Weg zu ihrer Kemenate, wo eine bequeme Pritsche, parfümiertes Wasser und ein tröstlicher Blick aus dem Fenster über die Sümpfe vor Orgt auf sie warteten. Sie drehte sich wieder herum. Vor ihr lagen Schwärze, Ungewissheit, möglicherweise Gefahr. Die Entscheidung war schnell getroffen.

Jolah grinste unwillkürlich, als sie einmal tief durchatmete und entschlossen in den düsteren Gang trat. *Wenn Cassda'ra mich jetzt sehen würde, bekäme sie sicherlich einen Wutanfall. Und Alektah-ra würde mir wieder eine Strafpredigt halten, was mit leichtsinnigen Drachenjungfern passiert. Nur dass ich keine Jungfer mehr bin. Ich bin die zukünftige Drachenkönigin von Alghor, ganz gleich, was Cassda'ra und Alektah-ra und all die anderen als meine Bestimmung ansehen, und ich habe keine Angst vor der Dunkelheit.* Sie verzog das Gesicht. *Wenigstens scheint es hier keine Käfer oder andere Insekten zu geben.* Sie dachte an ihre Streifzüge durch die Geheimgänge des Drachenpalastes in Ulcar, und einen Moment lang befiel sie leise Trauer, als sie an ihren Vertrauten und Leibwächter dachte, Bragh, der so unglücklich in sie verliebt gewesen war und der seine Treue zu ihr mit seinem Leben bezahlt hatte. *Du bist nicht gerade sonderlich nett zu ihm gewesen,* dachte sie selbstkritisch. *Und zu Lay auch nicht.*

Sie konnte sich noch sehr gut an sein enttäuschtes Gesicht erinnern, als sie ihm mitgeteilt hatte, dass sie ihn bei der Suche nach seinen Eltern nicht länger begleiten würde. *»Aber du hast es versprochen«,* hatte er sich beklagt. *»Und außerdem habe ich versprochen, dich zu beschützen.«*

Sie schüttelte in der Dunkelheit den Kopf. Schon eine Spanne, nachdem sie aus Ulcar entkommen waren, hatte sie gemerkt, dass es ein Fehler gewesen war, die Hauptstadt des Reiches zu verlassen. Sicher, Lay hatte auf sie aufgepasst, und es war angenehm gewesen, nicht allein unterwegs zu sein. Aber eines Morgens war sie aufgewacht, und ihr war klar gewesen, dass sie gar nicht aus Ulcar flüchten wollte. Wenn sie tatsächlich den Drachenthron für sich beanspruchte, durfte sie sich nicht zu weit von der Hauptstadt entfernen. *Alles, was ich bin, ist hier. Alles, was ich sein will, ist hier.*

Sie erinnerte sich an die Worte, die sie zu Lay gesagt hatte, als sie auf der Anhöhe gestanden und auf das brennende Ulcar hinabgeblickt hatten. *Ich hatte kein Recht, ihm dieses Versprechen zu geben, auch wenn er angeblich der Auserwählte und der mir bestimmte Träger des Mals ist.* Jolah schluckte, als kurz das Bild von zwei grünen Augen durch ihren Kopf schoss, und legte unwillkürlich die Hände auf ihren Bauch. *Selbst wenn mir die Prophezeiungen Lay tatsächlich bestimmt haben, gehöre ich jemand anders.*

Mit einer Hand strich sie über die Narbe auf ihrer Wange, während sie langsam weiter durch den schmalen, schneckenförmigen Gang schlich und sich ihren Erinnerungen hingab. Diese Bilder vertrieben das Gefühl von Beklemmung, allerdings nur für kurze Zeit. Dann nahm es wieder zu, je weiter sie schritt. Der Gang wurde schmaler, und trotz ihrer Versunkenheit hatte sie bemerkt, dass er tatsächlich schneckenförmig verlief. Wenn ihr Gefühl sie nicht trog, führte dieser Gang in einem großen Bogen um etwas herum, das hinter der Mauer zu ihrer Linken lag.

Mauer? Jolah blieb verblüfft stehen, als ihr plötzlich auffiel, dass der Fels, über den sie beim Gehen mit den Fingerspitzen strich, tatsächlich Mauerwerk gewichen war. Es bestand aus recht kunstfertig gehauenen Quadern, die so perfekt miteinander verbunden waren, dass sie fast die Illusion von natürlich gewachsenem Felsen erzeugten. Offenbar war dieses Etwas, um das dieser Gang herumlief, von Menschenhand erbaut worden. Jeder Gedanke an Bragh, Lay und selbst an Broll löste sich auf.

Seltsam, dachte sie. *Ich habe mit Cassda'ra doch fast den ganzen Tempel erkundet, aber an so etwas kann ich mich nicht erinnern. Es muss eine runde Kammer sein, fast wie ein Turm. Und ziemlich groß zudem.* Jolah war davon überzeugt, dass die Höchste Drachenpriesterin von einer solchen Kammer innerhalb des Tempels nie gesprochen hatte, und Alektah-ra ebenfalls nicht.

Aufregung erfasste sie, als sie sich weiter durch die Dunkelheit tastete. Sie schritt trotz der Finsternis schneller und zuversichtlicher voran. Denn sie glaubte nicht, dass sie jetzt noch auf eine Falle traf, und versuchte sich zu erinnern, wie lange sie schon bergab ging. Wenn es wirklich ein Turm war, musste er gewaltig sein, aber einen solchen Turm gab es im Tempel mit Sicherheit nicht.

Dummkopf, schalt sie sich. *Er liegt ja auch unter der Erde, nicht darüber!* Sie blieb kurz stehen und schüttelte den Kopf. *Welchen Sinn hat denn ein Turm unter der Erde? Sind Türme nicht dafür da, dass man hinaufsteigen und weit über die Landschaft blicken kann? Um herannahende Feinde frühzeitig auszumachen?* Sie blieb erneut stehen, als ihr ein weiterer Einfall kam. *Oder um Leute einzusperren und sie an der Flucht zu hin-*

dern. Sie dachte an den Schuldturm in Ulcar und den Blutturm in Baahtt, wo man diejenigen einschloss, die den Steuereintreibern des Fürsten ihren Zins schuldig blieben oder Gewaltverbrechen begangen hatten. Aber … *aus welchem Grund sollten die Drachenpriesterinnen in ihrem Tempel ein Verlies benötigen?*

Fest entschlossen, herauszufinden, ob es sich tatsächlich um ein Verlies handelte oder ein vollkommen harmloses Bauwerk, wie zum Beispiel einen Getreidespeicher oder etwas Ähnliches, ging Jolah weiter.

Plötzlich wurde es vor ihr heller, und schon bald tanzte ein orangefarbenes Licht über die Wände und erleuchtete auch den Boden zu ihren Füßen. Jetzt sah sie, dass sie über gehauene Steinplatten schritt, keineswegs mehr über natürlichen Felsboden wie noch am Anfang des Ganges.

Und gleichzeitig hörte sie etwas. Ein Seufzen, nein, ein leises Rauschen, fast wie von Wasser oder einer dieser Windfallen, die sie einmal bei einem Besuch mit ihren Eltern – *mit meiner Mutter und dem Drachenfürsten,* verbesserte sie sich in Gedanken – in Bouhss gesehen hatte. Die Menschen in den wasserarmen Gebieten in der Nähe des Glutkessels bauten solch raffinierte Windfallen, durch die der warme Wind fuhr, sich abkühlte und am Stein kondensierte. Die dabei entstehende Flüssigkeit wurde in großen Becken gespeichert, denn Wasser war kostbar.

Aber als sie langsam weiterging, merkte sie, dass es weder Wasser noch Wind waren, die diese Geräusche erzeugten. Es waren Stimmen, menschliche Stimmen. Stimmen, die sie kannte.

Jolah hob eine Braue und grinste, als sie sich vorstellte, was Cassda'ra und Alektah-ra wohl sagen würden, wenn sie jetzt so unvermittelt zwischen ihnen auftauchte. Wahrscheinlich würden sie Jolah schelten und möglicherweise erneut bestrafen. *Mit Stubenarrest! Und das, obwohl ich die Drachenbraut bin und keine gewöhnliche Drachenjungfer!* Aber was sollte sie machen? Hier im Tempel hatten Cassda'ra und die Oberin das Sagen.

Sie blieb stehen, unmittelbar bevor der Gang um die Ecke bog, und überlegte, ob ihr kühner und überraschender Auftritt eine erneute Strafe wert war. Und dann verging ihr das Grinsen, als sie verstand, worüber sich die beiden Frauen unterhielten.

Sie reden über … mich?

»… ist bald nicht mehr zu kontrollieren, merk dir meine Worte! Sie ist jetzt schon viel zu eigensinnig und gefährdet alles, wofür wir so viele Zyklen gearbeitet haben! Nicht auszudenken, was passiert, wenn sie wirklich diesen Bastard zur Welt bringt! In den Prophezeiungen steht eindeutig geschrieben, dass die Träger des Mals makellos sein müssen, wenn ihr Opfer angenommen werden soll! Von einer Bastard-Mutter steht nirgendwo etwas im Okkultum, und ebenso wenig von einer fleischlichen Verbindung der Träger! Wir müssen dafür sorgen, dass sie dieses Kind so schnell wie möglich …!«

»Das weiß ich selbst, Alektah-ra!«, fiel Cassda'ra der Oberin des Tempels ins Wort. »Andererseits ist das leichter gesagt als getan.« Die Höchste Drachenpriesterin seufzte. »Ich habe noch nie jemanden erlebt, der so geschickt und mächtig im Sichten der Fäden ist. Beim letzten Mal, als wir in die Versenkung gegangen sind, hätte sie mich sogar fast in den Strudel hineingezogen und auf dem Strom des Seins mitgerissen. Und das ohne die geringste Ausbildung in der Kunst des Wirkens der Ströme!«

Die Oberin schnalzte mit der Zunge. »Ist ihr klar, über welche außerordentlichen Fähigkeiten sie verfügt? Sie beherrscht nicht nur die *Sichtung,* sondern vermag auch schon die Fäden zu wirken, kann den Strom der Natur beeinflussen! Wenn sie diese Macht erst gänzlich beherrscht, können selbst wir uns ihr kaum noch widersetzen! Und wenn sie dann diese Macht dazu einsetzt, den Drachenthron zu erobern, und sich zudem noch der Fähigkeiten des anderen Auserwählten bedient …«

»Mach dir über ihn keine Gedanken!«, unterbrach Cassda'ra

sie. »Dieser Ringfechter wird sich ebenfalls seiner Bestimmung stellen, ob er will oder nicht.«

»Ach? Und woher willst du das wissen?« Alektah-ra schien nicht überzeugt. »Er stellt sich ja nicht einmal seinen väterlichen Pflichten, sondern begnügt sich damit, die Drachenbraut zu schwängern und damit die Prophezeiung infrage zu stellen und sich dann schleunigst aus dem Staub zu machen. Wie kommst du darauf, dass er sich da seiner Bestimmung …?«

»Erstens habe ich ihn seit seiner Kindheit beobachtet und kenne ihn gut und …«

Redet sie über Lay? Jolah runzelte die Stirn. *Aber dann wusste Cassda'ra ja die ganze Zeit, wer Lay ist und dass wir füreinander bestimmt sind. Und doch hat sie mir gegenüber kein einziges Wort darüber verloren!* Sie ballte die Hände zu Fäusten, erbost über den Betrug der Frau, die sie einmal nicht nur für ihre Lehrerin, sondern auch für ihre Vertraute und Freundin gehalten hatte. *Offenbar kann ich niemandem trauen, nicht einmal meiner Mutter.* Jeul sa Mehdi de Prunfor hatte Jolah ebenfalls hintergangen und ihr lange verschwiegen, wer ihr wirklicher Vater war. Mittlerweile bezweifelte Jolah, dass der Grund, den ihre Mutter ihr für ihr Verhalten genannt hatte, nämlich dass sie sie beschützen wollte, wirklich zutraf. *Sehr wahrscheinlich verfolgt sie ebenfalls heimliche Pläne mit mir, genauso wie mein Vater und der Drachenfürst. Wobei Prakuhl noch am ehrlichsten gewesen zu sein scheint.* Trotzdem schüttelte sie sich bei der Vorstellung, der Mann ihrer Mutter hätte Erfolg bei dem Versuch gehabt, sie mit dem Shetan von Bouhss zu verheiraten. Sie schob diesen unerfreulichen Gedanken beiseite und beugte sich vor, um dem Gespräch der beiden Frauen weiter zu lauschen.

»… ihren Bastard ohnehin nicht behalten, das wird sie schon noch einsehen. Falls das Kind überhaupt von diesem Ringfechter ist«, fuhr Cassda'ra nachdenklich fort.

»Von wem sollte es denn sonst sein?«, fragte Alektah-ra spöttisch. »Der einzige andere Mann, der noch infrage käme, wenn man dem Klatsch der Dienstmädchen glauben darf, ist tot.«

»Du meinst ihren Leibwächter? Diesen Bragh?«

»Du hast selbst erzählt, dass du die beiden in einer unschicklichen Situation erwischt hast, als der Drachenfürst das Festmahl für den Shetan von Bouhss gab.«

Cassda'ra lachte. »Gewiss, aber ich bezweifle ernsthaft, dass dieser treue Soldat sein Schwert blankgezogen hätte.«

»Und wenn ihm die Drachenbraut den Befehl dazu gab?« Alektah-ra gab ein abfälliges Schmatzen von sich. »Man kann Jolah da Prunfor vieles nachsagen, aber Schüchternheit gehört ganz sicher nicht dazu.«

»Das stimmt wohl. Trotzdem …« Cassda'ra kam jedoch nicht dazu, ihren Satz zu beenden.

Jolah, der vor Wut und nicht vor Scham die Ohren brannten, während sie mit anhören musste, wie sich die beiden Frauen über ihre mangelnde Sittsamkeit ausließen, vernahm plötzlich schnelle Schritte und dann ein angestrengtes Keuchen.

»Oberin, Höchste! Bei den Jungfern hat es wieder einen Zwischenfall gegeben!«

»Schon wieder?«, fuhr Alektah-ra die junge Frau barsch an. Jedenfalls vermutete Jolah nach dem Klang ihrer Stimme, dass es sich um eine junge Frau handelte. »Was ist denn jetzt passiert?«

»Verzeiht, Oberin, aber wir können nichts dafür …«

Ganz offensichtlich hat sie Angst, dachte Jolah. *Aber was meint sie mit Zwischenfall? Und wieso schon wieder?* Sie beugte sich noch ein Stück vor.

»Beruhige dich, mein Kind«, mischte sich Cassda'ra ein. »Sag einfach, was geschehen ist.«

»Es sind … Sie waren … Die Aufseherin meinte …«, stammelte die Frau.

»Wenn du nicht sofort damit herausrückst, was passiert ist, ramme ich dir meinen verfluchten Treibsporn in den Schlund!«

Jolah zuckte zusammen. Sie hatte Oberin Alektah-ra bisher zwar nicht sonderlich gemocht, aber ihr war diese Frau auch nicht brutal vorgekommen. *Offenbar habe ich mich in ihr getäuscht,* dachte Jolah. Doch letztlich bestärkte das Gehörte nur die Zweifel an ihrer Entscheidung, sich den Drachenpriesterinnen anzuvertrauen. *Vielleicht hätte ich doch bei Lay bleiben sollen,* dachte sie.

»Lass es gut sein, Alektah-ra.« Cassda'ras Stimme klang tadelnd, zumindest ein wenig. »Nun sprich schon, Mädchen!«

Offenbar hatte auch die junge Frau ihre Zweifel, denn ihre Nervosität und Angst wuchsen.

»Ich … Ihr solltet vielleicht … mitkommen und es Euch selbst ansehen«, stammelte sie. »Ich versichere Euch, keine von uns trägt Schuld an dem Tod dieser drei …«

»Tod?« Das war Cassda'ra.

»Was?« Ein lautes Klatschen und ein heller Schmerzensschrei ertönte, gefolgt von lautem Schluchzen.

Dieses Miststück!, dachte Jolah. Offenbar hatte Alektah-ra die junge Frau geschlagen. Aber Jolahs Aufmerksamkeit konzentrierte sich wieder auf die Worte der Oberin.

»Schon wieder drei Tote? Das sind schon sieben allein in dieser Spanne! Wenn das so weitergeht, müssen wir unsere Expeditionen noch weiter ausdehnen, weil uns die Jungfrauen ausgehen. Die Bewohner der Siedlungen und Weiler rund um Orgt schöpfen allmählich Verdacht. Und nach Ern brauchen wir erst gar nicht zu gehen. Die Bauern dort haben andere Verwendungen für ihre Töchter.«

Wovon, um alles in der Welt, spricht sie da? Jolah folgte dem Gespräch mit wachsender Verwirrung. *Wofür brauchen sie die Jungfrauen? Und wieso sterben so viele?*

»Notfalls müssen wir uns die Mädchen eben holen, ohne zu fragen«, erklärte Cassda'ra kühl. »Oder wir müssen das Risiko eingehen, jüngere für die Herstellung des Samens heranzuziehen.«

Die Herstellung des … Samens? Jolah ballte die Hände zu Fäusten. *Sie brauchen Jungfrauen, um den »Samen der Weisheit« herzustellen? Aber wie …? Was …?* Jolahs Gedanken überschlugen sich. Sie wusste, dass nur die Drachenpriesterinnen das Geheimnis kannten, wie aus dem Gift der Sandechsen der Samen der Weisheit, wie die Drachenpriesterinnen das Drachengift nannten, gewonnen wurde. Und sie wusste auch, dass sowohl die Auguren, die es *Heiliges Pulver* nannten, als auch die Magi, die das Drachengift als *Göttlichen Staub* bezeichneten, darauf angewiesen waren. Aber wie es hergestellt wurde, hatte sie sich noch nie gefragt. Sie unterdrückte diesen Gedanken und lauschte angestrengt weiter dem Gespräch.

»Nachdem der Tempel von Eurijet am Draakenhorn aufgeflogen ist«, sagte Cassda'ra gerade, »sind wir ohnehin ein wenig knapp mit Drachengift. Und Druud OchNarjon wartet nur auf einen Vorwand, uns noch härter zuzusetzen. Wenn wir den Auguren ihr ›Heiliges Pulver‹ nicht mehr liefern können, haben wir kein Druckmittel mehr gegen sie in der Hand.«

»Meinst du, ich wüsste das nicht?« Alektah-ra schnaubte verächtlich. »Und warum, glaubst du, sterben so viele Drachenjungfern dabei?« Erneut ein Klatschen, und die junge Frau, die die Botschaft überbracht hatte, stieß wieder einen Schmerzensschrei aus. »Geh und führe uns dorthin!«, befahl die Oberin unwirsch. »Hat die Aufseherin bereits neue Mädchen eingesetzt?«

»Ich … ich glaube schon, Herrin.«

»Du glaubst?«, zischte Alektah-ra boshaft. »Ich werde dich …«

»Lass sie!«, sagte Cassda'ra leise.

Alektah-ra knurrte und nahm dann den Gesprächsfaden wieder auf. »In Ermangelung von älteren Mädchen setze ich schon längst Kinder ein, die gerade erst reif geworden sind. Aber ihre Körper sind einfach nicht widerstandsfähig genug, um den Prozess zu überstehen. Ich sagte ja bereits, dass wir …«

Die Stimme der Oberin wurde leiser, während sich die Schritte der Frauen entfernten. Jolah atmete tief durch und bog dann um die Ecke des Ganges.

»Dachte ich mir doch, dass ich dich gehört habe.«

Jolah fuhr vor Schreck zurück und stieß sich den Kopf an der Mauerkante. Aber sie war zu überrascht, um auch nur einen Schmerzensschrei auszustoßen.

Cassda'ra stand kaum einen Schritt von ihr entfernt, die Arme verschränkt und die Lippen spöttisch verzogen. Sie musterte die Drachenbraut scharf. »Wie viel hast du von unserem Gespräch belauscht?«

Jolahs Herz raste, und sie verstand Cassda'ras Frage kaum, so laut rauschte ihr das Blut in den Ohren. Aber ihr Verstand arbeitete auf Hochtouren. Es war sinnlos zu leugnen, dass sie die beiden Frauen belauscht hatte. Doch es wäre ungeheuer dumm gewesen zuzugeben, dass sie das ganze Gespräch gehört hatte, vor allem den Teil, bei dem es um sie gegangen war. *Aber wie schaffe ich es, Cassda'ra zu täuschen? Immerhin ist sie meine Tutorin, war meine Vertraute und kennt mich wahrscheinlich besser als meine eigene Mutter. Und ich habe nicht viel Zeit, um mir eine Ausrede auszudenken. Je länger ich zögere, desto argwöhnischer wird sie.*

Jolah schluckte und straffte die Schultern. »Ich habe alles gehört! Ich bin die Drachenbraut und die Erbin des Drachenthrones von Alghor!« Sie schaffte es, ihre Furcht zu überspielen und ihren Zorn über das Gehörte in empörte Entschlossenheit umzumünzen. *Ich kann nur hoffen, dass ich glaubwürdig genug bin.* »Ihr benutzt für die Herstellung des Drachengiftes Jungfrauen aus Ern!«, zischte sie. »Und ihr regt euch darüber auf, dass sie euch wegsterben!« Sie hob eine Braue. »Ich habe zwar keine Ahnung, wie Jungfrauen bei der Herstellung des Drachengiftes nützlich sein können, aber wenn es so schwierig ist, geeignete Jungfrauen aus Alghor oder aus Ern zu bekommen«, sie zuckte gespielt beiläufig mit den Schultern, »würde ich mich in Hellanden umsehen.« Sie trat vor und sah Cassda'ra direkt an. »Vor allem aber will ich wissen, wie dieses Drachengift hergestellt wird und warum du mir bisher verheimlicht hast, dass die Drachenpriesterinnen es in ihren Tempeln erzeugen. Ich bin vielleicht eine Drachenbraut auf der Flucht, Cassda'ra, aber vergiss nicht, dass ich die Drachenbraut von Alghor bin! Und ich beabsichtige nach wie vor, die Drachenklaue zu besteigen und über Alghor zu herrschen, ganz gleich, was meine Bestimmung mir deiner Meinung nach vorschreibt!«

Gut so, dachte sie. *Wenn du jetzt plötzlich zu einsichtig wärst, würde sie misstrauisch werden. Spiel deine Rolle als aufsässige, dickköpfige Drachenbraut weiter. Und dann tu so, als würdest du dich allmählich überzeugen lassen. Und dann …*

Jolah lockerte ihre Haltung, während sie Cassda'ras prüfenden Blick so gelassen erwiderte, wie sie es vermochte.

… dann verschwindest du von hier, so schnell du nur kannst.

Obwohl Jolah nicht wusste, wohin sie fliehen sollte, war ihr klar, dass ihr nichts Gutes bevorstand, wenn sie sich weiterhin in Cassda'ras und Alektah-ras Hände gab.

»Das bist du wohl, Drachenbraut.« Cassda'ra musterte sie noch einen Herzschlag länger, dann nickte sie, und ein Lächeln breitete sich auf ihrem Gesicht aus.

Ein Lächeln, so falsch wie deine Treueschwüre, die du meiner Mutter und mir geleistet hast, dachte Jolah, zwang sich jedoch, das Lächeln zu erwidern.

»Also gut, vielleicht ist die Zeit dafür gekommen. Du willst sehen, worauf die Macht der Drachenpriesterinnen beruht?« Cassda'ra trat auf Jolah zu und streckte ihre Hand aus. »Dann komm mit. Ich zeige es dir. Aber ich warne dich …«

Jolah musste sich zusammenreißen, um nicht vor der anderen Frau zurückzuweichen. Sie kannte Cassda'ra ihr ganzes Leben lang, aber im Augenblick hatte sie das Gefühl, dass sie die Höchste Drachenpriesterin zum ersten Mal so sah, wie sie wirklich war. Sie legte ihre Hand in die der anderen Frau und biss die Zähne zusammen, um nicht angewidert zusammenzuzucken.

»Es ist kein angenehmer Anblick. Und auch nichts, worüber wir mit Stolz reden. Aber es ist das größte und wichtigste Geheimnis unseres Kultes.« Sie schwieg einen Moment und wartete, bis Jolah sie ansah. Der Blick ihrer Augen war kalt, als sie dann weitersprach. »Es ist das Rückgrat unserer Macht, und wir würden alles tun, um dieses Geheimnis zu schützen. Auch töten. Jeden, ohne Ausnahme.«

Jolah nickte, um der anderen Frau zu signalisieren, dass sie verstanden hatte. Und das hatte sie in der Tat.

Sie fröstelte, als ihr klar wurde, dass sie ab sofort eine Rolle spielen musste, und zwar überzeugend spielen musste. Weil alles andere ihren Tod bedeutet hätte.

Wieder dachte sie an zwei grüne Augen und fragte sich, ob sie den Mann, dem sie gehörten, den Vater ihres Kindes, den Mann, den sie wider alle Vernunft liebte, jemals wiedersehen würde.

»Ah. Wir bekommen Besuch.« Korgh hob den Kopf und grinste, eine schauderhafte Grimasse angesichts des vielen Blutes auf seinem Gesicht. »Kannst du nicht schlafen, Feldkommandeur? Treiben dich vielleicht deine Träume um?«

»Was weißt du schon von meinen Träumen?«

»Oh.« Korgh lachte und spuckte einen Klumpen Blut auf die Erde. »Nichts, natürlich, wie sollten wir auch? Wir raten nur ein bisschen herum.« Trotz seines zerschlagenen Gesichts und der schweren Ketten an Händen und Füßen wirkte der Nordling nicht sonderlich niedergeschlagen, sondern musterte Broll scharf mit seinem gesunden Auge. Das andere war zugeschwollen und schimmerte blauschwarz im Licht der blakenden Fackeln, die die Wachen zu einem Viereck in den Boden gesteckt hatten, in dessen Mitte der Nordling an einen Pfahl gekettet war. Er kniete mit dem Rücken gegen das Holz gelehnt. Seine Zähne glänzten ebenfalls dunkel von Blut, und seine Lippen waren aufgeplatzt.

Brolls Miene verfinsterte sich, als er sah, dass jemand dem Gefangenen offenbar auch die Nase gebrochen hatte. Sie saß schief im Gesicht des Nordlings.

Der bemerkte seinen missbilligenden Blick und grinste wieder. »Tut uns leid, dass wir dir keinen angenehmeren Anblick in deiner ersten Nacht auf hellandischem Boden bieten können.« Kettenklirrend hob er eine Hand und deutete auf seine Nase. »Sie saß eigentlich recht gerade, bis einer deiner Handlanger auf die Idee kam, schief sähe sie schöner aus.« Er lachte ein tiefes, grollendes Lachen, voller Verachtung für den Soldaten, der ihn geschlagen hatte. »Über Geschmack lässt sich ja, wie man so trefflich sagt, ausgezeichnet streiten, und wir hätten große Lust, einen kleinen Streit mit diesem Hundsfott auszutragen. Mit seinem Kopf unter dem Arm böte er sicher einen wahrhaft wundervollen Anblick.« Sein Blick glitt auf das Bündel in Brolls Armen, und er fletschte die Zähne. »Hast du uns ein Geschenk mitgebracht? Oder willst du sie loswerden, weil sie dir keine Ruhe lässt?«

Verachtung, aber kein Hass. Broll legte das Bündel sorgfältig außerhalb der Reichweite des Nordlings auf den Boden und musterte seinen hellandischen Gefangenen unter halb gesenkten Lidern. *Du bist mir ein Rätsel, Nordling,* dachte er. *Und außerdem der interessanteste Mann, der mir seit langem begegnet ist. Falls du überhaupt ein Mann bist.* Broll dachte wieder an den Augenblick, als er die Streitaxt von Korgh, wie der Hüne sich nannte, berührt hatte, und es fröstelte ihn.

Die Stimmen, die ihn schon seit seiner Kindheit verfolgten und gelegentlich auch laut in seinem Hinterkopf dröhnten, hatten ihren sonderbaren Chorus in diesem Moment zu einem nahezu unerträglichen Gebrüll gesteigert, als hätten sie seinen Kopf zum Bersten bringen wollen. *Oder als hätten sie etwas gewittert, das sie kannten, als hätten sie diese Axt begrüßt wie einen lange verschollenen Freund.* Er betrachtete den Nordling nachdenklich. *Die Axt oder ihn.*

»Wer bist du?« Broll kniff die Augen zusammen und verbesserte sich dann. »Oder vielleicht sollte ich fragen, wer seid Ihr?«

»Kein Grund, förmlich zu werden«, erwiderte Korgh. »Wir sind nur ein einfacher …«

»Hör auf, mich zu verarschen!«, fiel Broll ihm ins Wort. Er deutete mit einem Nicken auf die Drachenreiter, die in gebührendem Abstand von dem Pfahl außerhalb des Vierecks Wache hielten. Dann ging er vor dem Gefangenen in die Hocke, stützte die Ellbogen auf die Knie und deutete beiläufig mit einem

Finger auf dessen zerschlagenes Gesicht. »Es ist ja nicht so, dass ich die Misshandlung von wehrlosen Gefangenen billigen würde.« Er wartete auf eine Reaktion, aber diesen Gefallen tat ihm Korgh nicht, sondern starrte ihn weiterhin nur mit seinem gesunden Auge an. Schließlich seufzte Broll auf und sprach weiter. »Aber offensichtlich machst du den Männern Angst, und ich kann sie schlecht daran hindern, ihren Gefühlen Luft zu machen. Jedenfalls solange sie dich nicht umbringen.«

»Wirklich rührend.« Korgh nickte. »Wie du um deine todgeweihten Drachenkämpfer besorgt bist.« Er grinste und zeigte seine blutverschmierten Zähne. »Aber sollten wir versehentlich den Eindruck vermittelt haben, als würde uns deine Sorge um deine Leute interessieren?«

Broll kniff die Augen zusammen und musterte seinen Gefangenen. Korgh erwiderte seinen Blick vollkommen unberührt. *Du bist ein verdammt zäher Bursche,* dachte Broll. *Aber auch der härteste Krieger bricht irgendwann. Es ist nur eine Frage der Zeit.* Er stand auf, zuckte mit den Schultern und spuckte auf die Erde. »Wie du meinst, Nordling. Aber ich verspreche dir, bevor einer von ihnen stirbt, stirbst du.«

»Haben wir dein Wort darauf?« Der Nordling lachte erstickt. »Wir möchten ungern mit ansehen müssen, wie diese Schwachköpfe vom ersten Sturm der Nordlinge über den Haufen gerannt und zu blutigen Klumpen zerhackt werden. Du wirst es vielleicht nicht glauben, aber wir sind an Blutvergießen gar nicht so brennend interessiert.«

»Tatsächlich nicht?« *Ich sollte mich umdrehen und weggehen,* dachte Broll. *Jeder Atemzug, den ich länger hierbleibe und mit ihm rede, ist ein Sieg für ihn.* Er wollte gehen, aber irgendetwas hielt ihn zurück, eine sonderbare Neugier. Etwas an diesem Mann faszinierte ihn. *Und solange ich nicht weiß, was das ist, hat er eine gewisse Macht über mich. Und das gefällt mir überhaupt nicht!* Er straffte sich, drehte sich um und machte einen Schritt von dem Gefangenen weg.

»Tapfer, Feldkommandeur, wirklich tapfer. Wie du deine Neugier bekämpfst, die dir aus allen Poren sickert.« Korgh lachte leise. »Willst du nicht wissen, was uns stattdessen interessiert?«

Broll blieb beinahe widerwillig stehen. *Verfluchter Mistkerl!*, dachte er. Aber er konnte einen gewissen mürrischen Respekt vor diesem Nordling nicht leugnen. Ihm war klar, dass Korgh mehr war als nur der einfache Krieger aus Hellanden, für den er sich ausgab. Das hatte er bereits gemerkt, als er dem Nordling das erste Mal begegnet war, damals, in Baahtt, wo er mit diesem Lay zusammen in der Ringarena gefochten hatte.

Als er an Baahtt dachte, durchströmte ihn ganz kurz ein warmes Gefühl, und er schloss die Augen. *Wenigstens bist du in Sicherheit!*, dachte er. Dann unterdrückte er jeglichen Gedanken an diese Frau. *Solche Erinnerungen schwächen einen Mann nur*, sagte er sich und riss sich zusammen. Ein kurzer Seitenblick auf die Wachen sagte ihm, dass die Männer immer noch den befohlenen Abstand hielten, sodass sie seiner Unterhaltung mit Korgh nicht folgen konnten.

»Also gut, Nordling, du hast gewonnen.« Langsam drehte er sich um, mit zu Fäusten geballten Händen und finsterer Miene, in der Erwartung, den Gefangenen angesichts seines kleinen Triumphes spöttisch grinsen zu sehen.

Zu seiner Überraschung jedoch lächelte Korgh nicht, sondern erwiderte Brolls Blick ruhig und ernst. Er hatte sich an dem Pfahl aufgerichtet, so gut er konnte, und versuchte jetzt, die Schultern zu lockern.

»Sieht so jemand aus, der gewonnen hat?«, erkundigte sich der Nordling ruhig. Er deutete mit einem Nicken auf seine Fesseln. »Wir fragen uns, ob deine Leute einfach nur besonders grausam oder besonders dumm sind, uns auf diese Art und Weise an den Pfahl zu ketten. Außerdem müssen wir pissen, und in Ermangelung frischer Kleidung würden wir das ganz gern im

Stehen und mit heruntergelassener Hose tun.« Er grinste plötzlich. »Vielleicht kann uns ja einer deiner hübscheren Drachenkämpfer den …«

»Schon gut!«, unterbrach Broll ihn gereizt. Er drehte sich zu den Männern außerhalb des Vierecks herum. »Soldat!« Er hob die Stimme, damit sie ihn hörten.

Die Männer nahmen Haltung an, rührten sich aber nicht von der Stelle, sondern sahen sich nur unsicher an. Broll unterdrückte einen Fluch. *Es würde mich nicht wundern, wenn dieser verdammte Nordling recht behält und sie beim ersten Angriff in Stücke zerhackt werden!* Er hob die Hand und deutete auf den Drachenkämpfer ganz rechts. »Du da, komm her! Und bring deinen Kameraden neben dir mit!«

Die beiden Männer zuckten zusammen und setzten sich dann in Bewegung. Als sie vor Broll standen, salutierten sie unbeholfen, während ihre Blicke zwischen Broll und dem Gefangenen hin und her zuckten. »Ja, Feldkommandeur, Ser?«

»Wie heißt ihr?«

»Keul, Feldkommandeur, Ser.«

»Sander, Ser!« Der zweite Mann schluckte. »Erste Schwadron der Bronzenen Schwingen, Zweite Schuppeneinheit unter Schuppenleutnant …«, stammelte er dann hastig.

»Schon gut«, unterbrach Broll ihn knurrend. *Wenn ich nach Ulcar zurückkehren sollte, werde ich Vyln seinen verdammten Oberstenstab in den Arsch rammen, bis ihm der verfluchte goldene Drache zum Hals herauskommt, das schwöre ich!* »Macht den Gefangenen los!«

Den Drachenkämpfern traten fast die Augen aus den Höhlen. »Wa… was?«

»Was, *Ser!*«, verbesserte ihn Broll. »Macht den Gefangenen los!«, wiederholte er, obwohl er es vorgezogen hätte, seinem Befehl einfach mit Hieben und einem gezielten Tritt Nachdruck zu verleihen. »Wenn es euch beliebt.«

»Aber … Ser!«, stammelte der Drachenkämpfer namens Sander. »Das ist … ein … Nordling …!«

Broll nickte und zählte die Schuppen des Drachen, der auf dem Schild des Drachenkämpfers prangte. Als er bei fünfundzwanzig angekommen war, atmete er einmal tief ein. »Richtig, Sander. Das ist ein Nordling. Und der schwer bewaffnete Mann neben dir ist ein unbezwingbarer Drachenkämpfer.« Er deutete mit der Hand auf die Drachenkämpfer außerhalb des Vierecks. »Und da stehen noch vier von eurer Sorte. In einem Lager«, er machte eine ausladende Armbewegung, »mit mehreren Tausend kampferprobten Kriegern, die allesamt wach sind, weil sie aus Angst vor diesem einen Nordling nicht schlafen können. Sie werden uns zu Hilfe eilen, falls der Nordling versucht, uns alle zu töten.« Lächelnd beugte er sich vor. »Und jetzt, Drachenkämpfer Sander, Drachenkämpfer Keul, *macht den verdammten Gefangenen los, sonst kette ich euch höchstpersönlich neben ihn an. Und lösche dann die Fackeln!*«

Sander riss die Augen auf, schluckte und nickte dann. »Zu Befehl, Feldkommandeur, Ser. Und was dann?«

»Dann führt ihr ihn hinter diese Felsen, damit er sich erleichtern kann, und kettet ihn anschließend wieder an den Pfahl!« Broll legte die Hand auf den kleinen Handbogen, der an seinem Gürtel hing. »Sollte er auf die Idee kommen, Widerstand zu leisten, schieße ich ihm einen Bolzen in seinen hellandischen Schädel. Das dürfte ihm zu denken geben.«

»Zu Befehl, Ser.« Der Mann sah nervös auf seinen Kameraden und gehorchte dann Brolls Befehl.

Zu Brolls Erleichterung spielte Korgh mit und verzichtete auf Drohgebärden oder irgendwelche Spielchen. Er ließ sich allerdings Zeit, sich zu erleichtern, seufzte und furzte ausgiebig. Schließlich zog er sich mit klirrenden Ketten die Hose wieder hoch, schnürte sie zu und drehte sich dann zu Broll herum.

»Fertig!«, rief er und grinste Broll anzüglich an.

Der mahlte mit den Kiefern, um das Grinsen nicht zu erwidern. Die Situation hatte tatsächlich etwas völlig Absurdes, und als er Korgh und den Drachenkämpfern wieder zum Pfahl folgte, schüttelte er den Kopf.

Ich kann nur hoffen, dachte er, *dass nicht alle Nordlinge so sind wie er. Von wegen primitive Barbaren!* Er dachte an Druuds abfällige Worte und verzog das Gesicht. *Es wird mir schwerfallen, sie einfach abzuschlachten.* Er beobachtete, wie Keul die Ketten festzog, und runzelte die Stirn. *Vorausgesetzt, sie lassen sich überhaupt einfach abschlachten.*

»Das genügt!«, befahl er den Drachenkämpfern, die gerade versuchten, die Beine des Nordlings hinter den Pfahl zu ziehen. »Wir wollen ihn nicht wie ein Bündel verschnüren, sondern ihn nur an der Flucht hindern. Außerdem muss er morgen noch laufen können.« Er warf den verblüfften Drachenkämpfern einen scharfen Blick zu. »Oder wollt ihr ihn während des Feldzugs auf einen Karren packen und bewachen?«

»Nein, Ser«, erwiderte Keul und lockerte die Kette ein wenig. Nachdem er sie auf der Rückseite des Pfahles durch die Ringe gezogen und gesichert hatte, salutierte er und entfernte sich.

»Also«, sagte Broll, nachdem die beiden Kämpfer wieder zu ihren Kameraden zurückgeeilt waren, »wofür interessierst du dich denn wirklich, wenn nicht für Blutvergießen?«

Korgh beugte sich vor. »Wir hätten da eine Frage an dich, Feldkommandeur.« Er deutete auf den Handbogen an Brolls Gürtel. »Das ist ein hübsches Ding. Wir haben so etwas noch nie gesehen.« Er hielt inne. »Das heißt ... doch, wir haben so etwas schon einmal gesehen. Aber das ist schon lange her.«

Broll hatte unwillkürlich auf den Handbogen geschaut und blickte bei Korghs letzten Worten verblüfft hoch. »Du kennst diese Waffe? Woher?«

Korgh lehnte sich zurück. »Wir kennen ihren großen Bruder. Ein Mordbrenner hat damit auf uns geschossen.« Der Nordling deutete mit einem Rucken seines Kopfes in Richtung des Gletschers. »Da oben, am Weißen Spiegel.« Er grinste. »Als er mit seinen Spießgesellen ein Monasterium überfallen, niedergebrannt und sämtliche Bewohner gemeuchelt hat.« Er schüttelte den Kopf. »Alle, bis auf einen. Und das war wohl gerade der, den er gesucht hat.«

Broll war bei den Worten des Nordlings bleich geworden. *Du warst es also, der damals im Gebüsch gehockt hat,* dachte er. *Zusammen mit diesem Lay.* Er kniff die Augen zusammen. »Aha. Und was hat das mit meiner Waffe zu tun?« *Ich werde dir ganz gewiss nicht den Gefallen tun, weinend vor deine Füße zu fallen und dich um Verzeihung zu bitten. Außerdem hast du die Sache ja überlebt.*

»Wir wundern uns nur. Zwei Männer, die gleiche Waffe. Wir fragen uns, wer da wohl wem die Idee gestohlen hat.«

Broll war es leid. »Du warst dort oben in dem Monasterium!«

»Nein, waren wir nicht. Wenn wir in dem Monasterium gewesen wären, wären wir jetzt eine längst verweste Leiche. Wie all die anderen Unschuldigen, die du auf dem Gewissen hast.« Korgh legte den Kopf auf die Seite. »Jedenfalls glauben wir, dass du ein Gewissen hast, *Schlächter von Krühll.*«

Broll spürte, wie kalte Wut in ihm hochstieg. *Warum tust du dir das an? Ramme diesem hellandischen Schwachkopf einfach deine Klinge in den Hals, dann ist die Sache erledigt, und du kannst dich um deine eigentlichen Aufgaben kümmern.* Seine Hand glitt zu dem Dolch an seiner Seite, derselben Waffe, mit der Jolah ihn gezeichnet hatte. *Und ich sie. Verdammt, was sollen diese Gedanken?*

Ein leises Lachen lenkte seine Aufmerksamkeit wieder auf den Gefangenen. »Du kannst es nicht, stimmt's? Obwohl es doch so leicht wäre und deine Leute sich freuen würden, uns los zu sein. Dabei bereitet es dir ansonsten keine Probleme, einen wehrlosen Gefangenen umzubringen. Schließlich hast du mehr als einmal bewiesen, dass du nicht davor zurückschreckst, unschuldige Menschen niederzumetzeln. Also, was hält dich diesmal davon ab? Ist es deine Neugier, Feldkommandeur?« Der Nordling beugte sich vor. »Oder die gleiche Regung, die dich dazu bewogen hat, die Drachenbraut zu retten, statt sie diesem hinterhältigen blinden alten Mann auszuliefern? Der offenbar nicht nur seinen eigenen Herrn verraten hat, sondern auch unsere Herrin hintergeht.«

Broll kniff die Augen zusammen. »Woher weißt du das alles, Nordling?« Er spielte mit dem Dolch in seiner Hand. »Jetzt wäre der richtige Moment, mit der Wahrheit herauszurücken und mir endlich zu verraten, was du vorhast. Bevor ich es mir anders überlege und ...«

»Und was?« Korgh hob eine Braue. »Schneidest du uns dann doch die Kehle durch? Das glauben wir nicht. Und um deine Frage zu beantworten: Wir waren dabei, schon vergessen? Wir waren diejenigen, die die Drachenbraut und deinen erklärten Todfeind aus dem Roten Sand weggeschafft und sie dem Einfluss des Obersten Auguren entzogen haben.« Der Nordling lachte leise. »Ist schon bemerkenswert, dass du die Frau, die du liebst, deinem ärgsten Feind in die Hände gegeben hast. Aber das hast du lieber getan, als zuzulassen, dass sie wie eine Ware an den Meistbietenden verschachert wird.« Er schüttelte den Kopf. »Das alles sagt uns, dass du keineswegs so abgebrüht bist, wie du tust. Aber du bist auch längst nicht so schlau, wie du glaubst.« Er deutete auf den Handbogen an Brolls Gürtel. »Auch wenn wir zugeben müssen, dass das da eine wirklich nette Erfindung ist. Allerdings fragen wir uns, wie du darauf gekommen bist. Vielleicht eine Eingebung im Schlaf? Oder ein Bild aus einem Traum ...?«

»Meine Träume gehen dich nichts an, Nordling!«, fauchte Broll. Er schob den Dolch wütend in die Scheide zurück. »Und jetzt sag mir endlich, was du vorhast und warum du am Hochlandwai auf uns gewartet hast! Und verschone mich mit irgendwelchen absurden Geschichten über Träume und Schlafbilder.«

Vor allem, weil du damit verdammt richtig liegst!

Brolls Verwirrung wuchs, und damit auch seine Wut auf diesen Mann. Dieser Nordling war nicht das, wofür er sich ausgab, er war kein Barbar und erst recht kein einfacher Krieger! Dafür wusste er einfach zu viel. *Vor allem weiß er Dinge über mich, die er nicht wissen dürfte und eigentlich gar nicht wissen kann. Ich muss herausfinden, woher er dieses Wissen hat! Und sobald ich das weiß, werde ich ihm seine verfluchte doppelschneidige Axt in den Schädel rammen …*

Auf einmal war da das Summen in seinem Kopf, und er biss die Zähne zusammen. *Verdammt! Nicht jetzt! Nicht ausgerechnet jetzt!*

»Ah. Hörst du sie singen?«

Broll hatte die Augen geschlossen, um sich zu konzentrieren und die Stimmen aus seinem Kopf zu vertreiben. Doch bei Korghs Worten schlug er sie wieder auf und starrte sein Gegenüber an. »Woher weißt du …?« Er machte einen Schritt auf den Nordling zu und zückte erneut den Dolch. »Ich will es wissen, jetzt sofort, und ich frage dich nur einmal! Wenn du mir nicht sofort sagst, wer du bist und was du willst, dann schwöre ich bei Belphors kalten Klauen, schneide ich dir die Gurgel durch!«

»Und nimmst dir damit jede Möglichkeit, die Wahrheit über dich und deine Träume zu erfahren? Und über deine Bestimmung?« Korghs Augen glühten rötlich, während er langsam den Kopf schüttelte. »Das wäre dumm.«

Bestimmung? Was, verdammt …? Was ist dieser Mann? Wovon redet der Kerl? Es genügt doch wohl, dass Druud und diese verfluchte Drachenpriesterin ständig von irgendwelchen Prophezeiungen und Bestimmungen faseln oder dass Raissiah Dam Grünhaag vor jedem Schritt, den sie oder ihr verfluchter Sohn Ryehl tun, das Windorakel befragt.

»Was weißt du schon über meine Vergangenheit? Oder meine Zukunft?« Broll lachte, doch es klang nicht recht überzeugend. »Aber ich kann dir etwas über *deine* Zukunft erzählen, und auch wenn die Geschichte nicht besonders erfreulich endet, kann ich dir versprechen, dass sie zumindest sehr kurz ist.«

»Wir wissen vielleicht nichts darüber«, räumte Korgh ein und deutete mit einem Nicken in Richtung des Lagers, »aber wir wissen, was wir gesehen und gefühlt haben, als du unsere Streitaxt angefasst hast.« Die Miene des Nordlings verdüsterte sich, als er weitersprach. »Es ist eine besondere Waffe, wie du ja bereits festgestellt hast, und sie ist an uns durch Blut gebunden.«

Broll erstarrte und hatte das Gefühl, von dem Blick des Nordlings gebannt zu werden. Er rührte sich nicht, während sein Gefangener fortfuhr.

»In den Händen eines einfachen Mannes würde sie ihren Träger ebenso sicher töten wie jeden Feind, gegen den er sie erhebt. Aber dich hat sie erkannt, Broll von Ern, auch wenn es dich fast das Leben gekostet hätte. Gibt dir das nicht zu denken?«

Das Rauschen in Brolls Kopf schwoll an und steigerte sich zu dem verhassten und bekannten Summen.

TodTodTod Draakenbrut Tonnfor Weile nicht Zeiten nahet Tiden dränget einervomBlut TodTodTod

Broll knirschte mit den Zähnen, als er die Hand ausstreckte und seinen Dolch an den Hals des Nordlings setzte. Sein Arm zitterte, und sein Atem ging stoßweise.

Korgh wich vor der Klinge nicht zurück, auch nicht, als die scharfe Schneide seine Haut ritzte und ein Blutstropfen hervorquoll.

Blut Blut Blut

Broll zuckte zusammen, als die Worte glasklar durch sein Bewusstsein hallten. Er musste sich zwingen, die Hand mit dem Dolch zurückzuziehen. Zu seiner Überraschung lachte der Nordling leise.

»O ja, sie ist eine blutrünstige Gefährtin und nur schwer zu befriedigen.« Er hob den Kopf. »Aber wir fürchten, wir müssen unsere Unterhaltung auf einen späteren Zeitpunkt verschieben. Du bekommst Besuch, Feldkommandeur.« Er lächelte. »Viel Glück. Denn das wirst du brauchen.«

Was meint er denn damit? Broll starrte den Nordling verblüfft an. *Besuch? Wer, bei Belphors gespaltenem Schwanz, sollte …?*

Das laute Blöken eines Alarmhorns erschallte, und im nächsten Augenblick wiederholten andere Wachposten das Signal, und zwar Wachposten des inneren Kreises.

Broll sprang fluchend auf. »Wachen!«, schrie er die Drachenkämpfer am Rand des Vierecks an. »Hierher! Niemand nähert sich dem Gefangenen, habe ich mich klar ausgedrückt? Weder unsere Leute noch Nordlinge!«

»Nordlinge, Ser?« Der Drachenkämpfer namens Keul sah sich erschrocken um. »Aber wo …?« Doch Broll hörte ihn schon nicht mehr. Er war bereits losgerannt, auf sein Zelt zu.

Im Lager war die Hölle los. Schlaftrunkene Drachenkämpfer und Hämmer traten aus ihren Zelten, Erstere zumeist ohne Rüstung oder Waffen, Letztere hingegen kampfbereit oder zumindest dabei, Harnische und Schwertgurte anzulegen.

Auf dem Weg zu seinem Zelt kam ihm Johks entgegen, fertig gerüstet, gefolgt von seinen Schwingen- und Schuppenleutnants.

»Sie haben den inneren Kreis bereits erreicht!«, schrie Broll. »Bildet ein …!«

»… Karree!«, brüllte Johks. »Rund um die Feuer. Bogenschützen in den innersten Ring!«

Broll hielt sich keinen Moment länger bei seinem Stellvertreter auf, nicht zum ersten Mal froh darüber, dass Drachenkommandeur Johks darauf bestanden hatte, ihn bei diesem Feldzug zu begleiten.

Im nächsten Moment rannten zwei Hundertschaften Eisdrachen in ordentlicher Formation an ihm vorbei, die langen Spieße in der rechten Hand und die Schilde am linken Arm.

Anscheinend haben sie nicht einmal zum Schlafen ihre Rüstung abgelegt, dachte Broll voller Respekt vor Johks. *Dieser Kommandeur hat seine Truppen wirklich im Griff.*

Dann stürmte eine dunkle Masse aus schattenhaften Figuren auf ihn zu. Stolz erfüllte ihn, als er in den Männern die Hämmer von Ern erkannte, die, angeführt von seinem Hauptmann Tronn, zu den Feuern rannten.

»Herr?« Tronn blieb kurz vor Broll stehen.

»Halte dich an Johks!«, befahl der Feldkommandeur. »Er weiß, was zu tun ist. Ich stoße gleich zu euch.«

Tronn nickte und lief mit seinen Leuten weiter.

Broll rannte, so schnell er konnte, zu seinem Zelt. Er schlug die Klappe zurück und schnappte sich den bronzenen Harnisch, den er selbst geschmiedet hatte. Ihn anzulegen dauerte nur wenige Herzschläge. Broll hatte bei der Herstellung des Panzers darauf geachtet, dass er niemanden benötigte, der ihm die Riemen stramm zog. Als Nächstes setzte er sich den Helm auf und schnürte ihn unter dem Kinn fest. Mit einem Handgriff gürtete er sich das Schwertgehänge um. Schließlich nahm er einen Gurt, in dem etliche längere und kürzere Bolzen steckten, und als Letztes den Stockbogen vom Ständer in der Ecke seines Zeltes. Er spannte ihn rasch und legte einen Bolzen ein. Auf seinen Schild verzichtete er, weil der ihn nur behindert hätte. Dann wirbelte er herum und rannte aus dem Zelt.

TodTodTod einervomBlut TrägerdesMals DRAAKENBRUT

Die Stimmen in seinem Kopf brüllten auf, und er hörte ein lautes Zischen. Instinktiv ließ er sich zu Boden fallen, rollte sich herum und feuerte auf die dunkle Gestalt vor ihm.

Der Mann stöhnte auf, und die Streitaxt flog ihm aus den Händen, als der Bolzen in seinen Hals schlug.

Broll sprang auf, nahm den Stockbogen in die Linke und riss mit der Rechten das Schwert aus der Scheide. Das Metall sang, und es gelang ihm gerade noch, die Klinge zwischen seinen Kopf und einen hässlich aussehenden Streitkolben zu bringen, der auf ihn herabsauste.

Er drehte ein wenig das Handgelenk, sodass der Kolben an seinem Schwert entlangglitt, fast bis zum Heft, dann zog Broll das Schwert zurück, und der Kolben sauste harmlos zur Seite. Broll aber holte aus und stieß zu.

Die Spitze seines Schwertes bohrte sich in die Brust des zweiten Angreifers, bevor der Gelegenheit hatte, den Schwung des Streitkolbens abzufangen und einen Rückhandschlag gegen Broll zu führen, der diesem zweifellos den Schwertarm zertrümmert hätte.

Broll atmete mehrmals tief durch und konzentrierte sich auf den unregelmäßigen, schrillen Rhythmus der Stimmen in seinem Kopf …

TodTodTod einervomBlut träger des Mals Tonnvor eile Weile nit Zeiten drängend Schleier erklinget DRAAKENBRUT TodTodTod

Wie sooft in Gefechten und Scharmützeln überließ sich Broll vollkommen diesem Rhythmus, folgte ihm blindlings, gab jeder Eingebung der Stimmen nach, tanzte und schlug zu, fast wie in einem tödlichen, blutigen Ballett.

Er traf die Klingen seiner Gegner, noch bevor er sie sah, er ging in die Knie, und im nächsten Moment zischte ein ungesehener Pfeil über ihn hinweg, er sprang zurück, und das Blatt einer Streitaxt durchschnitt die Luft, dort, wo er noch vor einem Lidschlag gestanden hatte. Doch bei den Kämpfen zuvor hatte ihn ein Rausch erfüllt, eine makabere Begeisterung über seine scheinbare Unbesiegbarkeit, über seinen offenbar unfehlbaren Instinkt. Diesmal aber war er weit entfernt von solchen Gefühlen.

Während er Schläge parierte oder Geschossen mit schlafwandlerischer Sicherheit auswich, gingen ihm Korghs Worte durch den Sinn. *»Die Wahrheit über dich und deine Träume erfahren. Deine Bestimmung.«*

Während Broll seinen tödlichen Tanz fortsetzte, beschäftigte sich ein Teil seines Verstandes damit herauszufinden, was dieser Korgh damit gemeint haben mochte und woher er all das über ihn wusste.

Erst viel zu spät merkte er, dass diese Nordlinge, die das Lager überfallen hatten, ihn von seinen Leuten abgedrängt hatten. Ob es Absicht war oder Zufall, wusste er nicht, aber das Ergebnis war dasselbe.

Ich bin am Arsch! Er wehrte sich gegen zwei Gegner, die mit ihren mächtigen Streitäxten auf ihn einschlugen, ohne ihm auch nur die geringste Atempause zu gönnen. Broll wich ihren Schlägen aus oder parierte sie, kam aber nicht dazu, selbst einen Angriff zu führen. Dann tauchte in seinem Rücken ein dritter Nordling auf, ein wahrhafter Hüne, mit einer Streitaxt, die fast doppelt so groß war wie die Waffen seiner beiden anderen Gegner.

»Tronn!«, brüllte Broll, so laut er konnte. »Tronn! Zu mir!« Aber noch während er schrie, wusste er, dass es sinnlos war. Der Lärm, das Klirren der Waffen, die Schreie und Flüche, das Kreischen der Sterbenden und das Gebrüll der Kämpfenden, all das war so laut, dass es seine Stimme übertönte. *Deine einzige Chance besteht darin, dich zu dem Karree durchzuschlagen!*, dachte er. *Obwohl du dich dabei wahrscheinlich durch einen ganzen Ring von Angreifern kämpfen musst.*

Broll verzog das Gesicht, während er einen weiteren Schlag parierte. *So ein Mist! Ausgerechnet jetzt sterben zu müssen, wo jemand aufgetaucht ist, der mir etwas über mich erzählen könnte!* Er grinste grimmig, während er den wuchtigen Hieb einer Streitaxt abwehrte und im selben Moment eine Lücke sah. *Aber wer weiß, wozu es gut ist. Vielleicht hätte mir nicht gefallen, was ich über mich erfahren hätte.* Dann schob sich das Bild von zwei schwarzen, leidenschaftlich schimmernden Augen in sein Bewusstsein. *Um dich ist es schade,* dachte er. *Wirklich schade. Wir waren füreinander bestimmt.*

TodTodTod TrägerdesMals Tonnvor Weilenit TodTodTod
Blut Blut Blut

Instinktiv stieß Broll seine Klinge in die Lücke, die der Angreifer vor ihm durch seinen Schlag geöffnet hatte, und er knurrte befriedigt, als sein Eisen einen ledernen Harnisch durchbohrte und Haut, Sehnen und Knochen durchtrennte.

Im nächsten Moment schrie er laut auf, weil die Stimmen in seinem Kopf zu einem Crescendo anschwollen, das in seinen Ohren brannte wie Feuer.

TodTodTod Tonnvor zaudernit Weilenit TodTodTod trägerdesMals einervomBlut Zeitennahet TodTodTod

Blut Blut Blut

Die heisere, jubilierende Stimme übertönte mit Leichtigkeit den misstönenden Chorus in seinem Schädel, und ein Gefühl von Verzückung durchströmte ihn. Die Stimme hatte eine fast hypnotische Wirkung, und einen Moment lang rührte sich Broll nicht.

Was …?

Der Schlag gegen seine Kniekehlen ließ ihn einknicken. Er ruderte noch kurz mit den Armen und fiel dann rücklings auf den hart gefrorenen Boden.

Ungläubig blickte er zu dem Nordling, der hoch aufgerichtet über ihm stand. Der Hüne erwiderte seinen Blick und …

Er zwinkert? Broll traute seinen Augen nicht. Dann fiel sein Blick auf die große zweischneidige Axt in der Faust des Mannes. Seltsam verschlungene Muster schillerten auf Zwillingsblättern, und einen Moment lang hatte der Feldkommandeur der Vereinigten Drachenhorde den Eindruck, es wären Runen, die da leuchteten.

Dann spürte er, wie jemand seinen Fuß auf seine Schwerthand setzte und sie fest auf den Boden presste. Sein Blick wurde von einem Streitkolben wie magisch angezogen, der aus der Dunkelheit auftauchte und auf ihn herabsauste.

Das wird eine schöne Schweinerei, dachte Broll, während der Kolben genau auf die Mitte seines Gesichts zuraste. *Jolah …*

»Naha!«

Broll weigerte sich, die Augen zu schließen. Er wollte seinen Tod kommen sehen. Stattdessen jedoch sah er einen mattgrauen Schatten, der schneller als ein Gedanke heranzuckte und ihm den Blick auf den Streitkolben nahm.

Es knallte metallen, und der mattgraue Schatten vor seinen Augen vibrierte leicht. Die verschlungenen Runen auf der Klinge der Streitaxt leuchteten einmal kurz auf und erloschen dann wieder.

Broll schluckte. *Wirklich eine makellose Waffe. Hervorragende Schmiedearbeit. Und ich brauche eine frische Hose. Wurde ohnehin Zeit, sie zu wechseln.*

Ein langer, wütender Fluch drang an seine Ohren. Er verstand die Bedeutung zwar nicht – *Vermutlich ist es die Hohspraak Hellandens,* dachte er –, aber es musste ein Fluch sein. Niemand würde eine ganz normale Mitteilung mit so viel Leidenschaft von sich geben.

»Mi Beuta. Flück tu!«

Die Stimme kommt mir bekannt vor, aber das kann nicht sein. Broll beobachtete, wie der Kämpfer mit dem Streitkolben die Waffe hob und einen Moment zögerte. Sein Kumpan starrte zwischen Broll und dem Hünen, der beschützend neben ihm stand, hin und her. *Beschützend?* Brolls Verwirrung wuchs.

Schließlich stießen die beiden Nordlinge ein paar unverständliche Laute aus, die vermutlich Großmutter, Mutter und Schwester des Hünen sowie seine Frauen und Töchter beleidigten, spien auf den Boden und trollten sich. Sie rannten in Richtung der Kampfgeräusche, die unvermindert anhielten.

»Feldkommandeur, dürfen wir dir hochhelfen?«

Broll streckte die linke Hand aus und zuckte zusammen, als der Nordling sie mit eiserner Faust packte und ihn scheinbar mühelos vom Boden emporzog.

»Danke.« *Was für ein Schwachsinn ist denn das? Wieso bedankst du dich? Er wird dir gleich mit seiner verfluchten Streitaxt den Schädel spalten!*

»War uns ein Vergnügen!«

»Du bist trotzdem mein …« Broll schluckte. »… Gefangener«, beendete er den Satz dann ein wenig stockend. Er kam sich vollkommen lächerlich vor und wusste einen Moment nicht, wie er sich verhalten sollte.

»Selbstverständlich sind wir das«, versicherte ihm Korgh liebenswürdig. »Aber jetzt sollten wir lieber dafür sorgen, dass du deine Verteidigungsstellung sicher erreichst.« Er deutete mit der Streitaxt in die Richtung, aus welcher der Lärm kam. »Dieser Johks ist ein guter Mann«, äußerte er fast nachdenklich. »Zum Glück für uns gibt es in Alghor nicht so viele von seiner Sorte, stimmt's?« Er grinste, und seine immer noch blutigen Zähne schimmerten dunkel in dem flackernden Licht der Feuer.

»Ja … Nein, ich weiß nicht!« Broll runzelte die Stirn. »Verflucht, ich verstehe einfach nicht, was das hier soll! Das da sind deine Leute, und sie hätten mich zweifellos getötet, wenn du sie nicht daran gehindert hättest, und anstatt mich gefangen zu nehmen, bringst du mich zu meinen Truppen zurück!« Er starrte den Nordling eindringlich an. »Ich weiß wirklich nicht, was du …«

Korgh hob die Hand mit der Streitaxt. »Verschieben wir unser Gespräch auf später.« Er blickte in Richtung des Kampflärms. »Das hier war nur einer der kleineren Clans von der Ebene des Spiegels. Sie haben wahrscheinlich keine Lust gehabt, Egkhilds Ruf zu folgen und sich an den vorgesehenen Stellen zu sammeln.« Er nickte. »Aber sie haben deinen Männern bereits übel zugesetzt. Wir schlagen vor …«

»Bei Belphors feurigem Atem!« Broll packte den Arm des Hünen und zog ihn zu sich. Was nicht ganz einfach war. Der Nordling war unglaublich stark, und einen Moment lang hatte Broll das Gefühl, er zerrte an einem Felsbrocken. Dann jedoch gab Korgh nach und trat dichter an den Anführer der Hämmer von Ern und Feldkommandeur der Vereinigten Drachenhorde heran. »Hast du nicht gehört, was ich gesagt habe? Ich gehe nirgendwohin, bis du mir nicht endlich erklärt hast …!«

Korgh hatte Broll bei diesen Worten nachdenklich betrachtet und unterbrach ihn mit einem frustrierten Seufzer. »Ihr seid eine anstrengende Familie!«, knurrte er. »Wir haben alle Hände voll damit zu tun, euer so wichtiges Leben zu retten, obwohl wir so viel Dringenderes und Sinnvolleres erledigen müssten. Und statt dankbar zu sein, fangt Ihr dann auch noch an zu lamentieren. Wir würden uns wirklich fragen, warum wir uns das antun – wenn wir es nicht so genau wüssten.« Er streckte die Hand aus, und Broll folgte der Geste mit den Augen. »Die Nordlinge wissen, dass sie gegen eure Übermacht letztlich nichts ausrichten können. Sie wollen nicht deine Armee besiegen, sondern sie haben es auf ihren Kommandeur abgesehen. Natürlich wussten sie, wo sein Zelt steht. Schließlich sind die ganzen Fahnen und Banner nicht zu übersehen, die deine albernen Handlanger darum herum aufgepflanzt haben. Und da drüben kommen fünf Nordlinge auf uns zugerannt, die nur das Eine wollen, nämlich den Kriegshäuptling der Invasoren töten. Etwas, das wir aus Gründen verhindern möchten, die wir, wie bereits mehrmals ausgeführt, später erörtern können. Tut uns leid, wenn wir dir Kopfschmerzen bereiten.«

»Kopfschmerzen?«, fragte Broll verständnislos und drehte sich zu Korgh herum. Das Letzte, was er sah, waren verschlungene Runen, die tiefrot leuchteten.

Blut Blut Blut.

OMARTA, HAUPTSTADT VON BOUHSS, HERBERGE AN BELPHORS PFORTE

Sie lächelte und breitete einladend ihre weichen braunen Arme aus. Lay schluckte und spürte, wie er hart wurde. Theija hob spöttisch eine Braue. Worauf wartest du noch?, schien sie sagen zu wollen. Ich bin bereit für dich. Sie zuckte einmal mit den Schultern, und das hauchzarte Gewand aus nahezu durchsichtigem Nesselstoff glitt raschelnd zu Boden. Lay machte einen Schritt auf sie zu. Dann noch einen. Er keuchte, als Theija seine Hände nahm und sie auf ihre Brüste legte, deren harte Spitzen seine Handflächen kitzelten. Dann stöhnte er auf, als sie seinen harten Schwanz mit der Hand umfasste. Er bog unwillkürlich das Becken vor und spürte ihre Wärme, ihre weiche Haut, die Bandagen um ihren Bauch und ihre Hände, da, wo sie sich bei ihrem Kampf mit den Krummdolchen verletzt und er sie notdürftig verbunden hatte.

»Hm.« Lay rekelte sich, die klumpige Matratze drückte gegen seine Lenden, seine Hand strich über die kleine straffe Brust, und er spielte mit dem Daumen an der harten Knospe. Ein Lächeln glitt über sein Gesicht, als sich der Griff um seinen Schwanz verstärkte. »Theija.« Ihre Leidenschaft wuchs, und der Griff wurde fester.

»Hm.«

Noch fester.

Lay runzelte die Stirn, als sich ihre langen kastanienbraunen Haare um seinen Hals schlangen. *Kastanienbraun? Sie müssten rot sein. Sie waren doch rot. Theija hatte rote Haare, aber kastanienbraune Haare hatte eine andere Frau, die dich wirklich zum Mann …*

»Thei…« Er biss die Zähne zusammen, als Theija – oder Kalehna? – seinen Schwanz noch fester packte, härter, geradezu grob, und zudem ihre Fingernägel in das empfindliche Fleisch grub. Und ihr Haar um seinen Hals schnürte sich zusammen und fühlte sich auch gar nicht mehr wie Haar an. Eher wie … Finger. *Finger?*

»He …!«, krächzte Lay und öffnete die Augen ganz. »Was soll das, verdammt noch mal?«

»Das möchte ich dich fragen, du dreckiger Mistkerl! Während ich schlafe! Glaubst du wirklich, du könntest das Herz einer Frau gewinnen, wenn du im Schlaf über sie herfällst? Ich habe eine Neuigkeit für dich, Bluthand! Im Schlaf haben wir nichts davon, also nützt es nichts, klar? Und wenn du nicht sofort meinen Busen loslässt, bekommt der Name Bluthand eine sehr reale, unerfreuliche neue Bedeutung!«

Das ist nicht Theija. Oder Kalehna. Lay schluckte. »Ma… Makira.«

»Ah. Dein Verstand fließt mit deinem Blut zurück in dein Hirn. Wie schön.«

Die Sandfrau ließ seinen Schwanz los, der augenblicklich schlaffer wurde. Dann packte sie Lays Handgelenk, hob seine Hand vorsichtig von ihrer Brust und schleuderte sie zur Seite.

»Entschuldige.« Mittlerweile war Lay hellwach. »Ich … Es ist nicht so, wie es aussieht.«

Makira starrte ihn einen Moment ungläubig an, dann lachte sie grimmig auf. »Gut. Dieses eine Mal will ich dir glauben. Es ist tatsächlich nicht so, wie es aussieht! *Aber, verdammt, wie ist es dann? Und wieso bin ich nackt?*« Ihr Blick glitt an seinem Körper herunter, blieb an seinem Schwanz hängen und zuckte dann hastig wieder zu seinem Gesicht. »Und wieso bist du auch nackt?«

»Weil …« Lay schluckte. *Es war eine blöde Idee, das habe ich dir doch gleich gesagt,* dachte er. »Es gibt nur dieses eine Bett, und es war so weich, und ich dachte …« *Soll ich ihr sagen, dass sie im Schlaf gewimmert und gestöhnt und sich an mich geklammert hat?*

Und ob du es ihr sagen solltest! Sieh ihr in die Augen. Wenn Blicke töten könnten, wärst du längst Echsenfutter! »Du hast im Schlaf …«

»Und wo ist mein Lendentuch? Und mein Brustharnisch?« Sie knurrte. »Und meine Krummdolche …?« Makira hatte ihm nicht zugehört, doch bei seinen letzten Worten unterbrach sie sich und fuhr zu ihm herum. »Was? Jetzt soll es auch noch meine Schuld sein, dass wir hier …?« Sie wollte sich aufsetzen, ließ sich aber im selben Moment wieder stöhnend auf die harte Matratze und das nicht allzu saubere Kissen sinken. »Verdammt, was ist denn bloß passiert? Haben wir zu viel getrunken? Sonst wäre ich ja wohl kaum mit dir im …« Sie unterbrach sich und riss die Augen auf. »Haben wir etwa …?«

»Nein, natürlich nicht!«, erwiderte Lay etwas zu hastig. *Als hättest du nicht mit dem Gedanken gespielt, wie es wohl wäre, als du sie gestern Nacht ausgezogen und ihre Verletzungen ausgewaschen hast!*, dachte er und spürte, wie sein Schwanz bei der Vorstellung zuckte. Er hatte erst ein einziges Mal mit einer Frau geschlafen, und das war schon lange her. Erst seit seiner Begegnung mit Kalehna wusste er, wie sich das anfühlte. Und er sehnte sich danach. Aber jetzt war nicht der richtige Moment, um so etwas zu versuchen. Und Makira war nicht die richtige Frau dafür. *Oder zumindest sind die Umstände im Moment nicht danach.*

»Gut.« Makira seufzte und drehte sich von ihm weg. »Sonst hätte ich dich auch auf der Stelle getötet.« Sie stöhnte leise. »Nachdem ich dich entmannt hätte, natürlich. Zieh dich gefälligst an und gibt mir meine Sachen! Au, verflucht, mein Kopf schmerzt, als würde ein Drache darauf …!« Sie unterbrach sich, und Lay sah, wie sie sich versteifte.

Ah, sie erinnert sich.

»Ich …« Makira drehte sich zu ihm herum, offenbar etwas zu schnell, ihrer schmerzverzerrten Miene nach zu urteilen. »Wir sind … Wir haben doch …« Sie starrte ihn an. »Wie hast du mich da herausgeholt?« Ihre Stimme klang leise, während sie ihn aufmerksam beobachtete. »Ich meine, aus dieser schrecklichen Schlucht voller … Drachen?« Sie streckte die Hand aus und legte sie auf Lays Arm. »Das war kein Traum, hab ich recht?«

Lay schüttelte den Kopf.

»Was also? Habe ich es geträumt, oder ist das wirklich passiert?«

Lay runzelte die Stirn. »Du hast es nicht geträumt.«

»Wir haben das Tal von Belphors Garten durchquert!« Makira versuchte erneut, sich aufzurichten, und diesmal half Lay ihr. Er schob ihr den Arm hinter den Rücken und hob sie vorsichtig hoch, wobei er darauf achtete, auf keinen Fall ihre nackten Brüste zu berühren. Aber Makira schien nicht mehr daran zu denken, dass sie ihn eben noch beschuldigt hatte, sie im Schlaf vergewaltigt zu haben. Oder daran, dass sie beide immer noch vollkommen nackt waren.

Sie ist wirklich hübsch. Im nächsten Moment hätte Lay sich am liebsten selbst geohrfeigt, weil sein Blick an dem dunklen Schamhaar hängen geblieben war.

»… entschuldigen. Ich hatte ja keine Ahnung!«

Lay zuckte zusammen und riss hastig den Blick von ihrer Scham, als Makira seine Arme packte und sie drückte. Er sah ihr ins Gesicht und spürte, wie seine Ohren und Wangen brannten.

»Du hast mir das Leben gerettet. Danke!« Die Sandfrau lächelte ihn an. »Das war eine edle Tat und muss dir nicht peinlich sein. Außerdem sind wir dann ja wohl quitt, oder?«

Lay hob die Brauen, öffnete den Mund und nickte dann einfach nur. Er traute seiner Stimme noch nicht so ganz.

»Gut.« Makira sah sich in der Kammer um, dann streifte ihr Blick über Lays Gestalt und ihren eigenen nackten Körper. »Und jetzt«, sie legte wie beiläufig die Hände auf ihre Blöße, »hätte ich gern eine Decke oder so etwas. Und du solltest dich lieber anziehen.«

»Ja. Sicher.« Lay stand auf, bückte sich, hob eine fadenscheinige Decke vom Boden und warf sie Makira zu. »Hier. Sie ist heruntergerutscht.«

»Klar.« Die Sandfrau breitete die Decke aus und legte sie sich um. Dann seufzte sie. »Ich kann mich an nichts mehr erinnern, nachdem wir auf dieser Lichtung übernachtet haben.« Sie schüttelte den Kopf und sah sich wieder in der Kammer um. »Ich weiß weder, wie wir aus diesem schrecklichen Tal herausgekommen sind, noch, wie wir hier gelandet sind.« Sie hustete trocken. »Und ich habe schrecklichen Durst. Gibt es irgendwo Wasser?«

Lay zog sich die Hose an, die auf einem kleinen wackligen Hocker gelegen hatte, dann sein zerrissenes Hemd, auf dem sich dunkle Flecken getrockneten Blutes abzeichneten. *Makiras Blut.* »Ja, einen Moment.« Er trat zu einem schäbigen Holzgestell, auf dem eine verbeulte Zinnschüssel und ein irdener Krug standen. Er hatte das Wasser gestern Abend dazu benutzt, Makiras Wunden auszuwaschen und sich selbst notdürftig zu reinigen. *Vielleicht ist ja noch etwas Wasser übrig.* Er hob den Krug und schüttelte ihn. Es platschte. »Hier ist noch etwas.« Er sah sich suchend nach einem Becher oder Ähnlichem um, konnte aber nichts entdecken. Außer dem Bett, dem Waschtisch und einer kleinen Kommode, auf der *Blutbraut* lag, befand sich nichts in der Kammer. *Falls man die Flöhe und Mäuse nicht zum Mobiliar zählt,* dachte er und kratzte sich unwillkürlich.

Er trat mit dem Krug an das Bett. »Du musst aus dem Krug trinken. Einen Becher gibt es hier nicht.«

Makira nahm den Krug, warf einen skeptischen Blick hinein und setzte ihn dann – zufrieden, dass nichts im Krug ihren Blick erwiderte – an die Lippen. Sie trank, einen Schluck, zwei, dann setzte sie hastig den Krug ab und spie das Wasser in hohem Bogen auf den Boden. Ein Teil davon lief ihr über das Kinn und tropfte auf ihre entblößte Brust. »Ekelhaft! Wie lange steht der Krug schon da? Seit der Großen Schlacht?«

Lay grinste. »Gut möglich.« Er streckte die Hand aus und zog die Decke hoch. »Du solltest dich lieber anziehen«, meinte er.

Makira runzelte die Stirn, dann riss sie ihm die Decke aus der Hand und wickelte sie fest um ihren Oberkörper. »Klugscheißer!«, knurrte sie, aber ihre Mundwinkel zuckten. »Also, wo bleibt mein Wasser, hm? Wenn du eine edle Dame schon in eine solche Absteige schleppst …«

»… wirst du ganz sicher nicht dabei sein!«, fiel Lay ihr ins Wort. Er war froh, dass sich die Stimmung zwischen ihnen wieder entspannt hatte. Das hätte ihm gerade noch gefehlt, würde es jetzt auch noch mit Makira schwierig werden. *Ich habe auch so schon genug Ärger am Hals,* dachte er, als er sich an den misstrauischen Blick des Inhabers dieser Absteige erinnerte, als er gestern Abend, blutbesudelt und mit Makira über der Schulter, versucht hatte, ein Zimmer zu bekommen. »Belphors Pforte« war bereits die vierte oder fünfte Herberge gewesen, wo er angeklopft hatte. Die anderen hatten direkt abgewunken, und einer hatte ihm bei seinem Anblick gar die Tür vor der Nase zugeschlagen.

Verdenken kann ich es ihnen nicht, dachte Lay. *Es muss schon ein sonderbarer Anblick gewesen sein, ein Mann mit einer bewusstlosen Frau über der Schulter, der ein Zimmer für die Nacht verlangt.* Und dass der fette Inhaber dieser Kaschemme ihm eins gegeben hatte, sprach nicht gerade für ihn. Auch wenn Lay dankbar für die moralische Abgestumpftheit des Mannes gewesen war. Er hätte Makira nicht noch ein paar Straßen weiter schleppen können, und es hatte ihn die letzten Kraftreserven gekostet, sie die schmale Stiege hochzuhieven.

Nachdem er sie notdürftig versorgt hatte, war er nur noch dazu imstande gewesen, rasch das Blut vom Körper zu waschen, um dann neben ihr in einen totenähnlichen Schlaf zu fallen. Aus dem ihn erst seine Träume geweckt hatten.

»Also gut, ich gehe kurz runter zum Brunnen und hole frisches Wasser«, erklärte er und wandte sich zur Tür.

»Aber nicht in diesem Aufzug«, mahnte Makira nach einem kritischen Blick auf ihn. »Wenn du so vor die Tür trittst, werden die Leute dich festhalten und augenblicklich die Wache rufen – oder noch schlimmer, die Shash.« Sie schüttelte den Kopf. »Du siehst ohnehin schon nicht gerade wie ein Sandmann aus, aber mit deinem blutigen, zerrissenen Hemd lädst du den Pöbel geradezu ein, dich als Spion oder Verbrecher zu steinigen oder als Djehin mit knallenden Peitschen und lautem Geschrei davonzujagen.« Sie lächelte. »Ich finde, damit solltest du zumindest warten, bis wir SanFira erreicht haben.«

Lay blickte kurz auf sein Hemd hinunter und sah Makira dann an. »Und was ist mit dem Kopfgeld?« Er zupfte an dem blutigen Stoff. »Wenn sie mich festnehmen, kannst du …«

»Gar nichts kann ich dann!« Sie deutete auf die Verbände an ihrem Körper. »Ich muss mich noch erholen.« Ihre Miene wurde ernst. »Außerdem möchte ich erst genau erfahren, was in Belphors Garten geschehen ist und woher diese Verletzungen stammen.« Sie warf einen Blick zur Blutbraut hinüber, die stumm und kalt auf der kleinen Kommode lag. »Ich bin mir ziemlich sicher, dass es nicht deine verfluchte Klinge war.« Ihr Blick streifte den Gürtel mit ihren Krummdolchen, der zusammen mit ihrer Kleidung auf dem Boden lag. »Und ich bin mir auch sicher, dass du nicht versucht hast, mich umzubringen.« Sie zuckte mit den Schultern, woraufhin die Decke um ihren Oberkörper ein wenig nach unten rutschte. Aber sie ließ sich nicht anmerken, ob sie es bemerkt hatte. »Also musst du meine Neugier entschuldigen.« Sie wedelte mit der Hand. »Das Hemd kannst du irgendwo entsorgen.«

Er nickte. »Verstehe.« Er zog sich das Hemd wieder über den Kopf und griff nach seinem ledernen Wams, fuhr hinein und schnürte es zu. »Besser?«

»Viel besser.« Sie lächelte, und Lay wurde plötzlich warm. *Das muss am Wams liegen,* dachte er, drehte sich um und griff nach seinem Schwert.

Ein Schnalzen ließ ihn innehalten, und er blickte zu Makira zurück.

Sie saß auf dem schäbigen Bett wie eine dieser Hetären in den Illustrationen aus den alten Büchern des Monasteriums. »Das ist keine gute Idee. Du willst nur Wasser holen, schon vergessen? Wenn du mit einer solchen Waffe zu einem Brunnen gehst, an dem sich hauptsächlich Kinder und Frauen aufhalten, dürfte das auf die Leute nicht gerade beruhigend wirken. Auf jeden Fall wird man auf dich aufmerksam werden und sich an dich erinnern.« Sie zuckte wieder mit den Schultern, und Lay beobachtete, wie die Decke erneut ein Stück hinabrutschte.

Ich brauche eine Frau, dachte er, als er merkte, wie sein Körper reagierte.

»Und ich denke, das sollten wir vermeiden. Immerhin ist ein Kopfgeld auf dich ausgesetzt, und die Summe ist recht beträchtlich. Selbst wenn du nicht der Beschreibung des Mannes ähnelst, den der Shetan sucht, bist du immerhin ein Fremder, und das genügt, um dich für den Gesuchten zu halten. Außerdem, wir sind in Omarta, der Hauptstadt von Bouhss. Auch wenn wir nur auf einen bloßen Verdacht hin vor den Shetan geführt werden, sind wir verloren.«

Wir? Lay bezweifelte zwar, dass Makira wirklich in Gefahr wäre, wenn man ihn entdeckte und verhaftete, aber irgendwie freute er sich darüber, dass sie sich auf seine Seite stellte. Er zog die Hand von seinem Schwert zurück. »Also gut. Ich beeile mich.« Er nahm den Krug aus dem Becken, ging zur Tür, legte die Hand auf den Türgriff und blieb stehen. »Vielleicht schaffst du es ja, dich anzuziehen, bis ich wieder zurück bin«, sagte er, ohne sich umzudrehen.

Er hörte ihr Lachen noch, als er bereits die schmale Treppe hinabstieg.

Lay grinste den ganzen Weg zum Brunnen, den ihm die mürrische Frau in der Küche der Herberge beschrieben hatte. Offenbar hatte das Haus keine eigene Zisterne, sodass der Besitzer gezwungen war, sich sein Wasser von einem der vielen öffentlichen Brunnen in der Stadt zu holen. Und wie es aussah, erwartete er dasselbe von seinen Gästen. *Anscheinend steht Gastfreundschaft in Bouhss nicht sonderlich hoch im Kurs.* Trotzdem ließ sich Lay davon nicht die gute Laune verderben. *Es war eine hervorragende Idee gewesen, Makira mitzunehmen,* dachte er. *Und sie hatte recht, ohne sie wäre ich unter den Sandleuten zweifellos aufgeschmissen.* Selbstverständlich hatten seine wohlwollenden Gefühle für seine Begleiterin nichts mit ihrem geschmeidigen Körper zu tun, ihrer weichen Haut oder …

»He!« Lay wurde unsanft aus seinen Gedanken gerissen, als er zum wiederholten Mal von einem entgegenkommenden Passanten angerempelt wurde. Diesmal war es ein kräftiger Mann mittleren Alters, der wütend herumfuhr und seine Hand auf den Griff eines gefährlich wirkenden Langmessers legte, dessen sichelförmige Klinge in einer mit Perlen und Federn verzierten ledernen Scheide steckte. Er zog die Waffe ein Stück heraus, sodass Lay die Klinge sehen konnte, und stieß dabei einen Schwall von unverständlichen Worten hervor.

Beleidigungen, dachte Lay, der den verächtlichen Blick des Mannes finster erwiderte. Das sah er an den spöttischen Mienen der anderen Passanten, die Lay von Kopf bis Fuß musterten. Einige machten abfällige Handbewegungen, andere schnalzten mit der Zunge oder spuckten auf die lehmige Straße.

Lays Hand zuckte hoch, aber im letzten Moment fiel ihm ein, dass er Blutbraut ja in der Kammer gelassen hatte, bei Makira. *Zum Glück,* dachte er, als er, statt über die Schulter nach seinem Schwert zu greifen, seinen Hals kratzte. *Makira hat mich davor gewarnt, Aufsehen zu erregen.* Er sah, wie der Mann überheblich die

Brauen hob, als er Lays Bewegung bemerkte, und dann höhnisch die Lippen zurückzog.

»Ein kleines Jüngelchen aus dem Drachenreich«, zischelte der Mann verächtlich in der Gemeinen Zunge und spuckte aus. »Bist weit weg von zu Hause, was? Hat deine Hure von Mutter dich Wasser holen geschickt, um sich für ihren nächsten Freier zu reinigen?«

Lays Schläfen pochten, und das Blut rauschte in seinen Ohren, aber er biss nur die Zähne zusammen, drehte sich um und setzte seinen Weg zum Brunnen fort.

Er achtete nicht auf die höhnischen Beleidigungen, die der Mann ihm hinterherrief, und auch nicht auf das spöttische Gelächter der Leute um ihn herum. Aber seine gute Laune war verflogen, als er den Brunnen erreichte. Dort stand eine lange Schlange von Frauen mit zahllosen Kindern, die alle Wasser holen wollten, und ihm blieb nichts anderes übrig, als sich hinten anzustellen. Lay bewunderte zwar die Disziplin dieser geduldig wartenden Menschen, aber dass er der einzige Mann in dieser Reihe war und dann auch noch ein Fremder, machte ihm die Wartezeit nicht gerade leichter.

Die Kinder liefen um ihn herum, starrten ihn mit großen Augen an und kicherten albern. Manche riefen auch irgendwelche Sprüche oder Beleidigungen, die sie vermutlich von den Erwachsenen aufgeschnappt hatten. Lay verstand nur Bruchstücke davon, zum Beispiel den Ausdruck *Draakenfodder.* Aber die Kinder waren nicht das Schlimmste. Viel schlimmer waren die Blicke, die die Erwachsenen ihm zuwarfen. Sie reichten von beiläufiger Verachtung bis hin zu hochmütiger Missbilligung und sogar offenem Hass.

Sie mögen Alghor und die Alghoraner nicht, dachte Lay. Ihm war nicht klar gewesen, dass das Drachenreich bei seinen Vasallen unbeliebt war, und ihm schoss der Gedanke durch den Kopf, dass Prakuhl de Prunfor seine Tochter möglicherweise deshalb mit dem Shetan von Bouhss hatte verheiraten wollen, um das angespannte Verhältnis zwischen den beiden Ländern ein wenig zu verbessern. *Eigentlich keine schlechte Idee,* dachte er. *Immerhin ist Bouhss ein wichtiger Vasall, der uns die Sandleute von SanFira vom Hals hält.* Jedenfalls hatte er das so im Unterricht bei Zanth'ra gelernt.

Ein Stoß in den Rücken riss ihn aus seinen Überlegungen. »Jetzt du, Drachenmann!«, zischelte eine zahnlose Alte ihn gereizt an. »Wenn du kein Wasser willst, dann verschwinde von hier und stiehl uns nicht auch noch unsere Zeit!«

Was stehle ich euch denn sonst noch?, hätte Lay gern gefragt, unterließ es jedoch nach einem Blick in die Gesichter der Umstehenden. Er trat rasch an den Brunnen, hängte seinen Eimer an den Haken, ließ ihn mit der Kurbel am Seil nach unten und holte ihn dann so schnell er konnte wieder hoch.

Ein Teil des Wassers schwappte über den Rand des Eimers, als er ihn über die Einfassung des Brunnens hob, was ärgerliches Zischen und Kopfschütteln unter den Frauen auslöste. Offenbar war Wasser hier ein kostbares Gut, und Lay ging wohl ihrer Meinung nach nicht respektvoll genug damit um.

Aus den Augenwinkeln sah er, wie zwei Stadtwachen mit ihren goldfarbenen Helmen gelangweilt zum Brunnen sahen. Einer der beiden reckte sich, als er Lay bemerkte, und stieß den anderen mit dem Ellbogen an.

Mist!, dachte Lay. *Makira hatte recht, auch in diesem Punkt! Es wird für mich wirklich nicht so einfach sein, bis nach SanSibor zu gelangen. Wenn schon in Bouhss die Leute so feindselig auf Alghoraner reagieren, frage ich mich, wie es erst in SanFira werden soll.* Mit gesenktem Kopf machte er sich zielstrebig, aber ohne Hast auf den Rückweg. Als er sich einmal verstohlen umdrehte, stellte er fest, dass sich die beiden Goldhelme durch die Menge auf dem Brunnenplatz drängten. Aber zum Glück hatten sie weder ihre Krummsäbel gezogen, noch schrien sie ihm hinterher. Offenbar wollten sie einfach nur sehen, wohin er ging.

Lay achtete darauf, Abstand zu den anderen Passanten zu wahren, damit er niemanden anstieß und selbst nicht angestoßen wurde und so vielleicht einen Vorwand für einen Streit bot. Er wollte nur in die Herberge zurück, und das so schnell wie möglich. Er hielt den Kopf gesenkt und drückte sich an den Wänden der Häuser entlang, ohne darauf zu achten, dass bei seinem zügigen Gehen das Wasser aus dem Eimer schwappte.

Endlich! Lay atmete auf, als die Herberge vor ihm auftauchte. Ohne Zeit damit zu vergeuden, sich umzudrehen und zu überprüfen, ob ihm die Goldhelme immer noch folgten, stürmte er durch die Tür und vorbei an der Küche, aus der ihm die Herbergsfrau irgendetwas zurief. Er achtete nicht darauf, sondern stieg eilig die schmale, wacklige Treppe hoch. Den Eimer hielt er vor sich und gab acht, dass er nicht etwa eine Stufe verfehlte und zu guter Letzt auch noch stürzte und das Wasser vergoss.

Im Obergeschoss bog er vom Treppenabsatz sofort nach links in den Gang ein, wo seine Kammer lag und Makira auf ihn wartete. Es interessierte ihn nicht, ob sie bereits angezogen war oder nicht, und er achtete auch nicht auf die beiden Männer, die auf der anderen Seite des Ganges standen. Wahrscheinlich waren es nur irgendwelche Gäste. Vielleicht wollten sie auch gerade Wasser holen gehen.

Aber wenn es Leute aus Bouhss oder Sandleute sind, werden sie wahrscheinlich nicht selbst zum Brunnen gehen müssen. Lay verzog das Gesicht. *Je früher wir von hier verschwinden, desto besser,* dachte er, während er mit der linken Hand die Tür zur Kammer aufstieß und den Eimer mit der Rechten hindurchbugsierte, wobei er darauf achtete, nicht an die Zarge zu stoßen.

»Du hattest recht, Makira!«, sagte er, ohne den Blick von dem Eimer zu nehmen, in dem das Wasser gefährlich schwappte. »Je eher wir hier wegkommen, desto besser! Dieses Land ist wirklich nicht besonders gastfreundlich zu Leuten wie …«

Blut Blut Blut.

Lay verstummte schlagartig. Er hatte mit allem gerechnet, aber nicht damit, dass ihn *Blutbraut* mit ihrem Singsang begrüßte. Er spürte, wie ihm ein kalter Schauer über den Rücken lief. Er setzte den Eimer vorsichtig auf dem Boden ab, ohne den Blick zu heben, und trat, immer noch mit gesenktem Blick, einen Schritt nach links, zur Kommode, wo seine Klinge lag. Dann hob er den Kopf.

Makira saß auf dem Bett. Sie war vollständig angekleidet und trug sogar ihren Umhang. Aber Lay bemerkte sofort, dass etwas sehr Wichtiges an ihr fehlte, etwas, das sie niemals vergessen hätte anzulegen.

Der Gurt mit ihren Krummdolchen.

Sie sah Lays Bewegung, und ihre Augen weiteten sich kurz. Dann schüttelte sie einmal unmerklich den Kopf.

Lay blieb stehen.

»Wir haben Besuch.«

Lay spürte ein Kribbeln in seinem Rücken, aber noch bevor er sich umdrehen konnte, trat jemand in sein Blickfeld.

»Verzeiht mein unangekündigtes Eindringen, Drachenmann.« Der dunkelhäutige Mann verbeugte sich förmlich, und als er sich lächelnd aufrichtete, blitzten seine Schneidezähne. Sie waren aus Gold. »Aber es hat ein wenig gedauert, bis wir euch beide ausfindig gemacht haben. Deshalb wollten wir nicht das Risiko eingehen, dass ihr möglicherweise weiterzieht, bevor wir Gelegenheit hatten, euch unsere bescheidene Aufwartung zu machen und euch zu bitten, uns zu begleiten.«

Lays Blick glitt von dem Mann zu Makira, die sich zu einem Lächeln zwang und dabei unmerklich nickte. *Tu, was er sagt,* sollte das wohl heißen, aber Lay zögerte.

Bevor er jedoch fragen konnte, wohin sie den kleinen Mann begleiten sollten, sprach der weiter.

»Verzeiht erneut meine Unhöflichkeit, Drachenmann. Ihr wollt gewiss wissen, wer ich bin. Mein Name ist Furor Moria'b.

Ich bin Waidi im Dienste seiner Großherzigen Gnaden, Shetan Magabor von Bouhss. Ich soll euch in den Palast geleiten.«

Lay erstarrte, und sein Blick zuckte erneut zu Makira. Er riss fragend die Augen auf.

»Eine große Ehre, Liebster!«, erklärte Makira nachdrücklich und erhob sich. Sie ging durch den Raum zu Lay und packte seine Hand. Er zuckte zusammen, als sie ihre Nägel in seine Handfläche grub, ihn dabei aber strahlend anlächelte. »Offenbar will man von unserem Abenteuer hören.«

»Allerdings, Drachenmann«, erklärte der Waidi und verbeugte sich erneut. »Dieser fromme Einsiedler hier verrichtete gerade seinen heiligen Dienst an Belphor, als er euch gestern Abend aus dem Tal der Knochen treten sah.« Als er Lays verwirrten Blick bemerkte, gestattete sich Furor Moria'b ein schmales Lächeln. Er hob die Hand und deutete auf einen hutzeligen alten Mann, der durch die Tür der Kammer trat. »Man nennt es auch Belphors Garten«, erklärte er, und sein Blick wurde plötzlich schärfer, während er Lay in die Augen sah. »Ein Garten, wie ich anmerken darf, in dem zu wandeln seit endlosen Zyklen keinem Menschen mehr vergönnt war! Also versteht ihr sicher die Neugier unseres Herrschers, mit jenen Menschen zu reden, denen es gelungen ist, diesen uralten Fluch zu brechen ...«

»Er ist es«, krächzte der Alte plötzlich und hob eine runzlige Hand. »Er und die da sind aus dem Fels getreten. Und er hat sie auf den Schultern getragen wie ein Djehin ...« Er machte ein paar Handbewegungen, als wollte er einen Schutzzauber gegen das Böse wirken, aber Lay achtete nicht auf ihn. Ebenso wenig wie auf den Waidi oder auf Makira. Sein Blick war von dem alten Mann zu der Person geglitten, die hinter ihm den Raum betreten hatte und jetzt neben der Kommode stand und sich gelassen darauf stützte. Der Ellbogen des Mannes ruhte auffällig dicht neben der Blutbraut, aber er passte auf, dass er die Waffe nicht berührte.

»Allerdings.« Die Stimme des Mannes klang tief und ruhig. Sie passte zu der kräftigen Gestalt, dem kantigen, bärtigen Gesicht und den schwarzen Augen, die wie Bachsteine in dem gebräunten Gesicht schimmerten. Als er lächelte, blitzten ebenmäßige weiße Zähne in dem schwarzen Bart auf, aber es entging Lay nicht, dass dieses Lächeln seine Augen nicht erreichte.

Ein Shash, dachte Lay und spürte, wie Makira warnend seine Hand drückte. Lay hatte während seiner Reise mit der Karawane viele Geschichten über diese angeblich herrische, hochmütige und prunksüchtige Leibwache des Shetan von Bouhss gehört, und das einzig Gute war seiner Meinung nach gewesen, dass er bislang keinem von ihnen begegnet war.

Er schluckte. Die Uniform des Mannes vor ihm war in der Tat sehr prachtvoll, überall mit goldenen Troddeln und Quasten verziert und mit bunten Halbedelsteinen besetzt. Aber dieser Prunk diente nur der Ablenkung, das war Lay sofort klar. Nicht nur, dass zwischen den Lücken in dem kostbaren Tuch das Eisen eines von häufiger Benutzung verschrammten Harnischs durchschimmerte. Ein kurzer Blick auf die Waffen des Mannes in der breiten roten Schärpe um seinen Leib genügte, um jeden Zweifel daran zu beseitigen, dass Lay es mit einem erfahrenen, kampferprobten Krieger zu tun hatte. Der Krummsäbel hatte einen schlichten eisernen Korbgriff und eine ebenso schlichte Parierstange aus demselben Metall. Die Scheide bestand aus abgeschabtem, gekochtem Leder, und der Dolch, der auf der anderen Seite steckte, war ebenso einfach und funktionell. *Und zweifellos ebenso sorgfältig gepflegt und scharf.* Aus der Schärpe lugten noch die flachen Griffe von zwei weiteren Messern hervor, sehr wahrscheinlich Wurfmesser. Und in einer kunstvollen Schlinge neben dem Dolch hing eine zusammengerollte Peitsche. Lay kniff die Augen zusammen, als er sah, dass das Leder funkelte. Dann begriff er, dass in diese Peitsche rasiermesserscharfe kleine Dornen eingearbeitet waren. Er konnte sich gut vorstellen, welche Wirkung diese Peitsche haben musste, wenn man damit auf einen Menschen einschlug.

Der Mann hatte Lays Musterung mit einem schwachen, anzüglichen Lächeln über sich ergehen lassen. Als er sich sicher war, dass Lay gesehen hatte, was er ihn hatte sehen lassen wollen, verbeugte er sich leicht. »Shaladan.«

Lay sah ihn fragend an.

Der Mann richtete sich wieder auf. »Das ist der Name der Person, die du vor dir siehst.« Er wartete.

Lay blickte fragend zu Makira hinüber.

»Wir sind Makira, freie Sandfrau aus SanFira, und das hier ist …«

Lay hielt den Atem an.

»… Dra…«

Drachenfutter.

»…co …«

Ah. Na klar, ich bin Draco. Wer sonst?

»… aus …« Makira stockte.

»Freier … Schwertkämpfer aus Druuhn.« Lay nickte bekräftigend. »So ist es.«

Er musste sich zusammenreißen, um nicht das Gesicht zu verziehen, als Makiras Fingernägel sich durch seine Hand zu bohren schienen.

Der Shash betrachtete die beiden abwechselnd und machte dann erneut eine leichte Verbeugung. Seiner Miene war nicht zu entnehmen, ob er Makira oder Lay auch nur ein Wort glaubte. Dann jedoch glitt sein Blick zu der *Blutbraut,* und Lay spannte sich unwillkürlich an.

»Ein freier Schwertkämpfer, ja?« Er ließ seinen Blick über die mattgraue Scheide und den ebenso grauen Griff gleiten, der wie ein Drache geformt war. Er hob die Hand und streckte einen Finger aus.

Blut Blut Blut

Lay sog scharf die Luft ein.

»Du hast da eine wirklich interessante Waffe, Schwertkämpfer Draco«, sagte der Shash dann und zog die Hand zurück, langsam und zögernd, während er seinen Blick nicht von dem Schwert ließ und dabei die Augen zusammenkniff. Dann ruckte sein Kopf herum, und sein harter Blick schien Lay zu durchbohren. »Wenn du dem Shetan deine Geschichte erzählt hast, finden wir hoffentlich Zeit, ein wenig über unsere Klingen zu plaudern.« Er lächelte. »Eine Waffe verrät viel über ihren Besitzer, denkst du nicht auch, *Schwertkämpfer*?«

»Zweifellos, edler Shaladan.« *Und die Blutbraut könnte dir eine ganze Menge schauerlicher Geschichten über mich verraten*, dachte Lay, während er Shaladan zur Tür hinaus folgte.

Draußen wartete nicht nur ein weiterer Shash, der eine weiße Schärpe und eine weit weniger prachtvolle Uniform, aber genauso gut gepflegte Waffen trug. Am Fuß der Treppe lungerten – *sieh an!* – auch die beiden Goldhelme von der Stadtwache herum, die sofort Haltung annahmen, als Shaladans Gestalt auf dem Treppenabsatz über ihnen auftauchte.

Er sah Makira an, die seinen Blick besorgt erwiderte. Lay zwinkerte ihr zu, erheblich zuversichtlicher, als er sich fühlte.

Draco? Also wirklich!

Ihre Schritte wurden von bunten Teppichen verschluckt, die die verschiedensten Motive zeigten, Jagd- und Kampfszenen, Frauen an malerischen Weihern in romantischen Wäldern und immer wieder einen stolzen Reiter mit erhobenem Krummsäbel auf einem edlen Pferd, in dem Lay nach einer Weile den Shetan erkannte. *Anscheinend hat er nichts dagegen, wenn ihn seine Untertanen mit Füßen treten*, dachte Lay, nachdem er sich von seiner Verblüffung erholt hatte. Hier hingen die Gobelins nicht nur an den Wänden, sondern lagen auch auf den mit kostbarem Marmor ausgekleideten Boden der Gänge. In Alghor legten die Herrscher

Felle auf den Boden oder kleideten ihn mit Holz aus, falls sie das überhaupt der Mühe für wert hielten. *Aber sie würden niemals auf die Idee kommen, diese wunderschönen Wandbehänge auf den Boden zu legen und darauf herumzutrampeln.*

Er war so in die Betrachtung der Teppiche vertieft, dass er gar nicht merkte, dass sie ihr Ziel erreicht hatten. Erst als Makira an seiner Hand zog, blickte er hoch und blieb stehen. Um Haaresbreite wäre er gegen den Shash geprallt, der vor ihnen an einer breiten Doppeltür stehen geblieben war, die von zwei hochgewachsenen Kriegern in prunkvollen Uniformen flankiert wurde. Lay betrachtete die Tür staunend.

Von oben bis unten war sie mit Schnitzereien verziert, die in das Holz eingearbeitet zu sein schienen und mehrere Ebenen bildeten. Dadurch entstand bei dem Betrachter der Eindruck, als würde er tatsächlich in eine Landschaft blicken. In der Mitte der Tür, rund um einen goldenen Griff, prangte ein Wappen auf rotem Grund, ein goldenes M über einem auf der Seite liegenden B.

Ah, offensichtlich leidet Magabor nicht unter falscher Bescheidenheit. Dann drehte sich Shaladan zu ihnen um.

»Unser Shetan ist bereit, euch zu empfangen und euch anzuhören«, sagte er und lächelte. »Das ist eine große Ehre, die ihr nicht über Gebühr beanspruchen solltet.« Er bemerkte Lays fragenden Blick. »Sobald der Shetan sich selbst Luft zufächelt oder seinen Blick schweifen lässt, beginnt er sich zu langweilen.« Er hob eine seiner dunklen Brauen. »Dann ist es ratsam, die Geschichte abzukürzen oder mit einem spannenden Detail zu würzen, um die Aufmerksamkeit Seiner Gnaden wieder anzuregen. Ansonsten schweigt ihr und wartet, bis der Herrscher der Wüste euch anspricht.« Er machte eine kurze Pause. »Sollte ihm gefallen, was ihr ihm zu berichten habt, wird er euch belohnen. Wenn nicht, lässt er euch vielleicht gnädigerweise gehen, ohne euch zu bestrafen, weil ihr seine Zeit verschwendet habt.«

»Es gibt wohl nicht viele Geschichtenerzähler an seinem Hof?« Diese Bemerkung hatte sich Lay einfach nicht verkneifen können, aber er verwünschte sich für sein loses Mundwerk, als Makira neben ihm scharf einatmete.

Überraschenderweise wirkte Shaladan aufrichtig amüsiert. »Du bist anscheinend nicht nur ein guter Krieger, sondern auch ein intelligenter Mann.« Er beugte sich zu Lay, und jede Spur von Belustigung war aus seiner Miene verschwunden. »Allerdings rate ich dir, auf deine geistreichen Bemerkungen in Gegenwart des Shetan zu verzichten. Wenn der Meister über Wind und Sand etwas noch mehr hasst, als gelangweilt zu werden, dann ist es, an Schlagfertigkeit und Geistesschärfe übertroffen zu werden. Für gewöhnlich schickt er diese Unseligen ohne Wasser und Nahrung in sein Lieblingslabyrinth, wo sie elendig verrecken.«

Lay sah den Offizier der Leibgarde des Shetan überrascht an. »Hier gibt es solch ein großes Labyrinth?«

Shaladans Miene blieb ernst, als er die Hand ausstreckte und vage in Richtung der hohen, aus buntem Glas bestehenden Fenster deutete. »Du bist auf deinem Weg aus Alghor hindurchgekommen, Drachenmann.«

»Ah, der Glutkessel.« *Wahrlich ein beeindruckendes Labyrinth,* räumte Lay ein.

»Der glühende Tod«, bestätigte Shaladan. »Und jetzt wollen wir den Gebieter der Sonnen nicht länger warten lassen.« Er hüstelte. »Denn wenn er etwas noch mehr hasst, als gelangweilt oder an Geistesgaben übertroffen zu werden, dann ist es, warten zu müssen.«

Dieser Shetan hat mehr Titel als der Drachenfürst, dachte Lay. *Wahrscheinlich sogar mehr als Belphor. Und jeder ist alberner als der vorige.* Aber er verzichtete darauf, seinen Gedanken laut zu äußern, und nickte nur.

Shaladan gab den beiden Wächtern ein Zeichen, die daraufhin die goldenen Griffe der Doppeltür packten. Lay fiel auf, dass die Männer weiße Handschuhe trugen, vermutlich, um keine Fingerabdrücke auf dem glänzenden Gold zu hinterlassen. Doch dann waren alle Gedanken über die Eitelkeit dieses dicken, aufgeblasenen Shetan wie weggefegt, denn die Türen schwangen auf und gaben den Blick in den Prunksaal des Palastes der Herrscher von Omarta frei.

Meine Güte!, dachte Lay. *Das ist wirklich ... beeindruckend!* Er lächelte, als er unwillkürlich an Korgh denken musste. *Das hier hätte selbst den Nordling überwältigt.*

»Mach den Mund zu«, zischte Makira neben ihm. »Oder willst du wie der einfältige und naive Dummkopf aus Alghor aussehen, der du auch bist?«

»Tu bloß nicht so, als würde dich das nicht beeindrucken«, gab Lay leise zurück, während sie dem *Shash* in den Saal folgten. Die Wachen mit den Goldhelmen waren bereits am Tor zum Palastgelände zurückgeblieben, und jetzt blieben auch die beiden Shash neben dem Portal stehen, die sie bis hierher begleitet hatten.

»Wenn du das schon überwältigend findest, dann warte nur ab, bis wir SanSibor erreicht haben und in den Flammenpalast geführt werden«, erwiderte sie ebenso leise. »Außerdem kümmert mich dieser ganze Prunk erheblich weniger als die Frage, wie wir hier rauskommen sollen, wenn die Sache schiefgeht und man dich erkennt.«

Lay riss seinen Blick von all dem schimmernden Gold, den funkelnden Edelsteinen und den kostbaren Stoffbahnen los, die von der gewölbten, mit Schnitzereien und Fresken verzierten Decke hingen, und musterte die Menschen in dem Saal. Dann begriff er, was Makira gemeint hatte.

Es wimmelte von Höflingen und Edlen der Provinz. Offenbar waren die Leute fest entschlossen, sich gegenseitig an Pracht und Protz zu übertreffen. Die schillernden Farben der kostbaren Gewänder und die funkelnden Geschmeide an Händen, Armen und Hälsen der Frauen sowie in ihren Haaren schmerzten fast in den Augen.

Lay blickte in die Richtung, in die Makira mit einem unmerklichen Nicken gedeutet hatte. Die Peripherie des ovalen Saales wurde in etwa drei Mannslängen Höhe von einer Art Empore gesäumt. Von dort musste man einen ausgezeichneten Blick auf den gesamten Saal haben. Dort standen Krieger in perfekter Ordnung, einer neben dem anderen, allesamt Angehörige der persönlichen Leibwache des Shetan, Shash wie Shaladan, und auch ähnlich gekleidet. Die Männer waren abwechselnd mit Lanzen bewaffnet, deren gebogene Spitzen aus unterarmlangem geschmiedeten Stahl bestanden, und mit Bogen. Lay fiel auf, dass die Shash, die dichter an dem Podest mit dem Thron des Shetan standen, Pfeile auf die Sehnen eingenockt hatten.

Sein Blick glitt nach vorn, zu dem Podest mit dem Thron und dem Shetan, während das Stimmengemurmel und Gelächter im Saal immer leiser wurde, bis es schließlich zu einem erwartungsvollen Summen herabsank.

»Deine Bühne«, murmelte Makira leise und, wie Lay bemerkte, mit einem leicht spöttischen Unterton.

Aber seine Aufmerksamkeit war auf das Podest gerichtet, wo der Shetan, ein unglaublich dicker Mann mit einem lächerlich runden Gesicht und einem sorgfältig gestutzten Vollbart, auf einem Stuhl mit einer hohen vergoldeten Lehne saß, umgeben von einer ganzen Schar wunderschöner Frauen, deren hauchdünne Gewänder mehr zeigten als verhüllten.

Sein Harem! Beeindruckend! Lay versuchte sich vorzustellen, wie sich die Drachenbraut wohl in dieser Umgebung machen würde. *Wie eine Raubechse in einem Hühnerstall,* dachte Lay.

Mehr als die Frauen des Shetan interessierten Lay jedoch die schwer bewaffneten Soldaten, die in einem Halbkreis im Hintergrund des Podestes standen. Es waren ebenfalls Shash, aber wohl besonders ausgewählte Krieger. Sie trugen keine prachtvollen Gewänder, sondern nur Harnische aus gekochtem Leder, die ihnen eine größere Bewegungsfreiheit ließen als die aus Eisen, und waren mit Krummsäbeln, Dolchen und Streitkolben bewaffnet. Und sie achteten nicht auf die Frauen direkt vor ihrer Nase. Ihre Blicke waren auf die Schar der Höflinge gerichtet, und Lay schluckte, als er merkte, dass die Leibwachen, die dem Shetan am nächsten standen, ihn aufmerksam beobachteten, als er sich hinter Shaladan dem Podest näherte.

Kein Wunder, dachte Lay. *Wahrscheinlich haben sie die Blutbraut auf meinem Rücken bemerkt. Der Shetan ist auf seine Sicherheit bedacht. Die Frage ist allerdings, ob er einfach nur ein wenig überängstlich ist oder einen guten Grund dafür hat.* Als sein Blick noch einmal zur Empore glitt, fiel ihm auf, dass etliche Bogenschützen dicht am Podest ihre Bogen leicht gespannt hatten und mit eingenockten Pfeilen auf ihn und Makira zielten. Er schluckte. *Meine Bühne,* dachte er. *Ich kann nur hoffen, dass unser Auftritt kein Trauerspiel wird.*

»Gebieter!« Shaladan hatte den Fuß der Treppe erreicht und verbeugte sich tief. »Hier bringe ich Euch die beiden kühnen Wanderer, die das Tal der Knochen durchschritten haben!« Er trat zur Seite und deutete mit einer ausholenden Handbewegung auf Lay und Makira. »Makira von SanFira und …«

Lay glaubte, ein unmerkliches Zögern in der Stimme des Mannes wahrzunehmen, schrieb das jedoch seiner eigenen Anspannung zu.

»… Draco von Druuhn.«

Lay spürte ein Zupfen an seiner Hand und riss seinen Blick von dem Shetan los, als Makira neben ihm auf die Knie sank. Er folgte ihrem Beispiel und streckte sich dann gleichfalls gehorsam auf dem Boden aus, bis er bäuchlings vor dem Podest lag. Er betrachtete die Maserung des weißen Marmors und fragte sich, ob die goldfarbenen Adern tatsächlich Gold waren und ob sie natürlicherweise in dem Marmor vorkamen oder das Werk von Menschenhand oder Magie waren. *Sie sehen jedenfalls natürlich aus,* dachte er.

»Pass gut auf!«, zischte Makira ihm fast unhörbar zu. »Und mach alles, was ich mache.«

»Mach ich ja!«, zischte Lay zurück. Er wollte noch etwas hinzufügen, aber die Stimme Shaladans unterbrach ihn.

»Tritt vor!«

Lay hob den Kopf.

Shaladan sah ihn nicht an, und Lay wusste nicht genau, ob er gemeint war oder Makira. Jedenfalls musste der Shetan dem Anführer der Shash ein Zeichen gegeben haben, denn Lay hatte nichts gehört. Er sah zu Makira hinüber, die sich nicht rührte. *Also gut,* dachte er. *Dann dürfte ja wohl ich gemeint sein.*

Er stemmte sich von dem weißen Marmorboden hoch und richtete sich auf. Unsicher blieb er einen Moment stehen. Der Shetan beugte sich zur Seite und flüsterte einer seiner Frauen etwas zu. Die richtete ihren Blick auf Lay und lächelte. Dann erhob sie sich von der gepolsterten Bank und ging zu Shaladan, ohne ihren Blick von Lay zu nehmen, und flüsterte dem Krieger etwas ins Ohr.

Der verzog keine Miene, nickte nur und drehte sich dann zu Lay herum. »Der Shetan möchte wissen, ob es tatsächlich stimmt, dass du das Tal der Knochen durchwandert hast!«

Lay sah den Shetan an und holte Luft, um zu antworten, aber ein Räuspern zog seinen Blick wieder auf den Shash. »Sieh mich an, wenn du antwortest«, befahl er. »Damit die Sonne von Bouhss dich nicht blendet.«

Sonne von ...? Blenden? Ja, klar. Er widerstand der Versuchung, den Shetan noch einmal anzuschauen. *Blenden. Wahrscheinlich meint er damit, dass mir dieser fette Kerl die Augen ausstechen lässt, wenn ich ihn ansehe. Ich frage mich wirklich, was sich der Drachenfürst dabei gedacht hat, Jolah an diesen aufgeblasenen ...*

Shaladan räusperte sich wieder. »Ich nehme an, du sammelst

deine Gedanken. Denn du willst den Shetan ganz sicher nicht warten lassen, hab ich recht?«

Der Blick des Kriegers war unmissverständlich, und Lay erinnerte sich an die Warnung, die Shaladan ihm an der Tür des Prunksaals mitgegeben hatte.

»Nein, natürlich nicht. Verzeiht.« Lay verneigte sich, aber da er nicht wusste, ob das ebenfalls eine Beleidigung der Sonne von Bouhss war, fiel die Geste ein wenig ungelenk aus. »Makira und ich haben …«

»Die Frau interessiert den Herrscher der Wüste nicht«, fiel ihm Shaladan ins Wort. »Es sei denn, du möchtest sie ihm zum Geschenk machen.« Der Krieger warf einen kurzen Blick auf Makira, und Lay sah seine Gefährtin ebenfalls an. Sie hütete sich zwar, auch nur den Kopf zu heben, aber er sah, wie ihre Halsmuskeln hervortraten. Offenbar gefiel ihr diese Vorstellung überhaupt nicht. *Eigentlich wäre das eine gute Lektion in Sachen Demut,* dachte Lay. Aber er würde sich hüten, Makira dem Shetan zu schenken. Er mochte sich nicht vorstellen, was sie mit den anderen Frauen anstellen würde, und sollte sie jemals Magabors Harem entkommen, würde er ihrer Rache vermutlich nicht einmal entgehen, wenn er sich bis an die äußersten Grenzen Hellandens flüchtete.

Lay räusperte sich. »Ich … habe den Garten von Belphor durchschritten, das stimmt. Es war ein sehr gefährliches Unterfangen. Und wir … ich musste dort übernachten.«

Shaladans Miene bei diesen Worten verriet, dass er Lay nicht glaubte. Aber er drehte sich zu seinem Shetan herum und übersetzte Lays Worte in die Sprache von Bouhss.

Versteht der Shetan nicht die Gemeine Zunge?, dachte Lay. *Das kann ich kaum glauben.* Er hütete sich jedoch, eingedenk der Warnung Shaladans, zu dem Herrscher der Wüste hinzusehen.

Die Frau war zu dem Shetan zurückgekehrt, der daraufhin erneut etwas zu ihr sagte. Dieses Spiel wiederholte sich. Sie ging zu dem Anführer der Shash, und Shaladan gab die Frage des Shetan an Lay weiter. Der beantwortete sie, und Shaladan antwortete seinem Gebieter.

Das ging einige Male hin und her, und als Lay von ihrer Übernachtung im Kreis der Felsskulpturen sprach und die Stimmen der Drachen erwähnte, murmelten die Höflinge aufgeregt im Hintergrund.

Der Shetan schwieg eine Weile, nachdem Shaladan ihm diese Antwort übermittelt hatte, dann winkte er den Anführer der Shash zu sich.

Lay nutzte die Gelegenheit, um zu Makira hinzusehen, die immer noch auf dem Marmorboden lag. Dann fiel sein Blick auf zwei Männer, die zwischen den Höflingen hervorgetreten waren und sich der Sandfrau von hinten näherten. Es waren ebenfalls Shash, und der eine trug Makiras Gürtel mit den Krummdolchen über der Schulter.

Das Flüstern der Blutbraut klang leise wie das Flügelschwirren eines Schwebvogels, aber Lay hatte das Gefühl, es müsste durch den ganzen Saal dröhnen, so laut kam es ihm vor.

Blut Blut Blut

Lay schluckte. *Verdammt, nicht jetzt. Nicht hier!* Aber ihm war klar, was dieses Flüstern bedeutete. Es würde Blut fließen, sonst hätte sein Schwert sich nicht gemeldet. Und das konnte nur eines bedeuten …

Er riss seinen Blick von Makira los, die sich nicht gerührt hatte. Aber an der Anspannung ihrer Muskeln in Hals, Schenkeln und Armen erkannte Lay, dass sie die beiden Männer hinter sich ebenfalls gehört hatte. Und wahrscheinlich ahnte, dass ihr Auftauchen nichts Gutes bedeutete.

Lay bemühte sich, gelassen zu erscheinen, während sein beiläufiger Blick die Soldaten auf den Emporen rechts und links neben dem Podest streifte. Die Bogenschützen waren ein wenig vorgetreten und hatten die Sehnen ihrer Bogen gespannt. Es war nicht schwer zu erraten, auf wen sie zielten. Er schluckte. Dann glitt sein Blick zu Shaladan, der mit versteinerter Miene auf ihn zutrat.

»Der Shetan ist von deiner Geschichte beeindruckt. Sie hat ihm gefallen, auch wenn er sie dir nicht glaubt. Denn vor einer halben Spanne ist eine Karawane in Omarta eingetroffen, deren Besitzer mit einer bedeutsamen Nachricht zum Shetan gekommen ist.«

Lay hob eine Braue. *Eine Karawane? Das kann ja wohl kaum Fasso Osh'bs Karawane gewesen sein. Schließlich haben wir die Abkürzung durch dieses verfluchte Tal genommen und damit fast eine ganze Spanne Zeit gespart.*

Als Lay schwieg, sprach Shaladan weiter. »Der Besitzer der Karawane und sein Führer haben behauptet, der Ringfechter, der die Thronerbin von Alghor und zukünftige Gemahlin des Gebietes der Sonnen entführt hat, wäre mit seiner Karawane gereist. Derselbe Mann hätte vermutlich vier seiner Söldner auf der Flucht getötet und eine Echse gestohlen, um mit ihr Omarta vor seiner Karawane zu erreichen.« Der Shash warf einen kurzen Seitenblick auf Makira, die immer noch regungslos auf dem Marmor lag. »Offenbar hat ihm eine junge Sandfrau bei seiner Flucht geholfen.«

Blut Blut Blut

Lays Gedanken überschlugen sich. *Wie ist das möglich?*, dachte er. *Laut Makira hätte die Karawane fast eine Spanne brauchen müssen, wenn sie den Weg um die Barriere herum nach Omarta genommen hat. Wenn das stimmt, dürfte Fasso Osh'b noch gar nicht hier sein. Und selbst wenn er ebenfalls durch das Tal gereist ist oder eine andere Abkürzung genommen hat, was ich nicht glaube, kann er doch unmöglich drei Tage vor uns mit der ganzen Karawane hier eingetroffen sein!* Er sah zu der Sandfrau hinüber, die ihren Kopf ein wenig gedreht hatte und ihn mit großen Augen ansah. Offenbar konnte sie sich ebenfalls keinen Reim darauf machen.

»Das muss eine andere Karawane gewesen sein«, erklärte Lay

dem Shash. »Wir … Ich bin durch dieses Tal gegangen, das gelobe ich bei …!«

»Das genügt, Drachenmann!«

Lay verstummte, und Shaladan fuhr zu seinem Herrscher herum. Der Shetan war aufgestanden und kam langsam auf Lay zu, zu beiden Seiten begleitet von jeweils drei Leibwächtern. Diesmal brauchte Lay nicht zur Empore hinaufzublicken, um zu wissen, dass die Bogenschützen vermutlich nur auf ein winziges Signal warteten, um ihn mit ihren Pfeilen zu durchlöchern. *Mich und Makira.*

»Bringt diesen Halsabschneider herein!«

Auf den Befehl von Magabor rissen zwei Shash eine kleinere, schmucklose Tür an der Wand schräg hinter dem Thronpodest auf.

Lay traute seinen Augen nicht. Die beiden Shash führten einen Mann zum Podest, der mindestens so dick war wie Magabor, aber erheblich kleiner. Zwei weitere eskortierten einen bärtigen Mann, in dem Lay den Führer der Karawane, Khar, erkannte. *Das kann nicht sein!*, dachte Lay. *Das kann einfach nicht sein! Wie, bei Belphors gespaltenem Schwanz, hat der Kerl das geschafft? Wie kann er vor uns Omarta erreicht haben? Das ist vollkommen unmöglich!* Seine Gedanken überschlugen sich, und er warf Makira erneut einen Blick zu. Sie hatte den Kopf zur Seite gedreht und sah zu Fasso Osh'b hinüber, denn der Dicke war tatsächlich der Besitzer der Karawane.

Kaum hatte Fasso Lay gesehen, warf er sich vor dem Podest zu Boden. Jedenfalls versuchte er es, denn bei seiner Leibesfülle war das nicht ganz einfach. »Er ist es, Gebieter der Sonnen!«, schrie er mit seiner dröhnenden Stimme.

Die Höflinge, die Lays Schilderung recht interessiert verfolgt hatten, wichen immer weiter von dem Podest zurück.

»Und das da ist seine Hure!« Der Karawanenbesitzer streckte seinen Arm aus und deutete auf Makira. »Die beiden haben mich vier Söldner und eine Echse gekostet, von dem Essen ganz zu schweigen, das sie verzehrt, aber nicht bezahlt haben. Und dieser Mann da ist Bluthand Lay! Der Söldner, den er getötet hat, hat das bezeugt. Ganz wie ich es Euch gesagt habe, Großherzige Gnaden!« Er warf Lay einen bösen Blick zu. »Meine Kundschafter haben zwar ihre Spuren verloren, aber sie müssen uns gefolgt sein, nachdem sie festgestellt haben, dass sie das Tal der Knochen nicht passieren konnten ...!«

»Er behauptet, er wäre Draco aus Druuhn, ein freier Schwertkämpfer«, fiel ihm der Shetan ins Wort. Er schnippte beiläufig mit den Fingern. »Offenbar ist das ebenso gelogen wie seine Behauptung, er hätte Belphors Garten durchquert.« Der Shetan legte sich einen Finger auf die Lippen. »Obwohl dieser Einsiedler selbst unter der Folter Stein und Bein geschworen hat, gesehen zu haben, wie die beiden aus dem Fels herausgetreten sind.«

»Dunkle Magie!«, erklärte Fasso mit dröhnender Stimme. Er deutete auf die Blutbraut. »Ebenso wie seine Waffe! Ich habe ihn kämpfen sehen! Kein normaler Mann kann ...«

Blut Blut Blut

»Schafft diesen Halsabschneider hier weg!«, befahl der Shetan. »Er langweilt mich.«

Fasso rang nach Luft, als die beiden Shash ihn kurzerhand herumrollten, bis er wieder auf den Füßen stand. »Ich danke Euch in tiefster Ergebenheit, Großherzige Gnaden! Ich bitte Euch nur zu bedenken, dass diese beiden mir erhebliche Kosten ...!«

Lay hatte die Augen geschlossen und summte mit gesenktem Kopf leise, fast lautlos die Melodie, die er in seinem Hinterkopf *spürte*. Die Stimmen wurden rasch lauter, bis sie selbst das Rauschen des Blutes in seinen Ohren übertönten.

TodTodTod Drachenblut draakenbrut TrägerdesMals Zusammenkunft nahet Weilenit einervomBlut TodTodTod

Und in diesen mittlerweile vertrauten Chorus mischte sich

zart und doch klar, melodisch und zwingend die andere Stimme, eine Stimme, die Tod und Verderben verhieß.

Blut Blut Blut

»Ich schenke dir das Leben, Halsabschneider!«, sagte der Shetan unterdessen und wedelte mit den Fingern. »Du darfst dich dafür dankbar erweisen, indem du meinem Waidi ein angemessenes Angebot für deine minderwertigen Waren unterbreitest!«

Fasso Osh'b wollte noch etwas sagen, aber die finsteren Mienen der Shash ließen ihn davon Abstand nehmen. Stattdessen begnügte er sich damit, Lay einen wütenden Blick zuzuwerfen, bevor er von den Soldaten weggeführt wurde.

Dann drehte sich der Shetan zu Lay herum. »Ich akzeptiere dein geheimnisvolles Schwert als Geschenk, Drachenmann!« Bei diesen Worten grinste er höhnisch. »Ich verspreche dir, dass es bei mir in guten Händen ist, zudem du dafür keine Verwendung mehr haben wirst.« Er gab dem Anführer seiner Shash ein Zeichen. »Worauf wartest du, Shaladan? Bring mir dieses Schwert!«

Blut Blut Blut

TodTodTod

Lay *sah*, wie die Gestalten, die ihn umstanden, zu schimmernden Knoten wurden, um die herum glühende Tentakel waberten. Das ebenfalls vertraute Gefühl von Schwindel überkam ihn, als die Welt plötzlich langsamer wurde, so als würden alle durch zähen Honig waten.

»Gebieter ...!« Shaladan hatte Lay die ganze Zeit nicht aus den Augen gelassen, und offenbar gefiel ihm gar nicht, was er sah. »Ich bitte Euch dringend, Herrscher der Wüste, zieht Euch zurück ...!«

»Was?« Magabor fuhr zu dem Anführer seiner Leibwache herum. »Was ist in dich gefahren, Shaladan? Bist du plötzlich ein altes Weib geworden, das vor jeder Gefahr davonrennt, selbst wenn sie nur eingebildet ist? Dieser Mann, dieser Drachenmann ist ein ebenso hinterhältiger Lügner, wie sein Drachenfürst einer gewesen ist. Prakuhl mag tot sein, aber der hier hat meine zukünftige Braut entführt und damit meinen berechtigten Anspruch auf den verwaisten Thron von Alghor zunichtegemacht! Ich bin Magabor, Shetan von Bouhss, und ich werde eine solche Respektlosigkeit niemals …!«

»Makira! Jetzt!«

Lays Stimme klang tief und verzerrt in seinen eigenen Ohren, während seine Hand zu seinem Schwert zuckte und er die Klinge aus der Scheide riss. Nur zuckte die Hand nicht, und er riss die Klinge auch nicht aus der Scheide, sondern er hob die Hand fast quälend langsam, so als würden Bleigewichte daran hängen, und es schien eine Ewigkeit zu dauern, bis er die Blutbraut endlich gezückt hatte.

Blut Blut Blut

Nur der jubilierende, frohlockende Ruf der Waffe in seinem Kopf klang rein und klar. Aber mittlerweile hatte Lay die Versenkung oft genug angewendet, als dass ihn dies alles noch verwirrt hätte.

Er sah aus den Augenwinkeln, dass Makira vom Boden hoch und mit einem Satz zwischen die beiden Männer sprang. Sie schien durch die Luft zu schweben, drehte sich langsam um die eigene Achse und zog dabei mit fast aufreizender Lässigkeit den Gurt mit den Dolchen von der Schulter des Shash. Während sie ihre Finger um den Griff eines Krummdolches legte und sich mit der anderen Hand den Gurt über den Kopf streifte, konzentrierte sich Lay wieder auf die Männer vor ihm. Mittlerweile war er mit zwei Sätzen zu dem Podest gelaufen – *gewatet* traf es wohl besser –, hatte sich dabei gedreht und den Arm ausgestreckt, mit dem er Blutbraut hielt.

Die Klinge *sang,* als sie die Kehle des Shash durchtrennte, der sich schützend vor seinen Shetan gestellt hatte. Lay hörte Shaladans dröhnende Stimme, als er »zurück, Gebieter!« brüllte, aber sein Warnschrei endete in einem blubbernden Gegurgel, als sich einer der zahlreichen Pfeile, die vibrierend an Lay vorbeiglitten, in seinen Hals bohrte.

Die Augen des Shetan weiteten sich langsam und fast schon grotesk vor Entsetzen, als Lay auf ihn zukam. Er wich langsam zurück, während die Shash versuchten, sich zwischen Lay und ihren Gebieter in Stellung zu bringen. Lay ging in die Knie, ohne die kreisende Bewegung seines Körpers zu stoppen, und tauchte unter dem Krummsäbel des ersten Leibwächters hindurch. *Blutbraut* traf das rechte Bein des Mannes, und eine Gischt aus rotem Lebenssaft, Haut und Knochenstücken spritzte aus der klaffenden Wunde, während der Mann ein animalisches Brüllen ausstieß.

Lay rutschte auf den Knien über das polierte Holz des Podestes, während er sich weiter drehte, und hob dabei die Hand mit der Klinge, deren Spitze sich in den Unterleib des dritten Leibwächters grub. Durch den Schwung der Bewegung schlitzte sie dem Mann den Bauch auf, sodass seine Eingeweide hervorquollen.

Lay *sah* die goldenen Fäden der Pfeile, die auf ihn zurasten, und hob die linke Hand, wob ein Muster aus goldenen Bahnen in die Luft, zwischen denen er hindurchglitt und auf denen die Pfeile dicht an ihm vorbeiflogen. Gleichzeitig stieß er sich mit aller Kraft vom Boden ab und segelte in einem vollendeten Salto an dem vierten Shash vorbei, der viel zu spät reagierte. Er hob seinen Krummsäbel fast ungelenk, aber bevor er ihn auch nur in Lays Richtung drehen konnte, zerschnitt ihm Blutbraut bereits die Kehle.

Während Lay langsam und wie an Schnüren etwas versetzt hinter dem Shetan auf dem Podest landete, sah er, dass Makira einen der beiden Shash als Deckung benutzte, während sie ebenfalls zu dem Podest watete. Ihrem geröteten Gesicht nach musste sie dafür all ihre Kraft aufbieten, denn der Mann war erheblich größer als sie und ein totes Gewicht, denn er war von mindestens zwanzig Pfeilen durchbohrt worden. Der andere Krieger, der Makira hatte bewachen sollen, derjenige, der ihren Dolchgurt getragen hatte, lag mit Pfeilen gespickt auf dem weißen Marmor, der sich unter ihm langsam rot färbte.

Lay hatte sich mittlerweile hinter dem Shetan aufgerichtet und packte Magabor, den Gebieter der Sonnen, den Herrscher der Wüste, am Kragen. Dann zog er ihn herum und hielt ihm Blutbraut an den Hals.

Die Shash, die sich auf ihn hatten stürzen wollen, kamen einer nach dem anderen langsam zum Stehen, mit gezückten Krummsäbeln und grimmigen Mienen.

»Wohin?«

Dass die verzerrte Stimme neben ihm Makira gehörte, begriff Lay erst, als er sie aus den Augenwinkeln wahrnahm.

Wir müssen hier weg, und außerdem brauchen wir Pferde. Und dann müssen wir so schnell wie möglich aus Omarta hinaus. Bevor dieser verfluchte Shetan die ganze Stadt abriegeln kann!

»RAUS HIER!«

Makira nickte, langsam, einmal.

Der Shetan zitterte, und plötzlich erfüllte ein beißender Geruch die Luft. Lay sah nach unten und bemerkte, dass sich der Gebieter der Sonnen, der Herrscher der Wüste, seine Großherzige Gnaden Magabor von Bouhss in seine prachtvollen Gewänder entleert hatte.

Was auch immer passiert und wohin ich auch gehe, Omarta und Bouhss dürfte ich so schnell nicht wiedersehen, dachte er. *Das hier wird mir Magabor niemals verzeihen! Jolah kann wirklich froh sein, dass ihr die Rolle der Gemahlin dieses aufgeblasenen Feiglings erspart geblieben ist. Hoffen wir nur, dass ich noch Gelegenheit bekomme, es ihr zu sagen.*

Er schob den Shetan vor sich her, während ihm Makira den Rücken deckte. Ein kurzer Blick auf die Empore bewies Lay, dass die Bogenschützen ihn zwar mit ihren Pfeilspitzen verfolgten, aber keiner wagte es, auf ihn zu schießen, aus Angst, versehentlich ihren Gebieter zu treffen.

So weit, so gut, dachte Lay, während er sich der kleinen Tür näherte, durch die die Shash vorhin Fasso Osh'b und Khar hereingeführt hatten. Die Shash folgten ihm, aber keiner griff ihn an. Der Shetan plapperte unzusammenhängend irgendwelche wirren Befehle, aber niemand schien auf ihn zu achten. Sie alle starrten nur Lay an, der sich umgedreht hatte und rückwärts zur Tür ging, wobei er den Shetan als Schild benutzte. Makira war vorausgegangen und hatte die Tür geöffnet. Der Gang dahinter schien verlassen.

Sie trat durch die Tür, und Lay folgte ihr, den Shetan immer noch hinter sich herziehend. Der Chorus der Stimmen in seinem Kopf wurde leiser, als er langsam aus der Versenkung auftauchte, und er biss die Zähne zusammen, als das vertraute Gefühl des Schwindels einsetzte.

»Wenn ihr mir folgt, wird euer Gebieter sterben!«, schrie er, bevor die Wirkung der Versenkung ganz verschwand. Die goldenen Fäden vor seinen Augen verblassten allmählich. Sein Blick fiel auf Shaladan, der in einer Blutlache auf dem Podest lag und mit gebrochenen Augen zur Decke starrte. *Tut mir leid,* dachte Lay. *Ich hätte gern mit dir über unsere Waffen geplaudert.* Dann packte er mit der freien Hand die Tür und schlug sie zu. Es gab weder einen Riegel noch ein Schloss an der Tür, aber das war auch nicht von Bedeutung. Lay war klar, dass beides die Leibwächter des Shetan nicht hätte aufhalten können. Das Einzige, was die Männer vermutlich daran hinderte, augenblicklich durch die Tür zu stürmen, war die Sorge um das Leben ihres Gebieters.

Der sich nach Leibeskräften sträubte, als sie ihn durch den schmalen Gang zerrten, der offenbar für die Dienstboten bestimmt war. »Eure Köpfe werden die Wände meiner Schlafgemächer zieren!«, kreischte Magabor außer sich vor Wut.

»Hoffentlich hat er nicht mehr als zwei Schlafgemächer!«, stieß Makira hinter ihnen hervor. »Sonst muss er Wanderköpfe daraus machen statt Schrumpfköpfe!« Offenbar versuchte sie, ihre Anspannung durch ihren schwarzen Humor zu kaschieren.

Was ihr irgendwie ganz gut gelingt, dachte Lay, während er den heftig um sich schlagenden Shetan vorantrieb.

»Eure Gliedmaßen werden in alle Richtungen Belphors verteilt und von Sandflöhen gefressen werden!«, palaverte Magabor weiter.

»Dann weiß meine Linke ja nicht, was meine Rechte tut«, zischelte Makira, während sie sich nach einem Fluchtweg umsah. »Wie ärgerlich.«

»Und eure verfluchten Eingeweide werden in der glühenden Sonne langsam verrotten!«

»Das wird mächtig stinken«, meinte Makira. »Aber wahrscheinlich nicht so sehr, wie Seine Gnaden stinkt!« Sie spie aus. »Verdammt, Lay, was hat der Kerl denn gegessen, dass er so derartig …?«

»Keine Ahnung, aber auf jeden Fall zu viel davon«, erwiderte Lay, während Magabor unaufhörlich weiterkrakeelte.

Lay wusste, dass die Angst die Shash nicht allzu lange aufhalten würde. Sie würden schon bald die Verfolgung aufnehmen. Und auch mithilfe der Versenkung konnte er sie nicht alle bezwingen.

»Ah, hier!«, rief er, als sie an einer kleinen Nische mit einem großen Loch im Boden vorbeikamen, aus dem ein ekelhafter Gestank nach Fäulnis und Unrat aufstieg. »Verzeiht, Euer Gnaden. Unsere Zerstückelung und die Ehre, unsere Köpfe an Eure Wände zu hängen, verschieben wir auf unser nächstes Treffen, wenn's Euch beliebt.« Er hämmerte dem Shetan den Griff der Blutbraut gegen den Schädel. »Und auch, wenn nicht.« Dann zerrte er den benommenen Mann zu dem Loch, bei dem es sich offenbar um eine Abfallrutsche handelte, und stieß ihn hinein. Die Sonne von Bouhss war von dem Schlag auf den Kopf zu umschattet, um zu protestieren, aber einen Augenblick lang schien es, als wäre Magabor zu dick, um durch die Rutsche zu passen. Glücklicherweise waren die Wände glitschig, und nachdem Lay mit einem kräftigen Tritt nachgeholfen hatte, rutschte der Gebieter über Sand und Wind doch durch das Loch.

»Gute Reise!«, rief Lay ihm nach. »Ich bin sicher, dass du weich landest.« *Auf jeden Fall muss er keinen Hunger leiden, bis sie ihn finden. Und das dürfte schnell passieren, selbst bei dem Gestank.*

»Und was jetzt?«, erkundigte sich Makira.

Die Shash wussten nicht, dass sie den Shetan nicht mehr als Geisel bei sich hatten, und würden behutsam vorgehen. Ihnen blieb nur eine Chance, wenn sie lebendig hier herauskommen wollten.

»Lauf!«

ERNHAAG, PALAIS DER WINDE

»Herrin! Herrin, ein Botenvogel von …!« Der Lakai kam rutschend auf dem polierten Holzboden des Sternengewölbes zum Stehen und sah sich staunend um. Er war zum ersten Mal in dieser geheimen Kammer, und ihr Eindruck überwältigte ihn. Die Kammer war kreisrund, und nun verstand der Diener auch, warum man ihr diesen sonderbaren Namen gegeben hatte. Die runde Kuppel bestand aus Glasplatten, die man mithilfe eines komplizierten Mechanismus an den Wänden der Kammer heruntergleiten lassen konnte. Der Lakai wusste, dass der frühere Herrscher von Ern, S'yron Corvin vom Aern, viel Zeit in diesem Raum verbracht hatte. Hier hatte er den Lauf der Gestirne und die Fäden des Schicksals studiert, um mit diesem Wissen die Zukunft Erns beeinflussen zu können. Bei seiner eigenen Zukunft war ihm das allerdings nicht gelungen.

Bei diesem Gedanken wurde dem Diener schlagartig wieder bewusst, dass seine derzeitige Gebieterin, Raisshia Daam Grünhaag, Mutter des derzeitigen Herrschers von Ern, weniger an den Lauf der Gestirne als an die Macht der Peitsche und der Foltergeräte glaubte, die sich tief unten im Palais der Winde befanden und auf denen nicht nur unbotmäßige Lakaien nachhaltig »erzogen« wurden, wie Raisshia es nannte. Etliche dieser Erziehungsmaßnahmen waren nicht nur nachhaltig, sondern endgültig.

Sein Blick zuckte zu den Personen, die um den ovalen Tisch in der Mitte der mit sonderbaren Geräten und Apparaturen vollgestopften Kammer standen. Zu seiner Erleichterung schienen ihn die Anwesenden noch nicht bemerkt zu haben.

»Wir können uns dem Ansinnen OchNarjons unmöglich widersetzen, Edle, wenn Ihr wollt, dass Euer Sohn den Drachenthron als nächster Fürst von Alghor besteigt.« Der Sprecher, ein älterer Soldat in der Uniform der Sturmreiter, der legendären Drachenreiter von Ern, schüttelte den Kopf. »Es wäre nicht klug, den Mann zu verärgern. Immerhin ist er Reichsverweser, so anmaßend es auch sein mag …«

»Ganz recht, Genoveron«, unterbrach ihn die Edle von Ern. »Allerdings ist es anmaßend, und bei dieser Nachricht hier«, sie schlug auf den Tisch, auf dem ein schmales Stück Pergament lag, offenbar die Botschaft von der Botentaube aus Ulcar, die erst wenige Sonnenstriche zuvor hier eingetroffen war, »spricht seine Überheblichkeit aus jeder einzelnen Silbe.« Sie sah die Männer am Tisch der Reihe nach an. »Was erlaubt sich dieser Leichenfledderer?« Ihre Stimme bebte vor Wut. »Wir sind nicht seine Lakaien, die er nach Gutdünken herumkommandieren kann. Wir sind sein wichtigster und mächtigster Vasall …«

Ein anderer Mann in der Uniform der Hämmer von Ern räusperte sich. »Nun, Edle, selbstverständlich habt Ihr recht.« Er verbeugte sich leicht. »Wenngleich der ermordete Drachenfürst offenbar anderer Meinung war. Er hat eindeutig Magabor von Bouhss …«

»Pah!« Raisshia machte eine wegwerfende Handbewegung. »Dieser fette, verkommene Hurenbock! Gebt ihm einen Krug Wein und ein geiles Weib, dann ist er zufrieden. Er …«

»Verzeiht, Edle«, mischte sich ein weiterer Ratgeber ein, ein grauhaariger, altgedienter Offizier der Hämmer. »Bouhss ist ein wichtiger Vasall im Süden und hält dem Drachenreich immerhin SanFira vom Hals. Ich würde dringend davor abraten, Magabor und seine Machtgelüste zu unterschätzen …«

»Von mir aus, dann gebt ihm eben zwei Weiber!«, zischelte Raisshia. »Oder hundert, das ist mir völlig egal. Nur die eine wird er niemals bekommen! Die Drachenbraut Jolah da Prunfor und der Drachenthron gehören mi… meinem Sohn!« Sie stützte sich mit beiden Fäusten auf den Tisch. »Und jeder, der sich zwischen diesen Thron und meine Familie stellt, wird das bereuen.« Sie wartete, aber keiner der Männer kommentierte ihre Drohung oder hatte etwas zu sagen. Alle schienen die Luft anzuhalten, auch der Lakai.

Alle bis auf einen.

»Ich glaube, edle Raisshia, dass da soeben eine weitere Nachricht eingetroffen ist«, sagte der Mann näselnd. Er war groß und hager, und sein glattes schwarzes Haar war mit Zuckerwasser versteift und stand im Nacken ab. »Vielleicht möchte sich der blinde Seher ja für den Tonfall seiner ersten Epistel entschuldigen.« Er trug als Einziger von den Männern am Tisch keine Uniform, sondern Jacke und Hose aus fließendem schwarzen Stoff. Die Jacke war am Hals hochgeschlossen und hatte als Verschluss eine silberne Brosche in Form eines Sterns, und ihre Schöße reichten bis zu den Oberschenkeln. Er hielt ein funkelndes Glas aus geschliffenem Kristall in der Hand, in dem eine rote Flüssigkeit schimmerte. Er nippte genießerisch daran und winkte dann den Diener zu sich. »Oder aber er hat es sich anders überlegt und bevorzugt doch diesen fetten Hurenbock, wie Ihr ihn so treffend nanntet, Edle. Hoffen wir für dich, Lakai, dass dem nicht so ist, hm? Du weißt ja, was mit den Überbringern schlechter Nachrichten gewöhnlich geschieht.« Er lachte leise, scheinbar unbeeindruckt von dem giftigen Blick, den die Edle von Ern ihm zuwarf, bevor sie sich zu dem Lakaien umdrehte, dessen Gegenwart sie erst jetzt zu bemerken schien.

»Was gibt es, Kerl? Wieso wagst du, uns hier zu stören?«, fuhr sie den Mann an, der mittlerweile sichtlich zitterte. Etliche Höflinge behaupteten hinter vorgehaltener Hand, sie herrsche nicht nur in Abwesenheit ihres Sohnes, und wieder andere meinten, dies wäre auch gut so. In den Gängen des Palais jedoch tuschelten die Dienstboten vornehmlich über die Unduldsamkeit und Grausamkeit der Edlen Daam. Genau daran musste der Lakai jetzt denken, und er starrte seine Herrscherin entsetzt an und senkte dann hastig den Kopf.

»Verzeiht, Herrin, eine Nachricht … Ich wusste nicht … Ich wollte nicht … Verzeiht …!«

»Eine Nachricht? Von wem?« Raisshia runzelte die Stirn. »Nun sprich endlich!«

»Verzeiht, Herrin«, wiederholte der Lakai stammelnd, während sein Blick über die Anwesenden glitt, bis er wieder zu dem wie ein Stern geformten Stuhl zuckte, auf dem eine zierliche Frau mit blondem, von grauen Strähnen durchzogenem Haar saß. Sie hatte schwarze Augen, so hart wie Bachkiesel.

»Tritt endlich vor und gib ihr die Nachricht, Kerl«, befahl der hagere Mann. Seine Augen, mit denen er den Lakaien gleichgültig musterte, waren von einer undefinierbaren schlammigen Farbe. Obwohl er äußerlich den am wenigsten kriegerischen Eindruck machte, wirkte er von allen Anwesenden am bedrohlichsten. Bis auf die Herrscherin von Ern selbst.

»Die Botschaft stammt von Eurem verehrten Sohn, Herrin …«

Raisshia schlug mit der flachen Hand auf den Tisch. »Warum hast du das nicht gleich gesagt, du Narr? Gib mir das Pergament!« Sie streckte die Hand aus und wandte sich an die Männer am Tisch. »Ihr entschuldigt mich einen Augenblick.« Das war keine Bitte, sondern eine Aufforderung, und die Männer gehorchten prompt und traten von dem ovalen Tisch zurück. Alle, bis auf den Mann in Schwarz.

Der Lakai näherte sich seiner Herrin unterwürfig und überreichte ihr das kleine Lederetui, in dem das Pergament mit der Botschaft steckte.

Raisshia riss es ihm aus der Hand. »Verschwinde!« Sie achtete nicht mehr auf den Diener, sondern öffnete ungeduldig den Verschluss des Etuis. Dabei riss sie die Kappe des fein gearbeiteten Etuis ab und warf sie mit einem wütenden Schnaufen zu Boden.

Während der Diener rückwärts und gebückt zur Tür ging, mit einem erleichterten Aufatmen den Raum verließ und die Tür hinter sich zuzog, nahm Raisshia Daam Grünhaag, Edle von Ern, mit spitzen Fingern das zusammengerollte Pergament aus dem Etui, rollte es auseinander und legte es vor sich auf den Tisch. Dann strich sie es glatt und beugte sich vor, um die winzigen Buchstaben des Textes zu lesen, der darauf gekritzelt war. Sie runzelte die Stirn und hielt dem Mann ihre geöffnete Hand hin.

Der Mann in Schwarz zog wortlos eine geschliffene Linse aus seiner Jacke und legte sie hinein. Raisshia nahm sie kommentarlos entgegen, hielt die Linse über das Pergament und las erneut die Mitteilung.

»Gute Nachrichten?« Der Hagere schenkte sich aus einer geschliffenen Karaffe Wein in sein Glas, hob es an die Lippen und schlürfte genießerisch. »Ich muss wirklich sagen, Edle Raisshia«, meinte er schmatzend, »allein wegen der Weine, die die Familie vom Aern in den Kellern des Windpalais verwahrte, hat es sich gelohnt, S'yrion vom Sturmthron zu fegen.« Er verzog spöttisch die Lippen. »Wäre er nicht ein so schrecklich geiziger und tugendhafter Herrscher gewesen, wer weiß, vielleicht hätte ich ja ihn unterstützt, nicht Euch. Geschmack hatte er jedenfalls, das ist unbestreitbar.«

»Es freut mich, Pyrost, dass Euer Verstand Euch trotz Eures erlesenen Geschmacks davon abgehalten hat, einen möglicherweise tödlichen Fehler zu begehen.« Raisshia hob den Blick von dem Pergament und sah ihren Ratgeber an. »Ich schätze es nicht, wenn man sich mir in den Weg stellt, wie ich schon sagte. Euch hätte ich mit Eurer so spitzen Zunge an die Mauer des höchsten Turmes meines Palais genagelt.«

Der Mann kicherte leise, während er weiter seinen Wein schlürfte, erwiderte jedoch nichts auf diese Drohung.

»Glaubt Ihr mir etwa nicht?« Raisshia schien einen Augenblick verärgert. »Vielleicht denkt Ihr ja anders, wenn ich Euch an den Hoden aufhängen lasse!«

Pyrost hob sein Glas gegen das Licht und drehte es langsam, sodass die Sonnenstrahlen auf dem geschliffenen Kristall funkelten und den Wein im Glas erglühen ließen.

»Selbstverständlich glaube ich Euch, Edle Raisshia. Wenngleich für einen Mann mit meinen … Neigungen die Aussicht, an seinen Nüssen zu baumeln und dabei die Welt kopfüber betrachten zu dürfen … nun …« Er schmatzte wieder genießerisch. »Wie gesagt, ein vorzüglicher Tropfen, wahrhaftig. Ein Geschenk Ganäas, ganz nach meinem Geschmack.« Mit geschlossenen Augen schluckte er den Wein hinunter. Als die Herrscherin von Ern schwieg, öffnete er die Augen träge, wandte gelangweilt den Kopf und sah sie an. »Vergesst nicht, Raisshia, ich bin nicht nur Euer Ratgeber, sondern auch Euer Freund. Da Ihr die meisten Eurer Ratgeber und sämtliche Freunde auf höchst fantasievolle Art und Weise habt massakrieren lassen, nachdem Ihr die Herrschaft an Euch gerissen habt«, er stellte das Glas auf den Tisch und hob müde die Hand, »natürlich nur im Interesse des Landes und Eures unfähigen, inkompetenten und perversen Sohnes – Letzteres dürft Ihr im Übrigen als Kompliment verstehen –, solltet Ihr vielleicht ein wenig …«

Raisshia lächelte ihren Ratgeber an, während sie ihn unterbrach. »Ich muss dich korrigieren, Pyrost. Du bist mein Liebhaber, aber ganz gewiss nicht mein Freund. Freunde machen einen angreifbar, und eine solche Schwäche kann und werde ich mir niemals gestatten. Also begnüge dich mit dem, was du hast, aber vor allem«, sie betrachtete ihn scharf, »benutze deine scharfe Zunge nur dann, wenn es mir *gefällt*. Sonst bin ich vielleicht versucht, sie in einem Glas neben meinem Bett aufzubewahren, als sentimentale Erinnerung!« Sie nickte zufrieden, als sie sah, wie er erbleichte. »Also, vergiss nicht, wer du bist und wo du stehst! Niemand ist unersetzlich, auch du nicht! Zwing mich nicht dazu, dich noch einmal darauf hinzuweisen. Sonst könnte es sein, dass neben deiner Zunge auch dein Herz in einem Glas auf meinem Nachttisch schwimmt!«

Pyrost hob eine Braue, enthielt sich jedoch jedes Kommentares.

»Gut.« Raisshia wandte sich von ihm ab, drehte sich zu ihren uniformierten Beratern herum, die den kurzen Wortwechsel regungslos verfolgt hatten, und winkte sie mit dem Pergamentstreifen wieder an den Tisch. »Um deine Frage zu beantworten, Pyrost, es ist in der Tat eine gute Nachricht. Wie es aussieht, ist mein Sohn unterwegs, um dieses Miststück von Drachenbraut zu holen.« Sie beugte sich vor und musterte die Männer um sie herum. »Sobald die beiden Täubchen das gegenseitige Treuegelöbnis abgelegt haben und Broll mit seiner Armee Egkhild und ihre bewaffneten Furien bezwungen hat, wird Ern über ganz Alghor und Hellanden herrschen.«

Pyrost hatte sich wieder gefasst. Er warf der Frau neben sich einen boshaften Blick zu, bevor er seine Miene sorgfältig zu einer ausdruckslosen Maske glättete. »Zweifellos wird der Oberste Augur Einwände gegen Eure Absichten geltend machen«, meinte er. »Wer kann uns garantieren, dass er nicht irgendwelche hinterlistigen Pläne verfolgt, sobald Ryehl erst den Drachenthron bestiegen hat? Und nach allem, was ich über die Drachenbraut gehört habe, kann man auch nicht davon ausgehen, dass sie bereit ist, öffentlich ihr Gelöbnis Ryehl gegenüber abzulegen. Ich würde sogar sagen, eher ist das Gegenteil zu erwarten.«

Raisshia lachte. »Ich«, sagte sie. »Ich kann dafür garantieren.« Als sie die fragenden Blicke der Männer auf sich spürte, fuhr sie fort. »Ich garantiere euch, dass Druud OchNarjon auf jeden Fall hinterlistige Pläne schmiedet. Was glaubt ihr denn? Dieser blinde Mistkerl hat Prunfor und Nimgurd ermorden und es so aussehen lassen, als wären Akkad und Egkhild dafür verantwortlich!« Sie schüttelte den Kopf. »Ein wirklich genialer Plan. Er hätte von mir stammen können.«

»Fürwahr«, murmelte Pyrost, aber seine Herrscherin achtete nicht darauf.

»Selbstverständlich wird dieser Mann die Macht, die er sich durch Mord und Heimtücke erschlichen hat, nicht so leicht aus der Hand geben! Ich weiß zwar nicht genau, was er vorhat, aber ganz bestimmt wird er versuchen, bei dieser Zeremonie in Ulcar dafür zu sorgen, dass mein Sohn und ich wie Narren aussehen, und er wird uns wie Marionetten an seinen Fäden tanzen lassen wollen. Und die zukünftige Drachenfürstin ebenso.«

»Selbstverständlich«, mischte sich Genoveron ein, der Marschall der Sturmreiter. »Doch wie wollt Ihr das verhindern?« Er hob die Brauen. »Außer durch einen Krieg gegen unseren Lehnsherrn, einen Krieg, den Ern auf keinen Fall gewinnen kann. Wir sollten zudem nicht vergessen, dass Magabor von Bouhss nur auf einen Fehler von uns lauert. Und wenn die Drachenbraut bei dieser Zeremonie öffentlich einen Skandal heraufbeschwört, wäre das geradezu eine Einladung für den Shetan von Bouhss, unter dem Vorwand, zum Wohle des Volkes von Alghor zu handeln, mit seiner gesamten Armee und seinen Shash …«

»Ich«, unterbrach die Edle von Ern ihn nachdrücklich, »werde dafür sorgen, dass am Ende Druud OchNarjon wie ein Narr dasteht, nicht Ryehl. Oder gar ich selbst.« Sie lächelte, als die Männer am Tisch sie erstaunt ansahen. »Es wird nicht der Erste Fragende sein, den die Bevölkerung von Alghor als Retter des Drachenreiches feiert!« Sie wandte sich an Pyrost. »Denn Ryehl wird Jolah da Prunfor nicht nach Ulcar bringen, um sie dort Druud zu übergeben, damit der sich vor aller Augen als Bewahrer des Reiches aufspielen kann! Er wird sie *hierher* bringen, nach Ernhaag! Und er wird sie hier heiraten, vor den Augen meines Volkes! In einer großen feierlichen Zeremonie! Und danach wird er im Triumph nach Ulcar ziehen, eskortiert von den Sturmreitern unter Eurer Führung, Marschall Genoveron, und Broll wird ihn begleiten, und zwar an der Spitze der siegreichen Hämmer von Ern, der Elite der Vereinigten Drachenhorde!«

»Nur besteht die Drachenhorde nicht nur aus Euch treu ergebenen Hämmern, sondern auch …«, versuchte ein Anführer der Hämmer einzuwenden, aber Raisshia wischte sein Argument mit einer Handbewegung beiseite.

»Die Drachenkämpfer? Pah, und wenn schon? Sämtliche Nachrichten unserer Spione besagen, dass es sich beim größten Teil dieser Drachenkämpfer um Abschaum und Feiglinge handelt, um den Bodensatz der Armee Alghors! Broll wird so klug sein, diese Drachenkämpfer als Erstes in die Schlacht zu werfen, um die Nordlinge zu beschäftigen. Haben diese Barbaren erst an den Soldaten Alghors ihren Blutdurst gestillt, dürften sie für Brolls Hämmer kein Problem mehr sein. Also, wie ich sagte, wenn Ryehl mit seiner glücklichen und liebenden Braut als triumphierender Sieger in Ulcar einzieht, werden Druuds Pläne sich in Rauch auflösen.« Sie schlug mit der Faust auf den Kartentisch. »Dieser Ränkeschmied kann froh sein, wenn ihn nicht das gleiche Schicksal ereilt wie den früheren Reichsverweser! Außerdem liebt das einfache Volk Helden! Stehen erst die Menschen von Alghor hinter uns, wird Magabor sich hüten, einen offenen Krieg gegen uns zu führen.«

Pyrost schürzte die Lippen. »Ein ebenso einfacher wie genialer Plan, edle Raisshia. Allerdings möchte ich einwenden, dass Druud und die Auguren nicht unser einziges Problem sind. Jolah ist eine Drachenbraut, und allen Berichten zufolge ist sie recht eigensinnig. Zudem ist ihre Mutter Jeul eine ehemalige Drachenpriesterin, und der Kult hat, wie ich höre, ein starkes Interesse an der Drachenbraut. Immerhin haben die Drachenpriesterinnen versucht, die Drachenbraut vor Druud zu verbergen und seine Pläne zu vereiteln. Sie berufen sich dabei auf die alten Prophezeiungen ihres Okkultums und behaupten, die Drachenbraut wäre eine der Auserwählten der Heiligen Zwei, eine Trägerin des Mals, und ihr wäre ein anderes Schicksal bestimmt als das Leben an der Seite eines Drachenfürsten. Ich bezweifle, dass sich die Drachenpriesterinnen so ohne Weiteres dem Befehl Eures Sohnes fügen werden. Und dass die Drachenbraut nicht viel von Ryehl hält, hat sie ja bereits in aller Öffentlichkeit kundgetan. Sie will selbst den Drachenthron als Königin besteigen, und dafür braucht sie keinen Ehemann.«

Raisshia zuckte mit den Schultern. »Wenn sie meinen Sohn erst besser kennengelernt hat, wird sie ihre ablehnende Haltung überdenken.«

»Ist das … tatsächlich Euer Ernst?« Pyrost wirkte aufrichtig verblüfft. »Nicht, dass ich Eurem Sohn nicht zutrauen würde, das Herz einer Frau zu erobern, wenn er einen Vorteil darin sähe …«

»Seid kein Narr!« Raisshia warf dem Mann einen verächtlichen Blick zu. »Wer redet denn davon, dass er ihr Herz erobern wird? Er soll sie besteigen und ihr kleine Drachenprinzen machen, um unsere Herrschaft zu sichern, das ist alles! Und was ihre ablehnende Haltung betrifft …« Sie senkte unwillkürlich die Stimme. »Genau das ist der Grund, warum ich will, dass diese Zeremonie hier in Ernhaag stattfindet. Sollte sich Jolah als widerspenstig erweisen, dürfte ein längerer Aufenthalt in den Dunklen Kammern im Palais der Winde ihren Trotz alsbaldig brechen.«

Pyrost starrte sie entsetzt an. »Das könnt Ihr nicht machen! Die Drachenbraut ist …«

»… ein bedauerliches Opfer, das von den Drachenpriesterinnen gefoltert wurde«, unterbrach Raisshia ihn ungerührt. »Im schlimmsten Fall haben diese Misshandlungen ihren Geist geschädigt, sodass sie nicht mehr unterscheiden kann, wer ihr Gutes und wer ihr Böses will. Aber ganz gleich, in welchem Zustand, sie wird als Gemahlin meines Sohnes nach Ulcar zurückkehren, und er wird als Drachenfürst den Thron besteigen. Diese albernen Prophezeiungen in irgendwelchen geheimen Büchern eines verbotenen Kultes interessieren mich nicht! Sie sind doch nur deshalb geheim, weil sich niemand dafür wirklich interessiert!« Sie schlug erneut auf den Tisch. »Ich glaube nicht an die Macht irgendwelcher Verkündigungen oder daran, dass man ohnmächtig seiner Bestimmung ausgeliefert ist!« Sie schnaubte verächtlich. »Das Schicksal ist nichts Unabänderliches, wie Ihr ja wohl selbst am besten wisst, Pyrost. Ihr selbst habt mir beim letzten Aufenthalt im Sternengewölbe aus dem Sturm der Fäden Großes für Ern herausgelesen!« Sie sah ihn scharf an. »Oder habt Ihr mir etwas verschwiegen?«

»Nein, selbstverständlich nicht!« Pyrost runzelte die Stirn, als er die aufmerksamen Blicke der Anwesenden auf sich spürte. »Aber ich habe Euch auch gesagt, dass der Schleier erklungen ist«, räumte er dann zögernd ein. »Was das bedeutet, vermag ich zwar nicht zu sagen, aber es könnte …«

»… alles Mögliche bedeuten, richtig«, fiel Raisshia ihm ins Wort. Ihr entging nicht, dass sich die Soldaten unbehaglich ansahen, als ihr Berater vom dunklen Schleier sprach. »Wie wir alle wissen«, fuhr sie nachdrücklich fort, »sind die alten Prophezeiungen sehr verworren und widersprechen sich zudem in wichtigen Punkten. Es sind Legenden, an die nicht einmal die Drachenpriesterinnen selbst glauben. Und ich werde mich ganz sicher nicht davon beeinflussen lassen.«

Einen Moment herrschte atemlose Stille im Sternengewölbe. Schließlich räusperte sich Pyrost. »Die Lesung der Fäden«, fuhr er dann fort, »wie ich sie durchführe, kann tatsächlich nur eine … grobe Einschätzung dessen sein, was uns das Schicksal bestimmt hat. So etwas zeitigt niemals eindeutige Ergebnisse.« Er bedachte Raisshia mit einem missbilligenden Blick. »Ich bin natürlich nur ein einfacher Magus, kein Sternenleser, wie es S'yron ...«

»Das genügt!« Raisshias Miene hatte sich verfinstert. »Die Fäden haben Großes für Ern verheißen, wie Ihr gesagt habt, und mehr brauche ich nicht zu wissen. Ich werde den Willen des Schicksals erfüllen, so wie ich es schon einmal getan habe.«

»Aber Sy'rion Corvin vom Sturmthron zu stoßen ist etwas anderes, als sich gegen die Prophezeiungen der Drachenpriesterinnen zu stellen«, wagte Pyrost einzuwenden. »Und zudem sind es nicht nur die Drachenpriesterinnen, die von dieser Zeit der Zusammenkunft und der Verschmelzung reden, sondern auch die Auguren und selbst die Magi.«

Raisshia fuhr wütend zu ihm herum. »Und wenn schon!«, fauchte sie. »All das hat nichts mehr zu bedeuten, wenn erst mein Sohn auf dem Drachenthron sitzt und das Drachenreich unser ist. Diese Prophezeiungen sind schon Tausende von Zyklen alt, und sie interessieren niemanden. Es sind Geheimnisse, die niemand mehr versteht.« Sie lachte. »Genau deshalb wollen die Drachenpriesterinnen, Auguren und Magi sich ihrer bedienen, um die Macht in Alghor zu erobern.« Sie schlug mit der Faust auf den Tisch. »Begreift Ihr denn nicht?« Sie musterte die Anwesenden reihum, wobei die meisten ihrem Blick auswichen. »Es geht nicht um irgendwelche Bestimmungen von irgendwelchen Auserwählten oder um diese Zeit der Verschmelzung, von der niemand weiß, was das sein soll! Es geht nur darum, diese Prophezeiungen so geschickt wie möglich zu nutzen, um sich die Macht zu sichern! Nichts anderes haben sie vor, seien es Drachenpriesterinnen, Auguren oder Magi! Sie alle wollen nur eines – die Macht!« Sie schüttelte vehement den Kopf. »Aber sie werden sie nicht bekommen, dafür sorge ich. Ich habe nicht so lange gekämpft, Pläne geschmiedet und große Opfer gebracht, um mir jetzt von irgendwelchen aufgeblasenen blinden Sehern, die behaupten, den Willen der Götter in den Eingeweiden toter Tiere ertasten zu können, oder von Frauen, die sich mit Gift berauschen und so angeblich Visionen vom Schicksal heraufbeschwören, im letzten Moment meinen Triumph aus der Hand reißen zu lassen!«

Sie starrte Pyrost herausfordernd an. »Und was das Lesen der Fäden angeht …« Sie lachte. »S'yron Corvin vom Aern mag Sternenleser gewesen sein und sich auf die Kunst verstanden haben, die Fäden des Schicksals mithilfe der Sterne zu verstehen und zu weben, aber am Ende hat ihn das auch nicht davor bewahrt, seinen Thron zu verlieren! Ich … Mein Sohn sitzt auf dem Sturmthron, meine Familie regiert Ern, und schon bald werden wir über ganz Alghor herrschen.« Sie hob erneut den Pergamentstreifen hoch. »Mein Sohn ist unterwegs, um sich zu holen, was ihm zusteht! Sobald er die Drachenbraut gefunden hat, wird er sich mit ihr auf den Weg hierher machen. Ich will, dass Vorbereitungen für seine Ankunft getroffen werden, damit wir den Tag der Treueschwüre angemessen feiern! Ich will, dass Ernhaag dem neuen Drachenfürsten einen würdigen Empfang bereitet!« Sie stand auf. »Das ist alles! Ihr könnt gehen!«

Sie wartete, bis sich die Männer erhoben hatten und zur Tür des Sterngewölbes gingen. »Ihr nicht, Pyrost«, sagte sie, als ihr Ratgeber sich den anderen anschließen und den Raum verlassen wollte. »Ich habe noch eine Aufgabe für Euch.« Sie lächelte anzüglich. »Eine, die Euch gefallen wird und für die Ihr keine Magie benötigt. Das hoffe ich jedenfalls.«

OBERLANDWAI IN DEN SÜMPFEN VON ORGT

»Eleve! Wo bleibt mein Tee!«

Wenn ich hier irgendwo einen geheimen Tempel verstecken wollte, dachte Kalehna, *hätte ich ihn mitten in diesen Sümpfen errichtet.*

Während sie genüsslich heißen Tee schlürfte, betrachtete sie den sumpfigen Morast, in dem Eisenbäume und Sumpfbuchen wuchsen. Der Wald, durch den sie geritten waren, bildete hier eine kleine Lichtung, aber jenseits der Sümpfe erhob sich ein dicht bewaldeter Hügel, in dem blanker Fels zwischen den Stämmen hindurchschimmerte. Nachdenklich kaute sie auf ihrer Unterlippe. *Niemand würde sich freiwillig weiter vorwagen. In diesen Sümpfen gibt es nicht viel zu holen, nicht einmal für Jäger oder Fallensteller.* Sie wandte den Kopf und sah zum Lager zurück. *Also warum sollten sie dort ihr Glück versuchen? Sie werden sich auf den Wald ringsum beschränken. Dort wimmelt es von jagdbaren Tieren.*

Die Männer ihres Trosses hatten auf dem Weg durch den Wald reiche Beute gemacht, und Kalehnas Blick zuckte zu der großen Feuerstelle in der Mitte der Lichtung, wo sie ihr Lager aufgeschlagen hatten. Die Glut schwelte noch. Darüber hingen an einem improvisierten Spieß die mittlerweile angekohlten Reste eines Schlammschweines. Die Knochen schimmerten hell durch das fettig glänzende Fleisch.

»Hörst du nicht, Eleve? Mein Tee! Und zwar sofort!«

Es gibt sogar so viel Wildbret in diesem Wald, dass selbst eine große Truppe wie die unsere Essen im Überfluss hat. Das Einzige, was einen in diesen Sümpfen erwartet, ist ein sicherer qualvoller Tod beim kleinsten Fehltritt …

Sie trank noch einen Schluck Tee und blickte dann wieder auf die Sümpfe vor ihr. Sie genoss diese ruhigen Momente im Morgengrauen, wenn die anderen schliefen und sie ganz allein und ungestört ihren morgendlichen Verrichtungen nachgehen und sich in Ruhe ankleiden konnte. Als sie, noch als Eleve getarnt, nur mit Trophan und den Bewaffneten aus dem Refugium geritten war, war das kein Problem gewesen. Aber das hatte sich etwa seit einer halben Spanne geändert, seit sie auf Ryehls Abteilung gestoßen waren. Kalehna runzelte unwillkürlich die Stirn, als ihr erneut die Frage durch den Kopf schoss, ob es wirklich eine so gute Idee gewesen war, heimlich aus dem Refugium wegzulaufen und ihr Schicksal in Trophans Hände zu legen. *Eine müßige Frage,* dachte sie. *Denn jetzt ist es zu spät, sich noch anders zu entscheiden. Und außerdem will ich es auch gar nicht. Nicht, wo ich so dicht am Ziel bin.*

Gestern Abend hatten sie den Rand der Sümpfe von Orgt erreicht und ihr Lager auf einer kleinen Lichtung davor aufgeschlagen. Die Stadt selbst hatten sie gemieden, um kein Aufsehen zu erregen oder möglicherweise jemandem aus dem Tempel aufzufallen. Eine Abteilung Bewaffneter in den Farben der Magi hätte schon Verdacht genug erregt, aber hätten die Drachenjungfern ihre jetzige Truppe gesehen, wäre ihnen sofort klar gewesen, weshalb sie hier waren, und sie hätten die Drachenbraut gewarnt und wahrscheinlich weggeschafft, bevor sie den Tempel auch nur gefunden hätten.

Und er muss irgendwo hier sein, direkt vor unserer Nase. Da bin ich mir ganz sicher. Die Frage ist nur, wie ich es anstellen soll, die Drachenbraut zu warnen. Darüber hatte sie in den letzten Tagen immer wieder nachgedacht.

Als Trophan ihr im Refugium erzählt hatte, welchen Auftrag ihm Sephist und Maahr-kut erteilt hatten, hatte sie sofort den Entschluss gefasst, die Gelegenheit zu nutzen und zu fliehen. Es war eine etwas überstürzte Entscheidung gewesen, zugegeben, aber in dem Augenblick hatte sie keinen anderen Ausweg für sich gesehen.

Es war vollkommen klar, dass ihr Vater nicht gegen Maahr-kut aufbegehren und sich auf die Seite seiner Tochter stellen würde. Das hatte er selbst unmissverständlich klargemacht. Er hatte Pläne mit ihr, große Pläne, die er offenbar zusammen mit diesem unheimlichen Sandmann ausgeheckt hatte, und in diesen Plänen gab es keinen Platz für Kalehna und ihre Wünsche.

Ebenso wenig wie für mein Kind. Sie legte eine Hand auf ihren Bauch und schloss lächelnd die Augen. *Aber ich habe ebenfalls Pläne, Vater,* dachte sie. *Und ich werde alles dafür tun, um sie zu verwirklichen!* Ihr war bewusst, wie riskant ihr Unterfangen war, vor allem jetzt. Die Drachenbraut zu finden war wahrscheinlich noch das Einfachste in ihrer jetzigen Situation. Die Frage war, ob sich der Ringfechter noch bei Jolah befand. Lay. Bluthand Lay. Er hatte die Drachenbraut vor Kalehnas Augen aus dem Roten Sand in Ulcar entführt und so die Pläne des Obersten Auguren vereitelt. Und sie vor den vielleicht nicht weniger finstereren Absichten bewahrt, die ihr Vater und Maahr-kut verfolgten.

Bluthand Lay, Ringfechter, Träger des Mals … und der Vater meines Kindes.

Kalehna hatte keine Ahnung, wie der junge Mann reagieren würde, wenn er von seiner Vaterschaft erfuhr. Aber sie wusste, dass sie ihn finden und es ihm sagen musste. Und das nicht nur wegen des Kindes. *Die Fäden waren eindeutig …* Sie hob den Becher an die Lippen. *Die Knoten des Schicksals wurden geknüpft, und was mein Vater auch vorhat, er irrt sich. So wie er sich in Trophan geirrt hat. Und ich ebenfalls.*

Dabei hatte sich alles zunächst recht gut angelassen. Trophan hatte ihr sogar die Kutte eines Eleven besorgt, in der sie unbeschadet das Refugium verlassen und die sie auch die ersten Tage getragen hatte, in denen sie mit dem Trupp Bewaffneter geritten war. Auch die Nächte waren unproblematisch verlaufen. Trophan hatte »Kahel«, den neuen Eleven, als seinen Gehilfen ausgegeben, und Kalehna hatte in seiner Nähe sicher geschlafen. Doch dann, am vierten Tag ihrer Reise, hatte sich plötzlich alles verändert.

Sie zuckte heftig zusammen, als sich etwas schmerzhaft in ihren Rücken grub, und fuhr herum. »Was bei …?« Im letzten Moment beherrschte sie sich. *Mist! Fall nur nicht aus der Rolle!* Sie räusperte sich. »Was, bei Belphors Klauen, soll denn das?« Zum Glück hatte sie schon von Natur aus eine warme Altstimme, sodass es sie nicht allzu viel Mühe kostete, ihre Stimme tiefer klingen zu lassen. Sie starrte den Mann böse an, der hinter ihr stand. Er hielt einen Spieß in der Hand, dessen stumpfes Ende er ihr offenbar in den Rücken gerammt hatte.

»Hast du nicht gehört, Magierlein? Mein Herr will Tee! Also beweg dich!« Der Mann grinste anzüglich. »Ich an deiner Stelle würde ihn nicht warten lassen. Darauf reagiert er für gewöhnlich ziemlich ungehalten. Vor allem bei so hübschen Bürschchen wie dir!«

»Wie bitte?« *Natürlich,* dachte sie und hob den Blick. *Dieser perverse Mistkerl!* Sie starrte den Bewaffneten einen Moment verständnislos an. Dann wurde ihr klar, dass dieser Befehl, den Tee zu servieren, ihr gegolten hatte, und ihr Ärger wuchs. *Was bildet sich dieser Narr eigentlich ein?*, dachte sie. *So weit kommt es noch, dass ich ihm seinen Tee ins Zelt bringe.* »Wenn dein Herr Tee will, dann kann er ihn sich von mir aus …«

»Wenn dein Herr Tee will«, mischte sich eine andere Stimme ein, »kannst du ihm gern einen Becher bringen! Dieser Eleve ist mein!«

»Dieses hübsche Bürschchen untersteht genauso dem Befehl des Edlen von Ern wie du, Magus, und wie alle anderen Männer dieser Truppe!«, gab der Soldat gereizt zurück. »Dasselbe gilt auch für deinen Freund, den Auguren. Und wenn er will, dass ihm dein besonderer Freund Tee bringt, dann …«

»Wir sind Magi und nicht deine Lakaien!«, fiel Trophan dem Bewaffneten verärgert ins Wort. »Und wir unterstehen weder deinem Befehl noch dem deines Herrn. Das kannst du ihm gerne ausrichten, wenn du ihm den Tee bringst. Was du auch schleunigst tun solltest«, fuhr er fort und deutete auf das Zelt, in dessen Eingang Ryehl stand und den Wortwechsel verfolgte. »Denn wie du eben sagtest, reagiert der Edle von Ern recht ungehalten, wenn man ihn warten lässt, und dann macht er schon mal aus hübschen Burschen hässliche Kerle wie dich.«

Der Bewaffnete lief rot an und machte den Eindruck, als hätte er Trophan am liebsten den Spieß in den Leib gerammt. Der Magus wartete jedoch nicht darauf, bis der Mann eine Entscheidung gefällt hatte, sondern drehte sich um, packte Kalehna am Arm und zog sie mit sich.

»Gib acht, dass er dich nicht verhext, Rülh!«, rief ein anderer Bewaffneter aus dem Gefolge von Ryehl dem Mann lachend zu, als der zum Feuer ging und Tee in einen Becher goss. »Diese Eleven sind angeblich nicht so geschickt, was das Wirken von Magie angeht. Wenn du ihn ärgerst, lässt er vielleicht aus Versehen deine Körpersäfte zu Eis gefrieren.«

»Oder er verwandelt dich in einen zahnlosen Graubären«, mischte sich ein weiterer Soldat ein, der zum Lagerfeuer gekommen war, um sich ebenfalls einen Tee zu holen. Er lachte ebenfalls.

Wohl eher in ein Schlammschwein, dachte Kalehna. *Nur dass Magie nicht so funktioniert, ihr Narren.* Aber sie verzichtete wohlweislich auf eine Erwiderung. Dieser Aberglaube hinsichtlich des Wirkens von Magie war in der einfachen Bevölkerung weit verbreitet. Und diese Männer hier waren sicherlich nicht besonders helle. Zudem waren sie Bewaffnete aus Ern oder gehörten zur Kaste der Auguren, und beide Gruppen hielten nicht allzu viel von Angehörigen der Gilde der Magi. Deshalb hätte jeder Kommentar ihrerseits nur weiteren Spott oder Schlimmeres hervorgerufen.

Außerdem waren ihr die lüsternen Blicke nicht entgangen, die

Ryehl ihr zugeworfen hatte. Das machte er zwar bereits seit dem Abend, an dem sie sich das erste Mal begegnet waren, aber das hier war etwas anderes. Kalehna wusste, dass dieser widerliche Mann eine offene Zurechtweisung nicht so schnell vergessen und sich bei der erstbesten Gelegenheit für die Demütigung rächen würde, als die er ihr Verhalten zweifellos empfunden hatte. Dabei war ihre Lage auch so schon nicht sonderlich beneidenswert.

Aber wenigstens weiß ich jetzt, warum Trophan so genau über die Absichten von Druud und die Pläne der Auguren im Bilde war, dachte sie, während sie Trophan mehr oder weniger widerwillig folgte.

Ihre kleine Gruppe, die aus einigen von Trophan selbst ausgewählten Bewaffneten und noch zwei anderen Eleven bestand, war nur drei Tage, nachdem sie das Refugium verlassen hatten, auf die Fährte einer großen Kolonne von Reitern gestoßen, zweifellos die Auguren, von denen Sephist gesprochen hatte. Kalehna hatte nicht schlecht gestaunt, als Trophan, statt dem Trupp in gebührendem Abstand zu folgen, seine Leute angetrieben hatte, so als wollte er versuchen, Farael einzuholen.

In einem günstigen Moment hatte sie ihn zur Rede gestellt und ihn danach gefragt.

»Es gibt keinen Grund zur Sorge, Ihr werdet schon sehen«, hatte er Kalehna beruhigt. »Ich weiß genau, was ich tue.« Damit hatte sie sich zufriedengeben müssen, weil sie in diesem Moment von einem der Bewaffneten gestört worden waren. Aber der Magus hatte ihre Zweifel nicht zerstreuen können. Wenn die Auguren merkten, dass die Magi sie verfolgten, würden sie ihnen vielleicht auflauern und sie daran hindern, zum Tempel zu gelangen.

Kalehna brauchte nicht viel Fantasie, um sich auszumalen, wie die Auguren das anstellen würden. Den Spuren nach war der Reitertrupp vor ihnen deutlich größer als ihre kleine Gruppe. Die Auguren konnten sie mit Leichtigkeit zurückschlagen oder sogar vernichten, wenn sie wollten.

Doch auf das, was passierte, als sie dann am Abend des vierten Tages auf sie stießen, war sie nicht gefasst gewesen.

Trophan gab sich keine Mühe, unbemerkt zu bleiben, als sie sich in der Nacht dem Lager der Auguren näherten. Und Farael war keineswegs überrascht, als plötzlich eine Gruppe bewaffneter Magi mitten in ihrem Lager auftauchte. Die Wachen, die um das Lager herum aufgestellt worden waren, hatten nur gegrinst, als sie die Magi sahen, und sie weitergewinkt. Kalehna war fast froh, dass zumindest Ryehl, der aus seinem Zelt trat, weil er das Hufgetrappel gehört hatte, über ihre Ankunft ebenso erstaunt war wie sie über diese gelassene Begrüßung, die ihnen zuteilwurde.

Immerhin hatten Sephist und Maahr-kut Trophan den Auftrag erteilt, die Auguren im Auge zu behalten, wenn sie Jolah fanden, oder vielleicht sogar zu versuchen, die Pläne von Farael und Ryehl zu vereiteln.

Doch Trophan war nicht nur ganz bewusst mitten in diese Abteilung der Auguren hineingeritten, sondern hatte Farael mit großer Herzlichkeit umarmt, nachdem er von seinem Pferd gestiegen war. Sie wirkten wie alte Freunde, die sich nach langer Zeit wiedertrafen.

In dem Moment war ihr klar geworden, was der Magus gemeint hatte, als er sagte, sie bräuchte sich keine Sorgen zu machen. Ganz und gar nicht klar waren ihr jedoch die Beweggründe, aus denen er mit dem jungen Auguren gemeinsame Sache machte. Und noch weniger verstand sie, was sich Farael davon versprach.

»Wohin gehen wir?«, fragte sie, während sie dem jungen Magus widerwillig folgte. »Ich bin sicher, dass es Euer Gebieter Ryehl nicht besonders gut aufnimmt, wenn Ihr ihm ausgerechnet den jungen Mann wegschnappt, auf den er ein Auge geworfen hat!« *Ich muss ihm ja nicht auf die Nase binden, wie froh ich über sein Auftauchen war.* Ihr lief ein Schauer über den Rücken, als sie an den Blick dachte, mit dem der Edle von Ern sie bedacht hatte. *Diesen Blick als boshaft zu bezeichnen wäre noch untertrieben. Und dabei ist es nicht einmal so, dass er gemerkt hätte, dass ich eine Frau bin.*

»Er ist nicht mein Gebieter«, erwiderte Trophan gelassen, ohne sich zu Kalehna umzudrehen oder seinen Schritt zu verlangsamen. »Wäre es dir lieber, wenn ich dich bei ihm gelassen hätte, *Kahel*?«

Das war natürlich nicht der Fall, und Kalehna presste mürrisch die Lippen zusammen.

Trophan lachte leise, als er ihr Schweigen richtig deutete. »Und um deine Frage zu beantworten, Eleve – ich will mich einen Moment ungestört mit dir unterhalten.«

»Das glaube ich gern«, entgegnete Kalehna schärfer, als sie eigentlich beabsichtigte. »Ich bin sicher, dass Ihr mir einiges zu erklären habt, Ehrenwerter Meister des Verrats und der Täuschung!«

Trophan fuhr bei ihren Worten herum und packte sie bei den Handgelenken. »Ihr habt nicht die geringste Ahnung, Kalehna, also maßt Euch kein Urteil über mich an! Und außerdem schulde ich Euch keinerlei Rechenschaft!«

Sie hatten sich mehrere Dutzend Schritte vom Lager entfernt und standen jetzt unmittelbar am Rand des Sumpfes. Der Schein der Kochfeuer, auf denen Tee und zäher Körnerschleim zubereitet wurden, das übliche Frühstück von Soldaten im Feld, reichte nicht bis hierhin. Die Sonnen waren zwar noch nicht aufgegangen, aber der Schein von Lokhs Auge vermischte sich bereits mit dem anbrechenden Tag zu einem gräulichen Schimmer, der genug Licht spendete, dass sie sich orientieren konnten.

Kalehna befreite sich wütend aus dem Griff des jungen Magus. »Ihr tut mir weh, verdammt!« Sie trat zurück und versank mit einem Fuß im weichen Schlamm. Erschrocken schrie sie auf und ruderte mit beiden Armen, um das Gleichgewicht zu behalten. Bevor sie jedoch rücklings in den Schlamm stürzen konnte, war Trophan bei ihr und packte die Aufschläge ihrer Kutte. Dabei streiften seine Finger Kalehnas Brust. Sie stieß scharf die Luft aus, hielt sich an seinem Oberarm fest und zog sich zu ihm hin. Ihre Gesichter waren nur einen Fingerbreit voneinander entfernt, und sein Atem strich warm über ihre Lippen.

Einen Moment lang standen sich die beiden schweigend gegenüber und sahen sich an.

Kalehna dachte an den ersten Morgen nach ihrem Aufbruch im Refugium, als sie an einem kleinen Fluss gelagert hatten und sie morgens in aller Frühe dorthin gegangen war, um sich ungestört zu waschen. Trophan war bereits dort gewesen und stieg gerade aus dem kalten Wasser. Kalehna hatte sich instinktiv hinter einem Baum versteckt und den Magus beobachtet.

Gib es ruhig zu, dachte sie. *Wenn er dich gesehen und willkommen geheißen hätte, hättest du vielleicht nichts dagegen gehabt, dich mit ihm niederzulegen.* Eine Erinnerung zuckte durch ihren Kopf, die Erinnerung an einen anderen jungen Mann mit einem Mal auf dem Rücken und einer schier unersättlichen Gier, einem wilden Hunger nach ihrem Körper. Sie fuhr sich unwillkürlich mit der Zunge über die Lippen, als sie nun so dicht bei Trophan stand und spürte …

»Danke.« Ihre Stimme klang belegt und ein wenig erstickt. Sie ließ Trophans Arm los und trat zur Seite, auf festen Boden. »Ich danke Euch«, wiederholte sie nun mit festerer Stimme. »Weshalb habt Ihr mich hierhergeführt, wenn nicht, um mir Euer sonderbares Verhalten zu erklären?«

Trophan öffnete langsam die Finger und ließ ihre Kutte los. In seinen Augen lag so etwas wie Bedauern.

Aber der intime Moment war verflogen, und Kalehna wusste, dass es keine Wiederholung geben würde. Auch wenn sie sich von Anfang an zu Trophan hingezogen gefühlt hatte, sein Verrat an der Gilde der Magi und auch an ihrem Vater – *trotz allem,* dachte sie – hatte eine Barriere zwischen ihnen errichtet. Sie mochte auf seine Hilfe angewiesen sein, aber sie vertraute ihm nicht mehr. Und sie sah ihm an, dass er es wusste.

»Es tut mir leid, Kalehna.« Er sprach leise und schüttelte den Kopf. »Ich … ich hätte es Euch sagen müssen, bevor Ihr Euch entschlossen habt, mit mir zu gehen.«

»Warum?«

»Warum?« Er sah sie erstaunt an. »Nun, dann hättet Ihr Euch entscheiden können, ob Ihr …«

»Das meine ich nicht«, fiel Kalehna ihm ins Wort. Sie hatte ihre Stimme ebenfalls gesenkt. »Warum macht Ihr das? Warum arbeitet Ihr mit den Auguren zusammen? Ausgerechnet mit Ryehl von Ern? Wolltet Ihr nicht verhindern, dass die Drachenbraut Ryehl in die Hände fällt? Wenn er ihrer erst habhaft geworden ist, wird er den Drachenthron besteigen, und dann wird Alghor von einem perversen Widerling regiert! Und auch seine berechnende, verbrecherische Mutter wird durch ihn Einfluss auf die Geschicke des Drachenreiches nehmen! Doch was macht Ihr, wenn die Drachenbraut nicht in diese Ehe einwilligt?«

»Das spielt keine Rolle.« Trophan seufzte und streckte fast beschwörend die Hand nach Kalehna aus, aber sie wich ihm aus und funkelte ihn böse an.

»Nach allem, was ich gehört habe, ist Jolah da Prunfor niemand, der sich einfach so dem Schicksal beugt!« *Offenbar teilen wir nicht nur denselben Mann, sondern haben auch denselben Dickkopf,* dachte Kalehna.

»Nun, das scheint nicht das Einzige zu sein, was Ihr mit der Drachenbraut gemein habt, hab ich recht?«, fragte Trophan spöttisch.

Sie hob herausfordernd den Kopf. »Was denn noch?«

Trophan zuckte mit den Schultern. »Ich denke da an einen ganz bestimmten Ringfechter …« Er lachte leise, als Kalehna errötete.

»Und woher wisst Ihr, dass er noch bei der Drachenbraut ist?«

»Das weiß ich nicht«, gab der junge Magus zu. »Aber ich weiß, dass diese Möglichkeit der Grund dafür ist, dass Ihr mich begleiten wolltet.«

Kalehna biss sich auf die Lippen. Es war vermutlich sinnlos, ihm zu widersprechen. Trophan mochte ein Verräter sein, aber dumm war er nicht. »Möglich«, erwiderte sie. »Aber das erklärt immer noch nicht, warum Ihr mit den Auguren und Ryehl gemeinsame Sache macht.«

»Ich …« Trophan sah sie an und schüttelte nahezu unmerklich den Kopf.

Kalehna runzelte verwirrt die Stirn. *Er sieht mich gar nicht an. Er blickt an mir vorbei auf …*

»Nicht mit Ryehl von Ern. Und auch nicht mit den Auguren«, sagte die männliche Stimme hinter ihr. »Sondern mit mir. *Nur* mit mir. Zum Wohle des Reiches.«

Farael bewegte die Lippen zu einem lautlosen Fluch, als er mit dem rechten Fuß in den Schlamm trat. Das sumpfige Wasser lief in seine teuren, weichen Lederstiefel und fühlte sich scheußlich kalt an seinen nackten Füßen an. *Bei Belphors kalten Klauen!*, dachte er. *Die sind ganz neu! Und haben ein Vermögen gekostet.* Gut, es waren zwar nicht seine eigenen Goldstücke gewesen, mit denen er sie bezahlt hatte, sondern welche aus der Kleiderkasse des Asylums, aber trotzdem, die Stiefel waren so gut wie ruiniert, und er würde beim alten Frisk um Gold für ein neues Paar betteln müssen.

Wahrscheinlich muss ich ihm einen Vorrat an Kammatnuss für einen ganzen Zyklus besorgen, damit er seine verfluchten Golddublonen herausrückt. Er tut gerade so, als wäre es sein Gold, auf dem er da sitzt. Dabei ist Frisk nichts weiter als ein einfacher …

Er unterbrach sich, als er die Stimmen hörte. *Ah, da sind sie ja. Gut, sehr gut.* Farael überzeugte sich mit einem kurzen Blick davon, dass ihm niemand gefolgt und auch sonst niemand in der Nähe war. *Ich bin sehr gespannt, ob diese verdammte Drachenpriesterin wirklich so schlau ist, wie Trophan behauptet. Und ob er sie tatsächlich auf unsere Seite ziehen kann.* Er verzog die Lippen. *Immerhin war diese Verkleidung als Eleve nicht schlecht. Ich bin auch darauf hereingefallen, anfangs jedenfalls, und dieser widerliche Ryehl konnte beim Anblick dieses hübschen Bürschchens ja kaum an sich halten.* Farael grinste anzüglich. *Vielleicht können wir diesen edlen Widerling ja als Druckmittel benutzen, wenn sie sich weigert, uns den Standort dieses verdammten Tempels zu verraten. Falls sie ihn überhaupt kennt, wie Trophan annimmt. Nun, das werden wir ja gleich erfahren …*

Farael ging vorsichtiger weiter, während die Stimmen immer lauter wurden, obwohl sich die Sprecher offensichtlich bemühten, leise zu reden. Schließlich blieb er hinter einem dichten Schilfrohrgewächs stehen, dessen Binsen ihn um mehr als eine Manneslänge überragten. Dahinter, auf dem festen Waldboden, standen Trophan und der angebliche Eleve, den er Farael als »Kahel« vorgestellt hatte. Und bei dem es sich in Wirklichkeit um *Kalehna, die* Tochter des Meisters der Zirkel, handelte.

Farael kniff die Augen zusammen, um besser sehen zu können, aber in dem dämmrigen Licht war es unmöglich, die Person genau auszumachen. *Aber ist sie es auch wirklich?* Doch er hatte keinen Grund, Trophan zu misstrauen. Farael grinste bei diesem Gedanken. *Der junge Magus ist wirklich sehr vertrauenswürdig. Und vertrauensselig.* Ja, es konnte sich durchaus um diese junge Frau handeln, die er aber bisher nur einmal gesehen hatte, an jenem blutigen Tag im Roten Sand, der Großen Arena von Ulcar, als Prakuhl und Nimgurd ermordet worden waren und Druud OchNarjon den ersten Schritt getan hatte, um sich des Drachenthrons von Alghor zu bemächtigen. *Und auch den letzten Schritt, wenn es nach mir geht,* dachte Farael. *Und diese beiden werden mir dabei helfen!* Er beugte sich weiter vor. *Über wen reden sie da?*

»Und woher wisst Ihr, dass er noch bei der Drachenbraut ist?«, fragte die junge Frau. Jetzt, da Farael wusste, dass es sich um eine Frau handelte, erkannte er es auch an ihrer Stimme. *Sie hat eine dunkle Stimme, das schon, aber es ist trotzdem eine Frauenstimme …*

»Das weiß ich nicht«, antwortete der junge Magus. »Aber ich weiß, dass diese Möglichkeit der Grund dafür ist, dass Ihr mich begleiten wolltet.«

Ah, sie reden über diesen Ringfechter. Trophan hatte also recht, Sephists Tochter kennt ihn. Und offenbar ist er ihr nicht gleichgültig. Seine Gedanken überschlugen sich, als er überlegte, ob und wie er diese Information zu seinem Vorteil nutzen konnte.

Die junge Frau widersprach Trophan jedenfalls nicht, aber sie zögerte mit der Antwort. »Möglich«, sagte sie schließlich. »Aber das erklärt immer noch nicht, warum Ihr mit den Auguren und Ryehl gemeinsame Sache macht.«

Ah, jetzt wird es interessant. Ich bin sehr neugierig, Ehrenwerter Meister, wie du dich aus dieser Zwickmühle herauswinden willst. Er beugte sich noch ein Stück weiter vor und trat dabei aus der Deckung des Schilfgrases heraus. *Außerdem wird es bereits hell, und uns rennt die Zeit davon.*

»Ich …« Trophan sah an der jungen Frau vorbei und begegnete dem Blick von Farael. Der Augur deutete wortlos zum Himmel, der immer heller wurde. Es würde höchstens noch drei oder vier Sandachten dauern, bis die Sonne aufging. *Der Tempel muss hier irgendwo in der Nähe sein. Und mit jedem Sandkorn, das in der Sandacht verrinnt, wächst die Gefahr, dass wir entdeckt werden und diese verfluchten Drachenpriesterinnen Jolah warnen oder wegschaffen.*

Der junge Magus schüttelte ganz leicht den Kopf. Aber er hatte die junge Frau unterschätzt. Sie bemerkte die Geste, und Farael sah, wie sie die Schultern zusammenzog und Anstalten machte, sich umzudrehen. Er verdrehte die Augen und trat aus seinem Versteck.

»Nicht mit Ryehl von Ern. Und auch nicht mit den Auguren«, sagte er. »Sondern mit mir. *Nur* mit mir. Zum Wohle des Reiches.«

Kalehna fuhr herum. »Was …?« Sie blickte zu Trophan zurück. »Ihr wusstet, dass er hier ist? Was soll das sein? Eine Falle?« Sie drehte sich wieder zu Farael herum und musterte ihn unerschrocken.

»Nein, keine Falle, verehrte Kalehna.« Farael breitete beschwichtigend die Hände aus. »Wir wollten nur in aller Ruhe …«

»*Kalehna?*« Sie fuhr wieder zu Trophan herum. »Das habt Ihr ihm auch gesagt? Nicht nur, dass Ihr mit dem Auge des Sehers gemeinsame Sache macht und meinen Vater und die Gilde der Magi hintergeht … Ihr verratet auch *mich*? Was kommt als Nächstes? Werft Ihr mich dem Edlen von Ern zum Fraß vor?«

»Warum sollten wir das tun?«, sagte Farael rasch, als er Trophans Hilfe suchenden Blick auffing. *Genau das haben wir vor, wenn du dich weigerst, Täubchen!* »Wir wollen nichts weiter, als mit Euch reden.« Er lächelte so arglos, wie er konnte, während er auf die beiden zuging. »Ich muss sagen, Eure Tarnung war ganz ausgezeichnet. Nicht einmal Ryehl hat gemerkt …«

»Mit mir reden?«, unterbrach ihn Kalehna und sah zwischen Farael und Trophan hin und her. »Macht Euch nicht lächerlich. Das hättet Ihr jederzeit und überall tun können. Sagt endlich, was diese Geheimnistuerei soll und was ihr von mir wollt! Und zwar auf der Stelle!«

»Sonst *was?*«, entfuhr es Farael gegen seinen Willen. *Ruhig,* ermahnte er sich, als er sah, wie Kalehna die Lippen zusammenpresste. *Mit Drohungen kommst du bei ihr nicht weiter. Sie ist offensichtlich genauso dickköpfig wie die Drachenbraut!* Er unterdrückte einen Seufzer. *Was haben diese Träger des Mals nur, dass sie alle so halsstarrig und unberechenbar sind? Gehört es dazu, wenn man ein Auserwählter ist?* »Verzeiht«, sagte er. »Aber hier steht sehr viel auf dem Spiel.«

»Tatsächlich?« Kalehna verschränkte die Arme vor der Brust. »Für wen?«

Farael ballte unwillkürlich die Hände zu Fäusten. *Für mich, du Miststück!* »Für das Reich, verehrte Kalehna.«

»Ach ja?«, sagte sie spöttisch. »Ihr meint also, wenn Ihr mithilfe von Trophan die Drachenbraut aus ihrem Versteck holt und sie Ryehl von Ern ausliefert und damit den Absichten Eures Obersten Auguren in die Hände spielt, dient das dem Drachenreich? Verzeiht mir, wenn ich Euch nicht für so töricht halte.« Sie sah Trophan an. »Und außerdem verstehe ich immer noch nicht, welche Rolle ich dabei spielen soll.«

»Nun, wir wollen Jolah da Prunfor natürlich unbeschadet und ohne Gewalt anzuwenden …«

»Wie edel von Euch«, fiel sie ihm ins Wort. »Das Lämmchen soll zur Schlachtbank geführt werden, aber es soll ihm kein Härchen gekrümmt werden.«

»Ich glaube, Euch ist nicht klar, in welcher Lage sich das Reich befindet«, sagte Farael und warf Trophan einen scharfen Blick zu, damit der Magus den Mund hielt, dann zeigte er wieder sein arglosestes Lächeln, als sich Kalehna zu ihm umdrehte.

»Dann klärt mich doch bitte auf«, forderte die junge Frau.

Farael verneigte sich, aber nicht zu tief, um nicht zu devot zu erscheinen. »Ganz wie Ihr wünscht, Ehrenwerte Kalehna.« Er überlegte einen kurzen Moment, bevor er weitersprach. »Ich nehme an, Euch sind die Bedingungen der Thronfolge nicht geläufig?« Er sah Kalehnas skeptischen Blick und nickte. »Dachte ich mir. Ich fasse mich kurz, weil wir nur wenig Zeit haben. Nur so viel: Wenn die Drachenbraut weder Ryehl noch sonst jemanden heiratet, verfällt ihr Anspruch auf den Drachenthron«, erklärte Farael. »Da ihre Mutter Jeul eine Drachenpriesterin ist und als Herrscherin nicht infrage kommt, wird Druud Och-Narjon aufgrund seiner Macht als Reichsverweser versuchen, Jolah mit Gewalt zu verheiraten. Entweder mit jemandem seines Vertrauens, oder möglicherweise wird er selbst das große Opfer erbringen«, er lachte spöttisch, »die Bürde eines Treuegelübdes mit ihr einzugehen und den Drachenthron zu besteigen. Er wird es zumindest versuchen. Was sehr wahrscheinlich einen Bürgerkrieg auslösen wird, der das Drachenreich zerreißen dürfte. Denn weder der Edle von Ern – oder vielmehr seine Mutter – noch der Shetan von Bouhss werden das dulden.« Er beobachtete Kalehna und sah zu seiner Befriedigung, dass sie nachdenklich wirkte. »Und das, *Eleve Kalehna«*, fuhr er eindringlich fort, »wollen Trophan und ich verhindern. Gemeinsam.«

Farael war mit seiner Rede sehr zufrieden. *Kurz und auch für eine unerfahrene junge Drachenpriesterin nicht zu kompliziert.* Er sah Kalehna erwartungsvoll an. Aber die unerfahrene junge Frau vor ihm wirkte nicht sonderlich überzeugt.

»Und wie wollt Ihr den Ersten Fragenden daran hindern, seine Macht als Reichsverweser zu nutzen und seine Pläne durchzusetzen?« Sie sah Farael abwartend an. »Wollt Ihr dieselbe Rede vor ihm halten, die Ihr gerade vor mir gehalten habt? Dann empfehle ich Euch, noch ein wenig daran zu feilen.«

Farael kniff die Augen zusammen. »Nun, es ist nicht nur das gemeine Volk von Alghor, das unter diesen Machenschaften zu leiden hätte. Es sind auch die Magi«, er deutete auf Trophan, »deren Macht von Druud OchNarjon beschnitten werden soll, und nicht zuletzt die Drachenpriesterinnen.« Lächelnd beugte er sich zu Kalehna vor. »Aus diesem Grund dürfte auch im Interesse der Drachenpriesterinnen sein, dass sich der Oberste Augur nicht selbst zum Drachenfürsten krönt.« Er richtete sich wieder auf. »Und die einzige Möglichkeit, das zu verhindern, besteht darin, dass Jolah da Prunfor dem Edlen von Ern das Treuegelöbnis leistet und ihn zum Gemahl nimmt. Ryehl, der Edle von Ern, ist das kleinere Übel, wenn ich das so sagen darf.«

Kalehna sah ihn zweifelnd an. »Ihr vergesst dabei seine Mutter. Raisshia Daam Grünhaag wird, nach allem, was ich über sie gehört habe, ganz sicher dafür sorgen, dass sich OchNarjons Einfluss nicht noch mehr ausweitet. Aber sobald ihr schwacher und perverser Sohn mithilfe von Jolah da Prunfor den Thron bestiegen hat, wird sie das Zepter übernehmen. Und ich glaube kaum, dass man dann immer noch von einem kleineren Übel sprechen kann. Ganz zu schweigen davon, dass Jolah da Prunfor ganz andere Pläne verfolgt, soweit ich weiß.«

Farael lachte verächtlich. »Gewiss, sie träumt davon, die erste Drachenkönigin auf dem Drachenthron zu werden. Kindische Fantasien und vollkommen unmöglich!«

»Tatsächlich?«, fragte Kalehna. »Immerhin hat es schon einmal eine Drachenkönigin gegeben, Degora, die den Thron …«

»Sie ist nur eine Legende!«, unterbrach sie der junge Augur verärgert. »Und glaubt mir, dass Raisshia Daam Grünhaag den Drachenthron besteigt, wird Druud OchNarjon zu verhindern wissen, im Zweifelsfall mit Gewalt.«

»Meiner Meinung nach umso mehr ein Grund, ihm die Drachenbraut nicht in die Hände zu spielen.« Kalehna drehte sich zu Trophan herum. »Aber das ist doch nicht alles, oder?«, fragte sie ihn. »Das Auge des Sehers hat erklärt, warum er und die Auguren ein so großes Interesse an Jolah da Prunfor haben. Groß genug jedenfalls, um sich sogar mit ihren Feinden, den Magi, zu verbünden.« Sie schüttelte den Kopf. »Was ich nicht verstehe, ist, was die Magi von diesem Bündnis haben?«

Trophan holte Luft, um zu einer Rede anzusetzen, aber Farael kam ihm zuvor. »Sobald Druud OchNarjon zu Fall gebracht ist, wird ein neuer Erster Fragender bestimmt werden. Und dieser neue Oberste Augur wird sich der Hilfe dankbar erweisen, die ihm zuteilwurde. Er wird den Magi die Macht zurückgeben, die sie durch den Verrat ihres ehemaligen Reichsverwesers Akkad da'al Akkadi eingebüßt haben. Zu recht, wie ich sagen muss.«

Trophan wollte protestieren, aber diesmal war Kalehna schneller. »Ich verstehe!« Sie sah zwischen Trophan und Farael hin und her. »Ihr beide seid Ränkeschmiede und Umstürzler. Ihr wollt Euch die Situation zunutze machen und die Macht übernehmen.« Sie hob die Hand und deutete auf Farael. »Wenn Druud OchNarjon fällt, wird der neue Erste Fragende nach alter Sitte gewählt. Und das bedeutet, dass das Auge des Sehers der vermutlich einzige Kandidat und dementsprechend der Nachfolger sein wird. Und das seid Ihr.«

Wirklich klug, diese Drachenpriesterin!, dachte Farael. *Klug und gefährlich. Sobald sie uns vonnutzen war, muss sie verschwinden, wie der ganze Kult der Drachenpriesterinnen! In diesem Punkt zumindest bin ich mit Druud OchNarjon einer Meinung.* »Allerdings«, gab er zu. »Aber …«

Doch Kalehna hatte sich bereits zu Trophan umgedreht. »Und Ihr? Was habt Ihr von dieser Verschwörung?«

Trophan zögerte, und Farael ergriff wieder das Wort: »Offenbar habt Ihr Euch da einen recht intelligenten *Eleven* ausgesucht, Ehrenwerter Meister«, sagte er spöttisch; seine Augen jedoch funkelten böse. »Sagt es ihr nur. Sie wird ohnehin auch von allein darauf kommen.«

»Ich werde …« Trophan verstummte und seufzte gereizt.

»Er wird die Position des Reichsverwesers einnehmen«, antwortete Farael an seiner Stelle.

»Ihr? Reichsverweser? Wie wollt Ihr das anstellen? Mein Vater würde niemals freiwillig auf dieses Amt verzichten, sollte es den Magi gelingen, diese alte Machtposition zurückzuerobern. Das muss Euch doch klar sein!«

»Er wird natürlich zuvor Euren Vater als Herrn der Klaturen absetzen und zum Meister der Zirkel aufsteigen«, erklärte Farael. »Sephists Zeit ist ebenso abgelaufen wie die von Druud OchNarjon.«

Die beiden jungen Männer sahen Kalehna schweigend an, und sie schluckte.

Ah, dachte Farael, der die Zeichen richtig deutete. *Du verstehst.*

»Ihr wollt ihn ermorden!« Es war nur ein heiseres Flüstern.

»Nein!« Trophan hob beschwörend die Hände.

»Nur wenn es nicht zu vermeiden ist.« Farael betrachtete sie kalt. »Es liegt an Euch, dafür zu sorgen, dass es nicht so weit kommt.«

»An mir?« Kalehna sah die beiden Männer entsetzt an und schüttelte dann den Kopf. »Ich bin seine Tochter, schon vergessen? Sicher, ich bin vor ihm weggelaufen, aber das bedeutet noch lange nicht, dass ich einfach zusehe, wie er von zwei hinterlistigen Aufrührern ermordet wird.«

»Dann sagt uns, wo dieser verdammte Tempel ist«, forderte Farael, »damit wir die Drachenbraut erwischen, bevor die Priesterinnen von unserer Anwesenheit erfahren und gewarnt sind. Mehr verlangen wir nicht von Euch.« Er blickte zum Himmel. »Und zögert nicht zu lange. Belphors Augen werden sich bald öffnen, und es wird immer schwerer, sich unbemerkt aus dem Lager zu schleichen. Schließlich können wir nicht noch einen Tag …«

»Niemals!«, zischelte Kalehna. »Wenn Ihr die Drachenbraut haben wollt, dann sucht den Tempel doch selbst!« Sie schob trotzig das Kinn vor. »Aber passt schön auf, wenn Ihr durch die Sümpfe schleicht. Ein falscher Schritt, und Ihr seid Geschichte! Aber eine, die niemand aufschreiben wird!«

»Durch die Sümpfe?« Farael sah Trophan fragend an. »Also liegt der Tempel in den Sümpfen?«

Kalehna holte tief Luft, um etwas zu erwidern, doch im selben Moment ertönten aufgeregte Stimmen im Lager. Dann hörten sie, wie jemand durch das Unterholz auf sie zurannte und rief: »Auge! Magus!«

Farael fuhr wütend zu dem Mann herum, der zwischen den Zweigen auftauchte. Es war der Anführer von Ryehls Eskorte. »Die korrekte Anrede ist Edler Augur …!«, begann er, aber der Mann fegte seine Erwiderung mit einer Handbewegung beiseite.

»Ich hoffe, Ihr seid fertig mit Eurer kleinen Unterredung oder wie Ihr das zu nennen beliebt! Mein Herr, der Edle von Ern, will Euch sprechen, und zwar sofort!«

Trophan hob eine Braue und sah Kalehna an, die seinen Blick verständnislos erwiderte. Farael hingegen war nicht bereit, die Respektlosigkeit des Mannes einfach hinzunehmen. »Dann sag deinem Herrn, wir kommen, wenn wir …!«

»Sag es ihm selbst, Auge!«, erwiderte der Krieger verächtlich. »Aber ich rate dir, komm besser ein wenig früher!«, fügte er mit einem anzüglichen Blick auf den Eleven hinzu. »Sonst nehmen wir den Tempel ohne Eure gnädige Unterstützung ein!«

Farael öffnete den Mund, aber es kam kein Ton über seine Lippen.

»Den … Tempel?«, fragte Trophan.

»Den geheimen Tempel?«, rief Kalehna.

Der Anführer der Hämmer grinste sie spöttisch an. »So geheim ist er nicht«, meinte er und streckte die Hand aus. »Jedenfalls nicht unter dem Blick von Belphors Allsehendem Auge.«

Die drei anderen drehten sich um und folgten seiner ausgestreckten Hand.

Die gelbe Sonne war in Belphors Glut aufgegangen und lugte bereits über die Wipfel der Bäume. Ihre Strahlen trafen etwa eine halbe Wegstrecke entfernt auf eine golden schimmernde Kuppel mitten in den Sümpfen, die eindeutig von Menschenhand geschaffen war.

HELLANDEN, NÄHE RÜNGART, BEI KRELLS FINGER

»Trotzdem hättest du nicht so fest zuschlagen müssen!« *Und du kannst ruhig zugeben, dass es dir auch noch Spaß gemacht hat. Verflucht, mein Schädel brummt immer noch. Es ist reines Glück, dass du mir mit dieser verfluchten Axt nicht den Schädelknochen zertrümmert hast.*

Broll hob die Hand und betastete den Verband um Stirn und Schläfen. *Wenigstens fühlt er sich trocken an. Das heißt, die Wunde hat aufgehört zu bluten. Immerhin.*

»Wir wussten nicht genau, wie dick dein Schädel ist«, erwiderte Korgh ungerührt und zuckte mit den Schultern. »Und wir haben uns ein klein wenig verschätzt. Was verständlich ist angesichts deines *dickköpfigen* Verhaltens. Was soll's, du hast den ersten Angriff überlebt, nur darauf kommt es an.«

»Den hinterhältigen Angriff von dir oder den der feindlichen Nordlinge?«, warf Johks knurrend ein. Er ritt neben seinem Feldkommandeur und betrachtete Korgh mit säuerlicher Miene.

Der Hüne sah den Drachenkommandeur an und grinste. »Beides, wie es aussieht.«

Johks fand diese Antwort alles andere als amüsant, dem giftigen Blick nach zu urteilen, mit dem er Korgh und seine Axt bedachte, die der Gefangene in einer Schlinge auf dem Rücken trug. »Ich weiß wirklich nicht, ob es eine gute Idee ist, Feldkommandeur, dem Gefangenen seine Waffe zu lassen.« Er schnaubte, als sich Korghs Grinsen verstärkte. »Dieses Mal hat er dich nur mit der flachen Seite getroffen, das stimmt schon. Aber vielleicht überlegt er es sich beim nächsten Mal anders und nimmt die Schneide.«

Broll unterdrückte ein Seufzen. Seit diesem Tag am Weißen Spiegel, als Korgh ihn während des Angriffs der Nordlinge niederschlug, hatten sie dieses Thema schon mindestens ein Dutzend Mal diskutiert. Und dabei war seitdem nicht einmal eine Spanne vergangen. *Ach, es ist erst vier Tage her, seit wir das Lager dort abgebrochen haben und weitergezogen sind,* dachte Broll. *Dennoch, Johks hat natürlich recht.* Sein Blick glitt zu dem Hünen neben sich auf dem großen weißen Kutschpferd, das sie bei dem Scharmützel gegen die kleine Vorhut hellandischer Krieger erbeutet hatten, und blieb an den grau schimmernden Klingen der doppelschneidigen Streitaxt auf dem Rücken des Mannes hängen. *Ich werde dieses Ding jedenfalls nicht noch einmal anfassen,* dachte er.

Er erinnerte sich noch sehr gut daran, was passiert war, als Korgh ihm die Axt bei seiner Gefangennahme gereicht hatte. *Es genügt mir völlig, wenn ich nachts von diesen Träumen verfolgt werde,* dachte Broll. Seine Miene verfinsterte sich. *Auch wenn dieser sonderbare Bursche behauptet, es wären keine Träume, sondern Visionen, denen ich mich stellen müsste. Pah!* Er presste die Lippen zusammen. *Ich brauche keine Visionen. Jedenfalls nicht solche!*

Allerdings kam er nicht umhin zuzugeben, dass ihm diese »Visionen« oder Träume in der Vergangenheit durchaus nützlich gewesen waren. Seine Hand glitt zu dem kleinen Handbogen an seinem Gürtel. Diese Erfindung beruhte ebenfalls auf einer Eingebung aus einem seiner Träume. *Auf einer Scheiß-Vision, wie dieser Nordling sagen würde.* Er betrachtete nachdenklich Korghs Profil. *Falls er wirklich ein Nordling ist. Oder überhaupt ein Mensch.*

Schon bei ihrer ersten Begegnung in Baahtt, bei der Korgh noch in Begleitung von diesem Bluthand Lay aufgetreten war, hatte Broll etwas Merkwürdiges an diesem Mann gespürt. Etwas … *Unnatürliches. Ja, genau, das ist das richtige Wort. Etwas, das nicht von dieser Welt ist.* Aber er schob diese Vermutung beiseite, ebenso wie die Erinnerung an Jolah. Denn als er an Bluthand Lay, Korgh und Baahtt gedacht hatte, war ihm unweigerlich ein weit angenehmeres Erlebnis in den Sinn gekommen, und Bilder einer leidenschaftlichen schwarzhaarigen Frau stiegen in ihm hoch, die … *Verdammt, nicht jetzt. Jolah geht es gut, nur das zählt. Im Moment zumindest. Ich habe andere Dinge zu bedenken. Zum Beispiel, wohin wir eigentlich reiten.*

Korgh hatte Brolls Blick auf seine Axt bemerkt und hob fragend eine Braue. »Immer noch Kopfschmerzen?«

»In der Tat«, erwiderte Broll. »Aber nicht von dem Schlag.« Er fuhr mit der Hand durch die Luft. »Wohin führt Ihr … führst du uns?« Er biss die Zähne zusammen, als er Johks finstere Miene bemerkte, und brauchte seinen Stellvertreter Tronn nicht anzusehen, um zu wissen, dass ihn der Hauptmann seiner Schildrotte verblüfft anstarrte. *Dieser Nordling oder was er auch sein mag, weicht dir noch das Hirn auf,* dachte er grimmig. *Hör endlich auf, ihn wie einen Gleichgestellten zu behandeln! Oder wie einen geistig gesunden Menschen! Er ist nichts dergleichen! Erstens ist er ein Gefangener, ein Feind, zweitens ist er verrückt und redet ständig in der Mehrzahl von sich, und drittens ist er kein Mensch! Jedenfalls nicht nur.*

»Ein bisschen spät, um sich darüber Gedanken zu machen, findest du nicht, Feldkommandeur?« Johks gab sich keine Mühe, den Groll in seiner Stimme zu unterdrücken. »Er könnte uns geradewegs ins Hellführ bringen, ohne dass wir es merken würden!«, knurrte der Drachenkommandeur. »Oder jedenfalls erst, wenn es zu spät wäre. Mir gefällt diese ganze Sache nicht!«

»Aber genau das machen wir ja«, erwiderte Korgh aufgeräumt.

»Was soll das heißen?«, mischte sich Tronn ein. Der Hauptmann der Schildrotte trieb sein Pferd neben das von Korgh und legte eine Hand auf sein Schwert. »Du führst uns in einen Hinterhalt? Bei Belphors Klauen, und du besitzt auch noch die Frechheit, das zuzugeben?« Er zog sein Schwert ein Stück aus der Scheide, aber ein schneidender Befehl von Broll ließ ihn innehalten.

»Lass dich von ihm nicht zum Narren halten, Tronn!«, blaffte Broll und wandte sich an Korgh. »Ich rate dir, Nordling, und allen, die sonst noch in deinem Kopf herumspuken, treib es nicht auf die Spitze! Du bist …«

»Wir sind einfach nur ehrlich, das ist alles.« Korgh strich sich gelassen eine Haarsträhne aus dem Gesicht und deutete auf Johks. »Er hat gesagt, dass wir euch ins Hellführ leiten, und genau das tun wir.« Er zuckte mit den Schultern. »Natürlich nur im übertragenen Sinne.« Er grinste. »Aber wir können euch versichern, dass es im richtigen Hellführ nicht übler zugeht als dort, wohin wir euch jetzt führen.« Er hob die Hand, als Tronn erneut zum Schwert griff. »Auf euren eigenen Wunsch hin, möchten wir hinzufügen!«

»Auf unseren Wunsch hin?«

»Und wo wäre das?«

»Das richtige Hellführ*?*«

Einen Augenblick sah Korgh verblüfft zwischen den drei Männern hin und her, die alle gleichzeitig ihre Fragen gestellt hatten, dann lachte er. »Gewiss, auf Euren Wunsch hin. Ihr habt uns befohlen, euch so rasch wie möglich zu unserer Hauptstadt …«

»*Unserer?* Oder deiner? Oder der Hauptstadt aller Nordlinge?«, erkundigte sich eine spöttische Stimme hinter ihnen. »Vielleicht sollten wir besser sagen, der ehemaligen Hauptstadt aller Nordlinge und neuen Hauptstadt der Provinz Hellanden, der äußersten Provinz des Drachenreiches von Alghor.«

»*Wir?*« Broll drehte sich genervt um. »Ist das vielleicht ansteckend? Oder sprichst du möglicherweise noch für andere, vielleicht für deine Singvögelchen-Kameraden?«

»… zu bringen, und dabei weitere Scharmützel mit kleineren Einheiten der hellandischen Stämme zu vermeiden …«

»Was willst du hier?«, knurrte Johks den Spion des Edlen von Ern an. »Ist es dir zu langweilig geworden, Staub zu fressen? Oder haben deine Spießgesellen dich und dein loses Maul satt?« Der Drachenkommandeur hatte von Anfang an keinen Hehl daraus gemacht, dass er die Aufpasser, die Ryehl, Druud OchNarjon und Drachenoberster Vyln Brolls Vereinigter Drachenhorde mitgegeben hatten, nicht ausstehen konnte. Seine Verachtung für die drei Männer war im Laufe der Zeit noch gewachsen, was Broll sehr gut nachvollziehen konnte.

Feige, hinterhältig und bösartig, dachte er. *Genau die richtigen Charaktereigenschaften für einen Spion.* Die einzige Ausnahme machte seiner Meinung nach Cherus, der Schwingenleutnant, der von Vyln kam. Der Vogelmeister im Tross, ein wortkarger, zahnloser Bursche namens Papan, hatte ihm verraten, dass Cherus schon seit einer Weile keine Botenvögel mehr losgeschickt hatte. Ganz im Gegensatz zu den beiden anderen Singvögelchen.

»... Grund sind wir unterwegs nach Hellgaar, der Hauptstadt Hellandens, wo uns zweifellos ...«

»Ganz im Gegenteil, Ser Drachenkommandeur, ganz im Gegenteil. Ich wurde von meinen Kameraden auserwählt, Euch einen Vorschlag zu unterbreiten.« Quilotte hielt inne, aber keiner der drei Männer schien sonderlich interessiert zu sein, sich den Vorschlag anzuhören.

Tronn sah den herausgeputzten Abgesandten des Edlen von Ern schweigend an, Johks verdrehte die Augen und blickte zurück auf die Horde, die sich in einer langen Schlange durch die karge, hügelige Steppe zog und dabei eine große Staubwolke aufwirbelte. Und Broll hatte sich wieder zu Korgh umgedreht.

Ich höre mir lieber für den Rest meiner Zyklen dieses »wir«-Gequatsche von dieser Nordling-Kreatur an, als noch einmal mitzubekommen, wie überheblich und selbstverliebt dieser widerliche Schleimer »ich« sagt.

»... die massierte Streitmacht der Nordlinge unter Egkhilds Führung erwartet.« Korgh hatte überhaupt nicht auf Quilotte geachtet, sondern einfach weitergeredet.

Oder als wäre er es gewohnt, dass man ihm zuhört, wenn er spricht. Broll verzog das Gesicht. *Was ja auch zutrifft. Jedenfalls gilt das für mich.*

»Und im Vergleich zu Egkhilds Warkyrien, verehrter Drachenkommandeur, verehrter Hauptmann der Schildrotte, hochgeschätzter Broll«, sagte Korgh, »dürften euch die Feuermonster von Belphor, die euch im Hellführ nur mit glühenden Peitschen durch die Flammen hetzen, bis eure Haut Blasen wirft, wie zahmes Hausvieh vorkommen. Aus diesem Grund haben wir …«

»Wir haben uns beratschlagt und sind zu der Überzeugung gelangt, dass wir drei uns verstärkt um den Gefangenen kümmern sollten«, fiel ihm Quilotte ins Wort. »Möglicherweise gelingt es uns ja durch besondere Techniken der Befragung, diesem nach Fisch stinkenden, wilden Barbaren etwas Wissenswertes …«

»… zugestimmt, euch ins Hellführ zu bringen.« Korgh warf Broll einen amüsierten Blick zu. »Wie wir schon sagten, das war nur im übertragenen Sinne gemeint.«

»Das ist ja wohl nicht dein Ernst!«, fauchte Tronn und starrte Quilotte gereizt an. »Ihr drei zusammen würdet den Nordling nicht einmal einen Sandstrich lang in Schach halten können! Geschweige denn, dass ihr etwas Nützliches aus ihm herausbekämt!«

»Kümmert euch lieber um die Berichterstattung an eure Herrn«, knurrte Johks. »Oder sind euch mittlerweile die Botenvögel ausgegangen?«

»… zu entlocken«, fuhr Quilotte fort. »Zum Beispiel, wer eigentlich der oder die Personen sind, die sich noch in seinem Geist oder seinem Körper befinden und auf die er mit dem Wort ›wir‹ ständig hinweist.« Der Abgesandte von Ern schnüffelte beleidigt. »Oder ob er von sich in der Mehrzahl spricht, weil er das für besonders vornehm hält. Oder aber«, Quilotte betrachtete Korgh aufmerksam, »wir könnten durch eine besondere Form der Tortur möglicherweise feststellen, ob dieser Nordling tatsächlich ein Mensch ist, wie er behauptet, oder eine Kreatur der Schatten, wie Hulbert nicht müde wird anzudeuten, oder ob er schlicht und ergreifend verrückt ist, wie ich …«

»Verrückt wie Ihr? Diese Möglichkeit ist ganz sicher die wahrscheinlichste!«, schnarrte Johks und wechselte einen belustigen Blick mit Broll.

»… es aufgrund meiner ausgedehnten Beobachtungen vermute«, beendete Quilotte den Satz und sah Johks böse an. »Ich möchte Euch darauf hinweisen, Drachenkommandeur, dass ich der Abgesandte des Edlen von Ern bin, des kommenden Fürsten des Drachenreiches von Alghor. Ich würde Euch empfehlen …«

»Nicht nötig!«, unterbrach ihn Johks. »Du solltest dir deine Empfehlung dorthin stecken, wohin dein Edler sein bestes Stück so gern …«

»Ich muss doch sehr bitten!«

»Das kann ich mir bei deinem Herrn nicht vorstellen«, konterte Johks.

Das Gespräch wurde durch ein lautes Husten unterbrochen, und als Broll verblüfft zu seinem Hauptmann hinübersah, bemerkte er, dass Tronns Augen verdächtig feucht wirkten. »Ich habe etwas in den falschen Hals bekommen«, keuchte der Hauptmann, dessen Gesicht rot angelaufen war. »Verzeihung.«

»Spuck es einfach aus«, empfahl ihm Broll, der sich ein Grinsen nicht verkneifen konnte. *Du solltest Johks eigentlich zurechtweisen,* dachte er. *Immerhin ist Ryehl dein Herr.* Aber Broll hatte nicht die geringste Lust, den Drachenkommandeur zu ermahnen, dass er etwas respektvoller über den Edlen von Ern reden sollte. *Respekt bekommt, wer Respekt verdient,* dachte er. Und Ryehl, Edler von Ern, fiel eindeutig nicht in diese Kategorie. *Bei seiner Mutter Raisshia ist das allerdings ganz anders. Sie ist auf jeden Fall ein Kerl, der Respekt fordert.* Er grinste.

Doch als Korgh plötzlich sein Pferd zügelte und mit finsterer

Miene nach vorn blickte, war jeder Gedanke an Heiterkeit wie weggeblasen. Der Soldat in Broll übernahm wieder das Kommando.

»Was ist?«

Tronn und Johks hatten ihre Pferde ebenfalls angehalten und blickten in die Richtung, in die der Nordling starrte.

»Habt ihr etwas gesehen?«

»Nein«, antworteten Tronn und Johks gleichzeitig.

»Er hat uns gemeint«, erklärte Korgh.

Broll öffnete den Mund, schloss ihn dann wieder und schüttelte den Kopf. *Es wird Zeit, dass wir endlich auf normale Nordlinge treffen,* dachte er. *Solche mit Äxten und Schwertern und Keulen, die uns das Fell über die Ohren ziehen wollen. Und die, wenn sie* wir *sagen, auch* wir *meinen. Also sich und die anderen unzähligen Krieger mit ihnen.* Er schloss entnervt die Augen. *Dieser Kerl macht mich noch verrückt! Ich frage mich, ob Bluthand Lay und Jolah ihn deshalb weggeschickt haben, weil sie ebenfalls befürchten mussten, den Verstand zu verlieren.* Er ignorierte die fragenden Blicke seiner Untergebenen und legte die Hände auf den Sattelknauf.

»Also?«

Korgh hob eine Hand. Dabei fiel Broll auf, dass er vergessen hatte, dem Nordling wieder Fesseln anlegen zu lassen, und offenbar hatte sich das ohne ausdrücklichen Befehl niemand getraut. Angesichts der Tatsache, dass der Hüne seine Axt stets griffbereit auf dem Rücken trug, war das durchaus nachvollziehbar.

Broll seufzte und blickte in die Richtung, in die der Nordling zeigte. Er kniff die Augen zusammen. Sah genauer hin. Dann griff er in seine Satteltasche und holte das Rohr mit den beiden geschliffenen Linsen an den Enden heraus, das er vor etlichen Zyklen erfunden hatte. *Du hast es in einer deiner Visionen gesehen, gib es ruhig zu! Den Träumen, wie du sie nennst.*

»Hübsch«, meinte Korgh, als er das Teil sah. »Ist dir das zufällig auch in deinen Träumen erschienen, oder bist du ganz allein darauf gekommen?«

Broll biss die Zähne zusammen und verzichtete auf eine Antwort.

»Die Vorausreiter!«, zischte er stattdessen und schob das mit Leder umwickelte Metallrohr wieder in die Tasche. »Und wie es aussieht, haben sie es verdammt eilig!« Er fuhr zu Johks herum. »Die Horde soll sich bereit machen! Und diesmal will ich deine Drachenkämpfer in vorderster Linie haben!« Er blickte kurz zu Tronn hinüber. »Und unsere Hämmer stellen sich daneben auf! Die beiden Reiterschwadronen halten sich als Reserve hinten. Und der Rest der Drachenkämpfer soll mit einer Abteilung deiner Schildrotte die Nachhut bilden! Nimm einen Rottenführer deiner Wahl. Wer flieht, stirbt!«

Er wandte sich Quilotte zu. »Schnapp dir die andern Sing- und ihre Botenvögel und sieh zu, dass du zur Nachhut kommst!«

»Mein Platz ist in der vordersten Kampflinie!«, widersprach Quilotte. »Um die Vögel können sich Hulbert und …!«

Broll trieb sein Pferd mit einem kurzen Schenkeldruck neben das des Mannes aus Ern. »Das war ein direkter Befehl, Kerl! Wenn du mir noch einmal widersprichst, kann dein Mund deinen Arsch küssen, weil ich dir den Kopf abgeschlagen habe! Verstanden?«

Quilotte wurde bleich, als er in Brolls Augen sah. Er schluckte, nickte, bedachte Johks, Tronn und Korgh mit einem hochmütigen Blick, wendete grob sein Pferd und stieß ihm die Sporen in die Flanken. Das Tier wieherte protestierend, gehorchte aber und galoppierte los.

»Du hättest seinem Wunsch Folge leisten sollen, Feldkommandeur«, meinte Johks nachdenklich. »Das hätte uns ein Ärgernis vom Hals geschafft. Und noch besser wäre es gewesen, ihm seine Kumpane an die Seite zu stellen.« Er grinste plötzlich. »Wir hätten sie mit allen Ehren begraben.«

Broll wusste, dass der Mann recht hatte. *Aber es widerstrebt mir, jemanden einfach nur wegen seiner ungeheuren Dummheit in den Tod zu schicken!*

Du wirst wohl plötzlich sentimental, hm?

Broll zuckte zusammen, als sich die leise Stimme in seinem Kopf meldete. *Höre ich jetzt schon Stimmen? Werd ich also doch verrückt? Fehlt nur noch, dass ich anfange, als »wir« von mir zu reden.*

Er schob diese Gedanken beiseite und nickte Johks zu. »Die Bogenschützen sollen sich in zwei Reihen hinter den Drachenreitern aufstellen, eine Reihe kniet, die andere steht. Gefeuert wird erst auf mein Kommando.« Er drehte sich zu Tronn herum. »Dasselbe gilt für unsere Bogenschützen. Die Männer mit den Stockbögen sollen sich auf den Hügeln dort hinten schräg vor der Kampflinie im Unterholz verstecken.« Er deutete auf einige bewaldete Hügel etwa zweihundert Schritt von dem breiten Weg entfernt, über den die Horde marschiert war. »Ich will, dass sie sich dort bereithalten, falls die Nordlinge Reiter bei sich haben. Sobald die angreifen, sollen die Soldaten mit den Stockbögen aus der Deckung treten und schießen. Und zwar nur auf die Reiter!« Er sah seinen Hauptmann scharf an. »So lange, bis sie selbst von Fußsoldaten angegriffen werden! In dem Fall sollen sie sich hinter die Kampflinien zurückziehen und so aufstellen, wie ich es eben gesagt habe! Eine Reihe schießt, die andere weicht zurück, und das abwechselnd.« Er spürte, wie die Erregung des bevorstehenden Kampfes ihn packte. Er sah die beiden Kommandanten an. »Ihr habt Eure Befehle. Führt sie aus.«

Der Drachenkommandeur streifte Korgh mit einem kurzen Blick, bevor er Broll ansah. »Du glaubst ihm?«

Das tue ich tatsächlich, dachte Broll zu seiner eigenen Überraschung. Aber er ließ sich nichts anmerken. »Das ist nicht nötig«, erklärte er und klopfte grinsend auf die Satteltasche, in die er das Sehrohr zurückgesteckt hatte. »Ich glaube dem hier und meinen eigenen Augen.«

Johks nickte. »Gut.« Ohne ein weiteres Wort zu verlieren, wendete er sein Pferd und ritt zu der Gruppe seiner Leutnants, wo er seine Befehle blaffte.

Tronn zögerte einen Herzschlag länger, nickte dann aber, als Broll seinen Blick erwiderte, wandte sich ab und ritt zu der Abteilung der Hämmer, wo er Johks Beispiel folgend seine Befehle schrie.

Broll und Korgh blieben allein mitten auf dem Weg zurück und warteten auf das Eintreffen der Vorausreiter, die bereits mit bloßem Auge gut zu erkennen waren. Sie galoppierten, als wäre der Teufel hinter ihnen her.

Broll sah kurz zu dem Nordling hinüber.

Der Hüne saß gelassen auf seinem Pferd, die Hände über dem Sattelknauf gefaltet, und erwiderte spöttisch Brolls Blick. Dann hob er kurz die Brauen und nickte. »Hellführ«, sagte er leise. Seine Stimme klang ungewöhnlich ernst. »Es geht los.«

TodTodTod. Draakenbrut! Tonnvor WACHET Tonnvor TÖTET zaudernit DRAAKENBLUT einervomBlut Träger des Mals TodTodTod

Das Blut rauschte Broll in den Ohren, und vor seinen Augen tanzten goldene Fäden, während er wie in einem Blutrausch, elegant und behände wie ein Straßenakrobat, durch die Reihen der Nordlinge fegte. Die Klinge seines Schwertes war über und über mit Blut bedeckt, er spürte, wie ihm der Lebenssaft über das Gesicht lief, und er konnte ihn sogar auf den Lippen schmecken. Aber kein Tropfen davon stammte von ihm, kam aus seinen Adern.

Er packte sein Langschwert mit beiden Händen, als zwei weitere Feinde brüllend auf ihn zustürmten. Er hatte es schon lange aufgegeben, seinen Handbogen zu spannen und die Gegner aus der Distanz zu töten. Dafür war einfach kein Raum, und es waren ohnehin zu viele.

Aber es kommen immer weniger!, dachte er, während er unter einem brutalen, aber ungezielten Axthieb des ersten Nordlings wegtauchte und dabei dem Mann, der von der Wucht seines eigenen Schlags aus der Balance gerissen wurde, die Klinge des Schwerts durch die Kniekehlen zog. Der Nordling stürzte brüllend vor Schmerz und Wut zu Boden.

Und jetzt du! Broll achtete nicht mehr auf den ersten Gegner, sondern wirbelte herum und riss gleichzeitig sein Langschwert mit einer Hand hoch.

Der zweite Nordling stürzte sich mit hoch erhobenem Streitkolben auf ihn, um ihm den Schädel einzuschlagen. Stattdessen jedoch spießte er sich an der Spitze von Brolls Langschwert auf. Der Mann keuchte, riss den Mund auf und starrte ungläubig auf das Eisen in seiner Brust. Den Streitkolben hielt er mit seinen muskulösen nackten Armen immer noch hoch über dem Kopf.

Erst durchlief ein Zittern seine Arme, dann die Beine, dann bebte der ganze massige Leib des Mannes. Mit sichtlicher Anstrengung hob er den Blick von dem Langschwert zu Brolls Gesicht. Er hatte den Mund immer noch weit aufgerissen und schien etwas sagen zu wollen – *Wahrscheinlich irgendeinen Fluch, auf dass Belphor mich hole!*, dachte Broll –, aber statt irgendwelcher Worte in Hohspraak drang nur ein Gurgeln über seine Lippen, gefolgt von einem Schwall Blut. Dann wurde der Blick seiner Augen glasig, und er kippte zur Seite.

Broll blieb nicht viel Zeit. Er riss das Langschwert aus der Brust des Toten und schwang es gerade noch rechtzeitig herum, um einen seitlichen Schlag mit einer einschneidigen Streitaxt parieren zu können. Der Nordling, der den Hieb geführt hatte, war ziemlich klein und sehr dick. Der kahle Schädel des Mannes schimmerte rot von Blut, und Broll vermutete, dass es, ähnlich wie bei ihm selbst, nicht von dem Nordling stammte, sondern von seinen bedauernswerten Gegnern.

Er musterte den Krieger aufmerksam. Der Mann war nicht wie die anderen Nordlinge blindlings auf ihn losgestürmt, nachdem der erste Angriff gescheitert war, sondern hatte sich mit zwei schnellen Schritten aus der Reichweite von Brolls Schwert gebracht und duckte sich nun lauernd, während er die Streitaxt in den Händen drehte.

Offenbar ein erfahrener Kämpfer, dachte Broll. *Vielleicht sogar ein Anführer. Also Vorsicht.*

Er sah sich kurz um, aber trotz des Schlachtengetümmels um sie herum schien sich kein weiterer Krieger in ihren Kampf einmischen zu wollen.

Noch etwas, das dafürspricht, dass er ein Anführer ist. Sie überlassen ihm die Beute. Broll grinste. *Nun, mein kleiner Barbar, dann komm doch und hol sie dir!*

Gedankenschnell trat er zur Seite, und im nächsten Moment zischte ein schweres Wurfmesser an ihm vorbei und streifte seinen Arm. Ein brennender Schmerz durchzuckte ihn, aber die Wunde war nur oberflächlich und unbedeutend.

Guter Wurf!, dachte Broll. *Ich habe nicht einmal gesehen, dass du ausgeholt hast!* Er sah nur, wie der Nordling mit der Hand, mit der er das Messer geschleudert hatte, wieder den Stil der Axt umklammerte, die er kurz für den Wurf nur mit der Linken gehalten hatte.

Ihm schoss der Gedanke durch den Kopf, dass es möglicherweise für die Vereinigte Drachenhorde nicht allzu gut aussah, sollte es noch mehr Krieger wie den Glatzkopf in den Reihen der Nordlinge geben. Aber dann konzentrierte er sich wieder auf den Kampf.

»Schade, dass ihr nicht mehr von deiner Sorte habt, Echsenliebchen! Dann hättet ihr vielleicht den Hauch einer Chance!«, knurrte der Nordling, der vergeblich zu verbergen suchte, dass Brolls schnelle Reaktion ihn beeindruckt hatte.

»Mir ist schon klar, dass du nicht lesen kannst«, erwiderte

Broll gelassen, während er langsam rechts um den Mann herumging, der seinerseits einen Kreis links um Broll schlug. »Warum auch, da ihr ja auch nicht schreiben könnt. Aber was ein Bild ist, weißt du doch, oder?« Er deutete auf seinen Brustharnisch, auf dem das Symbol seiner Truppe eingehämmert war, der Hammer. »Sieht das aus wie ein Drache?«

Der Nordling spie verächtlich aus, ohne Broll aus den Augen zu lassen. »Jedenfalls siehst *du* aus wie Drachenfutter«, knurrte er, während er weiter im Kreis ging und nach einem Schwachpunkt in Brolls Verteidigung suchte.

Broll folgte seinen Bewegungen und grinste. »Und du siehst aus wie etwas, das ein Drache ausgeschissen hat«, meinte er, dann schnüffelte er. »Aber du stinkst erheblich schlimmer.« Er schüttelte den Kopf. »Du hättest dich vor der Schlacht nicht waschen sollen. Der Gestank nach Fischtran hätte deinen Körpergeruch sonst bestimmt überdeckt.«

Er sah, wie dem Nordling vor Wut die Augen aus den Höhlen traten, aber der Mann verlor nicht die Beherrschung. *Schlaues Bürschchen,* dachte Broll. Er sah sich erneut um. Die Schlacht wogte hin und her, aber er hatte keine Lust abzuwarten, ob sich zuerst Nordlinge oder Drachenkämpfer in ihren Zweikampf einmischten. *Zeit, etwas zu unternehmen.*

Er tat, als verlöre er auf dem aufgewühlten Boden das Gleichgewicht, und schwankte kurz. Der Nordling reagierte sofort, was Broll gehofft hatte. Allerdings nicht so wie erwartet. Statt vorzustürmen und sich in die Reichweite seines Schwertes zu begeben, löste der Mann seine Hand erneut vom Axtstiel, und ein weiteres Wurfmesser jagte nur eine Handbreit an Brolls Gesicht vorbei, dann griff der Nordling auf der Stelle an. Broll entging nur knapp einem Schlag mit der Streitaxt, der ihm zweifellos den Schädel gespalten hätte.

Der Nordling knurrte wütend, während er die Axt wieder emporriss und nachsetzte.

Broll hörte ein gutturales Gebrüll und hob den Kopf. *Hat ihn jemand angegriffen? Vielleicht ein Hammer?* Doch seine Hoffnung erstarb, als ihm klar wurde, dass es der Triumphschrei des dicken Nordlings war. Zwei weitere Krieger Hellandens waren aufgetaucht und näherten sich den Kämpfenden. Die drei Männer umzingelten Broll und ließen es sogar zu, dass er aufstand. Offenbar waren sie davon überzeugt, dass er ihnen nicht mehr entkommen würde. Was Broll ihnen nicht verdenken konnte. Allerdings hatte er auch nicht vor, ihnen zu entkommen.

»So, Echsenliebchen, jetzt bist du es, der stinkt, hm? Und zwar vor Angst!«, knurrte der Dicke und ließ den Stiel seiner Axt klatschend in die andere Hand fallen. »Ich kann sie riechen. Also, wie wär's mit einem neuen Tänzchen, hm? Aber pass auf, dass dir nicht schwindlig wird.« Er grinste, während sich die drei Nordlinge Broll langsam näherten. *Offenbar haben sie uns kämpfen sehen,* dachte Broll. *Schade.*

Er schluckte, als das Summen in seinem Kopf lauter wurde, und hörte auf, sich dagegen zu wehren.

TodTodTod Trägerdesmals Draakenbrut tonnvor weilenit zaudernit tidendränget einervomblut todtodtod tonnvorwachet

Die goldenen Fäden vor seinen Augen tanzten, und Broll hieß zum ersten Mal diesen ihm mittlerweile fast schon vertrauten Anblick willkommen. So unheimlich und unliebsam ihm dieses Summen und Brausen, dieser Schwindel auch sein mochten, er konnte dringend Hilfe brauchen. Auch wenn sie aus einer Richtung kam, die ihm nicht geheuer war und die er nicht verstand.

Dann griffen die Männer an.

Broll reagierte, ohne nachzudenken, ließ sich von den Fäden leiten, den Knoten, die auf einem Schleier vor seinen Augen zu glühen schienen, der sich über seine ganze Umgebung gelegt hatte. Er folgte seinem Instinkt, schwang die Waffe, getrieben vom

Pulsieren seines Herzschlags und den brausenden Stimmen in seinem Kopf, deren schrille Kakophonie alles andere übertönte.

Er merkte nicht, wie seine Klinge Knochen und Sehnen durchtrennte, klirrend gegen Eisen prallte, funkenstiebend daran entlangfuhr, wie sie sich in weiches Leder biss, Haut durchbohrte, Organe zerfetzte, Leben auslöschte.

Er war vollkommen gefangen in diesem tödlichen Tanz, und es kümmerte ihn nicht, dass immer mehr Nordlinge herbeiströmten, wie Motten, die von einer brennenden Kerze unwiderstehlich angezogen werden. Dabei wusste er, dass dieser Tanz nicht ewig so weitergehen konnte, dass er irgendwann ein Ende finden würde, dass er, Broll, von der Übermacht der Leiber seiner Feinde erdrückt werden würde. Aber er tanzte seinen blutigen Tanz weiter, selbst dann noch, als er einen noch tödlicheren Feind vor sich auftauchen sah, einen zu Pferde.

Warkyrien! Der Teil seines Verstandes, der nicht vollkommen vom Blutrausch und den Stimmen und Fäden und Knoten …

TodTodTod Tonnvor einervomBlut Draakenbrut TodTodTod

… eingenommen war, dachte, dass seine Männer mit den Stockbögen ihre Aufgabe offensichtlich nicht gründlich genug erfüllt hatten, dass sie möglicherweise bereits tot waren, dass vielleicht bereits die ganze Drachenhorde ausgelöscht war. Aber all das war ihm gleich. Er sah nur die goldenen Fäden, die wirbelnd vor seinen Augen wogten, hörte nur …

Blut Blut Blut

… den Gesang der Dämonen – *Gesang von Dämonen?* –, während seine Klinge unermüdlich ihre blutige Ernte einfuhr, während er sein Schwert vor- und zurückschwang, sicher, ruhig, tödlich, wie ein Schnitter auf einem Feld, in einem Gewitter aus Eisen, Knochen, Blut und Tod, in der untrüglichen Gewissheit, dass irgendwann auch ihn der Blitz treffen würde. Denn das war nur eine Frage der Zeit, eine Notwendigkeit, unabänderlich …

Blut Blut Blut

Draakenbrut weileNit Tonnvor töte Wache einervomBlut TodTodTod TrägerdesMals Tidendränget Tidennahet Tod-TodTod

»Du!«

Die pulsierenden Knoten vor seinen Augen zuckten plötzlich hin und her, die goldenen Fäden glühten noch heller auf, wurden dann plötzlich dunkler, färbten sich rot, die Knoten lösten sich auf, das Brausen der Stimmen stieg zu einem schrillen Crescendo an, und dann ... hob sich der blutrote Schleier vor seinen Augen.

»Du verfluchter Verräter! Du hast sie ... Du hast sie einfach abgeschlachtet! Deine eigenen Leute! Du hinterhältiger verräterischer Abschaum! Du sollst in Belphors Feuern schmoren!«

Diese Stimme, die kenne ich doch. Broll sank keuchend auf die Knie, während der Schwindel langsam nachließ. *Dieser dicke Nordling ...* Er schluckte mehrmals gegen die Übelkeit an. Vergeblich, er erbrach sich mit einem lauten Husten auf die blutgetränkte und von Leichen bedeckte Erde, würgte mehrmals, aber sein Magen war leer. Er spuckte, als er Blut schmeckte.

Nicht mein Blut, dachte er und spürte so etwas wie Erleichterung. *Aber eigentlich sollte ich tot sein.* Er hob den Blick. Um ihn herum standen mehrere Nordlinge, und in dem Schlamm vor ihm lag ein Pferd in seinem Blut. Es sickerte immer noch aus einer großen, klaffenden Halswunde, aber die milchigen Augen des Tieres sagten ihm, dass es bereits tot war.

Diese Wunde ... Brolls Blick zuckte kurz zu seinem Schwert. *Mit dieser Waffe kann ich unmöglich ... Aber wer ...?*

Die Antwort lieferte ihm die Stimme neben ihm.

»Du solltest den Mund nicht so voll nehmen, Olbart. Wer hat denn Egkhild angestiftet, sich gegen ihren Bruder zu stellen? Wer hat ihr eingeredet, ein Frieden mit Alghor wäre eine Schande für Hellanden und ein großer Fehler? Wer hat sie ...?«

Korgh? Broll fühlte sich erschöpft und müde. *Wo ist der denn so plötzlich hergekommen?* Broll seufzte. *Am liebsten würde ich jetzt ein heißes Bad nehmen, einen Krug Wein trinken, mich mit Jolah ins Bett legen und sie bis zum Morgengrauen vögeln.* Er runzelte die Stirn. *Habe ich das gerade wirklich gedacht?* Sein Blick fiel auf die beiden Frauen, die tot neben dem Pferd lagen. *Warkyrien. Habe ich sie getötet?* Sein Blick glitt über ihre Wunden. *Unwahrscheinlich. Aber nicht unmöglich.*

»Du dreckiger, verlogener Ehebrecher!« Olbarts Stimme überschlug sich fast vor Wut und Hass. »Ich werde deinen verfluchten Schützling massakrieren und damit dieser verdammten Invasionshorde ihren Kopf abschlagen. Und dann werde ich dich umbringen und endlich die Schande rächen, die du über mich und meine Familie gebracht hast!«

Schande? Broll hob wieder den Kopf und betrachtete die Umstehenden, allesamt bis an die Zähne bewaffnete Nordlinge. Aber sie wirkten nicht ganz so entschlossen wie diejenigen, mit denen er es zu Beginn des Kampfes zu tun gehabt hatte. Als sein Blick auf den Hünen fiel, der neben ihm stand und gelassen eine riesige doppelschneidige Streitaxt in den Händen hielt, wurde ihm klar, woran das lag.

Korgh war von oben bis unten mit Blut bedeckt, und es war nicht sein eigenes. *Aber es ist Nordling-Blut,* dachte Broll. *Darauf würde ich meinen Hintern verwetten!*

»Schande?« Korgh war nicht anzumerken, ob ihn die Anwesenheit der bewaffneten Krieger Hellandens in irgendeiner Weise störte oder mit Sorge erfüllte.

Sicher, es sind seine Landsleute, dachte Broll, *aber auch wenn es Barbaren sind, nehme ich doch an, dass sie es ihm verübeln, dass er seine eigenen Leute abgeschlachtet hat. Und das nur, um mich zu beschützen.* Broll schüttelte den Kopf. *Wenn ich das hier überlebe, werde ich ihn zur Rede stellen. Ihn und seinen unsichtbaren Freund.*

Allerdings war dies nicht der richtige Moment für eine so tiefgehende Diskussion, denn Korgh war offenbar gerade dabei, seine Familienverhältnisse zu klären. Jedenfalls schloss Broll das aus dem, was Korgh sagte. Den anderen Nordling verstand er nicht, denn der war in die Hohspraak zurückgefallen.

»… wir uns recht entsinnen, empfand deine wirklich sehr schöne Frau das keineswegs als Schande …«

»Du verfluchter Hurensohn!«

»… und außerdem willst du deinen wohlgeratenen Kindern doch wohl nicht ihren Vater nehmen, indem du uns umbringst.«

»Du dreckiger …!«

Uns? Broll hob eine Braue. *Wen meint er denn jetzt schon wieder? Sich und seinen Freund, oder sich und mich? Oder uns alle?*

Korgh grinste. »Vorausgesetzt, es gelingt dir, bevor euch die Stockbogenschützen des ehrenwerten Ser Feldkommandeur hier ihre kostspieligen Bolzen in eure hohlen Schädel jagen.« Korgh hob die Hand und deutete auf den Hang hinter der flachen Senke, in der sie standen. »Immerhin hättest du dann wenigstens etwas im Kopf, aber es steht zu befürchten, dass du damit trotzdem nicht viel Nützliches anfangen könntest.«

Olbart war so wütend, dass er kein verständliches Wort mehr herausbekam. Er stammelte und spuckte und umklammerte seine Streitaxt, aber einer der anderen Nordlinge hatte sich bei Korghs Worten umgedreht und sah jetzt zu dem Hang hinüber.

Und stieß einen derben Fluch aus.

»*Schuppenschilde!*«, schrie ein anderer und fuhr zu Olbart herum. »Mit Bogen! Weg hier!«

Der Nordling wartete nicht ab, ob sein Häuptling ihm folgte, sondern fuhr herum und rannte los, weg von den Männern, die in einer straffen Formation den Hang hinabmarschierten.

Tronn! Broll war Korghs Geste ebenfalls mit dem Blick gefolgt und atmete erleichtert auf, während ein Funke Hoffnung in ihm aufglomm. Der sich rasch zu einem warmen Feuer entwickelte.

Es waren tatsächlich die Hämmer von Ern mit den von ihm,

Broll, erfundenen Stockbögen in den Händen, und sie kamen, angeführt von dem Hauptmann seiner Schildrotte, den Hang hinab. Wie auf dem Exerzierplatz kniete sich plötzlich die erste Reihe der Stockbogenschützen nieder, die Männer hoben ihre Waffen an die Schultern und feuerten. Den Befehl, den Tronn gegeben hatte, hatte Broll nicht gehört, aber umso deutlicher vernahm er nur wenige Herzschläge später die Wirkung, die diese Salve erzeugte.

Laute Schmerzensschreie der Nordlinge und gebrüllte Befehle in der rauen Sprache der Krieger Hellandens verrieten ihm, dass seine Erfindung genau so funktionierte, wie er es erhofft hatte.

Dann trat die zweite Reihe der Stockbogenschützen zwischen den Männern der ersten hindurch, ging mehrere Schritte voran, kniete ab, zielte und schoss ebenfalls. Gleichzeitig spannten die Männer hinter ihnen ihre Waffen, und das Spiel wiederholte sich.

»Wir sehen uns wieder, du dreckiger Hurensohn!«, versprach Olbart mit erstickter Stimme, bevor er herumwirbelte und seinen Leuten folgte. Er fluchte, als mehrere Bolzen dicht an ihm vorbeizischten, aber soweit Broll sehen konnte, entkam der kleine dicke Nordling unversehrt.

»Er hat wirklich ein Talent, sich selbst zu retten«, erklärte Korgh, der dem Stammeshäuptling gelassen nachsah. »Allerdings hat er auch das genauso große Talent, sich ständig in sehr gefährliche Situationen zu begeben.« Er wandte den Kopf und sah Broll an. »Genau wie du, scheint uns. Das ist jetzt schon das zweite Mal, dass wir dir …«

»Schon gut!« Broll schnaubte verächtlich. »Wenn ich dieses kleine Wortgefecht vorhin richtig mitbekommen habe, scheine ich ja nicht der Einzige zu sein, der eine Begabung dafür hat, sich in heikle Situationen zu bringen.« Er sah Korgh vielsagend an, während hinter den Stockbogenschützen weitere Krieger über den Hang rannten, diesmal welche in den Uniformen der Drachenkämpfer. Aber Broll achtete nicht auf sie. »Oder habe ich da etwas falsch verstanden? Von wegen wohlgeratenen Kindern den Vater nehmen und dergleichen? Ich glaube, du solltest ein bisschen besser überlegen, mit welcher Frau du dich wann bettest, Nordling. Oder zumindest solltest du deine Vaterpflichten etwas genauer nehmen.«

»Kurzes Vergnügen, lange Folgen«, entgegnete der Hüne und legte dann den Kopf schief. »Da wir gerade davon reden, Broll – wir an deiner Stelle würden den Mund lieber nicht so voll nehmen, was die Wahl der Frauen und mögliche Vaterpflichten betrifft. Wie wir hören, bist du ebenfalls recht empfänglich für ...«

»Keine Sorge!«, unterbrach Broll ihn hastig und spuckte aus. »Ich wäre der Letzte, der sich vor seinen Verpflichtungen drückt. Wenn ich denn welche hätte.«

Korgh grinste und schob seine Axt in die Schlinge auf seinem Rücken. »Wir werden sehen«, meinte er.

Broll fiel auf, dass die Klingen der Waffe blinkten, als wäre sie gerade frisch aus der Schmiede gekommen, und war froh über die Ablenkung. Er unterdrückte den Gedanken an Jolah und warf einen Blick auf sein blutverschmiertes Schwert. »Irgendwann musst du mir verraten, wie du das machst«, sagte er, während die ersten Drachenkämpfer atemlos bei ihnen eintrafen. Sie machten Anstalten, den Nordling zu umzingeln, aber Broll bedeutete ihnen mit einer Handbewegung, sich lieber an die Verfolgung der flüchtenden Gegner zu machen. Die Männer zögerten, und einige von ihnen warfen Korgh böse Blicke zu, aber sie gehorchten.

»Wie wir was machen?«, fragte Korgh.

Broll deutete auf die Axt in Korghs Hand. »Wieso ist deine Waffe immer sauber, obwohl ...« Er deutete auf den Kadaver des Pferdes. »Das warst du doch?«

Korgh nickte und zuckte mit den Schultern. »Es wollte dir

gerade mit seinen Hufen den Schädel einschlagen.« Er schüttelte den Kopf. »Das konnten wir nicht zulassen.«

Brolls Blick folgte den Drachenkämpfern, die sich an die Verfolgung von Olbart und seinen Kriegern machten. »Es wundert mich, ehrlich gesagt, ein wenig, dass du ausgerechnet diesen dicken Nordling verschont hast.« Er grinste spöttisch. »Oder hat er recht gehabt, was deine Mutter angeht? Ich jedenfalls hätte diese Beleidigung nicht einfach auf mir sitzen lassen.« *Dabei könntest du nicht einmal beurteilen, ob es überhaupt eine Beleidigung gewesen wäre, du Narr!*, dachte Broll. *Schließlich könnte deine eigene Mutter die Mutter aller Huren sein.*

»Du meinst, du würdest die Ehre deiner Mutter mit Blut verteidigen?« Korgh erwiderte gelassen Brolls herausfordernden Blick. »Nun, wie wir schon sagten«, er grinste, »wir werden sehen.«

KRÜHLL

»Hütet die Feuer, seid achtsam, ihr Leut! Bewachet die Glut, damit euch nichts dräut! Löschet die Flammen …« Der Mann unterbrach sein Lied und blieb mitten auf der verlassenen Straße stehen. Er blickte zum obersten Geschoss des schmalen Hauses hinauf, hinter dessen dicken bleigefassten Scheiben trotz der späten Zeit noch Kerzen brannten. Es war das Haus des Stadtvogts, und hinter den Fenstern befanden sich, wie der Mann sehr wohl wusste, dessen Diensträume. Schließlich war er vor noch gar nicht allzu langer Zeit selbst dort vorstellig geworden.

»Immer noch wach. Schläft er denn nie?«, murmelte der Nachtwächter und schüttelte den Kopf. Dann hob er die lange Stange mit dem glimmenden, in Pech getränkten Docht und hielt das glühende Ende in die nächste Tranlampe am Marktplatz von Krühll. Er wartete, bis die bläuliche Flamme aufzüngelte, zog die Stange zurück und setzte nach einem weiteren Blick auf die beleuchteten Fenster seinen Rundgang fort.

Die Bürger von Krühll hatten keinen Grund, sich über ihren Stadtvogt zu beschweren. Corvin hatte dieses Amt bereits seit etlichen Zyklen inne und erfüllte seine Aufgabe pflichtbewusst und gründlich und sehr zur Zufriedenheit des Stadtrates. Doch der Stadtrat ahnte auch nicht, dass sich der Vogt seit etlichen Zeitwenden die Nächte um die Ohren schlug. Der Nachtwächter dagegen wusste dies sehr wohl, aber ihn fragte ja niemand. Denn da es keine Beschwerden gab, dass der Stadtvogt seine mannigfachen Aufgaben etwa wegen Müdigkeit oder Unaufmerksamkeit vernachlässigt hätte, gab es keinen Grund, an ihm zu zweifeln. Und der Nachtwächter dachte gar nicht daran, seine Beobachtung zu melden. Erst recht nicht, nachdem sich der Stadtälteste neulich in einer Sitzung des Rates gegen den Vorschlag des Stadtvogts ausgesprochen hatte, dem Nachtwächter ein paar Deut mehr zu zahlen, damit der seinen Nachfolger ordentlich einweisen könnte. Dass der vorgesehene Nachfolger des alten Mannes sein Enkel war, hatte dabei eine große Rolle gespielt.

»Vetternwirtschaft hat er das genannt«, knurrte der Nachtwächter wütend, während er weiterstapfte und das Licht im Hause des Stadtvogts bereits wieder vergessen hatte. »Es wäre nicht seine Aufgabe, meine Familie zu ernähren, hat er gesagt! Dieser aufgeblasene Halsabschneider hat leicht reden …«

Der Nachtwächter bog vom Marktplatz in eine der schmalen Seitenstraßen ab, und kurz darauf hörte man wieder seinen Singsang. »Hütet die Feuer, seid achtsam, ihr Leut …«

Der Nachtwächter hätte sich vielleicht mehr Gedanken über die Sicherheit der Stadt und eine drohende Brandgefahr gemacht, hätte er gewusst, dass die Gemächer hinter den erleuchteten Fenstern verlassen waren.

Aber der Stadtvogt hatte nicht etwa vergessen, die Kerzen zu löschen, bevor er sich in seine Schlafgemächer zurückgezogen hatte. Und ebenso wenig wollte er den Eindruck erwecken, er wäre so beschäftigt, dass er bis spät in die Nacht arbeiten musste. Obwohl er genau das tat. Nein, die Kerzen brannten auf sein Geheiß, damit der Stadtbote wusste, dass der Vogt noch wach und bereit war, ihn einzulassen, sollte er mit einer Botschaft vom Vogelturm kommen, wo die Botenvögel für gewöhnlich selbst des Nachts landeten und von wo aus sie auch mit ihren Nachrichten losflogen.

Tatsächlich arbeitete er nicht in seinen Diensträumen, sondern weiter oben im Haus, auf dem Dachboden. Dort brannten keine Kerzen, nur eine kleine Tranlampe warf ihr gedämpftes Licht auf einen aufgeklappten Folianten, an dem ein junger Mann mit strähnigem Haar und schlechten Zähnen saß und mit tintenverschmierten Fingern Zahlen in Rubriken eintrug, die ihm ein zweiter Mann nannte.

»Drei Strich fünfunddreißig Strich neun. Der große Drache.«

»Mhh.« Der junge Mann kämpfte mit seiner Müdigkeit und gähnte heimlich hinter vorgehaltener Hand.

»Jelvis!«

Der Jüngling zuckte heftig zusammen. »Ja, Herr?«

»Hast du das notiert?«

»Ja, Herr.«

»Also?«

»Drei Strich ...« Der junge Mann runzelte die Stirn und blickte auf die aufgeschlagene Seite vor sich. »Dreißig ...« Er stockte und blickte den anderen Mann unsicher an. »Neunzehn ... Der gelbe Drache?«

S'yron Corvin vom Aern, der Stadtvogt von Krühll, den die Menschen der Stadt nur unter dem Namen Corvin kannten, seufzte, ohne jedoch den Kopf von der komplizierten Apparatur zu nehmen, in die er seit fast zwei Schattenstrichen hineinstarrte.

»Drei Strich fünfunddreißig Strich neun!«, wiederholte er. »Und es ist der große Drache! Ich habe dir schon hundertmal gesagt, Jelvis, wie wichtig diese Eintragungen sind ...«

... wichtig diese Eintragungen sind ..., äffte der junge Mann den Stadtvogt lautlos nach.

»Nur wenn wir genau die Position der Gestirne zueinander und zu den Sonnen kennen ...«

... zueinander und zu den Sonnen kennen, die wir einfachen Menschen die Augen Belphors nennen ...

»... und sie zu der Position von Lokhs Auge in Bezug setzen ...«

»... Lokhs Auge in Verzug setzen ...«, sagte der junge Mann und gähnte erneut.

»Nicht *Verzug*, Jelvis, sondern *Bezug*«, korrigierte ihn Corvin, ohne seine Betrachtungen zu unterbrechen, »nützen unsere Aufzeichnungen etwas. Jede Ungenauigkeit und jeder Fehler deinerseits …«

… könnte den Untergang der Welt bedeuten … Blablabla …, dachte er.

»Interessant.« Corvin streckte die Hand aus und tastete nach einer Messingkurbel, die seitlich an der Vorrichtung angebracht war, vor der er saß. Auf den ersten Blick schien sie aus einem großen dicken Rohr aus geschmiedetem Metall zu bestehen, das etwa einen Unterarm lang war und dann in einen großen Zylinder mündete. Der erstreckte sich fast drei Mannslängen in die Höhe und endete in einer Schale, die gut fünf Mannslängen im Durchmesser maß und unter einem Loch im Dach saß. Offensichtlich hatte jemand das Dach des alten Hauses an dieser Stelle kreisförmig ausgesägt, sodass die Schale ungehindert von Dachsparren, Balken und Schindeln in den Himmel ragen konnte. Dabei hatte man keinerlei Rücksicht auf irgendwelche Statik genommen, sodass der Rand des Lochs im Dach rund um die Schale bedenklich einsackte.

Was S'yron Corvin vom Aern jedoch nicht weiter zu kümmern schien. Kein Wunder, war er doch derjenige gewesen, der dieses Loch gesägt und diese sonderbare Apparatur dort aufgestellt hatte.

»Interessant«, wiederholte der Jüngling und tunkte die Metallfeder in das Fass mit Meerestinte. Dann runzelte er die Stirn und hielt die Feder regungslos über die Seite. »In welche Rubrik soll ich das eintragen, Herr? Vielleicht unter *Name der Gestirne*?«

»In keine Rubrik, du einfältige Seele!«

»In keine …« Jelvis fuhr suchend mit der Feder über die Seite und zuckte zusammen, als ein Tropfen Tinte auf das Blatt fiel. Glücklicherweise landete er in einer freien Rubrik und nicht etwa auf einer der Eintragungen, die sonst zweifellos unleserlich geworden wäre. »Ich finde keine …«

»Du sollst nicht *interessant* eintragen, Narr!«, knurrte Corvin gereizt, während er an der Kurbel drehte. Einmal, zweimal, dann noch ein drittes Mal. »Höchst interessant …«, murmelte er und setzte dann lauter hinzu: »Das sollst du ebenfalls nicht eintragen, Jelvis.«

Der junge Mann nickte, während er auf den schwarzen Klecks starrte, der sich auf dem Papier rasch ausbreitete. Entsetzt riss er die Augen auf, als ihm dämmerte, dass der Fleck möglicherweise auf die Rückseite durchdrang und die Eintragung dort unleserlich machte.

Hastig blätterte er das Blatt zurück und seufzte erleichtert, als er sah, dass der Fleck genau auf einer Linie gelandet war, die zwei Spalten der Tabellen voneinander trennte. Im nächsten Moment schnappte er nach Luft, als sich ein weiterer Tropfen Meerestinte von der Feder löste und mitten in der Rubrik »Namen der Gestirne« landete. Glücklicherweise war der Name des eingetragenen Gestirns *»Das Auge Lokhs«,* und der Tropfen war nicht so groß, dass er den ganzen Namen überdeckt hätte. Allerdings breitete er sich mehr und mehr aus.

Im selben Moment begriff Jelvis, dass das Prinzip der papierdurchdringenden Tinte sowohl in die eine als auch in die andere Richtung funktionierte, und blätterte hastig erneut um. Er sah, dass der zweite Tintenfleck tatsächlich im Begriff war, eine Eintragung in der Rubrik »Entfernung zur roten Sonne« zu überdecken.

Plötzlich ging Jelvis auf, dass Corvin gerade etwas zu ihm gesagt hatte, und seine Stimme hatte ziemlich drängend geklungen. »Verzeiht, Herr, wie war das noch gleich?« Er tunkte hastig die Feder in das Tintenfass und blickte den Stadtvogt an.

»Was, verdammt noch mal, machst du eigentlich die ganze Zeit, außer zu gähnen und Kleckse in mein Buch zu machen?«, knurrte der Stadtvogt. »Ich brauche die Eintragungen über die Position der roten Sonne … Belphors rotes Auge«, verbesserte er sich ungeduldig, »in Bezug auf Lokhs Auge, und zwar über die letzte Zeitwende, also insgesamt acht Spannen.«

»Belphors Auge …«, stammelte Jelvis. Er streckte vorsichtig die Hand aus und schaffte es, die Feder in das Tintenfass zu stellen, ohne dass sich ein weiterer Tropfen löste. Erleichtert atmete er aus.

»Belphors rotes Auge!«, verbesserte ihn Corvin, der mittlerweile eine andere Kurbel betätigte, kleiner als die vorige, eigentlich nur ein Knopf, den er jetzt mit zwei Fingern vorsichtig zweimal drehte. »Und die Zahlen von Lokhs Auge aus derselben Querspalte! Hast du das verstanden, Jelvis?«

»Natürlich, Herr.«

Corvin murmelte etwas, das Jelvis nicht genau verstand, aber die Worte »natürlich, Dummkopf, Strafe der Götter« schienen dabei gewesen zu sein. Der Gehilfe des Stadtvogts war jedoch viel zu sehr damit beschäftigt, eine Zeitenwende zurückzublättern, als sich den Kopf darüber zu zerbrechen, ob eines dieser Worte oder alle drei ihm gegolten haben mochten.

Er seufzte erleichtert auf, als er endlich den richtigen Tag gefunden hatte. »Sieben. Und …« Er fuhr mit dem Finger über die Spalte. »Zweiunddreißig.« Erwartungsvoll sah er zu seinem Herrn.

»Und?« Corvins Stimme klang unverkennbar gereizt. »Muss ich dich jetzt bei jedem Eintrag bitten, ihn mir vorzulesen, oder bist du in der Lage, selbstständig …«

»Verzeiht, Herr.« Jelvis fuhr mit seinem Finger in die nächste Spalte. Dabei schmierte er die frische Tinte von seinem Zeigefinger auf das Blatt. Er hob rasch die Hand, zu spät. Sein Blick zuckte zu Corvin, aber der Stadtvogt starrte immer noch in seine sonderbare Apparatur, mit der er angeblich die Sterne lesen konnte.

»Also was?«

»Sofort, Herr.« Jelvis versuchte hastig, die entsprechende

Stelle in den Tabellenspalten wiederzufinden. Diesmal nahm er sicherheitshalber seinen kleinen Finger, weil der als Einziger noch nicht mit Tinte beschmiert war.

»Sieben, Herr, und … zweiunddreißig.«

»Tatsächlich? Sonderbar, ich hätte …«

»Verzeiht, Herr, den Eintrag hatte ich schon vorgelesen.« Jelvis las rasch weiter, bevor Corvin ihn erneut beschimpfen konnte. »Sieben Punkt eins, Herr, und zweiunddreißig.«

»Weiter.« Corvins Stimme klang angespannt.

»Gewiss, Herr.« Jelvis runzelte die Stirn, als er mit dem kleinen Finger über die Spalten glitt. »Sieben Punkt eins Punkt zwei, Herr, und zweiunddreißig. Sonderbar.«

»Allerdings, Jelvis«, erwiderte Corvin und justierte erneut die Apparatur mit dem kleinen Knopf. »Und ich wäre dir dankbar, wenn du auf das *Herr* verzichten würdest, wenn du die Zahlen vorliest.« Er lachte leise. »Aber ich freue mich, dass du offenbar genug Interesse entwickelt hast, um zu bemerken, dass sich hier etwas Sonderbares …«

»Ich meinte, Herr, dass auch in den anderen Spalten eine Abweichung …«

»Wie bitte?« Corvin nahm vorsichtig die Hand von dem Knopf und beugte sich zurück. Mit steifen Gliedern erhob er sich von dem gepolsterten Hocker, auf dem er die letzten drei oder vier Schattenstriche verbracht hatte. Dabei rieb er sich die Augen, die vom langen Starren in das Sternenauge, wie er diese von ihm selbst erfundene Apparatur nannte, brannten.

Er trat zu dem kleinen Tisch mit der Tranlampe und beugte sich vor. »Andere Abweichungen, sagst du?« Er schob seinen Kopf neben den von Jelvis und strich sich einige lange graumelierte Locken hinter ein Ohr. »Wo?«

Das Licht der Tranlampe fiel auf ein markantes, männliches Gesicht mit einem grau durchwirkten Ziegenbart und einer großen, geraden Nase.

»Hier, Herr.« Jelvis streckte lächelnd die Hand aus und wollte gerade den Finger auf eine Stelle legen, die ihm aufgefallen war. Doch im letzten Augenblick erinnerte er sich daran, dass seine Finger mit Tinte beschmiert waren, und er achtete darauf, nicht mit dem Zeigefinger das Papier zu berühren.

Aber Corvin hatte sofort erkannt, worauf sein Gehilfe zeigte. »Die gelbe Sonne!« Er fuhr mit seinem makellos sauberen Zeigefinger die Tabelle entlang. Mit dem kleinen Finger strich er dabei über eine andere Spalte. »Tatsächlich. Und die Abweichungen werden immer deutlicher, je mehr Spannen verstrichen sind.«

Er schob Jelvis von dem Hocker, setzte sich selbst vor das Buch und blätterte hastig um. Der Gehilfe versteifte sich, als Corvin an eine Seite kam, auf der ein weiterer Tintenklecks eine Eintragung über die Position der Nadel Ganäas ausgelöscht hatte.

»Ich habe die Eintragung …«, stammelte der junge Mann, aber Corvin achtete weder auf ihn noch auf den Fleck.

»Und die anderen Sterne haben sich keinen einzigen Strich bewegt!«, murmelte er. »Ebenso wenig wie Lokhs Auge.« Er blätterte weiter und schien immer wieder die gleichen Spalten zu suchen. »Gegen Ende der Zeitenwende werden die Abstände schnell größer, siehst du?« Er deutete auf eine Eintragung, und Jelvis nickte, obwohl er keine Ahnung hatte, wovon sein Herr sprach. »Und zum Wechsel der Zeiten verlangsamt sich der Prozess wieder. Um dann erneut …« Er blätterte hastig zwei, drei Seiten weiter. »Richtig! Bei Maldouchs stinkendem Darmwind! Ich hab's doch gewusst! *Ich habe es verdammt noch mal gewusst!*« Er schlug so heftig auf den Tisch, dass dieser wackelte. Tinte spritzte über das Buch.

Jelvis stockte der Atem in Erwartung einer Strafpredigt, weit schlimmer als die Beleidigungen, mit denen Corvin ihn für gewöhnlich bedachte.

»Löschsand!«, brüllte Corvin. »Los, verdammt, wo ist der Löschsand?«

»Er ist … Ich habe …«

»Ah, verflucht, bei Belphors Eiern!« Bevor der vollkommen verdatterte Jelvis reagieren konnte, hatte Corvin bereits seinen Unterarm auf das Papier gedrückt und tupfte mit seinem weißen Hemd die Tintenflecke von dem Blatt. »So ein verfluchter Mist!«, knurrte er. »Wie ungeschickt!«

»Ja, Herr, verzeiht …!«, stotterte Jelvis. »Ich dachte …«

»Da beschimpfe ich dich, weil du so langsam bist, und dann mache ich mit meiner Unbedachtheit fast unsere gesamte Arbeit zunichte. Tut mir leid, Jelvis. Ich sollte lieber an meinem Sternenauge bleiben.«

»Ja, Herr, Verzeihung …« Jelvis deutete auf das Hemd. »I-ich f-fürchte, dass die Tinte nicht mehr aus dem Stoff herausgeht«, stammelte er. »Meine Frau wird ihr Bestes versuchen, aber ich fürchte wirklich …«

»Was meinst du?« Corvin furchte die Stirn und warf einen kurzen Blick auf seinen Ärmel. »Ach das? Vollkommen unwichtig!« Er deutete auf die Spalten des Buches. »Weißt du, was das bedeutet, Jelvis?«

Der Gehilfe starrte immer noch auf die dunklen Flecken auf dem weißen Stoff. »Ihr braucht ein neues Hemd?«

»Ein neues … was?« Corvin lachte einmal bellend auf. »Ein neues Hemd!« Wieder stieß er ein Lachen aus, dann starrte er seinen Gehilfen sichtlich verblüfft an. »Ein neues Hemd, wahrhaftig!« Er schüttelte den Kopf. »Wie glücklich sind doch die Unwissenden!«, meinte er und legte Jelvis eine Hand auf die Schulter. »Nichts für ungut, Jelvis. Ein neues Hemd. Ganz recht. Nun, warum nicht?« Er blickte wieder auf das Buch und schüttelte erneut den Kopf. »Ich hatte recht«, murmelte er. »Ich habe es immer gewusst. Und das hier ist die Bestätigung. Die Zeit der Verschmelzung ist nichts anderes als …«

»Die Zeit der Verschmelzung, Herr?« Jelvis blickte den Stadtvogt überrascht an. »Was haben die alten Prophezeiungen mit Euren Untersuchungen zu tun?«

Corvin verstummte und betrachtete seinen Gehilfen, als sähe er ihn zum ersten Mal. Ein seltsamer Ausdruck trat in sein Gesicht, so etwas wie Nachsicht, wie man sie gegenüber einem kleinen, unwissenden Kind empfindet, das etwas Schwerwiegendes getan hat, ohne seine Bedeutung ermessen zu können.

»Du hast recht, Jelvis. Sie haben vielleicht gar nichts damit zu tun. Oder alles«, setzte er kaum hörbar hinzu, dann zupfte er an dem beschmutzten Ärmel seines Hemdes. »Vielleicht ist es wichtiger, dass ich mir ein frisches Hemd besorge. Aber bevor ich das tue«, er nickte, als hätte er gerade einen Entschluss gefasst, »bring mir ein paar Pergamentstreifen für eine Nachricht.« Er warf einen Blick auf das Tintenfass. »Ich nehme an, es ist noch etwas Tinte übrig?«

Jelvis folgte seinem Blick. »Ja, Herr.« Dann sah er Corvin verständnislos an. »Was habt Ihr vor?«

Der Stadtvogt blickte auf das Sternenauge, dann auf den Folianten, dessen aufgeschlagene Seite von einem Muster aus blassblauen, fast transparenten Tintenflecken überzogen war, unter denen jedoch die ursprünglichen Eintragungen noch zu erkennen waren. »Bevor wir uns um mein Hemd kümmern«, sagte er zu Jelvis, »muss ich eine Nachricht verfassen und abschicken.« Er nickte erneut, als wollte er seine Worte gegenüber sich selbst bestätigen. »Eine Nachricht, die ich schon vor langer Zeit hätte auf den Weg bringen sollen. Aber dazu brauche ich die Hilfe deines Bruders.« Er zögerte. »Ich kann mich doch immer noch darauf verlassen, dass er tut, worum du ihn bittest, ohne Fragen zu stellen?«

Jelvis nickte eifrig. »Selbstverständlich, Herr.« Er lächelte. »Ihr seid der Stadtvogt, Herr. Er würde alles tun, was Ihr ihm befehlt.«

»Das weiß ich«, erwiderte Corvin. »Aber was ich diesmal von ihm will, kann ich ihm nicht befehlen. Darum kann ich ihn nur bitten. Diese Nachricht muss mit dem Gryph versendet werden.«

Jelvis zuckte mit den Schultern. »Das macht keinen Unterschied, Herr. Er wird es trotzdem tun.«

Der Stadtvogt betrachtete seinen Gehilfen einen Moment nachdenklich. Dann lächelte er. »O doch, Jelvis, das macht allerdings einen Unterschied. Und zwar einen größeren, als du dir vorstellen kannst.«

VOR SANSIBOR

Sie lächelte. Zärtlich. Und ein wenig spöttisch. Fast aufreizend spöttisch. Dann strich sie ihm über die Brust. Langsam. Zart.

Theija? Wie ... wie kann das sein? Du bist ... Ich habe dich gesehen. Lay schüttelte den Kopf. *Im Monasterium. Du hattest das Schwert noch in der Hand ... Du warst ... Du bist tot.* Er schluckte. *Was ... was machst du hier? Wieso ...?*

Du träumst. Sie lächelte wieder und fuhr sich mit der Hand durch ihre langen kupferroten Haare. *Liebster.*

Kupferrot?

Das Gesicht veränderte sich. Die Augen waren plötzlich dunkelgrün und ihr Blick ein wenig vorwurfsvoll.

Kalehna.

Mit einem erstickten Keuchen fuhr Lay hoch. Das Blut rauschte in seinen Ohren, und sein Herz hämmerte wie wild. Ihm schwindelte, aber diesmal lag es nicht an irgendwelchen Stimmen.

Alles war ruhig. Nur ein leises Schnarchen war zu hören, ein helles, sehr leises Schnarchen, als würde die Person durch die Nase schnorcheln. Er kannte dieses Geräusch. Das war kein Traum. *Makira.*

Aber keine Stimmen! Sein Blick streifte Blutbraut, die mattgrau schimmernd friedlich neben ihm auf der Decke lag. Er hob den Kopf und sah sich um. Die beiden Pferde, die sie bei ihrer Flucht aus dem Palast des Shetan gestohlen hatten, standen ruhig da und schienen zu dösen. Der Schimmel, den er ritt, hob bedächtig den Kopf, drehte ihn langsam zu Lay, als wollte er ihn mustern. Er bewegte kurz die Ohren, wandte sich wieder ab, verlagerte das Gewicht auf die linke Hinterhand, hob das rechte Bein und stellte den rechten Huf auf die Spitze. Es war eine seltsam anmutige Haltung. Dann gab das Pferd einen fast menschlichen Seufzer von sich.

Lay warf einen Blick zum Himmel. Lokhs Auge stand weit entfernt in Belphors Schlaf, und sein silbrig strahlendes Licht, mit dem es dort oben den Weißen Spiegel erstrahlen ließ, war hier, weit unten in Belphors Feuer, in den Sandwüsten von San-Fira, nur noch ein schwacher, milchiger Schein, kaum stark genug, um auch nur Schatten zu werfen.

Lays Blick glitt über die Sanddünen und die niedrigen Sträucher der Nachtblüher, deren duftende Blüten sich bei Einbruch der Dunkelheit öffneten und beim ersten Blinzeln von Belphors Augen wieder schlossen.

Wie hatte Makira sie noch genannt? Ah ja, richtig, Schande der Götter. Er grinste. *Kein sehr schöner Name für diese wunderschönen Pflanzen.*

Er zuckte zusammen, als etwas seinen Schenkel berührte, und fuhr instinktiv zurück. Makira hatte zwar behauptet, dass es in dieser Gegend keine Wüstenflöhe gäbe, aber ganz sicher schien sie sich dessen nicht gewesen zu sein.

Bevor er nachsehen konnte, was ihn da gestreift hatte, erklang ein Seufzer, und im nächsten Moment schob sich ein Arm über seinen Bauch.

Lay verzog die Lippen. *Also gut, es ist kein Wüstenfloh.* Er streckte die Hand aus, um Makiras warmen Arm von seinem Unterleib zu nehmen, aber als er sie berührte, seufzte sie erneut und drehte sich ganz zu ihm herum. Dabei schmiegte sie sich dichter an ihn, schob ihr Knie über sein Bein und drückte ihren Schoß gegen seine Hüfte. Sie murmelte irgendetwas und tat zwei, drei schnellere Atemzüge, aber danach atmete sie wieder langsam und tief.

Lays Blick glitt zu ihrer Brust, die sich hob und senkte. Die Sandfrau hatte im Schlaf die Decke abgestreift, und der schmale Lederstreifen um ihren Oberkörper war durch ihre Bewegungen verrutscht.

Er starrte auf ihre nackte Brust, deren Haut um die Knospe herum ein wenig heller war. Das war ihm schon in Omarta aufgefallen, in dem schäbigen Zimmer in der Herberge, als sie …

Als sie dich fast kastriert hätte, weil du im Schlaf versucht hast … Na ja, genau genommen habe ich es ja gar nicht versucht. Ich habe nur geträumt, dass …

Er spürte, wie sein Schwanz bei dem Gedanken hart wurde. *Wenigstens bin ich diesmal nicht nackt,* dachte er. *Und sie auch nicht, jedenfalls nicht ganz.* Was seiner Geilheit allerdings keinen Abbruch tat. Nicht einmal der Gedanke an ihre Reaktion bei ihrem ersten Erlebnis konnte das. Im Gegenteil, als sich Lay daran erinnerte, wie sie seinen Schwanz gepackt hatte, als er sich im Schlaf erregt an sie drückte, wurde er noch härter, und er schob unwillkürlich sein Becken etwas vor.

Makira schien immer noch fest zu schlafen, das verriet ihm schon die Tatsache, dass sie keine Reaktion zeigte. Denn sie fauchte ihn weder an, noch drohte sie, ihm irgendwelche Körperteile abzuschneiden. Stattdessen rutschte sie mit ihrem Knie noch ein Stück höher auf seinen Bauch und schob ihren Schoß dadurch über seine Erektion.

Nein, verdammt! Wenn sie wach wird, bringt sie dich um! Trotzdem fühlte es sich gut an. Lay wusste nicht, ob Makira möglicherweise träumte oder ob sie einfach nur genauso sehr einen Mann brauchte wie er eine Frau. Die Hitze ihres Schoßes, die er trotz ihres ledernen Lendentuchs und durch seine Lederhose hindurch spürte, stachelte seine Lust jedenfalls noch mehr an. Er konnte nicht anders, er bog sein Becken weiter vor und drückte seine Lenden zwischen ihre Beine. Er konnte gerade noch der Versuchung widerstehen, die Schnüre seiner Hose zu öffnen und sie herunterzustreifen, was ihm auch nur mit einer Hand hätte gelingen müssen. Den linken Arm konnte er nicht bewegen, weil Makira ihren Kopf daraufgelegt hatte.

Er wusste noch genau, wie sich Kalehna angefühlt hatte, als sie sich nass und heiß auf ihn gesetzt hatte, und er ahnte, dass sich Makira mindestens genauso gut anfühlen würde.

Denk an etwas anderes, du Idiot! Lay knirschte mit den Zähnen, als seine Erektion noch heftiger gegen das Leder seiner Hose drückte und Makira im Schlaf ein leises Wimmern von sich gab. Er knurrte, mahlte mit den Kiefern und schloss die Augen, riss sie jedoch wieder auf, als das Bild einer nackten, stöhnend auf ihm reitenden Sandfrau in seinem Kopf aufflammte. Keuchend sah er sich nach einer Ablenkung um, nach irgendetwas, das ihm vielleicht helfen würde, mit dem, was er da gerade tat, aufzuhören. Denn er wollte nicht riskieren, seinen Schwanz zu verlieren.

Kalehna. Denk an Kalehna! Oder an Theija …

Sein Blick glitt jedoch wie magisch angezogen erneut zu Makiras Brust. Die rosige Knospe stand hart vor, und Lay leckte sich die Lippen bei der Vorstellung, wie es wohl sein würde, sie mit dem Mund zu umschließen. Dann fiel sein Blick auf das dünne Lederband neben ihrem Busen.

Der Ring. Theijas Ring.

Das war die Ablenkung, die er so herbeigesehnt hatte. Er schob jeden Gedanken, wie es wäre, mit Makira zu schlafen, beiseite und hob vorsichtig die Hand, um nach dem dünnen Band zu greifen.

In diesem Moment bewegte sich Makira auf ihm. Der Lederstreifen, den sie unter ihrem Brustharnisch trug, verrutschte noch mehr und gab auch ihre zweite Brust frei. Der Ring steckte zwischen ihren Brüsten fest, und das Band, an dem er hing, bog sich nach außen. Lay schob vorsichtig zwei Finger darunter und zog behutsam daran. Der Ring sprang förmlich zwischen ihren Brüsten hervor.

Das ist die Gelegenheit, ihn mir zurückzuholen, dachte Lay. Aber er zögerte. Wie sollte er ihr das Band über den Kopf streifen, ohne dass sie aufwachte? *Und viel wichtiger noch, was mache ich, wenn sie nicht aufwacht und ich den Ring tatsächlich habe? Soll ich ihn verstecken und so tun, als hätte sie ihn verloren? Oder soll ich es ihr einfach sagen? Immerhin ist es mein Ring! Zugegeben, genau genommen gehörte er Theija, aber Makira hat noch weniger ein Recht darauf als ich.*

Der Ring schien die Sandfrau ungewöhnlich stark zu interessieren, und sie hatte sich bereits mehrmals schlichtweg geweigert, ihn Lay zurückzugeben, solange sie noch nicht in SanSibor wären. Sie hatte ihm sogar erst gestern gedroht, ihn, Lay, einfach hier mitten in der Wüste zurückzulassen, wenn er ihr den Ring wegnähme. *Offenbar betrachtet sie den Ring als eine Art Unterpfand, wofür auch immer,* dachte Lay.

Er betrachtete ihn eingehend. Es war ein schlichter Silberring mit eingravierten Symbolen, die Lay nichts sagten. Theija hatte ihm erzählt, dass ihre Eltern ihr diesen Ring geschenkt hatten, bevor sie von zu Hause aufgebrochen war, um … Lay runzelte die Stirn. *Ja, warum ist sie eigentlich in dieses Monasterium gegangen? Es ist ein ziemlich weiter Weg von SanFira durch ganz Bouhss und Alghor bis hinauf zum Weißen Spiegel.* Er hatte sie einige Male danach gefragt, aber sie hatte immer ausweichend geantwortet und von einer wichtigen Aufgabe gesprochen, die ihre Bestimmung sei. *Ganz sicher hat sie sich nicht vorgestellt, dass ihre Bestimmung unter einem Steinhaufen in einem elenden Kloster mitten im Nichts hoch oben in Belphors Schlaf enden würde.* Lay hatte sich geschworen, ihre Eltern zu suchen, wenn er nach SanSibor kam, und ihnen den Ring zu bringen. Denn Theija hatte ihm erzählt, dass ihre Eltern hier lebten.

Du hast aber auch geschworen, dass du ihren Tod rächen und ihren Mörder umbringen würdest, koste es, was es wolle!, dachte er. *Doch das hast du nicht getan, obwohl du die Gelegenheit dazu hattest.*

Und eines weiß ich. Wenn ich Makira jetzt diesen Ring wegnehme und einen Streit mit ihr riskiere, bin ich erledigt und kann auch meinen ersten Schwur nicht erfüllen, ihren Eltern, wenn schon nicht ihre Trauer, so doch wenigstens den Schmerz über das namenlose Schicksal ihrer Tochter zu nehmen. In der Zeit, die er mit der Sandfrau erst durch den Glutkessel, dann aus Omarta heraus und nun durch die Wüste von SanFira gezogen war, hatte Lay eines begriffen: Ohne Makira wäre er schon längst tot und den Sandläufern, Raubechsen oder den gefräßigen fingerlangen Wüstenflöhen zum Opfer gefallen. Oder er wäre einfach verhungert oder verdurstet. Er verdankte ihr sein Leben. Und Makira hatte erst gestern, an dem kleinen Wasserloch, wo sie die Pferde getränkt und ihre Ziegenschläuche gefüllt hatten, gesagt, dass es noch etliche Tage, wenn nicht eine ganze Spanne dauern könnte, bis sie SanSibor erreichten.

Also stecken wir mitten in der Wüste, und sie wird mich ganz gewiss hier irgendwo zurücklassen, wie sie es mir angedroht hat. Sein Blick glitt von dem Ring zu Makiras Gesicht. *Sie wird diese Drohung wahr machen, daran besteht kein Zweifel. Sie ist niemand, dem ein Schwur so leicht über die Lippen kommt.* Die Sandfrau hatte die Augen geschlossen und den Mund leicht geöffnet. Ihre Lippen schimmerten feucht, und Lay glaubte die Spitze ihrer rosigen Zunge zwischen den Zähnen zu sehen.

Die Lust überkam ihn erneut, überraschend heftig wie ein Hammerschlag. Er schloss die Augen, bog die Hüfte vor und drückte seinen harten Schwanz erneut gegen ihren Schoß. Lay hatte das Gefühl, als würde ihm jemand ein Messer in die Lenden bohren. Er konnte nicht anders, er packte zu, zog Makiras Oberkörper mit seinem linken Arm fester an sich, während er seine Hüfte hob und die Beule in seiner Hose gegen die weiße heiße Stelle unter ihrem ledernen Lendenschurz drückte.

Und selbst wenn sie mir den Schwanz abschneidet, dachte er, *ich kann nicht anders.*

Er senkte den Kopf und presste seine Lippen auf ihre Brust, nahm ihre Knospe zwischen Zunge und Zähne und spürte, wie sie in seinem Mund größer wurde.

»Verdammt, ich will dich, und zwar jetzt sofort …«, nuschelte er.

»Das merke ich.«

»… und wenn es das Letzte ist, was ich tue. Wenigstens wird es nicht lange dauern, und dann kannst du mir meinen Schwanz abschneiden …«

»Ich glaube, es wäre schade drum.«

Lay erstarrte, als er begriff, dass sie ihm geantwortet hatte, und er spürte, wie sich eine heiße Hand geschickt an den Schnüren seiner Hose zu schaffen machte und sie herunterstreifte. Was wegen seiner Erektion nicht ganz einfach war.

Er versuchte ihr Gesicht zu erkennen, aber das war nicht möglich, ohne den Mund von ihrer Brust zu nehmen. Und das hätte er nicht einmal über sich gebracht, wenn ein Wüstenfloh in seine Hose gekrabbelt wäre.

Doch im nächsten Moment bog er den Kopf nach hinten und stöhnte. »Was verflucht …? Makira!«

Es war nicht ein Wüstenfloh, sondern offenbar derer fünf, und sie legten sich um sein pochendes Glied.

»Warte«, flüsterte sie heiser, fuhr mit ihrem rechten Arm an sich herunter und nestelte an etwas. Dann schob sie sich ganz über ihn und dirigierte seinen Schwanz in sich hinein.

Lay lag auf dem Rücken, schloss die Augen und hob sein Becken. »O ja!« Er seufzte und stöhnte gleichzeitig, als er in sie stieß.

»O ja«, antwortete sie und rutschte an ihm herunter. »Hör nicht auf!«, befahl sie ihm heiser, als ihre Knospe aus seinem Mund rutschte. »Hör jetzt bloß nicht auf!«

Lay lächelte und stöhnte und tastete nach ihrem Busen. »Hatte ich nicht vor«, murmelte er, bevor er den Mund erneut um ihre Knospe schloss.

Dann gab es nichts mehr zu sagen.

Lay lag auf dem Rücken und sah, wie das Allsehende gelbe Auge des Gottes über den Horizont lugte und den Sand der Wüste in flüssiges Gold zu verwandeln schien. Zum ersten Mal seit der Trennung von Jolah fühlte er sich wohl. *Nein, das stimmt nicht,* dachte er. *Zum ersten Mal seit dieser Nacht im Tempel der Drachenjungfern. Mit Kalehna.* Ein Anflug von schlechtem Gewissen überkam ihn. Kalehna, aber auch Theija gegenüber, seiner ersten Liebe. *Wenn man einen flüchtigen Kuss und viel nächtliche Masturbation Liebe nennen kann.* Er runzelte die Stirn. Er hatte Theija gegenüber noch zwei Schwüre zu erfüllen, daher sollte er nicht damit anfangen, sie in seiner Erinnerung herabzusetzen.

Makira lag halb auf ihm, halb in seinem Arm, nackt, heiß und verschwitzt, und bewegte sich träge.

Er spürte ihr feuchtes Schamhaar an seinem Oberschenkel, ihren Busen auf seiner Brust und wurde wieder hart.

Makira lachte leise und ließ fast beiläufig ihre Hand über seine Brust und seinen Bauch zu seinem Schoß wandern. Sie streichelte sein Schamhaar und umfasste dann seinen Schwanz mit zwei Fingern. »Er gefällt mir«, sagte sie.

Lay spürte, wie er errötete. Wie konnte eine Frau so etwas sagen? *Theija hätte das nie getan.* Andererseits, wenn er an die Dinge dachte, die Kalehna in dieser Nacht im Tempel gesagt und vor allem gerufen hatte … Er errötete noch mehr. »Da habe ich ja Glück.« Er streichelte die Wölbung ihres Pos und fuhr mit den Fingern über ihre Taille zu ihrer Brust. Dann spielte er mit ihren Knospen. »Und du auch.«

Makira lachte wieder. »Denkst du, ja?« Ihr heißer Atem strich über seine Brust.

Lay schluckte, teilweise, weil ihre sanfte Massage seine Lust weckte, aber auch aus Verlegenheit. »Nicht?«

Sie bog den Kopf in den Nacken, um ihn anzusehen. Ihre Augen funkelten, und sie lächelte. »Doch.«

Sie ist wunderschön. Lay schluckte wieder, als ihm dieser Gedanke durch den Kopf ging. *Du hast keine Zeit für so etwas.*

Makira unterbrach ihre Massage, wälzte sich auf ihn, legte ihre Unterarme unmittelbar unter seinem Hals auf seine Brust und stützte ihr Kinn darauf, um ihn besser betrachten zu können. Gleichzeitig schob sie ihre Hüfte auf seinen Schoß und nahm seinen harten Schwanz zwischen ihre weichen Oberschenkel. Er stöhnte leise. »Das ist …«

»Du hattest noch nicht viele Frauen, hab ich recht?«

Lay sah sie an. Einen Moment lang spielte er mit dem Gedanken, das abzustreiten, aber dann sagte er sich, dass sie es ohnehin bemerkt haben musste. Und außerdem fand er diese typisch männliche Lüge albern. »Eine.« Er räusperte sich und machte eine kleine Pause. »Die aber zweimal. Die dreimal jetzt mit dir nicht mitgerechnet.«

Makiras Zähne blitzten, als sie grinste. »Ah, wie süß, noch jedes einzelne Mal aufzählen zu können.«

Lay runzelte die Stirn. »Es gibt keinen Grund, sich darüber lustig zu machen.«

Die Sandfrau antwortete nicht sofort, sondern sah ihn aufmerksam an. Dann hob sie zu seiner Überraschung den Kopf und küsste ihn sanft auf den Mund. Es war ihr erster Kuss, trotz allem, was sie in der Nacht gemacht hatten. »Das wollte ich auch nicht. Es war eher eine Art … Kompliment.« Sie wirkte plötzlich fast schüchtern, aber das ging rasch wieder vorbei. »War es mit Theija?«

Eine fast unmerkliche Veränderung ging mit ihrem Gesicht vor, so als würden alle Muskeln plötzlich einem vollkommen anderen Menschen gehorchen, als wären selbst die Augen nicht mehr ihre eigenen. Lay beobachtete erstaunt, wie sich Makira auf einmal verwandelte. Es war immer noch Makira, gewiss, aber sie schien plötzlich auch eine andere zu sein. Nicht mehr die Makira, die eben noch leidenschaftlich auf ihm gestöhnt und geschrien hatte, als sie gekommen war, sondern die Makira von der Karawane, die ihn abschätzend und mit unverkennbarem Argwohn beäugt hatte, als sie seinen Ring und seinen Armreif bemerkt hatte.

Lay spürte, dass seine Antwort von einer Bedeutung war, die er nicht einmal annähernd begriff. Er schüttelte den Kopf. »Nein. Es war eine Drachenjungfrau. Kal...« Aus irgendeinem Grund mochte er Kalehnas Namen nicht nennen. Fast, als würde er die junge Frau damit verraten, wenn er Makira gegenüber von ihr sprach.

Aber die Sandfrau schien sich auch nicht sonderlich dafür zu interessieren, mit wem Lay seine Unschuld verloren hatte. Solange es nicht Theija gewesen war. »Gut. Danach dürfte sie jedenfalls keine Jungfrau mehr gewesen sein.«

»Da hast du allerdings recht.« Lay grinste. *Und wie recht sie hat!*, dachte er.

Makira legte den Kopf auf ihre Unterarme und nahm die Massage seines Schwanzes mit ihren Oberschenkeln wieder auf. »Erzähl mir von Theija«, sagte sie. »Wie war sie? Zu dir, meine ich.«

Diese Frage überraschte Lay. »Warum willst du das wissen? Wieso interessierst du dich so für sie? Nur weil sie auch eine Sandfrau gewesen ist? Was hast du mit ihr zu schaffen?«

»Immerhin trage ich ihren Ring, stimmt's?« Makira hob mit einer Hand das lederne Band und ließ das Schmuckstück daran baumeln.

Lay räusperte sich. »Dieser Ring ...«

»Keine Sorge, du bekommst ihn zurück, wie ich es dir versprochen habe. Sobald wir in SanSibor sind. Und jetzt erzähl mir von Theija.«

»Sie ist ... Sie war ...« Er schluckte. »Ich wollte mit ihr von dort weggehen.«

»Von wo? Von diesem Monasterium, von dem du erzählt hast?«

»Ja. Ich habe es ihr aber nicht rechtzeitig sagen können.«

»Wieso nicht?«

»Das habe ich dir doch gesagt. Sie wurde ermordet! Von diesem Schlächter von Krühll und seinen Leuten.« Er ballte unwillkürlich die Hände zu Fäusten und schob Makiras Hand weg, als sie sie auf seinen Arm legte. »Den Hämmern von Ern.«

»Ich weiß.« Ihre Stimme klang sanft, aber sie hatte aufgehört, ihre Hüften zu bewegen. »Ich meinte, warum hast du es ihr nicht früher erzählt?«

Lay sah sie an. »Hast du den Eindruck, dass ich besonders erfahren bin, was Frauen angeht?«

Makira lächelte. »Ich verstehe.«

»Und damals war ich noch unsicherer. Ich wusste nicht einmal, ob sie mich überhaupt genommen hätte. Oder ob sie mich als Mann ernst nahm.«

Als Makira leise lachte, bewegte sich ihr ganzer Körper wellenförmig auf ihm, ein schönes Gefühl. »Keine Sorge, das hätte sie getan, wenn sie dich nackt gesehen hätte.«

Lays Gesicht nahm einen halb belustigten, halb verärgerten Ausdruck an. »Hat sie aber nicht.«

Makira hob fragend eine Braue. »Und du? Hast du sie je nackt ...?«

»Natürlich nicht!«, fiel ihr Lay hastig ins Wort. Dann fuhr er leiser fort: »Wenn man dieses eine Mal in den Badestuben nicht mitzählt, als sie ... und ich war ...«

»Verstehe«, wiederholte Makira. »Schon gut. Und sonst war nichts?«

»Einmal habe ich sie geküsst, das ist alles.« Lay sah die Sandfrau forschend an. »Warum, bei Belphors Hörnern, interessiert dich Theija so sehr?«, wiederholte er seine Frage von vorhin. »Und behaupte nicht wieder, es sei nur wegen des Rings. Hast du sie etwa gekannt?«

»Das sind Fragen, auf die du schon bald Antworten bekommen wirst, das verspreche ich dir.«

»Du meinst, wenn wir SanSibor erreicht haben?«

»Nein, ich meine, wenn wir meiner Meinung nach genügend

an deiner Fähigkeit gearbeitet haben, eine Frau glücklich zu machen.« Sie sah Lays verletzte Miene und lachte. »Ach, nun sei nicht gleich beleidigt.« Sie wackelte aufreizend mit den Hüften auf seinem Schoß. »Du hast alles, was du dazu brauchst.« Sie lächelte, als sie Lays Grinsen sah. »Das Problem ist nur, dass du es nicht nutzt, sondern glaubst, es reicht, mit dem Schwanz ein bisschen herumzuwedeln.« Sie seufzte. »Das ist so, als würdest du dein Pferd von hinten aufzäumen.«

Lay hob eine Braue. »Wie meinst du das?«

Makira lächelte und rutschte langsam an ihm herunter. »Ich werde es dir zeigen.«

»Komm hoch, mein göttlicher Liebhaber.«

Lay zuckte zusammen, als sich ein weicher Fuß behutsam, aber dennoch nachdrücklich in seine Seite bohrte. »Was …? Schon wieder?«

Makira lachte leise. »Wir müssen weiter. Die Augen Belphors sind weit geöffnet, und ich möchte nicht unbedingt in der Mittagsglut reiten, wenn wir es vermeiden können.«

Lay stützte sich auf die Ellbogen und leckte sich über die Lippen. Sie waren trocken, und er hatte einen seltsamen Geschmack im Mund. Er spuckte aus, als er merkte, dass er Haare auf den Lippen und auf der Zunge hatte.

Makiras Haare.

Mit einem Stöhnen ließ er sich zurücksinken. »Hab ich das geträumt, oder haben wir …?«

»Wir haben.« Makira lachte. »Noch ein Grund, warum ich heute Morgen nicht so lange reiten möchte.«

»Ich habe das Gefühl …«

»Das kannst du mir alles unterwegs erzählen«, unterbrach ihn Makira. »Jetzt zieh dich an und pack deine Sachen zusammen.«

Sie wartete, bis er aufgestanden war und seine Hose und das Hemd übergezogen hatte, das sie auf einem Markt in einem kleinen Kaffir gegen einen Dolch eingetauscht hatten. Die Waffe hatten sie einem Toten abgenommen, einem von etlichen einer kleinen Karawane, die sich offenbar in der Wüste verirrt hatte und denen dann das Wasser ausgegangen war. Es hatte Lay gewundert, dass die Toten nicht gründlicher geplündert worden waren.

»Mein Volk hat großen Respekt vor der Wüste und ihren Opfern. Niemand würde dem *Unendlichen Labyrinth* seine Beute streitig machen. Schon deshalb nicht, weil sie Angst hätten, sich selbst in diesem Labyrinth zu verirren.«

Ein passender Name, hatte Lay gedacht und sich an der Stelle, wo die Toten lagen, umgesehen. *Ein Labyrinth ohne Gänge und Mauern. Aber in jedem Fall tödlich, wenn man sich hineinwagt, ohne sich auszukennen.*

»Ich wollte dir nur danken.«

Makira sah ihn verblüfft an. »Dafür?« Sie grinste. »Gern geschehen. Ich muss zugeben, dass es auch mir wirklich sehr viel Spaß gemacht hat. Du bist ein ausgesprochen gelehriger Schüler.«

Lay errötete. »Das habe ich nicht gemeint, aber trotzdem danke.«

Daraufhin errötete auch Makira. »Ich … Wofür bedankst du dich dann?«

Lay streckte die Hand aus und deutete auf die Dünen um sie herum. »Dafür. Ohne deine Hilfe wäre ich dem Tod ausgeliefert gewesen.« Er schüttelte den Kopf. »Ich hätte es wahrscheinlich nicht einmal geschafft, Fasso Osh'b und seinen Häschern zu entkommen, geschweige denn, SanFira zu erreichen.«

»Immerhin hast du mich durch Belphors Garten geschleppt und mir das Leben gerettet«, entgegnete Makira. »Und meinen Verstand. Und im Palast des Shetan … Ich würde sagen, wir sind quitt.« Sie zögerte einen kleinen Moment, nahm dann das Lederband mit dem Ring, hob es über den Kopf und reichte es Lay. »Ich brauche jetzt kein Unterpfand mehr. Ich glaube, der Ring gehört dir.«

Lay sah sie überrascht an und streckte die Hand aus. »Aber du hast doch gesagt, du würdest ihn mir erst wiedergeben, wenn wir SanSibor erreichen. Wieso hast du deine Meinung geändert? Weil wir miteinander geschlafen haben? Oder weil ich dir von Thejia erzählt habe?«

Makira seufzte. »Sowohl als auch, und außerdem habe ich meine Meinung nicht geändert.«

Lay wog den Ring in der Hand und musterte die Sandfrau dabei verblüfft. »Ich verstehe nicht …«

»Oh, das wirst du.« Makira lachte. »Wenn du auf diese Düne gehst.« Sie deutete auf eine hohe Sanddüne, in deren Windschatten sie ihr provisorisches Lager aufgeschlagen hatten.

Lay sah sie fragend an.

»Geh nur, steig hoch. Ich warte.«

Lay schob sich das Lederband über den Kopf und stieg die Sanddüne hoch. Der Sand war einigermaßen fest unter seinen Füßen, aber trotzdem war es ein anstrengender Marsch. Kurz bevor er die Kuppe erreichte, drehte er sich zu Makira herum. Er erwartete fast, dass sie in der Zwischenzeit auf ihr Pferd gestiegen und davongeritten war.

Dummkopf, dachte er. *Du verstehst wirklich nichts von Frauen.*

Makira stand immer noch an derselben Stelle, wo er sie verlassen hatte, und bedeutete ihm mit einem Winken, er solle weitergehen.

Lay seufzte, drehte sich um und gehorchte. Die letzten hundert Schritt waren die anstrengendsten, weil die Düne nach oben hin immer steiler wurde. Schließlich erreichte er den Kamm. Und blieb wie angewurzelt stehen.

Hinter der Düne erstreckte sich, eingerahmt von einem gewaltigen blau schimmernden und offensichtlich künstlichen Wasserbecken, die Hauptstadt von SanFira.

SanSibor, Stadt der Tausend Türme.

IN DEN SÜMPFEN VON ORGT
TEMPEL DER DRACHENJUNGFERN

»*Webe die Fäden, wirke sie fein, ein Knoten aus Gold, das sollen sie sein.*« Lächelnd summte Jolah das Lied vor sich hin, das ihre Mutter ihr häufig vorgesungen hatte, während sie versuchte, die Fäden zu wirken, die golden schimmernd vor ihren geschlossenen Augen tanzten.

»Jolah?«

Jolah da Punfor, ehemalige Drachenbraut, ehemalige Drachenpriesterin und Mutter in spe, schrak hoch. Das alte Kinderlied hatte ihre Kinderfrau immer gesungen, wenn die ungebärdige kleine Drachenbraut mal wieder einen ihrer berüchtigten und fast im ganzen Drachenpalast hörbaren Wutanfälle bekam. Und wie es die kleine Jolah immer wieder beruhigt hatte, schien es seine Wirkung auch bei der großen Jolah nicht zu verfehlen.

Allerdings waren die Fäden damals real und aus Wolle, dachte sie. *Diese Fäden hingegen ...* Sie seufzte, als jemand an die Tür klopfte und erneut ihren Namen rief.

»Jolah!«

Gereizt unterbrach sie ihre Übungen und öffnete langsam die Augen.

»Jolah? Mach auf!«

Cassda'ra? Was ist denn jetzt schon wieder? Jolah runzelte die Stirn. »Ich komme schon!« Jolah erhob sich von dem Kissen, auf dem sie gesessen hatte, während sie sich in der Versenkung übte, um die Fäden wirken zu können, und ging langsam zur Tür. Als die Höchste Drachenpriesterin ihr früheres Mündel in den Turm der Jungfrauen geführt hatte, hatte Letztere mit eigenen Augen gesehen, wie die Drachenpriesterinnen ihr Gift gewannen. Jolah war von dem Vertrauen ihrer Tutorin in sie zwar beeindruckt gewesen, aber gleichzeitig fühlte sie sich von ihrer einstigen Vertrauten abgestoßen. Jetzt wusste sie, warum die genaue Lage dieser Tempel eins der bestgehüteten Geheimnisse der Drachenpriesterinnen war. Hätten die Auguren oder Magi von dem Geheimnis der Giftherstellung erfahren, hätten beide, ohne zu zögern, den Kult der Drachenpriesterinnen verboten, ja, sie hätten wahrscheinlich die Drachenpriesterinnen an Drachenkreuze geschlagen und verbrannt, was Druud OchNarjon bereits mehrfach gefordert hatte.

Nachdem Cassda'ra und Jolah bei einem Tutorium des Sichtens der Fäden herausgefunden hatten, dass die Drachenbraut schwanger war, hatte sich die Kluft zwischen den beiden Frauen noch vertieft. Seitdem herrschten Argwohn und Zurückhaltung zwischen ihnen. Jedenfalls von Jolahs Seite aus.

Die Höchste Drachenpriesterin wollte unbedingt und vor allem anderen, dass Jolah dieses Kind, »den Bastard«, wie Cassda'ra es abschätzig nannte, abtrieb. Als Erste Heilerin des Drachenreiches hätte sie auch keine Schwierigkeiten gehabt, die dafür nötige Prozedur durchzuführen, ohne Jolah dabei in Gefahr zu bringen. Das Problem war nur, dass Jolah das Kind unter allen Umständen behalten wollte. Dafür war sie auch bereit gewesen, ihre Tutorin zu belügen, was den Vater des Kindes betraf.

Cassda'ra glaubte, Jolah hätte in einem leichtsinnigen oder unbedachten Moment mit diesem Ringfechter geschlafen, Bluthand Lay, einem Träger des Mals, der, wie die Drachenpriesterinnen glaubten, Jolah bestimmt war. Allerdings sahen die Prophezeiungen des Okkultum laut Cassda'ra keine Schwangerschaft der Auserwählten vor.

Und was die Prophezeiungen verkünden, muss natürlich wahr sein, dachte Jolah, während sie an der Tür stehen blieb und die Hand auf den Riegel legte. Sie hatte Cassda'ra nicht einmal widersprochen, als die Drachenpriesterin, außer sich vor Wut über Jolahs Weigerung abzutreiben, sie gefragt hatte, ob das Kind am Ende vielleicht von ihrem toten Leibwächter Bragh wäre und sie sich aus sentimentalen Gründen nicht zu einer Abtreibung entschließen könnte.

Ich werde dir nie sagen, dass Broll der Vater ist. Und dass ich nur ihn will, ganz gleich, wer mir von Prophezeiungen, alten Schriften oder dem Schicksal vorherbestimmt ist. Sie schob den Riegel zurück. *Und ich weiß genau, dass er mich ebenfalls will.* Sie streifte mit einem Finger kurz über die kleine Narbe auf ihrer Wange, wie sie es häufig tat, wenn sie an den Anführer der Hämmer von Ern dachte, dann drückte sie die Klinke nach unten und öffnete die Tür.

Die Höchste Drachenpriesterin stand davor und sah Jolah missbilligend an. »Seit wann hast du das Bedürfnis, dich in deiner Kemenate einzuschließen?«

Seit ich weiß, dass ich hier niemandem mehr trauen kann. Laut antwortete Jolah jedoch: »Seit ihr es offenbar nicht mehr für nötig haltet, mich wie eine Gefangene einzusperren.« Sie lächelte spöttisch. »Ich hatte mich daran gewöhnt.«

»Also wirklich, Jolah!« Cassda'ra seufzte. »Ich habe dir doch schon ein Dutzend Mal gesagt, dass dies nur zu deiner eigenen Sicherheit ...«

»Ach ja, richtig!«, unterbrach die Drachenbraut sie. »Damit nicht Oberin Alektah-ra heimlich nachts in meine Gemächer schleicht und eine Sandechse in mein Bett schmuggelt, richtig?«

Die Miene der Höchsten Drachenpriesterin wurde hart. »Diese Gefahr zumindest besteht nicht«, erwiderte sie. »Nicht mehr, wie du ja sehr wohl weißt. Zur Herstellung des Drachengiftes brauchen wir Jungfrauen.« Sie deutete auf Jolahs Leib. »Und wie wir beide wissen, gibt es ja nur einen Weg, auf dem dieser Bastard dort hineingekommen ist!«

»Allerdings«, gab Jolah zurück. »Wovon du ganz offensichtlich nichts verstehst. Man nennt es Liebe.« Sie erinnerte sich an den Moment, in dem sie dieses Kind empfangen hatte. *Nun ja, da war es wohl eher hemmungslose Lust gewesen, aber trotzdem …*

»Hast du mittlerweile Vernunft angenommen, was …?«

»Hör endlich auf damit!«, fuhr Jolah sie an und hob die Hand. »Wir führen dieses Gespräch jedes Mal, wenn wir uns treffen, und ich bin es leid, immer wieder zu beteuern, dass ich dieses Kind auf keinen Fall abtreiben werde!«

Die Höchste Drachenpriesterin blieb einen Moment in der geöffneten Tür stehen und starrte Jolah abschätzend an. »Du machst einen großen Fehler, mein Kind!«, meinte sie dann und wollte in den Raum treten.

»Ich bin kein Kind!«, gab Jolah wütend zurück. »Und du bist nicht mehr meine Vertraute, daher möchte ich dich bitten, nicht mehr in diesem Ton mit mir zu reden.« Mit blitzenden Augen blieb sie in der offenen Tür stehen und versperrte Cassda'ra dadurch den Weg in ihre Gemächer. »Was willst du hier? Unsere nächste Sitzung ist erst …«, sie warf einen Blick aus dem Fenster, »in frühestens vier Sonnenstrichen.«

Cassda'ra kniff die Augen zusammen. »Du vergisst, mit wem du sprichst!«

»So wie du vergessen hast, mit wem *du* sprichst?« Jolah spie die Worte feindselig heraus, aber im nächsten Moment bedauerte sie ihre Hitzigkeit. *Es ist nicht klug, sich Cassda'ra zur Feindin zu machen*, dachte sie. *Sie ist zwar nicht mehr meine Freundin, und das war sie wohl auch nie, aber ich werde sie brauchen, wenn ich aus diesem verdammten Tempel herauskommen will! Und sie wird mir wohl kaum helfen, wenn sie meine Pläne durchschaut. Also sei zumindest höflich zu ihr, wenn du schon nicht freundlich sein kannst.*

»Jolah, du wirst nie den Drachenthron …«

»Entschuldige, Cassda'ra«, sagte Jolah gleichzeitig. »Ich bin ein wenig gereizt. Vielleicht liegt es ja an meinem Zustand.«

Ganz bestimmt nicht! Es liegt an deiner verdammten Überheblichkeit, Höchste Drachenpriesterin!

»Noch ein Grund mehr, auf meinen Rat zu hören.« Die Drachenpriesterin nickte, als Jolah zur Seite trat, um sie einzulassen. »Denn dieser Zustand wird eher schlimmer als besser werden.«

Ich frage mich, woher du das wissen willst!, dachte Jolah. *Wahrscheinlich hat meine Mutter sich bei dir ausgeweint, als sie mit mir schwanger gegangen ist.* Trauer überkam Jolah. Trauer darüber, dass ihre Mutter sie aus Gründen empfangen hatte, die nichts damit zu tun hatten, dass sie sich ein Kind gewünscht oder ihren Mann geliebt hätte. *Sie hat ihn ja sogar betrogen und ihm das Kind eines anderen Mannes untergeschoben.* Nach unzähligen Diskussionen mit Cassda'ra hatte die Drachenpriesterin ihr endlich erklärt, was Jeul sa Mehdi de Prunfor für die Prophezeiungen aus dem Okkultum, über die Jolah so spöttelte, geopfert hatte.

»Ihren Status als Drachenpriesterin, der von uns verlangt, niemals zu heiraten und keusch zu bleiben. Stattdessen hat sie den Drachenfürsten geehelicht, um in der richtigen Machtposition zu sein, wenn sie dich empfing.«

»Aber Akkad da'al Akkadi ist mein Vater!«, hatte Jolah verblüfft erwidert .

»Selbstverständlich«, hatte Cassda'ra ungerührt erklärt. »Prakuhl de Prunfor war kein Träger des Mals, kein Auserwählter. Abgesehen von seiner Stellung war er nur ein einfacher Mann ohne besondere Fähigkeiten.«

In dem Moment hatte Jolah begriffen. Sie war das Ergebnis eines Zuchtprogramms, eine Erkenntnis, die ihre Laune nicht gerade verbessert hatte. »Und Akkad da'al Akkadi ist ein Magus, zudem ein sehr mächtiger. Deshalb also hat Jeul …«

»Gewiss«, hatte Cassda'ra bestätigt, ohne etwas von Jolahs Erschütterung zu bemerken. »Nur deshalb hat sich deine Mutter mit diesem Mann eingelassen. Er war nicht nur ein mächtiger Magus, sondern auch einer von denen, die das Mal trugen.«

»Er *war?*« Jolah war es kalt über den Rücken gelaufen, als sie in Cassda'ras Augen blickte. Sie hatte erst kurz vor dem Mord an dem von ihr verachteten Mann, den sie Vater nannte, erfahren, dass ihr wirklicher Vater der Reichsverweser und Magus Akkad da'al Akkadi war. In ihrer gesamten Kindheit war er immer für sie da gewesen, und sie hatte zu ihm ein fast inniges Verhältnis gehabt. Nachdem sie die Wahrheit kannte, war ihr auch klar gewesen, warum.

»Er ist tot«, hatte Cassda'ra ihr knapp erklärt.

»Tot?« Jolah hatte es kaum glauben können und sich dann hastig nach ihrer Mutter erkundigt. Sie war erleichtert gewesen, dass Jeul noch am Leben war, auch wenn sie ihrer Mutter niemals vergeben würde, dass sie ihre Tochter nicht aus Liebe, sondern aus Zuchtzwecken großgezogen hatte.

Jetzt betrachtete Jolah die Höchste Drachenpriesterin verstohlen. *Wahrscheinlich hast du die ganze Zeit alles beobachtet und im Hintergrund die Fäden gezogen,* dachte sie. *Raffiniert und wirklich sehr effektiv. Wer hätte schon die Erste Heilerin des Reiches einer solch ungeheuerlichen Verschwörung gegen den Drachenthron verdächtigt?*

»Du hast mir immer noch nicht gesagt, weshalb du hier bist«, sagte Jolah, während sie die Tür schloss.

»Setz dich«, forderte die Drachenpriesterin sie auf. »Bitte«, fügte sie hinzu, als Jolah ihr nur einen hochmütigen Blick zuwarf. Sie wartete, bis sich die Drachenbraut auf dem Kissen niedergelassen hatte, dann nahm sie ihr gegenüber Platz und verschränkte die Hände. »Wir werden heute ein zusätzliches Tutorium durchführen«, erklärte sie. »Die Zeit wird knapp. Und du musst noch so viel lernen. Trotzdem«, sie lächelte, »du bist so gut geworden, und das in so kurzer Zeit …«

Ach tatsächlich?, dachte Jolah, aber sie konnte nicht leugnen, dass das Lob sie freute. »Danke«, sagte sie nur. Trotz ihrer Meinungsverschiedenheiten und ihres Misstrauens musste sie zugeben, dass Cassda'ra ihre Pflichten als Tutorin ihr gegenüber ausgesprochen sorgfältig erfüllte. Im Gegenteil, ihr Streit schien den Eifer ihrer Lehrerin noch anzustacheln, Jolah in der Kunst der Versenkung und dem Wirken der Fäden so schnell und so gut wie möglich auszubilden. *Wahrscheinlich hofft sie,* sagte sich Jolah, *dass ich dadurch Geschmack am Dasein einer Drachenpriesterin finde, mein Kind abtreibe und mich dieser blöden Prophezeiung beuge. Aber darauf kannst du lange warten. Ich bin nämlich bereits dabei, meine Bestimmung zu erfüllen und mir mein eigenes Schicksal zu schmieden.*

»Gut genug, um mit dem zweiten und schwierigeren Teil deiner Ausbildung zu beginnen.«

Jolah hob eine Braue. »Der zweite Teil? Ich verstehe nicht …«

»Wie könntest du auch?«, entgegnete Cassda'ra gelassen. »Aber du wirst schnell begreifen, worum es dabei geht.« Sie beugte sich vor, und Jolah war fast gegen ihren Willen fasziniert. »Du hast die Fäden des Schicksals *gesehen,* du kannst sie *sichten,* aber um sie richtig *wirken* zu können, bedarf es mehr als nur der Kunst der Versenkung.« Sie holte eine kleine gläserne Phiole hervor und legte sie auf den niedrigen Holztisch zwischen ihnen.

Jolahs Blick wurde wie magnetisch von dem weißen Pulver darin angezogen. *Drachengift!* »Drachengift? Was soll das? Ich brauche kein Drachengift, um die Fäden zu sehen. Das weißt du doch!«

»Das weiß ich in der Tat. Schließlich bin ich deine Tutorin und war immer dabei.« Cassda'ra beobachtete Jolah scharf. »Aber jetzt geht es um etwas anderes.« Sie presste kurz die Lippen zusammen. »Gewiss, dieses Drachengift verstärkt unsere Fähigkeit, die Fäden zu *sichten.*« Sie sah Jolah an und schob ihr die Phiole zu. »Du bist jedoch auch eine Trägerin des Mals, und bei euch Auserwählten erfüllt das Gift noch einen anderen Zweck.«

»Und zwar?« Jolah konnte ihren Blick nicht von der Phiole wenden. Sie schien so unauffällig und harmlos, aber die Drachenbraut wusste, dass dies trog. Die Wirkung von Drachengift war zwar außergewöhnlich, vor allem bei Menschen mit der *Gabe*, aber sie wusste auch, dass der Preis einer regelmäßigen Einnahme sehr hoch war.

»Der Auserwählte und du, ihr besitzt gleichzeitig beide *Gaben*, die des Sichtens der Fäden und die des Wirkens der Ströme«, erklärte die Drachenpriesterin. »Das Drachengift sorgt dafür, dass die schwächere Gabe gestärkt wird und so ein ausgewogenes Verhältnis zwischen beiden entsteht.« Sie hob eine Braue. »In dem von dir so verachteten Okkultum gibt es dafür ein Symbol, die ...«

»Die Waage des Schicksals«, flüsterte Jolah, als sie begriff. *Natürlich. Darum geht es also. Deshalb versuchen alle, die Träger des Mals für ihre Zwecke zu vereinnahmen. Wegen der Macht, die wir besitzen. Oder besitzen können*, dachte sie. *Wenn wir unsere Kräfte beherrschen. Nur*, sie sah die Höchste Drachenpriesterin argwöhnisch an, *welchen Nutzen ziehst du daraus, wenn mir die Vereinigung der beiden Fähigkeiten gelingt? Für welche Zwecke willst du, wollen die Drachenpriesterinnen mich einspannen?* Sie dachte wieder an den Turm der Jungfrauen, wo unschuldige, ahnungslose Mädchen von diesen widerlichen Sandechsen angezapft wurden, um das wertvolle Drachengift zu gewinnen, und schüttelte sich unwillkürlich. *Drachenjungfern, ha!*, dachte sie. *Drachenfutter wäre wohl in dem Fall die passendere Bezeichnung.* Aber eins war ihr spätestens nach diesem Erlebnis im Turm der Jungfrauen vollkommen klar: Die Drachenpriesterinnen, allen voran Cassda'ra, würden vor nichts zurückschrecken, um ihre Ziele zu erreichen. Auch nicht davor, die Drachenbraut und rechtmäßige Thronerbin Alghors mit Gewalt dazu zu zwingen, sich ihrer Bestimmung zu unterwerfen, wie sie in der Prophezeiung aus dem Geheimen Buch formuliert war.

Ihr Blick glitt wieder zu der Phiole auf dem Tisch. Es war besser, den Anschein zu erwecken, dass sie sich den Wünschen der Drachenpriesterinnen beugte, zumindest zum Teil. »Außerdem verachte ich das Okkultum keineswegs«, erklärte sie, und das entsprach auch der Wahrheit. »Aber ich habe einfach kein Verständnis für Menschen, die sich damit brüsten, sie allein würden die einzig wahre Auslegung dieser alten Schrift kennen.« Sie zuckte mit den Schultern. »Schließlich behaupten die Auguren und die Magi das auch von ihren geheimen Lehren. Wie soll man entscheiden können, welche der Prophezeiungen die richtige ist, wenn keine dieser Gruppen, einschließlich der Drachenpriesterinnen, sämtliche Prophezeiungen wirklich kennt?«

»Oh, ich kenne sie alle drei«, erwiderte Cassda'ra nachsichtig. »Und es wird die Zeit kommen, da auch du sie alle drei studieren wirst. Dann wirst du begreifen, dass ich nur das Beste für dich wollte.« Die Drachenpriesterin lächelte. »Aber in einem Punkt hast du recht. Die Waage ist tatsächlich das entscheidende Symbol. Sie zeigt an, dass es darum geht, eine innere Balance zu gewinnen, die einen befähigt, die Macht zu ergreifen.«

Jolah runzelte die Stirn. Sie hatte verbotenerweise im Okkultum gelesen, und ihre Interpretation dieses Symbols und seiner Bedeutung war eine ganz andere. Aber das äußerte sie vorerst nicht. *Hör dir erst an, was sie zu sagen hat.* »Verstehe«, meinte sie.

»Tatsächlich?« Die Höchste Drachenpriesterin betrachtete sie prüfend. »Wahrscheinlich tust du das wirklich. Du bist etwas Besonderes, Jolah, und deshalb ist es umso wichtiger, dass du deine Bestimmung nicht einfach aus einer Laune heraus ...«

»Du wolltest mir gerade sagen, welche Rolle dieses Gift dabei spielt«, unterbrach Jolah sie.

Cassda'ra blickte auf die Phiole. »Du musst zunächst begreifen, dass es nur wenigen von uns vergönnt ist, einen Zustand zu erreichen, in dem wir die Fäden des Schicksals nicht nur sichten, sondern sie auch *verfolgen* können.« Die Drachenpriesterin hob wieder den Blick, um Jolah eindringlich anzusehen. »Das bedeutet, dass wir in gewisser Weise in die Zukunft sehen können, auch wenn uns nicht immer klar ist, was *genau* wir dort erblicken.« Sie seufzte. »Du kannst dir wahrscheinlich nicht vorstellen, wie schrecklich frustrierend es ist, wenn man weiß oder zumindest ahnt, wie sich das Schicksal in der Zukunft gestalten wird, aber nicht in der Lage ist, Einfluss darauf zu nehmen. Während diese verdammten Magi unablässig mit den Strömen der Natur herumpfuschen, ohne auch nur im Geringsten eine Ahnung davon zu haben, welche verheerenden Folgen das haben kann.«

Jolahs Gedanken überschlugen sich. »Und euch gelingt dieses *Sehen* der Zukunft, indem ihr dieses Gift nehmt?«

Cassda'ra nickte. »Ganz genau. Du jedoch bist eine Trägerin des Mals, eine Auserwählte, eine der Heiligen Zwei. Du besitzt die Fähigkeit, die Fäden nicht nur zu *sehen,* sondern sie möglicherweise auch zu *wirken.«*

»So wie die Magi die Ströme der Natur beeinflussen?«

»In etwa. Manche Gelehrte behaupten, dass die Fäden des Schicksals und die Ströme der Natur ein und dasselbe sind.« Cassda'ra zuckte mit den Schultern. »Aber das spielt im Moment keine Rolle. Wichtig ist nur, dass du begreifst, welche bedeutende Fähigkeit in dir schlummert, eine Fähigkeit, die möglicherweise das Schicksal unseres Kultes und vielleicht auch des ganzen Drachenreiches beeinflussen kann.«

Und die mir eine große Macht verleihen wird, wenn ich sie beherrsche. Eine Macht, die du gern kontrollieren möchtest. Deshalb hast du mich hierhergebracht und letztendlich hier eingesperrt. Und deshalb ist dir mein Kind ein Dorn im Auge. Weil du Angst hast, dass ich dadurch diese Fähigkeit verlieren könnte.

Jolah sah auf die Phiole mit dem Gift. Plötzlich kam ihr ein schrecklicher Verdacht. »Wenn ich dieses Gift nehme, dann …«

»Dann wird dein Geist von allem befreit sein, was die reine und vollkommene Verschmelzung deiner beiden Gaben behindern könnte. Du wirst einen Zustand höchster Versenkung erreichen, in der du die Fäden *sehen* und *verfolgen* und vielleicht sogar *wirken* kannst. Ein Zustand, den keine von uns anderen jemals erreicht hat oder erreichen wird. Es ist ein ungeheures Privileg und deine Bestimmung, und du hast nicht das Recht, dich deinem Schicksal wegen irgendwelcher Launen oder persönlicher Bedürfnisse zu versagen!«

Du hältst das Kind in meinem Bauch für eine Laune? Es gelang Jolah nur mit Mühe, ihren Zorn zu beherrschen. »Und was geschieht mit meinem Körper?«, fragte sie. *Und mit meinem ungeborenen Kind?*

Cassda'ra zögerte einen winzigen Moment, und ihr Blick zuckte zu Jolahs Bauch. Es war kaum wahrnehmbar, aber Jolah hatte darauf gelauert, hatte genau so etwas erwartet, eine verräterische Geste, ein Anzeichen dafür, dass die Drachenpriesterin ihr etwas verschwieg. Etwas sehr Wichtiges.

»Selbstverständlich könnte das Gift Auswirkungen auf deinen Körper haben«, räumte Cassda'ra ein. Sie bemühte sich um einen beiläufigen Tonfall. »Niemand nimmt es ungestraft über einen längeren Zeitraum. Das ist für dich nichts Neues, du hast deine Mutter Jeul gesehen. Und du kennst den Ersten Fragenden.«

»Du meinst, ich werde erblinden?« *Und mein Kind verlieren, aber das ist dir ja nicht so wichtig, hab ich recht?*

Cassda'ra spreizte die Hände. »Das ist nicht auszuschließen, je nachdem, wie lange du es nimmst und wie groß die Dosis ist, die du irgendwann benötigst. Aber andererseits bist du eine Auserwählte, eine Trägerin des Mals.« Sie zuckte erneut mit den Schultern. »Ich habe keine Ahnung, wie das Gift auf jemanden wirkt, der beide Gaben besitzt.«

Du lügst, dachte Jolah. *Du weißt ganz genau, wie dieses Gift bei mir wirken wird. Es wird dazu führen, dass ich mein Kind verliere. Und genau das willst du.* »Steht darüber nichts in den Prophezeiungen oder im Okkultum?«, erkundigte sie sich mit leichtem Spott. »Im Buch der Sieben Weisheiten findet sich jedenfalls nichts über die Wirkungsweise dieses Giftes. Ebenso wenig darüber, wie es gewonnen wird. Aber das ist ja auch nicht weiter verwunderlich, hab ich recht?«

Cassda'ra überhörte diese Bemerkung und deutete auf die Phiole auf dem Tisch. »Es gibt nur eine Möglichkeit herauszufinden, wie du auf dieses Gift reagierst.«

»Jetzt sofort?« Jolah suchte verzweifelt nach einem Grund, einer Ausflucht, warum sie das Tutorium abbrechen und das Gift nicht nehmen wollte, ohne der Drachenpriesterin dadurch zu verraten, dass sie sie durchschaut hatte. Sie konnte die Einnahme nicht ablehnen, indem sie als Grund die Angst um ihr ungeborenes Kind anführte. Denn sie spürte, dass Cassda'ra in diesem Fall nicht vor Zwangsmaßnahmen zurückschrecken würde. Sie war die Drachenbraut, gewiss, die Thronfolgerin des Drachenthrons von Alghor, auch das, aber im Augenblick fühlte sie sich in diesem Tempel eher wie eine Gefangene, die der Willkür der Höchsten Drachenpriesterin und der Oberin Alektah-ra ausgeliefert war. *Wahrscheinlich empfindest du das so, weil es genau so ist.*

Cassda'ra hatte sie die ganze Zeit nicht aus den Augen gelassen. »Nun, ich habe dir erklärt, worum es bei unserem heutigen Tutorium geht. Du musst lernen, deine beiden Gaben miteinander zu verbinden und sie zu einer ausgewogenen Balance zu bringen. Und dafür brauchen wir …« Die Drachenpriesterin runzelte die Stirn, als laute Stimmen im Gang ertönten. »Was, bei Belphors gespaltenem Schwanz, ist da los?«

Im nächsten Moment schwang die schwere hölzerne Tür von Jolahs Kemenate auf und schlug krachend gegen die Steinwand. Cassda'ra fuhr herum. »Was fällt dir ein …?«

»Höchste!« Die Drachenwächterin, die in der Tür stand, hielt sich nicht lange mit Förmlichkeiten auf. Sie grüßte flüchtig, indem sie ihre Faust, Daumen und kleinen Finger abgespreizt, auf den Lederpanzer legte, dorthin, wo sich in etwa ihr Herz befand. Sie wartete nicht ab, bis Cassda'ra sie zum Weitersprechen aufforderte. »Ihr müsst sofort von hier verschwinden!«

»Was …? Warum …? Wie kommst du dazu …?«

Ein Glück!, dachte Jolah. Sie wusste nur, dass sie auf diese

Weise einen Aufschub erhielt und das Drachengift nicht sofort nehmen musste.

»Verzeiht, Höchste, aber wir haben keine Zeit für lange Erklärungen!«, stieß die Drachenwächterin hervor. »Und Ihr müsst die da mitnehmen!«

Jolahs Miene verfinsterte sich, als die Drachenwächterin auf sie zeigte. »Ich denke gar nicht daran, irgendwo ...!«

»Der Tempel wird angegriffen!«, fuhr die Drachenwächterin fort. »Offenbar haben die Angreifer herausgefunden, dass wir die Drachenbraut hier verstecken. Man darf weder sie noch Euch hier finden, weil man Euch sonst zweifellos beschuldigen wird, sie entführt zu haben. Dafür würde man Euch ohne langen Prozess ans Drachenkreuz schlagen und verbrennen!«

Jolah schluckte. Cassda'ra hatte sie zweifellos nicht entführt, aber ebenso stand fest, dass die Drachenpriesterin sie hier gegen ihren Willen festhielt. Allerdings hatte sie es nie darauf ankommen lassen, herauszufinden, ob man sie hätte gehen lassen, wenn sie es verlangt hätte. Nun bot sich ihr die Möglichkeit, den Tempel zu verlassen und später möglicherweise auch den wachsamen Augen Cassda'ras zu entkommen.

»Das darf keinesfalls geschehen!«, rief sie und sprang auf. »Worauf wartest du, Cassda'ra?«

Die Drachenpriesterin war ebenfalls aufgestanden und warf Jolah einen Blick zu, dem die junge Frau einwandfrei entnehmen konnte, dass sie durchschaut war.

»Bevor ich weglaufe«, erwiderte Cassda'ra ungerührt, »will ich zumindest wissen, vor wem ich fliehe!« Sie sah die Drachenwächterin verärgert an. »Also sprich! Wer, bei Belphors Feuern, wagt es, einen Tempel der Drachenjungfern zu überfallen?«

Die Drachenwächterin sah hastig in den Gang zurück, durch den lautes Geschrei hallte. »Wir haben keine Zeit für solche Fragen, Höchste ...!«

»Antworte mir gefälligst!«

»Es sind Bewaffnete in den Farben der Auguren und der Magi«, erwiderte die Drachenwächterin. »Einige Krieger tragen auch die Symbole der Hämmer von Ern auf ihren Wappenröcken.«

Die Hämmer von Ern? Eine verrückte, wilde Hoffnung durchzuckte Jolah. *Kann es sein, dass Broll gekommen ist, um mich zu holen?* Im nächsten Moment jedoch schob sie den Gedanken wieder beiseite. Warum sollte Broll das tun? Selbst wenn er gewusst hätte, dass sie in diesem Kloster war, musste er davon ausgehen, dass sie sich freiwillig hier aufhielt.

Die folgenden Worte der Drachenwächterin bestätigten ihre Vermutung. »Der Edle von Ern persönlich führt sie an. Offenbar hat ihn Druud OchNarjon mit den Bewaffneten geschickt, um die Drachenbraut nach Ulcar zu holen.«

Die Erleichterung, die Jolah noch vor wenigen Herzschlägen empfunden hatte, schlug rasch in Panik um. *Ryehl ist hier? Das kann nur eines bedeuten. Druud hat vor, mich nach Ulcar zu schaffen, um mich mit diesem perversen Wüstling zu verheiraten, wie er es schon immer vorhatte! Niemals! Ich werde niemals mit diesem Dreckskerl nach Ulcar zurückkehren!*

»Worauf wartest du noch?«, fuhr sie Cassda'ra an. »Ich dachte, meine Bestimmung wäre so wichtig für dich und für den Kult der Drachenpriesterinnen! Wenn Ryehl mich erst in seinen Krallen hat, dürfte mein Schicksal besiegelt sein, und ich kann dir prophezeien, dass dir das ebenso wenig gefallen wird wie mir!«

Cassda'ra stand einen Moment unschlüssig da.

»Höchste, das ist jetzt Eure letzte Chance zu fliehen. Wir sind zu wenige, um diese Bewaffneten aufzuhalten. Und wenn wir uns nicht beeilen, schaffen wir es nicht, ungehindert den Tunnel zu erreichen.«

Jolah runzelte die Stirn. »Ein Tunnel?« *Erst gibt es einen geheimen Turm der Jungfrauen, in dem unschuldige junge Mädchen massakriert werden, und jetzt auch einen geheimen Tunnel. Diese Tempel stecken wirklich voller Überraschungen.*

»Ja, Erlauchte«, erwiderte die Drachenwächterin, während sie einen weiteren Blick in den Korridor warf. »Durch den Tunnel werden die Jungfrauen nachts …«

»Es reicht, Wächterin!«, fiel Cassda'ra der Frau rasch ins Wort. »Geh voran, wir folgen dir.« Sie deutete auf Jolahs Umhang, den sie achtlos über eine Truhe geworfen hatte. »Nimm ihn mit! Und auch deine Stiefel! Wir werden beides brauchen!«

Damit wandte sie sich ab und trat neben die Wächterin, um durch die Tür in den Korridor zu blicken.

Jolah nutzte die Gelegenheit, zog rasch die Lederstiefel mit den fast kniehohen Stulpen an und überzeugte sich davon, dass die beiden Messer in den Scheiden steckten, die in die Schäfte eingenäht waren. Dann warf sie sich den schweren Umhang über. Sie zögerte kurz, dann bückte sie sich, schnappte sich die Phiole mit dem Drachengift und schob sie in eine versteckte Tasche in ihrem Umhang. Anschließend richtete sie sich auf und ging eilig zur Tür.

»Ich bin so weit«, sagte sie, während sie den kostbaren Schal aus Ziegenwolle vom Haken an der Tür nahm, denselben Schal, den sie damals in Baahtt getragen hatte, als Broll sie vor den Straßenräubern gerettet und dann geschwängert hatte.

In diesem Moment sehnte sie sich so sehr nach seinen kräftigen Armen wie noch nie, seit sie sich im Roten Sand das letzte Mal gesehen hatten, aber sie unterdrückte dieses Gefühl energisch. Es war ein Zeichen von Schwäche, und Schwäche konnte sie sich im Augenblick nicht leisten.

»Gut«, sagte die Drachenwächterin und trat in den Korridor. »Hier entlang!« Im nächsten Moment hatten die drei Frauen die Kammer verlassen und eilten lautlos wie Schatten durch den Gang, während der Kampflärm immer näher kam.

»Los, los, los! Beeilt euch, ihr Hunde!«, schrie Ryehl. »Und haltet die Augen auf! Wer die Drachenbraut sieht und sie mir lebend bringt, bekommt ihr Gewicht in Gold! Wer ihr auch nur ein Haar krümmt, dem ziehe ich bei lebendigem Leib die Haut ab. Mit den anderen Frauen könnt ihr verfahren, wie ihr wollt! Aber erst, wenn aller Widerstand gebrochen ist! Also los!«

Der Anführer der Eskorte Ryehls, ein altgedienter Unterführer seiner Leibgarde, wartete, bis die Bewaffneten der Auguren und Magi und diejenigen seiner Leute, die nicht mit Ryehl auf der Rückseite des Tempels nach einem möglichen Fluchtweg suchten, durch das zertrümmerte Portal gelaufen waren. Dann streckte er den Arm aus, um Farael und Trophan daran zu hindern, ebenfalls durch das Tor zu treten.

»Noch nicht, edler Augur«, sagte der Mann spöttisch. »Wir wissen nicht, welche Waffen diese verdammten Frauen haben. Mich würde es ja nicht weiter stören, aber ich bezweifle, dass dein Herr besonders begeistert wäre, wenn ich nur mit deiner stinkenden Leiche nach Ulcar zurückkehrte.« Sein Blick zuckte zu Trophan. »Das gilt auch für dich. Ihr könnt euch ja noch eine Weile mit eurem hübschen kleinen Eleven vergnügen.« Er deutete mit dem Kinn auf Kalehna. »Wir rufen euch, wenn die Gefahr vorbei ist.«

Kalehna musterte Farael und Trophan und stemmte wütend die Fäuste in die Seiten, als die beiden Männer schweigend stehen blieben, während sich Ryehls Leibwächter mit zwei seiner Männer durch die zertrümmerten Planken des Tores schob.

»Das ist doch nicht Euer Ernst!«, zischte Kalehna. »Wollt Ihr es wirklich diesen ungehobelten Trotteln überlassen, die Drachenbraut zu befreien? Und seid Ihr überhaupt sicher, dass diese Kerle sie erkennen? Was ist, wenn sie sie für eine Drachenpriesterin halten und einfach abschlachten oder vergewaltigen? Ich bin mir sicher, dass mein Vater darüber ebenso wenig erfreut wäre wie darüber, wenn ausgerechnet Ryehl von Ern den Ruhm einstreichen würde, die Drachenbraut befreit zu haben. Und auch Druud würde es bestimmt nicht gefallen, dass Ihr einfach nur dasteht und zuseht, wie Ryehl in aller Ruhe …«

»Schon gut!«, zischte das Auge. Er warf ihr einen grimmigen Blick zu. »Schon gut, *Kahel!*« Er betonte ihren Decknamen spöttisch. »Also, Trophan, nach dir.« Er forderte den jungen Magus mit einer übertrieben höflichen Handbewegung auf vorauszugehen.

Trophan bedachte Kalehna mit einem missbilligenden Blick, zuckte dann mit den Schultern und ging durch das Tor.

Kalehna wartete, aber Farael lachte und schüttelte den Kopf. »O nein, mein Täubchen«, sagte er. »Bildet Euch ja nicht ein, dass ich Euch traue. Ich werde Euch im Auge behalten, nur für den Fall, dass Ihr auf die Idee kommt, die Drachenbraut zu warnen oder sonst etwas zu versuchen, das unseren Plan gefährden könnte.« Er hob die Hand, in der er ein Langmesser hielt. »Glaubt nicht, dass ich auch nur einen Herzschlag zögern würde, Euch diese Klinge in den Leib zu rammen. Oder in den Rücken, falls es nicht anders geht.«

Oh, das bezweifle ich keineswegs. Kalehna verzog das Gesicht. »Ganz wie Ihr wünscht, elender Verräter.« Ohne seine Reaktion abzuwarten, trat sie in den Gang des Torhauses. Beim Anblick der Toten, die in ihrem Blut hinter dem Tor lagen, zuckte sie zusammen. Vier von ihnen waren Drachenwächterinnen, und wie es aussah, hatten sie sich erbittert gewehrt, bevor die Übermacht der Feinde sie schließlich überrannt hatte. Daneben lagen drei Bewaffnete der Auguren.

Sie lächelte grimmig, als sie hörte, wie Farael bei diesem Anblick mürrisch knurrte. Doch Kalehnas Lächeln verschwand, als sie nach wenigen Schritten aus dem Dunkel des Torhauses hinaustraten. Sie fuhr zu Farael herum.

»Sagt ihnen, sie sollen sofort damit aufhören!«, schrie sie den Auguren an. »Diese Frauen sind unbewaffnet!«

»Es sind Drachenpriesterinnen, die sich der Entführung der

Thronerbin von Alghor schuldig gemacht haben! Sie haben den Tod verdient!«, erwiderte Farael mit finsterer Miene, aber er war sichtlich blass geworden.

Die schrillen Schreie der hilflosen Frauen waren mehr, als Kalehna ertragen konnte. Sie trat vor, um einem Bewaffneten in den Arm zu fallen, der gerade Anstalten machte, einer älteren Drachenpriesterin, die vor ihm auf die Knie gesunken war, die Klinge in den Hals zu stoßen.

»Nein!«

»Du ...!« Kalehna fuhr herum und sah sich Trophan gegenüber. Der junge Magus war ebenfalls leichenblass, doch er schüttelte den Kopf und hielt die sich heftig sträubende Kalehna an den Armen fest.

»Wenn du dich einmischst und sie herausfinden, wer du wirklich bist, stirbst du ebenfalls!«, flüsterte er. »Willst du das?«

Kalehna starrte ihn nur fassungslos an. »Aber das ist ... Du bist ...«, stammelte sie und fuhr dann wieder zu dem Gemetzel herum, das die Eroberer des Tempels an den hilflosen Drachenpriesterinnen anrichteten. Sie sah, wie Farael mit einigen Bewaffneten durch das große Portal in dem Hauptgebäude des Tempels verschwand. Dann lenkte lautes Geschrei aus einer Ecke des Innenhofes ihre Aufmerksamkeit auf eine kleine Gruppe von Bewaffneten, die offenbar eine verbarrikadierte Tür aufgebrochen hatten. Aus dem Raum dahinter strömte eine Schar von Frauen, keine hilflosen Drachenpriesterinnen, sondern bewaffnete Drachenwächterinnen. Sie stürzten sich auf die Männer und verwickelten sie in einen wilden, blutigen Kampf.

Kalehna konnte ihren Blick nicht davon losreißen, obwohl Trophan sie am Arm gepackt hielt und sie weiterzog, während sie sich wie betäubt und ohne Erfolg gegen seinen Griff wehrte.

Die Drachenwächterinnen hatten keine Chance. Sie waren ihren Feinden nicht nur an Zahl, sondern auch an Bewaffnung unterlegen. Ihre ledernen Harnische boten kaum Schutz gegen die scharfen Eisenspitzen der Spieße, und sie hatten nicht einmal Schilde, um sich zu schützen. Auf eine der Frauen kamen fünf Männer, und entsprechend schnell war der Kampf zu Ende.

»Kommt weiter!«, sagte Trophan beschwörend. »Wenn Ihr wirklich die Drachenbraut retten wollt, dann sorgt dafür, dass wir sie finden, bevor diese Tiere sie erwischen!«

Kalehnas Kopf fuhr bei diesen Worten herum, und sie sah ihn an. »Und dann?«, fragte sie. »Was wirst du dann tun, Magus?«

Trophan öffnete den Mund, schloss ihn aber wieder, ohne etwas gesagt zu haben, und schüttelte den Kopf.

Natürlich, dachte Kalehna. *Du bist vielleicht nicht so verroht wie die anderen, aber auch dir geht es nur um Macht. Du benutzt Jolah da Prunfor ebenso, wie Farael es versucht oder Druud oder Ryehl von Ern.*

»Dachte ich mir«, sagte sie leise.

»Wenn Ihr das hier überleben wollt, Kalehna«, sagte Trophan beschwörend, »dann spielt Eure Rolle weiter, bei allen Göttern! Außer mir weiß nur Farael, wer Ihr wirklich seid, und er wird den Mund halten.«

»Seid Ihr Euch da so sicher?«

»Seht Ihr einen anderen Ausweg für Euch?«

Möglicherweise, dachte Kalehna. »Nein«, antwortete sie laut. Sie gab ihren Widerstand gegen Trophans Griff auf und ließ sich von ihm weiter durch die Gänge ziehen.

»Selbst wenn dieser Bluthand Lay hier wäre, würde er Euch nicht helfen können, wenn Eure Tarnung auffliegt. Aber ich glaube ohnehin nicht, dass er hier ist.« Trophan sah sich suchend um, als sie an eine Kreuzung anlangten, an der sich vier Gänge trafen.

Das glaubte Kalehna ebenfalls nicht. *Wäre Lay hier, würden wir nicht nur die Schreie unschuldiger Frauen hören, das kann ich dir versichern, Magus. Bleibt die Frage, wo die Drachenbraut ist.*

»Wo kann sie sich verstecken?«, fragte Trophan im selben

Moment und sah sich weiterhin um. Jeder der Gänge konnte der richtige sein, und keiner von ihnen schien etwas Besonderes an sich zu haben. »Ihr kennt Euch doch in diesen Tempeln aus«, sagte er und sah Kalehna an. »Gibt es irgendwelche geheimen Gänge oder Räume, wo sich die Drachenbraut verbergen könnte?« Er packte Kalehnas Handgelenk und zog sie an sich. »Sagt es mir! Oder ist es Euch lieber, wenn Ryehl oder Farael sie zuerst finden?«

»Macht das einen Unterschied?« Kalehna sah ihn kalt an. »Wer die Beute für sich beansprucht, steht ja wohl außer Frage! Euch allen geht es doch nur darum, derjenige zu sein, der sich Ryehls Wohlwollen erschmeichelt, indem er ihm die Drachenbraut zuführt.«

Trophan verstärkte seinen Griff um ihr Handgelenk, bis es schmerzte. »Ich will ihm seine Braut *unversehrt* zuführen!«, sagte er. »Versteht ihr das nicht? Wenn diese Kerle sie zuerst erwischen, dann werden sie …«

»So wie ich den Edlen von Ern kenne, wird nichts, was diese Bewaffneten mit der Drachenbraut von Alghor anstellen könnten, an Schändlichkeit und Brutalität mit dem zu vergleichen sein, was Ryehl von Ern mit ihr machen wird, wenn er sich ihr erst als Gemahl aufgezwungen hat.« Sie spuckte auf den Boden. »Und wenn er die Gelegenheit dafür bekommt, dann ganz sicher auch schon vorher! Tut nicht so, als wenn Ihr das nicht wüsstet!«

Sie waren in den Gang zu ihrer Linken eingebogen. Der mündete nach kaum fünfzig Schritten in eine kleine, fensterlose Halle, die nur von einer einzigen Fackel erleuchtet wurde. Am Ende der Halle befand sich ein weiterer Durchgang, und an der Längsseite, gegenüber der Fackel, hing ein alter Wandbehang, der irgendwelche mystischen Szenen aus dem Okkultum zeigte. Er musste schon sehr alt sein, denn seine Farben waren verblasst, und er sah aus, als hätte man ihn schon sehr lange nicht mehr abgenommen und gesäubert.

Auch hier war der Kampflärm deutlich zu hören, denn die Gänge und Korridore des Tempels wirkten offenbar wie Trichter, die die Geräusche aus den verschiedenen Ebenen und Hallen durch das ganze Bauwerk leiteten und dabei verzerrten, sodass man irgendwann nicht mehr wusste, ob die Schreie, die man hörte, aus der Nähe oder aus größerer Entfernung kamen.

Trophan war stehen geblieben und fuhr zu Kalehna herum. »Was verlangt Ihr von mir?«, zischelte er. »Soll ich mich etwa gegen Ryehl, Farael und all diese Männer stellen, nur um vergeblich zu versuchen, die Drachenbraut vor dem ihr bestimmten Schicksal zu bewahren? Macht Euch nicht lächerlich! Beantwortet lieber meine Frage! Gibt es hier einen Raum, in dem sich die Drachenbraut verstecken könnte?« Um seiner Frage Nachdruck zu verleihen, packte er auch ihr anderes Handgelenk und schüttelte sie leicht.

Kalehna wollte bereits entgegnen, er solle sich doch selbst auf die Suche danach machen, als sie plötzlich ein schwaches Flackern in dem dunklen Gang am Ende der kleinen Halle bemerkte. Es war zu schwach, als dass es von einer Fackel hätte stammen können. *Wahrscheinlich eine Tranlampe, deren Licht man gedämpft hat.* Es konnte sich natürlich um Drachenpriesterinnen handeln, die versuchten, dem Gemetzel zu entkommen. Aber das leichte Summen in Kalehnas Hinterkopf sagte ihr, dass dem nicht so war.

Die Fäden des Schicksals verschlangen sich zu einem Knoten, das spürte sie, auch ohne dass sie sich in die Versenkung vertiefte oder die Fäden *sah.* Es war reiner Instinkt.

Jolah.

Sie sah Trophan an, der immer noch ihre Handgelenke gepackt hielt. »Ihr tut mir weh!«, sagte sie leise. »Also gut, ich helfe Euch.« Sie deutete mit einem Nicken in den Gang, aus dem sie gekommen waren. »Es gibt tatsächlich geheime Kammern in diesen Tempeln.«

»Gut, dass Ihr endlich Vernunft annehmt.« Trophan ließ ihre Handgelenke los und trat an ihr vorbei in den Gang. »Also los, zeigt sie mir!« Er ging weiter.

Bevor sich Kalehna umdrehte, um ihm zu folgen, sah sie am anderen Ende der Halle, in dem Gang, eine Bewegung und dann die Gestalt einer Frau, die sich vorbeugte und mit einer Hand eine Tranlampe hochhielt. In der anderen hielt sie ein Kurzschwert.

Es war eine Drachenwächterin, und sie war nicht allein. Neben ihr trat eine andere Frau zögernd in die Halle, in der Kalehna die Höchste Drachenpriesterin Cassda'ra erkannte. Aber ihr Interesse galt vor allem der dritten Frau, die den beiden mit einem Schritt Abstand folgte. Sie trug einen dicken Umhang mit einer Kapuze, unter der ihr Gesicht im Schatten lag. Kalehna wusste trotzdem sofort, um wen es sich handelte. Ihr schwarzes Haar schimmerte fast bläulich in dem gedämpften Licht der Lampe.

Jolah da Prunfor, die Drachenbraut von Alghor.

»Kalehna?« Trophan war ihr einige Schritte in den Gang vorausgeeilt und blieb nun offenbar stehen.

Kalehna zuckte zusammen, als die Drachenbraut den Kopf hob und in ihre Richtung sah. Als sich ihre Blicke begegneten, wurde das Summen in Kalehnas Hinterkopf lauter.

Die beiden anderen Frauen hatten bei dem Kampflärm offenbar weder Trophans Ruf noch Kalehnas Gegenwart bemerkt. Die Drachenwächterin war hastig zu dem Wandteppich geschlichen und hatte ihn angehoben. Eine kleine Staubwolke stieg von dem uralten Stoff auf, als sie sich dahinterschob und die beiden anderen Frauen zu sich winkte. Die Höchste Drachenpriesterin folgte ihr sofort, die Drachenbraut jedoch blieb wie angewurzelt stehen und starrte Kalehna an.

Die hob unwillkürlich die Hand zu einem kurzen Gruß, dann fuhr sie herum, ohne abzuwarten, ob Jolah den Gruß erwiderte, und trat in den Gang.

»Ich komme«, sagte sie und ging hastig Trophan entgegen.

Ich kenne ihn, dachte Jolah. *Ich habe sein Gesicht schon einmal gesehen, damals, im* Roten Sand, *an jenem Tag. Er stand ... bei den Magi! Aber warum schreit er nicht? Warum verrät er uns nicht?* Ungläubig sah sie, wie der junge Magus – *Nein, es ist ein Eleve, seiner Kutte nach zu urteilen!* – die Hand hob, als wollte er sie grüßen.

Zu verblüfft, um zu reagieren, starrte Jolah den jungen Mann an. Etwas an ihm war merkwürdig. Sein kupferrotes Haar leuchtete im Licht der einzigen Fackel in der Halle, und auch das kam ihr bekannt vor. Aber irgendwie wollten die einzelnen Teile nicht zusammenpassen.

Bevor sie jedoch auf irgendeine Weise reagieren konnte, drehte sich der Eleve herum und verschwand in dem Gang gegenüber.

»Jolah!«

Sie zuckte zusammen, als sie Cassda'ras scharfe Stimme hörte. »Ich komme!«, antwortete sie und lief rasch zu dem Wandteppich, hinter dem sich, wie die Drachenwächterin gesagt hatte, ein Geheimgang befand.

»Er führt Euch zu einem kleinen vergessenen Gebetshain, gut fünfhundert Schritt vom Tempel entfernt, der durch Büsche und Bäume vor neugierigen Blicken geschützt ist«, sagte die Frau nun. »Zunächst einmal könnt Ihr Euch in der Nähe im Wald verbergen. Sollte es nötig sein, könnt Ihr Euch von dort aus auch nach Orgt durchschlagen. Ab da seid Ihr auf Euch allein gestellt.«

Jolah und auch Cassda'ra verstanden, was die Drachenwächterin damit andeuten wollte. Wenn die Bewaffneten den Tempel durchsuchten, würden sie auch auf den Turm der Jungfrauen stoßen. Es musste auf jeden Fall verhindert werden, dass sie herausfanden, was dort geschah. Die Drachenwächterinnen und Drachenpriesterinnen waren zu wenige, um sich gleichzeitig der Angreifer zu erwehren und alle Spuren der Giftherstellung im Turm zu beseitigen. Zweifellos würden die Angreifer die wenigen Drachenwächterinnen, die sich ihnen entgegenstellten, schon bald niedergemacht haben und dann irgendwann auch den Turm und die restlichen Drachenpriesterinnen finden.

Jolah konnte sich gut vorstellen, was die Männer in ihrer Wut mit den Drachenwächterinnen und -priesterinnen machen würden, wenn sie begriffen, was ihnen außer der Drachenbraut noch entgangen war. Und wenn OchNarjon davon erfuhr, würden in ganz Alghor alle Drachenpriesterinnen niedergemetzelt werden.

Falls ich ihnen überhaupt entkomme, dachte Jolah. Sie folgte der Drachenwächterin und Cassda'ra durch einen dunklen, feuchten Gang. Ihr fielen die Streifzüge durch die Geheimgänge in den Mauern des elterlichen Drachenpalastes in Ulcar wieder ein, und sie lächelte traurig, als sie an Bragh dachte, ihren treuen Leibwächter, der sie damals begleitet hatte.

Bragh, der mich immer für meine Tollkühnheit getadelt und der doch immer zu mir gehalten hat. Bragh, der im Roten Sand versucht hat, mich zu verteidigen, und dabei sein Leben verloren hat. Während sie durch den Gang hastete und sich an dem matten Schein der Tranlampe orientierte, dachte sie an Broll, der sie so leidenschaftlich zum Abschied geküsst und dann in die Arme von Lay hinabgelassen hatte. *Bluthand Lay, Ringfechter und Träger des Mals.* Sie erinnerte sich daran, wie Lay diese Magi angestarrt hatte, Sephist und diesen Maahr-kut und dazu die Frau mit den kupferroten Haaren, die bei ihnen gestanden …

Natürlich! Das war sie. Der Eleve war diese Frau, nur mit kurz geschorenen Haaren! Aber was, bei Belphors kalten Klauen, macht sie hier im Tempel? Und wer, verdammt, ist sie überhaupt?

»Ab hier lasse ich Euch allein weitergehen.«

Die Stimme der Drachenwächterin riss Jolah aus ihren Gedanken. Sie hob den Kopf. Überrascht stellte sie fest, dass sie anscheinend bereits das Ende des Ganges erreicht hatten. Die

Drachenwächterin streckte den Arm aus und deutete auf den hellen Fleck, kaum hundert Schritt vor ihnen. »Da vorn ist der Ausgang. Ich muss wieder zurück.«

»Warum begleitet Ihr uns nicht?« *Im Tempel wartet doch nur der Tod auf Euch,* setzte Jolah in Gedanken hinzu.

»Das kann ich nicht. Meine Pflichten liegen dort, nicht hier.« Die Drachenwächterin hob die Tranlampe, und Jolah sah das müde Lächeln der Frau. »Ihr solltet auch ohne meine Hilfe Orgt erreichen.«

Cassda'ra und die Drachenwächterin umarmten sich kurz, dann drehte sich die Frau herum und marschierte den Weg zurück, den sie gekommen waren.

Jolah und die Priesterin sahen ihr nach, bis der schwache Schein der Lampe von der Dunkelheit verschluckt wurde. Dann seufzte Cassda'ra und drehte sich zu dem hellen Lichtfleck herum, der vor der Öffnung des Ganges schimmerte.

»Gehen wir«, sagte sie.

Jolah nickte und schlang den Umhang dichter um sich, bevor sie ihr folgte. Nach kurzer Zeit hatten sie den Ausgang erreicht und traten in den kleinen Gebetshain, der, wie die Drachenwächterin versprochen hatte, tatsächlich verfallen und von dichtem Gestrüpp fast zugewuchert war.

Cassda'ra blieb unmittelbar hinter dem Eingang stehen und atmete tief die frische, nach Erde und Pflanzen duftende Waldluft ein. Jolah ging ein Stück weiter und schob das dichte Unterholz beiseite, um einen Blick auf den Tempel zu werfen.

Die Drachenwächterin hatte recht gehabt, als sie sagte, dass der kleine Gebetshain gut geschützt im Unterholz lag. Und es stimmte auch, dass er etwa fünfhundert Schritt von dem Tempel entfernt war. Eine eigentlich sichere Entfernung. Nur hatte sie sich geirrt, als sie sagte, er wäre vergessen.

»Sieh an, wen haben wir denn hier? Das Täubchen, das freiwillig in den Käfig zurückkehrt, stimmt's?«

Nein! Das kann nicht sein! Wie ...? Jolah war starr vor Schreck, aber die Antwort auf ihre unausgesprochene Frage lag in einer Blutlache zu ihren Füßen. Sie erkannte die Leiche der Oberin Alektah-ra neben zwei toten Drachenjungfern. Zehn weitere junge Mädchen standen zitternd aneinandergeschmiegt da, umgeben von fünf schwer bewaffneten und gepanzerten Kriegern, die allesamt das Symbol des Hammers auf ihren Wappenröcken trugen. Jolah hob den Kopf von Alektah-ras Leiche und begegnete dem triumphierenden Blick Ryehls, des Edlen von Ern. Des Mannes, vor dem sie hatte fliehen wollen und dem sie jetzt in die Arme gelaufen war.

Instinktiv fuhr sie herum und machte einen Satz, aber im selben Moment packten zwei derbe Hände ihre Oberarme und hielten sie fest.

»Nicht so schnell, mein Täubchen!« Ryehl lachte höhnisch. »Ist mein Anblick denn so entsetzlich, dass du vor deinem zukünftigen Gemahl und dem nächsten Drachenfürsten von Alghor davonlaufen willst? Man hat mich vorgewarnt«, fuhr der Edle von Ern fort, während die beiden Soldaten, die Jolah gepackt hatten, sie vor ihm auf die Knie zwangen. »Du sollst einen starken Willen haben und einen eigenen Kopf. Und wild sollst du sein.« Er beugte sich vor und fuhr sich mit der Zunge über die Lippen. Dann streckte er die Hand aus und strich Jolah das schwarze Haar aus dem Gesicht.

Sie fuhr mit dem Kopf zurück und funkelte ihn wütend an. Ryehl lachte. »Es scheint, als hätten diese Leute recht mit ihren Warnungen.« Er hob die Hand zum Mund, leckte an seinen Fingern und streckte dann erneut die Hand nach ihr aus.

Diesmal verkrallte einer der Soldaten hinter Jolah seine Hand in ihrem Haar und hielt ihren Kopf fest. Ryehl strich ihr mit den feuchten Fingern über die Wange, die Lippen und die Stirn. »Doch sie ahnen nicht, wie sehr ich es mag, wenn eine Frau einen eigenen Willen und einen eigenen Kopf hat und wild ist.«

Er lachte erneut, während er ihr Kinn mit seinen Fingern umfasste und dann fest zudrückte. So fest, dass Jolah trotz aller Bemühungen ein schmerzhaftes Stöhnen nicht unterdrücken konnte. »Ganz genau, mein Täubchen«, zischelte Ryehl. »Denn nur, wenn sie wild sind, macht es mir Spaß, ihren Willen zu brechen und ihnen den Kopf zurechtzurücken. Und ich habe das Gefühl, dass es mir bei dir sehr viel Spaß machen wird. Wenn ich mit dir fertig bin, wirst du mir die Füße küssen, mein Täubchen.«

»Niemals!«, stieß Jolah zwischen zusammengepressten Zähnen hervor.

»Wirklich?« Ryehl beugte sich dichter zu ihr.

Jolah schmeckte Blut auf ihrer Zunge, öffnete den Mund und spuckte ihm mitten ins Gesicht.

Sie sah die Faust nicht kommen, die sie an der Schläfe traf und sie in eine gnädige Bewusstlosigkeit schickte.

Ruhig, ermahnte sich Farael. *Atme langsam und tief. Du wirst dich nicht übergeben, nicht vor all den Soldaten. Du machst dich nicht zum Narren. Du wirst auf keinen Fall …*

»O nein!« Er beugte sich hastig zur Seite und entleerte seinen Mageninhalt unmittelbar vor den Füßen eines Bewaffneten der Auguren. Es war ein recht junger Soldat, und er trat zögernd zurück. Farael würgte und spuckte, und als er sicher war, dass außer Galle nichts mehr kommen würde, richtete er sich langsam auf.

»Entschuldige«, murmelte er.

Der Soldat antwortete nicht.

Als Farael dem Mann ins Gesicht sah, wurde ihm auch klar, warum. Offenbar kämpfte der Bewaffnete selbst gegen einen Brechreiz an. Sein Gesicht war fast grün und seine Augen groß und rund vor Entsetzen über das Gemetzel, das sich vor ihnen abspielte.

Ein Glück, offenbar hat er nicht einmal gemerkt, dass ich ihm auf die Stiefel gekotzt habe. Farael drehte sich wieder herum und biss die Zähne zusammen. Trophan und die Drachenjungfer, diese als Eleve verkleidete Magier-Tochter, verschwanden gerade in einem Seiteneingang des Tempelkomplexes, während gleichzeitig aus einem anderen Tor eine Schar von Drachenwächterinnen strömte und sich kreischend und Schwerter schwingend in das Gewühl im Innenhof stürzte.

Drachenfutter, dachte Farael, während er durch ein Fenster des Haupttempels angewidert das Blutbad beobachtete. Sicher, es waren nur Drachenpriesterinnen und ihre Bewaffneten, aber trotz alledem waren es Frauen, und irgendwie fand er es unanständig, Frauen einfach abzuschlachten.

Sein Blick fiel auf einen Kämpfer der Hämmer von Ern, der gerade von zwei Drachenwächterinnen angegriffen wurde. Die eine näherte sich ihm von hinten und durchtrennte ihm mit einem raschen Hieb ihres Kurzschwertes die Kniesehnen im rechten Bein, woraufhin der Mann mit einem Aufschrei auf sein gesundes Knie stürzte. Die andere sprang vor, kurze, tödliche Faustsicheln in beiden Händen. Es gab ein ekelhaftes schmatzendes Geräusch, als sie beide Sicheln in seinen Schädel rammte, die eine in sein Auge, die andere in sein Ohr. Der Mann brüllte einmal kurz auf, dann sackte er leblos zu Boden.

Doch der Triumph der Drachenwächterinnen dauerte nur kurz, denn im selben Augenblick tauchten zwei weitere Bewaffnete hinter ihnen auf. Der eine rammte der mit dem Schwert bewaffneten Drachenwächterin seinen Spieß in den Rücken, noch bevor ihre Gefährtin sie vor der drohenden Gefahr warnen konnte. Der andere schwang ein Langschwert, und die Kriegerin mit den Faustsicheln musste zurückweichen. Doch sie hatte kaum zwei Schritte getan, als sie heftig zusammenzuckte, die Arme spreizte und den Mund aufriss. Blut quoll über ihre Lippen, und die Spitze eines Spießes drang aus ihrem nackten Bauch.

Farael konnte den Todesschrei der Frau in dem anschwellenden Kampflärm nicht hören, ebenso wenig wie das höhnische Gelächter der Männer. Aber seine Aufmerksamkeit wurde ohnehin von etwas anderem in Anspruch genommen. Er hatte gesehen, wie mehrere junge Frauen durch den Gang hinter der Tür huschten, aus der die Drachenwächterinnen gestürmt waren, offenbar um die Angreifer von den anderen Frauen abzulenken. Farael wollte wissen, wohin sie flüchteten.

»Folgt mir!«, befahl er den beiden Bewaffneten, die er sich gerade als persönliche Leibwache ausgesucht hatte.

»Wie Ihr befehlt, Herr«, antwortete einer der Männer, ein gedrungener Krieger der Hämmer, der statt eines Schwertes ein einschneidiges Kriegsbeil in der Hand hielt. »Los, Junge, beweg dich!«, fuhr er den jungen Bewaffneten der Auguren an, der immer noch fassungslos das Massaker beobachtete, das die Eroberer des Tempels unter den zum größten Teil wehrlosen und unbewaffneten Frauen anrichteten.

»Lass ihn!«, sagte Farael nach einem kurzen Blick auf den zitternden Jüngling. »Wir finden schon noch einen anderen von deiner Truppe, der uns begleiten kann!«

Der Soldat nickte knapp und folgte ihm auf dem Fuße.

Farael lief wieder aus dem Tempel und suchte sich zügig einen Weg durch das Gemenge, wobei er tunlichst darauf achtete, Spießen, Beilen und Schwertern auszuweichen, die scheinbar überall um ihn herum durch die Luft zischten und pfiffen, zumeist gefolgt von schrillen Todesschreien, wütendem Knurren oder derben Flüchen. Dann erreichte er mit seinem Leibwächter das Portal, durch das die Drachenwächterinnen auf den Hof gestürmt waren, und trat vorsichtig hindurch. Der Gang dahinter war dunkel und verlassen, aber als Farael nach links und rechts blickte, sah er etwa zwanzig Schritt weiter zur Linken einen dunklen Schatten in der Wand, offenbar ein Durchgang. Und er glaubte ein schwaches Flackern an den Wänden auszumachen, das wahrscheinlich von einer Fackel stammte.

Er drehte sich zu dem Soldaten herum. »Hier geht's lang!«, sagte er und deutete auf den Gang. »Hast du noch einen Kameraden gefunden?«

Der Mann zuckte mit den Schultern. »Hier sind doch nur Frauen!« Er spuckte verächtlich aus. »Die schaffe ich auch allein.« Er warf Farael einen abschätzenden Blick zu und grinste selbstgefällig. »Verlasst Euch auf mich!«

Farael wandte sich ab und verdrehte die Augen. *Hast du nicht gesehen, was diese Drachenwächterinnen mit deinem Gefährten gemacht ha-*

ben?, dachte er. Aber er wollte keine Zeit verlieren, weil er nicht wusste, wohin dieser Durchgang führte und ob er möglicherweise die Spur der jungen Frauen verlor, wenn er zu lange zögerte.

Er seufzte. »Also gut. Folge mir, aber beweg dich so leise, wie du kannst. Ich will unsere Beute nicht aufscheuchen, verstanden?«

Der Mann nickte und folgte Farael in den Durchgang.

Nach kaum fünf Schritten schien sich Faraels Verdacht zu erhärten, denn plötzlich tauchte eine steinerne Wendeltreppe vor ihnen auf, deren Stufen nach unten führten und sich dort in der Dunkelheit verloren.

Ah, vielleicht geht es hier zu den Verliesen. Farael runzelte die Stirn. *Aber warum sollten sie die Drachenbraut in den Kerker sperren?* Er grinste höhnisch. *Warum sollten sie es nicht tun, so unausstehlich, wie Jolah da Prunfor sich für gewöhnlich benimmt? Sie ist eine wahre Nervensäge, und vielleicht sind die Drachenpriesterinnen ihrer Launen überdrüssig geworden.*

Er stieg langsam hinab, wobei er mit einer Hand an dem glatten Stein der Mauer entlangfuhr. Nach einer Weile sah er einen schwachen Schimmer, offenbar von einer Fackel.

»Leise jetzt!«, befahl er dem Soldaten, der dicht hinter ihm ging. »Wir wissen nicht, wie weit die Treppe noch in die Tiefe führt und was uns dort unten erwartet. Ich möchte ungern in einen Hinterhalt laufen!«

»Verstehe«, erklärte der Mann und streifte im selben Moment mit dem Kopf seiner Streitaxt die Felssteine der Mauer. Ein lautes Schaben war zu hören.

Natürlich. Farael schloss die Augen. *Der einzige Trottel unter den Kriegern der Hämmer, und ich muss ihn mir als Begleiter aussuchen.*

Doch dann hörte er vor sich Geräusche, und er schob alle anderen Gedanken beiseite. *Es klingt ... Es klingt wie eine Schar Gänse.*

Gänse? Wieso sollten die Drachenpriesterinnen in ihren Verliesen Gänse halten?

Er ging langsam weiter, Stufe um Stufe, während er mit geneigtem Kopf angestrengt lauschte. Je tiefer sie kamen, desto deutlicher wurden die Laute. *Nein, keine Gänse. Stimmen. Viele Stimmen, die alle durcheinanderreden. Frauenstimmen. Stimmen von jungen Frauen. Sehr jungen Frauen.*

Was, bei Belphors gespaltenem Schwanz, machen so viele junge Frauen hier unten?

»Ruhe, bei Ganäas Gnade!«

Farael zuckte heftig zusammen, als die barsche Stimme ertönte. Es hörte sich an, als würde die Frau, die den Befehl gegeben hatte, unmittelbar hinter der nächsten Ecke warten. Aber als Farael sich langsam weitertastete, merkte er, dass das Treppenhaus noch eine ganze Rundung beschrieb, bevor der Schein der Fackeln heller wurde. Das Geschnatter der Stimmen hatte zwar nicht ganz aufgehört, war aber erheblich leiser geworden.

»Alle, die noch allein gehen können, folgen mir. Prunäa, Loria – ihr wisst, was mit den anderen zu tun ist!«

»Ja, Oberin!«, antworteten zwei Frauen einstimmig und entschlossen.

»Also gut, ich vertraue darauf, dass ihr keine von ihnen am Leben lasst. Sie dürfen auf keinen Fall in die Hände der Eindringlinge fallen. Ihr wisst, was auf dem Spiel steht. Wenn ihr fertig seid, folgt ihr uns durch den kleinen Saal zum Ausgang hinter dem Teppich. Wir warten am Gebetshain auf euch. Aber beeilt euch! Die Eindringlinge können jeden Moment hier auftauchen!«

Das aufgeregte Geschnatter setzte wieder ein, wurde jedoch im nächsten Moment von schrillen, panischen Schreien übertönt, unter die sich das vertraute Schmatzen und Knacken mischte, mit dem sich scharfer Stahl in weiches Fleisch grub und Knochen zersplitterte.

Farael sah sich zu dem Krieger um. »Ich brauche eine Waffe«, zischte er.

Der Mann zögerte einen Herzschlag lang, dann griff er an seinen Gürtel, zog seinen Dolch und reichte ihn dem Auge des

Sehers mit dem Griff nach vorn. »Hier, aber verletzt Euch nicht. Die Klinge ist scharf. Und ich wäre Euch überaus dankbar, wenn Ihr sie nicht in meine Richtung halten würdet.«

Farael verkniff sich einen boshaften Kommentar. Jetzt war nicht der richtige Moment, sich mit diesem Soldaten zu streiten. Wenn er diese Oberin genannte Frau richtig verstanden hatte, waren nur zwei Drachenwächterinnen in diesem Raum hinter der Biegung der Treppe. Und offenbar waren sie damit beschäftigt, irgendjemanden umzubringen. *Eigentlich sollten wir keine Probleme mit ihnen haben, vor allem, weil das Überraschungsmoment auf unserer Seite ist. Aber man weiß ja nie.*

Er holte tief Luft und nickte dem Krieger zu. »Also los!« Der Mann stürmte an ihm vorbei und stieß einen blutrünstigen Schrei aus, als er um die Biegung der Treppe bog und verschwand. Farael wartete einen Herzschlag lang und umklammerte dabei den Griff des Dolches so fest, dass seine Knöchel weiß hervortraten. *Ich bin kein Krieger,* dachte er. *Aber das sind nur Frauen! Es sind nur Frauen, und ich bin ein Mann. Ich schaffe das schon!*

Er atmete noch einmal durch, während er hörte, wie das Geschrei in dem Raum anschwoll, begleitet von lautem Klirren. Offenbar war sein Leibwächter bereits im Kampf mit den Drachenwächterinnen verstrickt.

Also los!, spornte sich Farael an und ging die letzten Stufen der Treppe hinab. Sie mündeten in einen Raum, den er nicht einsehen konnte, weil sich die Wand vor ihm nach links bog, wo ihm die Mauer des Treppenhauses noch die Sicht versperrte. Aber er sah an der Wand mindestens zwei Fackeln in eisernen Halterungen, und der Helligkeit nach mussten dort noch weit mehr Fackeln brennen. Er ging weiter und bog um die Ecke zu seiner Linken.

Dann blieb er wie angewurzelt stehen und starrte ungläubig auf die Szenerie vor ihm.

Was ... was, bei Belphors Eiern, ist das?

Moment, hier muss ich nach links.

Kalehna blieb kurz stehen und orientierte sich. *Hier sind wir eben vorbeigekommen, dessen bin ich mir ganz sicher. Und dann sind wir rechts abgebogen, also muss ich jetzt nach links. Und dann müsste ich in dem Gang sein, der in diese Halle mit dem Wandteppich und dem Tunnel mündet, durch den die Drachenbraut verschwunden ist.*

Sie zögerte einen Augenblick, dann setzte sie sich wieder in Bewegung und lief weiter. Es war leicht gewesen, Trophan abzuschütteln. Der junge Magus war besessen davon, als Erster die Drachenbraut zu finden, dass er weitergelaufen war, als Kalehna in einem der Korridore auf eine zertrümmerte Tür gedeutet hatte, vor der zwei tote Drachenpriesterinnen lagen.

»Dort!«, hatte sie gerufen. »Ich habe gesehen, wie jemand dort hineingelaufen ist! Ich glaube, es war das Auge des Sehers und zwei seiner Leibwächter!« Und als Trophan zu der Tür gestürmt war, hatte sie noch hinzugesetzt: »Ich kann nicht mehr, ich brauche eine Pause!«

Der junge Magus hatte kurz zu ihr zurückgeblickt, sichtlich hin- und hergerissen zwischen seinem Wunsch, Farael zu folgen, und der Angst, sie einfach alleinzulassen.

»Geht!« Kalehna hatte mit der Hand gewinkt. »Geht voraus! Ich hole nur kurz Luft und komme dann nach!«

Trophan hatte genickt und war durch die Tür verschwunden.

Kalehna war augenblicklich aufgesprungen, hatte sich umgedreht und war den Weg zurückgerannt, den sie gekommen waren. Aber nachdem sie um mehrere Ecken gebogen war, hatte sie das Tempo verlangsamt. Trophan hatte keinen Verdacht geschöpft und war ihr nicht gefolgt, und nun würde er sie auch nicht mehr einholen können.

Sie runzelte die Stirn, während sie sich langsam durch den Gang tastete. Es war ziemlich dunkel, und sie konnte kaum die Hand vor Augen sehen. Aber sie war davon überzeugt, dass sie auf dem richtigen Weg war.

Als sie erneut um eine weitere Ecke bog, seufzte sie erleichtert auf. Flackernder Fackelschein erhellte den Gang, und am Ende sah sie die Halle mit dem Wandteppich. Vorsichtig ging sie weiter und spähte in den Raum. Er war verlassen, und auch der Wandteppich hing da, als wäre er niemals bewegt worden. Doch als sie gerade in die Halle treten wollte, bewegte sich der Teppich, und eine Frau trat dahinter hervor.

Die Drachenwächterin, die Jolah und die Höchste Drachenpriesterin begleitet hat.

Kalehna wich hastig in den dunklen Gang zurück und hoffte, dass die Frau sie nicht bemerkt hatte und nicht auf die Idee kam, diesen Weg zu nehmen.

Aber die Drachenwächterin hatte es eilig. Sie lief in den Gang zurück, durch den sie vorhin mit den beiden anderen Frauen gekommen war. Aber erst nahm sie noch die Fackel aus dem eisernen Halter, was zur Folge hatte, dass der Raum plötzlich in tiefste Finsternis getaucht war.

Fantastisch, dachte Kalehna gereizt. *Das hat mir gerade noch gefehlt. Jetzt kann ich hier im Dunkeln Blinder Seher spielen.* Sie zögerte einen Moment, aber zum Glück hatte sie sich den Raum einigermaßen eingeprägt. Er war bis auf den Wandteppich leer, also musste sie ihn nur vorsichtig durchqueren, um zur gegenüberliegenden Wand zu gelangen. Dort konnte sie sich dann zum Wandteppich weitertasten und den Durchgang suchen.

Ich kann nur hoffen, dass es in diesem verdammten Geheimgang nicht von Ungeziefer wimmelt. Oder von Schlimmerem. Sie holte tief Luft und setzte sich in Bewegung.

Kaum zehn Herzschläge und einen herzhaften Fluch später – sie hatte sich an einem der Steine, die sich aus dem unebenen Boden erhoben, schmerzhaft den Zeh gestoßen und wäre fast gestürzt – hatte sie die Wand erreicht und schob sich am Stein entlang zu dem Wandteppich vor. Nach wenigen Schritten fühlte sie den groben Stoff unter ihren Fingerspitzen und hielt inne.

Bis jetzt ist alles gut gegangen, sagte sie sich. Allerdings lag der wirklich spannende Teil ja noch vor ihr. Mit angehaltenem Atem lupfte sie den staubigen, schweren Teppich und trat dahinter. Der Gestank war unangenehm, aber erträglich; es roch nach uraltem Tuch. *Der Stoff ist bestimmt von Milben verseucht,* dachte sie und spürte, wie ihre Kopfhaut schon bei dem Gedanken daran zu jucken begann. Dann fühlte sie unter den Fingern einen Vorsprung, eine Kante und dann ... Holz.

Eine Tür. Die Tür zum Geheimgang. Sie tastete sie vorsichtig ab und fand kurz darauf, was sie gesucht hatte. Einen Drücker, der einen Riegel auf der anderen Seite aus seinem Verschluss hob. *Nicht gerade ein sicheres Schloss,* dachte sie, *aber andererseits ist das hier auch ein Geheimgang, den eigentlich niemand kennen sollte.*

Sie betätigte den Drücker und spürte, wie sich auf der anderen Seite ein Gewicht hob. Daraufhin ließ sich die Tür aufstoßen, und zu ihrer Überraschung gaben die Angeln nicht das geringste Geräusch von sich. *Wer auch immer für diese Tür zuständig ist, hat seine Aufgabe sehr ernst genommen. Die Angeln sind hervorragend geschmiert.* Sie straffte die Schultern, trat rasch in den Gang hinter der Tür und verschloss sie dann ebenso lautlos, wie sie sie geöffnet hatte.

Erleichtert atmete sie auf, denn irgendwo brannte eine Fackel, und der Widerschein erhellte schwach ihre Umgebung. Zwar wusste sie nicht genau, ob das darauf schließen ließ, dass früher oder später jemand diesen Weg zurückkehren würde, aber sie hatte auch nicht vor, sich länger als nötig hier aufzuhalten. Sie ging zügig weiter und gelangte nach der zweiten Biegung dorthin, wo die Fackel in einer Halterung an der Wand steckte. Dahinter wurde der Gang wieder dunkler und stieg ein wenig an.

Auf einmal hörte sie, wie ihre Füße durch Laub raschelten. Gleichzeitig wurde es ein wenig heller, und nach einer weiteren Biegung sah sie einen kleinen Lichtpunkt, offenbar den Ausgang des Geheimganges.

Und sie hörte Stimmen.

Laute Stimmen, männliche Stimmen, Gelächter.

Helle, schrille Schreie. Weibliche Stimmen. *Junge Stimmen.*

Kalehna ging schneller, und schon bald konnte sie die einzelnen Stimmen unterscheiden und verstand auch, was sie sagten.

»... nicht nötig, sie zu binden! Wir haben für diesen Zweck doch den Gitterkarren mitgenommen! Du da, du siehst groß und kräftig aus! Schnapp sie und wirf sie dir über die Schulter. Wir haben, was wir wollen, und können abrücken!«

»Aber, Herr, das Auge ist noch im Tempel und ...«

»Nein, bei Ganäas Gnade, fasst mich nicht an! Lasst mich los! Hilfe! Bei allen Göttern, so helft mir doch!«

Kalehna ballte die Hände zu Fäusten, als sie die panische Stimme hörte. Es war die einer Drachenjungfer und nicht die von Jolah, aber das machte keinen Unterschied. Die Frau hatte offenbar Todesangst, und als das Geräusch von reißendem Stoff an Kalehnas Ohren drang, konnte sie sich auch vorstellen, aus welchem Grund die junge Frau schrie und warum sie um Hilfe bettelte. Die sie ganz sicher nicht bekommen würde, was sich bestätigte, als sie die Stimme des Edlen von Ern hörte.

»Hör auf damit!«, rief er. »Deine Schreie nützen dir hier überhaupt nichts!« Offenbar galt der Befehl nicht dem Soldaten, der sich an dem Mädchen vergehen wollte, sondern dem Opfer, das aufgehört hatte zu schreien und nur noch laut schluchzte. »Ich mag meine Weiber ordentlich zugeritten, du Miststück, und wenn meine Leute mit euch fertig sind, verehrte Jungfrauen, dürft ihr euch darauf freuen, mir zu Diensten sein zu können!« Er lachte, und Kalehna überlief es eiskalt.

»Herr, Farael ist noch ...«, versuchte es der Mann, vermutlich ein Augur, noch einmal.

»Was ist mit dem Auge?«, fuhr Ryehl ihm in die Parade. »Er dürfte noch eine Weile damit beschäftigt sein, den Tempel zu plündern. Es wird ihm schon nicht langweilig werden, denn immerhin hat er diesen Magus an seiner Seite! Ich habe, was ich wollte, und werde nicht länger an diesem ungastlichen Ort bleiben, als es unbedingt sein muss.«

Kalehna hörte ein Pferd schnauben und das Knarren von Leder. Offenbar stieg Ryehl auf sein Reittier. »Wir brechen sofort auf. Ich gedenke in spätestens drei Tagen in Ernhaag einzutreffen und meine Vorbereitungen für den Austausch der Treuegelübde zu treffen. Du kannst gern hierbleiben und auf deinen Herrn warten, wenn dir danach ist, Augur!«

Ernhaag? Kalehna runzelte die Stirn. *Er bringt Jolah nach Ern? Aber …*

Sie war nicht die Einzige, die über diese Ankündigung überrascht war. »Aber, Herr, der Oberste Augur und Reichsverweser hat uns beauftragt, die Drachenbraut nach Ulcar zurückzubringen, damit sie dort im Roten Sand ihr Gelübde mit Euch …«

»Tatsächlich, hat er das?« Kalehna hörte das Trappeln von Hufen und einen erstickten Schrei, dem ein Plumps folgte, mit dem ein Körper zu Boden fiel. »Dann sag ihm, Augur, dass sich Ryehl, der Edle von Ern, der zukünftige Drachenfürst von Alghor und bald auch oberster Häuptling von Hellanden – oder wie auch immer diese Wilden ihren König nennen – anders entschieden hat. Ich habe nicht vor, mich den hinterhältigen Ränken deines verfluchten blinden Sehers auszuliefern. Ich habe eigene Pläne, und ich werde sie auch in die Tat umsetzen, sobald die Drachenbraut erst meine geliebte Gemahlin ist. Vielleicht ist in diesen Plänen ja Platz für deinen Druud OchNarjon, vielleicht aber auch nicht. Das hängt ganz davon ab, wie sich dieser blinde Tierschänder mir gegenüber verhält. Das kannst du ihm gern ausrichten, falls er es nicht schon in dem Gekröse von irgendwelchen toten Tieren *ertastet* hat. Und er dir nicht sofort den Kopf abschlägt, wenn du ohne die Drachenbraut und ohne meine Hämmer in Ulcar eintriffst. Und jetzt verschwinde!«

Ein lautes Klatschen ertönte, gefolgt von einem schmerzhaften Wimmern.

Kalehna stand wie angewurzelt da, und ihre Gedanken überschlugen sich. *Was soll ich jetzt tun?*, dachte sie. *Ryehl wird Jolah nach Ernhaag bringen, und weder Farael noch Trophan werden ihn aufhalten können. Die* Hämmer von Ern *sind erheblich zahlreicher als die Bewaffneten der Auguren und Magi zusammen. Aber wenn Jolah nach Ernhaag geht, wird Lay zweifellos ebenfalls dort hingehen, um sie zu befreien.* Sie schluckte.

Eine Idee nahm in ihrem Kopf Gestalt an, eine verrückte Idee. Ryehl mochte Farael und die Auguren nicht, so viel war klar. Aber sie wusste, dass er den Magi gegenüber immer vorsichtiger gewesen war, obwohl er auch Trophan nicht besonders hatte leiden können. Und immerhin hatte er ihr schöne Augen gemacht, seit sie mit Trophan zu Faraels und Ryehls Truppe gestoßen war.

Es ist riskant ... Nein, sei ehrlich, es ist selbstmörderisch und vollkommen idiotisch dazu! Und das alles nur auf den Verdacht hin, dass ein Mann, der sich offenbar nicht im Geringsten für dich interessiert, obwohl er dir ein Kind gemacht hat, sein Leben für eine andere Frau riskiert. Also – Kalehna schüttelte den Kopf –, *was außer Ketten an Händen und Füßen, übelsten Misshandlungen und letztlich einer riesigen Enttäuschung versprichst du dir davon, wenn du mit diesem perversen Ryehl nach Ernhaag reist und ihn dir während dieser Zeit wahrscheinlich mit Mühe und Not vom Leib halten musst? Du musst völlig verblödet sein, wenn du jetzt diesen Gang verlässt, dich diesem Ryehl und seinen Schergen zeigst und ihm anbietest, ihn zu begleiten.*

Ganz genau, und das alles nur auf die winzige Hoffnung hin, dass Lay möglicherweise in Ernhaag auftaucht und, statt Jolah zu befreien, dir ein Treuegelübde anbietet und dir gesteht, dass er dich immer schon geliebt hat und dich ewig lieben wird.

Kalehna schüttelte den Kopf. *So dumm kannst du nicht wirklich sein!*

»Edler Ryehl«, sagte sie und trat aus dem Gang, wischte sich ein paar Blätter und Spinnweben aus dem Haar und zeigte dem

Edlen von Ern ein strahlendes Lächeln. Der musterte sie vollkommen verblüfft von seinem Pferd herab. »Hier seid Ihr also. Ich habe Euch schon überall gesucht.«

Das ist … Das ist wirklich … Das ist wirklich ungeheuerlich! Das ist …!

»Bei Belphors Eiern! Wieso steht ihr wie eine Statue da herum! Wie wäre es, wenn Ihr mir ein wenig helfen würdet?«

Farael machte den Mund endlich wieder zu, nachdem ihm die Kinnlade vor Staunen nach unten gefallen war, riss den Blick von den zahllosen Nischen los, die die geschwungene Rampe säumten, und richtete ihn auf die drei Personen, die unmittelbar vor ihm in einen tödlichen Kampf verwickelt waren.

Nein, zwei Personen, dachte er, denn eine Drachenwächterin lag bereits mit zertrümmertem Schädel auf dem Felsboden. Direkt neben den Leichen von etwa zehn Mädchen, deren Blut eine große Pfütze bildete und in eine Rinne lief, die mitten durch den Raum führte.

Faraels Blick fiel auf den Dolch in seiner Hand, und er machte einen zögernden Schritt auf die beiden Kämpfenden zu. Im nächsten Moment sprang er mit einem erschrockenen Schrei zurück, als die zweite Drachenwächterin mit ausgestreckten Armen rücklings auf ihn zuflog und gegen ihn prallte. Ihr Gewicht riss ihn zu Boden, und er kreischte vor Angst und Schmerz, als ihre Faustsichel seinen Oberarm streifte und Stoff und Haut durchschnitt.

»Schon gut. Ihr habt sie abgelenkt, mehr wollte ich nicht. Jedenfalls hat es funktioniert.«

Farael hörte auf zu schreien, als er begriff, dass sich die Drachenwächterin auf ihm nicht mehr bewegte. Im nächsten Moment spürte er, wie etwas Warmes über seinen Hals lief.

Blut. Einen Augenblick lang geriet er in Panik, aber dann wurde ihm klar, dass es nicht sein eigenes Blut sein konnte, denn außer seinem Arm schmerzte ihn nichts. Bis auf seinen Rücken.

Aber das lag an dem unebenen, harten Boden, auf dem er gelandet war.

Der Krieger der Hämmer blieb neben ihm stehen und beugte sich vor. »Ein sauberer Treffer«, sagte er zufrieden mit sich selbst, als er seine Streitaxt aus dem Leib der Frau zog. Sie hatte sich so tief in ihren Körper gegraben, dass er die Leiche dabei von Farael herunterzerrte. Mit einem ekelhaften Schmatzen kam die Schneide schließlich frei.

Farael blieb einen Moment benommen liegen, dann rappelte er sich auf und presste die Hand auf seinen Arm. »Ich bin verletzt«, stellte er fest. »Ich bin …«

»Wirklich?« Der Krieger trat mit seiner Fußspitze gegen die Leiche der Drachenwächterin. »Miststück!«, zischte er und spuckte auf die Tote. Anschließend blickte er zu den Leichen der Mädchen hinüber, schüttelte den Kopf und sah sich in der runden Kammer um, bei der es sich um einen unterirdischen Turm zu handeln schien. »Dann habt Ihr wenigstens etwas, womit Ihr prahlen könnt, wenn Ihr Euch das nächste Mal mit Euren Freunden auf einen Krug Wein trefft«, sagte er zu Farael und fügte hinzu: »Falls Ihr Freunde habt.« Er wischte die Schneide seiner Axt an der toten Drachenkriegerin ab und streckte dann die Hand aus. »Jetzt hätte ich gern meinen Dolch zurück. Bevor Ihr Euch noch daran verletzt.«

Er nahm die Waffe vorsichtig entgegen, weil Farael sie ihm mit der Klinge voran hinhielt, und schob sie in die Scheide an seinem Gürtel. Dann drehte er sich einmal langsam um seine eigene Achse.

»Könnt Ihr mir erklären, was das hier bedeutet?« Er deutete auf die Leichen und die Schar der Mädchen, die sich immer noch vor den Kesseln drängte, und dann auf die Apparatur und die Nischen an den Wänden.

Das wüsste ich auch gern, dachte Farael. »Ihr da!« Er sah zu der kleinen Gruppe von Mädchen hinüber. Sie konnten höchstens zwölf, dreizehn Zyklen alt sein, und ihnen stand das blanke Entsetzen in die Gesichter geschrieben. »Kommt her!«

Die Mädchen schüttelten nur die Köpfe und weinten.

»Was, bei Belphors kalten Klauen ...!« Der Krieger war ein Stück um die Apparatur herumgegangen.

»Was ist denn?«, fragte Farael. *Etwa noch mehr Drachenwächterinnen?*

»Seht selbst!« Der Krieger schüttelte den Kopf und spuckte aus. »Diese Drecksweiber! Das da waren doch noch Kinder!«

Tu nicht so, als würdest du sie nicht bedenkenlos vergewaltigen, wenn dir danach wäre!, dachte Farael, als er der Aufforderung des Mannes Folge leistete und um die beiden großen Kessel herumging, die auf breiten, gemauerten Essen standen. In einer qualmte noch die Glut. Offenbar waren die Feuer gerade erst gelöscht worden. »Was ist denn da zu sehen?«, erkundigte sich Farael – um im nächsten Moment heftig zusammenzufahren. »Bei Ganäas Gnade! Das ist ...«

Weiter kam er nicht, weil sein Magen den Versuch unternahm, sich durch seine Speiseröhre nach oben zu drängen. Farael sank würgend in die Knie, spuckte aber nur Galle. Er wischte sich über die Lippen und starrte auf das Bild vor sich.

Auch dort lagen Leichen von jungen Frauen und Mädchen. *Es müssen mindestens fünfzig sein*, schätzte er. Und sie alle waren auf die gleiche Art und Weise gestorben. Man hatte ihnen die Gurgel durchgeschnitten. *Aber warum ...?*

In diesem Moment fiel ihm an einer der Leichen etwas auf, und er trat neugierig näher. Die Haut der jungen Frau wirkte fast transparent, obwohl sie kaum seit einem Sonnenstrich tot sein konnte. Und trotz ihrer weit aufklaffenden Kehle schien nur wenig Blut aus der Wunde gesickert zu sein. Und noch etwas anderes bemerkte er. Ihre Handgelenke. Sie waren beide mit Tüchern aus feinster Seide umwickelt, aber während das Tuch am linken Handgelenk über die ganze Breite blutig war, wies das Tuch am rechten nur zwei runde rote Punkte auf. Nein, vier. Zwei oben und zwei unten. *Sonderbar. Was hat das zu bedeuten?*

Er beugte sich vor. Es stank nach Blut, aber da war kein Verwesungsgeruch. Doch in den überwältigenden Geruch des Blutes mischte sich noch etwas anderes, etwas Scharfes, der Gestank von …

Reptilien! »Reptilien?«

»Schaut Euch das hier mal an!« Die Stimme des Kriegers der Hämmer klang zum ersten Mal zwar nicht furchtsam, aber doch ein wenig ehrfürchtig. »Ich frage mich, was diese Drecksweiber damit wohl gemacht haben!«

Farael folgte der Stimme des Kriegers zwischen den Kesseln und den Ballons und Schläuchen der Apparatur. Farael sah sogar einen Blasebalg, nein, zwei. Aber offenbar waren sie nicht dazu benutzt worden, um Feuer anzufachen. Dann wurde sein Blick wie magisch von den Käfigen angezogen, vor denen der Krieger stand.

»Sandechsen!« *Das erklärt den Gestank nach Reptilien. Aber es erklärt nicht, was hier in diesem verdammten Turm vorgegangen ist!*

»Ja, verfluchte, tödliche Sandechsen!«

Es mussten mehrere Dutzend Käfige sein, mehr, als er auf den ersten Blick zählen konnte, und in allen befanden sich mehrere Echsen. Farael schätzte ihre Zahl auf mehr als hundert. *Was habt ihr damit gemacht?* Sein Blick glitt zurück zu den Leichen der Mädchen hinter den Kesseln und dann wieder zu den Sandechsen. *Diese Punkte an den Handgelenken, sie sehen aus wie Bisswunden. Aber warum …?*

Plötzlich kam ihm eine Idee. Eine völlig wahnsinnige, absurde, ungeheuerliche Idee. »Komm mit!«, befahl er dem Soldaten. Er lief zwischen den Kesseln hindurch in den Turm zurück und atmete erleichtert auf, als er sah, dass sich die vollkommen verängstigten Mädchen nicht gerührt hatten. Sie standen immer noch zusammengekauert da, und ihre blassen Gesichter waren nass von Tränen.

Als er sich ihnen näherte, fingen sie an zu wimmern, und einige schluchzten wieder laut. Sie pressten sich noch enger aneinander, und die größeren schoben sich wie beschützend vor die kleinen.

»Keine Angst, Kinder!«, sagte Farael beruhigend, hob die Hände und lächelte die Mädchen an, so freundlich er nur konnte. »Ich tue euch nichts. Ganz bestimmt nicht. Seht ihr, ich bin keine Drachenpriesterin, ich bin ein Augur. Ich bin gekommen, um euch hier rauszuholen.« Während er sprach, ging er immer weiter auf die Gruppe zu. Aber die Mädchen wichen vor ihm zurück, bis sie an das gemauerte Fundament der Esse stießen, auf der einer der großen Kessel stand.

Die weit aufgerissenen Augen der Kinder verrieten ihm, dass sie kein Wort von dem verstanden, was er gesagt hatte. Eines der größeren Mädchen streckte den Kopf vor und … fauchte.

Es faucht? »Verstehst du, was ich sage?«

Das Kind fauchte wieder und fletschte die Zähne. Sein Mund war ein blutiges, schwarzes Loch. Und als Farael genauer hinsah, erstarrte er. *Diese Augen …* Er musterte die anderen Kinder, die ihm ebenfalls entgegensahen. Mehr oder weniger jedenfalls. *Sie sind … Sie sind blind! Sie sind alle blind! Aber warum? Was ist mit ihnen passiert, bei Belphor! Was haben diese Drachenpriesterinnen mit ihnen gemacht?*

»Hast du deine Ration dabei?«

»Wie bitte?« Der Krieger sah ihn verblüfft an.

»Hast du deine Ration dabei?«, wiederholte Farael geduldig.

»Was willst du …?« Der Mann verstummte, und er blickte von Farael zu den Kindern und dann wieder zurück. »Ach so, verstehe. Ich habe noch ein Stück Hartkäse. Das ist alles. Man könnte meinen, dass der Proviantmeister mehr Wert darauf legt, seine eigenen Taschen zu füllen als unsere Mägen.«

»Gib es mir.«

»Was …?« Als Farael ihm einen gereizten Blick zuwarf, seufzte er und gehorchte. »Mir wäre ein Stück Fleisch ohnehin lieber«, erklärte er.

»Wenn ich mit meiner Vermutung recht habe, wirst du für den Rest deines Lebens so viel Fleisch fressen, bis du selber zum Rayak wirst«, versprach ihm Farael und fing das Stück Käse auf, das ihm der Mann zuwarf. Dann wandte er sich wieder an das Mädchen. »Siehst du das?«, fragte er das Kind.

Das Mädchen schüttelte den Kopf.

»Dachte ich mir«, murmelte Farael. »Das ist ein Stück Käse. Du weißt, was Käse ist?«

Das Mädchen schien zu erstarren, dann nickte es. Geradezu gierig, wie Farael schien.

»Das ist für dich.« Er hielt es ihr hin. »Hier, ich habe es in der Hand, hol es dir.«

Das Mädchen hob den Kopf, als würde es wittern, dann richtete es seine milchigen Augen in Faraels Richtung, und im nächsten Moment sprang es auf seine ausgestreckte Hand zu. Es schnappte mit beiden Händen nach dem Käse und wollte sich dann ebenso schnell wieder zurückziehen. Aber Farael war schneller.

»Nicht so hastig«, meinte er, während sich das Kind laut kreischend hin und her warf, nach ihm trat und mit seinem zahnlosen Mund seine Hände, mit denen er die dürren Unterarme des Mädchens festhielt, zu beißen versuchte. »Hör auf damit, verflucht!«, schimpfte er. »Ich will dir nicht wehtun, ich will mir nur etwas ansehen!« Als sich das Kind nicht beruhigen wollte, ließ er einen Arm los und versetzte ihm einen Schlag auf den Rücken.

Die Wirkung war verblüffend. Das Kind riss die Augen auf, sank auf die Knie, brach in Tränen aus und legte sich die freie Hand auf den Kopf. »Nicht schlagen, bitte nicht schlagen!«

»Du kannst ja doch reden!«, knurrte der Augur. »Schon gut, bleib ruhig, dann passiert dir nichts!«, fuhr er fort, während das

Mädchen unaufhörlich vor sich hin jammerte. »Zeig mir deine Handgelenke.«

Das Kind gab jede Gegenwehr auf und ließ fast willenlos geschehen, dass Farael seine Handgelenke untersuchte. Sie waren mit einem überraschend sauberen Wickel verbunden, und als er ihn entfernt hatte, sah er die noch offenen Wundmale; vier auf dem rechten Arm und ein langer Querschnitt auf dem linken Arm.

Er ließ die Arme des Kindes sinken und stand langsam auf. »Du kannst den Käse behalten, Kleine«, sagte er. »Und da, wo er herkommt, gibt es noch viel mehr davon. Und auch Fleisch und Brot und Suppe. Und ein heißes Bad.«

»Klingt gut«, erklärte der Krieger, der schweigend zugesehen hatte. »Wenn Ihr mir sagt, wo das ist, würde ich mich gern anschließen.«

Aber Farael achtete nicht auf den Mann. Er ging in die Hocke und legte seine Hand tröstend auf die Schulter des Mädchens. »All das bekommst du, und außerdem brauchst du nie wieder das zu tun, wozu dich diese Frauen gezwungen haben. Aber nur, wenn du auch etwas für mich tust.«

Das Kind hob den Kopf und sah mit seinen milchigen Augen in seine Richtung. »Ja, Herr.«

Ein Anflug von Mitleid überkam Farael angesichts des unermesslichen Leids, das diese Kinder hatten ertragen müssen. Aber das Gefühl verschwand rasch, als eine andere Empfindung in ihm hochstieg. Das berauschende Gefühl von Macht und Triumph. Er wusste, dass er dabei war, etwas Ungeheures zu entdecken, etwas Großes, das sein Schicksal für immer verändern würde. Etwas, womit er Trophan, die Magi, Druud OchNarjon und selbst den unheimlichen Anfir in die Knie zwingen würde. Etwas, das ihn zum wahren Herrscher von Alghor machen konnte. Wenn, ja, wenn nur dieses Kind ihm die Wahrheit über das erzählen konnte, was hier in diesem Turm geschehen war.

»Gut, sehr gut«, sagte er. »Aber du verstehst, dass ich nur dich retten kann und nicht die anderen, das verstehst du doch, oder?«

Das Kind zögerte, und für einen Moment zeichnete sich eine unerträgliche Qual auf seinem Gesicht ab. Dann nickte es, während ihm Tränen in die Augen traten. »Ja, Herr.«

Farael atmete tief durch. »Gut, meine Kleine.« Er richtete sich auf und ließ den Blick durch den Turm schweifen. »Fangen wir damit an, dass du mir erklärst, wozu diese Nischen an den Wänden dienen und was die Drachenpriesterinnen mit euch und den Sandechsen gemacht haben.« Als das Mädchen anfing zu zittern und zu wimmern, legte Farael ihm rasch eine Hand auf den Kopf. »Du musst es nicht an dir vormachen, Kind. Erklär es mir einfach, so gut du kannst, und dann zeigst du es mir an einem der anderen Mädchen, einverstanden?«

Das Kind reagierte nicht, aber die anderen hatten stumm und bebend dem Gespräch gelauscht und fingen bei Faraels letzten Worten an, laut zu klagen und zu weinen.

»Wenn du es nicht tust, frage ich eins der anderen Mädchen. Wäre dir das lieber?«

Das Mädchen schien einen Moment unschlüssig und schüttelte dann den Kopf.

»Also gut, fangen wir an.« Er drehte sich zu dem Krieger herum. »Sorg dafür, dass sie nicht weglaufen, bis wir sie brauchen.«

Der Mann starrte Farael an, ohne sich zu rühren.

Der Augur runzelte die Stirn. »Hast du mich nicht verstanden?«

Langsam drehte der Mann den Kopf, sah in Richtung der Kinder, dann wieder zurück zu Farael und spuckte ihm vor die Füße. »Ich habe Euch verstanden, Augur. Und ich habe mich in Euch geirrt, dafür bitte ich um Vergebung.«

Farael schüttelte verwirrt den Kopf. »Sicher, von mir aus, gern. Tu einfach, was ich dir ...«

»Ich habe dich für einen erbärmlichen Feigling gehalten, Augur. Aber das bist du nicht. O nein!« Er hob die Streitaxt. »Du bist ein unaussprechliches Monster, und ich werde nicht nur dafür sorgen, dass diese armen Kinder nicht weglaufen, sondern auch dafür, dass sie keinen Grund haben wegzulaufen!« Er trat einen Schritt auf Farael zu. »Und zwar, indem ich dir den Schädel einschlage.«

Farael wich einen Schritt zurück, als der Mann, die Streitaxt schwingend, auf ihn zukam. Im nächsten Moment ertönte ein metallischer Schlag, ein scharfes Pfeifen, dem ein dumpfer Laut folgte.

Der Soldat riss vor Überraschung die Augen auf und blieb stehen. Die Streitaxt rutschte ihm aus den Händen und landete mit einem hellen Klirren auf dem Boden. Er öffnete den Mund, aber nur ein nasses Gurgeln drang aus seiner Kehle, während ihm Blut über die Lippen quoll. Das vordere Drittel eines Pfeiles mitsamt der eisernen Spitze ragte aus seinem Hals, während das gefiederte Ende in seinem Nacken steckte.

»Ein guter Schuss, Carohl.« Lächelnd trat Trophan hinter dem Kessel hervor, gefolgt von zwei Bewaffneten der Magi. »Und ich dachte schon, Ihr hättet es Euch anders überlegt, Farael, und wäret mit der Drachenbraut auf und davon.« Er sah sich stirnrunzelnd im Raum um, sah die Leichen der jungen Frauen, das Mädchen an Faraels Seite und die Kessel und Apparaturen in der Mitte. »Aber offenbar habt Ihr etwas gefunden, das Euch weit mehr fasziniert.« Trophan verstummte und sah den Auguren abwartend an. Er lächelte immer noch, aber seine Augen waren so kalt wie Bachkiesel. »Ist Euch vielleicht danach, Euren bescheidenen Lebensretter darüber aufzuklären, was wichtiger sein könnte, als die Drachenbraut unversehrt nach Ulcar zurückzuschaffen?«

Farael räusperte sich. »Selbstverständlich, Ehrenwerter Magus«, erwiderte er, während sich seine Gedanken überschlugen.

»Ich befürchte nur, dass ich selbst noch nicht genau weiß, auf was wir hier gestoßen sind.« *Und selbst wenn ich es wüsste, würde ich es dir nicht auf die Nase binden,* dachte er. *Vorsicht, Vorsicht, Farael. Spiel deine Karten mit Bedacht aus, sonst verlierst du alles. Du musst ihn davon überzeugen, dass du immer noch auf seiner Seite stehst. Und du musst mit ihm nach Ulcar zurückreiten. Der Weg in die Hauptstadt ist lang, und einem vertrauensvollen Magus kann unterwegs einiges Unbill zustoßen, vor allem, wenn es von einer Seite kommt, von der er es nicht erwartet. Aber das alles geht erst, nachdem du dir von diesem kleinen Mädchen hier hast erklären lassen, wie die Drachenpriesterinnen ihr Gift gewonnen haben.*

Sein Blick glitt erneut über die Kessel und die Apparaturen, und er unterdrückte das erneut aufkommende Gefühl des Triumphes, während Trophan ihn aufmerksam musterte. *Denn eines ist klar,* dachte er. *Diese Apparaturen, die Sandechsen und diese Mädchen können nur einem einzigen Zweck gedient haben: der Herstellung von Drachengift. Und ich werde der erste Augur sein, der dieses Geheimnis erfährt.* Sein Blick fiel auf Trophan, und er lächelte mit aller Aufrichtigkeit, derer er fähig war. *Ich bin der erste Augur und werde der einzige Mann in ganz Alghor sein, der dieses Geheimnis kennt. Und ich werde alles dafür tun, dass es so bleibt.*

Er breitete die Arme aus. »Aber ich bin sicher, Ehrenwerter Trophan, dass wir gemeinsam herausfinden werden, wozu diese sonderbare Apparatur gedient haben könnte.«

Trophan schien sich zu entspannen, und seine harte Miene wurde weicher, als er nickte.

Alles, schwor sich Farael.

HELLANDEN, EBENE VOR RÜNGART

»Ist das dein Ernst?« *Sag mir, dass das nicht dein Ernst ist, du stinkendes Fischfass! Sag mir, dass ich mich nicht in dir getäuscht habe und dass du mich und meine Männer nicht reingelegt hast!*

Korgh hatte seinen mächtigen Schimmel neben ihn auf den Kamm gelenkt und zügelte ihn jetzt. Der Nordling wischte sich den Schweiß vom Gesicht, stützte sich auf den Sattelknauf und musterte die Szenerie unter ihnen.

»Hm. Es sind mehr, als wir erwartet haben.« Er ließ den Blick über die Ebene schweifen. »Deutlich mehr. Offenbar haben sich die Clans und Stämme …«

»Ich frage dich noch mal!« Brolls Stimme war ein leises, gefährliches Zischen. »Und deinen verfluchten Gefährten in deinem Schädel auch! Ist das euer Ernst?«

Korgh sah Broll überrascht an. »Es kommt nicht oft vor, dass uns jemand angemessen anspricht«, sagte er. »Das freut uns …«

»Keine Ursache!«, zischte Broll. »Denn eure Antwort dürfte für deinen Begleiter von ebenso großem Interesse sein wie für dich, weil es ihn ebenso treffen wird, wenn ich dir den verfluchten Schädel abhacke!«

»Hm.« Korgh schien nicht sonderlich beeindruckt. »Das stimmt natürlich, aber wir …«

»IST DAS DEIN VERFLUCHTER ERNST?«, brüllte Broll so laut, dass sein Pferd scheute und er es nur mit Mühe bändigen konnte. Er streckte die Hand aus und deutete auf die Ebene vor ihnen, die fast schwarz von Menschen war. *Nein, nicht nur Menschen,* verbesserte sich Broll in Gedanken, während das Summen in seinem Hinterkopf lauter wurde. Aber diesmal achtete er nicht darauf, dafür war er zu wütend. *Es sind verdammte Nordlinge, Krieger, Stammesleute, Warkyrien und wer weiß was noch! Offenbar hat sich die gesamte Bevölkerung des ganzen verfluchten Hellandens bewaffnet hier eingefunden, um uns willkommen zu heißen!*

Korgh hob die Brauen und zuckte mit den Schultern. »Wir haben uns wohl ein wenig verschätzt, wie es aussieht«, sagte er. »Tut uns leid.«

»WAAAAS?« Broll brüllte so laut, dass vermutlich die gesamte feindliche Armee von Hellanden, bis zum letzten Mann, zur letzten Warkyrie und zum letzten verdammten Kutschpferd ihn hören konnte. »Du führst uns direkt in die Fänge der größten Streitmacht, die ihr nach Fisch stinkenden Barbaren jemals zusammengetrommelt habt, und es *tut dir leid?*«

»Unbedingt. Aber es gab keinen anderen Weg.« Korgh zuckte mit den Schultern. »Wir fanden, dass es für dich allmählich Zeit wurde, dich deinem Schicksal zu stellen.«

Broll rang mit seiner Beherrschung. »Mich meinem … Schicksal …?« Er schäumte vor Wut. »Und deshalb führst du eine ganze Armee in eine verfluchte Falle?« *Wenn ich noch einmal das Wort Bestimmung oder Schicksal höre, werde ich irgendwen umbringen. Und ganz bestimmt wird das kein Mann aus Alghor, Ern, Bouhss oder San-Fira sein!*

Korgh wandte sich um und blickte auf die Vereinigte Drachenhorde, ein vom langen Marsch erschöpfter, zusammengewürfelter Haufen von Drachenkämpfern, Eisdrachen, Goldenen Schwingen und Hämmern von Ern, der sich jenseits des Kammes sammelte. Dann sah er wieder nach vorn. Auf der Ebene unter ihnen, neben und vor Krells Finger, dem riesigen, weiß leuchtenden Weltenbaum von Rüngart, der Heiligsten Stätte von Lokhs Töchtern, hatte das ausgeruhte Heer der Nordlinge Aufstellung bezogen. Korgh betrachtete die vielen Symbole, die an langen Holzstangen über der wogenden Heeresmasse zu schweben schienen, bevor er den Blick hob und auf den gewaltigen Gipfel des Felsendoms sah, der weiß im Hintergrund leuchtete. In diesem Berg lag der *Palast unter den Schwingen*, Belphors Haupttempel in Hellanden.

»Das ist keine Falle«, widersprach Korgh.

Nein, natürlich nicht, dachte Broll. *Es ist ein Familientreffen, das ein bisschen aus dem Ruder gelaufen ist.* Aber bevor er vor Wut aufschreien oder den Hünen umbringen konnte, mischte sich Drachenkommandeur Johks ein, der ebenfalls auf den Kamm geritten war und sich neben die beiden Männer gestellt hatte. »Wie würdest du es sonst nennen, Nordling?« Er besah sich grimmig und mit sorgenvoller Miene die feindliche Armee.

Er wirkt ernstlich bekümmert, zum ersten Mal, seit er sich mir mit seinen Eisdrachen angeschlossen hat, dachte Broll. *Ich kann es ihm nicht verdenken. Die Nordlinge müssen uns mindestens vier zu eins überlegen sein.*

»Wir nennen das eine längst überfällige Begegnung, Kommandeur«, antwortete der Hüne ungerührt. »Oder hast du wirklich geglaubt, die Bewohner Hellandens würden tatenlos zusehen, wie die Vereinigte Drachenhorde Alghors ...«

»Und Erns«, warf Quillotte ein, der als Nächster den Kamm hinaufgeritten war.

Seine Stimme klang beim Anblick der feindlichen Armee allerdings ein wenig zittrig.

»... und seiner Vasallen«, Korgh verzog keine Miene, »durch ihr schönes Land marschiert, Siedlungen und Clanstätten verwüstet, die Hauptstadt erobert und Hellanden zu einer weiteren Provinz des Drachenreichs macht?«

»Nein, natürlich nicht«, erwiderte Johks brummend. »Aber ich hatte gerade angefangen, so etwas wie Respekt für dich zu empfinden, und jetzt ...«, er deutete auf das hellandische Heer, »das da! Wir haben nicht den Hauch einer Chance!«

»Oh, sagt so etwas nicht, Kommandeur«, mischte sich Hulbert ein, der sich ihrer Gruppe auch noch hinzugesellte. »Immerhin haben wir bisher alle Kämpfe ... *Bei Belphors stinkendem Arsch!*«, entfuhr es ihm, als er die Truppenansammlung der Nordlinge sah. »Was ... Wieso ... Woher kommen die denn alle?«

»Es sind alle Clans und Stämme Hellandens unter Egkhilds Banner versammelt«, erklärte Korgh, und in seiner Stimme schwang unüberhörbarer Stolz mit. Er deutete auf ein blutrotes Banner in der Mitte des Heeres, um das sich eine Reiterschwadron scharte, vermutlich Warkyrien. »Das ist das Banner des Hohen Stuhls. Wie ihr seht, ist es die einzige Fahne, und sie steht nicht für einen Clan oder einen Stamm, sondern für den jeweiligen Kriegshäuptling der ...«

»Danke«, unterbrach Johks den Nordling trocken. »Aber ich bin weniger an einer Lektion in Heraldik oder Stammessymbolen interessiert als an einem Vorschlag, wie wir jetzt vorgehen sollen.« Er musterte finster das feindliche Heer. »Und dieser Vorschlag sollte zumindest eine winzige Aussicht auf Erfolg haben.«

Tronn sah Broll sorgenvoll an. »Sie sind uns vier zu eins überlegen, Ser, mindestens. Wenn wir da hinunterreiten, wird keiner von uns nach Ern zurückkehren.« Er warf Johks einen Blick zu. »Oder Alghor.«

Broll nickte, aber bevor er etwas erwidern konnte, mischte sich Cherus ein, der in dieser kleinen Versammlung natürlich nicht fehlen durfte und mittlerweile ebenfalls eingetroffen war.

»Wir sollten umkehren«, meinte der Schwingenleutnant, während er sich die endlos scheinenden Reihen waffenstarrender Nordlinge besah. »Ich meine, wirklich umkehren, uns in eine sichere Stellung zurückziehen und ihnen einen Waffenstillstand ...«

»Dafür ist es zu spät«, sagte Broll.

»Das geht nicht mehr«, meinte Johks gleichzeitig.

»Wir laufen nicht weg«, behauptete Tronn im selben Moment.

»Gute Idee«, erklärte Quilotte und sah Cherus anerkennend an.

»Ich übernehme die Vorhut«, schlug Hulbert im selben Atemzug vor.

»Es gibt keine sichere Stellung mehr«, übertönte Korgh die anderen. »Und du hast recht, Hauptmann.«

Broll sah den Nordling an. »Wie?« Er hatte in dem Stimmengewirr, als die Männer alle gleichzeitig redeten, Korgh nur deshalb verstanden, weil der sich unmittelbar neben ihm befand.

»Tronn hat recht. Wir dürfen den Hügel nicht hinabreiten.« Korgh deutete auf die Hügelkette rechts und links von dem Kamm, auf dem sie standen. »Das hier ist die einzig vernünftige Position, die wir im Moment beziehen können. Nur hier oben können wir die erste Angriffswelle der ruhmreichen Armee Hell…«, er räusperte sich, als er Brolls Gesicht sah, »… vielleicht überstehen. Und dann …«

»Er hat recht, Feldkommandeur.« Johks war Korghs Handbewegungen mit dem Blick gefolgt. »Die Hänge dort sind so steil, dass man sie mit wenigen Männern gegen eine ganze Horde Angreifer verteidigen kann. Und wenn wir rechts und links neben diesem flachen Kamm hier die Stockbogenschützen postieren …« Er strich sich nachdenklich über das Kinn. »Auf diese Weise müsste uns zumindest eine Galgenfrist vergönnt sein. Vielleicht können wir den ersten Angriff zurückschlagen und sie dann mit einem Ausfall überrumpeln.«

»Ausfall? Deine Planung ist sehr zuversichtlich, Kommandeur«, meinte Korgh. »Aber vielleicht gelingt es der Vereinigten Drachenhorde ja, wenigstens so lange auszuhalten, bis sich Belphors gelbes Auge schließt.«

»Und dann?«, fragte Hulbert. »Dann schütteln sie sich kurz und greifen uns wieder und wieder an. Bis unsere Moral und unsere Kraft aufgezehrt sind. Ich sage, wir unterbreiten ihnen sofort ein Friedensangebot und …«

»Wer hat dich denn zum Strategen befördert?«, knurrte Broll ihn an. »Red keinen Unsinn! Warum sollte Egkhild ein solches Angebot annehmen, wenn sie uns genauso gut überrennen kann?«

Korgh nickte. »Es wäre tatsächlich keine gute Idee, die Stammeshäuptlinge jetzt schon mit einem Friedensangebot zu überraschen«, erklärte er. »Es würde sie beleidigen.«

»Beleidigen?« Broll wandte sich Korgh zu. »Was soll das heißen? Und was meinst du mit ›jetzt schon‹?«

Der Nordling zuckte mit den Schultern. »Das heißt, bevor wir unser und vor allem ihr Blut vergossen und damit bewiesen haben, dass wir überhaupt würdig sind, ein solches Friedensangebot zu unterbreiten«, erklärte er. »Egkhild hat ihr eigenes Banner ins Feld geführt, die Stammeshäuptlinge und Clanchefs haben ihre Weiler, Siedlungen und Städte verlassen, ihre Männer von ihren Frauen, Feldern, Fischerbooten und von ihren Herden weggeholt, sie bewaffnet und mit ihnen diese lange Reise hierher unternommen. Sie wollen erst Blut sehen, bevor sie auch nur daran denken, sich mit dir in der Runenstätte dort unten neben dem Weltenbaum zu treffen und darüber zu verhandeln, zu welchen Bedingungen sie bereit wären …«

»Moment mal!«, unterbrach ihn Broll und hob die Hand. »Wenn ich dich richtig verstanden habe, willst du mir sagen, dass sie zunächst ihren Spaß haben wollen, bevor sie zustimmen, dass wir damit aufhören, uns gegenseitig die Köpfe einzuschlagen?«

Korgh kratzte sich am Kinn und grinste. »Wir nehmen an, dass man es so ausdrücken könnte. Obwohl es wenig mit Spaß und mehr mit …«

»Und der Hochlandwai hier ist der einzige Weg …«

»Der Weiße Weg.«

»… nach Hellgaar … was?«

»Wir nennen den Weg den Weißen Weg«, erklärte ihm

Korgh. »Hochlandwai wird diese Passage nur in Alghor genannt.«

»Schön.« Broll holte tief Luft. »Also dieser Weiße Weg …«

»Ja.«

Broll knirschte mit den Zähnen. »Ja … was?«

Korgh hob verblüfft die Brauen. »Es ist der einzige Weg nach Rüngart, dem Felsendom und dem Weltenbaum, und es ist der kürzeste Weg nach Hellgaar.«

»Verstehe.« Johks nickte. »Aus diesem Grund erwartet uns Egkhild mit ihrer Armee genau hier.« Er sprach leise, aber seine Wangen waren gerötet, und seine Augen funkelten. »Was euch zweifellos klar war.«

»Ganz recht.« Korgh lächelte, scheinbar erfreut darüber, dass man ihn endlich verstand. »Aber wie wir schon mehrmals sagten«, er sah Broll an, »erschien uns das als die beste Möglichkeit, den Feldkommandeur und Auserwählten seiner Bestimmung zuzuführen.«

»Ah, gewiss, ich vergaß, meine Bestimmung.« Broll und Johks sahen sich kurz an. Broll machte eine kreisende Handbewegung neben seiner Schläfe, und Johks nickte und zuckte dann mit den Schultern, als wollte er sagen: *Was hast du von einem Mann anderes erwartet, der von sich selbst in der Mehrzahl spricht und behauptet, er hätte einen Dämon im Ohr?*

»Schön.« Broll öffnete und schloss die Hände und atmete ganz flach, um die Wut zu kontrollieren, die in ihm kochte. Es gefiel ihm überhaupt nicht, an der Nase herumgeführt zu werden, und noch weniger gefiel es ihm, wenn das ein Barbar tat, der angeblich nicht allein im Kopf und mit Sicherheit nicht ganz bei Verstand war. Zudem faselte er noch die ganze Zeit von irgendwelchen mysteriösen Dingen, von denen Broll nicht das Geringste wissen wollte. *Und das Schlimmste ist, dass ich diesem Schwachsinnigen tatsächlich vertraut habe. Was, verdammt, ist da in mich gefahren?* Die Antwort ließ nicht lange auf sich warten.

Er vernahm das leise Summen der Stimmen in seinem Hinterkopf. Das hörte er schon eine ganze Weile, aber er hatte sich bemüht, es zu ignorieren. Seit Tagesanbruch jedoch war es unaufhörlich lauter geworden.

»Also gut. Da wir schon einmal hier sind, warten wir, bis diese Nordlinge gegen uns anrennen«, murrte er. »Und sollten sie nicht auf unser Friedensangebot eingehen, können wir uns zum Sterben bereit machen, habe ich es richtig ausgedrückt, Korgh?«

Du musst ruhig bleiben! Du musst klar denken! Vielleicht hat Cherus doch recht, und ein Rückzug wäre ...

»Keineswegs.«

Was? »Was?«

Korgh machte eine wegwerfende Handbewegung. »Diese Schlacht wird heute keinesfalls entschieden! Möglicherweise entscheidet sich heute aber das Schicksal Hellandens und Alghors.« Er sah Broll an. »Und vielleicht wird heute auch darüber entschieden, wie das Schicksal gewisser Personen verläuft. Und das wiederum wird nicht nur Auswirkungen auf die Zukunft von Hellanden, Alghor und seinen Vasallen haben, sondern auf alle Menschen und Länder.«

Während Korgh das sagte, hatte Broll zum ersten Mal nicht den Wunsch, ihm irgendetwas auf den Schädel zu hämmern. Im Gegenteil. Die Stimmen in seinem Kopf schwollen an, und es überlief ihn kalt, als hätte ihn tatsächlich der Hauch des Schicksals in diesem Augenblick gestreift. *Wahrscheinlich hat er das auch,* dachte er und schüttelte sich. *Um mir zu sagen, dass das heute meine letzte Schlacht sein wird, und um sich von mir zu verabschieden.* Er räusperte sich und unterdrückte diesen unerfreulichen Gedanken.

Korgh hatte ihn scharf beobachtet, um die Wirkung seiner Worte abzuschätzen. Er nickte kurz und fuhr dann fort: »Natürlich werden Männer sterben und möglicherweise auch einige Warkyrien.« Er musterte die Aufstellung des feindlichen Heeres. »Obwohl wir bezweifeln, dass Egkhild ihre Warkyrien diesen steilen Hang hinaufschicken wird. Die Pferde würden nur das Gelände aufwühlen, und sie sind viel zu schwer und unbeweglich, um bei dieser Art Kampf von Nutzen zu sein.« Er deutete wieder auf die steilen Felsvorsprünge auf den Hängen rechts und links von ihnen. »Wenn du deine Stockbogen- und Bogenschützen dort aufstellst, wie wir es empfohlen haben, können sie die Reiterei Hellandens nach Belieben unter Beschuss nehmen, ohne selbst allzu großen Gefahren ausgesetzt zu sein. Und noch leichter wird es ihnen fallen, einen Angriff der Fußtruppen zurückzuschlagen.«

»Ah, eine ausgezeichnete Idee!«, hörte Broll die Stimme von Schwingenleutnant Cherus. »Mit Eurer Erlaubnis, Feldkommandeur?« Broll kam kaum dazu, zustimmend zu nicken, als der Mann auch schon sein Pferd herumriss und zur Horde zurückgaloppierte. Als er die Bogenschützen erreichte, rief er Befehle und gestikulierte wild mit den Armen.

Broll drehte sich um und begegnete dem erstaunten Blick von Tronn. Der Hauptmann zuckte mit den Schultern. *Offenbar hat dieses Singvögelchen etwas dazugelernt,* dachte er.

Bevor er jedoch etwas zu Korghs Vorschlag äußern konnte, mischte sich erneut Johks ein. »Aber wenn unsere Position hier oben so vorteilhaft ist, warum sollte Egkhild uns dann überhaupt angreifen? Sie kann genauso gut in aller Ruhe abwarten, bis wir entweder die Geduld verlieren und den Hang und in den sicheren Heldentod hinabstürzen oder die Eroberung Hellandens ganz abblasen. Und uns dann, wenn wir umkehren, in den Rücken fallen.«

»Das könnte sie natürlich«, bestätigte Korgh.

»Aha.« *Irgendwie geht dieses Gespräch an mir vorbei,* dachte Broll. *Es kommt mir fast so vor, als würden wir bei einem Krug Wein beisammensitzen und uns darüber unterhalten, ob wir den Schlammschweinebraten von vorn nach hinten oder von rechts nach links anschneiden sollen.*

»Wird sie aber nicht«, fuhr Korgh fort.

»Wird sie nicht?«, mischte sich auch Tronn ein. »Und woher weißt du das so genau?«

Korgh drehte sich zu dem Hauptmann der Schildrotte herum. »Aus zwei Gründen. Wie wir schon sagten, haben die Stammeshäuptlinge und Clanchefs sehr viel Mühe darauf verwendet, mit ihren Gefolgsleuten herzukommen.« Er legte den Kopf schief. »Einige von ihnen sind zweifellos schon seit etlichen Tagen unterwegs. Sie haben sich mit Sicherheit auf dem Weg hierher in Wut geredet, weil sie wegen einer albernen Horde von *Schuppenschilden*«, er grinste Tronn entschuldigend an, »nichts für ungut, aber so nennen wir Nordlinge die Krieger jenseits des Weißen Spiegels – ihre Arbeit auf den Feldern, den Fischerbooten oder bei ihren Herden unterbrechen mussten. Und zudem ist Egkhild eine Frau. Das ist der zweite Grund.«

Broll schloss die Augen und zählte bis zehn. »Ach«, sagte er dann. »Weil …?«

Korgh wandte erneut den Kopf und sah Broll an. »Ist das nicht offensichtlich? Einige von ihnen werden nicht warten wollen, bis Egkhild ihnen den Befehl zum Angriff gibt, sondern sich voller Grimm und Wut oder auch, um sich als besserer Kriegshäuptling zu empfehlen, blindlings auf uns stürzen, ganz gleich, wie selbstmörderisch dieser Angriff auch sein mag. Egkhild wird ihre Warkyrien und vermutlich auch den Hauptteil des Heeres klugerweise zurückhalten, jedenfalls diejenigen Clanführer und Stammeshäuptlinge, die begriffen haben, dass Nimgurds Schwester nicht nur eine Frau, sondern auch ein kluger Kriegshäuptling ist. Und ebendieser zweite Grund greift uns gerade an.« Er streckte die Hand aus und deutete auf die Ebene unter ihnen, auf der ein ziemlich großer Pulk von Nordlingen auf den Kamm zugerannt kam.

Broll folgte mit seinem Blick Korghs ausgestrecktem Arm. Einen Lidschlag lang begriff er nicht, was er da sah. Dann setzte sein Verstand ein. *Sie greifen tatsächlich an. Und es ist nur ein Teil ihrer Streitmacht, genau wie Korgh gesagt hat.* Er sah genauer hin. Die Nordlinge wurden von einem großen schwarzhaarigen Stammeshäuptling angeführt, der ein Langschwert mit beiden Händen schwang.

»Das da sind die ungeduldigen Häuptlinge, von denen wir gesprochen haben.« Auch Korgh besah sich die heranstürmenden Krieger. »Ah, den schwarzhaarigen Häuptling, der sie anführt, kennen wir. Branwulf Koldark, Häuptling der Qujelln. Ein sehr ehrgeiziger junger Krieger.« Korgh grinste. »Sehr, sehr ehrgeizig, aber nicht sonderlich klug, wie es scheint.«

Broll achtete nicht auf Korghs Ausführungen, sondern fuhr zu Johks herum. »Die Spießträger und die Eisdrachen auf die linke Seite des Kamms! Hämmer nach rechts! Dahinter beziehen alle Bogenschützen Position, die nicht die Felsvorsprünge rechts und links besetzt haben! Es geht los! Tronn! Du befehligst die Hämmer! Johks, du postierst dich mit den Stockbogenschützen auf der linken Seite der Klippen und …!«

»Das ist nicht mehr nötig, Feldkommandeur!« Johks hob die Hand und deutete auf den Grat. »Sieht aus, als hätte unser kleiner Schwingenleutnant seine Eier gefunden.«

Broll sah, dass bereits eine Abteilung Bogenschützen zwischen den Felsbrocken und Steinen des Grats Stellung bezog, und er erkannte Cherus' schimmernde Rüstung zwischen den Männern.

»Gut, dann …« Er drehte sich in die andere Richtung, wo Stockbogen- und Bogenschützen bereits auf dem Weg waren, um sich günstige Schusspositionen zu suchen. Ein Schuppenführer der Eisdrachen gab die Kommandos, und er hielt Blickkontakt mit Cherus, um erst auf dessen Befehl schießen zu lassen.

»Gut, also …« Broll verstummte ein drittes Mal, als hinter ihm Reihe um Reihe schwer bewaffneter und gepanzerter Soldaten aufmarschierten und Stellung auf dem Kamm bezogen. Die Lanzen und Spieße der beiden ersten Reihen wirkten wie eine undurchdringliche Barriere. Hinter ihnen bezogen mehrere Abteilungen Bogenschützen Stellung.

»Also gut …« Broll sah sich um, aber es gab nichts mehr zu tun für ihn. Er blickte Johks an, der ihn grimmig angrinste. Broll wandte den Kopf, und Tronns Miene schien den Ausdruck des Drachenkommandeurs zu spiegeln.

»Es sind gute Männer. Und sie verehren und respektieren dich, Feldkommandeur, Herr«, sagte der Hauptmann der Schildrotte, die sich unmittelbar hinter ihm aufgestellt hatte.

Broll zuckte zusammen, als Korgh ihm seine große Hand auf die Schulter legte. »Deshalb sollten nicht mehr von ihnen sterben, als unbedingt sein muss, Broll, Feldkommandeur. Weder von unseren Männern noch von deinen. Es geht hier, wie gesagt, nicht darum, eine Schlacht zu entscheiden. Und ganz bestimmt geht es nicht darum, den Heldentod zu sterben.«

Worum geht es dann?, dachte Broll, während sein Blick auf die Woge von brüllenden, schwer bewaffneten und zweifellos nach Fisch stinkenden Barbaren gerichtet war, die auf ihn und die Stellung der Vereinigten Drachenhorde zuschwappte. Die Stimmen in seinem Kopf wurden immer lauter, und er zog sein Schwert.

»Natürlich nicht«, presste er zwischen den Zähnen hervor. »Es geht darum, meiner Bestimmung zu begegnen, hab ich recht?«

Korghs Augen schienen rot zu glühen, als er die Lippen zu einem spöttischen Lächeln verzog. »Auch wenn du uns nicht glaubst, Auserwählter, aber – ja, genau darum geht es!« Er griff über seine Schulter, zog die mächtige Streitaxt aus ihrer Schlinge und ließ die schwere Waffe spielerisch mit einer Hand wirbeln. Dann packte er den grauen Stiel aus Eisenholz und schwang sie prüfend durch die Luft. Broll musste sich zusammenreißen, um nicht unwillkürlich den Kopf einzuziehen. »Und wir werden dafür sorgen, dass das auch geschieht! So wahr wir Korgh heißen!«

»Treue und Blut!«
»Tod den Schuppenschilden!«
»Für Hellanden!«
»Treue und Blut!«
»Für Egkhild!«

Das Gebrüll um sie herum war ohrenbetäubend, und Egkhild schloss für einen Moment die Augen. Als sie sie wieder öffnete, sah sie Frahnja, die Schamanin, die langsam durch die Reihen der Nordlinge schritt. Mit ausgebreiteten Armen sang sie irgendwelche Anrufungen, von denen Egkhild nicht wusste, ob sie die Männer und Frauen für den Kampf wappnen oder sie nur beruhigen sollten. Sie hob den Kopf und sah hinauf zu dem Kamm, auf dem die Drachenkämpfer aufgetaucht waren, genau wie Frahnja es vorhergesagt hatte.

Dann richtete sie den Blick wieder auf die Schamanin.

»Ein Sturm aus Blut und Tod«, murmelte sie leise. »Dein Sohn.« Sie sah wieder zu dem Kamm hinauf. Die Helme, Schilde und Waffen der Invasionshorde schimmerten in der Glut von Belphors Augen, aber über die große Entfernung hinweg konnte sie natürlich keine einzelnen Personen ausmachen. Sie kniff die Augen zusammen, als sie einen weißen Fleck in einer kleinen Gruppe von Männern bemerkte, die mitten im ärgsten Getümmel standen. »Ist das da ein Schimmel? Welcher Trottel reitet auf einem weißen Pferd in eine Schlacht? Genauso gut könnte er sich ein weißes Kreuz auf die Brust malen.«

»Das ist der verräterische Nordling, Herrin!«, sagte Garolf, der neben sie getreten war. »Korgh von Rüngart, den du nach Alghor geschickt hast, damit er …« Er stockte und suchte nach den passenden Worten, weil er nicht seinen Kopf riskieren wollte. »… deinen Auftrag ausführt. Den Berichten unserer Kundschafter zufolge hat er die Invasionshorde nicht nur durch Hellanden bis hierher geführt, sondern auch ihren Feldkommandeur davor bewahrt, von unseren tapferen Kriegern getötet zu werden.«

»*Eine Flut aus Blut und Tod*«, wiederholte Egkhild nachdenklich die Worte der Schamanin. »Und mein Sohn reitet vor der Flut. Nun«, sagte sie dann, an ihren Ratgeber gewandt, »dieser Korgh hat seine Sache gut gemacht, denkst du nicht?«

»Gut gemacht? Gewiss, Herrin, wenn du meinst.« Garolf senkte hastig den Kopf. »Obwohl es etliche Stammeshäuptlinge gibt, die ihn verfluchen. Immerhin reitet er an der Seite unserer Feinde.«

»Tut er das? Ich würde eher sagen, er hat uns unsere Feinde geradewegs in die Arme geführt. Und er hat dafür gesorgt, dass Nimgurd …«, sie unterbrach sich und hustete, »dass der Tod meines Bruders gerächt wurde und der verräterische Drachenfürst ebenfalls sein Leben verlor.«

»Soweit ich gehört habe, Herrin, hat nicht Korgh Prakuhl getötet, sondern dieser Broll, der Befehlshaber der Invasionshorde, die jetzt gerade diesen Angriff …«

»Schon gut, Garolf. Ich kenne die Gerüchte.« Sie sprang von dem einfachen Lehnstuhl auf, auf dem sie vor dem Eingang ihres Zeltes gesessen hatte, und musterte eine Gruppe von hellandischen Kriegern unter der Führung ihres Häuptlings Frerik, die sich wütend zusammenscharten und ihre Streitkolben, Äxte und Schwerter schwangen. Offenbar konnte ihr Häuptling die Männer nur mit Mühe daran hindern, sich ebenfalls in den Kampf um den Kamm zu stürzen. »Diese Narren!«, knurrte Egkhild. »Mich würde interessieren, ob du erkennen kannst, was da oben am Kamm vor sich geht.«

»Nun, Herrin, wie es aussieht, setzt Branwulf den Schuppenschilden mächtig zu.« Garolf schluckte.

Egkhild schüttelte den Kopf und ließ ein scharfes Zischen vernehmen. »Branwulf!«, knurrte sie. Sie beobachtete den Kampf unter dem Kamm und stieß dann einen Fluch aus, als sie sah, wie die Nordlinge von Bogenschützen unter Beschuss genommen wurden und reihenweise ihre Leben ließen. Ohne dass sie auch nur nahe genug an die Schuppenschilde herangekommen wären, um einen einzigen Schlag gegen sie zu führen.

»Dieser verdammte Narr! Wir erleiden nur völlig überflüssige Verluste, wenn wir die Invasionshorde dort oben angreifen! Diese Stellung ist viel zu leicht zu verteidigen.«

»Das wissen die meisten Clanchefs und Häuptlinge, Herrin!«, versicherte Garolf. »Deshalb warten sie darauf, bis die Feinde zu uns auf die Ebene hinabsteigen, wie du es befohlen hast!«

»Ach ja?« Egkhild musterte Frerik und seine Leute, die angestrengt zum Kamm blickten. »Sag das besser diesen verdammten Dummköpfen!«, fauchte sie, als sie sah, wie sich einige andere Häuptlinge in ihrer Nähe ebenfalls zu ihren Unterführern umdrehten und mit den Waffen auf den Kamm deuteten. Bislang waren es zwar nur wenige Häuptlinge, die Branwulf mit ihren Kriegern gegen Egkhilds ausdrücklichen Befehl zum Kamm gefolgt waren, aber allmählich machte sich Unruhe unter ihren Männern breit. Sie verstanden nicht, warum sie hier untätig herumstehen mussten, während Branwulf dort oben im Kampf Lorbeeren erntete und sich und seine Männer mit Ruhm bedeckte.

»Pah!« Egkhild spuckte aus. »Von wegen Ruhm. Er wird Tod und Verderben auf sich häufen, das ist alles!«

»Was hat Branwulf Koldark denn vor?« Tarnja von den Eisinseln trat neben ihre Kriegsherrin. Die Frau war *Magd der Warkyrien* und befehligte jetzt die Reiterei Hellandens, da Egkhild, die *Erste Magd Belphors,* als Kriegsherrin diese Aufgabe nicht ebenfalls wahrnehmen durfte.

»Er will die Horde im Alleingang besiegen, um seinen Arsch auf den Hohen Stuhl zu pflanzen, nachdem er mich als unfähig gebrandmarkt und dann davon hinuntergestoßen hat.«

Tarnja blickte zum Kamm, wo sich der Kampf bereits zu entscheiden schien. Die Angreifer waren aufgrund ihrer niedrigeren Position den Verteidigern des Kamms hoffnungslos unterlegen, und die ersten Nordlinge kehrten bereits um. »Offensichtlich scheint ihm das nicht recht zu gelingen«, erklärte die Magd der Warkyrien und schüttelte den Kopf. »Die Schuppenschilde sind nicht dumm. Sie machen keinerlei Anstalten, unseren Kriegern zu folgen.«

»Natürlich nicht!« Egkhild knirschte mit den Zähnen. »Warum sollten sie das auch tun? Nur weil Branwulf genau darauf gehofft hat? Sie wären noch dümmer als er, würden sie ihre überlegene Stellung aufgeben, nur um diese Handvoll Nordlinge zu verfolgen. Etwas«, sie hob die Stimme, damit die umstehenden Häuptlinge sie gut verstehen konnten, »etwas, das jeder hätte sehen können, der mit dem Kopf statt mit den Eiern denkt!« Sie erntete einige böse Blicke, aber keiner wagte es, ihr zu widersprechen. »Etwas, das auch Branwulf Koldark von den Qujelln hätte sehen können, wenn sein Hirn nicht genauso winzig wäre wie sein Schwanz!«, fuhr Egkhild fort.

Tarnja beschattete mit einer Hand ihre Augen, um besser sehen zu können. »Oh, offensichtlich verfügen die Schuppenschilde ebenfalls über eine Reiterei!« Dann lachte sie. »Zumindest verfügen sie über einen Reiter! Allerdings scheint der Mann nicht sehr helle zu sein, denn er reitet einen Schimmel. Dennoch laufen unsere Krieger vor ihm davon wie Schneehasen vor einem Silberwolf!«

»Ja, es ist der verräterische Nordling, der die Horde durch unser Land geführt hat.« Egkhild machte eine kleine Pause. »Er heißt Korgh.«

Tarnja sah sie überrascht an. »Korgh? Hieß so nicht auch dieser Krieger aus Rüngart, den du …?« Ihre Augen weiteten sich, als Egkhild nickte. »Es ist derselbe? Oh«, stieß sie hervor, als die Kriegsherrin erneut nickte. »Oh«, wiederholte sie. »Das ist … interessant.«

»Herrin!« Bei dem Klang der barschen männlichen Stimme fuhren die beiden Frauen herum.

»Frerik.« Egkhild hob eine Braue. »Du hast ein Anliegen?«

»Allerdings, das habe ich! Unsere Männer fragen sich, wieso du uns zusammengetrommelt hast und von wichtigen Aufgaben abhältst, nur damit wir tatenlos hier herumstehen und zusehen, wie dieser eitle Emporkömmling Koldark von den Qujelln den ganzen Ruhm einstreicht und diese lächerliche Horde von Schuppenschilden ganz allein bezwingt!«

»Tut er das?« Egkhild blickte kurz zum Kamm hinüber und sah dann wieder Frerik an. »Ich nehme an, du möchtest gern auch ein Stück vom Ruhm einstreichen und deinen Teil dazu beitragen, diese ›lächerliche Horde der Schuppenschilde‹ zu bezwingen, ja?«

Frerik musterte sie verblüfft, weil er nicht mit dieser Reaktion auf seine rüden Worte gerechnet hatte. »Selbstverständlich, Herrin …«

»Und selbstverständlich glaubst du auch, ein Kriegshäuptling wäre vor allem dazu da, seine Männer und seine Warkyrien gegen eine nur mit unnötigen Verlusten zu erobernde Stellung eines Feindes zu führen. Eines Feindes, der schlau genug ist, diese Stellung so lange zu halten, bis sich die tapferen Nordlinge bei dem vergeblichen Versuch, sie einzunehmen, ausgeblutet haben. Eines Feindes, der diese kühnen Verteidiger Hellandens anschließend wie räudige Köter vor sich hertreiben wird, bis sie freiwillig bei Belphors Zähnen von den Klippen springen.«

»Ich … Selbstverständlich nicht … Ich meine …« Frerik runzelte verwirrt die Stirn und trat unwillkürlich einen Schritt zurück, als Egkhild sich ihm näherte, die Hände auf die Griffe ihrer Kurzschwerter gelegt.

»Gut so«, sagte sie und hob die Stimme. »Denn ein solcher Kriegshäuptling wäre Branwulf Koldark gewesen, der aber nicht auf dem Hohen Stuhl sitzt, sondern im Augenblick eben wie ein räudiger Köter vor den ›lächerlichen Schuppenschilden‹, wie du sie genannt hast, davonläuft, und zwar, wenn ich das richtig sehe, zurück in den Schoß seiner Kriegsherrin, die statt seiner auf dem Hohen Stuhl sitzt und diesem Köter mächtig in den Arsch treten wird, sollte er es wagen, ohne ihre Krieger vor sie zu treten, deren Leben er bei diesem vollkommen idiotischen Abenteuer aufs Spiel gesetzt hat! Und das nur, um ebenso schwachsinnigen Häuptlingen zu beweisen, dass er der bessere Kriegshäuptling wäre!« Sie hielt inne und sah sich um.

Die Häuptlinge, die sich vor das Zelt mit dem Banner des Hohen Stuhls geschart hatten, wichen ihrem scharfen Blick aus. Sie alle hatten mitverfolgt, wie der Angriff auf den Kamm verlaufen war.

»Glücklicherweise, Frerik, gehörst du ja nicht zu den schwachsinnigen Häuptlingen, die sich Branwulf Koldark anschließen wollen, um gegen den ausdrücklichen Befehl ihrer von Belphor bestätigten Kriegsherrin zu verstoßen, hab ich recht?«

»Ich …« Freriks Miene verfinsterte sich, als er sich umsah, aber wenn er auf Unterstützung gehofft hatte, hatte er sich geirrt. Die meisten Häuptlinge, wenn sie seinen Blick überhaupt erwiderten, sahen ihn abschätzig und missbilligend an, und etliche von ihnen machten aus ihrer Verachtung für ihn keinen Hehl. »Nein … Herrin«, knurrte er, und man merkte ihm an, wie schwer es ihm gefallen war, das letzte Wort über die Lippen zu bringen. »Das tue ich nicht.«

»Das dachte ich mir, Frerik.« Egkhild ließ sich einen Moment Zeit, um die Umstehenden zu mustern, dann trat sie vor und legte Frerik eine Hand auf die Schulter. »Und aus diesem Grunde, Frerik, möchte ich auch, dass du dabei bist, wenn Branwulf Koldark zurückkommt – falls er zurückkommt und ihn die *lächerlichen Schuppenschilde*«, sie betonte die beiden Worte, »nicht schon zu Drachenfutter zerhackt haben. Denn ich möchte dein

Gesicht sehen, wenn ich das Urteil über den Verräter Branwulf Koldark spreche, der es gewagt hat …«, sie hob die Stimme erneut, als die Männer um sie herum missbilligend murrten, »der es gewagt hat, sich seiner Kriegsherrin zu widersetzen und dabei das Leben tapferer Krieger seinem blinden Ehrgeiz geopfert hat!« Sie wandte sich wieder Frerik zu. »Und als ehrenvoller Stammeshäuptling, der seiner Kriegsherrin vor nicht einmal zwei Spannen in der Stuhlkammer der Ringburg von Hellgaar Treue und Blut gelobt hat, wird es dich gewiss freuen, wenn ich dir die Ehre übertrage, mein Urteil an Branwulf Koldark zu vollstrecken.«

»Aber, Herrin …!«, mischte sich ein anderer Häuptling ein, von einem der Clans, die Egkhild bisher treu ergeben waren. »Das Urteil für einen Verräter im Krieg kann nur der Tod sein! Und ihr wollt Branwulf doch nicht …?«

Egkhild fuhr zu ihm herum. »Warum nicht, Ossje? Hat er den Tod nicht verdient?« Sie starrte die Häuptlinge an, allesamt hartgesottene Krieger, die ihrem Blick nun standhielten, doch keiner wagte es zu widersprechen. »Was hätte Nimgurd wohl an meiner Stelle getan?«, fragte sie, wohl wissend, wie die Antwort lauten würde. »Und ich soll es anders halten? Warum? Nur weil ich eine Frau bin?« Sie sah sich unter den Männern um. Einige traten verlegen von einem Fuß auf den anderen, die meisten jedoch zeigten widerwilligen Respekt. Sie deutete auf den Kamm. »Branwulf Koldark wollte euch beweisen, dass er der bessere Kriegshäuptling ist!« Sie stemmte die Fäuste in die Seiten. »Nun, konnte er euch davon überzeugen? Wie ich sehe, kommt er gerade zurückgeschlichen wie ein geprügelter Hund! Ist das jemand, den ihr auf dem Hohen Stuhl wollt?«

Alle starrten in Richtung des Kamms und sahen, wie eine Gruppe von Nordlingen sich den Stellungen des hellandischen Heeres näherte. Es war eine erheblich kleinere Gruppe als die, die Branwulf Koldark vor kaum einem Sonnenstrich angeführt hatte, um Ruhm zu ernten und den Hohen Stuhl für sich zu beanspruchen.

»Töte ihn nicht«, sagte eine leise Stimme neben Egkhild, während die Blicke der meisten Häuptlinge und Krieger wie gebannt auf die geschlagene Schar gerichtet waren, die schlurfend und humpelnd und sich gegenseitig stützend auf sie zukam.

Egkhild riss sich zusammen, um nicht zu der Frau herumzufahren, die so verstohlen neben ihr aufgetaucht war. »Ich muss es tun«, erwiderte sie. »Ich muss ein Exempel statuieren, sonst wird Branwulf am Ende doch noch bekommen, was er will, weil die Häuptlinge mir jede Art von Gnade ihm gegenüber als Schwäche auslegen.«

»Ich will nicht, dass du ihm gegenüber Gnade walten lässt«, sagte die Schamanin leise. »Ich will nur, dass du wartest, bis sich Belphors gelbes Auge geschlossen hat.«

Daraufhin sah Egkhild die erste Tochter Lokhs doch an. »Warum, Frahnja? Was passiert, wenn sich Belphors gelbes Auge geschlossen hat?«

Die Schamanin lächelte. »Dann wird er kommen, und das Schicksal wird endlich seinen vorherbestimmten Lauf nehmen.«

»Wessen Schicksal? Und wer ist es, der kommt?«, wollte Egkhild wissen.

»Unser aller Schicksal!«, antwortete Frahnja. »Und mein Sohn.«

SANSIBOR
DIE PROPHEZEIUNG DES FEUERS

»Und du bist wirklich sicher, dass wir hier richtig sind? Ich meine, all diese Frauen ...«

»Natürlich.« Makira schnaubte verächtlich. »Das hier ist der Harem der Frauen. Was erwartest du da? Hasenfuß!«

»Wie bitte?«

Makira seufzte gereizt und blieb unvermittelt stehen.

Lay, der nicht aufgepasst hatte, prallte gegen sie. Er hatte nur Augen für die vielen, ähnlich spärlich wie Makira gekleideten Frauen gehabt. Die zahllosen kleinen Nischen, in denen Händler alle möglichen Dinge feilboten, Essbares, Nichtessbares und Dinge, die man möglicherweise essen konnte, bei denen man vielleicht aber auch besser darauf verzichtete, interessierten ihn weit weniger.

»Au. Verdammt, pass doch auf!«

»Entschuldige.«

»Das ist jetzt schon das dritte Mal, dass du mich fast umrennst.« Die Sandfrau drehte den Kopf und blickte zu Lay zurück. »Man sollte meinen, die letzte Nacht in den Dünen hätte fürs Erste gereicht!«

Lay runzelte die Stirn. Bei Makira war von der Vertrautheit der letzten Nacht nichts mehr zu spüren, seit sie durch das Haupttor von SanSibor getreten waren. Aber Lay hatte kaum Zeit gehabt, darauf zu achten. Die Eindrücke, die von allen Seiten auf ihn einstürmten, waren überwältigend. Er hatte schon in Omarta über die Vielfalt an Gerüchen, Geräuschen und Gebäuden gestaunt, aber SanSibor übertraf die Hauptstadt von Bouhss darin bei weitem. Klänge, wie er sie noch nie gehört hatte, drangen aus dunklen Gassen und aus Häusern, deren Fenster mit Lammellenläden gegen die heißen Strahlen der Sonnen verrammelt waren. Überall boten Händler ihre Waren feil, und das Gewirr von Stimmen, Sprachen und Lärm war unglaublich.

Lay richtete seinen Blick auf Makiras Rücken, als diese weiterging, und er bemerkte, wie angespannt sie war. *Bereut sie die gestrige Nacht vielleicht?* Er kniff die Lippen zusammen. *Ich bereue jedenfalls nichts.* Er erinnerte sich an Makiras Worte, als er sie zur Rede gestellt hatte, nachdem ihm aufgegangen war, dass sie den Abend und die Nacht unmittelbar vor SanSibor gelagert hatten. *»Ich wollte einfach wissen, wie es mit dir ist, und die Angelegenheit hinter uns bringen, bevor wir SanSibor erreichen.«* Dabei hatte sie ihn spöttisch angegrinst. *»Ich kann nicht behaupten, dass es mir leidtut. Du etwa?«*

O nein, es tat Lay absolut nicht leid, ganz im Gegenteil. Was er ihr auch noch einmal bewiesen hatte.

Er schmunzelte, als er daran dachte, wurde dann jedoch rasch wieder ernst. *Das kann also nicht der Grund für ihr Unbehagen sein,* dachte er. *Es muss an der Stadt liegen oder an der Stelle, wo wir uns gerade befinden.* Er sah sich aufmerksam um, konnte jedoch nichts Ungewöhnliches entdecken. *Nichts Ungewöhnliches? Hier ist alles ungewöhnlich. Also gut, jedenfalls sehe ich nichts Bedrohliches. Andererseits … würde mir hier eine Bedrohung überhaupt auffallen?* Unwillkürlich tastete er mit der Hand unter den Umhang, den er, zu einem langen Bündel gewickelt, auf dem Rücken trug. Darin hatte er die Blutbraut gehüllt, bevor sie das Stadttor von SanSibor durchquert hatten, so wie Makira es ihm geraten hatte.

»Auch wenn du für einen Alghoraner ziemlich dunkle Haut und schwarze Haare hast, wird jeder, der dich genauer betrachtet, merken, woher du kommst. Für diese Leute hier bist du ein ›Drachenmann‹«, hatte sie gesagt. *»Die Menschen von SanFira mögen die Leute aus Alghor nicht, weil sie glauben, dass alle Alghoraner dumm und überheblich sind. Und für die Bewohner von*

SanSibor gilt das erst recht. Wenn die Torwächter deine Blutbraut sehen, werden sie dich zwingen, die Waffe bei ihnen zurückzulassen, bis du die Stadt verlässt. Und sobald einer von ihnen dieses Ding *anfasst …«* Bei diesen Worten hatte sie seinem Schwert einen misstrauischen Blick zugeworfen. *»Du willst sicher nicht herausfinden, wie man hier in SanSibor mit Hexern umgeht oder mit Leuten, die man dafür hält.«*

Das wollte Lay allerdings nicht. Deshalb hatte er die Blutbraut sorgfältig in seinen Umhang gewickelt und sich diesen dann geschickt so über den Rücken drapiert, dass das Schwert darin nicht auffiel. Als er die Waffe nun berührte, fühlte er nur das kühle Metall. Die Blutbraut war bisher vollkommen still geblieben, und allein ihre Gegenwart beruhigte ihn.

Er seufzte. »Tut mir leid. Ich …« Er sah sich um und merkte, dass ihn die Leute glücklicherweise nur flüchtig musterten. *Das muss an diesem albernen Tuch liegen, das ich mir um den Kopf geschlungen habe, wie Makira es mir gezeigt hat.* »Ich habe so etwas noch nie gesehen«, erklärte er.

»Was denn? Gehäutete Ziegenschädel?«

»Du weißt genau, was ich meine. Dies alles hier. Selbst Omarta war anders, mehr wie Ulcar.«

»Hm. Der Waisenknabe aus dem einsamen Monasterium in den Bergen, wie? Mir kommen die Tränen.« Sie trat einen Schritt von ihm weg, aber das hatte nichts Beleidigendes an sich. Es war eher so, als wollte sie ungestört nachdenken und als würde seine Nähe sie ablenken.

Sollte ich mich vielleicht geschmeichelt fühlen? Lay verzog das Gesicht, aber bevor er etwas sagen konnte, wandte Makira den Kopf und sah ihn an. »Wir müssen nach … rechts«, erklärte sie dann.

Lay nickte und wollte weitergehen, blieb jedoch überrascht stehen, als Makira die Hand hob und ihn aufhielt. »Was ist denn?«

»Gib mir den Ring.«

Lay sah sie verständnislos an. »Den Ring?« Er packte Theijas Ring, den er wieder an dem Lederband um den Hals trug, und schüttelte den Kopf. »Aber du hast ihn mir doch erst heute Morgen zurückgegeben.«

Makira nickte. »Stimmt. Das hatte ich dir versprochen, aber jetzt brauche ich ihn.« Sie schnalzte ungeduldig mit der Zunge, als sie Lays verwirrte Miene sah. »Es dauert nicht lange, das verspreche ich dir, und ich gebe ihn dir zurück, wenn ich dich hier wieder abhole.«

»Du holst mich hier wieder ab?« Lays Verwirrung wuchs. »Ich denke, wir suchen Spuren von meinen Eltern in diesem Harem der Frauen, jedenfalls hast du das gesagt. Was willst du denn …?«

»Stell nicht so viele Fragen, sondern vertrau mir einfach, einverstanden?« Sie hielt ihm ungeduldig die offene Hand hin. »Den Ring, bitte.«

Lays Verwirrung schlug in Ärger um. »Wieso sollte ich dir vertrauen? Schließlich hast du mich gestern Abend auch belogen, als du gesagt hast, wir wären noch mitten in der Wüste – dabei lag SanSibor direkt hinter der nächsten Düne!«

»Und? Hast du sehr unter dieser Lüge gelitten? Wenn ich mich recht entsinne, hattest du eine Menge Spaß.«

Lay biss die Zähne zusammen. »Du etwa nicht?«

Makira grinste kurz. »Hab ich mich etwa beschwert? Nicht, dass ich wüsste. Ich möchte nur, dass du mir vertraust. Immerhin haben wir das Bett miteinander geteilt …«

»Wohl eher eine Decke«, knurrte Lay. »Und außerdem hat das eine nichts mit dem anderen zu tun.«

Makira stemmte die Fäuste in die Hüften. »Ach nein? Das ist ja toll. Für wen hältst du mich? Für eine Frau, die sich wahllos mit dem erstbesten Kerl niederlegt, der ihr über den Weg läuft?« Sie spuckte auf den Boden. »Ich habe schon Männer wegen geringfügigerer Beleidigungen zum Kampf gefordert!«

»Das wollte ich damit ja auch nicht sagen!«, lenkte Lay rasch ein. *Das fehlt mir gerade noch, dass sie mir hier in aller Öffentlichkeit eine Szene macht. Wer weiß, wie diese Sandleute auf so etwas reagieren.* Lay sah sich hastig um, aber bisher schien keiner der Passanten besonderes Interesse an ihnen zu zeigen. Er sah wieder Makira an, die ihn wütend anfunkelte. »Also gut, schon gut!« Er seufzte und hob das Lederband über den Kopf, dann drückte er ihr den Ring in die Hand. »Was hast du damit vor?«

»Das wirst du noch früh genug erfahren!« Makira war offenkundig immer noch beleidigt, streifte sich das Lederband über den Kopf und stopfte den Ring unter ihren ledernen Brustharnisch. »Ich habe einfach noch etwas zu erledigen, bevor wir weitergehen. Und zwar dort hinten.« Sie deutete vage mit der Hand nach links. »Und dafür brauche ich den Ring, das ist alles. Wie gesagt, mach dir keine Sorgen, du bekommst ihn zurück.«

Lay folgte ihrer Handbewegung. Die Straße, in die sie deutete, sah nicht anders aus als die, auf der sie eigentlich hatten gehen wollen. Mit dem einzigen Unterschied, dass sie links nach etwa dreihundert Schritt auf einen Platz mündete, auf dem sich der gewaltige Gebäudekomplex des Palastes der MaxMagia erhob. Er hatte das Gebäude mit den mit wundervollen Mosaiken verzierten Kuppeln schon von der Düne aus gesehen, und Makira hatte ihm mit unverhohlenem Stolz einige der besonderen Sehenswürdigkeiten SanSibors erklärt, das nicht umsonst die »Stadt der Tausend Türme« hieß.

Es gab sie in allen Größen, Formen und Farben, und die meisten waren tatsächlich bewohnt, wie Makira ihm versichert hatte. In der Zeit der Dunkelheit müsste es ziemlich unbequem sein, in so einem Turm zu wohnen, hatte er gemutmaßt. Denn es wäre doch gewiss anstrengend, immer wieder Holz oder Kohlen all die Stufen hinaufzuschleppen, um ein Feuer gegen die Kälte zu entfachen.

Makira hatte ihn einen Herzschlag lang verblüfft angesehen und war dann in schallendes Gelächter ausgebrochen. Lay hatte ihren geprusteten und gekeuchten Bemerkungen entnommen, dass es in der Zeit der Dunkelheit in SanFira immer noch ziemlich hell war und es für gewöhnlich genügte, die Fenster zu schließen und sich einen Schal überzuwerfen, um warm zu bleiben. *»Außerdem schleppen wir nichts Schweres zu Fuß die Türme hinauf«, hatte sie erklärt, nachdem sie sich wieder beruhigt hatte. »Dafür benutzen wir Rollenzüge. Mit ihnen könnte selbst ein Kind schwerste Lasten auf den höchsten Turm befördern.«* Lay hatte die Stirn gerunzelt und Makiras Bemerkung für eine Übertreibung gehalten, aber kaum hatten sie SanSibor betreten, als er tatsächlich gesehen hatte, wie ein Mann eine große, mit Steinen beladene Holzplatte mittels einer kompliziert wirkenden Rollenkonstruktion, durch die sich ein Seil schlängelte, vom Boden auf das Dach eines Hauses hievte. Er hatte das Seil sogar nur mit einer Hand festgehalten und sich dabei kurz mit einem anderen Mann unterhalten, so als würden die Steine nichts wiegen.

»Und warum kann ich dich nicht begleiten?«, fragte Lay. »Wir können doch erst dorthin gehen, wohin du willst, und uns dann auf die Suche nach den Leuten machen, die wissen, wo meine Eltern …«

»Nein, ich gehe allein. Und du wartest hier.«

»Hier?« Lay konnte nicht verhindern, dass seine Stimme ein wenig gepresst klang. »Ich meine, wo genau?« Er sah sich um. »Hier sind überall Händler und Leute, die nichts anderes zu tun haben, als sich umzusehen und die Straße zu beobachten. Wenn ich hier eine Zeit lang allein herumstehe, werde ich irgendwann Verdacht erregen oder jemandem auffallen oder von der Stadtwache angesprochen.«

Makira schüttelte den Kopf. »Du kannst nicht mitkommen, Lay, wirklich nicht. Aber dir wird schon irgendetwas einfallen, womit du dir die Wartezeit vertreibst.«

Wenn du das sagst. Lays Blick fiel auf ein unscheinbares zweistöckiges Gebäude aus sandfarbenem Stein, das schräg gegenüber stand. Sein Dach bestand aus mehreren unterschiedlich großen Kuppeln, und das Obergeschoss zierten große Bogenfenster aus farbigem Glas. Drei breite Stufen führten zwischen zwei Säulen zu einem großen Portal, dessen beide Flügel offen standen und durch das pausenlos Männer und Frauen ein- und ausgingen. Er runzelte die Stirn.

Seltsam, dachte er. *Die Leute, die herauskommen, wirken irgendwie entspannter und frischer als die, die es betreten …* »Was ist das da?«, erkundigte er sich bei Makira.

»Gute Idee!«, meinte die Sandfrau. »Das da ist ein Badehaus.« Sie beugte sich vor und schnüffelte. »Du riechst schlimmer als ein Nordling und könntest ein Bad gut brauchen.«

Lay hob den Arm, roch an sich und verzog das Gesicht. »Ich mag den Geruch.« Er sah sie an. »Ich rieche nach dir.«

Das brachte sie einen Moment aus der Fassung, und sie errötete. »Geh einfach in das Badehaus und mach das, was alle anderen auch machen. Und versuch bitte, Dummheiten zu vermeiden, wie zum Beispiel nackte Frauen anzuglotzen, wenn du ihnen im Dampfbad oder in den Kältebecken begegnest.« Sie grinste. »Diese Art von Nacktheit ist in unseren Badehäusern üblich, und wenn du sie ebenso anstarrst, wie du die ganze Zeit die Häuser, Händler und Waren angestarrt hast, merkt jeder gleich, woher du kommst.«

Nackte Frauen?, dachte Lay. *Das sollte mich seit gestern Nacht nicht mehr allzu sehr aus der Fassung bringen.* Er verzichtete jedoch auf einen Kommentar und nickte nur.

»Gut. Ich muss los«, erklärte sie. »Ich hole dich in einem, höchstens zwei Sonnenstrichen dort ab, verstanden?«

Im nächsten Moment war die Sandfrau im Straßengewühl verschwunden. *Also gut,* dachte er und griff in seine Hosentasche. Dort verwahrte er den Beutel mit den Münzen, die Makira bei einem Geldwechsler unmittelbar hinter dem Stadttor gegen eine Golddublone aus Alghor eingetauscht hatte. Er tastete noch einmal nach der Blutbraut, aber das Schwert regte sich nicht. Zögernd setzte er sich in Bewegung und ging die Stufen zu dem Badehaus hinauf. Oben angekommen, drehte er sich noch einmal um. Niemand schien ihn zu beachten, und mit einem leisen Seufzer betrat er das Badehaus, das den stolzen Namen *Goldene Grotte* trug, wie das Schild über dem Portal verkündete.

Kaum war er darin verschwunden, löste sich ein dunkler Schatten aus dem Durchgang zu einem Hinterhof und trat auf die belebte Straße. Die zierliche Gestalt verharrte einen Moment und blickte von dem Badehaus in die Richtung, in die Makira verschwunden war, und dann wieder zurück zur *Goldenen Grotte.* Sie schien eine Entscheidung zu treffen, wandte sich um und eilte in die entgegengesetzte Richtung, die Makira genommen hatte.

»Noch etwas heißes Wasser, Herr?«

»Gern.« Lay schloss die Augen und seufzte, als der Bursche, ein Jüngling von höchstens zwölf Zyklen, einen Zuber mit dampfendem Wasser in das Marmorbecken goss, in dem er lag. Der frische Duft von Yamem und Wüstenblüten stieg ihm in die Nase, und er streckte sich gemütlich aus.

Sollte ich jemals nach Alghor zurückkehren, dachte er, *werde ich als Erstes ein solches Badehaus errichten.* Es gab zwar auch öffentliche Waschräume in allen größeren Städten Alghors, aber diese waren nicht im Entferntesten mit der *Goldenen Grotte* zu vergleichen. Außerdem hätte es in Alghor einen Aufruhr gegeben, hätten Frauen und Männer gemeinsam einen Waschraum benutzt. Hier schien sich niemand daran zu stören. Allerdings waren die Menschen auch nicht nackt, jedenfalls nicht ganz. Die meisten hatten sich in dicke weiche Tücher gewickelt oder trugen weite Tuniken aus hauchdünnem Nesselstoff. Und alle waren viel zu sehr damit beschäftigt, die kalten und heißen Wechselbäder oder das Dampfbad zu genießen oder sich von kräftigen Männern und Frauen ihre schmerzenden Gliedmaßen und Muskeln massieren zu lassen, als auf die anderen Gäste zu achten.

»Heiß genug, edler Herr?«, fragte eine weibliche Stimme spöttisch.

Lay runzelte die Stirn und öffnete die Augen. Unwillkürlich fuhr er zusammen und versuchte, seine Blöße in der Wanne zu bedecken. Durch die hastige Bewegung schwappte heißes Wasser über deren Rand, doch die junge Frau neben dem Becken sprang gerade noch rechtzeitig zurück.

»Verdammt, pass doch auf! Ich hab schon gebadet!«

»Makira?«

Sie stemmte die Hände in die Seiten. »Hast du vielleicht jemand anders erwartet?«

»Ich …? Nein, natürlich nicht!« Lay runzelte die Stirn. »Wieso bist du schon wieder da?«

Makira sah ihn amüsiert an. »Schon wieder? Es sind fast drei Sonnenstriche vergangen, seit wir uns getrennt haben.« Sie deutete auf seine Hände und Füße. »Sieh dir deine Haut an! Wenn du noch länger im Wasser bleibst, wirst du als runzliger alter Mann die *Goldene Grotte* verlassen!«

Lay hob die Hände und betrachtete seine Finger. Makira hatte recht. Dann dämmerte ihm, was sie gesagt hatte. »Drei Sonnenstriche?« Er stand hastig auf, ließ sich aber im nächsten Moment wieder zurücksinken. Eine gewaltige Welle schwappte über den Wannenrand und verfehlte Makira nur um Armeslänge.

»Verdammt! Was habe ich gerade gesagt?«

»Entschuldigung«, stammelte Lay verlegen. »Würdest du mir bitte das Tuch reichen?«

»Als wenn da etwas wäre, das ich noch nicht gesehen habe!« Aber sie tat ihm den Gefallen, nahm ein weiches Handtuch von dem hölzernen Gestell, auf dem Lay auch seine Kleidung abgelegt hatte, und warf es ihm zu. Er fing es auf, gerade bevor es ins Wasser gefallen wäre, dann erhob er sich und schlang es rasch um seine Hüften. »Ich bin sofort fertig.«

Makira nickte, aber es entging Lay nicht, dass sie ihm einen verstohlenen Blick zuwarf. »Gut, ich warte am Eingang auf dich.«

Lay atmete auf, als sie den Raum verlassen hatte, trocknete sich rasch ab und zog sich an. Er roch an seinem Hemd und verzog das Gesicht. *Ich hätte fragen sollen, ob sie nicht vielleicht meine Kleidung waschen können, während ich bade,* dachte er. Aber dafür war es zu spät. Er würde das bei nächster Gelegenheit nachholen.

»Das war einfach großartig«, erklärte er, als er nicht einmal eine halbe Sandacht später zu ihr auf die Straße trat. »Ich fühle mich wie neu geboren.«

»Gut.« Makira setzte sich in Bewegung. »Also los, wir müssen in diese Richtung.«

Lay musterte sie genauer und blieb dann überrascht stehen.

Die junge Frau drehte sich ungeduldig zu ihm um. »Was ist denn?«

Lay starrte sie wortlos an. Im Badehaus war es ihm nicht aufgefallen, aber nun bemerkte er, dass Makira sich vollkommen verändert hatte. Von der wilden Kriegerin war nur noch wenig auszumachen, abgesehen von ihren Krummdolchen und ihren funkelnden Augen vielleicht. Statt eines Lederharnischs trug sie ein rotes Hemd aus einem weichen, fließenden Stoff, das ihren Oberkörper zwar verhüllte, aber ihre Formen betonte und ihren Bauchnabel freiließ. Ihren ledernen Lendenwickel hatte sie gegen eine weite Hose eingetauscht, die aus mehreren Schichten eines hauchdünnen Stoffes bestand, von denen jede in einer anderen Farbe schillerte. Und an den Füßen … Lays Augen wurden rund vor Staunen. *Sind das echte Edelsteine? Wenn ja, müssen sie ein Vermögen wert sein.* Er hob den Kopf.

Die Veränderung, die mit ihr vorgegangen war, verblüffte ihn.

Ihr Haar glänzte, und ihre Haut schimmerte, als hätte sie beides eingeölt, und selbst ihre Lippen glänzten weich.

Lay räusperte sich. »Wo genau bist du gewesen?«

Statt zu antworten, streifte Makira sich eine silberne Kette über den Kopf und hielt sie Lay hin. »Hier, das gehört dir.«

Verblüfft streckte er die Hand aus. Sie ließ den Ring an der silbernen Kette – *Theijas Ring* – auf seine Handfläche fallen.

»Können wir jetzt bitte weitergehen?«

»Aber …«

»Du wirst deine Antworten bekommen, das verspreche ich dir. Schon bald.« Sie sah seine finstere Miene und lächelte. »Vertrau mir, ja?«

Dir vertrauen? Ich verstehe immer weniger, habe das Gefühl, wie ein Blinder in einem Labyrinth herumzutappen, und du willst, dass ich dir vertraue? Nachdem du dich von einer wilden Sandfrau-Kriegerin in eine … Ja, in was hatte sich Makira eigentlich verwandelt? *Eine Prinzessin? Oder eine Adelige?* Auf jeden Fall wirkt sie ganz anders als die Makira, die ihn aus dem Käfig in der Karawane befreit, die er durch Belphors Garten geschleppt und mit der er in den Dünen vor SanSibor geschlafen hatte.

Er schluckte und tastete unter seinem Umhang nach der Blutbraut. Das Schwert schwieg.

»Also gut.« Er trat neben sie und nickte. »Ich vertraue dir.« *Wenn das mal kein Fehler ist.*

»Fein.« Makira erwiderte seinen Blick offen und lächelte sogar. »Es ist ja auch nicht so, als würde dir etwas anderes übrig bleiben«, meinte sie, drehte sich um und ging zielstrebig los.

Lay schüttelte den Kopf. *Zumindest ist sie immer noch genauso unverschämt wie früher. Ich hätte nie geglaubt, dass mich das einmal beruhigen würde.* Er folgte ihr mit einem Seufzer. *Und außerdem hat sie recht. Mir bleibt nichts anderes übrig, als ihr zu vertrauen. Wohin auch immer das führen mag.*

Während sie zügig ausschritten, sah er sich ständig um. Die Menschen auf der Straße achteten immer noch nicht auf sie, und doch wurde Lay das Gefühl nicht los, dass man ihn beobachtete. Er tastete erneut nach der Blutbraut, aber falls ihnen eine Gefahr drohte, war es jedenfalls keine, vor der die dämonische Waffe ihn hätte warnen können. Doch aus irgendeinem Grund konnte ihn das nicht beruhigen.

Sein Unbehagen wuchs, als sie die Straße verließen und in eine schmale Gasse einbogen, die unmittelbar neben der gewaltigen Stadtmauer von SanSibor verlief. Auch hier gab es viele Geschäfte und Werkstätten in den Erdgeschossen der Häuser, aber die Geräusche der Stadt klangen gedämpfter, und es waren auch erheblich weniger Menschen unterwegs.

Lay gab sich alle Mühe, die Leute nicht anzustarren, aber ihm fiel dennoch auf, dass die meisten Passanten, denen sie begegneten, Frauen waren.

Der Harem der Frauen, dachte er. Makira hatte ihm von diesem Stadtteil erzählt, und offensichtlich hatten sie ihn erreicht.

Er wollte die Sandfrau fragen, ob er mit seiner Vermutung richtiglag. Aber dazu musste er sie erst einmal einholen, denn sie war immer schneller geworden und ging ihm mittlerweile mehrere Schritte voraus.

Plötzlich traten zwei Schatten aus einem Tordurchgang, und Makira blieb wie angewurzelt stehen. Im selben Moment spürte Lay eine Bewegung hinter sich und wandte sich um.

Zwei weitere in dunkle Gewänder gehüllte Gestalten waren hinter ihnen aus einem schmalen Spalt zwischen den Häusern getreten und versperrten ihnen den Rückweg. Allerdings wirkten sie nicht sonderlich gefährlich, und Lay konnte auch keine Waffen an ihnen entdecken.

Dennoch tastete er unter seinem Umhang nach der Blutbraut, widerstand aber der Versuchung, sie hervorzuholen. Zu seiner Überraschung blieb das Schwert auch immer noch ruhig. *Keine Bedrohung?* Lay ließ die Hand wieder sinken und musterte die beiden Personen.

Es müssen Frauen sein, dachte er, als sein Blick über die schlanken Gestalten glitt, die von den eng anliegenden Tüchern bis auf schmale Schlitze für Augen und Mund vollkommen verhüllt wurden. An den Füßen trugen sie Stiefel, die offenbar aus einem einzigen Stück Leder gefertigt waren. Sie wiesen weder Schnüre noch Schnallen auf, und Lay fragte sich unwillkürlich, wie man ein solches Schuhwerk wohl an- und auszog.

Da die beiden Frauen keinerlei Anstalten machten, sich ihnen zu nähern, drehte sich Lay wieder zu Makira und den beiden anderen Gestalten um, die ihnen den Weg versperrten.

Zu seiner Überraschung war die Sandfrau ohne Scheu zu den beiden getreten und verneigte sich sogar vor ihnen. Sein Erstaunen steigerte sich noch, als die eine der beiden Verhüllten Makira ansprach, aber eindeutig ihren Blick auf ihn – auf Lay – gerichtet hielt.

»Du bringst den Auserwählten?«

Den Auserwählten? Lay starrte die Frau vollkommen entgeistert an. *Was geht hier vor?* Hatte man ihn erwartet? Hatte Makira das alles von Anfang an geplant? Und was hatte sie in der Zeit gemacht, in der er gebadet hatte? Wofür hatte sie den Ring gebraucht? Seine Gedanken überschlugen sich, und er trat unwillkürlich einen Schritt zurück, während er gleichzeitig die Hand wieder unter den Umhang schob und den Griff der Blutbraut packte.

Blut Blut Blut.

Das vertraute Flüstern wisperte in seinem Kopf. Lay hörte das Rauschen seines Blutes und auch wieder die Stimmen, die in seinem Hinterkopf leise sangen.

»Ja, den bringe ich euch, edle Wirkerin des Feuers«, antwortete Makira, die immer noch in demütiger Haltung vor der Frau stand. »Wie es die Flammen des heiligen Feuers …«

»Dämonenbrut!«, schrie plötzlich eine der Frauen hinter Lay, sprang, wie von einem Katapult abgefeuert, in die Luft, mach-

te einen perfekten Salto und landete nur einen Schritt von Lay entfernt auf dem Boden.

Ihre Kehle war nur einen Fingerbreit von der Spitze der Blutbraut entfernt.

»Was du nicht sagst!«, knurrte Lay, während er die andere Frau nicht aus den Augen ließ. »Makira, das wäre jetzt der richtige Moment, mir entweder zu erklären, was das hier soll, oder deine verfluchten Krummdolche …«

Eine glühende Schnur schien sich um seine Kehle zu schlingen, und im nächsten Moment spürte er, wie sich etwas um seine Füße wickelte.

»Dämonenwerk!«, zischte eine weibliche Stimme unmittelbar an seinem Ohr. *»Schwarze Hexerei! Der Schleier ist erklungen! Und du …!«*

»Nein!« Makiras Stimme klang so schrill und panisch, wie Lay sie noch nie gehört hatte, nicht einmal, als sie im Palast von Omarta um ihr Leben oder in Belphors Garten um ihren Verstand gekämpft hatte. »Er ist der Auserwählte! Er trägt das Mal! Und er hat den Ring! Theijas Ring! Auf Befehl der MaxMagia! Löscht die Flammen!«

MaxMagia? Die ganze Sache wurde immer rätselhafter, aber Lay hatte im Moment gar nichts dagegen, dass Makira offenbar im Namen und im Auftrag der MaxMagia von SanFira sprach. Die Magia der Sekte der Feuerwirkerinnen stellten schon von alters her die Herrscher dieses Wüstenstaates, und offenbar war ihr Wort auch für diese Frauen Gesetz. Lay schluckte, als das Brennen um seinen Hals schlagartig aufhörte, und blickte zu Boden, wo nur noch ein kleiner Rauchfaden in Knöchelhöhe von einem schwarzen Streifen versengten Stoffes aufstieg.

»Es ist Dämonenwerk!«, zischte eine der Frauen, und die Stimmen in Lays Kopf schwollen wütend an.

Blut Blut Blut

TodTodTod Draakenbrut TrägerdesMals TodTodTod Feuer VERSCHLINGE EINERDERACHT FEUERVERBREN-

NE EINERVOMBLUT TODTODTOD zaudernit Feuerentflamme FEUERerLÖSCHE TodTodTod

Lay biss die Zähne zusammen, als die Blutbraut in seiner Hand gierig vibrierte und er den unbändigen Drang verspürte, die Klinge in die Kehle der Frau vor sich zu rammen.

»Es ist Dämonenwerk«, wiederholte die Frau, diesmal jedoch mit ruhiger Stimme. »Und er hört den Gesang.« Sie senkte den Kopf, ohne auf die messerscharfe Klinge vor sich zu achten, und breitete die Hände aus, um ihm zu zeigen, dass sie unbewaffnet war. »Verzeih, Auserwählter.«

Lay brummte etwas Unverständliches. Er glaubte immer noch spüren zu können, wie sich diese brennende Schlinge um seinen Hals zuzog. *Wenn Makira nicht gerufen hätte, dann hätten sie mich bei lebendigem Leibe verbrannt!* Er kniff die Augen zusammen, als er die Sandfrau hinter sich hörte.

»Lay.«

Die Stimmen in seinem Kopf wurden leiser, und das Rauschen des Blutes in seinen Ohren ließ nach. Er atmete mehrmals tief durch und trat vorsichtig zur Seite, um die Frau vor sich im Auge zu behalten, die ihrerseits ihren Blick nicht von ihm nahm. Lay drehte sich langsam so herum, dass er sowohl die Frau als auch Makira sehen konnte.

»Was …?«

Die beiden Frauen, mit denen Makira gesprochen hatte, hatten sich auf ein Knie niedergelassen und sahen sie ehrerbietig an. Die dritte Frau, die hinter Lay aufgetaucht war, folgte ihrem Beispiel, und dann auch die vierte, langsam und vorsichtig. Sie ignorierte Blutbraut, sah Lay jedoch an.

»Gesalbte«, sagte eine der Frauen, an Makira gewandt. »Wir zweifeln nicht an deinen Worten, aber wir müssen Gewissheit haben, ehe wir den Auserwählten«, sie verneigte sich kurz und, wie Lay fand, erheblich weniger respektvoll in seine Richtung, »zur Sonne SanFiras bringen.«

Lay hatte Blutbraut sinken lassen, bei den Worten der Frau jedoch hob er die Waffe wieder und sah zwischen Makira und den Frauen hin und her. »Erklär mir, was hier vor sich geht!«, verlangte er. »Wieso nennen sie dich Gesalbte, und worüber wollen sie Gewissheit haben? Und wer, bei Belphors ...?«

»Schon gut!«, fiel die Sandfrau ihm ins Wort, bevor er den Fluch aussprechen konnte. »Es ist nicht nötig, grob zu werden.« Sie warf ihm einen scharfen Blick zu.

»Wer hat denn hier damit angefangen?«, beschwerte sich Lay. »Ich mag es nicht, wenn man sich an mich heranschleicht, und erst recht schätze ich es nicht, wenn man mir irgendwelche magischen feurigen Stricke um den Hals legt. Oder um die Füße.«

»Stricke?« Eine der schwarz vermummten Frauen warf Makira einen fragenden Blick zu.

Die Sandfrau zuckte mit den Schultern. »Er ... ist nicht sehr bewandert in der Feuermagie«, erklärte sie fast entschuldigend.

Aber ich bin verdammt bewandert, was die Magie von Eisen und Haut und Knochen angeht!, dachte Lay gereizt. Er hielt es jedoch für besser, das für sich zu behalten, weil er die Situation nicht noch komplizierter machen wollte, als sie ohnehin schon war. Die Frauen schienen im Moment keine Bedrohung darzustellen, und er wusste nicht, ob er mit seiner »Magie von Eisen und Haut und Knochen« gegen diese Feuerwirkerinnen wirklich eine Chance hatte.

Blut Blut Blut

Ja, schon gut, dachte Lay. *Es wird schon noch früh genug zu Blutvergießen kommen.* Zögernd schob er Blutbraut wieder in die Scheide zurück. Dann wandte er sich an Makira.

»Also?« Auf ihren fragenden Blick hin deutete er auf die knienden Frauen. »Du warst dabei, mir zu erklären, warum sie dich Gesalbte nennen, warum sie vor dir knien und worüber sie Gewissheit haben wollen.«

»Das hat Zeit«, erwiderte Makira. »Jetzt ...«

»Sag mir nicht schon wieder, dass ich dir vertrauen soll!«, unterbrach Lay sie. »Dieses Vertrauen hat nur dazu geführt, dass ich in eine Falle getappt bin und dass irgendwelche Feuerwirkerinnen – Frauen, die zur Abwechslung einmal vollständig bekleidet sind – irgendwelche brennenden magischen *Stricke*«, er betonte das Wort und starrte Makira dabei trotzig an, »um meinen Hals und meine Knöchel geschlungen haben. Ich will jetzt endlich wissen, wer du bist und was das hier alles soll!« Er deutete auf die Frauen. »Und wer sie sind und was sie von mir wollen!«

Eine der Frauen sprang auf und fauchte. Lay kniff die Augen zusammen, als er sah, dass auf ihren Handflächen Flammen züngelten. »Wie redest du mit der Gesalbten, Drachenmann? Wie kannst du es wagen …?«

»Ich bin der verfluchte Auserwählte, schon vergessen, Brandstifterin?«, gab Lay wütend zurück. »Ich rede mit Makira so, wie es mir gefällt, und außerdem …«

»Wahrhaftig!«

Lay hob überrascht eine Braue, als diese neue Stimme ertönte, und fuhr in die Richtung herum, aus der sie gekommen war. Die Stimme gehörte einer hochgewachsenen, schlanken dunkelhäutigen Frau mit vier auffälligen Narben auf der linken Wange und großen schwarzen Augen. Sie stand in einem Hauseingang.

»Ein Edelstein, noch ungeschliffen«, erklärte sie, nachdem sie ihre Musterung beendet hatte. »Nun, dies zu vollbringen ist auch nicht eure Aufgabe.« Sie deutete auf die Feuerwirkerinnen. »Euer Werk ist getan. Danke für eure Dienste, aber ihr könnt jetzt gehen. Die Sonne SanFiras erwartet ihn bereits.«

Lay sah, wie die vier schwarz gekleideten Frauen sich kurz verneigten und dann lautlos durch die Tür des Hauses verschwanden, ohne ihn auch nur eines Blickes zu würdigen.

»Genau wie dich, Gesalbte«, fuhr die Frau lächelnd fort und

streckte die Hand nach Makira aus. »Sie freut sich sehr, dich wiederzusehen.«

»Ihre Freude ist auch die meine«, antwortete Makira.

Na toll, dachte Lay. *Wie schön, dass wir alle uns so unbändig freuen, einander wiederzusehen. Offenbar bin ich der Einzige, dessen Freude ein wenig gedämpft ist.*

»Ich nehme an, Auserwählter, du willst dich nicht von deiner dämonischen Gefährtin trennen?«, erkundigte sich die Frau und deutete auf Blutbraut, die Lay immer noch in der Hand hielt.

»Nicht, solange ich nicht weiß, was mich erwartet«, erwiderte er.

Makira zischte missbilligend durch die Zähne, aber Lay achtete nicht darauf. *Soll sie zischen!,* dachte er. *Ich habe dir lange genug vertraut, Sandfrau! Ich will jetzt endlich wissen, was hier vor sich geht, wo wir sind und wer mich erwartet.*

Die Frau nickte jedoch nur und verbeugte sich dann zu Lays Überraschung tief vor ihm. »Was dich hier erwartet, Auserwählter, ist ein weiterer großer Schritt zu deiner Bestimmung.« Sie drehte sich um und trat in das Haus. Hinter der Tür blieb sie stehen und blickte zu Lay zurück. »Ich heiße dich im Heim von Ishdabell Rash-Fira, der Sonne SanFiras, willkommen.«

Lay trat blinzelnd aus dem Schatten des Treppenhauses auf die Dachterrasse, die im Licht beider Sonnen lag. Es dauerte ein paar Herzschläge, bis sich seine Augen an die Helligkeit gewöhnt hatten. Dann sah er sich um. Sein Blick fiel auf die Frau, die unter einem Baldachin aus Nesselstoff auf einem weichen Kissen saß und jetzt den Kopf hob und ihn ansah.

Bilder von schwarzen Locken, die weich über seine Wangen strichen, schossen durch seinen Kopf, Erinnerungen an eine sanfte Stimme, die melodische Worte sang, an den Geruch von Milch und Honig und duftenden Blüten. Worte, die anscheinend lange in seinem Gedächtnis verschüttet gewesen waren, drängten an die Oberfläche ... »Mein Prinz, mein kleiner, süßer Prinz ...«

Das Bild, wie Zanth'ra blutüberströmt am Drachenkreuz im Monasterium hing und ihm unverständliche Worte zuflüsterte – *Prinz ... Bestimmung ... Eltern ... Bruder ...* – flammte plötzlich in ihm auf, wurde dann aber wieder von dieser undeutlichen Erinnerung an dunkle Locken und fast schwarze Augen verdrängt.

Lay schluckte und trat zögernd einen Schritt auf den Baldachin zu.

Die Frau erhob sich schweigend und ging ihm entgegen.

Lays Kopf war vollkommen leer, und er fühlte sich, als würde er durch Honig waten. Er starrte die Frau an, blickte ihr in die Augen, und sie erwiderte den Blick ebenso eindringlich und unentrinnbar.

Lay wusste, wer sie war. Dieses Wissen wurde ihm nicht über sein Bewusstsein vermittelt, sondern war ein Gefühl, eine Gewissheit, die er am ganzen Körper spürte. Es machte ihn glücklich und erfüllte ihn gleichzeitig mit einer namenlosen, unaussprechlichen Wut und Traurigkeit.

Mutter.

»Mutter.«

Die Frau bewegte die Lippen, aber sie brachte keinen Ton heraus. Stattdessen liefen ihr Tränen über die Wangen.

Kaum eine Armeslänge voneinander entfernt blieben sie stehen. Lay kam es vor, als würde sich die Welt verlangsamen, so wie er es im Zustand der Versenkung erlebte, nur dass er eben nicht in dieser Versenkung war. Und er hörte auch keine Stimmen. Er hörte eigentlich gar nichts. Nur seine eigenen Atemzüge, und er wunderte sich, wie ruhig und gleichmäßig sie waren. Sein Blick glitt über das Gesicht der Frau, über ihre schwarzen Locken, in die sich graue Strähnen mischten, er sah die Tränen, die über ihre Wangen liefen, ihre Lippen, die zu einem schmerzlichen Lächeln verzogen waren, dann richtete sich sein Blick wieder auf ihre Augen.

Lay hatte das Gefühl, er müsste in diesen Augen versinken, und obwohl er, seit er denken konnte, Zanth'ra als seine Mutter akzeptiert und ebenso lange seine leibliche Mutter verwünscht und sich ausgemalt hatte, was er ihr alles an den Kopf werfen und antun würde, wenn er sie träfe, tat er nichts dergleichen, sondern lächelte einfach nur, breitete die Arme aus und überwand den Abstand zwischen ihnen mit einem langen Schritt.

»Mutter«, wiederholte er, während er die große und dennoch zierliche Frau behutsam umarmte. »Mutter.«

Er spürte, wie ihr Körper in seiner Umarmung erbebte, als sie weinte, und dann hörte er ihre erstickte Stimme, eine Stimme, die ihn schon immer in seinen Träumen verfolgt und begleitet zu haben schien. »Mein Prinz«, sagte die Frau leise und umklammerte ihn fest. »Mein Prinz.«

»Aber wie kann das sein?« Makira blickte von Ishdabell zu Lay und wieder zurück. »Woher konnte er wissen, dass Lay zu dir unterwegs war und dass er etwa um diese Zeit hier eintreffen würde? Du hast selbst gesagt, dass er über keine magischen Fähigkeiten verfügt, jedenfalls keine von der Art, wie wir sie kennen.«

Lay folgte dem Gespräch der beiden Frauen, während er eine von den süßen Früchten aß, die die Dienerin, Karmet, wie Ishdabell ihre Vertraute vorgestellt hatte, in einer großen silbernen Schale vor sie auf den kleinen Tisch gestellt hatte. Er war immer noch völlig benommen von diesem Wiedersehen mit seiner Mutter nach all den Zyklen, aber das war bei weitem nicht die einzige Überraschung, die ihn hier erwartet hatte.

Er kaute auf den Kernen der Frucht und sah sich verstohlen nach einem Gefäß um, in dem er sie entsorgen konnte. Als er keines fand, spuckte er sie in die hohle Hand. Im nächsten Moment zuckte er zusammen, als ihn ein nackter Fuß am Oberschenkel traf. Offenbar war Makira durchaus in der Lage, ein ernstes Gespräch mit der ehemaligen MaxMagia von SanFira zu führen und gleichzeitig darauf zu achten, dass der ungebildete Drachenmann, der Barbar aus Alghor, sich nicht gänzlich zum Narren machte. Sie schob ihm einen geschwungenen silbernen Kelch zu, in den Lay die Kerne fallen ließ.

Makira. Sie war, nach der Begegnung mit seiner Mutter, die zweite Überraschung gewesen, auch wenn das, was er über die Sandfrau erfahren hatte, ihn längst nicht so mitgenommen hatte wie die Konfrontation mit Ishdabell Rash-Fira.

Wie sich herausstellte, war Makira nicht nur die Tochter einer Schwester der derzeitigen MaxMagia, sondern auch eine Cousine von Theija und sogar mit seiner Mutter verwandt.

Lay hatte das erfahren, nachdem seine Mutter und er aufgehört hatten, sich unter Tränen zu umarmen und sich gegenseitig zu versichern, wie glücklich sie über ihr Wiedersehen waren. Was zu Lays Überraschung auch tatsächlich stimmte, denn sein Groll, den er all die Zyklen gehegt hatte, nachdem er erfahren hatte, dass Zanth'ra nicht seine wirkliche Mutter war, war vollkommen verschwunden.

Und war einem leichten Unbehagen gewichen, weil er mit seiner Cousine in den Dünen vor SanSibor geschlafen hatte.

Zum Glück hatte Makira bei der Schilderung ihrer Erlebnisse diese Passage ausgelassen, aber Lay vermutete, dass seine Mutter ahnte, was zwischen ihnen vorgefallen war.

Noch überraschter war er gewesen, als er hörte, dass Theija auf eigenen Wunsch und gegen Makiras Bedenken die Reise nach Alghor in das Monasterium unternommen hatte, um sich und vor allem Ishdabell davon zu überzeugen, dass es Lay dort oben gut ging, nachdem sie erfahren hatte, wo der verschwundene Sohn abgeblieben war. Das erklärte auch das auffällige Interesse, das Makira an Theijas Ring gezeigt hatte. Sie hatte ihn als den Ring ihrer geliebten Cousine erkannt und, wie sie zugab, anfangs geglaubt, Lay hätte Theija einfach aus Habgier umgebracht, um sie zu berauben. Doch dann hatte sie seiner Geschichte immer mehr Glauben geschenkt, vor allem, da sie wusste, welche Bewandtnis es mit diesem Armreif hatte, und sie hatte erkannt, dass Lay keine Ahnung hatte, welches hinterhältige Spiel Maahr-kut mit ihm trieb.

»Wir mussten dafür sorgen, dass niemand deinen Spuren folgen konnte«, hatte Ishdabell erklärt und dann auf den Armreif gedeutet, den Lay immer noch trug. »Als wir erfuhren, dass Maahr-kut durch Alghor gereist war und sich in der Nähe des Weißen Spiegels aufhielt, haben wir schon das Schlimmste befürchtet.«

Auch das war eine ziemliche Überraschung gewesen. Lay hatte erst nicht glauben wollen, dass es sich bei Maahr-kut um einen *Gezeichneten* handelte, einen von einem Dämon vollkommen in Besitz genommenen Menschen. Er kannte diesen Begriff nur aus den alten Schriften, aus dem Augural und dem Okkultum der Drachenpriesterinnen, in denen er heimlich im Monasterium geblättert hatte. Er hatte den Armreif sofort abnehmen und vernichten wollen, aber Ishdabell hatte ihn daran gehindert.

»Wenn du das tust, wird Maahr-kut das sofort erfahren«, erklärte die Feuerwirkerin. »Du kannst den Reif nicht einfach zerstören. Aber im Augenblick ist das auch nicht nötig. Maahr-kut will dich nicht umbringen, sondern braucht dich. Er wird versuchen, deine Spur anhand des Reifs zu folgen, und dabei jeden töten, der es wagen sollte, dich über deine wahre Bestimmung aufzuklären.«

Lay nickte. Ihm brummte immer noch der Schädel von all dem, was ihm Makira und seine Mutter in den verflossenen Sonnenstrichen offenbart hatten, die sie bereits auf der Dachterrasse saßen, mittlerweile gegen die Kühle der Nacht in weiche Pelze gehüllt.

Ich bin der Träger des Mals, Einer vom Blut, das wusste ich auch schon vor-

her. Er sah zur Blutbraut, die unschuldig und matt schimmernd neben ihm auf dem Boden lag.

Ishdabell folgte seinem Blick. »Und du sagst, dieser Nordling hätte dich in die Schlucht der Schmiede geführt?«

Lay nickte. »Korgh, ja. Er meinte, ich bräuchte eine Waffe, die zu mir spricht.« Er verzog das Gesicht. »Nun, tatsächlich spricht sie zu mir, und wie!«

Ishdabell nickte. »Offenbar wusste dieser Korgh sehr genau, wer du bist, sonst hätte er das niemals wagen können.« Als sie Lays fragenden Blick bemerkte, zuckte sie mit den Schultern. »Kein normaler Sterblicher kann die Schlucht der Schmiede betreten. Sie ist ausschließlich für Auserwählte und Dämonen zugänglich.«

Und Ghuuls, dachte Lay und schüttelte sich unwillkürlich, als er an sein Erlebnis mit Korgh und Vergust dachte. Der Ghuul, also ein Magus, der seine Seele durch übermäßig betriebene Magie verloren hatte, war von einem Zirkel um Sephist, dem Meister der Klaturen, beherrscht und geführt worden, um sich Lays zu bemächtigen. Lay hatte ihn in der Schlucht getötet, und zwar mit der von Dämonen geschmiedeten Streitaxt von Korgh.

»Und die Waffen, die dort hergestellt werden«, Ishdabell streifte den Armreif mit einem Blick, »so wie auch die Werkzeuge und Gegenstände, sind in der Tat etwas Besonderes. Und nicht immer dienen sie dem Wohl ihres Besitzers. Aber früher oder später wirst du dich von dem Armreif trennen müssen. Nur habe ich leider nicht die Macht, dich davon zu befreien.« Sie legte eine Hand auf Lays Arm. »Aber erzähl mir von diesem Korgh … Er hat dir also mehrfach das Leben gerettet?«

Lay nickte. »Ja, er scheint es sich zur Aufgabe gemacht zu haben, mich für irgendetwas auszubilden oder vorzubereiten.« Er zuckte mit den Schultern. »Er hat auch ständig von Bestimmung und Schicksal geredet.« Er verzog das Gesicht. »So wie nahezu alle, mit denen ich in letzter Zeit zu tun hatte.« Sein

Blick zuckte zu Makira, die vollkommen in die Betrachtung ihrer nackten Zehen vertieft schien.

Ishdabell trank einen Schluck parfümiertes Wasser und überlegte. »Interessant«, sagte sie dann. »Und du glaubst, dass er ebenfalls von einem Dämon besessen ist?«

»Entweder das, oder er ist völlig verrückt.« Lay musste unwillkürlich lachen. »Zum Beispiel spricht er immer in der Mehrzahl von sich, und manchmal glühen seine Augen rot, auch wenn sich Belphors rote Sonne nicht darin spiegelt.«

Ishdabell seufzte. »Die Zeit der Verschmelzung rückt näher, und die Zusammenkunft steht unmittelbar bevor.«

»Genau das habe ich gemeint«, sagte Lay. »Alle reden von Dingen, von denen ich im Monasterium in den Schriften der Auguren, Magi oder Drachenpriesterinnen gelesen habe und von denen ich dachte, sie gehörten ins Reich der Legenden. Und dann, wie aus dem Nichts, tauchen plötzlich irgendwelche Dämonen auf, die mich entweder retten oder vernichten wollen, und ich habe nicht die geringste Ahnung, wie ich ihnen entgehen soll oder was genau meine Bestimmung ist!« Er sah Ishdabell an. »Also, es wäre wirklich sehr hilfreich, wenn mir jemand in diesem Punkt weiterhelfen würde.«

Die Feuerwirkerin wechselte einen kurzen Blick mit Makira und drückte dann Lays Arm. »Ich fürchte, dass ich dir nur sehr wenig helfen kann, was deine Bestimmung letztlich angeht.« Sie schüttelte den Kopf. »Unsere Prophezeiung enthält nicht mehr Informationen als die der Drachenpriesterinnen und Auguren – oder die Runenschriften von Lokhs Töchtern in Hellanden. Darin steht von den Heiligen Zwei, von den Trägern des Mals …« Sie hob die Hand und strich sanft über die Stelle auf Lays Rücken, wo sich das Mal befand, die beiden unregelmäßigen Kreise, ein kleiner und ein großer. »Und sie sagen, dass *die vom Blut* zur Zeit der Verschmelzung eine wichtige Rolle spielen werden. Welche das sein mag und worum es sich bei der Verschmelzung handelt …?« Sie seufzte. »Letztlich lässt jede Prophezeiung viel Raum für Auslegungen, den die Drachenpriesterinnen, Auguren und Magi auch weidlich für ihre Zwecke nutzen.« Sie lächelte erneut, als Lay sie fragend ansah. »In dem Punkt war deine Reise hierher nur eine Etappe auf einem langen Weg. Abgesehen davon natürlich, dass ich dich endlich in die Arme schließen konnte.«

Sie strahlte bei diesen Worten, und Lay spürte, wie ihm die Kehle eng wurde. »Aber wie geht es jetzt weiter? Wohin soll ich mich jetzt wenden?« Enttäuschung machte sich in ihm breit. »Ich dachte, wenn ich hierherkomme, finde ich Antworten auf all die Fragen, die ich mir die ganze Zeit über gestellt habe.«

Erneut wechselten Ishdabell und Makira einen kurzen Blick, dann seufzte die Feuerwirkerin auf und zog ein zusammengerolltes Pergament aus einer Tasche ihres Gewandes.

»Vielleicht nicht auf alle Fragen, aber möglicherweise auf solche, die du dir gar nicht gestellt hast.«

»Was ist das?«

»Das ist ein Pergament, das ich kurz nach deiner Geburt erhalten habe.« Sie machte eine kurze Pause und schluckte. »Nachdem ich mich in deinen Vater verliebt und wir dich gezeugt hatten, war ich natürlich gezwungen, von dem Posten der MaxMagia zurückzutreten.« Sie lachte leise. »So etwas ist in der Geschichte SanFiras noch nie vorgekommen, und es war ein dementsprechend großer Skandal. Zum Glück hat meine Cousine, die diese wichtige und ehrenvolle Position übernommen hat, mich nicht ins Exil geschickt. Aber dein Vater musste SanFira verlassen, er wurde davongejagt wie ein Verbrecher. Und ich durfte ihn nicht begleiten.«

Ein Ausdruck der Trauer legte sich auf ihr Gesicht, und Lay bekam eine Ahnung davon, was diese Frau, seine Mutter, durchgemacht hatte. Nicht nur, dass sie ihren Geliebten und Mann verloren hatte, sie war auch entehrt worden und hatte dann auch noch ihr Kind abgeben müssen.

»Nicht, dass er gewollt hätte, dass ich mit ihm komme«, sprach sie weiter. »Ein Leben auf der Flucht hätte er mir niemals zugemutet.« Sie sah Lay an. »Denn das war er, ein Mann auf der Flucht. Man hatte ihn seines Thrones in Ern beraubt und trachtete ihm nach dem Leben. Deshalb war er hierhergeflüchtet, nach SanFira. Er hat mich, die MaxMagia von SanSibor, um Asyl gebeten, und ich habe es ihm gewährt. Dann haben wir uns verliebt. Und dich gezeugt.« Sie lächelte unter Tränen. »Aber S'yron Corvin vom Aern war der Edle von Ern, rechtmäßiger Herrscher der Zitadelle der Winde, bevor er durch die hinterlistige und machtbesessene Raisshia Daam Grünhaag von dort vertrieben wurde. Und du bist sein Erbe und der rechtmäßige Thronfolger.«

Lay starrte seine Mutter entgeistert an. Das war alles ein bisschen zu viel auf einmal. Er wurde von Dämonen gejagt, andere Dämonen halfen ihm, er war ein Träger des Mals, der eine Bestimmung erfüllen sollte, von der keiner wusste, wie sie aussah, und zu allem Überfluss sollte er auch noch der rechtmäßige Herrscher über eine der größten und bedeutendsten Provinzen Alghors sein?

»Aha.«

Makiras Gelächter wirkte in diesem Moment ausgesprochen wohltuend. »Das ist zwar nicht unbedingt eine geistreiche Antwort, aber sie ist sehr verständlich.«

»Und das hier ist die erste und wichtigste von mehreren Nachrichten, die ich im Laufe der Zeit von ihm erhalten habe«, fuhr Lays Mutter fort. »Darin bittet er mich, dich zu ihm zu schicken, wenn die Zeit der Zusammenkunft bevorsteht und du deinen einundzwanzigsten Zyklus vollendet hast. Ich habe keine Ahnung, woher er wusste, dass du hierherkommen würdest, aber er hat mir erst vor wenigen Spannen eine Nachricht geschickt, dass mein Sohn auf dem Weg zu mir sei.«

»Ich soll meinen Vater suchen? Aber … ich bin gerade erst hier eingetroffen.«

Ishdabell nickte. »Ich weiß, mein Sohn, aber wenn ich der Nachricht deines Vaters Glauben schenken darf, und das tue ich, dann ist es von größter Wichtigkeit, dass du so rasch wie möglich zu ihm aufbrichst.«

»Aber wie soll ich ihn finden? Ich habe keine Ahnung …«

»Keine Sorge.« Makira beugte sich zu ihm und lächelte ihn strahlend an. »Dafür hast du ja mich. Oder hast du etwa geglaubt, ich würde dich allein auf dieses Abenteuer gehen lassen?«

Lay sah sie an. »Du wusstest … Du hast …?« Er schüttelte den Kopf. »Wieso wundert mich das jetzt nicht?«

»Vielleicht, weil du auf unserer Reise etwas dazugelernt hast?«

»Das kann man wohl sagen«, gab Lay zu und warf ihr einen anzüglichen Blick zu. Erfreut sah er, wie Makira errötete und Ishdabell eine Braue hob.

»Ich meinte …« Makira stockte. »Ich wollte sagen, du hast gelernt, dass du dich auf mich verlassen kannst.«

»Und was deinen Vater angeht«, sagte Ishdabell, während sie Makira scharf musterte, »ihn zu finden dürfte leichter sein, als hierherzufinden.« Sie tippte auf das Pergament. »In seiner letzten Nachricht, die Karmet mir überbracht hat, steht, wo er sich aufhält.«

Lay und Makira sahen die ehemalige MaxMagia neugierig an.

»An einem Ort, wo ihn weder Raisshia noch ihr Sohn Ryehl jemals vermuten würden. In Ern, in einer Stadt namens Krühll.«

Lay stand auf. »Diese Stadt kenne ich«, sagte er. »Obwohl ich noch nie da gewesen bin. Aber sie hat eine traurige Berühmtheit erlangt, durch ein Massaker, das dort verübt wurde.« Er holte tief Luft, bevor er weiterredete. »Es wurde von demselben Mann begangen, der auch Theija und all die anderen auf dem Gewissen hat.« Er nickte. »Und den zu töten ich geschworen habe.« Er sah seine Mutter und Makira nacheinander an und ballte die Hände zu Fäusten. »Der Schlächter von Krühll. Broll von Ern.«

HELLANDEN
UNTER DEM WELTENBAUM

»Es hat funktioniert, Feldkommandeur. Der verfluchte Nordling hat recht behalten«, sagte Johks. »Sie ziehen sich zurück, und die anderen Barbaren machen keinerlei Anstalten einzugreifen. Wie geht es jetzt weiter?«

»Wie hoch sind unsere Verluste?« Broll hielt noch immer das blutige Schwert in der Faust, aber es war nirgendwo mehr ein Feind zu sehen, jedenfalls keiner, der bekämpft werden musste. Die Nordlinge, die noch da waren, waren entweder tot oder lagen verwundet auf dem Hang. Der einzige Nordling, der noch stand, war Korgh.

Johks zuckte mit den Schultern. »Genau kann ich das noch nicht sagen, aber die linke Seite mit den Spießträgern musste den Hauptstoß der Barbaren ...« Er stockte und warf Korgh einen kurzen Seitenblick zu. Doch der ließ sich nicht anmerken, ob ihn diese Bezeichnung kränkte, sondern sprach weiter beruhigend auf seinen Schimmel ein, den der Gestank nach Blut und Tod, der in der Luft hing, nervös machte. Das Lederwams und die Pelze, die Korgh trug, waren voller Blut, aber die Klingen der Streitaxt, die wieder in der Schlinge auf seinem Rücken hing, waren so sauber, als wäre die Waffe gerade aus der Schmiede gekommen.

»... der Nordlinge abfangen«, fuhr der Drachenkommandeur fort. »Zum Glück konnten meine Eisdrachen einen Durchbruch verhindern!«

»Gut gemacht«, erwiderte Broll. *Wenn diese Nordlinge es geschafft hätten, auf die Klippen zu gelangen und die Bogenschützen anzugreifen, hätte sich die ganze Sache auch anders entwickeln können.* Er warf einen Blick auf die zusammengeschmolzene Gruppe der Angreifer, die mittlerweile die Stellungen des gegnerischen Hauptheeres fast erreicht hatten. Sie hatten aufgehört zu laufen, weil sie anscheinend gemerkt hatten, dass ihnen keine Soldaten der Drachenhorde folgten. Broll hatte seinen Leuten befohlen, auf keinen Fall ihre Stellungen zu verlassen, als sich abgezeichnet hatte, dass sie den Angriff zurückschlagen würden. Alles andere wäre nur eine Einladung an Egkhild gewesen, ihre Reiterei loszuschicken und die Verfolger niederzumachen.

Er warf Korgh einen abschätzenden Blick zu. *Dieser verdammte Verrückte hat recht gehabt, auch in diesem Punkt.*

Broll musste zugeben, dass sich Korghs »Anregungen« und Ratschläge bislang stets bewährt hatten, auch wenn er dem Nordling immer noch nicht ganz traute. *Und sein Gerede von Bestimmung und Schicksal geht mir auch mächtig auf die Nerven.* Allerdings hatte Korgh mit seinen Andeutungen seine Neugier geweckt. *Doch die entscheidende Frage ist jetzt, wie es weitergeht. Wir können ja nicht hier oben Wurzeln schlagen, was natürlich auch Egkhild weiß.*

Er besah sich die Stellungen der Nordlinge. Vor dem Zelt der Kriegsherrin hatte sich eine Gasse gebildet, durch die die geschlagenen Angreifer zu ihrer Oberbefehlshaberin schlichen. Er wollte sich nicht vorstellen, was Egkhild mit den Männern machen würde, und war froh, nicht in ihrer Haut zu stecken.

»Ser, eine Nachricht an Euch, Ser, von Druud OchNarjon.«

Broll richtete seine Augen auf Hulbert. Dem setzte der Anblick all der Toten sichtlich zu. »Was für eine Nachricht?«, knurrte Broll. *Das hat mir gerade noch gefehlt, dass dieser verdammte Seher mir irgendwelche schwachsinnigen neuen Befehle erteilt. Es ist schon schlimm genug, dass er mir seine Spione aufgezwungen hat.* Er musterte Hulbert mürrisch. *Vielleicht sollte ich ihn tatsächlich zur Vorhut abkommandieren. Dann kann er seinem Herrn wenigstens aus erster Hand berichten!*

»Offenbar wurde die Drachenbraut gefunden«, erklärte Hulbert, der vollkommen ungeniert den Pergamentstreifen mit der Nachricht ausgerollt hatte, die nach seinen eigenen Worten eigentlich für Broll bestimmt war.

Aber Broll achtete nicht auf diesen Verstoß gegen die Hierarchie, sondern riss dem Auguren das Schriftstück einfach aus der Hand. Er las den Text mit ungläubiger Miene, mahlte mit den Kiefern und packte den Griff seines Schwertes so fest, dass sein gepanzerter Handschuh auf dem metallenen Korbgriff des Knaufs knirschte.

»Die Befehle des Obersten Auguren sind eindeutig, Ser«, erklärte Hulbert, dem Brolls Erregung offenbar entging. »Er verlangt von uns, den Feldzug so schnell wie möglich zu beenden und dann nach Ern zu reiten, was bedeutet, dass wir jetzt sofort angreifen und Egkhilds Barbaren ein für alle Mal ...!«

»Wo ist Tronn?« Broll blickte von dem Pergament hoch. »Und Johks? Ich will mit den beiden reden, auf der Stelle!« Er sah sich suchend nach Korgh um.

Der Nordling hatte ihn beobachtet und trat näher, als er Brolls Blick auffing. »Schlechte Nachrichten?«

»Gewissermaßen ...«, begann Hulbert.

»Das kann man wohl sagen!«, fuhr Broll ihm über den Mund. »Dieser blinde Mistkerl von einem Seher hat diesen perversen Mistkerl von einem sogenannten Edlen losgeschickt, um Jolah aus dem Tempel zu entführen, in den sie vor ebendiesen beiden elenden Mistkerlen geflohen ist ...«

»Feldkommandeur! Der Erste Fragende ist als Reichsverweser auch Euer ...«, protestierte Hulbert entrüstet, aber Quilotte vom Haag fiel ihm ins Wort.

»Wirklich, Feldkommandeur! Ich muss schon sagen! Ihr könnt unmöglich so über unseren Herrn reden! In meiner nächsten Epistel nach Ern werde ich das seiner Mutter ...!«

Der Abgesandte des Edlen von Ern stieß einen erschrockenen Schrei aus, als Broll zu ihm herumfuhr und ihn grob an der Brust seines kostbar bestickten Wappenrocks packte.

»Würdest du nicht schon bis zum Hals im Hintern deines Herrn stecken, ich würde dich mit Freuden persönlich dort hineinbefördern!«, knurrte Broll. Er drehte sich zu dem Auguren herum, der, überrumpelt vom Ausbruch seines Feldkommandeurs, einen Schritt zurückgewichen war. Als er Brolls vor Wut funkelnde Augen sah, wollte er noch einen Schritt zurücktreten und stieß dabei gegen Korghs hünenhafte Gestalt. Der Nordling hatte sich hinter ihm aufgestellt und grinste ihn von oben herab böse an, während der Augur mit einem erstickten Schrei nach vorn stolperte.

»Und für dich ist da sicherlich auch noch Platz«, zischte Broll. »Andererseits, da ihr ja beide so sehr darauf drängt, den Barbaren endlich den Garaus zu machen, versetze ich euch hiermit als Vorausreiter zur Vorhut. Ihr könnt sofort loslegen und die genaue Stärke und Lage des feindlichen Heeres auskundschaften.«

»Das könnt Ihr nicht machen!«, protestierte Quilotte.

»Das würde Druud OchNarjon niemals gutheißen!«, behauptete Hulbert. »Unsere Aufgabe ist es lediglich zu beobachten, wie ...«

»Ganz genau!«, unterbrach sie Broll. »Ihr seid Beobachter, und jetzt gebe ich euch endlich mal etwas Sinnvolles zum Beobachten. Also, Johks ...« Er wandte sich an den Drachenkommandeur, der mittlerweile herbeigeeilt war und die Unterhaltung mit schadenfrohem Grinsen verfolgte. Als Broll ihn ansprach, nahm er Haltung an. »Haben wir noch zwei Klepper für die beiden frisch zu Kundschaftern beförderten Singvögelchen?«

»Wir finden ganz bestimmt noch zwei Gäule, die wir gut entbehren können«, antwortete der Drachenkommandeur, der zu ahnen schien, worauf Broll hinauswollte. »Und ich bin davon überzeugt, dass Schwingenleutnant Cherus die beiden nur zu gern in ihre neuen Pflichten einweisen wird.«

»Ausgezeichnet.« Broll drehte sich wieder zu den beiden »Beobachtern« herum. »Also, werdet ihr jetzt auf eure Pferde steigen und meinen Befehl ausführen?«

»Ich denke gar nicht daran, Feldkommandeur!«, gab Quilotte hochmütig zurück. »Mein Herr hat mich als …«

»Das widerspricht dem Auftrag, den ich von meinem Herrn, dem Obersten Auguren, bekommen habe …«, widersprach auch Hulbert und verschränkte trotzig die Arme.

»Johks, Tronn!« Broll wandte sich an den Schwingenleutnant, der neben Korgh aufgetaucht war. »Cherus, ihr seid meine Zeugen. Quilotte vom Haag und Noviche Hulbert widersetzen sich einem direkten Befehl ihres Feldkommandeurs während der Kampfhandlungen. Ich ordne hiermit an, dass die beiden bis zur Verurteilung durch ein Feldgericht in Eisen geschlagen und sicher verwahrt werden. Tronn«, er hob seine Stimme, um die empörten Proteste der beiden Männer zu übertönen, »du bist mir dafür verantwortlich, dass mein Befehl ohne Verzögerung ausgeführt wird.« Er sah Cherus an. »Schwingenleutnant, du bist ab sofort für die Handhabung der Botenvögel zuständig.«

Cherus salutierte, warf aber den beiden schreienden und sich heftig wehrenden Männern einen unbehaglichen Blick zu. Tronn hatte vier seiner Hämmer zu sich gewunken, die Quilotte seinen zeremoniellen Dolch abnahmen und ihn unsanft auf die Knie zwangen. Den um sich schlagenden Hulbert banden sie kurzerhand die Arme auf den Rücken.

»Selbstverständlich, Feldkommandeur«, antwortete der Schwingenleutnant. »Aber …«

»Wenn ich du wäre, würde ich die Klappe halten und den Befehl ausführen!«, knurrte Johks den Drachenkämpfer an. »Ich bin nicht ganz sicher, ob du diese Chance wirklich verdient hast, aber ich an deiner Stelle würde sie nutzen.« Er deutete mit einem Nicken auf Quilotte und Hulbert. »Es sei denn, natürlich, du möchtest ihnen im Käfig Gesellschaft leisten.«

Cherus riss erschrocken die Augen auf, salutierte erneut und schluckte. »Nein, Kommandant! Feldkommandeur, zu Befehl.« Er räusperte sich. »Gibt es vielleicht eine Botschaft, die Ihr an den Obersten Auguren und den Edlen von Ern senden wollt?«

Broll hatte den Text auf den Pergamentstreifen noch einmal gelesen und ballte nun die Hand zur Faust. »Auf eine Botschaft an Druud verzichte ich lieber, weil ich niemandem zumuten möchte, ihm den Text vorzulesen, den ich ihm gern schicken würde. Und was Ryehl angeht ...« Broll verzog die Lippen zu einem boshaften Grinsen. »Was ich ihm zu sagen habe, werde ich ihm liebend gern persönlich ausrichten.«

»Aber ...das könnt Ihr ... Aua, verflucht!«, jammerte Quilotte. »Ihr habt mich geschlagen ... Au! Das könnt Ihr nicht mit mir machen! Ich bin der Abgesandte des Edlen von ...!«

»Du bist ein verdammter Deserteur!«, fuhr einer der Soldaten ihn an. »Du kannst von Glück reden, dass der Kommandeur dir nicht auf der Stelle den Kopf abgeschlagen hat!«

Quilotte wurde blass, und auch Hulbert verstummte. Offenbar begriffen die beiden erst jetzt den Ernst ihrer Lage. »Feldkommandeur, ich bin sicher, dass das alles nur ein Missverständnis ...!«

»Schafft sie mir aus den Augen!«, fauchte Broll und gab den Soldaten ein Zeichen. »Bevor ich es mir anders überlege und das Urteil sofort vollstrecke!« Er wartete nicht ab, bis die Soldaten seinem Befehl Folge geleistet hatten, sondern drehte sich zu Johks und Tronn herum. »Wir müssen uns beraten, und zwar sofort!« Er streckte die Hand aus und deutete auf Korgh. »Und du kommst mit!«

Er ging rasch zu einer Stelle hoch auf dem Kamm und wartete ungeduldig, bis die anderen ihn erreicht hatten. Derweil besah er sich Egkhilds Stellungen. *Es gibt nur eine Möglichkeit, das, was ich jetzt tun muss, zu bewerkstelligen. Aber dazu brauche ich die Hilfe dieses verdammten Nordlings!*

»Also gut«, begann er, als die drei Männer neben ihm standen. »Wir müssen eine Entscheidung treffen.« Er deutete auf das Heer der Nordlinge. »Was die da angeht und«, er hob die Faust mit dem Pergamentstreifen, »was das hier angeht.« Er sah die Krieger der Reihe nach an. »Und dafür brauche ich eure Hilfe.«

Korgh hob eine Braue. »Wenn du uns nicht eingeladen hättest, hätten wir darauf bestanden!«

»Allerdings«, bekräftigte Tronn, was ihm einen überraschten Blick von Johks einbrachte.

»Der Nordling hat sich gemeint«, erklärte der Drachenkommandeur.

Korgh betrachtete die beiden Männer, schüttelte dann den Kopf und warf einen Blick auf den Pergamentstreifen, den Broll immer noch in der Faust hielt. »Druud hat Ryehl also losgeschickt, um die Drachenbraut zu befreien.« Er sah den Feldkommandeur spöttisch an. »Und wider Erwarten hat der Edle von Ern Erfolg gehabt.« Der Hüne verschränkte die Arme vor der Brust. »Wir verstehen nur nicht, warum dich diese Neuigkeit so aufregt. Eigentlich ist es doch eine gute Nachricht, stimmt's?«

Broll musterte den Nordling aus zusammengekniffenen Augen. »Nein, das Gegenteil ist der Fall, und das weißt du ganz genau! Ryehl hat die Drachenbraut nicht befreit, sondern entführt, und sicherlich hat er nicht vor, mit ihr nach Ulcar zurückzukehren.«

Korgh nickte grinsend. »Wir verstehen.«

Die beiden anderen Männer dagegen sahen Broll verblüfft an. »Entschuldige, Feldkommandeur, aber ich kann da nicht folgen«, meinte Johks. »Soweit ich weiß, sollen, nach dem Willen des Reichsverwesers, der Edle von Ern und die Drachenbraut im Roten Sand in Ulcar das Treuegelöbnis ablegen. Warum also sollte Ryehl die Drachenbraut nach Ern entführen?«

»Diese Frage werde ich ihm ebenfalls stellen«, knurrte Broll,

»sobald ich ihn eingeholt habe!« Er warf erneut einen Blick auf den Pergamentstreifen. *»Und wenn er Jolah auch nur schief angesehen hat, werde ich ihm die Augen herausschneiden und sie seiner Mutter auf einem Silbertablett servieren! Und seine Eier gleich mit!«*

Broll hörte Korghs leises Lachen und bemerkte auch den fragenden Blick des Drachenkommandeurs und den etwas verlegenen seines Hauptmanns. »Wie bitte?«

»Du solltest es dir vielleicht nicht zur Gewohnheit werden lassen, deine Gedanken laut zu äußern, Auserwählter«, erklärte Korgh. »Obwohl es dich ehrt, dass dir das Schicksal der Drachenbraut und damit Alghors so sehr am Herzen liegt. Allerdings bezweifeln wir, dass die Mutter unseres Vasallen, deines Herrn, besonders erfreut darüber wäre, wenn sie …«

»Schon gut, Korgh!«, unterbrach ihn Tronn. »Wir alle können uns vorstellen, wie eine Mutter reagiert, wenn man ihr die Nüsse ihres Sohns bringt.«

»Tatsächlich?« Korgh betrachtete Broll nachdenklich. »Was unseren Feldkommandeur angeht, sind wir uns da nicht so sicher. Andererseits könnte sich das schon sehr bald ändern. Vorausgesetzt natürlich, der Auserwählte stellt sich endlich seiner …«

»Sprich es nicht aus!«, schrie Broll und räusperte sich dann verlegen, als die beiden anderen Männer heftig zusammenzuckten. »Ich kann dieses verfluchte Wort einfach nicht mehr hören!«, erklärte er ihnen. »Seit wir diesen Nordling am Gletscher aufgelesen haben, spricht er von nichts anderem als meiner verfluchten Bestimmung!« Er hob die Faust mit dem Schriftstück. »Das hier ist meine Bestimmung! Ich werde nicht zulassen, dass dieser widerliche Mistkerl Jolah auch nur ein Haar krümmt! Und darüber will ich mit euch reden! Wir müssen …«

»Wir haben nie behauptet, dass deine Bestimmung nicht mit dem Schicksal der Drachenbraut verknüpft wäre, Auserwählter«, unterbrach Korgh ihn gelassen. »Aber wenn du deine Bestimmung vollständig verstehen willst, musst du begreifen, wer und was du bist, bevor du dich davonmachst und der Drachenbraut zu Hilfe eilst!«

Bevor Broll etwas erwidern konnte, mischte sich Johks ein. »Bestimmung? Auserwählter? Der Drachenbraut zu Hilfe eilen? Und was wird aus unserem Feldzug?« Der Drachenkommandeur deutete auf das Heer der Nordlinge und schüttelte den Kopf. »Ich bin dir bis hierher gefolgt, Feldkommandeur, weil ich dich für einen guten Befehlshaber und einen loyalen Soldaten halte! Aber wenn ich dir noch weiter folgen soll, brauche ich eine Erklärung, und zwar jetzt!«

Tronn trat neben Broll und legte seine Hand auf den Griff des Schwertes. »Broll von Ern ist der Feldkommandeur der Vereinigten Drachenhorde«, erklärte der Hauptmann von Brolls Schildrotte. »Damit ich ihm folge, bedarf es keiner Erklärung, sondern nur seines Befehls!«

Broll drehte sich zu dem Hauptmann herum und legte ihm die Hand auf den Arm. »Ich danke dir für deine unbedingte Loyalität, Tronn!«, sagte er. »Aber Johks hat recht. Denn das, worum ich euch jetzt bitten werde, kann ich nicht einfach so von euch verlangen.« Er sah Korgh an. »Und außerdem bin ich es wirklich leid, mir ständig die albernen Anspielungen dieses Nordlings anhören zu müssen!« Er verschränkte die Arme vor der Brust. »Also gut, wir machen Folgendes: Du, Korgh«, er deutete auf den Nordling, »wirst mir jetzt in Anwesenheit von Johks und Tronn endlich erklären, was es mit dieser verfluchten Bestimmung und meinem Schicksal und diesem Auserwählten-Gerede auf sich hat. Danach werde ich euch erklären, was ich vorhabe, und dann könnt ihr entscheiden, ob ihr mir weiter folgen wollt oder nicht.« Er sah die drei Männer der Reihe nach an. »Also?«

»Wir sind damit einverstanden«, erklärte Korgh.

Johks nickte, aber Tronn warf dem Nordling einen giftigen Blick zu. »Sprich gefälligst nur für dich selbst!«

Korgh musterte den Hauptmann verblüfft. »Das tun wir doch«, erwiderte er und zuckte mit den Schultern, als Broll lachte und dann die beiden Soldaten ansah.

»Versteht ihr jetzt, was ich meine?«, fragte er.

»Ja«, antwortete Johks.

»Nein«, erwiderte Tronn gleichzeitig.

»Können wir jetzt endlich anfangen?«, erkundigte sich Korgh gereizt.

Broll seufzte und nickte. »Also gut, Nordling. Aber mach es so kurz wie möglich.«

Korgh sah die drei Männer einen nach dem anderen an und verbeugte sich dann spöttisch. »So kurz wie möglich? Also gut.« Er musterte Broll, holte dann tief Luft und deutete auf das Heer der Nordlinge. »Wir glauben zu wissen, was du vorhast, Broll, und wir glauben auch, dass wir dir bei deinen Plänen helfen können. Aber bevor du dort hinunterreitest, musst du eines wissen: Du bist ein Auserwählter, ein Träger des Mals, wie das Zeichen unterhalb deines Nackens dir längst hätte verraten sollen. Du bist Einer vom Blut, und dein Schicksal ist unauflöslich mit dem der anderen Träger verknüpft, ob du willst oder nicht.« Er zuckte mit den Schultern, als er Brolls versteinerte Miene und die verblüfften Gesichter der beiden anderen Männer sah. »Dir zu erklären, was genau deine Bestimmung ist, steht uns nicht zu. Diese Pflicht obliegt deinem Vater.«

»Meinem Vater?« Broll lachte verächtlich. »Ich habe keine Ahnung, wer mein Vater ist oder wo er steckt und ob er überhaupt noch lebt. Er hat sich ja offensichtlich zeitlebens nie für mich interessiert, also interessiert er mich jetzt auch nicht.« Er spuckte aus. »Und dasselbe gilt für meine verfluchte Mutter!«

Auch Korgh verschränkte die Arme vor der breiten Brust. »Nun, was das angeht, haben wir einen Vorschlag für dich, Feldkommandeur. Warum sagst du es ihr nicht selbst?«

Broll sah den Nordling verständnislos an. »Hast du nicht zugehört? Ich weiß weder, wer sie ist, noch, ob sie lebt, noch, wo sie sich aufhält!«, fauchte er, aber noch während er das sagte, wurde das lästige Summen in seinem Hinterkopf, das er bereits seit seiner Ankunft hier an Krells Finger gespürt hatte, stärker, und er ahnte, dass die Antwort, zu der der Hüne ansetzte, ihm nicht sonderlich gefallen würde.

Die folgenden Worte des Nordlings bestätigten seine dunkle Ahnung.

Korgh streckte die Hand aus und deutete auf das Heer Hellandens. »Oh, in diesem Punkt sind wir dir gern behilflich. Deine Mutter ist sehr lebendig, denn sie befindet sich dort unten und erwartet dich im Übrigen bereits.«

»Herrin! Die Schuppenschilde greifen an!«

Egkhild hob den Blick von der Karte, die auf dem Boden ihres Zeltes lag. Sie hatte sie gerade zusammen mit einigen Häuptlingen studiert, deren Stämme in dieser Gegend lebten, um die beste Möglichkeit zu finden, die Klippen zu umgehen und die Drachenhorde von hinten anzugreifen. Sie sah den Sprecher an und musterte dann die Häuptlinge, die ebenso überrascht schienen.

»Tatsächlich?« Sie schlug mit der flachen Hand auf die Karte und drehte sich zu der Befehlshaberin der Warkyrien herum. »Lass sofort aufsitzen, Tarnja! Und du«, sie wandte sich an den Krieger, der ihr die Meldung überbracht hatte, »sag Frerick und den anderen, sie sollen schleunigst ihre Stellungen beziehen. Damit dürften unsere Pläne hinfällig sein«, erklärte sie den anderen Häuptlingen und stand rasch auf. »Macht eure Männer kampfbereit.«

Das musste sie den Kriegern nicht zweimal sagen.

»Endlich!«, stieß Rünfjell hervor, der nur mit Mühe vom Boden hochkam. »Obwohl es mich wundert, dass die Schuppenschilde so schnell die Geduld verlieren. Ihnen muss doch klar sein, dass ein direkter Angriff gegen unser Heer auf freiem Feld nur mit ihrer Niederlage enden kann.«

Egkhild runzelte die Stirn und sah ihren Ratgeber Garolf scharf an. »Hast du mir vielleicht etwas verschwiegen, was die Größe der feindlichen Horde angeht?«

»Natürlich nicht, Herrin!«, erwiderte Garolf entrüstet. »Die Kundschafter haben unabhängig voneinander die Zahl der Schuppenschilde übereinstimmend geschätzt.« Er zuckte mit den Schultern. »Vielleicht ist dieser Feldkommandeur ja doch nicht so klug, wie wir alle angenommen haben.« Er warf Frahnja, die ebenfalls anwesend war, einen bissigen Seitenblick zu.

Egkhild sah die Tochter Lokhs ebenfalls an. »Was hältst du davon?«, fragte sie.

»Ich würde vorschlagen, wir sehen uns erst mal an, was das für ein Angriff sein soll«, entgegnete Frahnja ungerührt.

Egkhild nickte. »Meinen Harnisch, Garolf!«, befahl sie. »Ich will kein Risiko eingehen.« Wenige Augenblicke später hatte sie ihren schweren Lederharnisch über das dünne Unterkleid gezogen und nahm den Gurt mit den beiden Kurzschwertern aus Garolfs Hand in Empfang. Während sie ihn um die Taille schnallte, trat sie hinter Frahnja aus dem Zelt und ging zu dem kleinen Podest. Von dort aus hatte sie einen ungehinderten Blick über das Lager hinweg auf die Ebene.

Frahnja stieg ungefragt die drei Stufen zu dem Podest hoch und stellte sich neben sie.

Egkhild blickte mit gerunzelter Stirn kurz zum Himmel empor. »Belphors gelbes Auge schließt sich«, sagte sie zu der Schamanin und deutete auf die gelbe Sonne, die dicht über den fernen Klippen weit hinter Krells Finger und Rüngart hing. Dann blickte sie zu den drei Pfählen, die man rasch in den Boden gerammt hatte und an denen drei Häuptlinge der Nordlinge angekettet waren. Der Mann in der Mitte, ein hochgewachsener Krieger mit langen schwarzen Locken, erwiderte trotzig ihren

Blick, ja, fast herausfordernd. »Die Frist, um die du mich ersucht hast, ist fast abgelaufen«, erklärte sie, an Frahnja gewandt. »Ich hoffe sehr, wenigstens du weißt, warum du mich um diesen Aufschub gebeten hast.«

Aber die Schamanin sah zum Kamm, auf dem die Waffen und Rüstungen der Drachenhorde im Licht der untergehenden Sonne funkelten. »Das soll ein Angriff sein? Drei Reiter, die sich ganz allein unseren Linien nähern?« Sie schloss plötzlich die Augen, und ihr Gesicht verzerrte sich, als litte sie Schmerzen. »Er ist es.«

Aber Egkhild achtete nicht auf ihre Worte. Sie hatte ebenfalls auf die Ebene geblickt und fuhr jetzt wütend zu dem Nordling herum, der ihr den Angriff der Schuppenschilde gemeldet hatte. »Was soll das heißen?«, fauchte sie. »Wer hat dir befohlen, mir einen Angriff zu melden?«

Der Mann schluckte, und sein Blick zuckte unwillkürlich zu den Pfählen, von denen ein leises Lachen zu hören war.

Egkhild fuhr herum. »Branwulf Koldark!«, zischte sie, und ihre Hand zuckte zu dem Langschwert an ihrer Seite. »Gefällt es dir nicht, dass ich dich verschont habe, statt dich sofort zu töten? Du forderst meine Geduld und mein Mitgefühl wahrlich heraus!«

Der Häuptling spuckte verächtlich aus. »Geduld?«, fragte er spöttisch. »Mitgefühl? Du hast weniger Mitgefühl als ein Silberwolf und weniger Geduld als ein Seepfeil! Gib es ruhig zu, du wagst nicht, Hand an mich zu legen, außer vielleicht in deinem Schlafgemach! Ich bin viel zu wichtig, als dass du mich töten könntest!«

»Du …!« Egkhilds Augen funkelten vor Wut, und sie trat an den Rand des Podestes. »Wage es nicht noch einmal, meine Autorität infrage zu stellen!« Sie fuhr wieder herum und fauchte Frahnja an. »Wusstest du, dass das passieren würde?«

Die Schamanin zuckte mit den Schultern. »Ich habe es in den

Runen gelesen«, antwortete sie. »Es geschieht so, wie ich es dir gesagt habe. Er kommt.« Sie kniff die Augen zusammen. »Aber er kommt nicht allein.« Sie runzelte die Stirn. »Das ist … *Der Schleier.* Jetzt verstehe ich. *Er* war es, der ihn hat erklingen lassen!«

»Was meinst du damit, verdammt? Drück dich gefälligst klarer aus!« Egkhild wandte sich um und fluchte. »Diese verdammten Narren! Ich muss sie aufhalten, sonst überrennen sie diese Unterhändler und greifen den Kamm an!« Sie sah sich um. »Tarnja!«, schrie sie. »Verflucht, Tarnja, mein Pferd!«

Die Magd Belphors hatte bereits gesehen, dass ihnen keineswegs ein Angriff der Drachenhorde bevorstand, sondern dass sich lediglich drei berittene Männer näherten, wahrscheinlich Unterhändler. Warum sonst sollten sich die Männer zu dritt einem feindlichen Heer nähern, wenn nicht, um zu verhandeln und vielleicht ihre Kapitulation anzubieten? Deshalb hatte sie ihren Warkyrien befohlen, sich vor den Heerestrupp der Nordlinge zu setzen, von denen die ersten Stämme und Clans bereits Anstalten machten, den drei Reitern entgegenzustürmen. Zweifellos, um sie erst zu massakrieren und anschließend zu fragen, was sie wollten. Und danach wären sie mit Sicherheit gleich weitergestürmt, um zu versuchen, den Feind vom Kamm zurückzudrängen.

Eine Warkyria brachte Egkhilds Pferd zum Podest, und Egkhild schwang sich in den Sattel. Sie sah Frahnja an. »Willst du mitkommen?« Als die Schamanin den Kopf schüttelte, nickte die Kriegsherrin. »Keine Sorge, ich werde sie unbeschadet herbringen.« Dann ließ sie den Blick über ihre Krieger schweifen und zuckte mit den Schultern. »Allerdings kann ich nicht garantieren, dass sie das Lager unbeschadet wieder verlassen werden.«

Damit gab sie ihrem Pferd die Sporen und galoppierte vor die Reihe der Warkyrien. Dort wendete sie ihr Streitross und deutete mit der Lanze, an der der rote Wimpel des Hohen Stuhls flatterte, auf zwei Stammeshäuptlinge, die mit gezückten

Schwertern und grimmigen Mienen Anstalten machten, sich an den Warkyrien vorbeizudrängen.

»Das da ist kein verfluchter Angriff!«, schrie Egkhild. »Das sind drei Unterhändler, die möglicherweise die Kapitulation der Schuppenschilde überbringen! Ich werde nicht als die Kriegsherrin von Hellanden in die Chroniken eingehen, die unbewaffnete Unterhändler abgeschlachtet hat!« Sie musterte die Reihen der Nordlinge mit grimmigem Blick. »Jeder, der sich meinen Befehlen widersetzt, teilt das Schicksal von Branwulf Koldark!«

»Du meinst, er wird von dir in dein Schlafgemach gerufen?«

Egkhild kniff die Augen zusammen und trieb ihr Pferd mit einem sanften Schenkeldruck zu dem Mann, der das gebrüllt hatte. Seine Kameraden, die bei seiner Bemerkung noch höhnisch gelacht hatten, wichen zurück, als die Warkyria auf ihrem Schlachtross vor ihnen auftauchte.

»Du solltest lieber deine verfluchte Zunge hüten, Krieger, denn warum sollte ich dich noch in mein Schlafgemach rufen, wenn ich sie dir herausgerissen habe?« Sie deutete mit der Lanze auf seine Lenden. »Ganz bestimmt nicht wegen deiner lächerlichen Haarnadel, mit der Belphor dich für dein ebenfalls zu klein geratenes Hirn bestraft hat!«

Damit hatte sie die Lacher auf ihrer Seite, und sie hob zufrieden die Lanze. »Ich bin eure Kriegsherrin, durch Belphors Willen und den Entschluss eurer Häuptlinge! Und nur ich gebe die Befehle, vergesst das nicht!« Sie beugte sich noch einmal zu dem Soldaten, ohne jedoch ihre Stimme zu senken. »Und zwar sowohl auf dem Schlachtfeld als auch auf meiner Bettstatt!«

Die Männer lachten erneut, wenn auch mit widerwilligem Respekt. Egkhild wendete ihr Pferd und ritt an die Spitze ihrer Warkyrien. Dort wartete bereits Tarnja auf sie.

»Wo ist Garolf?«, erkundigte sich Egkhild.

»Hier, Herrin.« Der Ratgeber tauchte im selben Moment hinter den Warkyrien auf und ritt auf seinem kleinen Schecken neben die Magd Belphors und seine Kriegsherrin. Sein Pferd war, am Rist gemessen, mindestens vier Handbreit kleiner als die beiden Streitrösser der Warkyrien, und es sah fast so aus, als würde ein Kind mit den beiden Frauen reiten.

»An deiner Angst vor Pferden müssen wir gelegentlich arbeiten, Garolf!« Egkhild warf der Befehlshaberin der Warkyrien einen kurzen Seitenblick zu. Tarnja zuckte mit den Schultern und grinste. »Aber vielleicht ist das diesmal gar nicht so schlecht.« Sie drehte sich um und sah auf die drei Reiter, die über die Ebene auf sie zugaloppierten. »So bekommen diese Schuppenschilde gleich den richtigen Eindruck davon, wer in Hellanden das Sagen hat.«

»Es sind nicht nur Schuppenschilde, Herrin«, erklärte Tarnja, die sich die drei Reiter besah. »Siehst du den auf dem Schimmel?«

Egkhild nickte. »Das habe ich auch schon bemerkt.«

Die Warkyria sah ihre Herrin fragend an. »Das ist doch dieser Korgh, den du nach Alghor geschickt hast! Dieser Verräter!«

Egkhild nickte erneut. »Das ist er«, erwiderte sie. »Der Nordling, den ich nach Alghor geschickt habe.« Sie holte tief Luft. »Reiten wir ihnen entgegen. Dann wird sich schon herausstellen, ob er tatsächlich ein Verräter ist.«

Broll biss die Zähne zusammen, als die Stimmen in seinem Kopf immer lauter wurden.

EinervomBlut TrägerdesMals Tonnvor weileNit zaudernit Tod TodTod

Immer wieder sah er zu der Schamanin hinüber, Lokhs Tochter, wie die Nordlinge sie nannten, und die Frau schien seinen Blick stets zu erwidern, als wüsste sie genau, wann er sie ansah. *Oder als würde sie mich die ganze Zeit beobachten.*

»... zugeben, dass ich es ziemlich mutig von Euch finde, um nicht zu sagen tollkühn, Euch in unsere Hände zu begeben«, erklärte die Kriegsherrin der Nordlinge gerade. »Immerhin vereitelt Ihr damit die Pläne dieses hinterhältigen Verräters Druud OchNarjons, Eures Reichsverwesers, der mir Frieden versprochen hatte, nur um mir dann eine Drachenhorde auf den Hals zu hetzen! Und Ihr wollt Euch jetzt plötzlich gegen ihn stellen?«

»In der Tat, Kriegsherrin, das mag seltsam erscheinen.« Johks warf einen Blick zu Broll und Korgh. »Hätte man mir das gesagt, als wir in Ulcar aufgebrochen sind, hätte ich den Betreffenden ausgelacht. Oder ihn aufknüpfen lassen. Aber es ist etwas geschehen, das unsere Situation entscheidend verändert hat. Denn nicht Druud OchNarjon wird Alghor regieren, sondern Jolah da Prunfor, die Drachenbraut ...«

»Wohl eher ihr Gemahl, der Drachenfürst. Und das wird Ryehl werden, der Edle von Ern, wenn es nach OchNarjons Willen geht. Jedenfalls soweit ich das weiß.«

»Aber es geht nicht nach OchNarjons Willen, das kann ich dir garantieren!« Broll riss sich zusammen und konzentrierte sich wieder auf Nimgurds Schwester. Sie saßen auf Fellen in einem Kreis vor dem Zelt der Kriegsherrin, und die Stammeshäuptlinge und Clanchefs hatten einen noch größeren Kreis um sie herum gebildet, um die Verhandlungen zu verfolgen.

Broll verkniff sich das Bedürfnis, seine Beine unter dem Körper hervorzuziehen und auszustrecken oder etwa aufzustehen. *Wenn ich noch lange in dieser Haltung ausharren muss,* dachte er, *sterben mir irgendwann die Beine ab! Wahrscheinlich machen diese verdammten Nordlinge das absichtlich, damit wir uns unwohl fühlen und bei diesen verdammten Verhandlungen Fehler machen. Andererseits, was gibt es da lange zu verhandeln? Frieden oder Krieg, eine andere Möglichkeit gibt es nicht.* Er sah die Warkyria an, die seinen Blick gelassen erwiderte.

»Stolze Worte, Feldkommandeur«, sagte sie. »Aber wenn ich mir ansehe, was Ihr getan habt, erscheint es mir immer noch ein wenig unglaubwürdig, dass Ihr nach Hellanden gekommen seid, um uns Frieden anzubieten. Schließlich habt ihr auf dem Weg hierher nicht gerade einen besonders friedfertigen Eindruck hinterlassen. Solange Ihr euren Worten nicht auch die entsprechenden Taten folgen lasst, werdet Ihr mir verzeihen, wenn ich Euren Vorschlag zumindest mit Skepsis betrachte.« Zustimmendes Gemurmel der Nordlinge antwortete auf ihre Worte.

Broll sah sich unbehaglich um. *Sie hat verdammt noch mal recht. Vielleicht war es doch keine so gute Idee von Korgh, einfach hierherzureiten, mitten in das feindliche Heerlager, und dann ein Friedensangebot zu unterbreiten.* Er musterte die anderen Anwesenden, die sich um sie drängten. *Zumindest die männlichen Nordlinge sehen nicht so aus, als wollten sie Frieden schließen. Wenn ich ihren Mienen Glauben schenken darf, würden sie uns am liebsten die Köpfe abschlagen. Und auch wenn diese Frau tatsächlich meine Mutter ist* – sein Blick zuckte wieder zu der Schamanin hinüber, die ihn unverwandt ansah –, *bleibt die Frage, was uns das nützt.*

Broll zuckte zusammen, als er einen Ellbogen – *Korgh, natürlich, wer sonst?* – in den Rippen spürte. Dann begriff er, dass die Kriegsherrin der Nordlinge offenbar eine Frage gestellt hatte.

Zum Glück kam Johks ihm zu Hilfe. »Es ehrt dich, Egkhild, Kriegsherrin, dass du zumindest bereit bist, uns als Unterhändler zu akzeptieren. Wir haben nichts anderes erwartet. Und wir versichern dir, dass unser Angebot ernst gemeint ist und wir ihm Taten folgen lassen, wie du gefordert hast.«

»Mich würde interessieren, was der Feldkommandeur dazu sagt, dass die Schuppenschilde ...«, der dicke Nordling schnaubte verächtlich, »ich wollte sagen, diese Drachenhorde überhaupt nur deshalb so weit gekommen ist, weil einer unserer eigenen Leute, ein Verräter an seinem Volk«, er spie die letzten Worte förmlich hervor, »euch hierhergeführt hat.« Er beugte sich vor und starrte Korgh ins Gesicht. »Du bist der letzte Abschaum und nicht wert, ein Nordling genannt zu werden. Führst die Schuppenschilde in unsere Heimat und hilfst ihnen auch noch dabei, unsere Leute zu töten!«

»Du hast viele Interessen, Rünfjell«, entgegnete Korgh.

»Und auch viele Namen, wenn wir uns recht entsinnen. Rünfjell der Habgierige, zum Beispiel, oder Rünfjell der Geizige. Oder Rünfjell der Bestechliche.« Korgh nickte. »Verschiedene Namen, die doch alle nur eins bezeichnen, nämlich einen Mann, der versteht, aus allem Gold zu machen, selbst aus einem Krieg. Kann es sein, dass es dich ärgert, wenn wir Frieden schließen, weil dann deine Geschäfte nicht mehr so gut laufen? Und du kein Gold mehr dafür nehmen kannst, dass du deine gedungenen Schwerter an die anderen Häuptlinge verschacherst? Für …«

»Von einem Verräter muss ich mir das nicht gefallen lassen!«, schrie Rünfjell und sprang wutentbrannt auf.

»Setz dich!«, fuhr Egkhild den korpulenten Mann an.

»Genau, setz dich und halt die Klappe!«, knurrte Frerik, der neben ihm saß. »Vor allem, weil dieser Verräter zumindest in dem Punkt recht hat. Du bist habgierig, und allein von der Summe, die ich dir für die hundertfünfzig Krieger bezahlt habe, hätte ich mir eine kleine Flotte für die Jagd auf Fleckenflosser bauen können.«

»Ihr haltet jetzt alle die Klappe!«, fauchte Egkhild. »Ich verhandle hier mit dem Feldkommandeur der Drachenhorde über einen möglichen Friedensschluss, und nur darüber will ich eure Meinung hören, über nichts anderes. Selbst wenn diese Verhandlungen scheitern, hat der Versuch zumindest Respekt verdient, und …«

»Er verhandelt ja gar nicht«, knurrte Rünfjell missmutig. »Stattdessen hockt er nur da und starrt die Schamanin an wie ein Schneehase einen Seepfeil …«

»Red keinen Quatsch!«, fiel Frerik ihm ins Wort. »Wie soll ein Schneehase einen Seepfeil anstarren? Dann müsste er ins Wasser springen, oder der Seepfeil müsste …«

Wenn sie wirklich meine Mutter ist, warum sagt sie dann nichts?, dachte Broll. *Und Korgh hat bislang auch noch kein einziges Wort dazu gesagt.*

Obwohl er vorher gar nicht genug über Bestimmung und Schicksal und den Auserwählten palavern konnte! Er verzog das Gesicht.

»… von gegenseitigem Vertrauen keine Rede sein …« Die Kriegsherrin unterbrach sich. »Du siehst das offensichtlich anders, Feldkommandeur?«

»Doch, selbstverständlich«, antwortete Broll rasch. Dann sah er, wie sich die Miene der Anführerin der Nordlinge verfinsterte. *Mist! Falsche Antwort? Wenn du lebend hier herauswillst, solltest du dich auf das konzentrieren, was wirklich wichtig ist, statt dir Gedanken darüber zu machen, warum es dich berührt, dass deine Mutter, die sich ihr ganzes Leben lang nicht um dich gekümmert hat, jetzt ebenfalls kein einziges Wort für dich übrig hat.*

»Er meinte …«, versuchte Johks ihm zu Hilfe zu kommen.

»Er wollte sagen …«, mischte sich auch Korgh ein.

»Seht ihr, was ich meine?«, brummte Rünfjell beleidigt.

»Es ist mein Sohn«, ergriff die Schamanin das Wort und stand auf.

Plötzlich herrschte Totenstille. Die Nordlinge waren offenbar ebenso verblüfft über diese Erklärung wie Johks und Broll, als Korgh ihnen diese Tatsache verraten hatte. »Und er sieht mich heute zum ersten Mal seit seiner Geburt«, fuhr die Schamanin fort. »Das erklärt, warum er mit seinen Gedanken nicht nur bei den Friedensverhandlungen ist, obwohl diese für unsere beiden Völker die einzige Möglichkeit sind, das Unrecht und die Grausamkeiten der Vergangenheit zu begraben und ein schon viele Generationen währendes Blutvergießen zu beenden! Für das Überleben unserer beiden Völker ist es wichtig, Frieden zu schließen, und zwar hier und heute. Das hat nichts mit Vertrauen zu tun, sondern mit gesundem Menschenverstand!«

»Dein Sohn?« Rünfjell starrte die Schamanin verblüfft an und blickte dann zu Broll. Dann fuhr sein Kopf zu Egkhild herum. »Stimmt das?«

»Also hat nicht nur dieser Verräter eine feindliche Armee

in unser Land geführt, sondern ebendiese Armee wurde auch noch von dem Sohn der Ersten Tochter Lokhs, unserer Höchsten Schamanin, angeführt?« Frerik schüttelte den Kopf. »Das wird ja immer schöner …«

»Von schön kann ja wohl keine Rede sein.« Rünfjell verzog verächtlich die Lippen. »Du hast es gewusst?«, wandte er sich an Egkhild.

»Was hätte sie denn tun sollen?«, mischte sich Frahnja ein.

»Sie hätte dich verbrennen oder zumindest verbannen müssen!«, fuhr Rünfjell sie an. »Bei Belphor! Du bist Lokhs Tochter, unsere Schamanin, die durch den Runenwurf zum ersten Mal seit Beginn der Aufzeichnungen eine Frau auf den Hohen Stuhl gebracht hat, und jetzt stellt sich heraus, dass dein Sohn eine Armee befehligt, die von«, er fuhr zu Egkhild herum, »deinem Vertrauten«, er deutete auf Korgh, »in unser Land geführt worden ist!« Er warf die Hände in die Luft, als würde er die Welt nicht mehr verstehen. »Und da soll einer nicht misstrauisch werden?«

Broll hatte seine Aufmerksamkeit endlich von Frahnja losreißen können und betrachtete den Nordling aufmerksam. *Er ist nicht im Geringsten wütend oder auch nur empört! Er spielt mit den Zuhörern, das ist alles!* Broll sah sich um. Die Mienen der Stammeshäuptlinge und Clanführer, die den Kreis um sie herum bildeten, hatten sich verändert. Zunächst waren sie misstrauisch gewesen, hatten aber einen zögernden Respekt für ihren Mut gezeigt, einfach hier aufzutauchen. Dann hatten die meisten bei der Vorstellung, einen Frieden zwischen Alghor und Hellanden zu schließen, sogar so etwas wie Verständnis oder gar Zustimmung signalisiert. Aber jetzt war vornehmlich ein Gefühl auf ihren Gesichtern zu erkennen: Wut.

Broll vergewisserte sich mit einem Seitenblick auf Korgh und Johks, dass seine beiden Gefährten ebenfalls begriffen, worauf dieser Nordling hinauswollte. Plötzlich aber sprang der dicke

Nordling überraschend behände vor Egkhild und deutete anklagend mit dem Finger auf sie, die Kriegsherrin.

»Gib es zu, das Ganze war ein Betrug! Der Runenwurf war ein Betrug an uns, an Belphor!« Er fuhr zu der Schamanin herum. »Du und Egkhild, ihr beide habt euch verschworen, um Nimgurds Schwester auf den Hohen Stuhl zu bringen!«

Die Stammeshäuptlinge und Clanchefs murrten, Unruhe machte sich unter ihnen breit. Einige starrten Egkhild und Frahnja finster an, andere musterten mit unverhohlener Feindseligkeit Broll und seine Gefährten. *Die ganze Angelegenheit steht auf Messers Schneide!*, dachte er und sah zu Korgh hinüber. *Es wäre gut, wenn du jetzt noch eine rote Acht im Ärmel hättest, oder vielleicht könntest du auch einen gezinkten Würfel ins Spiel bringen.*

Doch bevor Korgh irgendetwas unternehmen konnte, wirbelte Rünfjell herum und streckte den Arm aus. »Branwulf hatte recht! Egkhild ist nicht unsere rechtmäßige Kriegsherrin! Ich sage, wir lassen Branwulf Koldark von den Qujelln sprechen!«

todtodtod tonnvor weilenit trägerdesmals todtodtod

Broll kniff die Augen zusammen, als die Stimmen in seinem Kopf wieder anschwollen. Als er sie wieder öffnete, sah er, dass Frahnja ihren Blick immer noch unverwandt auf ihn gerichtet hielt. Er runzelte die Stirn und traute seinen Augen nicht, als er die Frau unmerklich lächeln sah. *Was …? Was, bei Belphors kalten Klauen, geht hier eigentlich vor?*

Egkhild sprang wutentbrannt auf. »Jetzt reicht es!«, rief sie. »Das ist Rebellion! Branwulf Koldark hat einen direkten Befehl seiner Kriegsherrin missachtet und trägt die Schuld am Tod vieler unserer Krieger! Ich werde nicht zulassen, dass er von seinen Ketten befreit und hergeführt wird. Ich hätte ihn schon vor etlichen Sonnenstrichen töten sollen, aber …«

»Wärst du eine wirkliche Kriegsherrin, hättest du das auch getan!«

Egkhild fuhr herum, aber es war zu spät. Branwulf Koldark,

der schwarzhaarige Krieger, der den vergeblichen und dummen Angriff gegen den Kamm geführt hatte, war zwischen den Nordling hindurchgeschlichen und stand jetzt hinter Egkhild. Er packte sie und setzte ihr ein Kurzschwert an die Kehle.

Tarnja, die Magd Belphors, stieß einen wütenden Schrei aus und griff nach ihrem eigenen Kurzschwert, hielt aber inne, als sie Egkhilds Blick sah. *Keine Chance,* schien er zu besagen.

»Dein Pech, dass du es versäumt hast!« Die Augen des Mannes glühten vor Hass, und Broll war klar, dass Egkhild des Todes war, wenn nicht ein Wunder geschah. Er sah zu Korgh, aber der Nordling rührte sich nicht, sondern starrte den Häuptling der Nordlinge nur mit rot glühenden Augen an.

Johks neben ihm holte scharf Luft. »Das ist gar nicht gut«, murmelte der altgediente Drachenkommandeur. »Das ist überhaupt nicht gut.«

Nicht gut? Das dürfte noch untertrieben sein. Broll zermarterte sich das Hirn, aber er konnte einfach bei dem lauten Rauschen seines Blutes und dem Summen der Stimmen in seinem Kopf keinen klaren Gedanken fassen.

Mittlerweile war Branwulf vor Egkhild getreten und hielt ihr immer noch das Kurzschwert an die Kehle. »Ich wäre der richtige Kriegshäuptling gewesen, und ich wäre es auch geworden, wenn du Hure und deine verräterische Schamanen-Freundin uns nicht alle betrogen hättet!« Er deutete auf Korgh, ohne die Warkyria aus den Augen zu lassen. »Dass dein Vertrauter und wahrscheinlich auch dein Liebhaber Korgh ein Verräter ist, der unsere Feinde hierhergeführt hat, und dass der Sohn von der Schamanen-Hure diese Armee befehligt, spricht für sich! Du brauchst nicht einmal vom Amt der Kriegsherrin zurückzutreten, Verräterin! Du bist des Landesverrates für schuldig befunden, und ich werde an dir auf der Stelle das Urteil vollstrecken, das an mir zu vollstrecken du ja zu schwach gewesen bist.«

»Halt, Branwulf, so war das nicht geplant …!«, schrie Rünfjell und wollte dem Krieger in den Arm fallen. Im nächsten Moment sprangen vier andere Clanchefs, allesamt Nordlinge, die sich an dem Ausfall gegen die Drachenhorde beteiligt hatten, vor, und einer packte Rünfjell und stieß ihn grob zur Seite. Die beiden anderen stellten sich neben Tarnja und entwaffneten die Befehlshaberin der Warkyrien. Der vierte ging zu Garolf und …

»Gut gemacht, Ratgeber«, sagte der.

Egkhild wandte den Kopf, ohne auf die Klinge an ihrer Kehle zu achten, und warf ihrem Ratgeber einen lodernden Blick zu. »Du? Du hast dich gegen mich gestellt?«

»Nur zum Besten von Hellanden!«, sagte Garolf und trat vor. »Branwulf Koldark ist mit Sicherheit …«

»So war das nicht geplant!«, rief Rünfjell, der sich langsam wieder aufrappelte. »Ich sollte den Hohen Stuhl besteigen, sobald Egkhild zurückgetreten war! Niemand sollte sein Leben …!«

»Stopft ihm endlich das Maul!«, schrie Branwulf wütend. »Welcher Narr würde einen korrupten Schwachkopf wie dich als Kriegshäuptling akzeptieren?«

»Derselbe Narr, der einen machtbesessenen Mörder und Verräter als Kriegshäuptling akzeptiert!«, erklärte Frahnja und trat vor. »Der Runenwurf war ebenso wenig ein Betrug wie die Tatsache, dass Korgh diesen Mann«, sie deutete auf Broll, »hierhergeführt hat! Denn dieser Mann ist nicht nur mein Sohn!« Sie drehte sich zu ihm herum. »Er ist ein Auserwählter, ein Träger des Mals, und es war seine Bestimmung, hierherzukommen und seine Mutter zu treffen, und es ist seine Bestimmung, sich dann auf den Weg zu machen und sein Schicksal zu erfüllen! Ein Schicksal, von dem nicht nur die Zukunft Erns und Alghors abhängt, sondern auch die Hellandens und der ganzen Welt. Deshalb …«

»Bringt dieses verfluchte Weib zum Schweigen!«, schrie Branwulf, außer sich vor Wut. Er spürte wie alle anderen, dass sich die Stimmung erneut drehte. Die Häuptlinge, die eben noch Egkhilds Tod hingenommen hätten, waren plötzlich verunsichert. Selbst zwei seiner Gefolgsleute zögerten, die Schamanin zu ergreifen.

»So war das nicht geplant!«, schrie Rünfjell erneut und stürzte sich auf Branwulf. Der holte aus und hämmerte dem dicken Nordling den Knauf seines Kurzschwertes an den Schädel. Rünfjell brach mit einem erstickten Schrei auf dem Boden zusammen, und Blut lief ihm über den Kopf.

»Das reicht!«, schrie Branwulf. »Ich werde jetzt an dir ein Exempel statuieren, damit jeder weiß, was in Hellanden mit Verräterinnen geschieht!« Und mit diesen Worten rammte er Frahnja die Schwertklinge in den Bauch. Ein Aufschrei ertönte ringsum, als die Häuptlinge mit ansahen, wie ihre Schamanin, die Erste Tochter Lokhs, blass wurde und zu Boden sank. Auf ihrem mit Knochen und Symbolen behängten Kleid breitete sich rasch ein Blutfleck aus.

»Und jetzt bist du dran, du verfluchte Hure!« Branwulf, der Egkhild die ganze Zeit mit eisernem Griff festgehalten hatte, riss das Schwert herum, um es Egkhild in den Hals zu rammen. Die umstehenden Häuptlinge schienen wie erstarrt, keiner war in der Lage, einzugreifen und den Mord an ihrer Kriegsherrin zu verhindern.

Aber als der Mann Frahnja die Waffe in den Bauch gestoßen hatte, hatte sich Brolls Erstarrung gelöst.

TodTodTod Draakenbrut Träger des Mals tonnvor TodTodTod

Mit einem Satz sprang er hoch, wich den nach ihm greifenden Händen der beiden Nordlinge aus, die sich nach Branwulfs Beschuldigungen neben dem Feldkommandeur der Drachenhorde aufgebaut hatten, und schob in dem Moment seinen Arm durch den von Branwulf, als der zustoßen wollte, und packte mit der Hand den Nacken des Nordlings, um so dessen Schwertarm zu blockieren.

»Tötet diesen verdammten Verräter!«, schrie der Nordling außer sich vor Wut, weil er sich aus Brolls Griff nicht befreien konnte.

Genau, tötet diesen verdammten Verräter, den Mörder meiner Mutter!, dachte Broll. *Bevor ich es tue! Und bei Ganäas Gnade, ich schwöre, ich werde ihm den Schädel spalten, wenn ich an mein Schwert gelange!*

Er sah, wie einer der beiden Nordlinge, die Tarnja festgehalten hatten, sie losließ und sich Broll und Branwulf näherte, die immer noch miteinander rangen. Branwulf hatte Egkhild immer noch im Griff, und die Spitze seines Schwertes bewegte sich gefährlich dicht vor ihrer Kehle.

Im nächsten Moment schwirrte ein dunkler Schatten an Broll vorbei, und der Nordling, der Branwulf befreien wollte, stürzte zu Boden.

Korgh hatte die beiden Nordlinge, die sie bewachen sollten, niedergeschlagen und dann seine Axt auf den heraneilenden Stammeshäuptling geschleudert. Sie hatte ihn mit der flachen Seite an der Brust getroffen, und der Aufprall war heftig genug gewesen, um den Mann fünf Schritte nach hinten zu schleudern. Ohne erkennbare Hast trat Korgh neben den am Boden Liegenden, bückte sich, hob seine Axt auf und streckte dann den Arm aus.

Branwulf fluchte und kreischte vor Wut, als Korgh ihn an der Kehle packte und zudrückte. Die Flüche erstarben in einem erstickten Gemurmel, und der Clanchef der Qujelln ließ sein Schwert fallen und zappelte mit den Füßen, als Korgh ihn vom Boden hochhob.

»Ihr habt alle gehört, was Rünfjell gesagt hat: So war das nicht geplant!«, rief Korgh. »Wer also ist hier ein Verräter?« Er lockerte den Griff ein wenig, als Branwulfs Gesicht immer dunkler wurde. Der Clanchef hustete und rang nach Luft. Aber

Korgh ließ ihn nicht los, sondern hielt ihn immer noch fest, allerdings würgte er ihn nicht mehr.

»Hört nicht ... auf diesen verdammten ... Verräter!«, stieß Branwulf keuchend hervor. »Und sorgt dafür, dass er mich nicht tötet! Ich bin zu wichtig, um zu sterben ... Ich bin ...«

Gurgelnd brach er unvermittelt ab, während ihm seine Augen fast aus den Höhlen traten. Dann quoll ein Schwall von Blut aus seinem Mund, und im selben Moment bohrte sich die Spitze eines Kurzschwertes, desselben Schwertes, mit dem er zuvor noch Egkhild bedroht hatte, aus seiner Brust. Blut tropfte von der Spitze.

Egkhild stand hinter ihm, sichtlich mitgenommen, aber mit wutverzerrtem Gesicht. »Das hast du jetzt schon zum zweiten Mal gesagt, Branwulf Koldark von den Qujelln, du elender Verräter! Und du irrst dich! Du bist nicht zu wichtig, um zu sterben, sondern du bist zu tot, um noch länger wichtig zu sein!« Sie ließ den Griff des Schwertes los und ging an Branwulf vorbei. Dabei nickte sie Korgh kurz zu. »Ich danke dir, Korgh von Rüngart! Ich wusste, dass ich dir vertrauen konnte, als ich dich nach Alghor schickte.« Sie lächelte. »Ich habe allerdings nicht erwartet, dass du mir mein Vertrauen auf diese Weise zurückzahlst. Übrigens kannst du ihn jetzt loslassen.«

Korgh ließ die Leiche von Branwulf Koldark achtlos zu Boden fallen und verbeugte sich vor seiner Kriegsherrin. »Wir fühlen uns geehrt und dankbar, dass du uns nach wie vor dein Vertrauen schenkst, Kriegsherrin Egkhild von Hellgaart.«

»Tut ihr das, ja?« Die Warkyrie musterte den Hünen von Kopf bis Fuß. »Ich würde sagen, du kannst mir deine Dankbarkeit beweisen, wenn das alles hier vorbei ist, Korgh von Rüngart.« Sie senkte die Stimme. »Und ... du kannst diesen Freund von dir«, sie machte eine kreisförmige Bewegung an ihrer Schläfe, »gern mitbringen.« Sie lächelte, als Korgh sich grinsend ein zweites Mal verbeugte, und sah sich dann um. »Und wo ist dein anderer Freund, Frahnjas Sohn? Wenn ich mich nicht irre, waren wir gerade dabei, einen Friedensvertrag zu schließen. Hat er es sich vielleicht anders überlegt?«

Korgh sah sich um. »Broll?«

Sein Blick fiel auf Johks, der den Kopf schüttelte und auf die Stelle deutete, wo Frahnja in ihrem Blut lag. Broll kniete neben ihr.

»Frahnja?« Jegliche Erleichterung wich aus Egkhilds Miene. »Frahnja? Sagt nicht, dass sie …«

Johks hob die Hand und legte sie der Warkyria auf den Arm. »Ich weiß, dass sie eure Schamanin ist, Kriegsherrin«, erklärte der Kommandeur der Drachenhorde, der sich nicht einschüchtern ließ, als Egkhild ihn scharf ansah, weil er es gewagt hatte, sie zu berühren. »Aber wie es aussieht, nimmt unser Feldkommandeur gerade Abschied von … seiner Mutter. Ich möchte dich bitten, ihm diese Zeit zu gewähren.«

Egkhild drehte sich um und machte einen Schritt auf die beiden zu, dann blieb sie stehen, ballte die Fäuste und wandte sich zu Johks herum. Sie nickte.

»Einverstanden, Drachenkommandeur.« Sie warf einen Blick auf den toten Branwulf und die anderen Stammeshäuptlinge, die immer noch in einem großen Kreis um sie herumstanden. »Ich nehme an, die Friedensverhandlungen können warten, bis wir alle von Lokhs Tochter Abschied genommen haben.« Ihr Blick streifte den Kamm, auf dem die Waffen der Drachenhorde matt im Licht der roten Sonne funkelten. »Du solltest jemanden zu deinen Leuten schicken und ihnen ausrichten lassen, dass der Krieg zwischen Hellanden und Alghor hier und heute ein Ende gefunden hat und sie sich aus ihren Stellungen zurückziehen können.« Sie hob die Hand. »Tarnja. Ich habe eine Aufgabe für dich.«

Die Anführerin der Warkyrien trat vor. »Herrin.«

»Bist du mit meiner Wahl einverstanden, Drachenkommandeur?«

Johks verneigte sich. »Das bin ich, Kriegsherrin, und es wäre mir eine Ehre, deine Warkyria begleiten zu dürfen.« Er lächelte, als er sah, wie Egkhild eine Braue hob. »Selbstverständlich nur, um sicherzustellen, dass deine Unterhändlerin von meinen Männern ebenso zuvorkommend empfangen wird, wie wir von dir empfangen wurden. Sobald ich die nötigen Befehle gegeben habe, kehre ich mit deiner Warkyria hierher zurück.«

Egkhild nickte. »Ich bin sehr gespannt darauf zu erfahren, wie Druud OchNarjon darauf reagieren wird, dass es jemanden gibt, der dieses Spiel von Taktik und Verrat ebenso gut beherrscht wie er.«

Das kann nicht sein!, dachte Broll, während er den Kopf der Schamanin in seinen Schoß bettete, der Frau, die behauptete, seine Mutter zu sein. *Wie ist das möglich? Was ist das für eine Bestimmung, was ist das für ein perverses Schicksal, dass ich am selben Tag, an dem ich meine Mutter finde, nach der ich nie gesucht habe, ebendiese Mutter verliere?*

Er starrte in das Gesicht der Frau und strich ihr eine Haarsträhne aus der Stirn. In diesem Moment schlug die Frau die Augen auf.

»Mein Sohn …« Sie lächelte ihn an. »Die Litanei hat recht behalten. Ich habe gesehen …« Sie stockte, als eine Welle von Schmerz ihr kurz den Atem nahm. »Ich habe gesehen, wie du an der Spitze einer Flut aus Blut und Tod geritten bist …« Sie lächelte erneut und verzog dann das Gesicht. Sie atmete flach, bis der Schmerz abgeebbt war. »Ich habe nur nicht damit gerechnet, dass es mein Blut und mein Tod waren, die die Götter mir verkündeten.« Sie versuchte zu lachen, aber der Versuch endete in einem gequälten Stöhnen.

»Mutter …« Broll schluckte, als er dieses so fremd klingende Wort aussprach. Ein Wort, das stets Hass und Zorn und Enttäuschung in ihm ausgelöst hatte, wann immer er es gedacht hatte. Seltsamerweise spürte er nichts mehr von alldem, sondern nur noch Trauer. Trauer über den Verlust einer Frau, die er nie gekannt hatte. »Du solltest nicht so viel reden. Das strengt dich nur an und …« Er schluckte erneut.

»Du meinst, es beschleunigt meinen Tod?« Sie schüttelte den Kopf. »Er ist schon da, ich kann ihn spüren.« Sie hob mühsam die Hand und tastete nach der von Broll. Dann verschränkten sich ihre Finger, und sie drückte seine Hand so fest sie konnte. »Ich habe nicht mehr viel Zeit, und ich hätte dir noch so viel zu sagen.« Sie sah ihn an. »Ich hätte dich so gern um Verzeihung gebeten, aber nicht auf meinem Sterbebett.«

Broll biss die Zähne zusammen. »Ich verzeihe dir.« Er schüttelte den Kopf. »Ich kann es kaum glauben, aber ich meine es ernst.« Er zuckte mit den Schultern. »Nicht, dass es noch eine Rolle spielte …«

»Im Gegenteil!« Sie hustete. »Es ist ungeheuer wichtig, dass du mir verzeihst und vor allem mir vertraust!« Der Griff um seine Hand wurde stärker. »Tust du das?«

Broll runzelte die Stirn. *Tue ich das?* Er hob den Kopf und merkte, dass der Kreis der Häuptlinge um sie herum größer geworden war und die Männer und Frauen – sein Blick streifte Egkhilds ernstes Gesicht, und einen Moment glaubte er, sie hätte Tränen in den Augen – sie stumm beobachteten. Dann begegnete er Korghs Blick. Das Gesicht des Nordlings war ernst und gefasst, aber es verriet auch eine sonderbare Art von Befriedigung. *Das hast du mit Bestimmung und Schicksal gemeint, hab ich recht?*, dachte Broll.

Korgh nickte, als hätte er seine Gedanken gehört.

Broll sah wieder auf Frahnja. »Ja«, sagte er und lächelte, als sie ihre Augen schloss und tief ausatmete. »Ja, ich verzeihe und vertraue dir.«

Die Frau erschauerte und öffnete wieder die Augen. »Dann hör mir jetzt genau zu. Was auch immer du tun und wohin auch immer du gehen wolltest …«

Broll holte Luft für eine Erwiderung, aber Frahnja hob die andere Hand und legte sie ihm auf die Lippen.

»Warte, hör mich erst an …« Ihr Atem ging schwer, und Broll spürte, dass ihr nicht mehr viel Zeit blieb.

»Du musst sofort nach Krühll reiten«, sagte sie und nickte, als sie die Überraschung auf Brolls Gesicht sah. »Du musst erfahren, wer du bist und wie deine Bestimmung aussieht. Es gibt nur einen Menschen, der dir das erklären kann. Und der lebt dort.«

Broll wusste, was seine sterbende Mutter als Nächstes sagen würde, noch bevor sie die Worte aussprach.

»Dein Vater.«

Blut Blut Blut

Ich halte das für keine gute Idee. Es ist eine vollkommen blödsinnige Scheißidee! Wieso will sie das denn nicht verstehen?

Blut Blut Blut

Lay hatte die Kapuze seines Umhangs tief in die Stirn gezogen, während er hinter Makira durch die schmalen Gassen von Omarta schlurfte. *Ich bin so müde, dass ich kaum noch die Füße heben kann, und so durstig, dass ich nicht mal genug Speichel im Mund habe, um sagen zu können, wie hungrig ich bin.*

TodTodTod TrägerdesMals einervomBlut Weilenit zaudernit Draakenbrut FürstderSchuppen Schleiererklinget TodTodTod

Und dazu dröhnt mir dieses verfluchte Lied auch noch so laut in den Ohren, dass ich meine eigenen Gedanken nicht mehr verstehe, außer wenn ich sie schreie!

Makira bog um eine Ecke und sah vorher noch rasch in die Gasse zurück, aus der sie gekommen waren. Dabei streifte ihr Blick Lay. Sie runzelte die Stirn, als sie seine mürrische Miene sah, sagte aber nichts, sondern ging rasch weiter.

Blut Blut Blut

Lay seufzte, verdrehte die Augen und bog ebenfalls ab. Im nächsten Moment blieb er wie angewurzelt stehen.

»Was ist los mit dir?«

Makira hatte unmittelbar hinter der Ecke auf ihn gewartet und stand jetzt kaum einen Fingerbreit vor ihm. Er spürte die Hitze ihres Körpers, aber diesmal war es keine Lust, die sie ausstrahlte und mit der sie ihn auf ihrer Reise von SanSibor nach

Omarta häufig genug dazu gebracht hatte, alle Gedanken an Theija und Kalehna, an seine Mutter, seinen Vater, an Broll, an alles außer an ihren geschmeidigen Körper zu vergessen. Nur um jeden Morgen aufzuwachen und sich zu geloben, dass dies das letzte Mal gewesen war.

Nein, diesmal war es keine Lust, sondern unverkennbar Wut. Lay hatte auf ihrer Reise gelernt, beides zu unterscheiden. Auf ziemlich schmerzhafte Art und Weise.

Er verzog das Gesicht. *Irgendwie ist alles anders, seit wir miteinander schlafen. Es ist nicht mehr so …*

»Also, was ist los mit dir? Redest du jetzt nicht einmal mehr mit mir?«, fauchte Makira und packte seinen Umhang. Ihr Gesicht war unmittelbar vor seinem, und ihre Augen sprühten förmlich Funken vor Zorn.

»Doch, natürlich«, erwiderte Lay schließlich.

»Dir ist doch klar, dass wir neue Pferde brauchen! Oder willst du vielleicht die ganze Strecke durch die Wüste und durch Alghor bis zu deinem verdammten Krühll zu Fuß bewältigen?« Sie schnarrte förmlich. »In diesem Fall ist dein Vater wahrscheinlich schon zu Staub zerfallen, bis du angekommen bist. Und deine heiß geliebte Kalehna hat sich längst irgendeinen anderen Liebhaber …«

Das ist es also! Lay starrte Makira verblüfft an, als er begriff. *Sie ist eifersüchtig. Sie ist eifersüchtig?* Bei dem Gedanken konnte er ein Grinsen nicht unterdrücken.

»… deine Bestimmung kannst du dann auch vergessen, und die Rettung der Welt musst du wohl jemand anders überlassen!« Sie schnaubte verächtlich. »Das wäre sowieso besser, so ungeschickt und dumm, wie du dich anstellst!« Sie schüttelte den Kopf. »Kaum vorzustellen, dass das Schicksal ganzer Nationen angeblich von Leuten wie dir abhängen soll! Oder dieser Drachenbraut! Oder war es die Drachenpriesterin?« Die Sandfrau runzelte die Stirn. »Ich weiß es nicht mehr, aber das spielt ja auch keine Rolle, bei all den Frauen, die um dich herum …«

Lay packte sanft Makiras Hände, als diese anfing, den Stoff seines Umhangs, den sie mit den Fäusten zerknüllt hatte, wieder glatt zu streichen. Er sah Tränen in ihren Augen schimmern.

»Es tut mir leid.«

Sie verstummte und senkte den Blick.

»Es tut mir leid. Hast du mich gehört?«

»Wir müssen uns beeilen, wenn wir Falon noch antreffen wollen. Verpassen wir ihn, müssen wir wahrscheinlich in Omarta übernachten.« Sie sah Lay an. »Und das willst du ja wohl eher vermeiden, oder?«

Blut Blut Blut

Lay knirschte mit den Zähnen. »Auf jeden Fall!«, stieß er hervor. »Aber ich habe dir gesagt, dass ich es für keine gute Idee halte, ausgerechnet hier Pferde zu kaufen. Ich glaube nicht, dass der Shetan uns schon vergessen hat, und die Blutbraut gibt keinen Herzschlag Ruhe, seit wir diese verfluchte Stadt betreten haben.«

Makira warf einen missmutigen Blick auf das Schwert, das Lay unter seinem Umhang verborgen hatte. »Noch eine Frau, die dir mit ihren Wünschen in den Ohren liegt!«, zischte sie. »Ich weiß wirklich nicht, warum ich …«

Lay hatte es satt. Er zog die Sandfrau kurz entschlossen an sich und presste seinen Mund auf ihre Lippen. *Deshalb.* Er spürte, wie Makira sich für einen Moment an ihn schmiegte, aber dann stieß sie ihn zurück und prallte dabei selbst gegen die Hauswand.

»Mach das nie wieder!« Ihre Augen schwammen in Tränen, aber sie hatte die Lippen wie ein tollwütiger Hund geschürzt und die Fäuste geballt.

Immerhin hat sie ihre Krummdolche nicht gezogen, dafür muss ich schon dankbar sein. Lay betrachtete die Sandfrau einen Moment schweigend. *Es war ein Fehler gewesen, ihr zu viel von Theija und Kalehna zu erzählen. Und es war auch ein Fehler gewesen, ihr zu sagen, dass ich keine Frau lieben kann, bevor ich nicht weiß, wer ich bin und vor allem, was ich bin.* Er schüttelte den Kopf über seine eigene Naivität. *Und besonders dumm war es, ihr zu sagen, dass ich gern mit ihr schlafe. Obwohl das verdammt noch mal stimmt, verflucht!*

»Wie du willst«, sagte er dann und trat von ihr zurück. *Wie oft haben wir das jetzt schon durchgespielt? Mindestens zehn Mal, seit wir SanSibor verlassen haben. Streiten, vögeln, streiten, vögeln. Wohin soll das führen?*

TrägerdesMals zaudernit TodTodTod einervomBlut Zusammenkunft nahet TodTodTod Draakenbrut ruhetnit TodTodTod

Er schüttelte den Kopf. »Natürlich brauchen wir Pferde«, räumte er ein. »Aber ich habe ein verflucht ungutes Gefühl, seitdem wir wieder hier sind!«

Makira starrte ihn einen Herzschlag lang an, wischte sich dann wütend die tränennassen Augen und zuckte anschließend mit den Schultern. »Wenigstens bist du noch zu Gefühlen fähig, das ist doch mal was Gutes!«, erwiderte sie bissig. »Aber du wirst es mir nicht verübeln, wenn ich auf deine sonderbaren Anwandlungen nichts gebe!« Sie sah sich in der Gasse um. »Wir müssen weiter. Bis zum Stall von Falon ist es nicht mehr weit. Und er wird bereits auf uns warten, falls er meine Nachricht erhalten hat.« Sie ging weiter, ohne darauf zu warten, dass Lay ihr folgte.

»Ja, *falls* er sie erhalten hat«, meinte Lay und setzte sich mit einem Seufzer ebenfalls in Bewegung. »Und ich kann nur hoffen, dass man ihm wirklich vertrauen kann.« *Sonst wartet vielleicht nicht nur Falon in seinem Stall auf uns.*

Blut Blut Blut

Eine Aussicht, über die die Blutbraut ganz offensichtlich frohlockte.

Für deine Freude gibt es nicht den geringsten Grund, dachte Lay. *Unser letzter Aufenthalt hier sollte dich eigentlich satt gemacht haben.*

Blut Blut Blut

Offensichtlich nicht. Lays Blicke zuckten durch die Gasse, hoch zu den Dächern, und immer wieder sah er über die Schulter zurück. Aber niemand folgte ihnen oder lauerte ihnen auf.

Wenigstens hat sie nicht darauf bestanden, wieder diese »Abkürzung« durch Belphors Garten zu nehmen. Lay hatte in Erfahrung zu bringen versucht, wieso die Zeit innerhalb dieses Gartens der Knochen anscheinend langsamer verstrich als überall sonst, aber weder die MaxMagia noch seine Mutter, Ishdabell Rash-Fira, hatten ihm weiterhelfen können.

Ishdabell. Noch eine Frau, die Makira Konkurrenz macht, dachte er sarkastisch. *Aber wenigstens gehört sie auch zur Familie.* Er hatte zunächst kaum glauben können, dass er nicht nur der Sohn einer ehemaligen MaxMagia von SanFira, sondern der rechtmäßige Erbe des Fürstentums von Ern war. Und genauso überrascht war er gewesen, als sich herausstellte, dass Makira die Nichte der derzeitigen MaxMagia Jonifer Sequest-Fira war.

»Ist es das, was dich an mir stört?«, hatte Makira ihn irgendwann in der Wüste gefragt, nachdem sie nach dem Sex unter einem tiefblauen Baldachin, der von zahllosen Himmelssternen und Lokhs Auge erleuchtet wurde, nebeneinanderlagen und in den Himmel blickten.

»Was meinst du?«, hatte Lay verdutzt gefragt.

»Dass du erfahren hast, dass wir verwandt sind.«

Da hatte Lay ihr von Thejia erzählt, mit der er schließlich auch verwandt war, und von Kalehna, weil Makira keine Ruhe gelassen hatte. Und von Jolah, die ihm vom Schicksal bestimmt war.

Danach war alles anders gewesen.

Er hatte sie mehr als einmal gefragt, ob sie nicht einfach umkehren und ihn allein weiterreisen lassen wollte, aber Makira hatte immer nur spöttisch erwidert, dass sie seinen Tod nicht auf dem Gewissen haben wollte. Und Lay musste zugeben, dass er nach wie vor ohne die Sandfrau in der Wüste verloren gewesen wäre. Aber sosehr sie auch tagsüber miteinander stritten oder in mürrischem Schweigen nebeneinander herritten, kaum hatten sie ihr Nachtlager aufgeschlagen und sich niedergelegt, dicht beieinander, um die nächtliche Kühle abzuwehren, spielten ihre Körper ihnen einen Streich.

Als wären wir des Nachts und tagsüber zwei verschiedene Personen, dachte Lay. An Makiras schweigsamer Art hatte er gemerkt, dass ihr dieser Widerspruch ähnlich stark zu schaffen machte. Lay war froh gewesen, dass sie nicht durch Belphors Garten gegangen waren, so faszinierend das auch sein mochte, aber umso entsetzter hatte er reagiert, als Makira ihm sagte, sie müssten durch Omarta reisen.

Seine Beklommenheit war nicht geringer geworden. Er sah sich unaufhörlich in der Gasse um, aber er vermochte einfach nichts Verdächtiges zu entdecken. *Trotzdem* … Die Stimmen in Lays Kopf wurden nicht leiser, im Gegenteil, sie nahmen an Lautstärke unaufhörlich zu. Und die *Blutbraut* ließ keinen Zweifel daran, dass sie erwartete, Blut zu schmecken, und zwar schon bald.

»Da drüben ist es«, sagte Makira plötzlich am Eingang zu einer weiteren schmalen Gasse und unterbrach Lays Gedankengang. Sie deutete auf ein niedriges Gebäude mit einer Veranda, auf der zwei wacklige Stühle und ein Tisch standen. Letzterer bestand aus einer Steinplatte, die auf einem einfachen Holzstamm ruhte. Das Gebäude war nur einstöckig, aber der Besitzer hatte das Dach zu einer Art Garten umgebaut, jedenfalls nach den Büschen und Pflanzen zu urteilen, die man von unten sehen konnte und die vermutlich in irgendwelchen Kübeln standen.

Lay betrachtete das Gebäude misstrauisch. Es lag am Ende der Gasse, in der sie standen, an der Ecke zu dem Mauerweg, der unmittelbar an der Stadtmauer entlang durch die ganze Stadt führte, damit die Truppen des Shetan rasch ihre Positionen beziehen konnten. Dort durfte nichts gebaut oder auch nur gelagert werden.

Die anderen Häuser in der Gasse wirkten etwas schäbig. Offenbar befanden sie sich in einem armen und vernachlässigten Stadtteil, und selbst die Mauer wirkte hier etwas verwahrlost. Das kleine, unbedeutende Tor wurde auch nur von zwei Soldaten bewacht. Wahrscheinlich trieben hauptsächlich Bauern ihr Vieh dort hindurch auf ihre Weiden.

Im Moment war der Torweg verlassen, und die Wächter waren in ihr Würfelspiel versunken. *Die Macht der Acht,* dachte Lay, während er sie beobachtete. Ein sehr beliebtes Spiel, nicht nur in Alghor, sondern auch in den Provinzen und selbst in SanFira.

Von den gefürchteten Shash des Shetan von Bouhss war weit und breit nichts zu sehen.

Blut Blut Blut

Die Blutbraut schien nicht an die Friedlichkeit der Szenerie zu glauben. Andererseits war sie immer bereit, Blut zu vergießen, notfalls auch das von unschuldigen Menschen. *Wenn es so etwas wie unschuldige Menschen überhaupt gibt,* dachte Lay missmutig und folgte Makira zu dem Haus.

Beim Näherkommen sah er, dass seitlich am Haus ein Pfad zum hinteren Teil führte, und er hörte bereits das leise Schnauben und typische Mampfen von Pferden. *Hoffentlich hat er bessere Pferde als der letzte Pferdehändler, an den wir geraten sind,* dachte Lay. Sie hatten ihre Pferde in einem Kaffir, einer dieser Wasserstellen in der Wüste, wo sich für gewöhnlich ein kleiner Markt und eine Siedlung befanden, gegen frische Tiere eingetauscht, als sie etwa drei Viertel des Weges nach Omarta hinter sich gebracht hatten. Obwohl Lay genug von Pferden zu verstehen glaubte, um sich nicht hereinlegen zu lassen, und obwohl er wusste, dass auch Makira sich mit Pferden auskannte, hatten sie bereits nach wenigen Wegstrecken feststellen müssen, dass man sie mächtig übers Ohr gehauen hatte. Sie hatten nur mit Mühe Omarta erreicht und kaum etwas für ihre abgehalfterten Klepper bekommen. Natürlich hatte Makira recht, sie brauchten Pferde, denn Lay hatte sich entschieden geweigert, sich auf eine Reitechse zu setzen.

»Falon? Falon, bist du da?« Makira schien keine Bedenken zu haben, was die Zuverlässigkeit ihres Bekannten anging. Oder seine Loyalität. »Falon, wo verdammt steckst du denn? Ich bin's, Mak…!«

Blut Blut Blut

TodTodTod Draakenbrut TrägerdesMals zaudernit Draakenblut einervomBlut Schleiererklinget Draakentod FürstderSchuppen TodTodTod TodTodTod einervomBlut zaudernit TodTodTodTodTod

»Vorsicht, Makira!«, schrie Lay, schlug den Umhang zurück und riss die Blutbraut aus der Scheide, als der Chor in seinem Kopf ein kakophones Gebrüll anstimmte und plötzlich goldene Fäden vor seinen Augen tanzten. Er spürte wieder das vertraute Gefühl des Schwindels und ließ sich, mittlerweile fast schon instinktiv, in die Versenkung fallen, während die Welt um ihn herum plötzlich langsamer zu werden schien. »Verrat!«, schrie er, und seine Stimme schien dunkler geworden zu sein, tiefer.

Er sah, wie Makira verblüfft den Kopf wandte, um ihn anzusehen, so langsam, als hätte sie Mühe, ihren Hals zu bewegen. Gleichzeitig hob sie die Hand und deutete auf die Tür des Hauses, in der eine Gestalt aufgetaucht war.

»Bist … du … verrückt … geworden …?«, fragte sie mit sonderbar verzerrter Stimme. »Das … ist … doch … nur … Falon …«

Blut Blut Blut, kreischte die Blutbraut.

Lay sah im Schatten der Tür hinter der Gestalt des Pferdehändlers eine Bewegung. Dann zuckte sein Blick zu dem Mann zurück. Er war unrasiert, und sein falsches Lächeln zeigte ungepflegte bräunliche Zähne. Seine Augen leuchteten glasig. Der

Mann hob die Hand und winkte Makira zu sich, schien jedoch nur auf Lay zu achten. Seine Augen weiteten sich, als er die Blutbraut in Lays Faust sah, und Lay bemerkte, dass sein Blick kurz zu dem Gebäude neben Lay und Makira auf der Straßenseite gegenüber zuckte.

»Bogenschützen!«, brüllte Lay in einem lang gezogenen Schrei und wirbelte herum … Jedenfalls wollte er herumwirbeln, aber sein Körper schien ihm nur widerwillig und langsam zu gehorchen. Die Fäden tanzten vor seinen Augen, und einige von ihnen schwebten auf ihn zu, flogen tief, als wollten sie seine Beine berühren. Lay griff mit der linken Hand *in die Fäden* und *wob* sie zu einem Muster, *wirkte* ihre Linien, sodass sie an ihm vorbeiflogen.

Er hörte einen dumpfen Laut und brauchte einen Moment, bis er begriff, dass er von Makira kam, die etwas schrie.

»Nein …! Du … verfluchter … Dreckskerl …! Du …!«

Lays Blick zuckte zu der Sandfrau, und er *sah*, wie Pfeile, wie auf goldene Fäden aufgezogen, auf sie zuschwebten. Zwei Pfeile würden die Sandfrau in den Rücken treffen, wenn er nicht …

Lay *griff* hastig in diese Fäden, *wirkte* sie, veränderte leicht ihre Bahn, sodass die Pfeile dicht an Makira vorbeisegelten und sich in den Lehm der Gasse schraubten.

Dabei sah er, wie mehrere Männer aus dem Haus des Pferdehändlers traten, nachdem sie Falon achtlos zur Seite gestoßen hatten. Der Mann war über den Tisch seiner Veranda gestolpert und gestürzt. Er lag da und verfolgte starr vor Entsetzen den Kampf.

Mittlerweile waren die Soldaten aus dem Haus – Shash, wie Lay mit einem kurzen Blick auf ihre prächtigen Uniformen feststellte – näher gekommen, um Makira zu umzingeln. Die Sandfrau hatte mittlerweile nicht nur begriffen, dass der Pferdehändler ihres Vertrauens ein hinterhältiger Verräter war, sondern auch, dass die Shash es vor allem auf Lay abgesehen hatten.

Behände tanzte sie mit blitzenden Krummdolchen zwischen

den Männern hin und her. Lay wollte ihr zu Hilfe kommen, aber es schwebten immer mehr Pfeile an ihren glühenden Fäden auf ihn zu, und mittlerweile schienen die Bogenschützen auch nicht mehr nur auf seine Beine zu zielen, um ihn kampfunfähig zu machen. Etliche der Geschosse flogen nur wenige Fingerbreit an seinem Kopf und seiner Brust vorbei.

Er wehrte mit der Blutbraut die Pfeile ab, so gut er konnte, aber es mussten noch weitere Bogenschützen dazugekommen sein, denn der Pfeilhagel wurde immer dichter.

Dann sah er, wie von der Stadtmauer her eine weitere Abteilung Shash in die Gasse stürmte.

Da gibt sich jemand aber wirklich Mühe, uns zu ergreifen, dachte er. Natürlich war ihm klar, um wen es sich dabei handelte. Magabor, Shetan von Bouhss, hatte es offenbar nicht sonderlich wohlwollend aufgenommen, dass sie ihn bei ihrem letzten Besuch in Omarta, auf ihrer Flucht aus dem Palast, als Geisel genommen hatten. Und ihn wie Abfall durch eine Müllrutsche entsorgt hatten, woraufhin er wahrscheinlich in einem Berg stinkender, schimmelnder Küchenabfälle gelandet war, wenn nicht Schlimmerem. Aber Lay war nicht nach Grinsen zumute.

Wir müssen hier weg!, sagte er sich. *Wir können es unmöglich schaffen, gegen die Bogenschützen und diese ganzen Shash zu bestehen!* Er blickte kurz zu Makira hinüber, die immer noch zwischen den Shash hin und her tanzte, und einen Herzschlag lang bewunderte er die Eleganz ihrer Kampftechnik, die Präzision und Geschicklichkeit, mit der sie den Schwertern der Männer auswich, die nächsten Schläge vorwegnahm und mit ihren Krummdolchen allein durch ihre Behändigkeit und Geschwindigkeit den Nachteil der geringeren Reichweite ausglich. Einer der Shash lag mit durchtrennter Kehle in einer Blutlache am Boden, zwei weitere hatten tiefe Schnittwunden an Brust und Beinen. Aber auch Makira blutete aus mehreren Wunden an den Armen und im Gesicht, die aber offenbar nur oberflächlich waren.

»Wir müssen hier weg!«, schrie Lay ihr zu und wich gerade eben noch einem Pfeil aus, der haarscharf an seinem Auge vorbeiflog.

Makira deutete mit einem Nicken auf den schmalen Durchgang, der zur Rückseite von Falons Haus führte. Lay runzelte die Stirn. *In diese Sackgasse? Der Weg endet doch bestimmt auf seiner Koppel! Bist du verrückt geworden?*

Er sah sich um, und ihm wurde klar, dass dieser Weg ihr einziger Ausweg war, weil alle anderen Wege von den Elitesoldaten des Shetan versperrt waren. Und es wurden ständig mehr.

Lay nickte, zum Zeichen, dass er verstanden hatte, und rannte los. Makira wollte ihm folgen, stolperte jedoch über den toten Shash auf dem Boden hinter ihr. Sie riss den Mund zu einem entsetzten Schrei auf, als sich zwei seiner Gefährten augenblicklich auf sie stürzten. Lay sah, wie sie auf dem Boden aufschlug und dabei einen ihrer Krummdolche verlor.

Lay kehrte um, streckte die Hand aus und stieß einen lauten Schrei aus, um ihre Aufmerksamkeit zu erregen. Federnd rannte er auf sie zu, packte ihre ausgestreckte Hand, drehte sich herum und nutzte seinen Schwung, um sie vom Boden hoch zu ziehen.

Blut Blut Blut, kreischte die Blutbraut …

TodTodTod FÜRSTDERSCHUPPEN EINERVOMBLUT TodTodTod

Lay spürte ein Brennen auf seinem linken Oberarm und glaubte einen Moment, er wäre getroffen. Dann sah er, dass sein Armreif tiefrot zu glühen begonnen hatte. Er erinnerte sich an das, was ihm Ishdabell Rash-Fira über diesen dämonischen Glyphenstein erzählt hatte: dass er ihn nicht einfach abnehmen konnte, dass Maahr-kut ihn auf Lay geprägt und dadurch in der Lage war, ihm überallhin zu folgen. Entweder war der Gezeichnete, wie seine Mutter Maahr-kut genannt hatte, in der Nähe, oder ein anderer Dämon oder von einem Dämon Besessener. Lay erlaubte sich nicht die Hoffnung, dass es sich möglicherweise um Korgh handeln könnte. Schließlich hatte in seiner Nähe der Armreif nie geglüht.

TodTodTodTodTodTodTod einervomBlut todTodTodTod-TodTodTod

Blut Blut Blut

Der Gesang der Blutbraut erklang so laut in seinem Kopf, dass er selbst den misstönend kreischenden Dämonengesang übertönte.

Im selben Moment überkam ihn starker Schwindel, und Galle stieg seine Speiseröhre hoch, während sich die Welt um ihn herum mit einem orkanartigen Brausen wieder so schnell bewegte wie zuvor und die goldenen Fäden auf einen Schlag erloschen.

Seine Verwirrung über dieses abrupte Auftauchen aus der Versenkung hielt jedoch nur den Bruchteil eines Lidschlags an, denn beinahe im selben Moment verriet ihm ein brennender Schmerz in seinem Rücken den Grund dafür.

Echsenschiss! Ich bin getroffen! Bei Belphors stinkendem Arsch! Ich bin getroffen!

Lay taumelte, hielt sich aber auf den Beinen und lief weiter, während die Pfeile an ihm vorbeizischten, rasend schnell diesmal.

»Los, beweg dich, verdammt!«, schrie Makira, die bereits zwei Schritte vor ihm war. »Dieser Mistkerl hat immer ein Pferd gesattelt hinter dem Haus stehen, nur für den Fall, dass ein unzufriedener Kunde mit ein paar Schlägern plötzlich vor seiner Haustür auftaucht!«, keuchte sie. »Wenn wir es bis zur Koppel schaffen, können wir ihnen vielleicht entkommen!« In dem Moment bemerkte sie Lays bleiches Gesicht, und dann fiel ihr Blick auf den gefiederten Schaft des Pfeiles, der aus seinem Rücken über seinem linken Schulterblatt herausragte. »Bei Ganäa, du bist getroffen!«

»Erzähl mir was Neues!«, stieß Lay hervor, während er sich

nach ihren Verfolgern umsah. Die Shash hatten einen Moment gezögert, bevor sie sich an die Verfolgung machten, offenbar weil sie glaubten, die beiden würden nur einen Trick versuchen und gar nicht wirklich in diese Sackgasse laufen, aus der sie ihnen ja nicht entkommen konnten.

Eine durchaus vernünftige Schlussfolgerung, dachte Lay. »Das ist eine verfluchte Sackgasse!«, schrie er Makira zu, während sie um die Ecke des Hauses bogen. »Wie sollen wir hier rauskommen?«

»Keine Sackgasse!«, rief sie und deutete auf das Ende der Koppel, hinter der eine niedrige Hecke den Blick auf einen Weg versperrte, der zu dem Mauerweg führte. Und der wiederum führte zu dem …

Das kleine Stadttor. Das schlecht bewachte kleine Stadttor! Das hoffentlich schlecht bewachte kleine Stadttor! Während Lay zu dem Pferd rannte, das tatsächlich gesattelt an einem Balken auf der Rückseite des Hauses angebunden war, wurde der Schmerz in seinem Rücken immer schlimmer. »Ich schaffe es nicht«, keuchte er auf halbem Weg zu dem Pferd. »Ich …«

»Natürlich schaffst du es!«, widersprach Makira heftig und zog ihn schließlich zu sich aufs Pferd. »Los!« Sie stieß einen gellenden Schrei aus und trieb den Hengst an.

Sie preschten über die Koppel, auf den niedrigen Zaun der Koppel zu, hinter dem die Hecke das Grundstück von dem Weg abgrenzte.

»Du wirst doch wohl nicht …!«, schrie er.

Und wie sie wollte. »Flieg, mein Schöner!«, kreischte sie und rammte dem Hengst ihre Hacken in die Flanken.

Lay wusste einen Moment nicht, ob sie ihn oder das Pferd meinte, aber offensichtlich hatte der Hengst sie verstanden. Er machte einen gewaltigen Satz, flog mit gestreckter Vorhand über die Balken des Zaunes und brach durch die Hecke. Mit einem heftigen Ruck landeten sie auf dem Weg und galoppierten donnernd Richtung Tor.

»Wir haben es geschafft!«, schrie Makira und stieß einen jauchzenden Schrei aus. »Wir haben es geschafft!«

Du hast es geschafft, dachte Lay, dem schwindlig war und dessen Blickfeld an den Rändern immer dunkler wurde. *Du hast es wirklich geschafft, Cousine!* Er grinste, aber als sie um die Ecke des Zaunes bogen und über den Mauerweg zum Stadttor galoppierten, gefror ihm das Grinsen auf dem Gesicht.

Wer auch immer die Shash anführte, war weder ein Narr, noch ging er aus falschem Stolz ein Risiko ein. Offenbar hatte der Befehlshaber dieser Abteilung die Möglichkeit einkalkuliert, dass seine Beute trotz der zahlenmäßigen Überlegenheit seiner Männer entkommen könnte.

Die beiden Soldaten, die am Tor Würfel gespielt hatten, als Lay und Makira hereingekommen waren, spielten nicht mehr. Sie standen mit Spießen und Schilden bewaffnet da, aber das allein hätte Lay noch nicht verzagen lassen. Sondern die zwei Reihen bis an die Zähne bewaffneter Shash, die hinter ihnen standen und den Torweg versperrten. Auch wenn sie darauf verzichtet hatten, das Fallgatter herunterzulassen oder das schwere Portal zu schließen, wusste Lay, dass es für sie so gut wie keine Chance für einen Durchbruch gab.

»Bei Belphors gespaltenem Schwanz!«, zischte Makira. »Das darf doch nicht wahr sein! Gerade als es aussah, als hätten wir es geschafft!«

Blut Blut Blut

»Da kommen wir nicht durch!«, rief Lay.

TodTodTod trägerdesMals FürstderSchuppen einervomBlut TodTodTod der Schleier erklingt DRAAKENBRUT TodTodTod

»Wir müssen!«, schrie Makira. »Es gibt keinen anderen Weg! Die Shash haben bestimmt alle Straßen abgeriegelt! Wir müssen es versuchen!«

»Ihr Anführer ist verflucht gerissen!«, schrie Lay und schloss die Augen, als Makira den Hengst direkt auf die Soldaten zutrieb. Im selben Moment spürte er wieder einen brennenden Schmerz, aber nicht im Rücken, wo der Pfeil steckte, sondern am Oberarm.

Verwirrt blickte er auf den Glyphenstein. Die Runen in dem Stein loderten fast weiß glühend, so als würden sie eine ungeheure Hitze abstrahlen, obwohl der Stein als auch der Drachenknochen, in dem er eingefasst war, vollkommen kalt blieben. Lay wusste nicht genau, wie dieser Glyphenstein funktionierte und wie er es schaffte, die Hitze des Feuers in seinen Körper zu lenken und dabei selbst kalt zu bleiben, aber eines hatte Ishdabell ihm erklärt: Wenn dieser *Glyphenstein* so loderte, dann war die Person in der Nähe, die den Stein auf Lay geprägt hatte.

Maahr-kut.

Lay blickte sich hastig um. *Da.*

In einem Fenster des Torhauses sah Lay den dunklen Umriss einer kleinen, drahtigen Gestalt. Einen Augenblick lang glaubte er, zwei rot glühende Augen auszumachen, doch dann wurde seine Aufmerksamkeit von den Krummsäbeln der Shash in Anspruch genommen, die wie die Zähne eines Raubtieres in dem dunklen Schlund des Torweges glitzerten.

»Festhalten!«, schrie Makira.

Lay gehorchte und klammerte sich, so gut er konnte, an der Mähne fest.

Blut Blut Blut

Er verzichtete darauf, die Blutbraut zu zücken, weil er sich zu schwach fühlte, die Waffe zu führen.

Im nächsten Moment krachten sie gegen die Shash, und die Männer flogen nach rechts und links auseinander, als die mächtige Brust des Pferdes sie traf.

Sie galoppierten durch den Torweg und erreichten das äußere Tor. Einen Moment glaubte Lay, sie hätten es geschafft. Doch dann tauchten weitere Shash vor ihnen auf und breiteten gestikulierend die Arme aus. Der Hengst scheute vor den blitzenden Säbeln zurück.

Plötzlich hörte Lay Makira rufen: »Vergiss mich nicht, Bluthand Lay, geliebter Cousin! So wie du auch Theija nicht vergessen hast!«

»Nein, verflucht! Makira, was tust du?«

Die Sandfrau sprang vom Pferd, mitten in die heranstürmenden Shash, die bereits versuchten, das Tier zu umzingeln.

»Du bist *mein* Auserwählter!«, schrie sie und holte mit der flachen Hand aus. »Jetzt sind wir quitt!« Dann schlug sie mit aller Kraft dem Hengst auf die Hinterhand und griff mit ihrem letzten verbliebenen Krummdolch die Soldaten des Shetan an.

Der Hengst machte einen gewaltigen Satz vorwärts und stieß zwei Shash zur Seite. Einer von ihnen prallte mit den Armen rudernd gegen seinen Kameraden und bohrte sich selbst dessen Krummsäbel in den Bauch. Mit einem erstickten Schrei landete er auf dem Boden.

Lay musste sich mit aller Kraft an der Mähne des Tieres festhalten, um nicht abgeworfen zu werden, als der Hengst über die schmale Steinbrücke donnerte, die über den tiefen, mit schlammigem Wasser, Unrat und gewiss auch mit angespitzten Bambusstangen oder Pfählen und ähnlichem Mordwerkzeug gefüllten Graben vor der Mauer führte.

»Makira!«, schrie er und wandte den Kopf. »Verdammt, Makira!« Er merkte nicht, dass ihm Tränen aus den Augen liefen und Schleim aus der Nase flog. »Makira!«

Blut Blut Blut

»Neiiiiin!« Lays lang gezogener Schrei verhallte ungehört in dem Kampflärm und dem lauten Trommeln der Hufe seines Pferdes auf dem Pflaster der Brücke.

Er sah, wie Makira schnell wie ein Schwebvogel zwischen den Männern tanzte und ihre Schwerthiebe abwehrte. Aber sie hatte nur noch einen Krummdolch. Einmal, zweimal, dreimal gelang es ihr noch, die Angriffe der Shash zu parieren. Lay sah, wie ein vierter Schlag ihre unbewaffnete Hand traf, und hörte ihren Schmerzensschrei.

Er brüllte erneut ihren Namen. »Makira!«

Er wusste nicht, ob sie seinen Namen noch einmal rief; er hörte nur einen Schrei, der abrupt abbrach, als ein Soldat der Shash seinen Krummsäbel in ihren Bauch rammte und sie wie ein Stück Fleisch in die Luft hob.

Lay sah, wie sie die Arme ausbreitete, sah, wie der Krummdolch ihr aus der Hand flog, und glaubte zu sehen, wie ihre Zähne blitzten, als sie ihm ein letztes Mal ein Lächeln zuwarf.

Das Pferd sprang ein Stück zur Seite, und Lay riss unwillkürlich den Kopf nach vorn und blickte durch einen Tränenschleier auf den Weg, der hinter der Brücke in die offene Wüste führte. Der Sand flimmerte von der Hitze, und Belphors gelbes Auge starrte unbarmherzig auf ihn herab, während das rote Auge … Es schien näher an das gelbe herangerückt zu sein, schien es Lay, so als wollte der Gott des Todes den Auserwählten besser im Blick behalten, während er in das Labyrinth des Shetan ritt, verletzt und ohne Wasser.

Blut Blut Blut

Die Stimme der Blutbraut hallte gedämpft in seinem Kopf, beinahe zärtlich, als ahnte das Dämonenschwert, dass das nächste Blut, das in den Sand der Wüste sickern würde, das von Bluthand Lay war.

»Er wird wach.«

Verdammt, was machst du da, Makira? Das darfst du nicht! Du kannst dich doch nicht einfach für mich …!

Lay fuhr mit einem Schrei hoch. Es fühlte sich an, als hätte ihm jemand glühende Kohlen auf Rücken und Brust gelegt, und als würden sich diese durch seinen Körper brennen, um in ihm zu verschmelzen.

»Wer ist diese Makira? Der Drachenmann war doch allein, sagtet ihr.«

»Er war allein.«

Allein? Makira … Lay stöhnte, als die Erinnerung und mit ihm die Bilder zurückkehrten, wie Makira ihm mit ausgebreiteten Armen zulächelte, aufgespießt auf dem Säbel eines Shash.

Die Wut, die ihn durchströmte, verlieh ihm Kraft. Er stemmte sich erneut von seiner harten Unterlage hoch, langsamer diesmal, und öffnete die Augen.

Dämmriges Licht umfing ihn. Kühle. Angenehme Kühle.

Er runzelte die Stirn. *Ich bin in die Wüste geritten. Mit einem Pfeil im Rücken. Ohne Wasser. Niemand war da, der die Wunde hätte verbinden können. Es war Mittag. Jetzt ist es dunkel und kühl. Entweder fantasiere ich, oder ich bin im Unternieder gelandet oder wie auch immer die Anderwelt heißen mag.*

Er sah sich um. Neben der einfachen Holzpritsche, auf der er lag, stand eine Gestalt, gehüllt in weite, sandfarbene Tücher. Eine weitere saß auf einem einfachen Schemel am Kopfende der Pritsche.

Lay betrachtete die kunstvoll verschlungenen Kopftücher, die nur Schlitze für die Augen freiließen und ansonsten den gesamten Kopf bedeckten.

Feydakhin, dachte Lay. *Das hier sind Sandläufer! Na großartig! Genauso gut hätte ich einfach in der Wüste verrecken können! Das wäre vermutlich sogar gnädiger gewesen. Wer weiß, was diese Kerle mit mir anstellen, wenn sie erst mal herausfinden, dass ich derjenige gewesen bin, der damals bei dem Angriff auf die Karawane fast zwanzig von ihnen massakriert hat.* Lay erinnerte sich noch sehr gut an den unverhohlenen Hass des *Saa'ar*, wie die Sandläufer sich selbst nannten, dessen *Rhaphta* er getötet hatte. Diese Sandläufer hatten eine sehr enge Beziehung zu ihren zweibeinigen Raubechsen, und den Mann hatten weniger seine schweren Verletzungen als der Tod seines Tieres bekümmert.

»Trink.«

Der Mann auf dem Hocker – Lay ging wegen der rauen Stimme davon aus, dass es sich um einen Mann handelte – reichte ihm einen irdenen Becher. Lay nahm ihn argwöhnisch entgegen und roch daran. *Wasser.* Lay schluckte, jedenfalls versuchte er es. Sein Mund war so trocken, dass ihm die Zunge am Gaumen klebte. Er setzte den Becher an die Lippen und nahm vorsichtig einen Schluck.

Bei Ganäas Titten. Es schmeckt wie Göttermilch!, dachte er. In wenigen Zügen leerte er den Becher und hielt ihn dann dem Mann hin. »Mehr«, krächzte er.

»Langsam«, befahl ihm der Mann und sah seinen Gefährten an.

Der nickte, und der Mann auf dem Hocker bückte sich, hob einen gleichfalls irdenen Krug vom Boden und goss etwas Wasser in den Becher. Dann reichte er ihn Lay. »Langsam«, wiederholte er eindringlich. Er klang nicht wütend, sondern eher besorgt.

»Wenn du zu schnell trinkst«, sagte eine andere, weichere Stimme, »bekommst du Magenkrämpfe und erbrichst das ganze kostbare Wasser wieder. Das ist weder gut für dich noch gut für uns. Wasser ist knapp.«

Lay hielt mitten im Trinken inne und starrte die Gestalt an, bei der es sich offenbar um eine Frau handelte. Er konnte sich nicht erinnern, jemals eine so schöne Stimme gehört zu haben. Sie klang weich, warm und sehr melodisch.

»Wenn du mich noch einen Herzschlag länger anstarrst, haben wir dich umsonst aus der Wüste gerettet. Auch wenn du der Muhad Sa'Hiab bist, musst du dann sterben.«

»Verzeih.« Lay hustete, verschluckte sich, bemühte sich jedoch, kein Wasser zu verschütten oder gar auszuspucken, und trank dann erneut ein paar Schlucke. Dann reichte er dem Mann auf dem Hocker den Becher zurück.

»Du bist sicher, dass er der Muhad ist?«

»Sind wir.«

Lay zuckte unwillkürlich zusammen. »Wir?«

»Wir sind die Saa'ar Siffa, die Sonnenläufer, wie ihr Drachenmänner sagen würdet.«

Lay runzelte die Stirn. Den Begriff *Sonnenläufer* hatte er noch nie gehört, ebenso wenig wie den Ausdruck *Saa'ar Siffa. Andererseits habe ich auch noch nie etwas von einem Muhad Sa'Hiab gehört.*

Er öffnete den Mund, um danach zu fragen, aber die Frau kam ihm zuvor.

»Es war schwierig, dich vor der Rache unseres Nests zu bewahren, Muhad. Du hast Malokks Rhaphta getötet, und das erfordert dein Blut. Da Malokk ebenfalls gefallen ist, muss das Nest dafür sorgen, dass dein Blut den Sand der Wüste tränkt und die Rhaphta besänftigt.«

Lay nickte. »Klar«, erwiderte er. »Wie bei einer Blutfehde«, sagte er. »Blut für Blut.«

Er sah, wie die Frau unter ihrer Feydakhin eine Braue hob.

»Was weißt du schon von Blutfehden?«, spie der Mann auf dem Hocker verächtlich hervor. »Malokk war mein Nestbruder. Und doch sitze ich hier und reiche dir das Nass des Lebens! Stattdessen sollte ich mit deinem Blut den Sand tränken.«

Lay holte tief Luft und drehte dann langsam den Kopf zu dem Saa'ar herum. »Und warum tust du das nicht?« *Und warum hältst du nicht einfach die Klappe und bist froh, dass du noch lebst?*, fragte ihn eine leise Stimme in seinem Hinterkopf.

Die Augen des Mannes glühten in dem Augenschlitz seiner Feydakhin, aber zu Lays Überraschung lachte die Frau leise.

»Glaubst du mir jetzt, Kardakk, dass er der Muhad ist? Wer sonst wäre so selbstmörderisch, einen Sandläufer herauszufordern, der mit Blutfehde droht?«

Der Mann sprang vom Hocker auf und stürmte hinaus. Eine Klappe aus Segeltuch schlug klatschend hinter ihm zu, und Lay, der ihm verblüfft hinterherschaute, bemerkte erst jetzt, dass er sich offenbar in einem Zelt befand. Er richtete seinen Blick wieder auf die Frau. »Was ist ein Muhad?« Eingedenk ihrer Warnung von vorhin sah er hastig zu Boden. Verblüfft betrachtete er die Füße der Frau, deren Knöchel mit goldenen Ketten geschmückt waren und auf deren Zehen Ringe mit teilweise kostbar aussehenden Edelsteinen steckten.

»Meine Füße darfst du bewundern«, sagte die Frau. »Zu diesem Zweck schmücken wir sie. Was deine Frage angeht, in der Gemeinsprache würde Muhad Sa'Hiab etwa *Sänger des Liedes* bedeuten.«

»Aha.« Lay nickte. »Und was ist das für ein Lied, das ich singe?«

»Wie kann ich dir das erklären, wenn du selbst es nicht weißt?« Die Stimme der Frau klang nicht sonderlich amüsiert. »Aber ich würde dir raten, diese Frage nicht unserem Ältesten zu stellen. Wenn ihm Zweifel kämen, ob du tatsächlich der Muhad Sa'Hiab bist, könnten dich auch die Saa'ar Siffa nicht mehr vor dem Tod in der Rhaphta-Grube bewahren.« Sie hob wieder eine Braue. »Und ich versichere dir, dass das ein sehr unangenehmer Tod ist.«

Wieder stieg das Bild von Makira in ihm hoch, aufgespießt auf dem Krummsäbel, mit aufgerissenem Mund, aus dem Blut sickerte. »Erzähl du mir etwas von unangenehmen Todesarten«, knurrte er. »Das heißt, nein, sag mir lieber, wo ich hier bin und wo ihr mich gefunden habt.« Er sah die Frau an. »Ihr seid Sandläufer, richtig?«

»Du bist in Golgor, dem größten Nest der Sandläufer am Rande des Glutkessels. Unsere Männer haben dich neben deinem toten Pferd in der Wüste gefunden. Sie haben dich erkannt, Bluthand Lay, und dich hierhergebracht, um dich gesund zu pflegen und dann in die Rhaphta-Grube zu schicken.« Sie machte eine abfällige Handbewegung. »Offenbar wussten sie nicht, wer du wirklich bist, sonst hätten sie dich zweifellos liegen lassen, um zumindest auf diese Weise den Tod ihrer Gefährten und des Rhaphta zu rächen.« Fältchen kräuselten ihre Augenwinkel, und Lay schloss daraus, dass sie lächelte. »Unsere Männer sind kühn und tapfer, aber sie haben nicht viel für alte Prophezeiungen und das Wirken der göttlichen Sande übrig.«

»Göttliche Sande?«, erkundigte sich Lay.

Die Frau nickte. *»Der Sand ist alles, und wir sind der Sand«*, erwiderte sie. Es klang wie eine Formel. »In unserer Prophezeiung ist von Männern und Frauen die Rede, die das Mal der Ewigkeit auf ihrer Haut tragen.« Sie kniff die Augen zusammen. »Es sind die Muhadi Sa'Hiab, die Sänger des Liedes. Und du bist einer davon.«

Sie deutete auf seine Schulter, und Lay bemerkte erst jetzt, dass sie verbunden war.

»Ich habe es gesehen, als ich deine Wunde gereinigt habe«, sprach sie weiter. »Du trägst das Mal unter dem Nacken, genau dort, wo es nach der Prophezeiung sein soll.« Sie hob die Hände, bildete jeweils mit Daumen und Mittelfinger einen Kreis und hielt dann beide aneinander. Der eine war größer als andere. »Das ewige Lied, eine unaufhörliche Schleife, und an der Stelle in Raum und Zeit, wo sich die Kreise berühren … tauchen die Muhadi Sa'Hiab auf und singen das Lied, damit die Kreise nicht brechen, sondern weiterfließen.« Sie ließ die Hände sinken. »Aber das weißt du natürlich längst.«

Lay räusperte sich. »Ehrlich gesagt, weiß ich das nicht«, erklärte er. »Jedenfalls nicht genau. Aber ich bin zu jemandem unterwegs, der mir erklären kann, was es mit diesem …«, er zögerte, »diesem Mal und den Prophezeiungen auf sich hat.« Er zuckte mit den Schultern. »In Alghor haben wir mehr als nur eine alte Prophezeiung, und sie widersprechen sich alle. Und nur dieser Mann, den ich aufsuchen will, kann mir sagen, was genau meine Bestimmung ist.« *Das hoffe ich jedenfalls.*

Aber was hätte er dieser Sandläuferin sonst sagen sollen? Was konnte er ihr sagen, ohne Gefahr zu laufen, möglicherweise doch noch in der Rhaphta-Grube zu enden? Und was musste er sagen, um die Sandläufer dazu zu bringen, ihm zu helfen, nach Krühll zu gelangen? Oder zumindest nach Alghor.

Jetzt, da Makira tot ist ... Er schämte sich nicht, als ihm Tränen in die Augen traten. Sie tropften auf den Boden neben seiner Pritsche.

Als er hörte, wie die Frau vernehmlich nach Luft schnappte, blickte er überrascht hoch. Im selben Moment öffnete sich die Zeltklappe, und zwei Gestalten traten eilig ein.

»Was ist, Siffa Talmar?« Sie hatten ihr leises Keuchen offenbar ebenfalls gehört.

Lay schluckte, als er sah, dass der andere der beiden Männer seinen Krummsäbel bereits ein Stück aus der Scheide gezogen hatte.

»Nein, nein«, sagte die Frau rasch und streckte die Hand aus. »Er hat mich geehrt. Er hat uns alle geehrt.«

Ich habe euch geehrt? Lay sah die Frau und die beiden Männer verwundert an. *Ich wüsste ja gern, wie ich das angestellt haben soll. Und noch lieber wüsste ich, wie ich es vermeiden kann, euch zu beleidigen.*

»Er hat uns geehrt?« Der andere Mann erschien ebenso ungläubig wie Lay.

»Ja.« Talmar drehte sich zum Eingang des Zeltes herum. »Er hat dem Sand sein Wasser geopfert. Ohne die Gnade des Schmerzes zu leiden.« Sie warf Lay einen abschätzenden Blick zu, bevor sie sich wieder den beiden Männern zuwandte. »Kümmert euch um ihn und helft ihm, sich anzuziehen. Seine Wunde ist zwar tief, aber er kann aufstehen und herumlaufen, und er wird auch sehr bald wieder reiten können. Er heilt verblüffend schnell.« Sie schlug die Zeltklappe beiseite. »Ich muss mich mit den anderen Siffa beraten. Und du, Kardakk, halte dich bereit. Möglicherweise wird unser Nest den Muhad Sa'Hiab durch den Sand zum Kaffir Gjorm führen.«

Der Sandläufer fuhr zu der Siffa herum. »Aber das ist an der Grenze von Bouhss, fast im Reich der Drachen! So weit ist noch nie …«

»Es wurde auch noch nie ein Muhad Sa'Hiab im Nest Golgor aufgenommen!«, unterbrach ihn Talmar. Obwohl ihre Stimme weich und melodisch klang, lag in ihrem Tonfall eine Entschlossenheit und Autorität, die keinen Widerspruch duldeten. »Der Sand hat ihn zu uns geführt, und wir werden uns dem Willen des Sandes beugen!«

Kardakk hatte protestieren wollen, doch jetzt presste er nur die Lippen aufeinander und verbeugte sich. »Wir gehorchen dem Willen des Sandes!«

Nach einem letzten Blick auf Lay verschwand Talmar aus dem Zelt.

Lay blieb mit den beiden Männern in einem unbehaglichen Schweigen zurück. *Also gut,* dachte er. *Sie hat gesagt, die Wunde ist nicht so gefährlich und heilt schnell. Und ich soll mich anziehen. Finden wir heraus, ob sie recht gehabt hat.*

Er machte Anstalten aufzustehen. Als er sich hochstemmen wollte, traten die beiden Männer wie auf Kommando neben ihn und schoben ihm die Arme unter die Achseln. Vorsichtig halfen sie ihm hoch und warteten, bis er stand.

»Wie fühlt sich die Wunde an, Muhad?«, erkundigte sich der zweite, Lay unbekannte Mann.

Der Gefragte bewegte vorsichtig die Schulter und dachte daran, wie Kalehna seine Wunden versorgt hatte, nachdem er sie vor diesen betrunkenen Drachenkämpfern gerettet hatte.

»Die Verletzung an der Schulter ist nicht der Rede wert«, erklärte er hastig. »Es ist nur eine Fleischwunde.«

Aber die Verletzungen, die keine blutigen Spuren auf seinem Körper hinterlassen hatten, sondern in seinem Herzen und seiner Seele, würden nicht so schnell verheilen, dessen war sich Lay in diesem Moment vollkommen sicher.

»Gut«, sagte der Sandläufer namens Kardakk. »Wenn wir dich bis nach Alghor begleiten sollen und du deine Schulter wieder bewegen kannst, sollten wir sobald wie möglich aufbrechen.« Er warf einen Blick zum Eingang des Zeltes. »Talmar wird die anderen Siffa zweifellos davon überzeugen, dass du der Muhad Sa'Hiab bist und wir dir helfen müssen, obwohl wir dich lieber in die Rhaphta-Grube werfen würden.«

»Bist du sicher?« Lay zuckte mit den Schultern und verzog sofort das Gesicht, als ein scharfer Stich ihm signalisierte, dass seine Verletzung zwar nicht so schlimm war, wie er befürchtet hatte, aber er längst nicht wieder gesund war. »Es tut mir leid, ich habe keine Ahnung, wie euer Nest funktioniert und wer euer Häuptling ist.«

Kardakk nickte. »Das ist auch gut so«, erwiderte er. »Wir wollen nicht, dass Außenstehende zu viel über uns erfahren.« Er betrachtete Lay. »Auch nicht, wenn es der Muhad Sa'Hiab ist.« Er zögerte, bevor er weitersprach, als kämpfte er mit sich, ob er Lay diese Information geben dürfte. »Aber das Wort der Siffa wiegt schwer in unserem Rat, und wenn Talmar für dich spricht, wird sich ihr keiner entgegenstellen.« Wieder machte er eine Pause und schien dann zu einer Entscheidung zu kommen. »Wir haben gesehen, wie Malokks Rhaphta von dir im Kampf getötet wurde. Es war ein gerechter Kampf. Und wir haben auch gesehen, dass Malokk nicht von dir ermordet wurde.« Er seufzte. »Wenn die Siffa dein Leben nicht fordern, wird kein anderer aus unserem Nest es wagen.«

»Dort hinter diesen Dünen liegt Kaffir Gjorm.«

Kardakk gab den anderen Sandläufern das Zeichen zum Anhalten, zügelte sein Rhaphta und wartete, bis Lay sein Tier neben ihn gelenkt hatte.

Lay zupfte sanft an dem ledernen Zügel, der in zwei durchlöcherten Hautfalten rechts und links des mit langen Zähnen gespickten Maules der Raubechse verknotet war. Offenbar hatte er trotz seiner Vorsicht zu hart gezogen, denn das Rhaphta stieß ein scharfes Fauchen aus und schlug mit dem gekrümmten Dorn auf der Rückseite seines gepanzerten Hornschädels nach Lay, der dem Hieb nur knapp ausweichen konnte.

»Es mag dich, Muhad.« Kardakk lachte. »Es zeigt dir, dass du freundlich und respektvoll mit ihm umgehen sollst.«

Lay knurrte. Er hatte sich mit Händen und Füßen dagegen gewehrt, auch nur in die Nähe eines dieser übellaunigen und gefährlichen Tiere zu kommen, als Talmar ihm ihr Reittier für den Treck zum Kaffir Gjorm angeboten hatte.

»Du willst doch noch in dieser Zeitenwende in Krühll ankommen, Muhad Lay?«, hatte die Saa'ar Siffa ihn gefragt. »Mit einer Reitechse dauert die Reise mehr als doppelt, wenn nicht sogar dreimal so lange. Und du hältst die Männer auf, die dich begleiten. Das kann sich unser Nest nicht leisten. Ich werde dir zeigen, wie man ein Rhaphta reitet. Du bist der Muhad Sa'Hiab, und wir vertrauen dir.« Dabei hatte sie ihm einen langen Blick unter ihrer Feydakhin zugeworfen. »Erweise dich unseres Vertrauens würdig.«

Lay war klar gewesen, was ihm andernfalls bevorstand, denn als Talmar mit ihm zu den Rhaphta-Gruben gegangen und ihr Vorhaben den männlichen Sandläufern verkündet hatte, hatte es fast einen Aufruhr gegeben. Soweit Lay die erregte und im Dialekt der Saa'ar geführte Diskussion verstand, sahen sich die Sandläufer eben durch die Rhaphta gegenüber den Shash des Shetan von Bouhss und auch den Sandreitern aus SanFira im Vorteil. Niemand außer ihnen konnte diese gefährlichen Raubechsen besteigen, geschweige denn sie kontrollieren.

»Wir geben damit unseren Vorteil aus der Hand und legen ihn in die dieses Drachenmanns!«, hatte Kardakk eingewendet und auf Lay gedeutet.

»Wir legen ihn in die Hand des Muhad Sa'Hiab«, hatte Talmar ruhig erwidert. »Ich verbürge mich für ihn …«

»Das kannst du nicht!«, hatte Kardakk widersprochen,

»... und zudem ist es mein erwähltes Rhaphta. Ich überlasse es der Herrin des Sandes, ob ihr Geschöpf diesen Auserwählten akzeptiert oder nicht!«

Offenbar war das eine Art von Floskel, denn die anderen Sandläufer gaben nach, wenn auch widerwillig und zähneknirschend.

Talmar hatte sich zu Lay herumgedreht. »Nähere dich ihm ohne Furcht, entschieden und doch mit Respekt«, hatte sie gesagt. »Du hast nur eine Chance. Lehnt es dich ab, wird es dich nicht mehr in seine Nähe lassen. Hast du hingegen Erfolg, hast du nicht nur das passende Reittier für diesen Treck, sondern auch den Respekt der Männer, die dich begleiten. Aber du musst vorsichtig sein, wenn du auf ihm sitzt.« Sie deutete auf den langen Dorn am Hinterkopf des Rhaphta. »Damit kann es einem unaufmerksamen Reiter tödliche Schläge versetzen.«

»Und wenn ich versage und herunterfalle?«

Talmar sah ihn mit erhobener Braue an. »Dann wird es dich töten und fressen.«

»Verstehe.«

Es war Lay nicht nur gelungen, das Rhaphta von Talmar zu besteigen, sondern er hatte auch einigen üblen Versuchen des Tieres, ihn mit diesem Kopfdorn zu durchbohren, erfolgreich ausweichen können.

Und wie Talmar gesagt hatte, hatte sich Lay dadurch den Respekt der Männer verschafft. Und in einem anderen Punkt hatte sie ebenfalls recht behalten. Die Reise zur Grenze von Alghor beanspruchte auf einem Rhaphta nicht einmal ein Drittel der Zeit wie selbst auf einer schnellen Reitechse.

Die Ausdauer dieser Tiere war unglaublich. Sie mussten nur Rast einlegen, weil die Männer, die sie ritten, Kraft schöpfen mussten. Lay verstand, warum sich Kardakk so vehement dagegen ausgesprochen hatte, ihn in der Beherrschung eines solchen

Tieres zu unterweisen. Eine Reiterei, die auf Rhaphta ritt, war jeder anderen Reiterei überlegen.

Jetzt jedoch war Lay froh, dass er in Kürze die Raubechse gegen ein bequemeres Fortbewegungsmittel eintauschen konnte. Das Sitzgestell, das diese Tiere als Sattel trugen, war ziemlich unangenehm, und außerdem hatten Reptilien noch einen weiteren Nachteil: Sie stanken bestialisch.

»Gut«, sagte Lay und machte Anstalten, sich aus dem Sitzgestell zu befreien. »Dann werde ich den Rest des Weges zu Fuß …«

»Das wirst du nicht, Drachenmann«, unterbrach ihn Kardakk. »Wir haben dich in unser Nest aufgenommen, und du bist der Muhad Sa'Hiab. Ein Sandläufer geht nicht zu Fuß, wenn er ein Rhaphta bei sich hat, und es würde unser Nest entehren, wenn wir den Muhad Sa'Hiab wie einen einfachen Sandmann zu diesem Kaffir gehen ließen.« Er drehte sich um und gab seinen Männern einen Befehl. Dann wandte er sich wieder an Lay. »Sie werden hier warten, und wir beide werden allein zu dem Kaffir reiten.« Er grinste. »Um die ehrbaren Händler und Halsabschneider nicht zu erschrecken und nicht den Eindruck zu erwecken, wir wollten ihr Kaffir überfallen.« Er nickte. »Bist du bereit, Muhad?«

Lay öffnete den Mund, aber der Sandläufer schnalzte scharf mit der Zunge, ohne seine Antwort abzuwarten. Woraufhin sich sein Rhaphta mit einem heftigen Ruck in Bewegung setzte.

Lays Raubechse rührte sich zwar nicht von der Stelle, aber sie drehte den Kopf und starrte Lay mit ihren dunklen, feuchten Augen an, die von langen, dichten Wimpern gesäumt und von mehreren Lidern aus durchsichtigem Horn und Schuppenpanzer geschützt wurden, die sie zum Beispiel bei einem Sandsturm darüberklappen konnte. Ihr Blick schien zu sagen: *Worauf wartest du, Drachenmann?*

»Also gut«, murmelte Lay und schnalzte auf die Art, die Talmar ihm beigebracht hatte. Mit einem langen Satz sprang das

Rhaphta los, und Lay wurde gegen das Sitzgestell geschleudert, obwohl er mit dem Antritt gerechnet hatte. *Vielleicht sind diese Sitzgestelle doch nicht so schlecht,* dachte er. Jedenfalls erschien es ihm nicht sehr verlockend, durch eine Unachtsamkeit beim Losrennen des Tieres aus dem Sattel geschleudert und von ihm gefressen zu werden.

Eine halbe Sandacht später zügelte Kardakk sein Rhaphta am Rand des Kaffir, dort, wo die Karawanen ihr Lager aufschlugen. Offenbar hatte man ihr Nahen bemerkt, denn es hatten sich bereits etliche Wachen und schwer bewaffnete Karawanenreiter versammelt, um einem möglichen Angriff der Sandläufer zu begegnen. Als die bunt zusammengewürfelte Schar der Verteidiger sah, dass es sich nur um zwei Männer handelte, entspannten sie sich ein wenig.

»Hier muss ich dich verlassen, Muhad Sa'Hiab.« Kardakk verbeugte sich und legte beide Hände an die Stirn und dann die Faust auf sein Herz. »Möge der Sand dir immer in den Rücken wehen«, sagte er.

Lay wiederholte die rituelle Formel. »Mögest du immer Nahrung und Schutz zwischen seinen Körnern finden.«

Dann bemühte er sich, so würdevoll wie möglich aus dem Sitzgestell des Rhaphta zu klettern, ohne sich zu verhaken oder etwa hinunterzufallen. Er trat vor das Tier und streckte die Hand aus.

Das Rhaphta stieß einen rauen, kreischenden Schrei aus und schlug zum Zeichen seiner Zuneigung nach Lays Kopf. Lay musste sich beherrschen, um nicht zusammenzuzucken, als die harten Hornhöcker haarscharf vor seinem Gesicht durch die Luft zischten.

Kardakk hob noch einmal die Faust, nahm von Lay den Zügel seines Rhaphtas in Empfang und schnalzte mit der Zunge, dann setzten sich die beiden Tiere mit großen Sprüngen in Bewegung und verschwanden in einer Sandwolke.

Lay drehte sich zu den wartenden Karawanenreitern herum, die diesem Schauspiel in schweigendem Staunen zugeschaut hatten. Er rückte seinen Umhang zurecht, schob den Griff der Blutbraut durch den Schlitz im Stoff und sorgte dafür, dass er über seiner Schulter deutlich zu sehen war.

»Wen hat uns der Sand denn da herangeweht?«, brach schließlich einer der Karawanenreiter das Schweigen und trat vor. »Seit wann sitzen Drachenmänner auf den stinkenden Raubechsen dieser primitiven Sandreiter?« Er drehte sich zu seinen Kameraden um. »Und vor allem, was wollen die Freunde dieser Wilden bei uns? Du willst wohl unser Kaffir ausspionieren, hab ich recht? Willst herausfinden, welche Karawanen wohin reisen, damit deine widerlichen Freunde sie überfallen können?«

Lay verzichtete auf eine Antwort und musterte stattdessen ruhig die Umstehenden. Er kniff die Augen zusammen, als er mehrere Nordlinge unter ihnen bemerkte. *Wenn ich Glück habe, wollen sie nicht nach Omarta, sondern reisen nach Hellanden. Und der kürzeste Weg von hier aus führt über Krühll, über Lokhs Höhe.*

Er machte Anstalten, sich den Nordlingen zu nähern, aber der Sprecher von vorhin trat ihm in den Weg und verschränkte seine dicken Oberarme vor der Brust. Es war ein bulliger, kahlköpfiger Bursche. Seine Waffen, ein Kriegsbeil und ein Kurzschwert, und sein von Narben übersäter nackter Oberkörper ließen vermuten, dass er als Ringfechter reichlich Erfahrung gesammelt hatte.

»Ich rede mit dir, Kerl! Und du solltest lieber antworten, bevor ich dich so windelweich prügele, dass du nicht mehr weißt, wie dein Name ist.«

Lay seufzte. Er kannte diese Art von Männern nur zu gut; er hatte genug davon auf seiner Reise mit der Karawane kennengelernt. Und auch in seiner Zeit als Ringfechter war er etlichen dieser großmäuligen Burschen begegnet, die immer auf einen Streit aus waren und stets bereit, sich mit jedem anzulegen, den sie für schwächer hielten. Lay war fast einen halben Kopf kleiner als dieser Kerl und zweifellos auch schmaler gebaut, aber er wusste, dass er längst nicht mehr wie ein Jungchen aussah. Er hatte sich den Schädel kahl rasiert, und seine Haut war sonnenverbrannt. Er bereute nur, dass er sich, auf Makiras ausdrücklichen Wunsch, seinen dünnen Bart abrasiert hatte.

Er schluckte bei dem Gedanken an Makira. Eine Reaktion, die der Schläger vor ihm offenbar sah, aber missverstand. Der Mann lachte höhnisch. »Hast wohl Schiss, mein kleiner Wilder, was? Oder sprichst du etwa unsere Sprache nicht?«

Lay bemühte sich, das leise Singen in seinem Hinterkopf zu überhören.

Blut Blut Blut

Stattdessen trat er einige Schritte vor und näherte sich gelassen dem Sprecher. Als er ihm Auge in Auge gegenüberstand, nahm der Mann die Arme von seiner Brust und packte die Griffe seiner Waffen. Dabei trat er unwillkürlich einen Schritt zurück.

»Ich weiß nicht, wer du bist, Großmaul«, sagte Lay, ohne darauf zu achten, dass der Mann sein Schwert ein Stück aus der Scheide gezogen hatte und bösartig knurrte. »Und es interessiert mich auch nicht. *Du* interessierst mich nicht. Ich will nach Krühll und suche eine Karawane, bei der ich mitreisen kann.« Er sah die Nordlinge an, die ihn unbewegt musterten. Dann richtete er den Blick wieder auf den Schläger und deutete beiläufig auf die beiden Waffen am Gürtel des Mannes. »Du warst wohl Ringfechter, Großmaul. Dann kennst du mich wahrscheinlich. Mein Name ist Bluthand Lay, und ich ziehe mein Schwert nur, um zu töten, und nicht, um mit irgendwelchen Angebern herumzuspielen, die nur große Töne spucken.« Er legte den Kopf auf die Seite. »Hast du Lust auszuprobieren, ob ich die Wahrheit sage?«

Der Mann, der eben noch Anstalten gemacht hatte, sich auf

Lay zu stürzen, blickte von Lay auf die Blutbraut. Der Griff in Drachenform war deutlich zu erkennen. Der Mann schluckte.

»Dachte ich mir.« Lay lächelte. »Du scheinst klüger zu sein, als du aussiehst. Und jetzt geh mir aus dem Weg.«

Lay wartete, bis der Mann einen Schritt zurückgetreten war, dann nickte er ihm zu und ging an ihm vorbei auf die drei Nordlinge zu, die immer noch völlig regungslos dastanden. Er spürte die Blicke der Anwesenden in seinem Rücken, aber keiner von ihnen rührte sich. Er hörte, wie die Männer seinen Namen murmelten. Offenbar war der Ruf des Ringfechters Bluthand Lay noch nicht in Vergessenheit geraten. Im Gegenteil, er hatte es sogar bis an die Grenze von Alghor in Belphors Feuer geschafft und darüber hinaus.

Schließlich blieb Lay vor den drei Nordlingen stehen. »Ihr habt meine Worte gehört. Ich suche eine Karawane, die in Richtung Belphors Schlaf reist, und zwar über Krühll.«

»Das haben wir gehört, in der Tat«, erwiderte der Nordling in der Mitte, ein großer, breitschultriger Krieger.

Groß, aber nicht so groß wie Korgh, dachte Lay. *Ich hätte nicht gedacht, dass ich diesen nach Fisch stinkenden Burschen einmal so sehr vermissen würde.*

»Und, könnt ihr mir helfen?«, erkundigte er sich.

»Das könnten wir«, erwiderte der Nordling links von dem ersten Sprecher.

»Aber warum sollten wir das tun?«, meinte der dritte, der ganz rechts stand.

Lay sah die drei der Reihe nach an und musste dann lachen.

Der Mann in der Mitte runzelte die Stirn. »Haben wir Witze gemacht, oder machst du dich über uns lustig?«

Lay schüttelte den Kopf. »Nein, weder noch.« Er holte tief Luft. »Es ist nur so, dass ich lange mit einem Krieger aus Hellanden unterwegs war. Einem großen, tapferen und edlen Krieger. Und es tut gut, wieder einmal das Wort ›wir‹ aus dem Munde eines Nordlings zu hören.«

»Aha.«

Lay seufzte. »Ich bitte euch nicht, mich umsonst mitzunehmen. Und ich will euch auch nicht zur Last fallen.«

»Sehr gut«, sagte der Nordling ganz links.

»Was schlägst du also vor?«, erkundigte sich der Nordling in der Mitte.

Lay sah den Mann abschätzend an, dann griff er in eine Tasche seines Umhangs und holte einen kleinen Beutel heraus. »Ich biete euch ein angemessenes Entgelt dafür, dass ihr mich mitreisen lasst, falls ihr über Krühll zieht.«

»Das tun wir, aber was ist für dich ein angemessenes Entgelt?«, wollte der Nordling rechts wissen.

Lay sah den Mann in der Mitte an. »Du kannst wählen. Du kannst mein Gold haben oder mein Eisen.« Er nahm eine Golddublone aus dem Beutel, hielt sie hoch und deutete mit der anderen Hand auf sein Schwert. »Willst du mein Eisen, werde ich dich nicht enttäuschen, sollten wir überfallen werden.« Er grinste kalt, und die drei Männer sahen sich an. »Allerdings will ich in diesem Fall drei Mahlzeiten am Tag und eine bessere Unterbringung.« Er wartete einen Moment. »Entscheidest du dich für mein Gold, dann belästige mich nicht, wenn du auf dem Weg nach Krühll Probleme bekommst. Muss ich dennoch kämpfen, ziehe ich dir für jeden Straßendieb und Wegelagerer, den ich töte, einen Silberling ab.«

Einen Moment lang fürchtete Lay, den Bogen überspannt zu haben, doch dann legte der Nordling in der Mitte den Kopf in den Nacken und lachte schallend, und die beiden anderen Männer neben ihm zeigten ein breites Grinsen.

»Wir haben von dir gehört, Bluthand Lay. Und wir wissen von deinem Gefährten, Donnerkeil Korgh. Wir wählen dein Eisen.« Er lachte erneut. »Wahrscheinlich genügt schon das Gerücht, dass du bei uns mitreist, damit alle Wegelagerer und Strauchdiebe einen großen Bogen um unsere Karawane machen.« Er deutete mit dem Daumen auf sein Lager, und Lay sah, dass die Karawanenreiter allesamt Nordlinge waren. »Falls sie es nicht ohnehin schon tun, wenn sie diesen Haufen von Barbaren sehen.« Dann wurde der Mann mit einem Mal ernst. »Trotzdem, die Wegelagerer sind nicht unser größtes Problem. Ist dir klar, dass du ein großes Risiko eingehst, wenn du mit uns reist?«

Lay zuckte mit den Schultern. »Inwiefern?«

Die drei Nordlinge wechselten vielsagende Blicke. »Zwischen Alghor und Hellanden herrscht Krieg«, erklärte der Anführer. »Wir haben zwar keine Waffen oder Ähnliches geladen, sondern nur Gewürze und Tücher, die wir nach Hellgaar bringen wollen, aber die Schuppenschilde könnten versuchen, uns dazu zu zwingen, unsere Waren unterwegs auf den FreiMärkten in Alghor feilzubieten. Oder möglicherweise auf die Idee kommen, uns als Feinde zu betrachten und zu massakrieren.« Er betrachtete Lay scharf. »Mich würde interessieren, wie du uns jetzt siehst, da du das weißt.«

Lay zuckte mit den Schultern. »Ich nehme an, dass der Oberste Augur, Druud OchNarjon, diesen Krieg angezettelt hat. Ich hege keinen Groll gegen euch Nordlinge, ganz im Gegenteil.« Er grinste. »Und da es hier unten in Belphors Feuer auch keinen Fischtran gibt, habe ich auch ansonsten keine Probleme mit eurer Gesellschaft.«

Der Anführer der Karawane nickte. »Abgemacht.« Er hielt Lay die Hand hin. Der schlug ein, und die beiden anderen Nordlinge legten ihre Hände auf die der beiden. »Und was den Fischtran angeht«, er beugte sich vor, »ist er nur gut gegen Kälte, nicht gegen die Strahlen von Belphors Augen. Aber in Omarta haben wir etwas gefunden, womit wir unsere zarte Haut davor schützen können.« Er zeigte seine weißen Zähne, als er Lay angrinste. »Es ist das Fett, das die Sandleute aus diesen Sandfröschen gewinnen, die überall um die Wassertümpel herumspringen.« Er sog genießerisch die Luft durch die Nase. »Und es duftet fast genauso gut wie Fischtran.«

Er lachte schallend, als er Lays bestürzte Miene sah, und schlug ihm auf die Schulter. »Komm schon, Bluthand Lay, wenn du es riechst, bekommst du bestimmt das Gefühl, wieder zu Hause zu sein.«

Lay fuhr hoch, als eine schwielige Hand seine Schulter packte und schüttelte.

»Wir sind da, Bluthand.«

»Ragnir?« Lay brauchte einen Moment, um sich zu orientieren. Das allgegenwärtige Schaukeln hatte aufgehört, und er schlug hastig die Decke zurück, die ihn hier oben in Belphors Schlaf vor der nächtlichen Kälte schützte. Vor einer halben Spanne hatten sie die Grenze zwischen Alghor und Ern überquert, und mit jedem Tag, den die Karawane weitergezogen war, war es kälter geworden.

Lay rieb sich mit beiden Händen das Blut ins Gesicht, zog dann seinen Umhang über und packte die Blutbraut, die neben ihm auf dem schmalen Lager ruhte. Er schlief mit vier anderen Karawanenreitern in einem improvisierten Zelt, das sich auf einem Gestell zwischen den Rücken zweier gewaltiger Lastechsen befand.

»Ich komme schon«, sagte er zu Ragnir, dem Besitzer und Anführer der Karawane. Er überprüfte rasch, ob alle seine Sachen im Schultersack verstaut waren, und warf dann den vier Karawanenreitern einen kurzen Blick zu. Aber die Männer schliefen noch. Ohne sich länger aufzuhalten, kletterte er von dem Gerüst und sprang das letzte Stück auf den harten Boden hinab.

Der Nordling wartete bereits neben der Echse auf ihn.

»Da unten liegt Krühll«, sagte er und streckte den Arm aus.

Lay blickte in die Richtung, in die er zeigte. Die Sonnen standen noch nicht am Himmel, aber Lokhs Auge spendete genug silbriges Licht, dass Lay die Umrisse der Grenzstadt zwischen Ern und Hellanden weiter unten am Fuß der Hügel ausmachen konnte. Er wandte sich um. Der Weg über den Grat führte weiter hinauf, direkt zu Lokhs Höhe, einer natürlichen Felsenbrücke über den gewaltigen Graben, ein tiefes Flusstal, durch das der Isvir strömte, der Grenzfluss zwischen Hellanden und Ern. Diese Felsenbrücke bei Krühll bildete den einzigen natürlichen Weg über die riesige Schlucht. Denn deren Felswände reckten sich vom Weißen Spiegel bis hin zum Nordermeer steil in die Höhe und galten als unüberwindbar. Die zweite Möglichkeit, nach Hellanden zu gelangen, war der Hochlandwai am Weißen Spiegel, der auf dem Territorium der Nordlinge als Weißer Weg bis nach Hellgaar führte.

»Ich danke dir, Ragnir«, sagte Lay und griff in seinen Umhang. Er nahm den Lederbeutel heraus, öffnete die Schnüre und zog eine Golddublone hervor. »Hier, die hast du dir verdient.«

Ragnir hob ablehnend die Hände. »Unsere Abmachung lautete, dass ich dein Eisen nehme …«

Lay zuckte mit den Schultern. »Im Gegensatz zu meiner Blutbraut bin ich sehr froh darüber, dass du mein Eisen auf der ganzen Reise nicht gebraucht hast.«

Ragnir nickte. »Die Nachricht, dass Hellanden und Alghor Frieden geschlossen haben, hat mich ebenso überrascht wie alle anderen«, gab er zu. »Trotzdem, Abmachung bleibt Abmachung.«

Lay lächelte. »Das stimmt. Aber ich würde mich besser fühlen, wenn ich dir für deine Gastfreundschaft und deine Gesellschaft zumindest eine Golddublone als Zeichen meiner Dankbarkeit geben dürfte.« Er zuckte mit den Schultern. »Es ist zwar nur Gold, und natürlich kann man damit Freundlichkeit nicht aufwiegen …«

»… aber ein armer Händler nimmt, was er kriegen kann«, mischte sich eine andere Stimme ein, und im selben Moment griff eine schwielige Hand nach der Golddublone und nahm sie an sich.

»Irkur!«, knurrte Ragnir. »Wie oft habe ich dir schon gesagt, dass Gier eine verdammenswerte Eigenschaft ist?«

»Immer dann, wenn wir ein verdammt gieriges Geschäft gut abgeschlossen und unser Gold gezählt und verteilt haben«, erklärte der dritte Nordling, der aus dem Schatten zu ihnen getreten war.

Lay lachte. »Wohl gesprochen, Falir«, sagte er. Er sah die drei Nordlinge der Reihe nach an und packte von jedem der Reihe nach den Unterarm im Kriegergruß. »Es war sehr angenehm, mit euch zu reisen, trotz dieser Sache mit den Sandfröschen.« Er verzog das Gesicht. »Wenn ihr mich fragt, mir ist Fischtran lieber.«

Die drei Nordlinge brachen in schallendes Gelächter aus. »Uns auch, Bluthand«, versicherte ihm Ragnir. »Und ich wette, unseren Frauen ebenfalls. Wenn wir mit Sandfroschöl eingeschmiert zu ihnen kommen, werden sie uns wahrscheinlich, statt ins Bett zu nehmen, ins Hellführ jagen.«

»Das will ich ihnen nicht raten!«, knurrte Falir, und wieder lachten die Männer.

Dann drehte sich Lay herum und musterte erneut die Stadt, die unter ihm lag. Was würde ihn dort erwarten?

»Ich hoffe, du findest, was du suchst, Bluthand Lay.« Ragnir legte ihm eine Hand auf die Schulter. »Du hast jedenfalls eine weite Reise dafür auf dich genommen und sicherlich vieles geopfert.«

Lay dachte unwillkürlich an Theija und Makira. Und an den Schlächter von Krühll, Broll. *Und mehr, als du glaubst.*

»Das hoffe ich auch«, erwiderte Lay. Er wusste, dass er in Krühll Näheres über seine Bestimmung erfahren würde, aber er wusste auch, dass Krühll nicht das Ende seiner Reise war. Und er ahnte, dass auf seinem Weg noch weit mehr Opfer von ihm verlangt werden würden. Noch einmal ließ er seinen Blick über die Stadt schweifen, dann sah er zu Lokhs Höhe hinauf und hob die Hand.

Die drei Nordlinge erwiderten den Gruß, und Lay setzte sich in Bewegung und stieg den schmalen Pfad vom Oberlandwai hinab, der zu einem der Stadttore von Krühll führte, der Stadt, in der sich die Wege des Schicksals kreuzen sollten, wie sein Vater S'yron Corvin vom Aern nach den Worten von Ishdabell behauptet hatte.

Wir werden sehen, dachte Lay und grinste grimmig, als er daran dachte, dass Korgh das immer gesagt hatte. *Wir werden schon sehen.*

DER STERNENLESER

Broll zügelte sein schweißnasses Pferd auf der Kuppe der letzten Geröllklippe und nahm die Szenerie vor sich auf.

Rechts und links erstreckte sich, so weit das Auge in dem feuchten Dunst reichte, der Graben, ein gewaltiger Einschnitt im Fels, zehn mal hundert Schritt breit und mehr als vierhundert Mannslängen tief. Seinen Ursprung verdankte er dem Isvir, einem reißenden Strom, der sich, gespeist vom Schmelzwasser des Weißen Spiegels, seit Äonen in Richtung Belphors Schlaf durch den Stein bis zum Nordermeer grub. Unterhalb der unüberwindlichen Felsflanken hatte sich der Fluss verbreitert und eine Höhlung ausgeschnitten. Jeder, der den Mut aufbrachte, sich über den Rand der scharfkantigen Klippen zu beugen, glaubte tief unten in der Dunkelheit nur kochendes Wasser zu erblicken, wenn er überhaupt etwas sah. Der reißende Fluss erzeugte eine schäumende Gischt und einen Dunst, der durch die nach oben schmaler zulaufende Schlucht des Grabens aufstieg und feuchte Nebelschwaden über dem Spalt erzeugte.

Der Graben war nicht nur ein unüberwindliches Hindernis, sondern auch eine natürliche Grenze zwischen Hellanden und der Provinz Ern des Drachenreichs Alghor. Die einzige Möglichkeit, diese Kluft zu überwinden, bot Lokhs Höhe, eine gewaltige Felsbrücke. Sie erstreckte sich in einem kühnen Bogen von einem Klippenrand zum anderen und maß etwa einhundert Schritt in der Breite. Der Untergrund war stark zerklüftet und von Felsen übersät, und hier, auf der Seite von Hellanden, endete Lokhs Höhe in einem wilden, kaum zu überquerenden Geröllfeld. Aus diesem Grund bestand die Brückenwache auf dieser Seite auch nur aus einigen wenigen Nordlingen am Fuß der Brücke und etlichen anderen auf den umliegenden Hügeln, die die Wachfeuer bemannten. Da die Brücke selbst von der Gischt nicht erreicht wurde, sah sie aus, als würde sie über dem Nebel schweben. Eine Armee hätte sie nur im langsamen Schritttempo und Mann für Mann überqueren können, daher hielten es weder die Nordlinge noch die Sturmreiter von Ern für erforderlich, an diesem Ort große Garnisonen zu unterhalten. Sollte eine der beiden Seiten das stillschweigende Abkommen, die Brücke nicht für militärische Aktionen zu nutzen, verletzen, hatte die andere reichlich Zeit, eine genug große Armee zusammenzustellen, um die Invasoren mit blutigen Köpfen nach Hause zu schicken. Der Abstieg von der Brücke führte auf der Seite von Hellanden in einen engen Felskessel, eine tödliche Falle für jede Armee, dessen Ausgang zudem mit einer Hundertmann-Rotte gegen jede Übermacht leicht zu verteidigen war. Und auf der anderen Seite, in Ern, endete sie auf einem Hochplateau, das immer schmaler zulief, bis es am Ende kaum drei Karren nebeneinander Platz bot. Dann senkte es sich zwischen zwei steilen Klippen, den »Wachklippen«, auf der Verteidiger jede Invasionsarmee mit Pfeilen, Steinen und heißem Öl ungefährdet willkommen heißen konnten.

Broll holte tief Luft und schloss kurz die Augen, während Korgh mit den Brückenwachen sprach. Die Nordlinge hatten den Anführer der Hämmer von Ern anfangs argwöhnisch gemustert, aber die Neuigkeit vom Friedensschluss zwischen dem Befehlshaber der Drachenhorde und der Kriegsherrin von Hellanden war offenbar auch bis in diese Gegend gelangt.

»Herr … es sind nur Alte, Frauen und Kinder dort …!«

»Die Befehle des Edlen sind eindeutig, Broll! Jeder Widerstand wird erbarmungslos niedergeschlagen! Niemand widersetzt sich dem Verdikt der Gebieterin

Raisshia! Ryehl von Grünhaag ist rechtmäßiger Edler von Ern, und jeder, der dieses Verdikt anficht, wird mit seinem Blut dafür zahlen ...!«

»Es sind Alte und Weiber, Estrogan! Willst du wirklich gegen ...?«

Die Bilder stiegen ungebeten in Brolls Erinnerung auf.

Die Schreie der Frauen! Das Weinen der Kinder! Das Flehen der Alten! Broll knirschte mit den Zähnen. Er versuchte, die Erinnerungen an jenen schrecklichen Tag zu unterdrücken, aber immer wieder kehrten sie zu ihm zurück. Nacht um Nacht träumte er davon, wenn nicht andere, ebenso unerfreuliche Bilder ihn verfolgten. Bilder von glühenden Fäden, von Knoten, die zu brennen schienen und auf ihn zuschossen. Und dann das Geschrei, das plötzlich von sonderbaren Lauten übertönt wurde, die so zwingend klangen und fast wie ein Lied und doch mit nichts vergleichbar waren, was er je zuvor gehört hatte.

»Das ist ein Befehl, Broll! Und ich erwarte, dass du ihn befolgst!«

Broll erinnerte sich noch sehr gut an die weit aufgerissenen Augen des Hauptmanns der Sturmreiter, an das schreckliche Gurgeln, das aus seiner Kehle drang, an das Blut, das aus seinem Mund quoll, an die Fiederung des Pfeiles, der in seinem Hals steckte. Broll sah noch, wie Estrogan von Istvan mit ungläubigem Blick langsam aus dem Sattel seines Pferdes sackte, direkt vor die Füße des Jungen, eines Knaben von höchstens vierzehn Zyklen, der den Bogen noch in der Hand hielt, mit dem er den Hauptmann der Sturmreiter getötet hatte.

Estrogan hatte befohlen, die Familie des Jungen – Mutter, Schwestern, Brüder – zu töten und zudem alle Bewohner von Krühll, die sich geweigert hatten, dem neuen Herrscher von Ern, Ryehl von Grünhaag, den Treueeid zu schwören. Die Männer hatten sich jenseits des Grabens in Hellanden versteckt. Sie hatten nicht damit gerechnet, dass ihre Gebieterin so weit gehen und die Grenze nach Hellanden überschreiten würde, um nicht nur die Schuldigen zu bestrafen, sondern die Unschuldigen wie Vieh abschlachten, ihre eigenen Untertanen ermorden zu lassen.

Etwas, womit auch Broll nicht gerechnet hatte.

Er hatte den Blick des Knaben erwidert. Der Junge hatte ihn mit ernster Miene angesehen und dann den Bogen sinken lassen. Der Junge hatte etwas sagen wollen, doch da war er krampfhaft zusammengezuckt, hatte die Arme in die Luft geworfen, sodass der Bogen davonflog, und hatte Broll angestarrt, bis der Blick seiner Augen brach. Der Sturmreiter, der den Jungen von hinten durchbohrt hatte, hatte sein Schwert aus dem Rücken des Kindes gerissen und die blutige Waffe zum Himmel gestreckt.

»Für Ryehl! Für Estrogan! Für Broll!«

Bei den letzten Worten hatte er sich umgedreht und den Anführer der kleinen Abteilung Hämmer von Ern, die Broll gerade neu gebildet hatte, angesehen. Die Männer um sie herum, blutrünstig, wie sie waren, hatten den Schlachtruf aufgenommen, und dann hatte das Gemetzel begonnen. Broll hatte dem erst viel zu spät Einhalt gebieten können, die Männer hatten ihm erst wieder gehorcht, als die Straßen längst mit Leichen übersät waren. Noch sehr viel später erst war ihm aufgefallen, dass es bei dem Schlachtruf nicht geheißen hatte: *»Für Ern!«*

Broll öffnete die Augen und starrte auf die Brücke. Seit diesem schrecklichen Ereignis war er nicht mehr in Krühll gewesen. Nicht aus Furcht, sondern weil es sich einfach nicht ergeben hatte.

Wen willst du hier veralbern, du Narr?, fragte eine düstere Stimme in seinem Kopf. *Du hast versucht, vor deinen Erinnerungen davonzulaufen, und das Ergebnis davon ist, dass sie dich unaufhörlich verfolgen. Und jetzt haben sie dich eingeholt. Welch Ironie, wenn es stimmt, was Frahnja gesagt hat …*

Broll brachte es immer noch nicht über sich, die Schamanin der Nordlinge mit dem Wort »Mutter« zu bezeichnen. Was ihn anging, hatte er nie eine Mutter gehabt. Und dass er sie im selben Moment verlor, wo er sie gefunden hatte, passte irgendwie ins Bild.

Und nun kehrte er an den Ort seines schrecklichsten Erlebnisses zurück, um sich nicht nur den Gespenstern der Vergangenheit, sondern auch seiner Geschichte zu stellen. *Erst führe ich einen Feldzug, auf dem ich meine Mutter finde, die daraufhin in meinen Armen stirbt. Und dann begegne ich den Gräueln der Vergangenheit und finde meinen Vater! Wirklich eine rührende Familiengeschichte!*

»Üble Erinnerungen?«

Broll wurde aus seinen Grübeleien gerissen und fuhr zu dem Sprecher herum. »Was …?«

Korgh grinste ihn an und deutete auf die Brücke. »Wir meinen, da drüben, auf der anderen Seite.«

Broll riss sich zusammen. *Was weiß dieser nach Fisch stinkende Barbar schon von meinen Erinnerungen?* »Wie kommst du darauf?«

»Du meinst, abgesehen von deinem bleichen Gesicht und deiner angespannten Haltung?« Der Hüne zuckte mit den Schultern. »Lass uns überlegen … Vielleicht liegt es an deinem wenig schmeichelhaften Spitznamen, der dir schneller vorauseilt als jeder Fahnen schwenkende Herold? Immerhin, den Titel *Schlächter von Krühll* erringt man sicherlich nicht dadurch, dass man schmackhaftes Rayak-Fleisch in saubere Portionen zerteilt, stimmt's?«

»Das ist schon lange her!«, stieß Broll hervor. »Die Leute haben mittlerweile sicherlich andere Untaten erlebt, über die sie gruselige Moritaten singen können!«

Korgh musterte Broll einen Augenblick und zuckte dann mit den Schultern. »Wir wären schon zufrieden, wenn wir ohne viel Aufsehens eine Herberge finden könnten, in der wir eine ordentliche heiße Mahlzeit, einen Krug warmes Bräu und einen Zuber mit heißem Wasser und Waschsand bekämen.« Er nickte. »Ach ja, und frische Kleidung.« Er beugte sich zu Broll hinüber. »Zumindest, was dich betrifft.«

Broll starrte ihn finster an. »Ich kann mir nicht vorstellen, dass du bei diesem Fischgestank überhaupt noch etwas anderes …«

»Für gewöhnlich nicht!«, unterbrach ihn Korgh lachend. »Das ist einer der vielen Vorteile von Fischtran. Er schützt nicht nur die Haut, sondern auch die Nase!« Er hob eine Braue. »Das sollte dir sagen, *wie sehr* du ein Bad und frische Kleidung benötigst. Wir können uns nicht vorstellen, dass dein Vater Lust hat, dich zu empfangen, wenn er dich schon eine Wegstrecke gegen den Wind riecht.«

Und wenn schon, dachte Broll. *Mir ist das egal. Er hat sich mehr als zwanzig Zyklen nicht um mich gekümmert, und wenn er jetzt Anstoß an meinem ein wenig strengen Geruch nimmt, kann das von mir aus auch so bleiben.*

»Wie du meinst«, erwiderte Broll jedoch nur und nahm die Zügel seines Pferdes auf. Dann deutete er mit einem Nicken auf die Brückenwache. »Hast du ihnen gesagt, dass in Kürze eine Abteilung von Hämmern unter Hauptmann Tronn hier vorbeikommt?«

»Haben wir«, erwiderte Korgh. Er drehte sich im Sattel um und blickte über die zerklüftete Felsebene zurück bis zu der dunklen Silhouette des Waldes, durch den sie die letzten zwei Tage geritten waren. »Allerdings glauben wir, dass es noch eine halbe, wenn nicht gar eine ganze Spanne dauern könnte, bis sie hier eintreffen.« Er drehte sich wieder nach vorn und warf Broll einen vielsagenden Blick zu. »Wir sind schnell geritten, aber die Hämmer sind zu Fuß durch dieses unwegsame Gelände unterwegs.« Er grinste. »Schließlich werden sie weder von dem Wunsch angetrieben, ihrer Bestimmung oder ihrer Vergangenheit gegenüberzutreten, noch von der edlen Absicht, ihre Herzdame aus den Händen eines machtgierigen Perversen zu retten.«

»Jolah? Wie kommst du darauf, dass ich …?«

Korgh lachte. »Wir sind vielleicht ein Barbar, aber wir sind nicht blind!« Er deutete auf die Brücke. »Und ob wir nun recht haben oder nicht, die Antworten auf die meisten, wenn nicht sogar all deine Fragen dürfte auf der anderen Seite des Grabens liegen. Also, lass uns den Isvir überqueren und ein bisschen Spaß haben.« Er grinste. »Wir haben so ein Gefühl, dass diese Antworten dir nicht sonderlich gefallen werden und vielleicht sogar Blut fließen wird, bis du sie akzeptierst.« Er warf einen Blick auf seine Axt. »Vielleicht sogar sehr viel Blut.« Er trieb sein Pferd an und ritt zu dem steinigen, zerklüfteten Aufgang zur Brücke.

Broll gab seinem Pferd knurrend die Sporen und folgte dem Nordling. *Aber ganz bestimmt nicht mein Blut,* dachte er. »Vergiss nur nicht, Barbar, dass wir mittlerweile Frieden geschlossen haben. Ich würde ungern einen neuen Krieg anzetteln, nur weil der Vorrat an Fischtran in Krühll zur Neige gegangen ist!«, rief er Korgh nach.

»Keine Sorge!« Korgh klopfte auf die Satteltasche seines Pferdes. »Für diesen Fall haben wir ausreichend vorgesorgt.«

Broll seufzte. *Na großartig,* dachte er. Aber er ahnte, dass der Fischgestank das Letzte sein würde, worum er sich Sorgen machen musste, wenn er erst einmal in Krühll war.

Lay schloss die Zimmertür und trat an die kleine Empore auf dem Treppenabsatz, von wo aus er den Gastraum überblicken konnte. Die Schänke *Zum Schlächter* war am frühen Abend bereits gut besucht. Die meisten Tische im Schankraum waren besetzt, und an dem langen, grob gezimmerten Tresen drängten sich die Durstigen, ihrer einfachen, schmutzigen Kleidung nach zumeist Handwerker und Arbeiter, um sich ihr wohlverdientes Feierabend-Bräu zu genehmigen. Lay zögerte. Er hatte die Blutbraut nicht im Zimmer zurücklassen wollen, aber als er die Gäste musterte, bemerkte er, dass kaum einer von ihnen bewaffnet war. Der Grund waren wohl die beiden bulligen Männer an der Tür, die kurze Keulen bei sich trugen und zudem jeweils ein Messer im Gürtel steckten hatten. Hinter ihnen an der Wand hingen zwei Kurzschwerter griffbereit in ihren Scheiden.

Die beiden Männer musterten jeden Gast beim Eintreten, und obwohl das Tragen von Waffen hier nicht ausdrücklich untersagt war, machten ihre Blicke jedem klar, dass sie zweifellos etwas dagegen hatten, wenn jemand auf die Idee kam, nach seiner Waffe zu greifen.

Lay schob die Blutbraut in ihrem Gurt ein wenig tiefer den Rücken hinunter und zog den Umhang so über das Schwert, dass man es auf den ersten Blick nicht sah, er aber ohne Schwierigkeiten danach greifen konnte. Erneut fiel sein Blick auf seinen Armreif. Seit Omarta hatte der Armreif nicht mehr geglüht, bis er in der Herberge abgestiegen war; da hatten die Runen in dem schwarzen Stein angefangen zu schimmern. Aber dieses Schimmern war nicht stärker geworden, und Lay nahm an, dass Maahr-kut entweder die Verfolgung aufgegeben hatte oder aus irgendeinem Grund Abstand zu ihm hielt.

Zufrieden, dass er keine unmittelbare Gefahr im Schankraum erblickte, wandte sich Lay um und stieg die Treppe hinab. Er war eine Weile in der Stadt umhergeschlendert und hatte sich umgesehen, bevor er sich spontan für diese Herberge entschieden hatte.

Zum Schlächter, dachte er. *Ein wirklich einladender Name.* Offenbar hatte man den Schlächter von Krühll hier noch nicht vergessen, was auch nicht verwunderlich war. Schließlich waren die Gräueltaten auch erst vor drei oder vier Zyklen geschehen. Bei diesem Gedanken erwachte der Hass auf Broll wieder in Lay. Aber im Augenblick war der Mörder von Theija nicht sein Hauptproblem.

Ich frage mich, dachte er, während er die Treppe in den Schankraum hinabstieg, *wie ich meinen Vater hier finden soll.* Seine Mutter Ishdabell hatte ihm zwar den Namen seines Vaters genannt – S'yron Corvin vom Aern –, aber sie hatte ihm nicht sagen können, ob er unter diesem Namen in Krühll lebte und welchem Beruf er nachging, falls er überhaupt einen hatte. Sie wusste nur, dass er ein *Sternenleser* war und ein *Sturmreiter,* ein Nachfahre jener Männer, die angeblich vor Urzeiten die wilden Drachen beherrschten und auf ihnen durch die Lüfte hatten »reiten« können.

Eine nette Geschichte, dachte Lay, der sie aber nicht so recht glauben mochte. *Wenn man diese Kunst beherrscht, wäre das Reisen über Land erheblich angenehmer.* Ishdabell hatte ihm so manches über diese Sturmreiter erzählt. Angeblich hatten sie über magische Fähigkeiten verfügt, die es ihnen ermöglicht hatten, eine Art geistigen Kontakt zu den Drachen herzustellen, und da die Drachen nur nachts bestiegen werden konnten, hatten sie sich bei ihrem Flug an den Sternen orientiert. *Dafür mussten sie natürlich die Sterne lesen können, schon richtig,* dachte Lay und steuerte auf einen der wenigen freien Tische zu.

»Heda, Bürschchen, das ist meiner!«

Lay hatte sich bereits auf den wackligen Hocker vor dem Tisch gesetzt und hob beim Klang der barschen Stimme überrascht den Kopf.

Ein rotgesichtiger Kerl in einer schmutzigen Uniform starrte ihn böse an. Er hatte zwei Humpen mit Bräu in den Händen und kam auf Lay zu, wobei das Getränk über den Rand der Holzkrüge schwappte.

»Ich sehe nirgendwo ein Schild, auf dem das geschrieben steht.« *Bleib friedlich,* ermahnte sich Lay. *Du hast gebadet und geruht, und es gibt keinen Grund, Streit zu suchen, ehe du auch nur einen Bissen gegessen hast.* Er deutete auf den anderen Hocker am Tisch. »Aber ich sehe hier noch einen Platz. Du bist herzlich eingeladen, dich zu mir zu setzen …«

»Hast du nicht gehört, was Eldewin gesagt hat, Kerl?«

Kerl? Lay biss die Zähne zusammen, als sich ein zweiter Mann näherte. *Immerhin besser als Bürschchen, aber immer noch nicht gut genug.* »Hör zu, ich will nur etwas essen, keinen Streit …«

»Dann haben wir schlechte Nachrichten für dich, Fremder! Entweder du verschwindest von unserem Tisch, oder du bekommst eine größere Portion Ärger, als du verdauen kannst!«

Der zweite Mann hatte Lay erreicht und musterte ihn feindselig. »Was bist du überhaupt für einer? Ein Sandmann? Aber was machst du dann hier oben im grünen Ern, so weit weg von deinem sandigen, trockenen Dreck, hm?«

Lay betrachtete den Mann prüfend. *Schmutzige Kleidung, übergewichtig, schlechte Zähne, unsteter, heimtückischer Blick und offenbar ein Messer im Ärmel. Kein besonders angenehmer Zeitgenosse.* Dass der Mann ihn für einen Sandmann hielt, lag nicht nur an seiner von der Sonne gebräunten Haut, sondern auch an seinem kahlen Schädel, den ihm die Sandläufer mit Tätowierungen verziert hatten, als Zeichen ihres Respekts. Es waren zwar keine Stammesabzeichen, aber sie bedeuteten, dass er im Nest Golgor jederzeit willkommen war. Er trug sie mit Stolz und hatte sich dagegen entschieden, sein Haar darüber wachsen zu lassen. Was er nun kurz bedauerte.

Der Uniformierte hatte die beiden Humpen auf den Tisch gestellt, deutete auf die Tätowierungen und lachte. »Was soll das heißen? *Muttis Liebling*? Oder sind das vielleicht Sklavenzeichen?« Er kniff die Augen zusammen. »Hab gehört, dass es dort unten in Belphors Glut noch die gute alte Sklaverei gibt. Vielleicht bist du ja geflohen, Mistkerl, und es ist eine Belohnung auf dich ausgesetzt?«

Lay seufzte und sah schweigend zwischen den beiden Männern hin und her. »Ich sage es euch noch einmal, ich will keinen Streit, und ihr seid herzlich eingeladen …«

»Verschwinde, Mistkerl!«, zischte der zweite Mann und holte mit seinem Fuß aus, um Lay den Hocker unter dem Hintern wegzutreten.

Lay reagierte blitzschnell und sprang auf, wobei er den Hocker mitriss, sodass der Fuß des Mannes nur die Luft traf und die Wucht seines Trittes ihn aus dem Gleichgewicht brachte. Lay brauchte nur noch gegen das Standbein des Mannes zu treten, und er stürzte mit einem wütenden Aufschrei rücklings zu

Boden, wo er mit einem Krachen auf den mit Sand und Streu bedeckten Holzdielen landete.

Der Uniformierte griff nach dem Kurzschwert an seiner Hüfte, aber bevor er die Klinge auch nur einen Fingerbreit herausziehen konnte, hämmerte Lay ihm den Hocker gegen das Ohr. Wie er schon aus der unförmigen Gestalt des Soldaten geschlossen hatte, war er schlaff und nicht gut trainiert. Mit einem überraschten Seufzen brach er neben dem Tisch zusammen.

Lay drehte sich zu dem anderen Schläger herum. Trotz seines dicken Leibes hatte der Mann sich überraschend schnell herumgerollt und war wütend aufgesprungen.

»Du dreckiger Sandfresser!« Er schüttelte den Arm, und Lays Verdacht bestätigte sich, als ein Messer in seiner Hand zum Vorschein kam. Es war ein langes Eisen mit einer angerosteten und schmutzigen Klinge, dessen hinteres Ende mit Bast umwickelt war. »Ich bin gespannt, wie dir *unser* Dreck schmeckt! Denn den wirst du jetzt kosten!«

Lay warf einen kurzen Blick Richtung Tür. Die beiden Türsteher verfolgten die Auseinandersetzung zwar mit Interesse, machten aber keine Anstalten einzugreifen. *Wahrscheinlich, weil es keiner der Einheimischen ist, der hier bedroht wird!* »Sandleute fressen keinen Sand, Dummkopf! Genauso wenig wie Schwachköpfe einen schwachen Kopf haben, sondern einen schwachen Verstand.«

»Was! Du beleidigst mich? Das werde ich mir nicht …«

Lay tat überrascht. »Oh, du fühlst dich angesprochen? Nun, dann bist du natürlich auch gemeint.«

Dem Mann traten vor Wut die Augen aus den Höhlen, als ein paar Gäste lachten. Die anderen hatten sich zu ihnen umgedreht, gaben Kommentare ab oder feuerten den Mann aus Krühll an.

Es ist immer dasselbe, dachte Lay. *Kaum ist ein Fremder in ihrer Stadt, glauben sie, sie könnten sich mit ihm ein billiges Vergnügen erlauben.* Er erinnerte sich noch an die Schlägerei in Erlswerls, wo er und Korgh eine Schänke niedergebrannt und einen Magus aufgelesen hatten. *Auf so einen Magus kann ich allerdings gut verzichten,* dachte Lay, *vor allem, wenn es ein Ghuul ist. Aber Korgh dabeizuhaben wäre wirklich hilfreich.* Allein schon die hünenhafte Gestalt des Nordlings hätte die Leute zweifellos davon abgeschreckt, Streit mit ihm zu suchen. Lay war zwar sehnig und kräftig und ein ausgezeichneter Kämpfer, aber er war dennoch eher zierlich von Gestalt, und nur ein geübtes Auge erkannte den Ringfechter in ihm.

Der Mann schwang das Messer und machte eine Finte. Lay wich ohne Schwierigkeiten aus und überlegte, ob er die Blutbraut ziehen sollte. Erneut warf er einen Blick zur Tür und sah, dass sich die beiden Türsteher in Bewegung gesetzt hatten. Allerdings schienen sie noch nicht in den Kampf eingreifen zu wollen. *Wahrscheinlich tun sie das erst, wenn mein Kontrahent den Kürzeren zieht,* dachte Lay gereizt.

Er hob die Hände und wollte gerade seinen Umhang herunterziehen, um den Griff der Blutbraut freizulegen, als der Messerschwinger erneut einen Ausfall machte. Instinktiv trat Lay einen Schritt zurück und spürte im selben Moment, dass das ein Fehler war.

Der Uniformierte war offensichtlich wieder zu sich gekommen und hatte sich hinter ihn gerollt. Als Lay nach hinten trat, umklammerte er seine Waden und brachte Lay zu Fall.

Lay schlug krachend auf dem Boden auf. Er lag auf dem Rücken, auf seiner Blutbraut, und er konnte sich nicht herumrollen, weil die beiden Türsteher genau in diesem Moment in den Kampf eingriffen und jeweils einen Fuß auf Lays Handgelenke stellten.

»Jetzt kriegst du mächtig Ärger, Sandmann!«, knurrte der eine von ihnen. Er hatte drei große Zahnlücken, und eines seiner Augen war von einem milchigen Schleier überzogen. »Unverschämtheiten schätzen wir hier im *Schlächter* überhaupt nicht!«

Unverschämtheiten?, dachte Lay. *Musst du gerade sagen!*

»Allerdings nicht«, mischte sich der andere ein und spuckte verächtlich aus. Lay schloss die Augen, als etwas davon auf seiner Wange landete. »Der letzte Schlächter, der hier in Krühll unser Blut vergossen hat, läuft nämlich heute noch vor uns davon! Und du kannst dich gleich auf seine Fährte setzen!« Er lachte bösartig. »Aber vorher verpassen wir dir noch einen kleinen Denkzettel!«

»Ich will nichts weiter, als etwas essen«, knurrte Lay, der keinerlei Angst verspürte. »Und ich habe sowohl mein Zimmer als auch mein Bad und das Mahl im Voraus bezahlt. Also …«

»Das war wohl kein besonders gutes Geschäft für dich!«, knurrte der Messerschwinger und beugte sich vor. »Aber ich kann dir gern ein bisschen Eisen als Entschädigung in deinen dreckigen Wanst rammen!« Er holte mit dem Messer aus.

Ein Lufthauch streifte Lay, und er runzelte die Stirn, als er den unverkennbaren Geruch von Fischtran wahrnahm. *Reiben sich hier denn wirklich alle mit diesem widerlichen Zeug ein?*

Ein Knall ertönte, wie von einer Bogensehne, die auf Holz traf. Im selben Moment pfiff etwas durch die Luft und grub sich mit einem dumpfen Schmatzen in den Arm des Messerschwingers. Der Mann brüllte auf, und seine Waffe flog durch den Schankraum.

Die beiden Türsteher fuhren herum, genauso wie der Uniformierte, der mittlerweile aufgestanden war. Im nächsten Moment nahm er unwillkürlich Haltung an, und seine Kinnlade klappte herunter. »Der Schläch…! Der Anführer der … Der Feldkommandeur … Ser!«, stammelte er.

Lay starrte ungläubig auf die beiden Gestalten, die sich unauffällig durch den Schankraum an die Traube von Menschen herangeschoben hatten, die sich um Lay und seine Widersacher scharte. Offenbar hatten sie es für nötig befunden, in den Kampf einzugreifen, als er unfair wurde. Aber Lay verspürte weder Dankbarkeit noch Erleichterung. Sein Blick bohrte sich in die grünen Augen des Mannes in der schmutzigen und von einer längeren Reise recht mitgenommenen Uniform.

»Es dürfte schwerlich nötig sein, den jungen Mann auf meine Fährte zu setzen, bevor er etwas im Magen hat«, erklärte Broll und spannte in Seelenruhe seinen Handbogen neu. Er legte einen frischen Bolzen ein und richtete die Waffe auf einen der Türsteher, der gerade Anstalten machte, seinen Dolch zu zücken. »Ich betone immer, wie äußerst unangenehm es für mich ist, diese kleinen Schätzchen aus den zermatschten Hirnen irgendwelcher Schwachköpfe herauszupulen, aber bedauerlicherweise scheint es bei Schwachköpfen so zu sein, dass sie nicht in der Lage sind zuzuhören.« Er legte den Kopf schief. »Gehörst du auch zu dieser Sorte?«

Der Schläger öffnete und schloss mehrmals den Mund und schüttelte schließlich hastig den Kopf. Er schien etwas zu flüstern, aber das ging in dem lauten Geschrei des verhinderten Messerhelden unter.

»Er hat auf mich geschossen! Verflucht, dieses Schwein hat auf mich geschossen!« Er ignorierte die vorsichtigen Versuche seines Kumpanen, des Uniformierten, ihn zu beschwichtigen. »Das lasse ich mir nicht gefallen! Holt den Stadtvogt, verflucht! Solche Waffen darf es gar nicht geben! Und auf jeden Fall sind sie hier verboten! Aua, verflucht, das brennt vielleicht!«

Broll seufzte auf. Er hatte nur Augen für den Türsteher. »Ausgezeichnet. Dann habe ich eine weitere Aufgabe für dich: Zieh bitte den Bolzen aus dem Arm dieses Dummkopfs und gib ihn mir.« Er wedelte kurz mit dem Handbogen. »Sofort, wenn du so freundlich wärst.«

Der Mann warf seinem Kumpan einen Blick zu, während er auf den Verletzten zutrat. Doch der machte keine Anstalten, ihm zu Hilfe zu kommen, und er hätte es auch nicht gekonnt, selbst wenn er gewollt hätte. Er wimmerte leise, während seine Füße eine Handbreit über dem Boden baumelten, da sich die

Hand des zweiten Neuankömmlings um seine Kehle geschlossen hatte. Der Türsteher riss verblüfft die Augen auf. Ein Nordling! Und der Kerl grinste auch noch über beide Backen, als würde es ihm keinerlei Mühe bereiten, den Mann am ausgestreckten Arm zu halten.

Als Broll auf ihn zutrat, zuckte er zusammen und bückte sich hastig, um den Verletzten festzuhalten.

»Lass mich los, du Narr!« Der Mann stieß ihn mit seiner gesunden Hand wütend zur Seite. »Ich sagte, holt den Stadtvogt! Das hier ist der verdammte Schlächter von Krühll, und er wird von einem verfluchten Nordling begleitet! Die Kerle gehören ins Hellführ! Sie haben Krieg gegen uns geführt, verdammt! Ich werde nicht zulassen …!«

Ein dumpfer Schlag, und mit einem Seufzen verstummte der Verletzte.

»Jetzt müsste es besser gehen!«, erklärte Korgh, ließ seine zweischneidige Streitaxt in der Faust herumwirbeln und schob sie dann wieder in die Schlinge auf seinem Rücken. Dabei starrte er den zweiten Türsteher an. »Oder meinst du nicht?«

»Do… doch …!«, stammelte der Mann.

Korgh lächelte und verbeugte sich leicht. »Stets zu Diensten.«

Der andere Türsteher, dem er immer noch die Kehle zudrückte, gurgelte. Sein Gesicht war so rot angelaufen wie ein gekochtes Kraak-Filet.

»Wolltest du etwas sagen?«, erkundigte sich Korgh liebenswürdig.

Der Mann krächzte etwas, das entfernt nach »Luft« klang.

Korgh schnüffelte und nickte dann. »Stimmt, jetzt riechen wir es auch. Du stinkst.« Sein Blick glitt an dem Mann hinab zu seiner durchnässten Hose. »Ah, wir verstehen.« Dann schleuderte er den Mann durch den Schankraum. »Wir würden vorschlagen, du gehst nach Hause und ziehst dich um, bevor du wieder herkommst!«

Mittlerweile hatte der andere Türsteher dem bewusstlosen Messerstecher den Bolzen aus dem Arm gezogen und reichte ihn zitternd Broll. Der hob hochmütig eine Braue. »Er ist ja noch blutig.«

Der Mann starrte ihn einen Moment lang entsetzt an, dann nickte er erneut und wischte den Bolzen an seinem ohnehin nicht sonderlich sauberen Hemd ab, wo dunkelrote Streifen zurückblieben. Erneut hielt er Broll den Bolzen hin, der ihn kurz inspizierte und ihn dann entgegennahm.

»Ich muss schon sagen, von Reinlichkeit haltet ihr hier wohl nicht ...«

Im nächsten Moment schoss ein dunkler Schatten auf ihn zu, und bevor er reagieren konnte, rammte ein Körper gegen ihn und riss ihn um. Korgh trat hastig zur Seite, als die beiden ineinander verkeilten Männer an ihm vorbeisegelten und auf einen Tisch krachten.

»Macht Platz!«, verlangte Korgh und breitete die Arme aus. »Das hier ist eine Familienangelegenheit, bei der es eine alte Rechnung zu begleichen gilt. Wer sich einmischt, bekommt es mit uns tun.« Er tippte an seine Streitaxt und grinste, aber die anderen Gäste hatten nicht die geringste Lust hatten, sich in diesen Kampf einzumischen, der da vor ihnen losbrach.

Undankbarer Idiot!, dachte Broll und stöhnte, als er mit dem Rücken auf dem Tisch aufschlug und Lay einen ausgesprochen schmerzhaften Schlag in seine Nieren landete. *Ich habe dir dein verfluchtes Leben gerettet! Jedenfalls mehr oder weniger.*

Ich bring dich um, du Mörder! Diesmal entkommst du mir nicht! Lay konzentrierte sich und hörte augenblicklich das vertraute Summen in seinem Hinterkopf.

TodTodTod trägerdesMals zweievomBlut Tonnvor Zögernit zaudernit Draakenbrut Zweievomblut trägerdesMals TodTodTod

Die Welt wurde langsamer, immer langsamer, und Brolls Gestalt veränderte sich, begann zu leuchten, zu glühen. Goldene Fäden tanzten vor Lays Augen und verschlangen sich zu einem gewaltigen Knoten direkt vor ihm. Aber als er versuchte, die Fäden zu wirken, danach zu greifen, den Knoten zu packen und ihn zu lösen, schien er um seine Hände herumzufließen, sich seinen Griffen zu entziehen, war immer woanders, wenn Lay ihn zu packen versuchte.

Was geht hier vor?, dachte Broll verwirrt, als die Stimmen in seinem Kopf zu einem Tosen anschwollen.

tötetötetöte TrägerdesMals zweievomBlut BlutundWasser Tonnvor zaudernit TrägerdesMals tötetötetöte TodTodTod

Er *sah* den Schlag kommen, zuckte zur Seite und rammte dem verdammten Ringfechter seinen Ellbogen gegen die Schläfe. Das heißt, er wollte ihm den Ellbogen gegen die Schläfe rammen, aber Lay – *Bluthand Lay, so nennt man ihn doch* – wich dem Schlag unglaublich schnell und geschickt aus, verdrehte und bog seinen Körper, sodass Brolls Ellbogen haarscharf über seinen kahlen Schädel hinwegstrich.

Broll agierte, ohne nachzudenken, ließ sich von seinen Instinkten leiten, tanzte den Kampf mit den Fäden, wusste, dass sein Widersacher das Knie anzog, um es ihm in die Weichteile zu rammen, und verdrehte die Hüfte, glitt gerade noch an dem Knie vorbei, während er gleichzeitig einen absolut unausweichlichen Schlag gegen den Hals des Ringfechters führte. Der aber wich Brolls Hieb erneut mit unvorstellbarer Geschicklichkeit aus, so als wüsste er genau, wohin der Schlag zielte, obwohl er ihn unmöglich hatte kommen sehen können.

So geht das nicht weiter, dachte Broll, während er unter dem tosenden Geschrei der Stimmen …

TodTodTod trägerdesMals zweievomBlut TÖTETÖTE todtodtod

… einem Fausthieb auswich, von dem er *wusste,* dass er gegen die weiche Stelle unter seinem Brustbein geführt wurde und der ihm den Atem geraubt hätte, hätte er ihn getroffen. Mit der anderen Hand tastete er nach dem Dolch in seinem Gürtel. *Ich muss dem Kampf ein Ende bereiten, sonst …*

TodTodTod TrägerdesMals zweievomBlut TodTodTod zaudernit

Verdammt!, dachte Lay, während er im letzten Moment den Kopf wegdrehte, als Broll mit seinem ausgestreckten Finger auf seine Augen zielte. *Wieso kann dieser Kerl so hervorragend kämpfen? Es ist fast so, als wüsste er genau, wohin ich schlage! Ich muss dem Kampf ein Ende machen, und zwar sofort!* Er stieß Broll zurück und griff gleichzeitig mit der freien Hand nach der Blutbraut auf seinem Rücken.

Seltsam, dachte er. *Normalerweise hätte sie längst vor Freude über das bevorstehende Blutvergießen jubilieren müssen, aber sie hat keinen einzigen Mucks von sich gegeben. Ich verstehe das nicht …*

Er sah, wie Broll nach seinem Dolch tastete und ihn dabei wütend und zugleich verwundert anstarrte – *Offenbar geht es ihm genauso wie mir*, schoss es Lay durch den Kopf –, aber bevor sich seine Hand um den Griff der Blutbraut schließen konnte, schwollen die Stimmen in seinem Kopf plötzlich zu einem bisher nie erreichten Crescendo an, und er stieß einen Schrei aus, während er spürte, wie ihm etwas Warmes aus den Ohren lief.

Er sah, wie Broll ebenfalls den Mund aufriss. Blut lief ihm aus der Nase.

Draakenbrut Draakenmacht draakenWille draakenherrschaft tonnvor zaudernit Zögernit Weilenit tötetötettöte TrägerdesMals zweievomBlut Tidendränget Schleiererklinget tötetötetöte Draakenbrut gehorcht draakenmacht TodTodTod

Einen Moment lang war Lay schwindelig, aber er hütete sich, die Augen zu schließen. Er sah, dass Broll ebenfalls Mühe hatte, sich auf den Beinen zu halten.

Dann packte eine kräftige Hand sein Handgelenk.

»Scheißidee, Jungchen.«

Ich muss ihn erledigen! Auf der Stelle! Broll starrte sein Gegenüber an, während er um sein Gleichgewicht kämpfen musste. Seine Hand tastete immer noch nach dem Dolch, aber er fand ihn nicht. Irgendwie hatte er völlig die Orientierung verloren. Die Stimmen waren so laut wie nie zuvor, und er schmeckte Blut auf seinen Lippen, spürte etwas Warmes aus seinen Ohren rinnen, aber er tastete nicht dorthin, um sich davon zu überzeugen, ob es tatsächlich Blut war, wie er vermutete.

Diese verfluchten Stimmen hätten mir fast den Schädel platzen lassen!, dachte er. *Was, bei Belphors Arsch, war das? Ah, da ist er ja!* Er grinste triumphierend, als er den Griff des Dolches ertastete.

Dann sah er, wie Lay seinen Umhang herunterriss und auf einmal der Griff seines Schwertes hinter seiner Schulter auftauchte. *Ein Drache als Griff*, dachte Broll, *sonderbar.* Und er dachte an eine andere sonderbare Waffe, eine zweischneidige Streitaxt. *Wo ist Korgh überhaupt?*

Als Antwort legte sich eine kräftige Faust um seine Hand, mit der er den Dolch gepackt hatte.

»Scheißidee, Jungchen!«

Broll sah, dass Korgh zwischen sie getreten war und gleichzeitig seine – Brolls – Hand und die von Lay gepackt hatte, mit der dieser sein Schwert hatte ziehen wollen.

»Korgh, bei Belphors gespaltenem Schwanz! Lass mich los!«, schrie Lay wutentbrannt. »Ich werde diesen Kerl umbringen, wie ich es geschworen habe!«

»Verflucht, Nordling!«, stieß Broll hervor. »Lass sofort meine Hand los! Du glaubst doch wohl nicht, dass ich mich von diesem grünen Jungen angreifen lasse, nur weil der sich nicht mit seinem verdammten Schicksal abfinden kann!«

»Haltet die Klappe, alle beide«, knurrte Korgh. »Das Tragen von Waffen mag in Krühll erlaubt sein, aber der Gebrauch in einer Schänke wurde vom Stadtvogt strengstens untersagt. Ich glaube kaum, dass es euch gefallen würde, wenn er euch beide in den Büßerturm werfen lässt!«

»Der Stadtvogt interessiert mich einen Scheißdreck!«, zischte Broll. »Ich werde diesen verdammten Bluthand Lay ein für alle Mal ...!«

»Was der Stadtvogt sagt, ist mir völlig egal!«, fauchte Lay gleichzeitig. »Der Schlächter von Krühll wird hier und heute für seine Untaten bezahlen, so wahr ich ...«

Korgh schüttelte den Kopf und hielt die beiden Streithähne weiter mit eisernem Griff fest. Dann wandte er sich der Tür zu, wobei er sowohl Broll als auch Lay recht unsanft hinter sich herzerrte.

»Hier sind sie, Corvin, Stadtvogt!«, knurrte Korgh mit einem grimmigen Grinsen. »Wir müssen wirklich sagen, wir hatten schon einfachere Welpen zu hüten!«

»Und wer bist du, Nordling?« Die Stimme klang ruhig, klar und beherrscht.

Corvin? Lay runzelte verwirrt die Stirn. *Stadtvogt?* Er betrachtete den Mann mit dem graumelierten Ziegenbart, der, flankiert von zwei Stadtbütteln, in der Tür der Schänke stand. *Corvin? Wie in ...?* Er riss die Augen auf, während ihn der Mann in der Tür streng, aber nicht unfreundlich musterte.

»Wir sind Korgh.«

Wer, verflucht, hat denn den Stadtvogt benachrichtigt? Broll besah sich den Mann in der Tür mit mürrischem Blick, bevor er Korgh ansah. »Was soll das, Schwachkopf? Wie soll ich hier meine Bestimmung und meinen verfluchten Vater finden, wenn ich im Büßerturm sitze?«

»Vater?« Lays Kopf ruckte zu Broll herum. »Bestimmung? Du auch? Was redest du da, Mörder?«

»Du Idiot! Durch deine Unbeherrschtheit landen wir jetzt im Büßerturm, und Jolah ...!« Broll kniff die Augen zusammen. »Ich hatte dir den Auftrag gegeben, auf die Drachenbraut aufzupassen, aber du lässt sie einfach davonlaufen, und jetzt ist sie von diesem perversen Ryehl entführt worden, der sich durch seine Mutter den Thron der Zitadelle der Winde von Ern …«

»Was hast du mit dem Thron von Ern zu schaffen, du Unmensch?«, unterbrach Lay ihn wütend. »Hast du deshalb all diese Morde begangen, um dir den Thron unter den Nagel zu reißen? Da habe ich schlechte Nachrichten für dich! Ich bin nämlich …!«

»Ruhe!«

Der Befehl wurde nicht gebrüllt, aber die Stimme, die ihn äußerte, gebot über so viel Autorität, dass selbst Broll und Lay unvermittelt verstummten. Sie lösten, wenn auch zögernd, den Blick voneinander und richteten ihn auf den Stadtvogt, der mittlerweile ein paar Schritte auf sie zugekommen war und jetzt, nur noch eine Armeslänge entfernt, vor ihnen stand.

Lay spürte, wie seine Kopfhaut kribbelte, als der Mann ihn ansah. Etwas in seinen Augen schien seinen Blick zu bannen, und er schluckte unwillkürlich. *Du bist Bluthand Lay, ein berüchtigter Ringfechter, du hast Belphors Garten durchquert, du musst dich vor nichts und niemandem fürchten und vor niemandem ducken.* Trotzdem fühlte er sich von diesem Mann irgendwie eingeschüchtert.

Stadtvogt Corvin nickte lächelnd, als wäre er mit dem zufrieden, was er gesehen hatte, und richtete den Blick auf Broll.

Der runzelte die Stirn und presste die Lippen aufeinander, aber Corvin machte nicht den Eindruck, als würde ihm der sengende Blick des gefürchteten Schlächters von Krühll etwas ausmachen. *Was will dieser Kerl?*, dachte Broll. *Und wieso sieht er mich so sonderbar an? Fast so, als wollte er in meine Seele blicken! Lächerlich! Was interessiert den verdammten Stadtvogt meine Seele?* Trotzdem beschlich Broll ein merkwürdiges Gefühl, und er sah tatsächlich zu Boden.

»Wie ich sehe, Korgh Nordling, hast du dafür gesorgt, dass keine Waffen gezückt wurden.« Der Blick des Stadtvogts glitt über den Drachenknauf von Lays Schwert zu dem Handbogen an Brolls Gürtel. Er hob die Brauen.

»Wir wurden …«, protestierte der Uniformierte und deutete auf seinen Gefährten, der blutend und immer noch bewusstlos am Boden lag.

Ein kurzer Blick von Korgh brachte den Mann zum Schweigen.

»Ja?« Der Stadtvogt sah zu dem Soldaten hinüber.

»Ein Missverständnis«, stammelte der Mann. »Mein Gefährte hier hat …« Er sah zwischen Corvin, Korgh, Broll und Lay hin und her und schluckte. »Wie gesagt, ein Missverständnis.«

Corvin nickte. »Verstehe.« Er ließ den Blick durch die Schänke schweifen. Die anderen Gäste standen wie erstarrt da und schienen den Atem anzuhalten. »Gut, dann genießt nur weiter euern wohlverdienten Feierabend, ihr braven Leute.«

Er wandte sich wieder Broll und Lay zu. »Da ich nun schon einmal hier bin, möchte ich unsere fremden Gäste gern willkommen heißen.« Er sah nachdrücklich auf Korghs Hände, mit denen er immer noch die Handgelenke der beiden jungen Männer umklammerte. »Wenn der Nordling euch loslässt, werdet ihr mir dann ohne viel Aufheben in meine Diensträume folgen?«

Lay und Broll warfen sich einen kurzen, mürrischen Blick zu und nickten.

Corvin bedeutete seinen beiden Bütteln, vorauszugehen, und gab Korgh ein Zeichen, der daraufhin die beiden Streithähne freiließ.

Broll bedachte Korgh mit einem giftigen Blick und rieb sich das schmerzende Handgelenk. Dann hob er es an die Nase und schnüffelte daran. »Na toll«, zischte er. »Jetzt stinke ich auch nach Fischtran.«

Lay funkelte Korgh ebenfalls böse an, wandte sich dann aber an Corvin. »Da wir nichts Unrechtes getan haben und sich niemand über uns beschwert, frage ich mich allerdings, warum wir

Euch in Eure Diensträume folgen sollen und was es da zu besprechen geben könnte.«

»Allerdings«, knurrte Broll gereizt, ohne Lay anzusehen. »Ich habe Wichtigeres zu tun, als mich mit diesem selbstgerechten Ringfechter an einen Tisch zu setzen und über Belanglosigkeiten …«

Mittlerweile waren sie auf die Straße hinausgetreten; Corvin ging voraus, Korgh bildete die Nachhut. Bei Brolls Worten fuhr Corvin unvermittelt zu den beiden jungen Männern herum.

»Es geht hier nicht um Belanglosigkeiten, Broll vom Aern!«, fauchte der Stadtvogt. »Und was wir zu besprechen haben, Lay vom Aern, ist für dich genauso wichtig wie für deinen Bruder! Ihr seid hier …«

»Bruder?« Lay lachte verächtlich. »Dieser Mörder mag alles Mögliche sein, aber ganz bestimmt ist er nicht mit mir verwandt! Das hätte meine Mutter mir …!«

»Was faselst du da, Stadtvogt?«, stieß Broll gleichzeitig hervor. »Ich heiße Broll und komme aus Ern. Und ich bin nur hier, weil ich meiner sterbenden Mutter versprochen …«

»… um etwas über eure Bestimmung zu erfahren! Und die Zeit arbeitet gegen uns.« Corvin blickte kurz zum Firmament hinauf. Mittlerweile war es dunkel geworden, und die Himmelssterne funkelten. »Genau genommen ist sie fast abgelaufen, und ich habe euch noch so viel zu erklären.« Er wandte sich wieder zu den beiden jungen Männern um und sah Broll an. Trauer zuckte über sein Gesicht. »Frahnja ist tot?« Er senkte einen Moment den Kopf. »Belphor sei ihrer Seele gnädig! Du wirst mir alles darüber erzählen, sobald wir besprochen haben, was für euch von größter Wichtigkeit ist. Die Zeit dafür reicht ohnehin kaum. Also hört endlich auf, euch wie die Narren zu benehmen, die ihr offenbar seid, und folgt mir, damit wir endlich anfangen können.«

»Wer bist du?«, knurrte Broll.

»Wie heißt du?«, fragte Lay gleichzeitig.

»Ah, die heißblütige Torheit der Jugend!«, meinte Korgh grinsend.

»Mein Name in Krühll lautet Corvin, und ich bin hier Stadtvogt.« Der Mann hatte sich wieder in Bewegung gesetzt und vergewisserte sich mit einem Blick über die Schulter, dass die beiden jungen Männer und der Nordling ihm folgten. Sein Blick streifte Lay und Broll, und er lächelte kurz. »Mein voller Name lautet S'yron Corvin vom Aern. Ich bin der rechtmäßige Edle von Ern und halte mich seit meiner Vertreibung durch Raisshia Daam Grünhaag hier versteckt. Sozusagen direkt vor ihrer Nase.«

Er blieb wieder stehen und betrachtete die beiden jungen Männer genauer. Dann wurde sein Blick weicher und sein Lächeln ein wenig sehnsüchtig.

»Wenn euch der Name zu lang ist, könnt ihr auch einfach Vater zu mir sagen.«

»Das heißt also, wenn ich dich richtig verstehe, dass unsere Bestimmung darin besteht, die Welt zu retten, indem wir ein verfluchtes Lied singen, dessen Text wir nicht einmal aussprechen können?« Broll schüttelte ungläubig den Kopf. »Ich kann außerdem nicht singen, und die Welt interessiert mich nicht. Das Einzige, was mich interessiert, ist …«

»Wehrlose Leute umzubringen?«, warf Lay mürrisch ein. »Aber immerhin hast du verstanden, was er gesagt hat.« Er schüttelte den Kopf. »Bruder.« Wieder ein Kopfschütteln. »Das Schicksal hätte mich nicht schlimmer treffen können, als mir ausgerechnet einen gewissenlosen Mörder zum Bruder zu geben!«

»Wenn ich die Wahl gehabt hätte, wäre mir ein richtiger Mann als Bruder auch lieber gewesen statt so einem Jammerlappen, der …«

»Haltet den Mund, alle beide!« S'yron schlug mit der Faust auf den Kartentisch, dass es knallte. Sie waren in sein Haus gegangen und bis zum Dachboden hinaufgestiegen, in der das Sternenauge stand, eine sonderbare Apparatur, die Corvin ersonnen hatte, um den Stand der Sterne und den Gang der Sonnen zu beobachten. Etwas, das, wie er behauptete, unmittelbar mit der Bestimmung in Zusammenhang stand, die den Trägern des Mals – also seinen Söhnen – in den Prophezeiungen vorhergesagt war. »In *allen* Prophezeiungen«, hatte Corvin betont. »Nur leider sind die Auguren, Magi und Drachenpriesterinnen zu verbohrt, um den Zusammenhang zu erkennen.« Er schüttelte den Kopf. »Vor allem bei Ersteren wundert mich das. Schließlich haben sie die Lösung des Rätsels sozusagen vor der Brust.«

Lay verstand so gut wie kein Wort, und Broll erging es nicht besser, jedenfalls seiner Miene nach zu urteilen. Was aber auch nicht weiter verwunderlich war.

Immerhin haben wir gerade erst erfahren, wer unser Vater ist, und vor allem, dass es ein »wir« gibt. Lay sah Broll verstohlen an, und er kniff die Augen zusammen, als er merkte, dass sein »Bruder« ihn mit derselben Verwirrung und Abneigung betrachtete.

»Was meinst du damit?«, fragte Lay ihren Vater. »Wieso ausgerechnet die Auguren?«

»Das erkläre ich euch gleich«, versprach S'yron. »Und dann werdet ihr begreifen …«

»Ich verstehe immer noch nicht, was es mit dieser verfluchten Bestimmung auf sich hat … *Vater.*« Broll sprach das letzte Wort mit unüberhörbarer Geringschätzung aus. »Verzeih«, entschuldigte er sich dann scheinheilig, »ich habe gerade erst erfahren, dass es tatsächlich einen Vater gibt, der mich gezeugt hat …«

»Das ist wirklich ziemlich überraschend«, warf Lay ein. »Ich hätte gewettet, ein blutrünstiger Dämon hätte dich im Vorbeigehen ausgesch…«

»Lass bloß die Dämonen aus dem Spiel, Jungchen!«, knurrte Korgh böse, was ihm einen scharfen Blick sowohl von Lay als auch von Broll eintrug.

»... auch wenn sich dieser Vater einen Scheißdreck um mich gekümmert hat ...«

»Und um mich genauso wenig, wenn ich das anmerken darf«, erklärte Lay. »Und ich muss zugeben, auch wenn ich sonst nichts mit diesem Mörder gemein haben will«, er sah S'yron wieder an, »auch ich verstehe nicht, wieso diese Bestimmung etwas mit dem Stand der Sonnen ...«

»Wie schön, dass du endlich einmal zugibst, etwas nicht zu verstehen!«, schnauzte Broll. »Aber im Moment geht es nicht um dich, sondern ...«

»Ach was?« Lay knirschte mit den Zähnen. »Es geht um den Herrn Schlächter, ja?« Er sah Broll finster an. »Juckt es dich wieder in den Fingern, ein paar unschuldige, hilflose Frauen und ...«

»Schwachkopf!« Broll sprang. »Du hast *überhaupt nichts* verstanden! Du suhlst dich in Selbstmitleid und jammerst wie ein altes Waschweib, anstatt dich endlich mit den Tatsachen des Lebens abzu...«

Lay war ebenfalls aufgesprungen. »Tatsachen nennst du das, ja?« Er fuchtelte mit den Händen in der Luft herum. »Wenn du ein Monasterium überfällst und hilflose Frauen abschlachtest, nennst du das *Tatsachen des Lebens*, ach so. Das ist der reine Wahnsinn! Wie kannst du ...«

»Ich sagte schon, dass ich keine Wahl hatte. Ich hatte nur den Befehl, die Hämmer anzuführen. Der Augur, der uns begleitet hat ...«

»Natürlich, schuld war ein anderer, na klar, das wird Theija und all die Unschuldigen bestimmt sehr trösten, dass du so gänzlich unschuldig ...«

»Hört auf der Stelle auf, ihr beiden!«

Corvins Stimme brachte die beiden Streithähne zum Verstummen. Sie fuhren zu dem Stadtvogt herum, ihrem Vater, der den Streit mit gequälter Miene verfolgt hatte. »Ich sagte doch, dass die Zeit gegen uns läuft.« Er sah zu Korgh hinüber, der zu Lays und auch Brolls Überraschung mit ernster Miene nickte.

Lay presste die Lippen zusammen und wechselte einen kurzen Blick mit seinem ungeliebten Bruder, um sich zu vergewissern, dass auch er bemerkt hatte, dass die Augen des Nordlings rot zu glühen schienen.

»Ich verstehe nicht …«

»Da.« S'yron hob müde die Hand und deutete auf den Armreif an Lays Oberarm. »Sieh selbst.«

Lay gehorchte und stieß keuchend die Luft aus. Der Glyphenstein glühte hell, aber wenigstens gelb und nicht dunkelrot.

»Was bedeutet das?«, wollte Broll wissen.

»Das bedeutet …«

»Der Fürst der Schuppen ist hierher unterwegs!«, erklärte Korgh. »Wir müssen uns beeilen.« Er sah S'yron an. »Du musst dich beeilen. Du kannst nicht hierbleiben. Wenn er dich findet …«

Der Sternenleser und Stadtvogt von Krühll schüttelte den Kopf. »Ich gehe nirgendwohin.« Er deutete auf die Geräte und Apparaturen, die auf dem Dachboden herumstanden. »Das hier ist mein Leben. Meine Bestimmung«, meinte er mit einem traurigen Blick auf seine beiden Söhne. »So wie es die eure ist, die Welt zu retten, wenn die Zeit der Verschmelzung gekommen ist.«

»Du hast uns immer noch nicht gesagt, worum es sich bei dieser verdammten Zeit der Verschmelzung eigentlich handelt!«, schnarrte Broll. »Außerdem gibt es da auch noch die Zeit der Zusammenkunft und dazu drei verschiedene Prophezeiungen, die sich alle widersprechen, so viel habe ich verstanden. Das einzige Gemeinsame an diesen Prophezeiungen ist dieses Symbol der Waage, schön! Aber was hat das mit mir zu tun? Ich bin das

Gerede von meiner sogenannten Bestimmung und der Rettung der Welt leid. Ich will nur …«

»Ich weiß, du willst nichts als deine Drachenbraut und mit ihr glücklich und zufrieden irgendwo leben und kleine Mörder zeugen!«, zischte Lay. »Aber manchmal …«

»Was weißt du davon, was ich …«

»Es hat alles mit euch zu tun, und ihr könnt eurer Bestimmung nicht entkommen«, unterbrach S'yron sie verärgert. »Ebenso wenig wie ich das konnte. Ihr haltet mich gewiss für leichtfertig, weil ich einfach durch die Welt gezogen bin, Kinder gezeugt und mich dann nicht um sie gekümmert habe.« Er schüttelte den Kopf, deutete auf die Apparatur hinter sich und dann auf Lay und Broll und anschließend auf sich. »All das war meine Bestimmung, als Sternenleser und Herrscher von Ern. Dann hat mich Raisshia aus der Zitadelle der Winde vertrieben, und ich bin vor ihren Schergen …«, er warf Korgh einen vielsagenden Blick zu,

»Maahr-kut«, knurrte der Nordling, und S'yron nickte.

»… von denen Maahr-kut der schlimmste und hartnäckigste war, durch die ganze Welt geflüchtet. Dabei habe ich Frahnja kennen gelernt, deine Mutter, Broll. Aber unsere Liebe hatte keine Zukunft. Sie ist …« Seine Miene verdüsterte sich, und er senkte kurz den Kopf, als er daran dachte, dass Frahnja gestorben war. »Sie war eine Tochter Lokhs und durfte keinen Mann haben. Außerdem ist … war die *Gabe* sehr stark in ihr, und sie wusste, dass ich meine Bestimmung erfüllen musste. Sie hat mich weggeschickt, als feststand, dass sie dich empfangen hatte, Broll.« Er zuckte mit den Schultern. »Ich bin weitergeflohen und habe Ishdabell kennen und lieben gelernt, deine Mutter, Lay. Aber mit ihr verhielt es sich genauso. Sie wurde als MaxMagia abgesetzt, nachdem sich zeigte, dass sie ein Kind unter dem Herzen trug, und auch sie hat in den Flammen gesehen, welche Bestimmung auf uns wartet.« Er sah die beiden jungen Männer abwechselnd an, die mittlerweile gebannt seinen Worten lauschten. »Und auch ihr habt bereits einen Teil eurer Bestimmung erfüllt, das habe ich aus den Sternen lesen können. Die Zeit der Versammlung ist bereits verstrichen, und die Versammlung wurde vollzogen.« Er deutete mit dem Daumen auf das Sternenauge und lächelte. »Du, Lay, bist deiner auserwählten Trägerin des Mals bereits vor längerer Zeit begegnet, und das gilt auch für dich, Broll.« Er lächelte. »Die Drachenbraut von Alghor …«

Lay sah überrascht zu seinem Bruder hinüber. »Du und Jolah?« Er kniff die Augen zusammen. »Dann habe ich damals doch richtig gesehen. Ihr habt euch geküsst, bevor du sie zu mir in den Roten Sand heruntergelassen hast.« Er schüttelte den Kopf. »Deshalb hast du mir aufgetragen, auf sie aufzupassen. Du bist in sie …«

»Unsinn!«, knurrte Broll, aber er konnte nicht verhindern, dass er errötete.

»Aber das ist noch nicht alles«, fuhr S'yron fort. »Laut meinen Berechnungen«, er deutete auf die Apparatur und einen dicken Folianten, der auf einem Tisch neben einer brennenden Tranlampe lag, »handelt es sich bei der Zeit der Verschmelzung sehr wahrscheinlich nicht um ein Ereignis, das einem der großen Kulte, seien es die Drachenpriesterinnen, die Auguren oder die Magi, zur Macht verhilft. Ich kann es nicht beweisen, aber ich fürchte, dass die Zeit der Verschmelzung etwas weit Ernsthafteres ist. Und dass sie die ganze Welt betrifft.«

»Die ganze Welt?« Lay sah den Sternenleser fragend an. »Was meinst du mit ›die ganze Welt‹? Es gibt Hellanden, SanFira, Alghor, und dann gibt es noch den undurchdringlichen Weiten Wald und die Steinöde, die bis ans Ende der Welt reicht, und …«

»Es gibt noch etwas dahinter, hab ich recht?« Broll sah den Sternenleser fasziniert an. »Das habe ich immer schon geahnt.« Er schlug Lay mit den Fingern gegen den Oberarm. »Warum sollte diese verfluchte Welt ausgerechnet in der Steinöde aufhören? Oder hinter den Großen Eisern?« Er sah Korgh an. »Bist du schon einmal darüber hinausgesegelt?«

Der Nordling betrachtete den jungen Mann nachdenklich und schüttelte dann den Kopf. »Die Nordlinge hüten sich davor, Belphor herauszufordern.« Aber seine Augen leuchteten rötlich, und sowohl Broll als auch Lay sahen ihm an, dass er ihnen etwas verschwieg.

»Du meinst, dass auch hinter dem Sandmeer in Belphors Feuer mehr als nur das Nichts lauert, wie die Waidi von SanFira behaupten?« Lay erwärmte sich sichtlich für diese Vorstellung.

»Es muss so sein!«, erklärte Broll und sah dann wieder seinen Vater an. »Aber was hat das mit unserer Bestimmung zu tun oder mit der Zeit der Verschmelzung?«

S'yron seufzte. »In den alten Aufzeichnungen ist von einer ungeheuren Plage die Rede, die einst, Äonen, bevor die schriftlichen Aufzeichnungen beginnen, die Welt heimgesucht hat. Damals sollen Drachen mit Feuer und Gift die Welt beherrscht haben, und es gab gewaltige Feuerschlünde, die Rauch und Feuer in die Luft ...«

»Geschichten darüber finden sich im Okkultum und auch im Augural, und ich möchte wetten, dass auch in den geheimen Klaturen der Magi Legenden von dieser Zeit lange vor der Großen Schlacht zu finden sind ...«

»Falls es wirklich Legenden sind«, entgegnete der Sternenleser ernst. »Ich glaube, die Zeit der Verschmelzung bedeutet, dass die Augen Belphors am Himmel in Konjunktion mit dem Auge Lokhs stehen. Und dann ...« Er machte eine Pause und zuckte mit den Schultern. »Was dann passiert, weiß ich nicht genau, aber eins steht fest: Es ist nichts Gutes.« Er sah Lay an. »Das meinte ich, als ich sagte, dass die Auguren die Lösung sozusagen vor der Brust haben. Oder vor der Nase, je nachdem, wie du es siehst. Du kennst doch das Symbol des Ersten Fragenden, die *Augen der Macht?«* Lay nickte, und S'yron sah Broll an, der ebenfalls nickte, aber dabei eine finstere Miene zeigte. »Es sind drei Edelsteine in einem goldenen Ring. Sie symbolisieren …«

»Die Augen Belphors und das Auge Lokhs!«, rief Lay, als er begriff. »Und sie stehen in einer Reihe.«

Der Sternenleser nickte. »Das nennt man in der Sternenkunde eine Konjunktion.«

Broll runzelte die Stirn. »Du meinst, dass diese alten Legenden, die von der Plage erzählen, auf diese Zeit der Verschmelzung anspielen, in der die Augen in einer Reihe stehen, und dass so etwas schon einmal geschehen ist?«

»Und dass dann die Drachen zurückkommen, um die Welt zu beherrschen?«, setzte Lay hinzu. »Und die Welt durch Feuer und Wasser verwüstet wird?«

S'yron nickte. »Und ich glaube, dass es die Aufgabe der Träger des Mals ist, diese Katastrophe abzuwenden.«

»Aber wie sollen wir zwei allein so etwas bewerkstelligen?« Lay sah Broll an. »Vor allem, da wir uns nicht einmal leiden können.«

Broll brummte und sah Lay von der Seite an. »Bluthand … dass ich nicht lache! Nur zählen kannst du nicht!« Er deutete auf S'yron. »Er hat gesagt, dass es vier Träger gibt. Du hast unsere beiden Frauen vergessen.«

»Du meinst Jolah und …?« Lay stockte. *Kalehna.* Plötzlich bekam er ein schlechtes Gewissen. Er hatte kaum noch an die junge Drachenpriesterin gedacht, die er oben am Draakenhorn gerettet und die sich dafür so leidenschaftlich bedankt hatte. *Kann es sein, dass Kalehna die Auserwählte ist, die, die mir bestimmt ist? Und was ist mit Theija und …* Er schluckte, als er an Makira dachte. Aber er kam nicht dazu, sich lange traurigen Gedanken hinzugeben.

»Das stimmt zwar, aber es ist trotzdem nicht ganz richtig«, erklärte S'yron.

»Was meinst du damit?«, fragte Lay.

»Was soll das heißen?«, wollte Broll wissen.

»Nun …« S'yron warf einen kurzen Blick zu Korgh, als wollte er sich die Zustimmung des Nordlings holen. Etwas, das sowohl Lay als auch Broll bemerkten und sonderbar fanden. Sie sahen nicht, ob Korgh eine Reaktion zeigte, und hatten auch keine Gelegenheit, den Sternenleser darauf anzusprechen, denn der sprach weiter. »Um zu verstehen, was ich meine, müsst ihr erst einmal begreifen, was die Prophezeiungen meinen, wenn von den Trägern des Mals die Rede ist. In allen steht von der Heiligen Zwei geschrieben, den Auserwählten, den Trägern des Mals.« Er deutete auf seine Söhne und dann auf seinen Nacken. »Wir alle tragen dieses Mal, auch eure Mütter trugen und tragen es. Aber nur bei euch ist es so deutlich ausgeprägt. Deshalb seid ihr die Auserwählten. Und deshalb habe ich euch mit Frahnja und Ishdabell gezeugt, denn auch sie sind *vom Blut.* Und nur wer diese lückenlose Abstammungslinie aufweisen kann, deren Ursprung noch aus der Zeit vor Beginn unserer Zeitrechnung stammt, kann auch ein Auserwählter sein.« Er seufzte und nahm ein Blatt Papier. Mit einem Kohlestift malte er zwei Kreise darauf, die sich in der Mitte berührten, einen etwas größeren und einen kleineren. »Das ist, grob gezeichnet, euer Mal, das euch auszeichnet. Und es ist auch das Symbol in den Prophezeiungen, das die Heilige Zwei darstellt.« Er sah seine beiden Söhne an. »Was weder die Drachenpriesterinnen noch die Auguren noch die Magi begreifen, obwohl Letztere von vier Trägern des Mals ausgehen, ist Folgendes: Dieses Zeichen zeigt zwar zwei Kreise, eben die Heiligen Zwei, aber wenn man es von einer anderen Perspektive aus betrachtet«, er drehte das Blatt um neunzig Grad, »dann haben wir …«

»Eine Acht«, flüsterte Lay. Ihm fiel wieder ein, was er bei den Sandläufern über ihre Prophezeiung erfahren hatte. Sie war so viel einfacher als das, was er im Okkultum oder im Augural gelesen hatte. Und deckte sich irgendwie mit dem, was S'yron –

Mein Vater! Er warf einen Blick auf Broll. *Unser Vater!* – ihnen gerade erzählte.

»Die Macht der Acht«, murmelte Broll.

»Ganz recht.« S'yron nickte. »Eigentlich ganz einfach, wenn man bedenkt, welch große Rolle die Acht in unserer Welt spielt. Unser Zahlensystem stützt sich darauf, wir messen die Zeit in Sandachten, und die Acht hat noch eine Eigenschaft, die sonst keine Zahl hat, nicht einmal die Null.«

Lay und Broll sahen ihm vollkommen fasziniert zu, wie er mit einem Stift über die beiden Kreise fuhr. Erst zeichnete er den großen Kreis und ging dann, ohne abzusetzen, in den kleinen Kreis über und wieder zurück in den großen Kreis. »Ich könnte unendlich lange so fortfahren«, erklärte der Sternenleser. »Deshalb ist dies auch das Zeichen für Unendlich, und außerdem ist es eine Kreisbahn, bei der sich die beiden Kreise immer wieder an einem Punkt berühren ...«

»Die Zeit der Verschmelzung«, sagte Lay ehrfürchtig.

»Und es gibt acht Träger des Mals«, erklärte Broll.

»Ganz recht, meine Söhne«, sagte S'yron stolz. »Und eure Aufgabe ist es herauszufinden, was es mit den vier übrigen Trägern auf sich hat und wo sie sind. Und das«, er warf einen Blick auf Korgh, »bevor die Zeit der Verschmelzung kommt. Die meinen Berechnungen zufolge in etwa siebzehn bis achtzehn Zyklen eintreten wird.« Er stand auf, ging zu einem kleinen Kabinett, öffnete die Tür und nahm einen ledergebundenen Folianten heraus. »Das hier sind meine Aufzeichnungen. Darin steht alles, was ich weiß und für wichtig halte. Ich vertraue sie euch an. Studiert sie gründlich und zieht eure Schlüsse. Lest die drei Prophezeiungen, beachtet das Symbol der Waage, und ihr werdet – hoffentlich – die vier anderen Träger des Mals finden. Wenn nicht, dann wehe unserer Welt. Zunächst müsst ihr jetzt nach Ern.« Er sah Broll an. »Du, um deine dir bestimmte Frau zu retten, und du ...« Er richtete den Blick auf Lay. »Nun, ich nehme an, auch du wirst ihr dort begegnen.« Er deutete auf die Apparatur. »Falls das Sternenauge mir keinen Streich gespielt hat.« Er lächelte und blickte dann wieder zu Korgh, woraufhin sich seine Miene verfinsterte.

Lay und Broll folgte seinem Blick.

Der Nordling war aufgestanden, und seine Augen leuchteten rot. Dann bemerkte Lay, dass Broll seinen Glyphenstein anstarrte. Er sah ebenfalls hin.

Die Runen glühten tiefrot.

»Dieser Glyphenstein ist auf dich geprägt, mein Sohn«, erklärte S'yron. »Damit kann der Fürst der Schuppen dich immer und überall aufspüren, ganz gleich, wo du dich befindest.« Er trat näher an Lay heran. »Du kannst ihn nicht einfach abnehmen, es sei denn …«

»Tu's nicht, S'yron.«

»Was soll er nicht tun?« Lay sah verblüfft von dem Nordling zu seinem Vater und wieder zurück. »Wovon redet ihr?«

Broll stand mit finsterer Miene daneben. »Ein Glyphenstein ist so etwas wie ein Runenstein, richtig?« Als sein Vater nickte, sah er Lay an. »Frahnja … Meine Mutter hat mir ihre Runensteine gegeben, als sie gestorben ist.« Er zog einen kleinen Beutel aus der Tasche. »Sie meinte, so etwas könnte man nicht einfach weitergeben, es sei denn, man wäre *vom Blut*.« Er schüttelte den Kopf. »Ich habe nicht verstanden, was sie damit meinte.« Er öffnete den Beutel und schüttelte die Runensteine auf den Tisch. Die Knochen schimmerten weißlich, aber die Runen leuchteten dunkelrot. »Oh.« Broll starrte sie verblüfft an.

Korgh knurrte. »Bei dir ist es eine Warnung«, erklärte er an Broll gewandt. Dann sah er Lay an. »Bei dir jedoch ist es mehr als das … Es ist eine Drohung.«

»Dem werde ich jetzt ein Ende setzen!« Bevor einer der anderen reagieren konnte, hatte S'yron den Armreif gepackt und bog den Drachenknochen auseinander. Das hatte Lay selbst immer wieder versucht, seitdem er Omarta verlassen hatte. Vergeblich. Damals, als er mit Korgh als Ringfechter durch Alghor gezogen war, hatte er den Armreif häufig als Pfand abgenommen und bei Bluthändlern abgegeben. Seit Omarta und seiner letzten Begegnung mit Maahr-kut jedoch war der Knochen so hart wie Stein geworden und ließ sich nicht mehr biegen. Verblüfft sah er nun, wie sein Vater ihn ohne Mühe auseinanderbog und ihn von seinem Arm zog. Im nächsten Moment flammten die Runen blendend hell auf, und Lay, Broll und auch Korgh bedeckten rasch die Augen mit den Händen. Als sie wieder etwas erkennen konnten, saß S'yron ruhig vor ihnen auf seinem Stuhl. An seinem Arm leuchteten die Runen des Glyphensteins tiefrot.

»Warum hast du das gemacht, Vater?«, rief Lay.

»Das verstehe ich auch nicht«, erklärte Broll. »Du hast doch gesagt, er könnte ihn nicht einfach abnehmen, ebenso wenig wie man Runensteine weitergeben …« Seine Augen weiteten sich, als er begriff. »Natürlich, du bist ebenfalls einer *vom Blut.* Aber das bedeutet …«

S'yron nickte ernst. »Der Fürst der Schuppen wird dem Glyphenstein folgen und hierherkommen.« Er lächelte. »Auf diese Weise wird er eure Spur verlieren.« Er sah seine beiden Söhne an. »Das ist das Mindeste, was ich für euch tun kann, nachdem ich euch all die Zeit nur aus der Ferne beobachten konnte, wenn überhaupt.« Er sah Broll an und lächelte traurig. Dann deutete er auf den Folianten. »Nehmt meine Aufzeichnungen mit. Ihr werdet sie brauchen.«

»Das ist doch Unsinn, Vater! Wir werden hier warten, bis Maahr-kut auftaucht, und dann …«

»Dann werden wir alle sterben«, erklärte Korgh ernst. »Und wir für unseren Teil sind noch nicht bereit, dem Fürst der Schuppen gegenüberzutreten.« Er legte die Hand auf seine Axt. »Dieses besondere Zusammentreffen heben wir uns lieber für eine günstigere Gelegenheit auf.«

»Aber was wird aus unserem Vater?« Broll runzelte die Stirn. »Auch wenn er sich in den letzten mehr als zwanzig Zyklen nicht gerade besonders fürsorglich mir gegenüber benommen hat, ich habe nicht vor, ihn einfach im Stich zu lassen.« Er griff nach dem Handbogen an seinem Gürtel.

»Ich auch nicht«, erklärte Lay und trat neben seinen Bruder. Die beiden jungen Männer sahen sich einen Moment verblüfft an und zeigten ein zögerndes Lächeln.

»Dieses Ding nützt dir gegen den Fürst der Schuppen nichts!«, erklärte Korgh verächtlich. Er deutete auf die Blutbraut auf Lays Rücken. »Wir bezweifeln sogar ernsthaft, dass du mit ihr etwas gegen deinen ehemaligen Waffenmeister ausrichten kannst.« Er ignorierte den verblüfften Blick, den Broll Lay zuwarf, und drehte sich zu S'yron herum. »Deine Zeit ist gekommen, Sturmreiter.« Er legte eine Faust auf seine Stirn und dann auf seine Brust. »Die von der Brut grüßen und ehren dich. *Möge dein Feuer nie erlöschen.*«

S'yron nickte. »Ich hätte gern noch länger mit euch geplaudert, über Frahnja«, er sah Broll an, »und über Ishdabell«, sein Blick glitt zu Lay, »und über eure …«

»Wir müssen gehen!« Korgh deutete auf den Glyphenstein an S'yrons Arm. Die Runen glühten blutrot. »Sonst ist dein edles Opfer umsonst.«

»Aber …«, protestierte Lay, während Broll den Nordling finster musterte.

»Er hat recht«, sagte S'yron leise und stand auf, um seine Söhne noch einmal zu umarmen. »Ihr müsst gehen, sonst war alles vergebens.« In wenigen Augenblicken hatten sich Lay und Broll angekleidet. Den Folianten verstauten sie in einem Rucksack, den Broll auf den Rücken nahm, weil Lay dort die Blutbraut trug. Ehe sie Korgh aus dem Raum folgten, sahen sie noch einmal zu ihrem Vater zurück. Sie wussten beide, dass sie ihn sehr wahrscheinlich nicht wiedersehen würden. Und es war keine

Zeit mehr, sich besser kennenzulernen oder angemessen voneinander Abschied zu nehmen. Nach diesem letzten Blick auf den alten Sternenleser verließen sie den Dachboden und stiegen die Treppe hinab. Korgh führte sie zu einer Hintertür des Hauses, von wo aus sie auf die rückwärtige Gasse traten. Sie schlichen zu dem Stall, in dem sie ihre Pferde abgestellt hatten. Broll erkundigte sich unterwegs, ob die Runensteine Maahr-kut möglicherweise ebenfalls auf ihre Spur führen könnten, aber Korgh schüttelte den Kopf.

»Er hat den Glyphenstein in der Schlucht der Schmiede auf dich geprägt.« Er sah Lay vielsagend an. »Wir waren dort und haben den Schmied befragt, der das getan hat.«

»Nur befragt?«, fragte Lay skeptisch.

Korgh verzog spöttisch das Gesicht. »In der Schlucht der Schmiede herrschen andere Gesetze, Bluthand Lay. Wie du ja wissen solltest.«

Er blickte zum Himmel, von wo aus Lokhs Auge sein gleichgültiges weißes Licht über die Erde ergoss. »Wir würden vorschlagen, noch heute Nacht nach Ernhaag weiterzureiten.« Er sah Broll amüsiert an. »Ich nehme an, die Drachenbraut erwartet deine Ankunft bereits mit großer Ungeduld.«

Broll presste die Lippen aufeinander und nickte grimmig. »Und ich kann es kaum erwarten, mir Ryehl vorzunehmen!«

Lay und Broll waren ein Stück vorausgegangen, und Korgh bildete die Nachhut. Er hatte sich umgedreht, als der Himmel über Krühll plötzlich von einem blutroten Schein erleuchtet wurde, der im nächsten Moment wieder erlosch. Der Hüne blieb kurz stehen und neigte den Kopf, als wollte er jemandem Respekt zollen. Dann wandte er sich wieder nach vorn und ging rasch weiter, bis er die beiden erreicht hatte. Er lauschte ihrem Gespräch.

»So wie ich das sehe«, sagte Lay gerade, »wird es nicht nur Ryehl sein, mit dem wir es dort zu tun bekommen.« Er bedachte Broll mit einem sarkastischen Blick. »Ich vermute, dort bekommst du mehr als genug Gelegenheit, deinem Namen Ehre zu machen.«

Broll erwiderte den Blick gelassen. »Vergiss nicht, dass ich den gleichen Namen trage wie du, Bluthand.«

»Das vergesse ich schon nicht, Broll«, gab Lay zurück. »Aber daran gewöhnen werde ich mich wohl auch nicht.«

Die beiden sahen nicht, wie der hünenhafte Nordling bei ihrem halb scherzhaften, halb ernsten Geplänkel spöttisch grinste und seine Augen rötlich funkelten. »Wir werden sehen«, murmelte er leise. »Das werden wir sehen.«

DER FÜRST DER SCHUPPEN

Mit geschlossenen Augen lauschte S'yron Corvin vom Aern auf die Geräusche des Hauses. Es war ein altes Haus, und es machte viele Geräusche. Vor allem hier oben auf dem Dachboden, wo sich der Wind in dem offenen Dach fing, was ihn an die Sturmkammer in der Zitadelle der Winde erinnerte. An eine glücklichere Zeit, wo er zusammen mit seiner Gemahlin Espe die Geschicke von Ern geleitet hatte.

Der Sternenleser unterdrückte ein Seufzen. Das war lange her, und er war seitdem einen weiten Weg gegangen. Er hatte seine Bestimmung erfüllt, so gut er es vermochte, und er wusste, dass er sich auf seine Söhne verlassen konnte. Und auf Korgh, diesen von einem Dämonen besessenen Nordling. Er wusste zwar nicht, was genau der Dämon vorhatte und warum er seinen Söhnen half, aber es war sicher gut, dass er es tat. Was auch immer geschah, es war ebenso unausweichlich wie das, was ihm nun bevorstand.

Er strich mit den Fingern über den Glyphenstein, dessen rot glühende Runen die einzige Lichtquelle auf dem Dachboden waren. Die Tranlampe hatte er gelöscht. Er dachte gerade darüber nach, welche Aufgaben er hatte erledigen können und welche unerledigt geblieben waren, als es plötzlich vollkommen still wurde. Obwohl er die Augen geschlossen hatte, drang ein rötlicher Schein durch seine Lider. S'yron musste nicht hinsehen, um zu wissen, dass der Glyphenstein förmlich in Flammen stand. Er tat es trotzdem.

Das Licht der Runen tanzte in sonderbaren Reflexen durch den Dachboden, wurde von der Apparatur zurückgeworfen, zuckte über den Boden, die Wände, die Decke und die kleine gebeugte Gestalt kaum zwei Schritte vor ihm.

»Seid gegrüßt, Fürst der Schuppen!« S'yron konnte ein Zittern in seiner Stimme nicht unterdrücken. »Der, den ihr sucht, ist nicht hier. Ihr müsst mit mir vorlieb nehmen.«

Die Gestalt vor ihm strahlte trotz ihrer geringen Größe und ihrer zierlichen Figur etwas unvorstellbar Fürchterliches aus, als sie sich ihm langsam näherte. Der Gestank nach Kammatnuss war geradezu überwältigend, aber S'yron wusste, dass diese Kreatur nicht wegen der berauschenden Wirkung dieser Frucht so viel davon verzehrte, sondern weil der intensive Geruch einen anderen, viel grauenvolleren und ekelhafteren Geruch überdeckte, jedenfalls größtenteils.

Nicht aber jetzt, wo die Gestalt keinerlei Rücksichten nehmen musste.

Sie streckte langsam die Hand aus und berührte den lodernden Glyphenstein an S'yrons Arm. Dann trat sie zurück und nickte langsam.

»Verstehe«, sagte die Kreatur, die als Mann unter dem Namen Maahr-kut bekannt war. »Verstehe«, wiederholte sie, als ihre Maske fiel. Ihre Stimme war ein lang gezogenes, bösartiges und unendlich wütendes Zischeln. »Deine Kühnheit ist beeindruckend«, fuhr sie fort, und obwohl sich die Gestalt nicht veränderte, schien sie plötzlich den ganzen Raum mit ihrer Präsenz auszufüllen. »Ebenso wie deine Weisheit. Deshalb wirst auch du verstehen, dass ich dein Tun nicht einfach hinnehmen werde. Du hast mich überlistet, das gestehe ich dir zu.« Die Gestalt verzog die Lippen zu einem Lächeln, bei dem selbst Barkaalgraphit zerbröselt wäre. Sie sprach leise, ohne ihre Stimme zu erheben, aber ihre Worte drangen durch jede Faser von S'yrons Körper und schienen seinen Geist zu lähmen.

Er wollte antworten, aber die Gestalt trat zu ihm und legte einen knorrigen Finger an seine Kehle.

»Gib dir keine Mühe«, zischelte sie. »Ich weiß, was du sagen willst, doch es spielt keine Rolle. Außerdem halte ich es für besser, wenn niemand hört, was du der Welt anvertrauen willst, wenn ich dich für deine Kühnheit und Aufsässigkeit bestrafe!« Die Kreatur gab ein heiseres, widerliches Lachen von sich. »Schließlich wollen wir nicht, dass die ganze Stadt von deinem abgrundtiefen und unermesslichen Bedauern erfährt. Aber zuerst will ich zurück, was mir gehört!« Die Gestalt riss dem Sternenleser den Glyphenstein vom Arm.

Die Runen loderten in einem grellen Blutrot auf, das den ganzen Himmel über der Stadt zu färben schien, und erloschen dann.

Die Gestalt verstaute den Armreif in einer Tasche seiner Jacke und beugte sich dann über S'yron. »Und jetzt, Menschlein … leide!«

BLUTGELÜBDE

O weh, mein Rücken! Er fühlt sich an, als wären tausend Dämonen darauf herumgesprungen! Was sag ich, tausend mal tausend Dämonen! Oder vielleicht sogar ein Mähnenelefant.

Jolah stöhnte leise und hütete sich, die Augen zu öffnen, während sie auf den harten, nur notdürftig mit Stroh ausgelegten Planken des Karrens hin- und hergeworfen wurde. *Dieses Schaukeln und Rattern macht mich noch wahnsinnig! So schlimm wie jetzt war es noch nie! Und außerdem ist mir schlecht.* »Kalehna …«, flüsterte sie. »Kalehna?«, wiederholte sie etwas lauter.

»Was ist denn?«

»Mir ist …« Weiter kam sie zunächst nicht, denn sie musste sich übergeben. »… schlecht«, beendete sie den Satz, als es vorbei war. Sie hörte einen lauten Fluch aus einer eindeutig männlichen Kehle.

»Hab ich gemerkt«, erklang eine müde Stimme neben ihr. »Zum Glück hab ich damit gerechnet und deinen Kopf ans Ende des Käfigs gelegt.« Eine Spur von Sarkasmus schlich sich in die Worte der jungen Drachenpriesterin. »Du hast nur einen der Wachsoldaten getroffen, am Bein, wenn ich richtig gesehen habe.«

Jolah öffnete ein Auge und betrachtete die junge Frau, die neben ihr saß und aufmerksam zwischen den Gittern ihres Käfigwagens hindurchblickte. »Was gibt es denn da so Interessantes zu sehen?«, fragte Jolah und stöhnte erneut. »Bei allen Göttern, ist mir schlecht!« Sie öffnete auch das andere Auge. »Ist dir denn nie schlecht?«

»Das habe ich schon hinter mir, danke der Nachfrage.« Kalehna riss sich von der Umgebung los und sah die Drachenbraut an. »Entschuldige, ich wollte nicht so schnippisch sein.« Sie beugte sich vor, tunkte einen nicht sehr sauberen Lappen in einen Eimer mit abgestandenem Wasser und legte ihn Jolah auf die Stirn. »Besser so?«

»Danke, das ist himmlisch.« Sie lachte leise. »Ich hätte mir nie vorgestellt, dass ich einmal dankbar dafür sein würde, dass mir jemand in einem stinkenden, holpernden Gefängniskarren einen schmutzigen nassen Lappen auf die Stirn legt.« Sie fasste Kalehnas Hand und drückte sie leicht. »Ich bin dir wirklich dankbar. Ich weiß nicht, wie ich das ohne dich aushalten sollte.«

Kalehna erwiderte den Blick der Drachenbraut, und dann machte sich auch auf ihrem Gesicht ein Lächeln breit. »Gern geschehen, und danke gleichfalls.« Sie seufzte. »Außerdem bin ich sicher, dass du einen Weg gefunden hättest, dir Ryehl vom Hals zu halten, auch ohne meine Hilfe.« Sie verzog das Gesicht. »Wenn man das überhaupt Hilfe nennen kann.«

Jolah nickte.

Nachdem Kalehna sich ganz instinktiv Ryehl und seinen Männern angeschlossen hatte und seitdem unfreiwillig den Gefangenentransport von Jolah nach Ern begleitete, hatte sie genug Zeit gehabt, ihre Entscheidung zu bedauern. Schon in der ersten Nacht hatte Ryehl versucht, sich dem jungen »Eleven« aufzudrängen, aber Kalehna hatte sich seinen Zudringlichkeiten noch entziehen können. In der zweiten Nacht jedoch hatte Ryehl, nur mit einem seidenen Morgenrock bekleidet, in ihrem Zelt gestanden und sich vor ihr entblößt. Er hatte darauf bestanden, dass sie sich auszog, und damit gedroht, ansonsten die Wachen zu rufen und sie auspeitschen zu lassen. Doch als Kalehna ihre Kutte fallen ließ, hatte Ryehl natürlich gesehen, dass der »Eleve« in Wirklichkeit mehr eine »Elfe« war. Seine Erektion war schlagartig abgeschlafft, und er war schreiend aus dem

Zelt gerannt. »Eine Frau, eine Frau!«, hatte er geschrien. Kalehna hatte es erst nicht glauben wollen, aber sie war sich mittlerweile sicher, dass er genau das gerufen hatte.

Daraufhin waren vier von Ryehls Leibwächtern in ihr Zelt gestürzt, hatten sie ins Freie gezerrt und auf Ryehls Befehl hin zu Jolah in den Gefängniskarren geworfen. Den Rest der bisherigen Reise hatten die beiden Frauen gemeinsam zurückgelegt, wobei sie ständig von Ryehl und seinen Männern gedemütigt wurden.

Immerhin versuchte keiner der Männer, sich ihnen aufzuzwingen. Jedenfalls nicht mehr, nachdem Ryehl den Ersten, der es gewagt hatte, sich Kalehna zu nähern, erbarmungslos ausgepeitscht hatte. Und zwar eigenhändig und ebenso nackt wie sein Opfer.

Kalehna hatte sich fast übergeben müssen, weil sie und Jolah gezwungen waren, dieser Strafaktion beizuwohnen. Es war unübersehbar gewesen, dass es Ryehl viel Spaß gemacht hatte, den Mann blutig zu schlagen. Erst als er vollkommen befriedigt war, hatte er die Peitsche sinken lassen.

Seine Leibwächter hatten ihm derweil den Rücken zugekehrt und mit versteinerten Mienen ins Leere gestarrt.

»Ich hoffe, das ist euch eine Lehre, ihr widerlichen Schlampen!«, hatte Ryehl gekeucht, als er, in seinen seidenen Morgenmantel gekleidet, danach zu ihnen an den Karren getreten war. »Das geschieht mit den armen Männern, die euren dämonischen Reizen verfallen!« Er hatte voller Bosartigkeit gegrinst. »Aber ich werde dafür sorgen, dass eure Reize ein wenig nachlassen.« Er hatte angeordnet, dass sie kein Wasser mehr zum Waschen bekamen und ihre Notdurft im Wagen verrichten mussten. Der Eimer wurde zunächst nur unregelmäßig und je nach Lust und Laune der Wachen geleert. Erst als die Männer merkten, dass die Frauen nur darauf warteten, bis einer von ihnen dicht genug am Karren war, um den Eimer dann umzukippen, aus Versehen natürlich, sorgten sie dafür, dass immer ein leerer Eimer im Karren stand.

Die beiden Frauen waren sich rasch nähergekommen und hatten angefangen, sich gegenseitig ihre Geschichte zu erzählen. Kalehna war ungeheuer erleichtert gewesen, als sie erfuhr, dass nicht Lay der Vater von Jolahs ungeborenem Kind war, sondern Broll, und dass die Drachenbraut den Anführer der Hämmer von Ern leidenschaftlich liebte.

»Ich kann es dir nicht erklären, Kalehna«, hatte Jolah ihr eines Nachts gestanden. »Es hat angefangen, als ich ihn im Klauensaal das erste Mal sah. Er hat mich mit seinen grünen Augen angeblickt, und ich hatte das Gefühl, als würde ein Blitz durch mich hindurchfahren. Und dann, in Baahtt …« Die Drachenbraut war errötet. »Es war recht … intensiv.«

Erst auf Kalehnas Nachfrage hin hatte sie ihr erzählt, wie Broll sie in dieser Gasse vor den drei Räubern gerettet hatte. Kalehna war ziemlich beeindruckt gewesen, aber als Jolah ihr schilderte, wie sie mit Broll geschlafen hatte, musste die junge Drachenpriesterin doch schlucken.

»Das Wort intensiv … trifft es wohl nicht so ganz«, hatte Kalehna gemeint. »Es hört sich fast so an, als wäret ihr wie Tiere übereinander hergefallen. Verzeih mir meine Offenheit, Jolah, aber es klingt wirklich ein bisschen so.«

Jolah nickte, und ein Lächeln huschte über ihr Gesicht. »Ja, nicht wahr?« Sie legte Kalehna eine Hand auf den Arm. »Verstehst du jetzt, warum ich niemals mit Lay etwas hätte anfangen können? Er mag Bluthand Lay sein und im Ring ein furchterregender Kämpfer, und er ist ganz sicher auch sehr ritterlich und nett …« Sie schluckte, als sich das Bild ihres ehemaligen Leibwächters Bragh vor ihre Augen schob. Auch er war ritterlich und nett gewesen, und jetzt war er tot.

»Oh, er ist auch leidenschaftlich und zärtlich und … ziemlich süß«, erwiderte Kalehna und lächelte bei der Erinnerung an ihre Liebesnacht mit Lay. »Und auch recht gut gebaut für seine doch eher zierliche …« Sie errötete und hielt sich eine Hand vor den Mund. »Bei Ganäas Güte, was rede ich da?«

Jolah lachte nur und umarmte sie. »Du bist einfach nur ehrlich, genau wie ich. Und das weiß ich sehr zu schätzen.« Dann betrachtete sie die Drachenpriesterin genauer. »Du bist … Du bist ebenfalls schwanger!«, flüsterte sie dann. »Von ihm? Lay, meine ich?«

Kalehna nickte. Jolah umarmte sie wieder und drückte sie an sich. »Zwei Frauen in denselben Umständen!«, sagte die Drachenbraut dann und zeigte mit einem spöttischen Lachen um sich. »In denselben widrigen Umständen, sollte ich sagen.« Doch dann wurde sie wieder ernst. »Aber Lay ist ein Träger des Mals, das weißt du doch?«

Kalehna nickte.

»Und ich auch.« Jolah schob den Rand ihres Hemdes zurück und zeigte Kalehna das Mal auf ihrem Nacken. »Laut Cassda'ra ist er der Träger, der mir vom Schicksal bestimmt ist, jedenfalls behauptet das die Prophezeiung des Okkultum.« Sie zuckte mit den Schultern. »Aber ich glaube nicht daran.« Ihr Blick richtete sich in die Ferne. »Was ich bei Broll empfunden habe, was ich bei ihm *sah*«, sie überzeugte sich mit einem intensiven Blick davon, dass Kalehna verstand, was sie damit meinte, »war so viel stärker als das, was ich bei Lay empfunden habe.« Sie schüttelte den Kopf. »Cassda'ra muss sich geirrt haben.«

Kalehna überlegte einen Moment. »Oder sie hat dich belogen.«

Die Drachenbraut sah sie verblüfft an. »Warum hätte sie das tun sollen?«

Kalehna zuckte mit den Schultern. »Vielleicht wollten die Drachenpriesterinnen ja eine bestimmte Kombination der Träger des Mals.« Sie zögerte einen Moment. »Mein Vater war außer sich vor Wut, als er erfahren hat, dass ich schwanger bin.

Er wollte unbedingt, dass ich mich mit dem vierten Träger des Mals verband. Und Maahr-kut wollte überhaupt nicht, dass ich ein Kind bekomme.«

»Maahr-kut? Ist das nicht dieser unheimliche Sandmann?«

Kalehna schüttelte sich bei der Erinnerung an diese Kreatur. »Er hat meinen Vater unter Druck gesetzt, um mich zu zwingen, das Kind abzutreiben.« Sie hob die Hand. »Das ist der Grund, warum ich aus dem Refugium geflüchtet bin.«

Jolah hatte sie erstaunt angesehen. »Ein vierter Träger? Das heißt, du bist ...?«

»Ja, auch ich bin eine Trägerin des Mals.« Kalehna schob ihr Wams am Nacken ein Stück nach unten und zeigte Jolah das Mal auf ihrem Rücken, die beiden Kreise, den größeren und den kleineren, die sich berührten. »Das war der Grund, warum Sephist mich in einem geheimen Tempel der Drachenpriesterinnen versteckt und erst geholt hat, als er glaubte, seine Pläne umsetzen zu können.« Sie lächelte. »Aber Lay hat mich gerettet und ...« Sie errötete erneut.

»Du weißt also, wie die Drachenpriesterinnen ihr Gift gewinnen?«

Kalehna nickte. »Ich bin sicher, dass mein Vater mir unendlich dankbar gewesen wäre, hätte ich ihm das verraten.«

Jolah sah sie ernst an. »Aber das hast du nicht getan?«

Kalehna schüttelte den Kopf. »Nein, natürlich nicht.« Sie blickte die andere Frau vielsagend an. »Hätte ich das getan, hätten die Magi für die Ausrottung der Drachenpriesterinnen gesorgt, und sehr wahrscheinlich hätten sie dann auch noch versucht, die Macht im Drachenreich an sich zu reißen und die Auguren ebenfalls zu vernichten.«

Jolah seufzte. »Die Auguren werden jetzt ähnliche Pläne verfolgen. Dass ich den Drachenthron besteige, wird von Tag zu Tag unwahrscheinlicher. Und ich frage mich, was aus Jeul und Akkad geworden ist. Sie haben mich zwar auch nur benutzt, selbst meine Mutter hat das getan, aber ich wage nicht, mir vorzustellen, was dieser machtgierige blinde Seher mit ihnen vorhat, wenn er erst das Geheimnis des Drachengiftes kennt und er die Drachenpriesterinnen und Magi vernichten kann.« Sie seufzte. »Dann gibt es niemanden mehr, der sich ihm in den Weg stellen kann.«

Kalehna wirkte nicht überzeugt. »Ich habe Broll nicht oft getroffen, aber er machte nicht den Eindruck eines Mannes, der sich aufhalten lässt, wenn er wirklich etwas will.« Sie lächelte. »Und das, was du von eurer Begegnung erzählt hast, lässt darauf schließen, dass er dich wirklich will.« Sie lächelte, als sie das Strahlen in Jolahs Augen sah. »Und ich weiß auch nicht viel von Bluthand Lay, aber ich weiß, wie er kämpft. Und er hat dir versprochen, dich zu beschützen. Zudem hat er diesen Hünen an seiner Seite, diesen sonderbaren Nordling. Mein Vater glaubt, dass er von einem Dämonen besessen ist, und nach dem, was ich an diesem schrecklichen Tag im Roten Sand gesehen habe, denke ich das fast auch.«

Jolahs Hoffnung erstarb ebenso rasch, wie sie aufgeflammt war. »Aber es sind nur drei, und sie haben ein ganzes Reich und eine ganze Armee gegen sich.«

Kalehna schüttelte den Kopf. »Broll zumindest hat eine Armee *hinter* sich. Immerhin ist er in Hellanden einmarschiert, und soweit ich gehört habe, sind ihm seine Hämmer treu ergeben.«

»Aber was nützt es uns, wenn sie in Hellanden von Sieg zu Sieg eilen, während wir in Ern im Kerker verrotten?« Jolah biss sich auf die Lippen. »Wenn uns dort nicht noch Schlimmeres widerfährt.«

Kalehna hatte darauf nichts erwidert. Sie wusste, worauf die Drachenbraut anspielte. Ryehl hatte keinen Zweifel daran gelassen, was er mit Jolah vorhatte, sobald sie in Ernhaag waren. Er würde sie vor den Altar schleppen, und Kalehna würde als Brautjungfer fungieren. Sobald er das Treuegelübde mit ihr abgelegt hatte, würde er als Drachenfürst nach Ulcar zurückkehren und den Drachenthron besteigen. Die beiden Frauen konnten sich gut ausmalen, wie ihr Schicksal dann aussehen würde.

Jetzt, im Käfig, legte Kalehna den Lappen weg und stand langsam auf. Die Kette an ihrem Fuß klirrte. Es war vollkommen überflüssig, die Gefangenen in dem vergitterten Karren anzuketten, aus dem sie ohnehin nicht hätten fliehen können. Aber Ryehl hatte seine Freude an diesem Akt der Demütigung.

»Was hast du?«, fragte Jolah und stützte sich auf die Ellbogen.

»Wir sind da«, sagte Kalehna leise und drehte sich zu Jolah herum. »Wir sind in Ernhaag.«

Die beiden Frauen sahen sich mit ernster Miene an, und beiden liefen Tränen über die Wangen. Sie hatten es nie laut ausgesprochen, aber beide hatten insgeheim gehofft, dass sie durch ein Wunder oder durch Broll oder Lay auf dem Weg nach Ernhaag gerettet werden würden. Nun jedoch tauchten die Mauern von Ernhaag im rötlichen Licht von Belphors Auge auf. Kalehna rang unwillkürlich nach Luft beim Anblick der Stadt, die auf einem hohen Felsen terrassenförmig angelegt war.

Der Karren rumpelte durch ein hohes Tor und über eine gewundene, von Soldaten gesäumte Straße direkt hinauf zur Zitadelle der Winde. Dort fuhren sie durch mehrere schwer bewachte Tore, bis sie einen gepflasterten Hinterhof erreichten. Auch dort hatte man den heimischen, grünlichen Marmor verbaut, aus dem die meisten Gebäude der Stadt, die Mauern und eben auch der Palast der Edlen von Ern, die Zitadelle der Winde, bestand. Er schimmerte in einem blassen, hellen Grün, fast wie Glas. »Wunderschön«, flüsterte Kalehna unwillkürlich.

»So schön wie Belphors Hellführ«, raunte Jolah. »Und zweifellos wird Ryehl dafür sorgen, dass uns das Hellführ dagegen schon bald wie Ganäas Garten vorkommen wird.«

Kalehna packte die Hand ihrer Freundin und drückte sie.

»Was auch immer geschieht, Jolah«, sagte sie leise. »Ich verspreche dir, dass ich dich nicht im Stich lassen werde.«

»Wie rührend«, ertönte auf einmal eine kalte Stimme hinter ihnen. »Ich muss euch leider enttäuschen, Mädchen.« Ryehl trat feixend auf den Karren zu. Ihm folgten zwei kräftige, bewaffnete Leibwächter. »Hier trennen sich eure Pfade.« Er deutete auf Kalehna. »Packt diese verfluchte Hure! Schafft sie in den Windkerker! Und sorgt dafür, dass sie nicht verhungert und verdurstet, aber mehr auch nicht! Ich brauche sie erst wieder, wenn sich diese andere Metze endlich bereit erklärt hat, das Treuegelöbnis mit mir abzulegen.« Er verbeugte sich höhnisch vor Jolah, während die beiden Leibwächter die Tür des Karrens öffneten und die sich heftig wehrende Kalehna packten. Der eine löste mit einigen gezielten Hammerschlägen die Kette von ihrem Fuß und ergriff dann ihre Beine, und zusammen zerrten die Männer sie aus dem Karren.

»Für dich, meine zukünftige Drachenfürstin«, sagte Ryehl, »habe ich ein anderes Quartier vorgesehen.« Er grinste bösartig. »In meiner Nähe, damit ich dich immer im Auge behalten kann. Vielleicht gelingt es mir ja doch noch, dich mit meinem Charme ...«

»Ryehl!«

Die Veränderung, die beim Klang dieser weiblichen Stimme mit dem Edlen von Ern vor sich ging, war verblüffend. Er sackte förmlich in sich zusammen, und ein Ausdruck wie Furcht zuckte über sein Gesicht. *Kann das sein?* Jolah dachte, sie hätte sich getäuscht, und sah sich erstaunt nach der Sprecherin um.

Eine mit einem schwarzen Schleier verhüllte Gestalt näherte sich, gefolgt von acht schwer bewaffneten Leibwächtern. Keiner von ihnen war auch nur annähernd so prunkvoll gekleidet wie Ryehls Leibwächter, und auch ihre Waffen waren vollkommen schmucklos. Schmucklos und ausgezeichnet gepflegt. Ebenso wie die Lederharnische, Helme und Schilde, auf denen geflügelte Drachen zu sehen waren. Diese Männer waren Sturmreiter.

Jolah hatte von den Elitesoldaten aus Ern gehört. Sie trugen einen stolzen Namen, den Namen von Männern, die einst – angeblich mit magischen Fähigkeiten ausgestattet – auf geflügelten Drachen durch die Lüfte geritten waren. Sie glaubte zwar nicht an diese Legenden, aber als sie diese Soldaten sah, war sie zumindest davon überzeugt, dass sie hier der Elite von Ern gegenüberstand. Und es war bezeichnend, dass nicht ihr zukünftiger Mann, sondern die Edle von Ern, Raisshia Daam Grünhaag, diese Leibgarde kommandierte.

Gut zu wissen, wer hier in Ern das Sagen hat, dachte Jolah und straffte unwillkürlich ihre Haltung, als die Mutter des Edlen von Ern und nominellen Herrschers dieser Provinz auf sie zukam.

»Verzeiht mir die etwas ...«, die Frau schlug ihren Schleier zurück und musterte Jolah mit einem harten Blick, »... unbequemen Reiseumstände«, beendete sie den Satz. »Aber Euer Ruf«, sie lächelte kalt und signalisierte damit, was sie eigentlich meinte, »ist Euch vorausgeeilt, Erlauchte Drachenbraut. Und wir durften nicht das Risiko eingehen, dass Ihr unterwegs möglicherweise die Dummheit begeht und zu fliehen versucht und dabei zu Schaden kommt.« Sie trat vor und musterte Jolah scharf. »Schließlich wird von Euch erwartet, dass Ihr dem Vereinten Drachenreich von Ern und Alghor ...«, sie machte eine genüssliche Pause, um ihre Worte wirken zu lassen, »Erben schenkt.«

»Gewiss, Daam Grünhaag«, entgegnete Jolah hochmütig und machte keinen Hehl aus ihrer Verachtung für diese Frau. Allerdings verzichtete sie auf den Hinweis, dass ein Erbe des Drachenreiches bereits unterwegs war. »Das Problem an Thronfolgern ist nur, dass man bedauerlicherweise einen Mann braucht, um sie zu zeugen.« Sie sah sich in dem Hof um und ließ ihren Blick über Ryehl und seine Leibwächter schweifen, bis sie ihn wieder auf die eigentliche Gebieterin von Ern und ihre Garde richtete. »Und ich sehe hier niemanden, auf den diese Bezeichnung zutreffen würde, abgesehen vielleicht von euren Wachhunden.« Sie deutete mit einer beiläufigen Handbewegung auf die acht Männer ihrer Leibwache. »Aber auch wenn im kleinen Finger jedes Einzelnen von ihnen zweifellos mehr Männlichkeit steckt als im ganzen Körper Eures perversen Sohnes, wollt Ihr doch sicherlich nicht riskieren, dass einer dieser gemeinen Männer den Thronfolger Eures heiß geliebten Ern zeugt.«

»Ah, meine Singvögelchen haben also nicht übertrieben, als sie mir ihr Lied von Eurem Hochmut und Eurer Unverschämtheit gezwitschert haben«, entgegnete Raisshia gelassen und trat dichter an den Käfigkarren heran. »Ich verspreche dir, holdes Kind«, fuhr sie fort, »ich lasse diesen arschfickenden Schwachkopf von einem Sohn von irgendeinem minderjährigen Lustknaben so geil peitschen, dass er seinen Schwanz selbst in eine faulige Melone stecken würde und dich schwängern wird. Doch sobald du dem Vereinigten Drachenreich mehrere Thronfolger geschenkt hast, werde ich dich mit größtem Vergnügen diesen Kettenhunden vorwerfen.« Sie lächelte und hob die Hand, in der sie eine mit winzigen rasiermesserscharfen Klingen besetzte Reitgerte hielt. Jolah musste sich zusammenreißen, um nicht zurückzuzucken, als die Frau mit der Gerte langsam und behutsam an ihrem Bein entlangfuhr. Dann tippte sie fast zärtlich mit der Gerte auf Jolahs Bauch. »Und ich verspreche dir auch, dass du zusehen darfst, wie meine Schoßhunde …«, sie hob die Hand, und im nächsten Moment preschten kläffend zwei Kettenhunde heran, aus deren anscheinend nur aus Zähnen bestehendem Maul schaumiger Speichel spritzte, und sprangen wütend an dem Käfig hoch, »… jede Frucht zerfetzen, die du danach aus deinem verdammten Leib presst!«

Jolah zwang sich zu einem Lächeln, obwohl sie innerlich vor Wut und Entsetzen zitterte. »Wenn du mir verrätst, edle

Usurpatorin, wo du deine süßen Hündchen hältst, werde ich dir diese Arbeit gern ersparen und mit dem ersten Bastard, den dein Sohn mir gemacht hat, zu ihnen gehen und sie damit füttern.« Sie legte den Kopf auf die Seite. »Vielleicht nehme ich ja deinen Sohn mit, zur Belustigung.«

Einen Moment lang starrten sich die beiden Frauen hasserfüllt an, dann schlug die Gebieterin der Zitadelle kurz und hart mit der Gerte an die Gitterstäbe, dass die Funken stoben, und fuhr herum.

»Bringt diese Drachenhure in ihre vorbereiteten Gemächer im Palast und verdoppelt die Wachen vor ihren Türen und in ihren Räumen!«, befahl sie. Jolah hörte jedoch voller Befriedigung, dass Raisshias Stimme vor Wut zitterte. »Ryehl!«, fauchte sie. »Ich will mit dir reden! In meinen Gemächern! Sofort!«

»Mutter, ich habe Hunger und Durst, und ich will baden und …«

»Ich sagte *sofort!*«, fauchte Raisshia. Dann sah sie das schmollende Gesicht ihres Sohnes, und ihre Miene wurde weicher. »Also gut, ich lasse einen Zuber in meine Gemächer bringen und werde dich baden, während wir reden.«

Ryehls Miene hellte sich auf. »Wirklich? Wunderbar!« Er klatschte in die Hände und warf Jolah einen verächtlichen Blick zu, als er an ihr vorbeiging und seiner Mutter folgte. *Siehst du,* schien er sagen zu wollen, *so behandelt eine Frau einen Mann.*

Eine Frau einen Mann vielleicht, dachte Jolah. *Aber ganz bestimmt keine Mutter ihren erwachsenen Sohn!* Es hatte ihr gutgetan, sich mit Raisshia zu messen, denn sie hatte sich nicht einschüchtern lassen. Aber als sie von zwei Leibwächtern der Edlen, die sie zu ihrer Verwunderung respektvoll behandelten, in ihre Gemächer geführt wurde, ahnte sie, dass diese Gemeinheiten, Obszönitäten und Brutalitäten nur ein Vorspiel zu dem waren, was sie in der Zitadelle der Winde erwartete. Sie verkniff sich den Impuls, eine Hand schützend auf das ungeborene Leben in ihrem Bauch zu legen, weil sie nicht wusste, ob jemand sie beobachtete und die Geste richtig interpretieren würde. Aber sie fühlte sich bei Weitem nicht so stark und selbstsicher, wie sie eben noch vorgegeben hatte.

Ach Broll, dachte sie und kämpfte gegen die Tränen an, die ihr in den Augen brannten. *Wo bist du? Wenn du nicht bald kommst und mich rettest, bin ich verloren.* Sie schluckte und dachte an die grünen Augen, die sie so leidenschaftlich und zärtlich angeblickt hatten. Obwohl ihre Lage, nüchtern betrachtet, eher aussichtslos war, genügte die Erinnerung an seinen Blick und seine Berührung, um den Funken Hoffnung, der tief in ihrem Innersten glomm, am Leben zu erhalten.

»Ein Fest?« Broll sah Korgh verblüfft an. »Was für ein verdammtes Fest?«

Korgh kratzte sich das Kinn. »Wenn wir das richtig verstanden haben, hat die Edle von Ern, Raisshia Daam Grünhaag, zur öffentlichen Verkündigung des Treuegelöbnisses zwischen ihrem Sohn Ryehl Grünhaag, Edler von Ern, und Jolah da Prunfor, Drachenbraut von …«

»Noch ein Wort, und ich erwürge dich mit deinem verfluchten Kriegerzopf!«, zischte Broll.

Korgh klappte den Mund zu und sah ihn sichtlich unbeeindruckt an.

Nachdem sie einige Zeit in tiefem Schweigen verbracht hatten, gab Broll schließlich seufzend nach. »Ich meinte nicht, dass du *nichts* mehr sagen sollst, sondern …«

»… Alghor sowie den Provinzen Ern und Bouhss«, fuhr Korgh fort. »Die Zeremonie wird auf dem Festplatz vor den Toren der Zitadelle stattfinden, sobald sich Belphors gelbes Auge geschlossen …«

»Schon heute Abend?«, mischte sich Lay ein. »Das ist aber recht kurzfristig.«

Die beiden Männer wandten die Köpfe und sahen ihn erstaunt an.

»Ich meine, die Zeit wird ... ein wenig knapp.« Lay hüstelte. »Also angesichts der Tatsache, dass die Drachenbraut noch nicht einmal eine Spanne ...« Er unterbrach sich, als er sah, wie Korgh unmerklich den Kopf schüttelte. »Ich wollte damit nicht sagen, Broll, dass sie etwa ...«

»Ich schlage vor«, sagte Broll mit einem Blick, mit dem er Lay in ein Häufchen Asche verwandelt hätte, wenn seine Augen denn wirklich hätten Funken sprühen können, »wir überlegen uns, wie wir Jolah bis heute Abend aus dieser verfluchten Zitadelle herausholen können.«

»Vergiss Kalehna nicht«, warf Lay ein, der froh war, dass Broll sich nicht mehr auf ihn konzentrierte. Wenn es um Jolah ging, verstand sein Bruder wirklich keinen Spaß. *Halbbruder,* verbesserte er sich. *Aber das macht die Sache auch nicht besser.* Allerdings musste er zugeben, dass es die Sache auch nicht *schlechter* machte. Auf ihrem Ritt nach Ernhaag hatten die beiden Zeit genug gehabt, sich in dieser neuen und gänzlich unerwarteten Situation zurechtzufinden. Sie hatten sich zwar noch nicht daran gewöhnt, geschweige denn damit ihren Frieden gemacht, aber zumindest wollten sie sich nicht mehr gegenseitig an die Gurgel gehen.

»Die Götter sind froh selbst über den kleinsten Fortschritt«, hatte Korgh irgendwann bemerkt, als sich ein brüchiger Waffenstillstand zwischen den ungleichen Brüdern abzeichnete. »Außerdem sollten wir die Sache von ihrer guten Seite aus betrachten«, sagte er jetzt.

»Ach?« Broll drehte sich zu dem Nordling herum. »Dieser Mist hat also auch eine gute Seite? Wie sieht die deiner Meinung nach aus?«

Korgh zuckte mit den Schultern. »Immerhin ist die Drachenbraut noch nicht Drachenfürstin und Gemahlin des Edlen von Ern.« Er grinste, als sich Brolls Miene verfinsterte. »Das bedeutet, wir sind zumindest noch rechtzeitig gekommen, um dieses Treuegelöbnis zu verhindern.« Er sah hinauf zu der Zitadelle, die sich in einiger Entfernung erhob und sich direkt an eine bewaldete, steile Bergflanke zu schmiegen schien. »Jedoch halten wir es nicht für eine gute Idee zu versuchen, zu dritt die Zitadelle zu stürmen und die Drachenbraut sowie«, sein Blick streifte Lay, »die junge Drachenpriesterin zu befreien. Vor allem deshalb nicht, weil wir nicht einmal wissen, wo die beiden Frauen festgehalten werden. Es ist durchaus möglich, dass sie sich nicht am selben Ort befinden ...«

»Ja, daran habe ich auch schon gedacht«, meinte Lay.

»Ja und?«, sagte Broll. »Dann müssen wir sie eben nacheinander ...«

»Du kennst dich vielleicht in der Zitadelle aus«, erklärte Lay, »aber gerade du müsstest wissen, dass diese Sturmreiter, zumindest die, die wir hier rund um die Zitadelle gesehen haben, gute Krieger sind. Allein durch ihre zahlenmäßige Überlegenheit würden sie uns am Ende überwältigen, und damit wäre weder Kalehna noch Jolah gedient.«

Broll sagte nichts zu diesem Einwand, sondern betrachtete mit finsterer Miene die Zitadelle. Er hatte seine Rüstung und seinen Wappenrock abgelegt und trug die Kutte eines einfachen Landmannes, obwohl seine breitschultrige Gestalt und seine stolze Haltung den Krieger verrieten. Von dem Schwert, dessen Spitze unter der Kutte herausragte, und der verdächtigen Beule unter dem Stoff, die sein Handbogen verursachte, ganz zu schweigen. Wenigstens verdeckte die Kapuze sein Haar und seine Gesichtszüge, sodass die Gefahr einer zufälligen Entdeckung nicht ganz so groß war. Schließlich war Broll der Befehlshaber der Hämmer von Ern und als solcher zumindest in Ernhaag wohlbekannt.

»Genau das haben wir gemeint«, pflichtete Korgh Lay bei und bekräftigte seine Worte mit einem Nicken. »Wir glauben sogar, dass sogar Tronn uns gegen diese Übermacht nicht helfen kann, selbst wenn er mit seinen Hämmern früh genug eintrifft.« Er sah Broll an. »Und deine Hämmer wirklich zu dir halten und ihren Waffenschwur brechen, den sie auf das Wappen von Ern abgelegt haben.«

»Das werden sie schon, keine Sorge«, knurrte Broll. »Aber du hast recht, sie werden wahrscheinlich nicht rechtzeitig hier sein.« Er seufzte und ballte die Hände zu Fäusten. »Jolah die ganze Zeit in der Gewalt dieses perversen Mistkerls zu wissen ist einfach unerträglich für mich.«

Lay legte ihm eine Hand auf den Arm. »Mir geht es hinsichtlich Kalehna ebenso«, erklärte er tröstend. Als er Brolls überraschten Blick bemerkte, zuckte er mit den Schultern. »Zugegeben, ich habe nicht die ganze Zeit an sie gedacht, aber …«

»Es wundert mich nur, dass du auf die Idee kommst, ich bräuchte deinen Trost«, zischte Broll.

Lay sah auf seine Hand und zog sie hastig zurück. *Was ist denn in mich gefahren?*, dachte er. *Wieso empfinde ich Sympathie für diesen …?*

»Immerhin hast du mich noch vor gar nicht allzu langer Zeit einen Mörder und Schlächter geschimpft.« Broll lächelte schief. »Was hat den Meinungsumschwung bewirkt? Bist du vielleicht sentimental geworden, weil du deinen Thron so dicht vor der Nase hast, ohne nach ihm greifen zu können?«

»Nein«, erwiderte Lay in scharfem Tonfall. »Ich habe nur irrtümlicherweise einen Augenblick angenommen, es könnte so etwas wie menschliche Regungen in dir geben. Bitte verzeih mir diese Anmaßung.«

Broll öffnete den Mund, um etwas zu sagen, schloss ihn dann aber wieder. Der Blick, mit dem er Lay bedachte, sprach allerdings Bände.

Korgh räusperte sich. »Schön, wie ihr euch eurer brüderlichen Zuneigung hingebt. Also, um auf unseren Vorschlag zurückzukommen …«

»Wir warten, bis die Zeremonie beginnt«, fiel Broll ihm ins Wort. »Und dann ergreifen wir die erste Chance, die sich uns bietet, um Jolah von Ryehls Seite zu reißen. Wir werden Pferde bereitstellen und so schnell davonreiten, wie wir können. Ich kenne mich gut aus in der Stadt. Ich weiß von vielen Schlupfwinkeln und Wegen, die nicht einmal die Stadtwachen kennen. Außerdem können wir unseren Fluchtweg präparieren und für unsere Verfolger einige Überraschungen bereithalten.«

»Du denkst nur an dich und deine Drachenbraut«, erklärte Lay. »Ich gehe jedenfalls erst dann hier weg, wenn ich Kalehna befreit habe. Also kannst du deine Flucht gern ohne mich planen!«

»Nichts lieber als das!«, gab Broll zurück. »Und deinen verfluchten Thron kannst du ebenfalls behalten.« Er grinste. »Vorausgesetzt, du schaffst es überhaupt, deinen knochigen Hintern darauf zu pflanzen.«

Korgh seufzte. »Wir können unserer Mutter auf ewig dankbar sein, dass sie uns nicht mit einem Bruder beglückt hat«, knurrte er.

»Halbbruder«, korrigierte ihn Lay bissig.

»Höchstens«, zischte Broll. »Und das auch nicht freiwillig.«

»Endlich sind wir einmal einer Meinung«, gab Lay zurück.

»Wenn ihr so weitermacht, verpassen wir noch das Treuegelöbnis«, erklärte Korgh. »Obwohl das vielleicht sogar die bessere Lösung wäre, denn uns scheint, dass ihr beide gefährlichere Gegner seid als eine ganze Abteilung Sturmreiter.«

Lay und Broll sahen sich an. *Er hat recht,* dachte Broll. *Wir sollten uns zumindest zusammenreißen, bis wir Jolah und seine Kalehna befreit haben und in Sicherheit sind.*

»Ich schlage vor, wir schließen einen Waffenstillstand«, sagte Lay, »bis wir unsere Frauen gerettet haben.«

»Das denke ich auch.« Broll streckte die Hand aus. »Also gut.«

Lay betrachtete Brolls ausgestreckte Hand, als wäre es eine giftige Sandechse, packte dann jedoch seinen Unterarm im Kriegergruß und drückte ihn. Sein Bruder machte es ihm gleich und umklammerte Lays Arm, so fest er konnte.

Der erwiderte den Druck, und nach wenigen Augenblicken traten beiden fast die Augen aus den Höhlen, und ihre Gesichter liefen rot an, doch keiner von ihnen wollte aufgeben.

»Wir finden, dass ihr den Waffenstillstand jetzt ausreichend ausgekämpft habt.« Korgh trat neben die beiden und schüttelte den Kopf. »Wenn ihr armdrücken wollt, sollten wir uns eine Schänke suchen, wo noch ein paar andere Leute zusehen und wir vielleicht eine Wette platzieren können.« Der Nordling klopfte sich auf den Bauch, als die beiden jungen Männer zögernd ihre Unterarme losließen. »Außerdem haben wir Hunger.« Er sah Broll an. »Du kennst dich doch hier aus. Wo findet ein hungriger Nordling hier etwas Schmackhaftes zu essen?« Er warf Lay einen Blick zu. »Danach versuchen wir herauszufinden, wo die Frauen im Palast festgehalten werden. Aber wir sollten nicht mit leeren Mägen in den Kampf ziehen.« Er knurrte zufrieden, als der junge Mann nickte.

»Ich nehme an, du bevorzugst Fisch?«, fragte Broll den Nordling.

Korgh grinste. »Nur bei äußerlicher Anwendung.« Er lachte, als er Brolls angewidertes Gesicht sah. »Schon gut. Wir haben gehört, dass man in der Gegend einen ganz ausgezeichneten Eintopf aus Wildbret zubereitet. Wenn wir schon einmal hier sind, möchten wir ihn zumindest probieren. Also?«

Broll seufzte und warf einen Blick auf die Zitadelle.

»Belphors Auge schließt sich in frühestens zwei Sonnenständen«, erklärte der Nordling. »Zeit genug, um etwas zu essen und Pläne zu schmieden. Und um Erkundigungen einzuziehen. Und unserer Erfahrung nach gibt es dafür keinen besseren Ort als eine Schänke.« Er sah Broll an. »Wir würden dir allerdings raten, einen Ort auszuwählen, an dem du nicht allzu bekannt bist.«

Broll nickte. »Da habe ich genau das Richtige. Die Taverne heißt *Zum Stinkenden Barbaren* und wird von einem …«

»Lass mich raten«, fiel Lay ein. »Sie wird von einem Nordling geführt?« Als Broll dies bestätigte, stöhnte der junge Mann auf. »Ein Nordling, den es hierherverschlagen hat und der eine landeseigene Spezialität aus Ern zubereitet. Klingt nach einem echten Abenteuer.«

Korgh grinste. »Eine ausgezeichnete Vorbereitung für das, was uns später erwartet«, meinte er und legte Broll eine Hand auf die Schulter. »Geh voraus, wir folgen.«

Die Fanfaren schmetterten so laut, dass Jolah sich am liebsten die Ohren zugehalten hätte. Was ihr aber ohnehin nicht gelungen wäre, selbst wenn sie sich diese Blöße hätte geben wollen. Ihre rechte Hand lag wie in Eisen geschlagen in dem harten Griff Raisshia Daam Grünhaags, und ihrer Linken hatte sich Ryehl bemächtigt. Er hielt sie fest, als fürchtete er, Jolah könnte ihm im letzten Moment noch entfliehen.

Und damit liegst du auch ganz richtig, du widerlicher Mistkerl!, dachte Jolah und ließ sich nur widerstrebend von Mutter und Sohn weiterziehen. Sie traten aus dem mit Blumen und Girlanden geschmückten Torhaus der Zitadelle und marschierten unter dem Jubel der Menge, die sich hinter dem Spalier der in drei Reihen angetretenen Sturmreiter und Hämmer von Ern drängten, über das mit Blüten übersäte Pflaster des Vorplatzes zu dem eigens für diese Gelegenheit errichteten hölzernen Podest in der Mitte, das von zwei hohen Fahnenmasten, an denen die Fahnen von Ern und Alghor flatterten, flankiert wurde.

Es sieht fast aus wie ein Galgen, dachte Jolah. Sie betrachtete die Gesichter der Menschen ringsum, aber ihr verschwamm alles vor Augen, und sie konnte niemanden erkennen. Ihr sank zunehmend der Mut. Von Broll oder Lay war nichts zu sehen, und sie hatte auch keine Nachricht von ihnen erhalten. Nicht einmal ein Botenvogel aus Ulcar war gekommen. Offenbar hatte selbst der Erste Fragende den Versuch aufgegeben, Ryehl daran zu hindern, die Drachenbraut hier in Ern und gegen ihren Willen zu seiner Gemahlin zu machen. *Oder vielmehr hat er den Versuch aufgegeben, Raisshia daran zu hindern, ihre ehrgeizigen Pläne in die Tat umzusetzen.*

In der knappen Spanne, die sie hier in Ernhaag war, hatte Jolah sehr schnell gelernt, dass Raisshia Daam Grünhaag eine wahrhaft furchteinflößende Feindin war. Nach ihrer ersten Auseinandersetzung im Innenhof der Zitadelle hatte die Edle von Ern keine Gelegenheit ausgelassen, Jolah zu demütigen und zu versuchen, ihren Willen zu brechen. Und das alles unter dem Deckmäntelchen scheinheiliger Freundlichkeit. Sie hatte ihr jeden Kontakt mit Kalehna verboten und sie in einem streng bewachten Flügel der Zitadelle vollkommen isoliert.

Jolah hatte wie schon auf ihrer Reise versucht, sich in die Versenkung zu begeben und die Fäden zu wirken, aber zu ihrer Überraschung war es vergeblich gewesen. Weder war es ihr gelungen, die Stimmen in ihrem Kopf zu hören, noch schaffte sie es, sich so weit zu versenken, dass sie die Fäden *sehen*, geschweige denn *wirken* konnte.

Nach einem weiteren, besonders intensiven und langen Versuch hatte sich plötzlich die Tür geöffnet, und Raisshia war erschienen, begleitet von einem schlanken, in schlichte schwarze Gewänder gekleideten Mann mit einer sonderbaren, im Nacken abstehenden Frisur.

»Ich möchte dir Pyrost vorstellen, mein Kind«, hatte Raisshia spöttisch erklärt, während sich Jolah, überrascht von dem unangekündigten Besuch, aus ihrer meditativen Haltung aufgerichtet hatte. »Er ist ein Luftmagus an meinem Hofe und dient mir in vielerlei Hinsicht.« Der anzügliche Blick, den Raisshia dem Mann zuwarf, ließ keinen Zweifel, welche Hinsicht sie meinte.

Aber Jolah achtete nicht darauf. Stattdessen sah sie die leuchtenden Augen des Mannes und bemerkte den Schweiß auf seinem Gesicht.

»Außerdem ist er ein ganz ausgezeichneter Bannwirker, der Gegenzauber zu wirken versteht, die den Einfluss von dämonischer Magie«, Jolah wusste, dass man in Ern die Erd-Magie von Alghor so nannte, »und auch die Kunst der Drachenpriesterinnen weitgehend neutralisieren.« Raisshia Daam Grünhaag betrachtete Jolah abschätzig. »Du solltest deine Kräfte schonen und nicht immer wieder versuchen, deine Magie zu wirken.« Sie lächelte süßlich. »Pyrost ist nicht allein«, fuhr sie fort. »Mehrere Zirkel von Magi unterstützen ihn.« Sie hob lächelnd die Hände. »Du kannst natürlich gern weitermachen und dich erschöpfen, wenn du möchtest. Umso gefügiger wirst du sein, wenn der große Tag gekommen ist.«

An der Tür drehte sich Raisshia noch einmal herum und warf Jolah einen höhnischen Blick zu. »Betrachte es einfach als einen mütterlichen Rat, mein Kind. Gib deinen Widerstand gegen mich auf.«

Dann war sie in Begleitung des Magus verschwunden, der die Tür provozierend sanft hinter ihnen geschlossen hatte.

Jolah war tatsächlich ihrem Rat gefolgt und hatte ihre Bemühungen, die Fäden zu wirken, aufgegeben. Stattdessen hatte sie versucht, eine Kammerzofe zu bestechen, um herauszufinden, wo sich ihre Freundin befand. Raisshia war am nächsten Morgen triumphierend zu ihr ins Zimmer gekommen und hatte ihr die Nachricht, die Jolah Kalehna geschrieben hatte, hingehalten und dazu eine Schale mit der blutigen Hand der Kammerzofe. »Solltest du noch einmal eine Dienstmagd bestechen, werde ich dir am nächsten Tag ihren Kopf bringen«, hatte sie ihr kalt lächelnd ins Gesicht gesagt. »Und beim dritten Mal bringe ich dir den Kopf deiner kleinen Drachenpriester-Freundin.« Beim Hinausgehen hatte die Gebieterin von Ern hochmütig erklärt:

»Solltest du dich jedoch gefügig zeigen, wirst du deine Freundin an deinem Ehrentag wiedersehen.«

Allein dieser Gedanke, dass sie nicht gänzlich allein war, hatte Jolah aufrecht gehalten. Doch jetzt, da ihr »Ehrentag« gekommen war, konnte sie immer noch keine Spur von Kalehna entdecken.

Jolah schloss die Augen, während sie langsam auf das Podest zugingen. Doch dann biss sie die Zähne zusammen, straffte die Schultern, ballte die Hände zu Fäusten und öffnete die Augen wieder. *Nein!*, dachte sie. *Nein, ich werde nicht einfach aufgeben. Ich bin die Drachenbraut! Ich bin Jolah da Prunfor! Ich werde kämpfen!*

»Ah, das Täubchen spreizt seine Flügel«, zischelte Raisshia ihr ins Ohr, der die Veränderung aufgefallen war, die in Jolah vorging. »Das war zu erwarten«, flüsterte sie, während sie ein falsches Lächeln auf ihr Gesicht zauberte und huldvoll der Menge zuwinkte.

Die, wie Jolah auf einmal begriff, keineswegs jubelte. Und die drei Reihen Soldaten, die das Spalier bildeten, sollten die Gebieterin von Ern und ihren Sohn vor ihren Untertanen schützen. Trotz des Lärms der Fanfaren, Flöten und Trommeln verstand sie einige der Zurufe und konnte sich ein Grinsen nicht verkneifen, als sie die Worte »Mörderin!«, »Usurpatorin!«, »Hexe!« und sogar »Tyrannin!« hörte.

Langsam stiegen sie die Stufen zu dem Podest empor und gingen nach vorn, zu der mit Wimpeln und Brokat geschmückten Balustrade. Raisshia trat an das Geländer und hob ihre freie Hand, ohne Jolah loszulassen, und Ryehl folgte ihrem Beispiel auf der anderen Seite.

Die Schreie schwollen an, und Jolah verstand immer besser, was die Menge rief. Es waren keineswegs Jubelschreie, und als sie in die Gesichter der Menschen blickte, sah sie zumeist Abscheu und Hass. Manchmal glaubte sie sogar, so etwas wie Mitleid zu erkennen, wenn sich ein Blick auf sie richtete. Die Menge wogte vor und zurück, aber die drei Reihen von Sturmreitern und Hämmern, die – dessen war Jolah sich jetzt ganz sicher – tatsächlich zum Schutz der Edlen aufmarschiert waren, drängten die aufgebrachten Menschen zurück.

Jolah sah zum Rand des Platzes. Auch dort waren Soldaten in Stellung gegangen, zumeist Hämmer, wie sie an den Symbolen auf den Wappenröcken erkennen konnte.

Anscheinend war das Volk von Ern mit seiner Herrscherin alles andere als zufrieden, und Jolah überlegte gerade, ob und wie sie daraus Profit schlagen könnte, als sich Raisshia erneut zu ihr beugte.

»Solltest du auf dumme Ideen kommen wollen, mein Kind, dann dürfte dich das da möglicherweise eines Besseren belehren!« Sie deutete auf eine Reihe von Schandpfählen, die vor dem Podest standen und an denen Menschen festgebunden waren. Zwei Sturmreiter in der Uniform der Leibwache der Edlen standen davor und hielten die sich wie toll gebärdenden Hunde zurück, die Raisshia ihr an ihrem ersten Tag im Hof vorgeführt hatte. »Es ist das Vorrecht der Gemahlin des Edlen von Ern, Gnade vor Recht walten zu lassen und für schuldig befundene Verbrecher, Huren und Hexen vor dem Tod durch Auspeitschen zu bewahren.« Mit diesen Worten deutete sie auf den Pfahl vor dem Podest.

Nein, dachte Jolah und spürte, wie eine kalte Hand nach ihrem Herzen griff. *Nein, das kann nicht sein!*

»Ich hatte dir ja versprochen, dass du deine Freundin bei deinem Treuegelöbnis wiedersiehst«, zischelte die Edle von Ern. »Nun, da ist sie.«

Jolah traten Tränen in die Augen, als sie Kalehna an den Pfahl gebunden sah. Aber es waren keine Tränen der Trauer, sondern der Wut. »Was wird ihr vorgeworfen?«

»Die Anklage lautet auf Hochverrat!«, antwortete Raisshia, die auf diese Frage gewartet hatte. »Sie hat versucht, mithilfe des Drachengiftes und ihrer Kunst der Versenkung Kontakt mit einem ehemaligen Ringfechter aufzunehmen, der bereits in Ernhaag gesehen wurde.«

Ein Ringfechter? Hoffnung flammte in Jolah auf. *Ein Ringfechter, der Kontakt mit Kalehna gesucht hat? Dabei kann es sich nur um Lay handeln. Und wo er ist, dürfte Broll auch nicht weit sein.* Der Gedanke verlieh ihr Kraft, und sie riss sich zusammen, um sich nicht anmerken zu lassen, wie wichtig diese Nachricht für sie war.

Die Edle von Ern zuckte mit den Schultern. »Bedauerlicherweise haben wir ihn noch nicht fassen können, aber das dürfte nur eine Frage der Zeit sein. Vermutlich versucht er, für Hellanden oder SanFira zu spionieren oder unsere Pläne für deine Vermählung mit Ryehl zu durchkreuzen.« Sie verzog spöttisch die Lippen. »Eine andere Möglichkeit gibt es nicht, denn wäre er ein treuer Untertan Alghors, würde er ja wohl kaum mit einer Drachenpriesterin konferieren.« Ihr boshaftes Lächeln vertiefte sich. »Du weißt vermutlich noch nicht, dass der Oberste Augur in seiner unendlichen Weisheit den Kult der Drachenpriesterinnen mittlerweile verboten und angeordnet hat, jede Person, die die verborgenen Rituale praktiziert, ans Drachenkreuz zu schlagen und zu verbrennen.«

Jolah hatte das Gefühl, als würde ihr das Blut in den Adern gefrieren. *Druud? Druud OchNarjon hat das angeordnet? Wie konnte er das wagen? Er ist doch …*

»Ich muss sagen, dass dieser Farael ein weit umgänglicherer Erster Fragender ist als dieses blinde Scheusal OchNarjon. Und außerdem dürfte der junge Mann auch weit einfacher zu lenken sein.« Raisshia sah Jolah kalt an. »Ich sage dir das nur, damit du weißt, was dich in Ulcar erwartet, wenn wir im Triumph dort einziehen. Du kannst dort nicht auf irgendwelche Hilfe hoffen. OchNarjon ist tot, ebenso der Meister der Zirkel, Sephist.« Sie lachte leise und deutete auf Kalehna. »Diese Nachricht hat deine Freundin ziemlich mitgenommen. Ich nehme an, dass dieser

Magus ihr Liebhaber war oder vielleicht sogar der Vater, der sie verleugnet hat.« Sie schnalzte verächtlich mit der Zunge. »Aber das spielt alles keine Rolle mehr. Jedenfalls haben die beiden um die Macht in Alghor gekämpft, und beide haben verloren. Umso besser für mich. Deine Mutter hat ebenfalls keinen Einfluss mehr. Immerhin ist sie eine Drachenpriesterin, und dass sie noch lebt, verdankt sie nur der Tatsache, dass sie eine ehemalige Drachenfürstin ist.«

Jolahs Blick war auf Kalehna gerichtet, die in einem zerfetzten weißen Büßerhemd am Pfahl hing. Ihre kastanienbraunen Locken waren verfilzt und von dunklen Flecken durchsetzt, in denen Jolah getrocknetes Blut erkannte. Ihr Gesicht war ebenfalls blutverschmiert, und sie hatte die Augen geschlossen.

»Also überleg es dir gut, was du bei der Zeremonie sagst, denn ich werde dich so oder so mit meinem Sohn vermählen«, sagte Raisshia, »aber es ist deine Entscheidung, ob du in Ulcar wenigstens noch eine Vertraute hast oder nicht.«

Jolah nickte und starrte Kalehna weiterhin an. Die junge Drachenpriesterin hatte die Augen geöffnet, und es durchfuhr Jolah heiß, als sie den eindringlichen Blick ihrer Freundin und Gefährtin sah. Kalehna richtete den Blick auf den ersten der beiden Hundebändiger, dann sah sie wieder Jolah an und darauf den zweiten.

Jolah runzelte verwirrt die Stirn, während das Gebrüll der Menge immer weiter anschwoll, während Raisshia das Wort zu ergreifen versuchte. Sie folgte dem Blick ihrer Freundin und betrachtete einen der Sturmreiter, der die Hunde hielt.

Was ist so Besonderes an ihm?, dachte sie. *Außer vielleicht, dass er wirklich sehr groß ist. Die Uniform passt ihm kaum. Eigentlich sollte man erwarten, dass Raisshia für ihre Leibgarde …*

Die Erkenntnis traf sie wie ein Schlag.

Ich kenne diesen Mann! Ich habe ihn schon einmal gesehen! In Baahtt! In der Ringarena! Er hat zusammen mit … Ihr Herz begann wie wild zu hämmern, als sie ihren Blick auf den zweiten Sturmreiter richtete.

Auch er trug einen Helm, der sein Gesicht fast völlig verdeckte. Aber eben nur fast. Jolah sah die dunklen, fast schwarzen Augen, deren Blick unbeirrbar auf sie gerichtet war, sie sah die zu einem Lächeln verzogenen Lippen, sah, wie er den Mund öffnete und lautlos Worte formte.

Lay. Es sind Lay und Korgh. Ihr Blick zuckte zur Schulter des Mannes, und ihre Vermutung bestätigte sich. Im Gegensatz zu den anderen Sturmreitern trug dieser Kämpfer hier seine Klinge nicht an der Hüfte, sondern auf dem Rücken, griffbereit hinter der linken Schulter. Er stand kaum mehr als zehn Schritt von dem Podest entfernt, und Jolah bemerkte, dass der Griff seines Schwertes eigentümlich geformt war. Sie konnte zwar nicht sehen, was er darstellte, aber das war auch nicht nötig, denn sie wusste es. Einen Drachen.

Sie sah zu dem anderen Sturmreiter hin. Der Hüne hatte erheblich weniger Schwierigkeiten mit seinen Hunden, und auch er sah sie an und grinste. Aber am meisten beruhigte es sie, die zweischneidige Streitaxt in der Schlinge auf seinem Rücken zu sehen.

Wo steckt Broll?, dachte sie und sah sich suchend um.

Mittlerweile war es Raisshia gelungen, sich einigermaßen verständlich zu machen.

»Volk von Ern!«, begann sie. »Heute ist für uns alle ein Freudentag.«

»Erst wenn du tot bist!«, ertönte es aus der Menge, was tosenden Beifall auslöste. Die Soldaten der Hämmer am Rand des Marktes rückten auf einen unsichtbaren Befehl hin zwei Schritte vor, und einige Sturmreiter bemühten sich, allerdings vergeblich, den Rufer in der Menge ausfindig zu machen.

Raisshia ließ sich davon nicht beeindrucken. »Mein Sohn, euer Herrscher, der Edle von Ern …«

»Der perverse Kinderschänder und Hurenbock!«

»… wird heute sein Treuegelöbnis mit der ihm liebevoll verbundenen …«

»Lügnerin!«

Die Soldaten rückten weiter vor, und Jolah runzelte die Stirn. Irgendwie war ihr diese Stimme bekannt vorgekommen.

»… Drachenbraut von Alghor, Jolah da Prunfor, ablegen. Damit wird euer Herrscher Drachenfürst des vereinigten Reiches von Alghor und Ern und …«

Das Johlen der Menge wurde immer lauter, aber erneut ließ sich derselbe Rufer vernehmen, und seine laute Stimme übertönte den Lärm. »Das wird er nicht, jedenfalls nicht, solange noch Blut in mir fließt und ich das deine vergießen kann!«

Die Sturmreiter hatten den Mann nun aufgespürt, und vier von ihnen machten Anstalten, sich durch die Menge zu ihm zu drängen, um ihn zum Schweigen zu bringen.

Aber mittlerweile hatte auch Jolah die Stimme erkannt und den Mann gesehen. Unter Aufbietung all ihrer Kräfte befreite sie sich aus dem eisernen Griff von Raisshia und stieß Ryehl zur Seite.

»Broll!«, rief sie so laut sie konnte. »Hierher! Verdammt, worauf wartest du noch?«

Raisshia hatte sich am Geländer festgehalten und fuhr zu Jolah herum. »Broll? Was redest du da?« Sie starrte wieder in die Menge. Dann fiel ihr Blick auf den Rufer, um den die Zuschauer einen Kreis gebildet hatten. »Da ist der abtrünnige Verräter!«, kreischte sie und deutete auf Broll. »Er hat Alghor verraten und Frieden mit Hellanden geschlossen! Packt ihn! Verflucht, ergreift diesen Hund!«

»Broll ist hier?« Ryehl sah sich verwirrt um. »Wo ist er denn? Ich kann ihn nirgends sehen!«

Jolah schlug die Hände vor den Mund, als sie sah, wie sich die Sturmreiter ihrem Geliebten näherten. Doch dann verwandelte sich ihre Angst in Erleichterung, als die Menschen, die Broll umringten, plötzlich ihre schlichten Kutten und Umhänge abwarfen und darunter die Uniformen der Hämmer von Ern zum Vorschein kamen! Und es waren keine einfachen Hämmer, sondern Soldaten der Schildrotte Brolls, seiner Leibwache.

»Einwohner von Ern, Hämmer, Sturmreiter!« Brolls Stimme schallte über den ganzen Platz. »Setzt der Tyrannei dieser Frau ein Ende, fegt die Despotin vom Thron, auf dass der rechtmäßige Erbe des S'yron Corvin vom Aern seinen angestammten Platz einnehmen kann, sein Sohn Lay vom Aern, mein Bruder, der nur darauf wartet, von euch zu eurem Herrscher erkoren zu werden!«

Jolah starrte ungläubig auf ihren Geliebten. *Was redet er da? Lay ist … Broll und Lay sind …?* Sie blickte zu den beiden Sturmreitern hinab, die die Hunde gehalten hatten, zu Korgh und Lay. Doch sie standen nicht mehr vor den Pfählen. Lay hatte Kalehna bereits losgebunden, Korgh war in der Uniform eines Sturmreiters auf das Podest gestiegen und half Lay und Kalehna hinauf. Die Hunde waren dem Hünen über die Stufen des Podestes hinterhergerannt und standen hechelnd neben Korgh, offensichtlich vollkommen verwirrt von dem Durcheinander.

Die Menge war einen Moment ebenfalls wie gelähmt. Das Tableau schien eingefroren in der Zeit zu sein, die Waage konnte sich zur einen oder anderen Seite neigen, zum Guten oder zum Schlechten, Leben oder Tod.

Die Sturmreiter, die das Spalier gebildet hatten, scharten sich auf einen heiseren Befehl ihres Kommandeurs hin um das Podest, auf dem Raisshia und Ryehl sich aneinanderklammerten und starr vor Schreck auf die Menschenmenge und auf Broll starrten.

»Tötet ihn!«, kreischte Raisshia und deutete erneut auf Broll. »Und tötet diesen Thronräuber!« Sie zeigte auf Lay. »Ern gehört mir! Der Drachenthron gehört mir! Pyrost, unternimm gefälligst etwas! Verflucht!« Sie fuhr zu dem schwarz gekleideten Mann herum, der ebenfalls auf dem Podest stand.

Der Luftmagus hatte bereits die Hände gehoben, und seine Augen leuchteten. Doch bevor er einen Bann wirken konnte, ging ein Ruck durch seinen Körper, und ein Schwall von Blut spritzte aus seinem Mund. Als Korgh die Streitaxt aus seinem Rücken zog, stürzte der Mann wie ein schlaffer Sack zu Boden.

»Das kann nicht sein!«, kreischte Raisshia. »Er ist ein verfluchter Magus! Du kannst ihn nicht einfach töten! Er …«

»Können wir wohl!«, erwiderte Korgh und trat neben Kalehna und Lay.

Raisshia fuhr herum und schrie erneut: »Tötet ihn! Tötet diesen Aufrührer!«

Aber die Sturmreiter waren mittlerweile stehen geblieben, denn sie begriffen, dass die Hämmer, die vom Rand des Marktes zu dem Podest drängten, keineswegs bereit waren, ihren Anführer zu töten oder ihn auch nur festzunehmen. Im Gegenteil, sie schienen seinen Befehlen zu gehorchen und umringten das Podest neben den Sturmreitern.

»Genoveron!«, schrie Raisshia den Anführer der Sturmreiter an, der an der Spitze seiner Leute stand. »Ich befehle dir, diesen Aufrührer zu töten! Er hat Alghor verraten, er hat Ern verraten, und er hat mich verraten!« Ihre Stimme überschlug sich, doch dann verstummte sie, als sie sah, wie der Marschall ihr das Gesicht zuwandte und ihr einen verächtlichen Blick zuwarf.

»Ich würde sagen, er hat Alghor und Ern gerettet und uns von einem widerlichen Geschwür befreit!« Er drehte sich wieder zu Broll herum, der sich mit seinen Hämmern näherte und ein paar Schritte vor dem alten Kommandeur stehen blieb.

Die Menschen waren zurückgewichen und verfolgten die Ereignisse in atemloser Spannung. Alle, die hier versammelt waren, wussten, dass in diesem Moment die Zukunft von Ern entschieden wurde. Würde es einen blutigen Kampf geben, oder würde endlich die eiserne und brutale Regentschaft der Despotin über diese Provinz enden?

»Broll vom Aern, Feldkommandeur der Vereinigten Drachenhorde von Alghor und Ern!«, sagte Marschall Genoveron so laut, dass es auf dem ganzen Platz zu hören war. »Ich trete mit Freuden zurück und unterstelle mich mit meinen Sturmreitern Eurem Befehl. Außerdem gelobe ich hiermit Loyalität zu Eurem Bruder Lay vom Aern, dem Sohn des rechtmäßigen und vertriebenen Herrschers von Ern, S'yron Corvin vom Aern!« Er zog das Schwert, und das metallische Singen hallte über den Platz, auf dem bis auf das wütende Kreischen von Raisshia Daam Grünhaag eine fast schon gespenstische Ruhe herrschte. Der Marschall drehte das Schwert in seiner gepanzerten Faust um und hielt es Broll hin, den Griff voran.

Der trat auf Genoveron zu, nahm aber das Schwert nicht entgegen, sondern salutierte mit der Faust an der Brust und packte dann den Arm des Marschalls im Kriegergruß.

»Ich freue mich über deine Loyalität für den neuen Herrscher von Ern, alter Recke«, erwiderte Broll ebenso laut, »aber deinen Rücktritt akzeptiere ich nicht. Es herrschen raue Zeiten, und wir brauchen Männer wie dich, Männer mit Ehre und Rückgrat!«

Der Marschall stand einen Moment schweigend da, dann ging ein Ruck durch ihn, und er schob das Schwert in die Scheide zurück. Er salutierte vor Broll, trat zurück und blickte zum Podest hinauf. Dann hob er die Hand und deutete auf Raisshia. »Stellt die Usurpatorin und Mörderin unter Arrest!«

Die Menge johlte, aber Jolah hatte nur Augen für Broll, der sich, den Blick fest auf die Drachenbraut gerichtet, dem Podest näherte.

»Verflucht!«, fauchte Raisshia. »Wenn man nicht alles selber macht!« Sie riss einen Dolch aus ihrem Gewand und stürzte sich auf die Drachenbraut, die nur auf Broll achtete, um ihr die Klinge ins Herz zu stoßen.

»Jolah!«, brüllte Broll, der sah, was dort oben auf dem Podest vor sich ging, aber zu weit weg war, um einzuschreiten.

Jolah wandte den Kopf, aber es war zu spät. Die Mörderin war nur noch einen Schritt von ihr entfernt.

Ryehl begriff ebenfalls, was seine Mutter vorhatte, sprang vor und packte ihren Arm. »Mutter, nein! Sie gehört mir …!« Der Rest des Satzes ging in einem Gurgeln unter, als Raisshia bei dem Versuch, den Griff ihres Sohnes abzuschütteln, Ryehl an sich zog. Ein Armbrustbolzen hatte sich in seinen Rücken gebohrt, ein Bolzen, der eigentlich für seine Mutter bestimmt war.

Lay ließ den Handbogen sinken, den Broll ihm gegeben hatte. »Scheiße«, murmelte er, »daneben.« Er griff nach der Blutbraut, aber Kalehna, die er von ihren Fesseln befreit hatte, klammerte sich an ihn, immer noch geschwächt von der Folter.

Doch schon während Raisshia bei dem Wortwechsel zwischen Genoveron und Broll auf dem Podest getobt hatte, hatte sich die junge Drachenpriesterin in die Versenkung vertieft, was ihr ohne Schwierigkeiten gelang, da Pyrost tot am Boden lag und von den anderen Luftmagi weit und breit nichts zu sehen war. Auf einmal trat sie vor und wob ein kompliziertes Muster in die Luft.

Raisshia hatte vor Entsetzen und grenzenloser Wut aufgeschrien, als sie ihren sterbenden Sohn in den Armen hielt, weil sie das Scheitern ihrer ehrgeizigen Pläne und vermutlich auch ihren eigenen Tod vor Augen hatte. Dann jedoch ließ sie Ryehl fallen, fuhr herum und stürzte sich mit dem Dolch erneut auf Jolah.

Die Drachenbraut hob die Hände in einer schwachen Abwehr und sank auf die Knie. Für das Wirken der Fäden war es zu spät. Da hörte sie ein wildes Kläffen, und im nächsten Moment kreischte Raisshia vor Schmerz, stolperte und ließ ihren Dolch fallen, während sie zu Boden stürzte. Zwei Hunde hatten sich in ihre Beine verbissen, und einer war ihr in den Rücken gesprungen. Jolah sah atemlos mit an, wie der vierte die hilflos am Boden liegende ehemalige Herrscherin von Ern anfiel und ihr mit einem wilden Knurren die Kehle herausriss.

Dann war Broll bei Jolah und zog sie in die Arme. »Jolah!«, stieß er hervor. »Meine Drachenbraut!«

»Verdammt, Broll!«, rief Jolah, während sie ihn umarmte. »Das wurde aber auch Zeit!« Sie verstummte, als er seine Lippen auf ihren Mund presste.

»Ich lasse dich wohl besser nicht mehr aus den Augen!«, murmelte der Anführer der Hämmer von Ern, der Sohn des ehemaligen Herrschers von Ern, mit belegter Stimme. Das klang zwar eher wie eine Drohung, aber Jolah wusste, was er damit sagen wollte.

»Ist das ein …?«

»Ja, ein Versprechen!«, stieß Broll hervor und zog sie an sich. Er drückte sie so fest, dass Jolah fast die Luft wegblieb.

»Vorsicht!« Sie befreite sich behutsam aus seinem Griff. »Du solltest etwas mehr Rücksicht auf uns nehmen!« Sie legte die Hände auf ihren Bauch und sah Broll in die Augen.

Der runzelte verwirrt die Stirn, bis er ihre Geste begriff. Dann blieb der Drachenbraut nicht mehr genug Luft, um zu protestieren.

Lay schüttelte den Kopf und drehte sich zu Kalehna herum. Er nahm ihre Hand und drückte sie. »Schön, dass ich dich wiedergefunden habe.«

Die junge Drachenpriesterin lächelte, schlang die Arme um ihn und küsste ihn auf den Mund. Dann lehnte sie den Kopf an seine Brust. »Ich auch«, meinte sie. »Und ich habe eine Überraschung für dich.« Sie sah ihn an. »Du hast nicht nur einen Thron erobert, sondern auch bereits einen Thronerben dafür gezeugt.«

Lay sah sie fragend an. Es zuckte in seinem Gesicht, sein Blick glitt zu ihrem Bauch und dann wieder zurück zu ihren Augen. »Du bist …? Ich habe …? Es ist mein …?«

»Wenn du willst«, sagte Kalehna und sah ihn prüfend an. »Aber das hat Zeit. Jetzt solltest du dich um deine anderen Pflichten kümmern.« Sie hielt seine Hand und trat einen kleinen Schritt von ihm zurück. »Ich bin hier und werde nirgendwo hingehen. Bis und falls du so weit bist.« Sie wollte zur Seite treten, aber Lay ließ ihre Hand nicht los.

Bilder schossen ihm durch den Kopf, er sah Thejia, Makira, sah all das Blut, das er vergossen hatte. Dann sah er Kalehna an, und eine ihm bislang unbekannte Ruhe durchströmte ihn, das Gefühl, angekommen zu sein. *Vielleicht ist es das,* dachte er. *Vielleicht bedeutet das ja, zu Hause zu sein. Auf jeden Fall ist es wert, es zu versuchen.*

Er lächelte Kalehna an. »Du bist da, ja, und dein Platz ist hier, an meiner Seite.« Er hob ihre Hand und zog sie an sich, während er sich umdrehte und an die Balustrade trat. Er nahm den Helm ab und warf ihn hinunter, wo ihn ein Sturmreiter auffing.

»Bürger von Ern!«, rief er. »Ich bin Lay vom Aern, Sohn von S'yron Corvin vom Aern und ...« Er drehte sich zu Broll herum, der mit Jolah im Arm ebenfalls an die Balustrade getreten war. »... Bruder von Broll vom Aern. Und ich bin ...« Er sah seinen Halbbruder fragend an und wartete, bis der nickte und Jolah fester an sich zog. »Und ich bin euer neuer Herrscher, so ihr denn wollt!«

Ein tosendes Gebrüll erhob sich auf dem Platz, und alle Zuschauer und Soldaten hoben die Arme und brüllten jubelnd einen Namen.

»Lay, Edler von Ern! Lay, Edler von Ern!«

»Und ihr wollt wirklich nach Ulcar reiten?« Lay setzte den Weinkelch ab und sah Broll fragend an. »Ich meine, ohne mich und Kalehna?« Er streckte die Hand aus und nahm die der jungen Drachenpriesterin.

»Allerdings«, knurrte Broll. »Immerhin haben wir in Ulcar

noch so einiges zu erledigen, und da stört uns ein frischgebackener Herrscher nur.«

»Also, wirklich!« Jolah stieß Broll ihren Ellbogen in die Seite. »Lay versucht doch nur, nett zu sein!«

»Bei Belphors Arsch!«, fauchte der Feldkommandeur der Vereinigten Drachenhorde und, wenn es nach Jolah ging, zukünftige Drachenfürst von Alghor. »Nett? Das ist ja noch schlimmer als seine übliche selbstgerechte, moralische Überheblichkeit!«

Lay presste die Lippen zusammen. Ein Schatten fiel über sein Gesicht bei dem Gedanken an Theija und das Monasterium, aber als er spürte, wie Kalehna seine Hand drückte, entspannte er sich wieder. »Ein bisschen Moral könnte dir jedenfalls nicht schaden«, erwiderte er.

»Das musst du gerade sagen«, sagte Broll, dessen Blick die Blutbraut streifte, die auf einem Sims hinter Lay lag. »Nach dem, was mir Korgh erzählt hat, hast du dich in dieser Hinsicht auch nicht gerade mit Ruhm bekleckert!«

Lay spürte, wie Kalehna ihn spöttisch musterte, und einen Augenblick lang hatte er das Gefühl, als würde ein vertrautes Singen in seinem Hinterkopf ertönen, ganz schwach, wie das leise Rauschen des weit entfernten Meeres.

»Schon gut«, meinte er. »Aber ich bestehe darauf, dass du deine Hämmer mit nach Ulcar nimmst. Ich glaube kaum, dass dieser neue Oberste Augur euch mit offenen Armen empfängt, wenn ihr seine Machtpläne durchkreuzen wollt!«

»Gut, dass du das so siehst, denn ich hätte meine Leute sowieso mitgenommen.« Broll grinste. »Ich glaube außerdem auch nicht, dass Tronn dir so ohne Weiteres gefolgt wäre.«

Lay runzelte die Stirn, aber dann lachte er. »Wohl wahr. Ein bemerkenswerter Hauptmann. Er muss diese Strecke von Hellgaar nach Ernhaag in einem unglaublichen Gewaltmarsch zurückgelegt haben, um noch rechtzeitig hier eintreffen zu können.«

»Das stimmt.« Broll nickte.

»Soldaten sind zu allem fähig, wenn sie ihren Kommandeur respektieren«, behauptete Korgh. »Es hat ihnen freilich ein wenig geholfen, dass die Nordlinge sie bei der Reise unterstützt haben, statt sie aufzuhalten.« Der Hüne sah Broll an. »Soweit wir gehört haben, haben deine Männer den größten Teil der Reise auf Fischkarren zurückgelegt.« Er schnüffelte. »Man kann es immer noch riechen!«

Tronn, der ebenfalls mit ihnen am Tisch saß, hob verblüfft den Arm und schnupperte daran, bevor das allgemeine Gelächter ihm sagte, dass der Nordling einen Scherz gemacht hatte.

»Sei dem, wie es will«, erklärte Broll schließlich. »Wir reisen morgen ab, sobald Belphor seine Augen geöffnet hat. Mit etwas Glück brauchen die Hämmer drei Tage bis Ulcar. Übrigens habe ich eine Nachricht von Johks erhalten. Die Vereinigte Drachenhorde wurde in Ulcar von dem neuen Reichsverweser«, er verzog das Gesicht, »recht gnädig aufgenommen. Nur Johks wurde seines Amtes enthoben und in den Ruhestand versetzt.« Er grinste. »Aber wie unser dämonischer Freund hier so richtig sagte, wenn Soldaten ihren Kommandeur respektieren und achten, sind sie zu allem fähig. Ich bin sicher, sobald wir in Ulcar ankommen, wird sich Johks an die Spitze seiner Leute setzen und diesem neuen Ersten Fragenden klarmachen, dass jeder Versuch, die Macht in Alghor an sich zu reißen, zum Scheitern verurteilt ist.« Sein Blick glitt zu Kalehna. »Auch wenn es ihm schon gelungen ist, die Drachenpriesterinnen und Magi niederzuwerfen.«

Kalehna senkte den Blick. Sie hatte sich an die wilde Hoffnung geklammert, dass Raisshias Behauptung, Sephist wäre tot, nur leeres Gerede gewesen war. Doch die Nachrichten, die aus Ulcar nach Ernhaag geschickt worden waren und die sie nach Raisshias Tod hatte lesen können, bestätigten die schlimmsten Befürchtungen.

Doch die Umstände, unter denen Kalehnas Vater, Sephist,

der Meister der Zirkel, zu Tode gekommen war, schienen unklar zu sein. Fest stand nur, dass man ihn entsetzlich zugerichtet in der Runden Kammer des Refugiums aufgefunden hatte. Offenbar hatte er in der Luft geschwebt, in einer Haltung, wie Drachenpriesterinnen sie einnahmen, wenn man sie ans Drachenkreuz band.

Kalehna schüttelte sich. »Auch wenn er kein *guter* Vater war«, sagte sie leise, »war er doch *mein* Vater. Und ein solches Schicksal hatte er nicht verdient.«

»Wer hat das schon«, antwortete Lay, der an seinen eigenen Vater dachte, an Theija und an Makira. *Vor allem Makira,* dachte er und spürte im gleichen Moment ein schlechtes Gewissen Kalehna gegenüber. Dann zuckte sein Blick zu Korgh. Sowohl er als auch Broll hatten den Nordling immer wieder gefragt, wie es wohl S'yron ergangen war und warum sie so schnell hatten fliehen müssen, statt sich Maahr-kut zu stellen.

Korgh hatte immer wieder nur den Kopf geschüttelt. »Das ist nichts, worüber ihr jetzt nachdenken solltet«, hatte er erklärt. »Vertraut uns, es war unsere einzige Möglichkeit.«

Lay hatte Kalehna verraten, dass der Sandmann ein Gezeichneter war, ein Dämon, der Fürst der Schuppen, und die junge Drachenpriesterin konnte sich zusammenreimen, dass ihr Vater sehr wahrscheinlich durch die Hand dieses Monsters gestorben war.

Sie hatte auch Jolah davon erzählt, und die Drachenbraut hatte ihrerseits vom Schicksal ihres leiblichen Vaters, Akkad da'al Akkadi, berichtet.

Eine düstere Stimmung legte sich über die Tafel, bis Korgh schließlich aufstand und sich reckte. »Wir wissen nicht, wie es euch geht, aber wir legen uns jetzt zur Ruhe. Der Morgen kommt bald, und wir haben eine lange Reise vor uns.«

Lay sah ihn überrascht an. »Du gehst mit Jolah und Broll nach Ulcar?«

Korgh schüttelte den Kopf. »Nein.«

»Ich dachte, weil du gesagt hast, wir haben …« Lay unterbrach sich, als Broll leise lachte.

»Mach dir nichts draus, Bruder«, sagte der Krieger. »Ich falle auch immer wieder darauf herein.«

Lay lächelte. »Außerdem dachte ich, dass Dämonen keinen Schlaf brauchen.«

»Das ist eine Legende, die man Kindern besser nicht erzählt, weil sie sonst gar nicht mehr ins Bett gehen wollen, diese kleinen Dämonen!«, erwiderte Korgh und blinzelte Kalehna und Jolah verschwörerisch zu. Dann wurde er ernst. »Wir sind Korgh, ein Nordling aus Hellanden. Wir riechen nach Fischtran. Meistens jedenfalls. Und wir brauchen Schlaf. Den wir uns jetzt gönnen.« Er sah Lay fest in die Augen. »Und um deine unausgesprochene Frage zu beantworten, Jungchen …« Er grinste, als er Lays Lächeln sah. »Wir reisen nach Hellanden. Nach Hellgaar, genauer gesagt.« Er grinste wieder. »Dort wartet eine Dame auf uns, der wir einen Besuch in ihren Gemächern versprochen haben.« Er schnalzte mit der Zunge. »Und wir sind schon sehr gespannt, was sie wohl sagt, wenn sie unser Schwert sieht!« Er klopfte auf seine zweischneidige Streitaxt.

»Wahrscheinlich wird sie einen Schreikrampf bekommen.« Broll grinste ebenfalls. »Vor Entsetzen natürlich«, fügte er rasch hinzu, als Jolah ihm einen spielerischen Klaps versetzte.

»Wir werden sehen.« Korgh kniff verschwörerisch ein Auge zu. »Wir werden sehen.«

»… wartest hier so lange, bis ich wieder zurück bin und deine Aufgabe genauer umrissen habe! In der Zwischenzeit kannst du versuchen, die Lage der anderen geheimen Tempel aus den gefangenen Drachenpriesterinnen herauszuholen.« Druud Och-Narjon trommelte ungeduldig mit den Fingern auf die Lehne des Drachenthrons. »Es sind wichtige Dinge im Gange, über die ich jetzt noch nicht mit dir reden kann. Aber ich muss unbedingt zum Mund der Götter und ihre Antworten einholen. In zwei Tagen will ich der Bevölkerung von Alghor im Roten Sand diese Antworten und meine Fragen dazu verkünden.« Er verzog das Gesicht. »Zu ärgerlich, dass es dir nicht gelungen ist, die Drachenbraut herzuschaffen. Jetzt müssen wir warten, bis diese hinterhältige Schlange Raisshia sich bereit erklärt, mit ihrem schwachsinnigen Sohn und der Drachenbraut nach Ulcar zu kommen. Zweifellos wird sie Jolah auf irgendeine Weise zwingen, mit Ryehl in Ern das Treuegelöbnis abzulegen.« Er lachte hämisch. »Aber das ist kein Problem für mich!« Er fuhr sich mit der Hand übers Gesicht. »Ich werde dieses Treuegelöbnis anfechten und für ungültig erklären, weil es unter Zwang zustande gekommen ist. Dann werde ich Raisshia und ihren Sohn festsetzen, weil sie gegen ihre Vasallenpflicht gegenüber Alghor verstoßen haben. Bis dahin sollten Johks und Broll mit unseren Truppen wieder in Ulcar sein. Und dann ist der Weg frei, und ich werde mich zum Gemahl der Drachenbraut erklären.« Er schnaubte verächtlich. »Natürlich werde ich diese Verbindung nicht vollziehen, aber das ist ja auch nicht nötig. Jedenfalls bin ich dann Drachenfürst, und die Macht der Auguren wird von da an unanfechtbar sein.« Mittlerweile hatte er sich in Schwung geredet und rieb dabei den lockigen Kopf seines Noviche, während er auf seinem Stuhl hin- und herrutschte. »Anfir kann dir helfen, falls die Drachenpriesterinnen Schwierigkeiten machen, und er wird sich in der Zwischenzeit auch um die Amtsgeschäfte kümmern, nicht wahr, mein Auge?«

»Selbstverständlich, Herr«, erwiderte der Noviche beflissen. »Ich diene und gehorche.«

»Nun, damit wäre das geklärt, Farael. Wirklich gut gemacht. Ich wusste doch, dass es nicht so schwer sein kann, dieses Drachengift zu gewinnen. Es braucht nur ein paar Sandechsen und ein paar Jungfrauen.« Er lachte triumphierend. »Aber natürlich ist es eine widerliche Prozedur, an der unsere Bevölkerung Anstoß nehmen würde, falls sich die Kunde davon verbreitet. Wir müssen also auf jeden Fall dafür sorgen, dass das unser Geheimnis bleibt. Das heißt, alle Drachenpriesterinnen, jedenfalls die ranghöheren, müssen mundtot gemacht werden. Das zu bewerkstelligen und die Erzeugung des Drachengiftes zu beaufsichtigen sind bedeutende Aufgaben, die ich in deine Hände lege, Farael.« Er lächelte in Faraels Richtung. »Ich nehme an, du bist dir der ungeheuren Verantwortung bewusst, die sie mit sich bringen. Deshalb wird mein guter Anfir ab sofort das Auge des Sehers sein und deine Pflichten übernehmen.« Er streckte die Hand aus, und der junge Noviche legte wieder pflichtschuldigst sein Haupt darunter. Dabei grinste er Farael triumphierend an.

Das kann doch nicht wahr sein! Farael stand fassungslos und immer noch leicht gebeugt vor seinem Herrn, unfähig, auch nur ein Wort über die Lippen zu bringen. Er zitterte vor Wut und dachte: *Du hinterhältiger Mistkerl! Für diese Position habe ich so lange alle Demütigungen ertragen, habe geduldig darauf gewartet, dass ich diesen blinden alten Narren endlich beerben kann! Und jetzt kommt dieses verfluchte Jüngelchen daher, dieser verdammte Dämon, und schnappt mir meine Position und die mögliche Nachfolgerschaft einfach vor der Nase weg. Und wenn ich die Drachenpriesterinnen hinrichten lasse, wird dies meiner Beliebtheit bei der Bevölkerung ganz gewiss nicht förderlich sein. Immerhin sind diese Priesterinnen auch Heilerinnen, und in der Kürze der Zeit dürften wir wohl kaum genug neue Heiler ausbilden können!*

»Hast du mich verstanden, Farael?«, fragte Druud ungehalten, weil Farael nicht antwortete.

»Selbstverständlich, Herr!« Farael verbeugte sich tief, weil er wusste, dass Druud am Rascheln seiner Robe hören konnte, ob er es tat oder nicht.

»Das ist dann alles, Farael. Ach ja, bevor ich es vergesse, übergib Anfir bitte deinen Stab. Schließlich ist er jetzt das neue Auge.«

Farael entfernte sich rückwärtsgehend, den Blick zu Boden gerichtet, damit er Anfirs feixende Grimasse nicht ertragen musste. »Ich diene und gehorche.« *Aber nicht mehr lange!*, setzte er insgeheim hinzu. *Du aufgeblasener Kerl! Du residierst hier in diesem Thronsaal wie der neue Drachenfürst und bist doch nur ein blinder Narr.* Als er an der Tür angekommen war, hob Farael den Kopf. *Ein Narr, dessen Zeit bald abgelaufen sein wird.*

Er drehte sich um und schritt durch die Doppeltür, ohne die grinsenden Wachen anzusehen, die seine Demütigung verfolgt hatten. Er begab sich unverzüglich in seine Gemächer, die sich neben dem Komptor des Ersten Fragenden im Eisenturm des Drachenpalastes befanden.

»Dieser verfluchte Narr! Ich wünsche ihm die Seuche an den Hals!«

»Ich hoffe, du sprichst nicht von mir.«

Farael erschrak zutiefst, als die Stimme im dämmrigen Licht seiner Stube erklang. Durch das einzige Fenster, vor dem zudem noch hohe Büschen standen, drang nur sehr spärliches Licht.

»Trophan! Mich hätte fast der Schlag getroffen!«

»Bist du dafür nicht noch ein bisschen zu jung?«

»Was, verdammt, willst du hier? Ich habe dir gesagt, dass wir uns eine Weile besser nicht treffen!«

Der junge Magus hob eine Hand. »Es gibt Neuigkeiten! Sehr wichtige Neuigkeiten!« Er senkte den Kopf. »Einige würden behaupten, tragische Neuigkeiten!« Er hob den Kopf wieder, und Farael sah, dass der junge Magus grinste. »Aber nicht für uns. Sephist ist tot.«

Farael erstarrte. »Tot? Wie ist das passiert?«

»Ich könnte einen Kelch Wein vertragen.«

»Wein?« Farael sah den jungen Magus verwirrt an. »Wieso Wein?«

»Erstens, um den Schreck hinunterzuspülen, denn ich habe die Leiche gefunden. Zusammen mit zwei anderen Magi, glücklicherweise.« Er schüttelte sich. »Sonst hätte man mich am Ende noch verdächtigt, ihn umgebracht zu haben. Obwohl das kaum möglich gewesen wäre. Sephist schwebte in der Luft, in der Runden Kammer.«

Farael blieb mit der Weinkaraffe und einem Kelch in der Hand wie angewurzelt stehen. »Er schwebte in der Luft? Und er war tot?«

Trophan nickte. »Allerdings. Und ziemlich übel zugerichtet.« Er schüttelte sich erneut. »Ich nehme an, dass er keinen besonders angenehmen Tod hatte.«

Farael ließ sich auf einen Hocker sinken. »Aber wer …? Wie …?«

»Der Wein.« Trophan streckte beide Hände aus und nahm Farael Kelch und Karaffe ab. Er schenkte sich ein, leerte das Glas mit einem Zug und schenkte nach. »Ich nehme an, du willst nichts trinken?«

»Nein …« Farael schüttelte den Kopf. »Ich meine, wie kann das sein? Wieso kann jemand tot in der Luft schweben … wenn nicht durch Magie?« Er sah Trophan fragend an.

Trophan nahm noch einen Schluck Wein und wackelte dann

abwehrend mit einem Finger. »Wie gesagt, ich war es nicht.« Er stellte das Glas auf einen kleinen Tisch neben sich und schenkte sich zum dritten Mal ein. »Ausgezeichneter Wein. Woher hast du ihn? SanFira?«

»Aus Ern, aus Krühll, genauer gesagt. Es ist Eiswein.« Farael konnte immer noch nicht glauben, was er gehört hatte. *Sephist ist tot? Aber das bedeutet ja … Das bedeutet, dass Druud seinen ersten Widersacher losgeworden ist, ohne dass er etwas dafür …* Plötzlich kam ihm ein Gedanke, und er kniff die Augen zusammen. »Weiß man denn, wer den Meister der Zirkel ermordet hat? Oder ist er möglicherweise bei einem magischen Experiment oder dem Wirken eines Banns ums Leben gekommen?«

»Nein.« Trophan schüttelte den Kopf. »Dafür war er zu übel zugerichtet. Er hatte entsetzliche Wunden auf der Brust und an den Genitalien. Wie von riesigen Krallen …«

Farael erinnerte sich an sein Erlebnis im Verlies des Drachenpalastes, als er Jeul und Akkad belauscht hatte und anschließend Zeuge geworden war, wie Anfir … nein, ein Monster, *ein Dämon* den ehemaligen Reichsverweser und Magus verspottet hatte. Er erinnerte sich noch an den Geruch. »Hat es dort gestunken?«

Trophan sah ihn verblüfft an. »Ich verstehe deine Frage nicht.«

»Ich meine, in der Runden Kammer. Hat es dort nach Verwesung gerochen?«

»Allerdings, überraschenderweise.« Trophan stellte den Kelch ab und betrachtete Farael neugierig. »Denn nach Aussagen seines Famulus und der Eleven war Sephist am Abend zuvor noch lebendig. Er wollte etwas Dringendes im Drachenpalast erledigen und ist bei seiner Rückkehr ziemlich wütend gewesen.« Er lachte leise. »Wahrscheinlich hat Druud ihn mit blutiger Nase nach Hause geschickt, der blinde Mistkerl!« Trophan zog argwöhnisch die Brauen zusammen. »Wie kommst du darauf?«

»Er war bei Druud?«

Trophan nickte. »Der Zirkel der Magi hat beschlossen, von

OchNarjon den Posten des Reichsverwesers zurückzufordern, da die Drachenbraut immer noch verschwunden und der Erste Fragende mit dieser Position offenkundig überfordert ist. Sephist wollte ihn zur Rede stellen und von ihm den Posten des Reichsverwesers verlangen, da dieser, wie es schon seit vielen Zyklen Tradition ist, dem Meister der Zirkel zusteht.« Trophan hob die Hände. »Offenbar war OchNarjon nicht geneigt, ihm in diesem Punkt zu folgen. Dennoch kann der blinde Seher schlecht der Mörder sein. Kein Fremder kann einfach das Refugium betreten, und selbst wenn es ihm gelingt, kommt er nicht so ohne Weiteres in die Runde Kammer.« Er zuckte mit den Schultern. »Dieser Mord ist ein Rätsel. Und ich bin froh, dass ich erst heute Morgen ins Refugium zurückgekehrt und dann gleich zu Sephist in die Runde Kammer geeilt bin. Für die restliche Zeit kannst du ja bezeugen, wo ich mich aufgehalten habe.«

»Gewiss.«

»Und nun sag mir, wie du darauf kommst, dass es in der Kammer gestunken hat. Es hat entsetzlich nach Verwesung gerochen, obwohl der Herr der Klaturen ja erst mitten in der Nacht ermordet worden sein kann!«

Faraels Gedanken überschlugen sich. *Ist das möglich? Kann wirklich Anfir der Täter gewesen sein? Und wenn ja, was bedeutet das? Zweifellos hat er nicht aus eigenem Antrieb gehandelt, sondern auf Befehl des Ersten Fragenden! Druud OchNarjon fängt an, sich aller Widersacher zu entledigen. Und wenn er mich nicht mehr braucht, bin ich der Nächste!*

Er sah Trophan misstrauisch an. »Du sagtest, du wolltest aus mehreren Gründen Wein haben. Den ersten hast du mir genannt. Was ist der zweite?«

Trophan lachte und nahm wieder den Kelch. »Das verrate ich dir erst, wenn du dir ebenfalls ein Glas genommen hast.« Nachdem sich Farael widerwillig ein wenig Wein eingeschenkt hatte, sagte Trophan: »Du siehst vor dir den neuen Meister der Zirkel, den Herrn der Klaturen, den Mächtigsten Wirker der Ströme!« Er lächelte, doch dann wurde seine Miene ernst. »Willst du mir kein Glück wünschen?«

»Doch, selbstverständlich!«, stammelte Farael. »Selbstverständlich will ich das.« Er hob den Kelch und leerte ihn in einem Zug. Dann stellte er ihn mit einem Knall auf den Tisch. »Ich glaube, ich weiß, wer Sephist ermordet hat!«

Trophan hob eine Braue. »Tatsächlich? Das würde uns natürlich sehr weiterhelfen. Ach ja, ich habe auch noch ein Anliegen an dich, aber das kann warten, bis wir den Mörder gefasst haben.«

»Anfir.«

»Du meinst diesen Noviche? Den Lustknaben von OchNarjon?« Der Magus lachte. »Ich verstehe, warum du das sagst, Farael, aber mach dich nicht lächerlich. Wenn du deinen Nebenbuhler um die Gunst beim Ersten Fragenden und um die Position als sein Auge bringen willst, musst du dir schon etwas Besseres einfallen lassen.« Er schüttelte den Kopf. »Dieser kleine zarte Knabe?« Er lachte wieder. »Du hättest die Wunden sehen sollen, die …«

»Anfir ist kein kleiner zarter Knabe!«, widersprach Farael energisch. »Das heißt, nach außen hin natürlich schon!«

»Nach außen hin?«

»Er ist …« Farael biss sich auf die Lippen. *Soll ich ihn ins Vertrauen ziehen? Ja, warum nicht? Was kann es mir schaden, wenn er weiß, mit wem wir es zu tun haben?*

»Er ist … was? Ein fliegendes Monster?« Trophan schnaubte verächtlich.

Farael nickte. »Ganz genau. Das ist er. Ein fliegendes Monster. Genauer gesagt, in diesem kleinen zarten Körper steckt ein ElderDämon.«

Trophan hatte sich ein weiteres Glas eingeschenkt und setzte gerade zum Trinken an. Jetzt ließ er es sinken und stellte es behutsam auf den Tisch neben sich. »Ist dir klar, was du da behauptest?«

Farael nickte. »Das ist es, und ich kann es auch beweisen.« Er zuckte mit den Schultern. »Jedenfalls mehr oder weniger.«

»Mehr oder weniger? Ich fürchte, das wird nicht genügen.«

Farael seufzte. »Ich habe dir doch erzählt, dass ich mit Druud im Mund der Götter gewesen bin.«

Trophan nickte. »Ja, und?«

»Dort ist mir zum ersten Mal dieser schreckliche Geruch aufgefallen. Derselbe Geruch, den ich wahrgenommen habe, als ich ...« Er errötete.

»Als du ... was?«

»Als ich Jeul und Akkad belauscht und so von dem Versteck der Drachenbraut erfahren habe«, erklärte Farael.

»Ah, so hast du das also angestellt.« Trophan nickte anerkennend. »Und das wolltest du mir nicht verraten, hab ich recht?«

»Ich habe nicht angenommen, dass es etwas zur Sache tut. Aber gleichwie, worauf es ankommt, ist, dass dieser Geruch derselbe zu sein scheint wie der ...«

»Und woher weißt du, dass Anfir ein ElderDämon ist?«

»Ich habe ...« Farael verstummte.

»Du hast in den Klaturen darüber gelesen«, erklärte Trophan und kniff die Augen zusammen. »Sie beschreiben, wie ein ElderDämon von einem Menschen Besitz ergreift. Dieses Wissen findet sich nur in den Klaturen, den geheimen Klaturen, die nur für die Augen der Magier bestimmt sind.«

»Das ist richtig. So wie du die entscheidenden Worte der Prophezeiung aus dem Augural zitieren kannst!«, konterte Farael.

Die beiden Männer schwiegen einen Moment, dann lachte der Magus. »Du hast recht, wir sollten uns diese Dinge nicht gegenseitig vorwerfen.«

Farael nickte. »Ja, sicher nicht. Außerdem wüsste ich gern, wie man einen ElderDämon bekämpfen kann. Diese Stelle habe ich leider noch nicht gefunden.«

»Ah, verstehe.« Trophan dachte nach. »Wenn das wirklich stimmt und Anfir der Mörder von Sephist ist, dann brauchen wir eigentlich sein Geständnis. Andererseits, wenn ich nachweisen könnte … Ich meine, wenn *wir* nachweisen könnten, dass Sephist von einem ElderDämon getötet wurde, der auf Befehl des Obersten Auguren gehandelt hat, dann muss Druud Och-Narjon vor Gericht, und die Macht der Auguren ist endgültig gebrochen!«

Ich bin auch ein Augur, Magus! Farael betrachtete seinen Partner argwöhnisch, so als sähe er ihn auf einmal mit ganz anderen Augen. *Ich frage mich, ob Trophan wirklich als Meister der Zirkel und Reichsverweser die geeignete Wahl ist. Genauer gesagt frage ich mich, ob die Magi überhaupt noch eine Rolle in Alghor spielen sollten!*

»Verzeih«, sagte Trophan, als er aus seinen Gedanken hochschreckte. »Du wartest immer noch auf meine Antwort, richtig?« Er räusperte sich. »Den Klaturen zufolge kann man einen ElderDämon nur dann zwingen, hinter den Dunklen Schleier zurückzukehren, wenn man seinen Wirtskörper auf eine bestimmte Art und Weise tötet, und zwar dann, wenn der Dämon nicht in ihm steckt.« Trophan beschrieb kurz die erforderliche Vorgehensweise, und Farael wurde beim Zuhören fast übel. Es war nicht weiter kompliziert, aber ausgesprochen widerlich. »Der ElderDämon lässt etwas von seiner Essenz in dem Wirt zurück, wenn er ihn nur kurzzeitig verlässt. Dieser Rest seiner Essenz wird zerstört, sodass der ElderDämon nicht einfach einen anderen Wirt in Besitz nehmen kann, weil ihm dieses Stück seiner Essenz fehlt.« Trophan zuckte mit den Schultern. »Allerdings bringt ihn das nicht um, sondern bannt ihn nur an diesen bestimmten Ort. Wenn es stimmt, was du sagst, wäre das in dem Fall vermutlich der Mund der Götter.«

Faraels Gedanken überschlugen sich. »Und was passiert,

wenn ein Mensch in der Nähe ist, ich meine, in der Nähe des Dämons, wenn man seinen Wirtskörper tötet?«

Trophan zuckte mit den Schultern. »Keine Ahnung. Aber ich könnte mir vorstellen, dass es keine besonders appetitliche Angelegenheit ist, den Todeskampf eines ElderDämon aus nächster Nähe mitzuerleben, auch wenn es eigentlich nur der Todeskampf seines menschlichen Wirtskörpers ist. Aber niemand weiß, wie der Dämon darauf reagiert.« Er grinste plötzlich. »Willst du Anfir umbringen, nachdem wir seinen Fall vor den Zirkel der Magi gebracht haben?«

Nein, das will ich nicht, dachte Farael. »Du hattest ein Anliegen an mich?«

Trophan nickte. »Ich habe nachgedacht. Ich halte es für besser, wenn wir beide gemeinsam vor den Zirkel der Wirker treten und ihnen das Geheimnis der Produktion des Drachengiftes schildern. Ich weiß, du möchtest es für dich behalten, genauer gesagt, für die Auguren.« Er grinste. »Aber du musst verstehen, dass meine Loyalität jetzt natürlich bei den Magi liegt.« Er legte die Finger aneinander. »Und jetzt, da die Drachenpriesterinnen im Auftrag des Obersten Auguren verfolgt werden, Sephist tot ist und Druud den Mord an ihm in Auftrag gegeben hat, wirst du sicherlich begreifen, dass es die Magi sind, die die spirituelle Vorherrschaft in Alghor übernehmen müssen.« Er betrachtete seine Fingernägel. »Und auch die weltliche Macht. Sobald die Drachenbraut nach Ulcar zurückgekehrt ist ...« Das Ende des Satzes ging in einem Gurgeln unter.

»... werde ich mich als Oberster Augur und Reichsverweser darum kümmern, dass ihr lächerlicher, perverser Gemahl und seine machtgierige Mutter eine Begegnung mit einem außer Rand und Band geratenen ElderDämon nicht überleben«, erklärte Farael gelassen.

Er war aufgestanden und hatte nach der Karaffe gegriffen, während Trophan die Augen zur Decke gerichtet und sich in seiner kleinen Triumphrede gesonnt hatte. Aber statt sich einen Wein einzuschenken, hatte Farael dem jungen Magus den zeremoniellen Dolch des Auguren, den er immer an seiner Kutte trug und den er unbemerkt herausgezogen hatte, in die Kehle gerammt. Jetzt drehte er die Klinge langsam herum, um sicherzugehen, dass die Wunde wirklich tödlich war. *Eine vielleicht überflüssige Vorsichtsmaßnahme, aber bei Magi kann man nicht vorsichtig genug sein.* »Man wird dich neben der Leiche von Anfir finden, dem tapferen kleinen Noviche, der die Verschwörung gegen Sephist aufgedeckt und erfahren hat, dass ihr beide, Druud und du, gemeinsame Sache gemacht habt. Und Druud wird nach seiner Rückkehr, *falls* er tatsächlich zurückkehrt, feststellen, dass seine Verschwörung gegen den Drachenthron von den letzten aufrechten Kräften in diesem Land niedergeschlagen worden ist.«

Er wartete, während Trophan auf seinem Stuhl krampfhaft zuckte und schwarzes Blut über seine Kutte quoll. Als sich die Augen des Sterbenden noch einmal auf ihn richteten, beugte sich Farael vor. »Du hättest dich mit der Position des Meisters der Zirkel zufriedengeben sollen, Trophan, mein Freund. Jetzt wirst du dem Meister des Todes gegenübertreten. Ich bin sicher, dass Belphor dir wegen deiner Gier und Niedertracht eine besondere Stellung an seiner Tafel in Hellhallgor oder im Unternieder gewähren wird, je nachdem, an welchen göttlichen Unsinn du glaubst. *Die Götter mögen deine Essenz willkommen heißen!«* Mit diesen formellen Worten riss Farael den Dolch aus der Kehle des Magus. Dann packte er das gefüllte Weinglas seines ehemaligen Verbündeten, leerte es in einem Zug und stellte es auf den Tisch. Er sah sich kurz um, nahm eine Decke von der Couch und wickelte sie Trophan um Kopf und Brust, wo bereits das Blut die Kutte des Magus färbte.

Denk nach, befahl er sich dann. *Du darfst jetzt keinen Fehler machen! Wie hat er noch gesagt? Du musst den menschlichen Körper des ElderDämons auf eine bestimmte Art und Weise töten.* Er ging zurück in die kleine

Küche seiner Wohnung und holte einige Werkzeuge heraus, die er laut Trophans Beschreibung brauchen würde. *Das dürfte also kein Problem sein,* sagte er sich. *Glücklicherweise weiß ich ja, wo Anfir wartet, wenn sein Gast,* er schüttelte sich bei dieser Vorstellung, *im Mund der Götter ist. Wo er jetzt zusammen mit Druud sein sollte. Perfekt. Zum Glück muss ich Trophans Leiche nur unbemerkt durch den Gang in das Komptor des Ersten Fragenden bringen. Dort wird Anfir auf Druuds Bett liegen, genau wie beim letzten Mal.*

Er vergewisserte sich, dass kein Blut aus der Decke sickerte, legte sich die Leiche des jungen Magus über die Schulter, schlich zur Tür, öffnete sie vorsichtig und lugte hinaus. Niemand war zu sehen. Rasch und so leise er konnte, ging er den Gang entlang, bog um die Ecke und schloss mit zitternden Fingern die Tür des Komptors auf, die Druud grundsätzlich verriegelte, wenn er zum Mund der Götter ging. Als Farael ihn einmal nicht hatte begleiten können, hatte er unter einem Vorwand das Komptor aufgesucht und dort Anfir scheinbar leblos und mit starrem, an die Decke gerichtetem Blick vorgefunden.

Schließlich schaffte er es, die schwere Tür zu öffnen, aber dabei hätte er Trophan beinahe fallen lassen. *Nur mit der Ruhe!*, ermahnte er sich. *Du hast es fast geschafft. Mach jetzt keinen Fehler! Ah, da ist er ja.*

Er war in das Schlafzimmer des Obersten Auguren gegangen, und wie erwartet lag dort Anfir regungslos auf der Matratze. Die Augen des Noviche waren weit geöffnet, und eine Fliege kroch über einen seiner Augäpfel, aber der Jüngling merkte offenbar nichts. Farael ließ Trophan mit einem Seufzer der Erleichterung zu Boden sinken und wickelte die Decke von der Leiche. Die Augen des Magus waren bereits milchig getrübt, und die Fliege erhob sich sofort von Anfirs Augapfel und stürzte sich gierig auf die klaffende Wunde am Hals des Magus.

Farael schüttelte sich und lachte dann leise. *Wenn du das schon als ekelhaft empfindest, solltest du mit deiner nächsten Aufgabe gar nicht erst anfangen!*, dachte er. *Andererseits, der Preis, der dir winkt, ist ungeheuer verlockend! Und eine angemessene Belohnung für all die Zeit, die du dich von dem blinden Mistkerl und diesem widerlichen kleinen Lustknaben hast demütigen lassen!*

Er beugte sich über Anfir und horchte. *Keine Atemzüge.* Dann legte er die Hand auf die Stirn des Jünglings und zuckte zusammen. *Eiskalt.*

Farael schluckte, und einen Moment lang verließ ihn der Mut. Dann stellte er sich vor, wie er als neuer Erster Fragender der Kaste der Auguren und als Reichsverweser des Drachenreichs von Alghor herrschen würde, und schloss kurz die Augen. *Du schaffst das!*, sagte er sich, beugte sich vor und griff in die Tasche. Seine Hand kam mit einem Fleischerhaken und einem scharfen Messer wieder zum Vorschein.

»So, Anfir. Das hier wird zwar meine erste Dämonenaustreibung, aber man muss alles im Leben einmal ausprobiert haben, denkst du nicht auch?«

»Auge! Auge!«

Farael zuckte zusammen, als er die lauten Stimmen im Gang hörte. Er tat, als wäre er in das Studium des Augurals vertieft, und hatte dafür gesorgt, dass alle wussten, dass er im Lektorial saß und die heiligen Schriften der Auguren studierte.

Er setzte eine mürrische Miene auf, als die Tür aufflog, und noch bevor der junge Eleve dazu kam, etwas zu sagen, fuhr er ihn wütend an. »Ich sagte doch, ich will nicht gestört werden, es sei denn, der Erste Fragende ist vom Mund der Götter zurückgekehrt und verlangt nach mir!«

»Auge!«, stammelte der Eleve und sank zitternd auf die Knie. »Der Erste Fragende … Druud OchNarjon … Er ist …«

Farael seufzte. »Er ist zurückgekehrt, schön, aber das ist kein Grund, vollkommen die Fassung zu verlieren …«

Der junge Eleve wurde zur Seite geschoben, von einem älteren Auguren, der den Raum betrat. »Auge des Sehers …« Der Mann verneigte sich vor Farael, der ein kurzes Aufflackern von Triumphgefühl nicht unterdrücken konnte. *Er weiß es,* dachte er. *Er weiß, dass ich das einzige Auge des Sehers bin und bald die Nachfolge des Ersten Fragenden antrete.*

»Was ist, Elfrich?«, erkundigte er sich bei dem Mann. »Ist etwas geschehen?«

Der Augur rang die Hände. »Eine Katastrophe, Euer Gnaden!«

»Aber, Elfrich«, tadelte Farael den Mann sanft. *Eigentlich würde er ein ausgezeichnetes Auge abgeben,* dachte er. *Er ist intelligent, aber nicht gerissen, und außerdem ist er mir treu ergeben und konnte Anfir noch nie leiden.* »Du weißt doch, dass dieser Titel nur dem …« Er stockte und legte in einer theatralischen Geste eine Hand auf sein Herz. »Sprich, mein Freund!«, stieß er hervor. »Ist etwas mit dem Obersten Auguren?«

»Eine Katastrophe, Eminenz.«

Verdammt, Elfrich, danach habe ich nicht gefragt! Nun spuck endlich aus, was du mir zu sagen hast! »Ich weiß, mein Guter. Beruhige dich. Eine Katastrophe.« Er sah den Auguren forschend an. »Was für eine Katastrophe?«

»Druud OchNarjon ist tot!«, platzte der Augur schließlich heraus.

»Nein!«

»Doch!«

»Nein, das ist unmöglich!«

»Doch, doch! Die Eleven sind vollkommen aufgelöst vom Mund zurückgekehrt und haben es berichtet.«

»Was ist denn mit ihm geschehen?« Farael zählte innerlich bis fünf, um sich davon abzuhalten, den Mann zu schütteln. »Hat ihn der Schlag getroffen? Ist er vom Pferd gefallen?«

Elfrich rang erneut die Hände. »Nein, Eminenz! Es ist viel schlimmer! Die Eleven haben im Vorraum des Mundes auf den

Ersten Fragenden gewartet, wie es normalerweise die Aufgabe des Auges ist …«

Das weiß ich selbst, du geistesschwacher Trottel! Ich bin das Auge des Sehers! »Und …?«

»Und plötzlich hörten sie entsetzliche Schreie, ein lautes Gebrüll von Stimmen, die nicht menschlich waren, und dann das durchdringende Kreischen eines Menschen in höchster Not!«

»Und …?«

»Dann …« Elfrich schüttelte sich, während immer mehr Auguren hinter ihm in der Tür erschienen und sich ins Lektorial drängten. »Und dann flog Druud durch den Mund am Ende der Brücke in den Vorraum der Höhle!«

»Er flog?« Farael hob eine Braue. Im letzten Moment erinnerte er sich daran, dass er sich erschüttert geben musste, und er wiederholte die Frage in ehrfürchtigerem Ton. »Er flog?«

Elfrich zuckte mit den Schultern. »Das sagen jedenfalls die Eleven. Aber da war er schon nicht mehr am Leben. Und was da flog, waren fürchterlich entstellte menschliche Überreste. Nur an den Fetzen seiner Kutte und an dem Seherstab in seiner verkrampften Klaue von Hand war zu erkennen, dass es sich um den Obersten Auguren handelte.« Elfrich griff sich ans Haupt. »Und an einem Stück seiner Kopfhaut, an dem noch rote Haare hingen.«

Die Männer stöhnten auf.

»Entsetzlich!« Farael wartete und musterte die Umstehenden verstohlen unter seinen langen Wimpern. *Sagt es endlich!*, dachte er. *Sagt endlich, dass mich das Konzil der Auguren zum neuen Ersten Fragenden ernennen wird!*

»Aber das ist noch nicht alles, Auge«, erklärte Elfrich dann. »Im Komptor des Obersten Auguren …«

»Ja, natürlich, das ist eigentlich meine Aufgabe«, fiel Farael ihm rasch ins Wort. »Ich muss die nötigen Unterlagen und …«

»Das meine ich nicht, Auge«, unterbrach ihn Elfrich. »Wir

haben zwei Leichen dort gefunden, die des Noviche Anfir, den Druud OchNarjon eigentlich zu seinem Nachfolger bestimmt hatte, und außerdem einen toten Magus, genauer gesagt, den neuen Wirker der Ströme, den Meister der Zirkel, Trophan. Er ist gerade erst vom Zirkel der Wirker zum neuen Herrn der Klaturen ernannt worden. Offenbar hat er sich auch um das Amt des Reichsverwesers bemühen wollen! Eine Katastrophe! Wie es aussieht, hat er den jungen Noviche bestialisch ermordet, der sich aber durch einen gezielten Dolchstoß mit dem zeremoniellen Messer der Auguren zur Wehr gesetzt hat. Es sind bereits Magi eingetroffen, um die Leichen zu inspizieren.«

Farael zuckte zusammen. *Magi, die die Leichen inspizieren? Zu welchem Ergebnis werden sie wohl kommen?*

»Anfir hat offenbar diesen Magus dabei überrascht, wie er in den Unterlagen von Druud OchNarjon herumschnüffelte, wofür der Noviche dann mit seinem Leben bezahlt hat«, fuhr Elfrich fort. »Das Konzil bittet Euch, vor ihm zu erscheinen, um als einziger Kandidat für die Position des Obersten Auguren vorzusprechen, bevor Ihr dann mit den Abgesandten der Wirker der Ströme redet. Ihr werdet vorab mit den entsprechenden Vollmachten ausgestattet.« Der Augur schüttelte den Kopf. »Ein Gutes hat die Sache wenigstens.« Er sah Farael hastig an. »Mit Euch bekleidet ein geeigneter Kandidat diesen höchsten und ehrenvollsten Posten unserer Kaste.« Er verbeugte sich tief vor Farael. »Wenn Ihr mir jetzt in den Konzilsraum folgen wollt, Eminenz?« Er wartete, bis Farael huldvoll nickte, drehte sich dann um und scheuchte die Auguren und Eleven davon. »Platz da! Macht Platz für den neuen Ersten Fragenden, Farael Och…!«

Er sah sich fragend nach Farael um, der nur mit Mühe ein Grinsen unterdrücken konnte, als er zum ersten Mal den Titel »Och« hörte, der allen Ersten Fragenden zustand und den sie vor ihren Familiennamen führten. Nur hatte er keinen Familiennamen. *Es ist ein weiter Weg gewesen, von einem verstoßenen Waisenknaben zum Obersten Auguren!*, dachte er. *Und ein Weg, der noch nicht zu Ende ist.* »Farael OchAyrak«, verkündete er gelassen. *Welcher Name stünde mir wohl besser an als einer aus den Legenden von Alghor, der des Vaters aller Drachen?* »Farael OchAyrak«, wiederholte er und nickte zufrieden, als er die weit aufgerissenen Augen von Elfrich sah. »Farael OchAyrak.« *Ein Name, der ebenfalls in die Legenden von Alghor eingehen wird.*

Er konnte ein Grinsen nicht unterdrücken, als er an den Eleven und Auguren vorbeiging, die sich an die Wand des Ganges drückten und sich ehrerbietig verbeugten.

Farael OchAyrak. Klingt gut. Klingt mächtig.

»Hältst du es wirklich für eine gute Idee, einfach so in die Zeremonie hineinzuplatzen?« Jolah zügelte ihr Pferd und legte Broll eine Hand auf den Arm. Nur mit Mühe hatte sie Broll die Erlaubnis abringen können, den Weg von Ernhaag nach Ulcar zu Pferd zurücklegen zu dürfen.

»Wenn ich in einer Kutsche hinterherfahre, werde ich Ulcar erst erreichen, wenn die ganze Sache schon vorbei ist!«, hatte sie argumentiert. »Und, verdammt noch mal, es geht um meinen Drachenthron! Ich will ihn nicht nur durch deinen Mut und deinen Einsatz bekommen, sondern ihn mir selbst erkämpfen!« Bei diesen Worten hatte sie ihren Geliebten wütend angefunkelt. »Du hast mir schon das Leben gerettet, das sollte fürs Erste wohl genügen!«

Broll hatte schließlich zugestimmt, auch weil sein Hauptmann Tronn sich für Jolah eingesetzt hatte. Allerdings hatte Broll unmissverständlich klargemacht, dass Tronn mit seinem Kopf dafür haftete, dass Jolah und dem Baby nichts zustieß.

Überhaupt, das Baby. Jolah hatte Broll fast nicht wiedererkannt, nachdem sie ihm gesagt hatte, dass sie von ihm schwanger war. Ulcar, Lay, sein Vater, der Thron von Ern – oder zumindest der halbe Thron –, seine Vergangenheit, sein Ruf als Schlächter von Krühll, dessen Zustandekommen er ihr erklärt hatte, der Krieg und der Friedensschluss mit Hellanden … All das spielte plötzlich keine Rolle mehr. Aber wenn sie die Hand auf ihren Bauch legte oder das Gesicht verzog, war Broll sofort an ihrer Seite.

Noch nie in ihrem Leben war Jolah so glücklich gewesen. Obwohl seine Vorsicht und seine Sorge um sie ihr bereits etwas auf die Nerven gingen.

Jetzt allerdings war sie froh über Brolls Vorsicht. Sie standen in Sichtweite des Haupteingangs der Großen Arena von Ulcar, des Roten Sandes, und hörten das begeisterte Gebrüll der Menschen. Offenbar hatte Farael seine Rede bereits begonnen. *Farael OchAyrak, also wirklich!*, dachte sie. *Unter falscher Bescheidenheit leidet der neue Oberste Augur jedenfalls nicht.*

»Ich denke, ja, Erlauchte Drachenbraut«, antwortete Johks auf ihre Frage. Er hatte sein Pferd neben das ihre gelenkt. »Ausgewählte Drachenkämpfer und meine Eisdrachen haben sich überall auf den Rängen verteilt, getarnt als Zuschauer! Aber der Rote Sand fasst mindestens fünfzigtausend Menschen, und meine Leute haben mir berichtet, dass sich bestimmt noch erheblich mehr darin befinden. Was auch immer dieser hinterhältige Augur vorhat, wenn Ihr ihn wirklich überrumpeln und den Thron für Euch gewinnen wollt, solltet Ihr die Gelegenheit nutzen. Und das Beste wäre, direkt durch den Haupteingang hineinzugehen.«

Broll nickte. »Wir reiten einfach durch die Manege, und du zeigst dich den Menschen. Wenn sie dich erkennen, werden sie dir zujubeln, und niemand wird mehr auf Farael hören. Dann steigst du die Leiter zur fürstlichen Empore empor, die dir Johks Männer hinunterlassen werden, und der Rest wird sich ergeben.«

Jolah nickte und schluckte heftig. Sie war sehr aufgeregt, jetzt, da sie so kurz vor ihrem Ziel war. Sie streckte die Hand aus und packte Brolls Hand. »Du bleibst bei mir?«

Broll hob ihre Hand an seine Lippen, küsste sie, beugte sich vor und küsste sie dann auf den Mund. »Immer.«

Jolah lächelte. »Ich bin dein«, sagte sie und berührte die Narbe auf seiner Wange.

Er erwiderte das Lächeln und berührte ihre Narbe. »Ich bin dein.«

Dann wandte er sich im Sattel um, sah erst Tronn und dann Johks an und streckte die Faust zum Himmel. »Reiten wir los! Für die Drachenkönigin! Für Alghor!«

Wie Donner brauste es durch die Straßen, als der Ruf von Hunderten von Kehlen aufgenommen und wiederholt wurde, und die wenigen Menschen, die nicht in der Arena waren, steckten die Köpfe aus den Fenstern ihrer Häuser oder lugten aus Schenken und Geschäften heraus.

»Für die Drachenkönigin! Für Alghor!«

Den Ruf konnte man wahrscheinlich bis nach Baahtt hören, auf jeden Fall aber hörten ihn wohl die Menschen im Roten Sand, denn das Gebrüll in der Großen Arena wurde leiser, und dann öffneten Johks Männer, die die Wachen an den Toren »abgelöst« hatten, die gewaltigen Flügeltüren des Hauptportals. Jolah und Broll fegten an der Spitze einer kleinen Armee aus Drachenkämpfern, Goldenen Schwingen, Eisdrachen, Hämmern und Sturmreitern in den Roten Sand.

Jolah hatte den Umhang abgeworfen, den sie bisher getragen hatte. Darunter trug sie die Gelöbnisrobe der Drachenbraut, wie an jenem schrecklichen Tag, an dem ihr Vater ermordet worden war und die Zukunft Alghors auf Messers Schneide gestanden hatte. Sie preschten bis in die Mitte der Arena und ritten dann langsamer. Jolah folgte Broll, der die Uniform des Feldkommandeurs der Vereinigten Drachenhorde von Alghor trug, dann kamen mit etwas Abstand Tronn und Johks sowie die Soldaten der verschiedenen Armeen in makelloser Schlachtordnung.

Der Lärm und das Geschrei in der Arena wurden immer leiser, bis schließlich nur noch das Schnauben der Pferde und das Trappeln der Hufe zu hören waren. Und die ungläubige Frage des Obersten Auguren und selbst ernannten Reichsverwesers, Farael OchAyrak, der auf dem Podest der fürstlichen Familie stand, ganz dicht an der Balustrade, und entgeistert auf die Reiterkolonne und die Person auf dem Schimmel an der Spitze starrte.

»Wer, bei Belphors gespaltenem Schwanz, ist das?«

Einen Herzschlag lang antwortete niemand. Dann ertönte eine helle, kindliche Stimme irgendwo im Publikum, da, wo die Drachenbraut gerade vorbeiritt.

»Jolah?«

Jolah hob die Hand und winkte lächelnd in die Richtung, aus der die Stimme gekommen war.

»Königin der Drachen!« Dieser Ruf war lauter, klarer und kam aus einer männlichen Kehle.

Jolah fuhr überrascht zu dem Rufer herum. Broll hinter ihr grinste, denn er wusste, wer der Mann war. Schließlich handelte er auf seinen Befehl hin.

»Jolah, Königin der Drachen!«, wiederholte der Mann und hob die Faust zum Gruß. Die weiße Prachtuniform stand Schwingenleutnant Cherus hervorragend. Sein blondes Haar leuchtete in der tief stehenden gelben Sonne, als er ein drittes Mal den Ruf ausstieß.

»Jolah, Königin der Drachen!«

Diesmal nahmen etliche Zuschauer den Ruf auf, und schon bald pflanzte er sich durch die Ränge fort, gewann an Lautstärke, an Kraft, an Zuversicht.

»Jolah, Königin der Drachen!«

Jolah ritt weiter durch die Arena, einmal durch das ganze

Oval, während der Ruf so laut wurde, dass schließlich die Tribünen bebten.

»Jolah, Königin der Drachen!«

Unter ohrenbetäubendem Jubel brachte Jolah schließlich ihren Schimmel vor der fürstlichen Empore zum Stehen, ließ sich von Broll vom Pferd helfen und ging, seine Hand haltend, zu den Leitern, die Johks' Männer für sie heruntergelassen hatten.

Farael OchAyrak, der Erste Fragende, designierte Reichsverweser und Möchtegern-Herrscher von Alghor, sah ungläubig zu, wie die Drachenbraut Jolah da Prunfor in dem Kleid, das sie während der so schrecklich geendeten Feier zu ihrem Treuegelöbnis an ebendiesem Ort getragen hatte, leichtfüßig die Leiter hinaufstieg und gefolgt von Broll, dem Feldkommandeur der Vereinigten Drachenhorde von Alghor, auf das Podest trat.

Die Zuschauer schrien sich fast die Lunge aus dem Hals, als Jolah an die Balustrade trat und die Arme weit ausbreitete. Broll war einen halben Schritt hinter ihr und warf Farael einen finsteren Blick zu.

Der Erste Fragende schluckte. »Will… willkommen, Erlauchte Drachenbraut«, stammelte er schließlich, aber in dem allgemeinen Gebrüll konnte ihn niemand hören.

Broll aber hatte verstanden, und er grinste böse und winkte den Obersten Auguren zu sich.

Farael spielte einen Moment mit dem Gedanken, diese Unverschämtheit einfach zu ignorieren, aber als er Brolls Blick sah und sich an den Ruf des Schlächters von Krühll erinnerte, kämpfte er seinen Stolz nieder und trat zu dem Mann aus Ern.

»Wir sind dir überaus dankbar, dass du unsere Treuegelöbnisfeier so ausgezeichnet vorbereitet hast«, schrie Broll ihm ins Ohr, um den Lärm der Menge zu übertönen. »Und da du schon einmal hier bist, kannst du dich gleich nützlich machen und unser Treuegelöbnis offiziell vollziehen!« Broll legte gelassen eine Hand auf den Griff seines Schwertes und grinste den Auguren an. »Ich gehe davon aus, du hast nichts Besseres vor oder gar etwas anderes beabsichtigt, habe ich recht?«

Natürlich hätte Farael etwas Besseres und vor allem anderes vorgehabt, aber in diesem Moment erschien es ihm ratsam, seine Pläne auf eine spätere Zukunft, eine möglicherweise sehr viel spätere Zukunft zu verschieben. Er schüttelte den Kopf, um dem Feldkommandeur zu signalisieren, dass er nichts dergleichen vorhatte, merkte jedoch an Brolls finsterem Blick, dass dies die falsche Geste gewesen war. Hastig nickte er und atmete erleichtert auf, als Broll lächelte.

»Gut, Augur, dann lass dich nicht aufhalten!« Er deutete auf das kleine Podest an der Balustrade, auf dem Farael eigentlich seine Rede hatte halten wollen, um sich selbst zum Reichsverweser des Drachenreiches von Alghor zu erklären. Aber diese Position würde wohl für ihn in den nächsten Zyklen unerreichbar sein.

Jolah drehte sich zu Broll um, der ihr aufmunternd zunickte, dann sah sie Farael an und hob eine Braue.

Der Augur trat auf das Podest und schluckte mehrmals, bevor es ihm gelang, den Arm zu heben und den Fanfarenbläsern das verabredete Zeichen zu geben.

Gut zwanzig Mal mussten sie ihr Hornsignal blasen, bis die »Jolah!«-Rufe so weit abklangen, dass er sich mittels des Schalltrichters vor dem Podest verständlich machen konnte.

»Heute ist ein Tag der Freude, Volk von Alghor!«, begann er und musste anschließend mehrere Sandstriche lang warten, bis sich der Jubel erneut gelegt hatte.

»Die Drachenbraut Jolah da Prunfor ist zu uns gekommen, um ihr …« Farael OchAyrak hustete, weil er sich verschluckt hatte. Broll, der zu ihm aufs Podest stieg, klopfte ihm recht nachdrücklich auf den Rücken, was unter den Zuschauern ziemliche Heiterkeit auslöste. »… um ihr Treuegelöbnis abzulegen …«

Erneut klang ohrenbetäubender Jubel auf, und diesmal dauerte es eine ganze Sandacht, bis er wieder abebbte.

»Und zwar mit dem Feldkommandeur unserer ruhmreichen Vereinigten Drachenhorde, Broll …« Während die Menge vor Begeisterung tobte, sah er Broll fragend an. Der beugte sich zu dem Auguren und flüsterte ihm seinen Namen ins Ohr. Farael starrte den Mann verblüfft an. Broll nickte bestätigend, und Jolah lächelte strahlend.

Wenn Druud das hätte erleben können, dass die Drachenbraut sich doch mit einem aus dem Geschlecht der Edlen von Ern verlobt …

Er wartete, bis sich das Geschrei der Menschen gelegt hatte, und fuhr dann fort.

»Sie gelobt die Treue Broll vom Aern, Sohn des S'yron Corvin vom Aern und Bruder des neuen Herrschers der Provinz Ern, Lay vom Aern, auch bekannt als Bluthand Lay …«

Der Jubel kannte keine Grenzen, und es dauerte lange, bis sich die Menschen so weit beruhigt hatten, dass Farael die wichtigste Mitteilung machen konnte, die er sich bis zum Schluss aufgespart hatte. Broll und Jolah mussten ihn dazu mit Blicken und nachdrücklichem Nicken ermuntern. Möglicherweise half es auch, dass Broll erneut die Hand an den Griff seines Schwertes legte.

»Bei diesem Gelöbnis verkündet der Gemahl der Drachenbraut, Broll vom Aern, dass er auf den Titel Drachenfürst verzichtet und sich mit den Titeln Prinz der Drachen und Reichsverweser von Alghor zufriedengibt. Die neue Herrscherin von Alghor ist …

… Jolah, Königin der Drachen!«

HELLGAAR, STUHLKAMMER IN DER RINGBURG

Die Fackeln blakten im Wind, der um die Ringburg in Hellgaar heulte und durch die Fensterläden und Ritzen in Fenstern und Türen der Stuhlkammer pfiff. Nur wenige Fackeln brannten in dem großen Raum, der, bis auf einen Menschen und einen Hund, leer war.

Egkhild, Kriegsherrin der Nordlinge und Erste Magd Belphors, Anführerin der Warkyrien, saß auf dem Podest vor dem Hohen Stuhl der Kriegshäuptlinge Hellandens, den Rücken an einen Pfeiler gelehnt, und kraulte gedankenverloren das schwarzbraune gefleckte Fell einen Wolfshundes, der neben ihr auf dem Holzboden lag und ihre geistesabwesenden Zuwendungen genoss.

Sie hatte die Feier der Stammeshäuptlinge und Clanchefs im Großen Saal der Ringburg, die schon seit dem frühen Vormittag andauerte, bereits vor etlichen Schattenstrichen verlassen. Es war die Art von Feier, mit der die Stammeshäuptlinge und Clanchefs den Rücktritt eines Kriegshäuptlings nach einer gewonnenen Schlacht oder einem siegreichen Krieg zu begehen pflegten.

»Nur dass wir den Krieg nicht gewonnen haben, sondern nur den Frieden, was, Drakuhl?«, sagte sie zu dem Hund. »Was den Häuptlingen so gar nicht gefallen hat.«

Der schnaufte zufrieden, zuckte mit den Ohren und klopfte kurz mit dem Schwanz auf die Dielen des Bodens.

Egkhild lachte.

»Was kann es Besseres geben, statt eines Krieges einen Frieden zu gewinnen?«

Beim Klang der männlichen Stimme fuhr Egkhild überrascht herum, und Drakuhl sprang auf und bellte. Die Warkyria und ehemalige Kriegsherrin sah den Hund fragend an. »Wieso hast du nicht angeschlagen, Drakuhl? Bist du plötzlich taub geworden?«

Doch der Hund reagierte nicht auf ihre Worte. Er zog die Lefzen hoch, knurrte und wich vor der Gestalt zurück, die immer noch unbeweglich im Schatten stand.

Egkhild stand hastig auf, fuhr mit der Hand zu ihrem Gürtel und stieß einen Fluch aus, als ihre Finger ins Leere griffen. Sie hatte ihre Waffen bereits in ihren Gemächern abgelegt, als sie sich impulsiv entschlossen hatte, noch einmal in die Stuhlkammer zu gehen.

Sie kniff die Augen zusammen, konnte jedoch nicht erkennen, um wen es sich bei der Gestalt handelte. »Die Häuptlinge haben ja nicht lange gebraucht, um einen Verräter zu finden, der mich erledigt!«, zischelte sie. »Ist Frieden mit Alghor denn tatsächlich so entsetzlich?«

»Du hast keine Angst.« Das war eine Feststellung, keine Frage.

»Natürlich habe ich Angst vor dem Tod!«, widersprach sie. »Nur ein Narr würde sich nicht davor fürchten, dass Belphor seinen Mut auf dem Schlachtfeld möglicherweise als nicht groß genug erachtet, um ihn an seine Tafel nach Hellhallgor einzuladen, und er den Rest der Äonen im Hellführ verbringen muss!« Sie lachte. »Hitze bekommt meinem Haar überhaupt nicht!«

Der Mann lachte ebenfalls. »Und du bereust nichts.« Auch das war eine Feststellung.

Egkhild überlegte kurz. »Doch.«

»Aha.« Der Mann hatte sich immer noch nicht gerührt.

Egkhild fletschte die Zähne. »Versteh mich nicht falsch. Ich bedaure, dass ich Farnirs Angebot vorhin beim Gelage, mir beizuschlafen, nicht angenommen habe.« Sie schnaubte verächtlich. »Obwohl er schon ziemlich betrunken war. Aber bevor ich Belphor entgegentrete, hätte ich gern noch einmal bei einem Mann gelegen!« Sie zuckte mit den Schultern. »Ansonsten … Nein, ich bereue nichts.«

»Farnir ist ein ungehobelter Klotz, selbst wenn er nüchtern ist!«, entgegnete der Mann. »Nein, vor allem dann, *wenn* er nüchtern ist!«

»Was weißt du über Farnir?« Egkhild hatte sich verstohlen nach einer Waffe umgesehen, aber in der Stuhlkammer gab es keine. Sie stieß einen Fluch aus. »Ich hätte meine Schwerter nicht ablegen dürfen!« Sie verzog das Gesicht. »Noch etwas, das ich bereue.« Dann sah sie den Mann direkt an. »Du hast nicht zufällig ein Schwert für mich, das du mir geben würdest?« Natürlich kannte sie die Antwort, aber sie wollte einfach nicht klein beigeben. Außerdem lag etwas in der Stimme des Mannes, das sie herausforderte.

Wieder lachte er. Dann griff er zu Egkhilds Überraschung an seinen Waffengurt, löste den Verschluss und ließ den Gürtel mit Dolch und Tasche und einer kleinen Flasche, die zweifellos Fischtran enthielt, achtlos zu Boden fallen. Er griff hinter seine Schulter und zog eine Streitaxt aus einer Schlinge.

»Ah.« Ein Muskel zuckte in Egkhilds Gesicht, ansonsten war ihr nichts anzumerken. »Wenigstens ein schneller Tod.«

Doch der Mann legte auch die Streitaxt zu Boden, und Egkhild öffnete staunend den Mund, als er zu der bronzenen Schließe griff, die seine Pelze über der Brust zusammenhielt. Er öffnete den Dorn, und die Pelze glitten von seinen muskulösen Schultern.

»Du bist … groß«, sagte Egkhild, und sie konnte nicht verhindern, dass ihre Stimme heiser klang.

Der Mann antwortete nicht, sondern öffnete die Schnüre seiner Lederhose. Er trat sich die Stiefel von den Füßen, deren Verschlüsse offenbar bereits geöffnet waren, und streifte sich die Hose nach unten.

Egkhild schluckte. »Du bist *sehr* groß.«

»Das sind wir«, sagte der Mann. »Und wir haben ein Schwert für dich.«

Diese Stimme! Egkhild spürte, wie ihre Knie weich wurden, und ihr Atem ging plötzlich flach und schnell, während sie hastig den Gürtel um ihre Taille löste und den Silberwolfspelz abstreifte.

»Ich habe gehofft, dass du zurückkommst«, sagte sie, als sie, splitternackt bis auf ihre Stiefel, dastand. »Ich habe … es mir gewünscht!«

»Da sind wir!«

»In der Stuhlkammer sind Waffen verboten«, erklärte Egkhild. Sie zitterte. »Erst recht Schwerter, die nicht in der Scheide stecken. Ein Verstoß gegen dieses Verbot wird mit dem Tode bestraft.«

»Mit dem Tod?« Korgh lächelte und ging auf Egkhild zu. »Wir werden sehen.«

ERNHAAG, ZITADELLE DER WINDE

Kalehna erwachte und legte die Hände auf ihren Bauch. *Da strampelt es wieder!* Sie lächelte und tastete im Bett nach Lay. Ihr Lächeln erlosch, als ihre Finger nur das warme Laken fanden.

Sie stützte sich auf die Ellbogen und blickte zu den großen gläsernen Doppeltüren ihres Schlafgemachs, hinter denen der große Balkon des Orkanturms lag, des größten und höchsten Turms der Zitadelle der Winde in Ernhaag, der Hauptstadt von Ern. Dem Palast, dessen Herrin sie nun war.

Der dünne Vorhang bauschte sich im Wind, der durch den schmalen Schlitz der geöffneten Türen strich, und sie sah vor dem tiefblauen, mit funkelnden Sternen besetzten Firmament den dunklen Umriss einer Gestalt.

Lay. Mein Gemahl. Vater meines Kindes. Mann meines Herzens. Und doch so fern.

Sie seufzte, schwang die Beine aus dem Bett und richtete sich mühsam auf. Ihr Bauch war in den letzten Zeitenwenden mächtig angewachsen, und mittlerweile fiel es ihr schwer, die zahllosen Treppen in der Zitadelle zu erklimmen. Manchmal hatte sie das Gefühl, der Palast würde nur aus Treppen bestehen.

Sie warf sich eine Robe gegen die Nachtkälte über, die nun, in der Zeit der Erneuerung, zunahm, schob den Vorhang beiseite, öffnete die Doppeltür und trat auf den Balkon.

Lay drehte sich zu ihr um, als er sie hörte. »Stimmt etwas nicht?«, fragte er besorgt. Er strich über ihren geschwollenen Bauch. »Kannst du nicht schlafen, weil er wieder getreten hat? Oder ist es etwa so weit? Soll ich die Kinderfrau rufen …?«

Kalehna lachte und schlang die Arme um ihn. »Nein, es ist noch nicht so weit. Es wird bestimmt noch eine Zeitenwende dauern. Obwohl ich sagen muss, ich wäre froh, wenn es endlich käme.« Sie bog den Kopf zurück. »Dir ist schon klar, dass es auch ein Mädchen sein kann? Die Chancen stehen etwa gleich hoch.«

Lay verzog das Gesicht. »Frag die Sturmreiter oder die Lakaien! Die Wetten stehen zehn zu eins auf einen Jungen!« Er legte die Hand wieder auf ihren Bauch. »So wie er tritt, würde ich das auch vermuten.« Dann sah er Kalehna in die Augen. »Ein Mädchen hätte sicherlich deine sanfte Art und würde dich nicht so quälen.«

»Ah, du meinst, weil ein Junge wahrscheinlich mehr nach dir schlägt?« Sie fuhr mit der Hand über seine Brust, seinen Bauch und dann noch tiefer. »Mmh. Von Qual kann da keine Rede sein.«

Lay rang nach Luft. »Bist du sicher, dass es ihm nicht schadet?«

»Ich bin jedenfalls sicher, dass es seiner Mutter guttäte.« Sie nahm Lays Hand. »Komm ins Bett zurück, dann beweise ich es dir.«

»Ja, sofort.« Lay wandte sich noch einmal um und ließ seinen Blick über die dunkle Landschaft schweifen, während Kalehna hinter ihm stehen blieb. Halb verborgen von den anderen Gebäuden der Zitadelle lag die bewaldete Sturmkuppe von Ernhaag, in deren Schutz man die Burg errichtet hatte. Von ihrem Turmzimmer aus hatten sie jedoch einen weiten Blick über die Landschaft zur anderen Seite hin, bis zu den finsteren Umrissen des Wilden Waldes, eines Forstes, der sich unendlich weit zu erstrecken schien. Keiner, der versucht hatte, ihn zu durchmessen, hatte jemals sein Ende erreicht. Oder er hatte zu den vielen gehört, die nie zurückgekehrt waren.

Lokhs Auge tauchte die Landschaft in einen silbernen Schein.

Plötzlich zuckten grelle Blitze über den Horizont, und in der Ferne war Donnergrollen zu hören. Lange, sehr lange, fast schon drohend. Immer wieder erhellten Blitze die Nacht, und als Lay und Kalehna in den Himmel blickten, sahen sie, wie sich gewaltige Sturmwolken in großer Höhe zusammenballten.

Kalehna schlang von hinten ihre Arme um ihn. »Seit einigen Zeitenwenden ist die Natur wirklich sehr launisch«, meinte sie. »Die Bauern klagen über ungewöhnliche Hitze in der Zeit der Glut und gewaltige Regenfälle in der Zeit der Ermattung. Und obwohl wir erst die Zeit der Erneuerung haben, ist in den höheren Lagen bereits viel Schnee gefallen.« Sie schüttelte den Kopf. »Ich hoffe wirklich, dass diese Unrast der Natur bald wieder zu Ende geht.«

Sie zuckte heftig zusammen, als ein gewaltiger Donnerschlag ertönte, so laut und wuchtig, dass die Scheiben der Glastür klirrten.

Lay lehnte immer noch gegen die steinerne Balustrade und starrte in den Himmel. Dann drehte er sich in Kalehnas Armen zu ihr herum. Seine Augen waren fast schwarz, und seine Miene war ungewöhnlich ernst. Die werdende Mutter und Edle von Ern überlief es kalt, als er sie einen Moment lang schweigend musterte.

»Sie geht nicht zu Ende, Liebste.« Er zog sie fest an sich und legte sein Kinn auf ihren Scheitel. »Ich fürchte, dass es erst der Anfang ist.«

JENSEITS DER STEINÖDE

Die Luft knisterte regelrecht, und die Blitze zuckten zwischen den finster drohenden Wolken hin und her. Ein ungeheurer Donnerschlag ließ den Boden regelrecht erzittern, dann noch einer und wieder einer. Die Bäume, gewaltige Eisenholzbäume und schlanke weiße Baumriesen, bogen sich im Sturm und wurden von der Gewalt des Windes entwurzelt; dann schlugen sie Breschen aus Zerstörung in den Wald.

Immer wieder schlugen Blitze ein, und der Regen klatschte laut auf Laub, Holz, Stein, Erde und auf alles, was hier lebte und verzweifelt versuchte, in Felshöhlen und im Unterholz Schutz vor dem prasselnden Nass, dem Beben der Erde und den gezackten Blitzen zu finden.

Ein Blitz schlug direkt zwischen eine Felsformation in die Erde ein und leuchtete für einen Herzschlag glühend weiß, bis er erlosch und ein scharfer Geruch nach verbranntem Eisen durch die Luft waberte. Im nächsten Moment ertönte ein Krachen, so laut, dass selbst eine Feuerechse, die sich in mehr als tausend Schritt in einer Felshöhle verkrochen hatte, erschrocken zusammenfuhr.

Durch die Gewalt des Einschlags flogen Felsbrocken von der Größe ganzer Häuser durch die Luft, Erde wurde in einer gewaltigen Fontäne nach oben geschleudert, und eine Wolke aus nassem Laub und Schlamm stieg empor.

Dann ertönte ein neues Geräusch.

Ein Ächzen. Dunkel und vibrierend. Es schwoll weder an, noch ebbte es ab. Es hielt den dunklen, langsam vibrierenden

Ton bei, der die Steine und Felsen im Umkreis von Hunderten von Schritten in Schwingungen versetzte. Er pflanzte sich fort, immer weiter, bis er die Höhle erreichte, in der die Echse kauerte.

Die Feuerechse, König der Räuber in diesem Land jenseits der Steinöde, erstarrte. Sie stieß ein heiseres Zischeln aus und riss ihre geschlitzten Reptilienaugen weit auf. Alle Schutzhäute klappten zurück, und das Raubtier öffnete die gewaltige Schnauze. Dann sprang es mit einem gewaltigen Satz aus der Höhle und stieß einen bellenden Schrei aus, der die anderen Feuerechsen erreichte, die in der Nähe Schutz gesucht hatten.

Es war das Signal zu flüchten, zu rennen, ohne sich umzudrehen, ohne Pause, ohne innezuhalten, bis es nicht mehr ging.

Der Schrei sagte ihnen, dass der unerbittliche Tod kam.

Die Feuerechse rannte los, sprang über Felsen, über kleinere Risse und Spalten im Boden, sah sich nicht um, hörte nicht auf zu laufen und auch nicht auf zu schreien. Schon bald kamen andere Schreie dazu, rannten andere Feuerechsen neben ihr, vorbei an panischen Rayaks, ihrer bevorzugten Beute. Die hatten dieses entsetzliche Ächzen ebenfalls gehört und rannten davor weg, folgten ihren Jägern. Langsamer, behäbiger, aber so rasch sie konnten.

Schließlich hörte das Beben auf, als auf einmal ein lautes Prasseln das Ächzen ablöste. Es war nicht das Prasseln des Regens, sondern das von Erde und Steinen.

Der Boden schien sich in der Dunkelheit aufzubäumen, doch es war nicht der Boden, der sich erhob. Das Ächzen wurde lauter, und eine Gestalt entstieg dem Boden. Eine unförmige Gestalt. Sie schwankte kurz und schüttelte sich. Dann schien sie irgendwie auseinanderzufallen. Ein menschlicher Beobachter hätte wohl einen Moment gebraucht, bis ihm klar geworden wäre, dass die Kreatur Schwingen entfaltete, gewaltige Schwingen. Sie schlug damit, und sie knallten wie die Segel eines riesigen Schiffes im Sturm.

Ein lautes, saugendes Geräusch ertönte, und die Natur selbst hielt den Atem an, als die unfassbare Kreatur daraufhin ein Brüllen ausstieß, wie es die Natur seit endlosen Zyklen nicht mehr gehört hatte. Es war ein forderndes, triumphierendes, Unheil und Tod verheißendes Brüllen, mit dem die Kreatur ihre Rückkehr in die Welt verkündete.

Sie breitete die Schwingen aus, dann erhob sich der Drache nach endlosem Schlaf mühelos, elegant und von unersättlichem Hunger getrieben in sein angestammtes Element.

ENDE

DANKSAGUNGEN

Hartmut, meinem Erstleser und erstem Kritiker, der mir unermüdlich geholfen hat, mit allen erdenklichen und unerdenklichen Mitteln, dieses Buch so gut wie möglich zu machen.

Holger Kappel und Urban Hofstetter von Blanvalet, Random House, die unbeirrt daran geglaubt haben, dass dieses Buch so gut wie möglich wird. Mindestens.

Und Peter Thannisch, dem es erneut gelungen ist, das Manuskript so schön zurechtzufeilen, dass es tatsächlich so gut wie möglich geworden ist und mir beim erneuten Durchlesen noch mehr Spaß gemacht als beim Schreiben. Fast.

Womit er die Messlatte für den dritten und letzten Band ganz schön hoch gelegt hat.

Okay, my friends, I'll do my very best.

Hamburg, September 2014

Wer mehr über Wolfgang Thon erfahren will:
www.wolfgangthon.de